A REVOLTA DE ATLAS

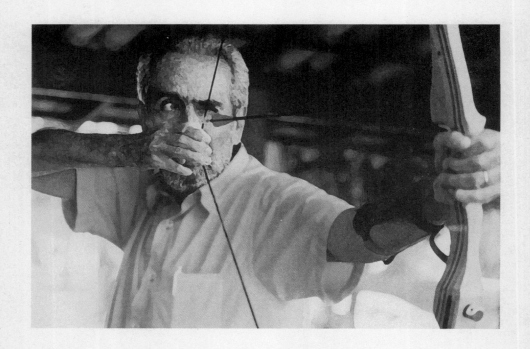

O ARQUEIRO

GERALDO JORDÃO PEREIRA (1938-2008) começou sua carreira aos 17 anos, quando foi trabalhar com seu pai, o célebre editor José Olympio, publicando obras marcantes como *O menino do dedo verde*, de Maurice Druon, e *Minha vida*, de Charles Chaplin.

Em 1976, fundou a Editora Salamandra com o propósito de formar uma nova geração de leitores e acabou criando um dos catálogos infantis mais premiados do Brasil. Em 1992, fugindo de sua linha editorial, lançou *Muitas vidas, muitos mestres*, de Brian Weiss, livro que deu origem à Editora Sextante.

Fã de histórias de suspense, Geraldo descobriu *O Código Da Vinci* antes mesmo de ele ser lançado nos Estados Unidos. A aposta em ficção, que não era o foco da Sextante, foi certeira: o título se transformou em um dos maiores fenômenos editoriais de todos os tempos.

Mas não foi só aos livros que se dedicou. Com seu desejo de ajudar o próximo, Geraldo desenvolveu diversos projetos sociais que se tornaram sua grande paixão.

Com a missão de publicar histórias empolgantes, tornar os livros cada vez mais acessíveis e despertar o amor pela leitura, a Editora Arqueiro é uma homenagem a esta figura extraordinária, capaz de enxergar mais além, mirar nas coisas verdadeiramente importantes e não perder o idealismo e a esperança diante dos desafios e contratempos da vida.

A REVOLTA DE ATLAS
AYN RAND

1

ARQUEIRO

Título original: *Atlas Shrugged*

Copyright © 1957 por Ayn Rand
Copyright renovado © 1985 por Eugene Winick, Paul Gitlin e Leonard Peikoff
Copyright da tradução © 2010 por Editora Arqueiro Ltda.

Todos os direitos reservados. Nenhuma parte deste livro pode ser utilizada ou
reproduzida sob quaisquer meios existentes sem autorização por escrito dos editores.

tradução: Paulo Henriques Britto
preparo de originais: Cristiane Pacanowski
revisão: Isabella Leal, Jean Marcel Montassier e Luis Américo Costa
diagramação: Valéria Teixeira
capa: Natali Nabekura
imagem de capa: © 2018 por Anna e Elena Balbusso,
da edição da The Folio Society para *A revolta de Atlas*, de Ayn Rand
impressão e acabamento: Santa Marta

CIP-BRASIL. CATALOGAÇÃO NA PUBLICAÇÃO
SINDICATO NACIONAL DOS EDITORES DE LIVROS, RJ

R152r
v. 1
    Rand, Ayn, 1905-1982
        A revolta de Atlas / Ayn Rand ; [tradução Paulo Henriques Britto]. -
1. ed. - São Paulo : Arqueiro, 2021.
        432 p. ; 23 cm.

        Tradução de: Atlas shrugged
        ISBN 978-65-5565-156-0

        1. Ficção americana. I. Britto, Paulo Henriques. II. Título.

21-70258
                CDD: 891.73
                CDU: 82-3(470+571)

Camila Donis Hartmann - Bibliotecária - CRB-7/6472

Todos os direitos reservados, no Brasil, por
Editora Arqueiro Ltda.
Rua Funchal, 538 – conjuntos 52 e 54 – Vila Olímpia
04551-060 – São Paulo – SP
Tel.: (11) 3868-4492 – Fax: (11) 3862-5818
E-mail: atendimento@editoraarqueiro.com.br
www.editoraarqueiro.com.br

PARA FRANK O'CONNOR

SUMÁRIO

PARTE I NÃO CONTRADIÇÃO

CAPÍTULO 1   O TEMA, 11
CAPÍTULO 2   A CORRENTE, 41
CAPÍTULO 3   O CUME E O ABISMO, 62
CAPÍTULO 4   OS MOTORES IMÓVEIS, 87
CAPÍTULO 5   O APOGEU DOS D'ANCONIA, 118
CAPÍTULO 6   OS NÃO COMERCIAIS, 166
CAPÍTULO 7   EXPLORADORES E EXPLORADOS, 210
CAPÍTULO 8   A LINHA JOHN GALT, 280
CAPÍTULO 9   O SAGRADO E O PROFANO, 325
CAPÍTULO 10   A TOCHA DE WYATT, 374

PARTE II ISSO OU AQUILO

CAPÍTULO 1   O HOMEM CUJO LUGAR ERA A TERRA
CAPÍTULO 2   A ARISTOCRACIA DO PISTOLÃO
CAPÍTULO 3   CHANTAGEM BRANCA
CAPÍTULO 4   A SANÇÃO DA VÍTIMA
CAPÍTULO 5   CONTA A DESCOBERTO
CAPÍTULO 6   O METAL MILAGROSO
CAPÍTULO 7   A MORATÓRIA DOS CÉREBROS
CAPÍTULO 8   POR NOSSO AMOR
CAPÍTULO 9   O ROSTO SEM DOR, SEM MEDO E SEM CULPA
CAPÍTULO 10   O CIFRÃO

PARTE III A = A

CAPÍTULO 1	ATLÂNTIDA
CAPÍTULO 2	A UTOPIA DA GANÂNCIA
CAPÍTULO 3	A ANTIGANÂNCIA
CAPÍTULO 4	ANTIVIDA
CAPÍTULO 5	AMOR FRATERNAL
CAPÍTULO 6	O CONCERTO DA LIBERTAÇÃO
CAPÍTULO 7	"QUEM ESTÁ FALANDO É JOHN GALT"
CAPÍTULO 8	O EGOÍSTA
CAPÍTULO 9	O GERADOR
CAPÍTULO 10	EM NOME DO QUE HÁ DE MELHOR EM NÓS

PARTE I

NÃO CONTRADIÇÃO

CAPÍTULO 1

O TEMA

— Quem é John Galt?

A luz começava a declinar, e Eddie Willers não conseguiu distinguir o rosto do vagabundo, que tinha falado de modo simples, sem expressão. Mas, do crepúsculo lá longe, no fim da rua, lampejos amarelos alcançaram seus olhos, que, galhofeiros e parados, fitavam Willers diretamente – como se a pergunta se referisse àquele mal-estar inexplicável que ele sentia.

– Por que você disse isso? – perguntou Willers, tenso.

O vagabundo se encostou no batente da porta. Uma vidraça partida por trás dele refletia o amarelo metálico do céu.

– Por que isso o incomoda? – perguntou.

– Não me incomoda – rosnou Willers.

Mais que depressa, enfiou a mão no bolso à procura de uma moeda. O vagabundo o havia detido, lhe pedira uma moeda e continuava falando, como se tentasse ultrapassar aquele momento e adiar o seguinte. Pedir dinheiro nas ruas já havia se tornado tão frequente que ninguém mais perdia tempo ouvindo explicações – e Eddie não estava interessado em conhecer os detalhes do desespero específico daquele pedinte.

– Vá tomar um café – disse, estendendo a moeda para aquela sombra sem rosto.

– Muito obrigado, senhor – disse a voz, sem interesse, e a cabeça se inclinou para a frente por um momento. Tinha a face curtida pelo vento, sulcada por rugas de cansaço e por cínica resignação, e os olhos eram inteligentes.

Eddie Willers continuou caminhando, enquanto se perguntava a razão de ter sempre, a esta hora do dia, a mesma sensação inexplicável de medo. *Não*, pensou. *Não é medo, não há nada a temer. O que há é mais uma apreensão imensa e difusa, sem origem e sem causa.* Ele se acostumara à sensação, mas não conseguia defini-la. Ademais, o vagabundo falara como se soubesse de seus sentimentos, como se achasse que alguém deveria sentir aquilo e, ainda mais, como se conhecesse o motivo.

Eddie Willers se empertigou, exercendo sua autodisciplina. *Preciso acabar com isso*, pensou. Estava começando a imaginar coisas. Sempre sentira aquilo? Estava com 32 anos. Tentou se lembrar. Não, não tinha sido sempre assim; mas ele não conseguia se lembrar de quando começara. A sensação lhe chegara subitamente, a intervalos irregulares, e agora estava mais insistente que nunca. *É o crepúsculo*, pensou. *Eu detesto o crepúsculo.*

As nuvens e os topos dos arranha-céus contra elas começavam a adquirir uma tonalidade marrom, como num velho quadro a óleo, com a cor evanescente de uma obra-prima já desbotada. Longas raias de sujeira escorriam pelas paredes carcomidas de fuligem. Bem no alto de uma torre, havia uma rachadura com o formato de um raio imóvel, que se prolongava por uns 10 andares. Um objeto denteado cortava os céus, acima dos tetos: era a metade de um pináculo, que ainda refletia o brilho do pôr do sol. O dourado que antes recobrira a parte fosca já descascara havia muito tempo. O brilho era vermelho e sereno como o reflexo de um incêndio, não um incêndio ativo, mas um que já está morrendo, que não foi possível conter a tempo.

Não, pensou Eddie Willers, *não há nada de perturbador na visão da cidade. Ela parece a mesma de sempre.*

Ele continuou caminhando, lembrando-se de que havia se atrasado na volta ao escritório. Não lhe agradava nada a tarefa que teria de concluir quando chegasse, mas era preciso que fosse feita. Assim, para não atrasá-la ainda mais, apressou o passo.

Virou uma esquina. Pelo estreito espaço entre as silhuetas negras de dois edifícios, como através de uma fresta numa porta, ele viu a página de um gigantesco calendário suspenso no céu.

Era o calendário que o prefeito de Nova York tinha colocado, no ano anterior, no topo de um edifício, de tal modo que os cidadãos pudessem ver os dias do mês como viam as horas: olhando de relance para o alto do prédio. Era um retângulo branco sobre a cidade, que informava a data aos homens nas ruas, lá embaixo. Na luz cor de ferrugem do crepúsculo, o retângulo avisava: 2 de setembro.

Eddie Willers desviou o olhar. Jamais gostara de ver esse calendário.

Era uma visão que o perturbava de um modo que não podia explicar nem definir. A sensação parecia se misturar àquela de constrangimento que há pouco experimentara: tinha as mesmas características.

Pensou subitamente que havia uma frase, uma citação que expressava o que o calendário lhe parecia sugerir. Mas não pôde se lembrar. Caminhou, procurando alcançar mentalmente uma frase que pairava em seu espírito como uma forma vazia. Não conseguia preenchê-la, nem descartá-la. Olhou para trás. O retângulo branco, lá no alto, continuava proferindo sua sentença: 2 de setembro.

Eddie Willers baixou o olhar para a rua, para uma carrocinha de verduras parada diante de uma casa de pedra. Viu uma pilha de cenouras douradas e brilhantes e o verde fresco das cebolas. Uma cortina de impecável alvura ondulava através de uma janela aberta. Um ônibus, dirigido por um motorista competente, virava uma esquina. Perguntou-se por que voltara a se sentir tranquilo – e também por que desejava subitamente que essas coisas todas não fossem deixadas a descoberto, desprotegidas contra o espaço vazio de cima.

Quando chegou à Quinta Avenida, seguiu olhando as vitrines pelas quais passava. Não estava precisando de nada nem queria comprar nada, mas gostava de ver a arrumação das mercadorias, quaisquer que fossem, objetos feitos pelo homem, para uso do homem. Alegrou-se com a visão de uma rua próspera: apenas uma em cada quatro lojas estava desativada, com as vitrines escuras e vazias.

Sem saber por quê, subitamente se lembrou do carvalho. Nada parecia trazê-lo diretamente à lembrança. Mas pensou nele, nos verões de sua infância na propriedade dos Taggart. Eddie passara a maior parte de sua infância com as crianças de lá e agora trabalhava para elas, como seu pai e seu avô haviam trabalhado para os pais e os avós delas.

O grande carvalho ficava numa montanha sobre o rio Hudson, em um lugar isolado da propriedade dos Taggart. Eddie, com 7 anos, gostava de olhar para ele. Estava lá havia centenas de anos e parecia ao menino que lá ficaria para sempre. Suas raízes seguravam a montanha como dedos cravados no solo, e ele imaginava que se um gigante quisesse arrancá-lo pelos galhos, não o conseguiria. Conseguiria, sim, balançar a montanha e, com ela, toda a Terra, que ficaria como uma bola pendurada por uma corda. Ele sentia-se seguro diante do carvalho: era algo que nada nem ninguém podia alterar ou ameaçar – era para ele o símbolo maior da força.

Certa noite, um raio atingiu o carvalho. Eddie o viu na manhã seguinte. Estava partido ao meio, e o menino olhou o tronco como quem olha para a boca de um túnel negro: ele era apenas uma concha oca. Sua massa interna tinha apodrecido havia muito tempo: não existia nada lá dentro, apenas uma fina poeira cinzenta que se dispersava ao capricho da mais leve brisa. Fora-se o poder vital e, sem ele, a forma que ficara não tinha podido se manter.

Anos mais tarde, ele ouviu dizer que as crianças devem ser protegidas contra choques, contra seu primeiro contato com a morte, a dor, o medo. Mas essas eram coisas com as quais ele não se assustava. Seu choque viera naquele instante, quando permanecera quieto, olhando o buraco negro do tronco. Fora uma sensação profunda de traição – ainda pior, porque ele não podia identificar exatamente o que ou quem havia sido traído. Não fora ele, sabia-o bem, nem sua fé – era algo mais. Permaneceu ali por algum tempo, em total silêncio, e depois voltou para casa. Não falou sobre aquilo com ninguém, nem na hora, nem depois.

Eddie Willers balançou a cabeça, no momento em que o ruído de um mecanismo enferrujado de sinal de trânsito interrompeu seu caminho no meio-fio. Sentiu raiva de si mesmo. Não havia por que relembrar o carvalho hoje. Já não significava mais nada para ele, apenas uma tintura esmaecida de tristeza – e, em alguma parte em seu íntimo, uma gotícula de dor, movendo-se rapidamente e desaparecendo como um pingo de chuva na vidraça da janela, mal deixando visível o seu curso em forma de ponto de interrogação.

Não queria associar lembranças tristes à sua infância. Amava suas recordações: cada um daqueles dias, ele via agora, parecia-lhe inundado pela luz solar, tranquila e brilhante. Parecia-lhe que alguns daqueles raios chegavam até seu presente. Não eram raios, exatamente: mais pareciam pequenos pontos de luz, que conferiam um ocasional momento de brilho ao seu trabalho, ao seu apartamento, onde vivia solitário, no ritmo calmo e escrupuloso de sua existência.

Lembrou-se de um dia de verão, quando tinha 10 anos. Naquele dia, numa clareira do bosque, sua mais querida companheira de infância lhe disse o que fariam quando crescessem. As palavras foram duras e brilhantes como os raios de sol. Ele ouviu admirado. Quando ela lhe perguntou *o que* desejaria fazer, ele respondeu de imediato: "O que for certo." E acrescentou: "E preciso fazer alguma coisa que seja grande... Quero dizer, nós dois juntos." E ela: "O quê, por exemplo?" Ele respondeu: "Não sei. É o que nós devemos descobrir. Não o que você disse. Não é trabalho nem um modo de ganhar a vida. Mas algo como ganhar batalhas, salvar pessoas de incêndios ou escalar montanhas." "Para quê?", perguntou ela. E ele: "No último domingo, o pastor disse que devemos procurar alcançar o melhor de nós. O que você acha que há de melhor em nós?" "Não sei." E ele concluiu: "Precisamos descobrir." Ela não disse mais nada. Estava olhando para longe, para a estrada de ferro, que se perdia na distância.

Eddie Willers sorriu. Ele dissera: "O que for certo." E isso fora há 22 anos. Desde então, essa deliberação permanecera inalterada em sua vida. Todas as demais questões se evanesceram em sua mente – não tinha tempo para elas. Mas ainda lhe parecia evidente que cada um devia fazer o que fosse direito: jamais entendera como alguém podia desejar outra coisa. Sabia apenas que isso ocorria. E isso ainda lhe parecia uma coisa ao mesmo tempo simples e incompreensível – simples, o fato de que as coisas devem estar certas; e incompreensível, que não estivessem. Sabia que não estavam. Era nisso que pensava quando dobrou a esquina e chegou ao grande prédio da Taggart Transcontinental.

O edifício era a mais alta e mais orgulhosa construção da rua. Willers sempre sorria ao primeiro impacto de sua visão. Todas as janelas nas longas fileiras estavam intactas, ao contrário das dos prédios vizinhos. Suas linhas ascendentes cortavam o céu sem cantos empoeirados e sem bordas quebradas. Ele parecia ser imune ao próprio tempo, sempre incólume. *Estará ali sempre*, pensou.

Cada vez que ele entrava no Edifício Taggart, experimentava uma sensação de alívio e segurança. Aquele era o lugar da competência e do poder. O piso da entrada era um verdadeiro espelho feito de mármore. Os gelados retângulos das luminárias pareciam pedaços de luz sólida. Por trás das divisórias de vidro, filas de moças batiam à máquina, o ruído das teclas parecia o som de rodas de trem. E, como um eco, às vezes um tremor discreto atravessava as paredes, vindo lá de baixo do prédio, dos túneis do grande terminal, de onde os trens partiam e para onde convergiam, para cruzarem o continente e pararem depois de cruzá-lo de novo, como partiam e paravam geração após geração. *"Taggart Transcontinental"*, pensou Eddie Willers, *"De oceano a oceano"*, orgulhoso slogan de sua infância, tão mais brilhante e sagrado do que qualquer dos mandamentos da Bíblia. *"De oceano a oceano, para sempre"*, continuou pensando, enquanto caminhava para o coração do edifício, o escritório de James Taggart, presidente da Taggart Transcontinental.

James Taggart estava sentado à mesa de trabalho. Parecia um cinquentão que tivesse chegado a tal idade diretamente da adolescência, sem passar pelo estágio intermediário da juventude. Tinha a boca pequena e petulante e alguns raros fios de cabelo se elevavam na fronte calva. Seu ar desleixado e sua má postura pareciam desafiar o corpo alto e esguio, cuja elegância, condizente com a de um aristocrata confiante, transformava-se na falta de jeito de um palerma. A pele do rosto era pálida e macia. Os olhos, mortiços e velados, em movimentos lentos e incessantes, deslizavam pelas coisas como num eterno ressentimento por elas existirem. Parecia obstinado e gasto. Tinha 39 anos.

Levantou a cabeça irritado ao som da porta que se abria.

– Não me perturbe, não me perturbe, não me perturbe – disse James Taggart. Eddie Willers se dirigiu para a mesa.

– É importante, Jim – disse, sem levantar a voz.

– Está bem, está bem. De que se trata?

Willers olhou para um mapa na parede do escritório. Suas cores, por trás do vidro da moldura, estavam desmaiadas, e ele se perguntou quantos presidentes Taggart haviam se sentado diante desse mapa, e por quantos anos. A Rede Ferroviária Taggart Transcontinental era uma trama de linhas vermelhas que cortava o corpo empalidecido do país, de Nova York a São Francisco, e parecia uma rede de vasos sanguíneos. Como se o sangue, uma vez, muito tempo atrás, tivesse atingido a artéria principal e, sob a pressão de suas próprias intensidade e abundância, tivesse se ramificado ao acaso, preenchendo, por fim, todo o país. Uma tira vermelha se retorcia desde Cheyenne, Wyoming, até El Paso, Texas – a Linha Rio Norte da Taggart Transcontinental. Novas rotas haviam sido adicionadas recentemente, e o grande veio vermelho se estendera ao sul para além de El Paso. Willers se virou abruptamente quando seus olhos encontraram aquele ponto do mapa.

Ele olhou para Taggart e disse:

– Trata-se da Linha Rio Norte. – Viu o olhar de Taggart se desviando para baixo, correndo pela beira da escrivaninha. Então continuou: – Tivemos outro acidente.

– Acidentes ferroviários ocorrem todos os dias. Você tinha de me incomodar com isso?

– Você sabe do que estou falando, Jim. A Rio Norte está liquidada. Aquela via acabou. Toda ela.

– Estamos providenciando trilhos novos.

Willers continuou, como se não tivesse havido resposta alguma:

– A via está acabada. Não adianta mais pôr trens para andar nela. As pessoas já estão desistindo deles.

– Na minha opinião, não há uma só ferrovia no país que não tenha alguns setores deficitários. Não somos os únicos. É uma situação nacional. Temporária, mas nacional.

Willers permaneceu em silêncio, olhando para ele. O que Taggart detestava nele era o seu hábito de olhar diretamente para os olhos das pessoas. Os olhos de Willers eram azuis, grandes e penetrantes, os cabelos eram louros, o rosto quadrado nada tinha de notável, a não ser o ar de escrupulosa atenção e curiosidade.

– Mais alguma coisa? – perguntou Taggart, ríspido.

– Vim apenas lhe dizer algo que você devia saber. Alguém tinha de lhe dizer.

– Que tivemos outro acidente?

– Que não podemos abandonar a Rio Norte.

James Taggart raramente levantava a cabeça. Quando olhava as pessoas, apenas elevava as pesadas sobrancelhas sem erguer a cabeça.

– Quem está pensando em abandonar a Linha Rio Norte? – perguntou. – Jamais se pensou em abandoná-la. Fico magoado por ouvi-lo dizer isso. Fico muito magoado mesmo.

– Mas não conseguimos manter seus horários nos últimos seis meses. Não completamos uma única viagem sem algum contratempo, grande ou pequeno. Estamos perdendo nossos clientes, um por um. Quanto tempo podemos aguentar assim?

– Você é um pessimista, Eddie. Não tem fé. É isso que termina minando o ânimo da nossa organização.

– Quer dizer que nada será feito quanto à Rio Norte?

– Eu não disse isso. Assim que tivermos trilhos novos...

– Jim, não vai haver trilhos novos. – Ele viu os olhos de Taggart se deslocarem lentamente para cima. – Acabo de voltar dos escritórios das Siderúrgicas Associadas. Falei com Orren Boyle.

– O que foi que ele disse?

– Falou durante uma hora e meia e não me deu nenhuma resposta direta.

– Por que foi incomodá-lo? Se não me engano, a primeira entrega de trilhos está marcada para o próximo mês.

– É, mas já esteve marcada para três meses atrás.

– Foram circunstâncias imprevisíveis. Absolutamente fora do controle de Orren.

– E já esteve marcada para seis meses antes, Jim. Estamos esperando que as Siderúrgicas Associadas nos façam essa entrega há 13 meses.

– O que você quer que eu faça? Não posso tocar para a frente os negócios de Orren Boyle.

– Compreenda que não podemos esperar.

Taggart perguntou lentamente, com a voz meio zombeteira, meio cautelosa:

– O que minha irmã disse a respeito?

– Ela só volta amanhã.

– Muito bem, o que quer que eu faça?

– Cabe a você decidir.

– Bem, não importa o que você diga, só não mencione a Siderúrgica Rearden.

Willers não respondeu de imediato, mas depois falou calmamente:

– Está bem, Jim. Não tocarei nesse assunto.

– Orren é meu amigo. – Sem resposta, continuou: – Sua atitude me magoa. Orren Boyle entregará os trilhos assim que for possível. Enquanto ele não fizer a entrega, ninguém pode dizer que a culpa é nossa.

– Jim! O que você está dizendo? Não entende que a Rio Norte está acabando, quer nos culpem, quer não?

– As pessoas estariam conformadas com a situação – teriam de estar – se não fosse a Phoenix-Durango. – Ele olhou o rosto contraído de Willers. – Ninguém jamais se queixou da Linha Rio Norte até aparecer a Phoenix--Durango.

– A Phoenix-Durango está fazendo um trabalho brilhante.

– Ora, uma coisinha chamada Phoenix-Durango não pode competir com a Taggart Transcontinental! Há dez anos eles tinham apenas uma ferroviazinha local para transporte de leite.

– Mas agora é deles a maior parte dos fretes do Arizona, do Novo México e do Colorado. – Taggart não respondeu. – Jim, não podemos perder o Colorado. É a nossa última esperança. É a última esperança para todo mundo. Se não nos unirmos, vamos perder todos os grandes carregamentos do estado para a Phoenix-Durango. Já perdemos os dos campos de petróleo Wyatt.

– Queria saber por que todo mundo vive falando dos campos de petróleo Wyatt.

– Porque Ellis Wyatt é um prodígio que...

– Ellis Wyatt que se dane!

Aqueles campos de petróleo, pensou Willers subitamente, *não teriam algo em comum com os vasos sanguíneos do mapa? Não era aquele o caminho que a rede avermelhada da Taggart Transcontinental tinha seguido através do país anos antes – fato que agora parecia inacreditável?* Pensou nos poços de petróleo fazendo jorrar uma torrente negra capaz de atravessar um continente mais rapidamente, talvez, do que os trens da Phoenix--Durango. Aqueles campos de petróleo tinham sido apenas um monte de rochas nas montanhas do Colorado, abandonados anos antes por terem sido considerados esgotados. O pai de Ellis Wyatt, que tinha trabalhado tanto, não conseguira mais que um obscuro fim de vida, sugando o que restara dos poços de petróleo exauridos. E agora era como se alguém tivesse dado uma injeção de adrenalina no coração da montanha, e ele voltasse a bater, o sangue negro tinha jorrado através das rochas. *Sangue, evidentemente*, pensou Willers, *porque é o sangue que alimenta, que dá vida, e era isso o que vinha dando a Petróleo Wyatt.* Fizera voltar à vida depressões vazias do solo. Trouxera novas cidades, novas redes de energia, novas fábricas a uma região que ninguém jamais havia notado no mapa. *Novas fábricas*, pensou Eddie Willers. Num tempo em que os rendimentos dos fretes de todas as grandes e velhas indústrias estavam caindo lentamente a cada ano. Ali estava um rico campo petrolífero novo, numa época em que poços paravam de produzir – e paravam cada vez mais – em todos os famosos campos até então existentes. Um novo estado industrial num lugar de que ninguém jamais esperara nada além de gado e beterrabas. Um homem havia conseguido tudo aquilo, e em apenas oito anos. Parecia, pensou Willers, uma daquelas histórias que ele encontrava em seus livros escolares e que lia sem acreditar no que diziam, as histórias de homens que haviam vivido nos anos da juventude do país. Gostaria de conhecer Ellis Wyatt. Havia muito falatório a respeito dele, mas pouca gente, na verdade, o conhecia. Ele só vinha a Nova York raramente. Dizia-se que tinha 33 anos e um gênio violento. Tinha descoberto alguma maneira de reativar poços de petróleo exauridos e passara a fazer isso.

– Ellis Wyatt é um calhorda ambicioso que só se interessa por dinheiro – disse Taggart. – Para mim, há coisas mais importantes do que ganhar dinheiro.

– De que você está falando, Jim? Isso não tem nada a ver com...

– Além do mais, ele nos traiu. Nós demos atendimento aos campos petrolíferos da Wyatt durante anos, com a maior eficiência. Nos tempos do velho Wyatt, levávamos um carro-tanque por semana.

– Não estamos mais nos tempos do velho Wyatt, Jim. A Phoenix-Durango carrega dois carros-tanque por dia regularmente para eles.

– Se ele tivesse nos dado tempo de crescer junto com ele...

– Ele não tem tempo a perder.

– O que ele quer? Que abandonemos todos os nossos outros fretes, que sacrifiquemos os interesses do país inteiro e que demos a ele todos os nossos trens?

– Não é isso. Ele não espera nada. Ele apenas faz negócios com a Phoenix-Durango.

– Para mim, ele não passa de um bandido inescrupuloso e destrutivo. Um arrivista irresponsável que está sendo hipervalorizado. – Era estranho perceber uma súbita emoção na voz sem vida de James Taggart. – Não estou tão seguro assim de que os campos petrolíferos dele sejam mesmo um benefício tão notável. A meu ver, ele deslocou a economia do país inteiro. Ninguém esperava que o Colorado se tornasse um estado industrial. Como podemos ter qualquer segurança ou planejar seja o que for, se tudo muda a toda hora?

– Pelo amor de Deus, Jim! Ele está...

– Sim, eu sei, eu sei. Ele está ganhando dinheiro. Mas, para mim, não é esse o critério adequado para medir o valor de um homem na sociedade. E, quanto ao petróleo dele, que Wyatt viesse até nós e esperasse a sua vez, como fazem os outros contratantes de fretes, e não pretendesse mais que a parte que lhe coubesse no transporte – é o que ele teria feito, se não fosse a Phoenix-Durango. Não é nossa culpa se temos de enfrentar esse tipo de competição destrutiva. Ninguém pode pôr a culpa em nós.

A pressão no peito e nas têmporas, pensou Willers, devia decorrer do esforço que ele estava fazendo. Decidira deixar as coisas claras de uma vez por todas, e assim elas estavam tão claras, pensou, que nada podia impedir Taggart de compreender tudo – a menos que ele, Willers, não estivesse sabendo se expressar. Por isso se esforçara tanto. Mesmo assim, sentia que estava fracassando. Tal como costumava acontecer em todas as suas discussões. Dissesse ele o que dissesse, os outros nunca pareciam falar sobre o mesmo assunto que ele.

– Jim, o que está dizendo? De que importa que ninguém coloque a culpa em nós, se a ferrovia está apodrecendo?

James Taggart sorriu – era um sorriso sutil, zombeteiro e frio.

– É emocionante, Eddie. É emocionante a sua devoção à Taggart Transcontinental. Se você não tomar cuidado, vai se transformar num servo feudal.

– É o que eu sou, Jim.

– Mas posso perguntar se faz parte de suas atribuições discutir esses assuntos comigo?

– Não, não faz.

– Então, por que você não aprende que temos departamentos que se encarregam das coisas? Por que não vai falar sobre tudo isso com a pessoa encarregada? Por que não vai chorar no ombro da minha querida irmã?

– Olhe, Jim, eu sei que não me cabe falar com você. Mas não entendo o que está acontecendo. Não sei o que seus conselheiros lhe recomendam, nem por que não conseguem fazer com que você entenda a situação. Por isso pensei em vir falar com você, dizer eu mesmo o que acho.

– Prezo nossa amizade de infância, Eddie, mas você acha que isso lhe dá o direito de entrar sem se fazer anunciar, na hora que bem entende? Considerando sua própria posição, não lhe caberia se lembrar de que sou o presidente da Taggart Transcontinental?

Era uma conversa cansativa. Como de costume, Eddie Willers olhou para ele sem ressentimentos, e, apenas espantado, perguntou:

– Quer dizer que você não pretende fazer nada quanto à Linha Rio Norte?

– Eu não disse isso. Não disse nada disso. – Taggart estava olhando para o mapa, para o risco vermelho ao sul de El Paso. – Logo que as minas de San Sebastián começarem a funcionar e nosso ramal mexicano começar a render...

– Não vamos falar disso, Jim!

Taggart se voltou, espantado com o inusitado fenômeno que era o tom de fúria implacável na voz de Eddie.

– Mas o que há?!

– Você sabe o que é. Sua irmã disse...

– Dane-se a minha irmã! – gritou James Taggart.

Willers não se moveu. Não deu nenhuma resposta. Permaneceu olhando para a frente, mas não estava vendo Taggart, nem qualquer outra coisa no escritório.

Depois de algum tempo, fez uma mesura e saiu.

Na antessala, os funcionários de James Taggart estavam apagando as luzes e se preparando para deixar o escritório. Mas Pop Harper, chefe de seção, ainda sentado à sua escrivaninha, usava uma chave de fenda numa máquina de escrever meio desmontada. Todas as pessoas da empresa tinham a impressão de que Harper tinha nascido precisamente naquele canto, exatamente naquela escrivaninha, e que não pretendia sair dali. Ele era chefe desde os tempos do pai de Taggart.

Harper olhou para Willers, que saía do escritório do presidente. O olhar era inteligente, lento. Parecia dizer que sabia que a visita de Eddie era sinal de que havia algum problema na linha, que a visita de nada adiantara e que era indiferente à informação. Era a mesma indiferença cínica que Willers vira nos olhos do vagabundo na rua.

– Diga lá, Eddie: onde posso comprar camisetas de lã? Procurei por toda a cidade e não encontrei nenhuma.

– Não sei – respondeu Willers, parando. – Por que me pergunta?

– Pergunto a todo mundo. Alguém há de saber me responder.

Willers olhou, pouco à vontade, para o rosto macilento, os cabelos brancos.

– Está frio aqui dentro – disse Harper. – Este ano o frio vai ser maior.

– O que está fazendo? – perguntou Willers, apontando para as peças da máquina.

– A danada enguiçou novamente. Não adianta mandar revisar fora: da última vez levaram três meses para consertá-la. Pensei em resolver eu mesmo. Ainda que apenas um conserto provisório. – Deixou o punho cair sobre as teclas. – Você está pronta para virar sucata, companheira. Seus dias estão contados.

Eddie se sobressaltou. Era aquela a frase que ele estivera tentando lembrar: "Seus dias estão contados." Mas ele não se lembrava do contexto em que tentara se recordar dela.

– Não adianta, Eddie – disse Harper.

– Não adianta o quê?

– Nada. Coisa nenhuma.

– O que está acontecendo, Pop?

– Não vou requisitar uma nova máquina. As novas são feitas de lata. Quando as velhas se acabarem, vai ser o fim da escrita à máquina. Houve um acidente no metrô hoje de manhã. Os freios não funcionaram. Vá para casa, Eddie, ligue o rádio e ouça uma boa música para dançar. Esqueça, menino. Seu problema é que você nunca teve um passatempo. Roubaram as lâmpadas da escada, na entrada do prédio onde moro. E eu estou com uma dor no peito. Não consegui comprar pastilhas para tosse hoje de manhã, a farmácia da esquina faliu na semana passada. A Ferrovia Texas Ocidental declarou falência no mês passado. Fecharam a ponte de Queensborough ontem para reformas. Para quê? Quem é John Galt?

◂◂◂

Ela estava sentada do lado da janela, no trem, a cabeça reclinada e uma das pernas estendida sobre o assento vazio à sua frente. Toda a janela tremia em seus encaixes com a trepidação. A vidraça estava fechada para o vazio da escuridão, e pontos de luz atravessavam o vidro de quando em vez, deixando rastros luminosos.

Sua perna, moldada pela meia de seda apertada, era longa e reta, terminando no arco do pé, calçado num fino sapato de salto, e mostrava uma elegância feminina em nada condizente com a cabine poeirenta e também estranhamente em desacordo com a imagem geral dela. Ela usava um casaco de pele de camelo já bem surrado, que tinha custado caro e parecia estar jogado com descuido sobre o seu corpo magro e nervoso. Mantinha levantada a gola, que quase tocava a aba inferior do chapéu. Uma onda de cabelos castanhos se estendia para trás até os ombros. O rosto era anguloso, e fino o traço da boca, uma boca sensual, fechada com precisão inflexível. Estava com as mãos nos bolsos do casaco, rígida, como se a imobilidade lhe fosse desagradável. Seu ar era pouco feminino, como se não tivesse consciência do próprio corpo e de que este era um corpo de mulher.

Ouvia música. Era uma sinfonia triunfal. As notas fluíam, falavam de elevação espiritual e eram a própria elevação espiritual. Eram a essência e a forma do movimento ascensional, pareciam simbolizar todo ato e pensamento humanos associados com o princípio da ascensão. Era uma explosão sonora, emergindo de um esconderijo e se espalhando por toda parte. Tinha a força da liberdade e a tensão da firmeza. Varria todo o espaço e nada deixava atrás de si, senão a alegria do esforço que não encontra barreiras. Apenas um pequeno eco falava da sombra de onde havia escapado a música, mas falava com uma perplexidade alegre, ao descobrir que não havia nada feio ou doloroso, nem era preciso que houvesse. Era a música de uma imensa libertação.

Ela achou – pelo menos por alguns momentos, enquanto durava a sensação – que era perfeitamente legítimo se render totalmente, esquecer tudo e se deixar ficar apenas *sentindo*. Pensou: *Deixe tudo para lá. Desligue-se de tudo. É isso.*

Em alguma parte de sua mente, por baixo da música, ouvia o som das rodas nos trilhos. Elas mantinham um ritmo regular, com acento em cada quarta batida, como se tivessem uma consciência. Podia relaxar, já que ouvia as rodas. E, enquanto ouvia a sinfonia, pensava: eis a razão para que as rodas continuem girando – é para onde elas estão indo.

Jamais ouvira a sinfonia, mas sabia que fora composta por Richard Halley.

Reconhecia a violência e a magnífica intensidade de sentimentos. Reconhecia o estilo e o tema; era uma melodia ao mesmo tempo clara e complexa, composta numa época em que ninguém mais cuidava de melodias... Ficou olhando para o teto da cabine sem vê-lo, até esquecer onde estava. Não sabia se ouvia uma orquestra sinfônica ou apenas o tema da música. Talvez a orquestração estivesse em sua cabeça.

Pensou vagamente que não houvera ecos premonitórios desse tema em todo o trabalho de Richard Halley, durante todos os anos de sua longa luta até o dia em que, já homem de meia-idade, ele vira a fama chegar subitamente e o derrubar. *Eis aí*, pensava ela ouvindo a sinfonia, *a finalidade de toda a luta que ele desenvolvera*. Lembrou-se de trechos musicais em que ele tentou sem sucesso atingir tal ponto – trechos que prometiam, tentavam, mas não chegavam ao ponto desejado. *Quando Halley compôs isso, ele...* Aí ela se pôs ereta, dura, na cadeira: *Quando foi que Richard Halley compôs isto?*

No mesmo instante, situou-se no tempo e no espaço e, pela primeira vez, se perguntou de onde vinha a música.

A alguns passos dali, no fim do vagão, um guarda-freios ajustava os controles do condicionador de ar. Era louro e jovem. Estava assoviando o tema da sinfonia. Só ao vê-lo é que ela percebeu que o assovio já durava algum tempo e que era tudo o que tinha ouvido. Olhou-o incrédula por um instante, antes de levantar a voz para lhe perguntar:

– Por favor, o que é que você está assoviando?

O rapazinho se voltou para ela. Seu olhar era direto, e ela viu um sorriso aberto e franco, como se o jovem estivesse trocando segredos com uma amiga. Ela gostou do rosto dele: tinha linhas retas e firmes, sem aquela aparência de músculos frouxos que fugiam da responsabilidade de ter forma, que ela sempre esperava encontrar no rosto das pessoas.

– É o concerto de Halley – respondeu ele, sorrindo.

– Qual deles?

– O quinto.

Ela deixou passar um momento até dizer lenta e cuidadosamente:

– Richard Halley só escreveu quatro concertos.

O sorriso no rosto dele desapareceu. Era como se ele, de súbito, fosse arremessado para a realidade, tal como acontecera a ela momentos antes. Como se uma cortina baixasse deixando nele apenas uma face sem expressão, impessoal, indiferente e vazia.

– Ah, é isso mesmo – disse ele. – Foi um engano...

– Então o que era?

– Uma música que ouvi por aí...

– O quê, exatamente?

– Não sei.

– Onde você a ouviu?

– Não me lembro.

Ela fez uma pausa, desalentada. Ele ia se afastando, já sem maior interesse.

– Parece mesmo um tema de Halley – disse ela. – Mas eu conheço cada nota de tudo o que ele compôs e ele nunca compôs essa música aí.

O rosto permanecia sem expressão. Havia apenas um sinal fraco de atenção, à medida que ele se voltava para ela perguntando:

– A senhora gosta da música de Richard Halley?

– Gosto – respondeu ela. – Gosto muito.

O rapaz a encarou hesitante por uns momentos, depois se voltou e continuou seu trabalho. Dagny o observou: ele era eficiente e trabalhava em silêncio.

Ela estava sem dormir havia duas noites, pois não se podia permitir fazê-lo. Tinha muitos problemas em que pensar e pouquíssimo tempo: o trem devia chegar a Nova York bem cedo na manhã seguinte. E, embora ela precisasse de tempo, queria que o trem fosse mais depressa. E aquele era um Cometa Taggart, o trem mais rápido do país.

Tentou pensar, mas a música permanecia em sua mente, e ela continuava ouvindo os acordes orquestrais que lhe chegavam como passadas implacáveis de algo que não podia ser interrompido. Balançou a cabeça com raiva para fazer cair o chapéu e acendeu um cigarro.

Não dormirei, pensou. Podia aguentar até a noite do dia seguinte. O ritmo das rodas aumentou. Ela estava tão acostumada com aquele ruído que não o ouvia conscientemente. Mesmo assim, o som criava dentro dela uma sensação de paz. Quando apagou o cigarro, sentiu imediatamente que precisava de outro, mas achou que devia se dar um tempo, só uns poucos minutos, antes de acendê-lo...

Ela tinha caído no sono e agora despertava com um solavanco. E sabia que havia alguma coisa errada, embora não soubesse o quê – era que o trem tinha parado. O vagão estava em silêncio e na penumbra, à luz azul das lâmpadas. Deu uma olhada no relógio: não havia razão para aquela parada. Olhou pela janela: o trem estava imóvel no meio de um descampado.

Ouviu que alguém se mexia do outro lado da cabine e perguntou:

– Há quanto tempo estamos parados?

– Mais ou menos uma hora – respondeu a voz de um homem, indiferente. Ele olhou para ela espantado, pois ela se levantara e correra para a porta.

Havia lá fora um vento frio e uma extensão vazia de terra debaixo de um céu vazio. Ela ouviu um ruído de plantas que se agitavam, na escuridão. Lá na frente divisou os vultos de homens de pé, perto da locomotiva, e acima deles, dependurada, destacando-se do céu, a luz vermelha de um sinal.

Caminhou rapidamente na direção deles, vendo desfilarem por ela as rodas imóveis do trem. Ninguém se dignou a olhar para ela, quando chegou junto deles. Lá estavam alguns membros da tripulação e alguns passageiros aglomerados, embaixo da luz vermelha, parados e conversando, numa plácida indiferença.

– O que está havendo? – perguntou.

O maquinista se virou, espantado. A pergunta havia soado como uma ordem, não como a curiosidade amadorística de um passageiro. Ela conservava as mãos nos bolsos, a gola levantada. O vento agitava seus cabelos e os fazia bater-lhe no rosto.

– Sinal vermelho, senhora – disse ele, apontando para cima com o polegar.

– Há quanto tempo está assim?

– Uma hora.

– Estamos fora da linha principal, não estamos?

– Sim, senhora.

– Por quê?

– Não sei.

– Eu acho – disse o chefe do trem – que a chave não estava funcionando direito: não tínhamos nada que ter saído para este desvio. E essa coisa aí –

acrescentou, apontando para o sinal vermelho –, para mim está quebrada. Não vai mudar de cor.

– E que providência vocês estão tomando?

– Estamos esperando que a luz mude.

O silêncio dela era de raiva. O foguista riu:

– Na semana passada o Especial da Sul-Atlântica ficou largado num desvio durante duas horas, só por causa do erro de alguém.

– Este é o Cometa Taggart – disse ela. – O Cometa nunca chegou tarde.

– É o único trem no país que nunca se atrasou – disse o maquinista.

– Há sempre uma primeira vez – disse o foguista.

– A senhora não entende de ferrovias, moça – disse um passageiro. – Não há um só sistema de sinais, nem um só despachante no país que valham alguma coisa.

Ela não se voltou nem olhou para ele, mas falou para o maquinista:

– Já que o senhor sabe que o sinal está quebrado, o que pretende fazer?

O homem não gostou do seu tom autoritário e não pôde entender por que ela o adotava com tanta naturalidade. Parecia uma mocinha; só a boca e os olhos mostravam que tinha quase 30 anos. Os olhos cinza-escuros eram diretos e perturbadores, como se atravessassem as coisas, empurrando para o lado tudo o que era irrelevante. O rosto lhe parecia levemente familiar, mas não se lembrava de onde o conhecia.

– Minha senhora, não tenho a intenção de arriscar minha pele – respondeu ele.

– Ele quer dizer que nossa obrigação é cumprir ordens – disse o foguista.

– Sua obrigação é botar esse trem para andar.

– Avançando o sinal, não. Se a luz manda parar, a gente para.

– Luz vermelha é sinal de perigo, minha senhora – disse o passageiro.

– Não nos arriscamos – disse o maquinista. – O culpado por tudo isto vai botar a culpa em nós se tomarmos alguma iniciativa. Por isso, só vamos sair daqui quando alguém nos der ordem para sair.

– E se ninguém der ordem?

– Alguém vai aparecer, mais cedo ou mais tarde.

– Quanto tempo vocês pretendem esperar?

O maquinista deu de ombros:

– Quem é John Galt?

– Ele quer dizer: não faça perguntas a que ninguém pode responder – disse o foguista.

Ela olhou para a luz vermelha e para os trilhos que se perdiam na escuridão, na distância inalcançável. Disse então:

– Avance com cuidado até o próximo sinal. Se estiver em ordem, vá para a via principal. E aí pare no primeiro centro de controle.

– Ah, é? Por ordem de quem?

– Minha.

– E quem é a senhora?

Foi apenas uma pausa, um momento de perplexidade diante de uma pergunta pela qual ela não esperara, mas o maquinista olhou para seu rosto com mais atenção e exclamou "Meu Deus!" ao mesmo tempo que ela respondia, sem tom de ofensa, apenas como quem não ouve a pergunta com muita frequência:

– Dagny Taggart.

– Essa não! – exclamou o foguista, quando um silêncio pesado caiu sobre todos.

Ela continuou, com o mesmo tom de autoridade tranquila:

– Prossiga até a via principal e pare o trem para mim no primeiro escritório ferroviário que encontrar aberto.

– Sim, senhora.

– É preciso compensar o tempo perdido. Você tem todo o resto da noite para fazê-lo. Faça o Cometa chegar dentro do horário previsto.

– Sim, senhora.

Quando ela já se virava para se afastar, a voz do maquinista a interrompeu:

– Se houver algum problema, a responsabilidade é da senhora?

– É.

O chefe do trem a seguiu enquanto ela retornava. Parecia desnorteado e dizia:

– Mas num vagão comum... senhorita Taggart... Por quê?... Por que não nos avisou?...

Ela sorriu com naturalidade.

– Não tinha tempo para formalidades. Meu vagão particular foi atrelado ao número 22 em Chicago, mas saltei em Cleveland. E, como o trem estava atrasado, passei para o Cometa sem o meu vagão. Não havia mais lugar em nenhum vagão-leito.

O chefe do trem sacudiu a cabeça.

– O irmão da senhora não teria embarcado num vagão de segunda.

Ela riu, concordando:

– É verdade.

Os homens perto da locomotiva a observavam enquanto ela se afastava. O jovem guarda-freios, que estava entre eles, perguntou, apontando para ela:

– Quem é aquela, afinal?

– *Aquela* é a pessoa que manda na Taggart Transcontinental – disse o maquinista. E em sua voz parecia ouvir-se um tom de respeito genuíno. – Ela é a vice-presidente de operações da Taggart Transcontinental.

Quando o trem começou a se mover, com seu apito estridente ressoando pelos campos, Dagny sentou-se perto da janela e acendeu outro cigarro. Pensava: *Está tudo caindo aos pedaços, exatamente como aqui, por todo o país... Coisas assim podem acontecer em qualquer parte e a qualquer momento.* Mas não sentia ansiedade ou raiva. Sabia que não tinha muito tempo pela frente para isso.

Esse ia ser apenas mais um assunto a ser discutido entre muitos outros. Sabia que o superintendente da divisão de Ohio não era dos melhores, mas era amigo de James Taggart. Algum tempo atrás, ela deixara de insistir em sua demissão porque não tinha ninguém melhor para o substituir no cargo. Como era difícil encontrar pessoas competentes! Mas tinha de se livrar dele e dar seu posto a Owen Kellogg, um engenheiro jovem que estava realizando um trabalho brilhante como assistente administrativo no Terminal Taggart de Nova York. Na verdade, era Kellogg que estava dirigindo o terminal. Durante algum tempo ela havia observado o seu trabalho. Vivia procurando centelhas de competência como se fosse uma obstinada catadora de diamantes num monturo. Kellogg era ainda muito moço para ser nomeado superintendente de divisão. Ela pretendia esperar mais um ano, mas agora não havia tempo a perder. Precisava falar com ele logo que chegasse.

A faixa de terra que se via vagamente pela janela começava agora a correr mais depressa, transformando-se numa tira cinzenta. Através das secas frases que povoavam seus pensamentos, verificou que havia tempo para sentir algo: a dura e exultante sensação de estar agindo.

◂◂◂

Ao receber no rosto a primeira lufada de ar sibilante, quando o Cometa mergulhou no túnel do Terminal Taggart sob a cidade de Nova York,

Dagny Taggart se esticou na cadeira, rígida. Sempre experimentava aquela sensação ao entrar nos túneis – um misto de ansiedade, esperança e secreta exaltação. Era como se até então a vida fosse uma fotografia de coisas sem forma, impressa precariamente em cores pálidas. Agora, ao contrário, ela entrava num desenho esquemático rápido e vigoroso, feito em pinceladas bruscas – as coisas pareciam nítidas, importantes, e valia a pena se relacionar com elas. Olhava os túneis enquanto passavam: paredes nuas de concreto, uma rede de canos e fios, trilhos que desapareciam em buracos negros onde luzes verdes e vermelhas como manchas coloridas brilhavam ao longe. Nada mais havia, nada que diluísse as coisas, de modo que era possível apreciar a determinação nua e a engenhosidade que a transformara em realidade. Pensou no Edifício Taggart, que nesse momento estava acima de sua cabeça e procurava o céu. Pensou que estava nas raízes do edifício, raízes ocas que se retorciam no subsolo e alimentavam a cidade.

O trem parou e ela desceu. Ao contato do concreto da plataforma sob seus pés, sentiu-se leve, ágil, pronta para a ação. Começou a andar depressa, como se seus passos rápidos pudessem dar forma às coisas que sentia. Demorou a perceber que estava assoviando algo – o tema do quinto concerto de Halley.

Sentiu que alguém olhava para ela e se voltou. Era o jovem guarda-freios que a observava, tenso.

◢◢◢

Dagny estava sentada no braço da poltrona em frente à escrivaninha de James Taggart, com o casaco aberto, deixando aparecer sua roupa de viagem amassada. Eddie Willers estava sentado do outro lado da sala, fazendo anotações de vez em quando. Seu cargo era o de assistente especial da vice-presidente de operações, e seu dever principal era o de ser seu guarda-costas contra qualquer espécie de perda de tempo. Ela lhe pedia para sempre estar presente em reuniões desse tipo, porque assim não precisaria lhe explicar nada depois. Taggart estava sentado à mesa, com a cabeça encolhida para dentro dos ombros.

– A Linha Rio Norte é um monte de lixo do princípio ao fim – disse ela. – Está muito pior do que eu pensava. Mas vamos recuperá-la.

– É claro – disse Taggart.

– Parte dos trilhos pode ser salva. Não muito e não por muito tempo. Começaremos colocando trilhos novos nos trechos montanhosos. O Colorado primeiro. Trilhos novos em dois meses.

– Orren Boyle disse que...

– Encomendei trilhos da Siderúrgica Rearden.

O leve pigarro que partiu de Eddie Willers equivalia ao seu desejo refreado de aplaudir.

Taggart não respondeu de imediato. Após uma pausa, disse:

– Dagny, por que você não se senta direito, como todo mundo faz? – O tom de voz era petulante. – Ninguém trata de negócios desse jeito.

– Eu trato.

Ela esperou. Ele perguntou, evitando o olhar dela:

– Você disse que já encomendou os trilhos à Siderúrgica Rearden?

– Ontem à tarde. Telefonei para ele de Cleveland.

– Mas a diretoria não autorizou. Eu não autorizei. Você não me consultou.

Dagny estendeu o braço, pegou o telefone na mesa dele e o ofereceu ao irmão:

– Ligue para Rearden e cancele o pedido.

Taggart se encostou na cadeira.

– Eu não disse que quero cancelar nada – retrucou, irritado. – Não disse isso, absolutamente.

– Então o pedido está de pé?

– Também não disse isso.

Dagny se virou.

– Eddie, mande preparar o contrato com a Siderúrgica Rearden. Jim vai assinar. – Tirou um pedaço amassado de papel de um dos bolsos e o estendeu para Eddie. – Aqui estão os números e as cláusulas.

– Mas a diretoria ainda não... – foi dizendo Taggart.

– A diretoria não tem nada a ver com isso. Eles o autorizaram a comprar os trilhos 13 meses atrás. Quanto ao lugar onde você faz a compra, é problema seu.

– Não acho direito tomar uma decisão dessas sem dar à diretoria uma chance de opinar. Nem vejo razão para que eu assuma a responsabilidade.

– Eu assumo.

– Mas e os gastos que...

– Rearden está cobrando menos do que as Siderúrgicas Associadas de Orren Boyle.

– Muito bem, mas e Boyle? Como fica?

– Já cancelei o contrato. Já poderíamos ter feito isso há seis meses.

– E quando você fez isso?

– Ontem.

– Mas ele não me telefonou para confirmar.

– Ele não vai telefonar.

Taggart baixou o olhar. Dagny não entendia por que ele não gostava de ter que fazer negócios com Rearden e por que essa repulsa era assim disfarçada, estranha. A Siderúrgica Rearden tinha sido o maior fornecedor da Taggart Transcontinental durante 10 anos, desde a primeira fornada da usina, no tempo em que o pai dela e de James era o presidente da rede. Durante uma década, a maior parte dos trilhos da companhia foi feita pela Rearden. Não havia no país muitas firmas que entregassem as encomendas tal como haviam sido pedidas e dentro dos prazos fixados. A Siderúrgica Rearden era uma dessas poucas. *Se eu fosse louca*, pensava Dagny, *poderia concluir que meu irmão não gosta de negociar com Rearden porque este é extremamente eficiente em seu trabalho.* Mas ela não podia tirar tal conclusão: pensar assim era humanamente impossível.

– Não é justo – disse Taggart.

– O que quer dizer?

– Sempre negociamos com Rearden. Pareceu-me que devíamos dar uma oportunidade aos outros também. Ele não precisa de nós. Já cresceu o bastante. Devemos ajudar os menores, fazer com que cresçam. Senão estaremos estimulando um monopólio.

– Que bobagem, Jim!

– Por que somos obrigados a fazer pedidos exclusivamente à Rearden?

– Porque somos bem atendidos.

– Não gosto de Henry Rearden.

– Eu gosto. Mas isso não importa, de qualquer modo. Precisamos de trilhos e ele é o único que pode fornecê-los.

– O elemento humano é muito importante. Você não tem sensibilidade para o fator humano.

– Não. Não tenho mesmo.

– Se fizermos uma encomenda de trilhos de aço tão grande à Rearden...

– Não serão de aço. Serão de metal Rearden.

Ela sempre evitava manifestar reações pessoais, mas não conseguiu se conter quando viu a cara de Taggart: caiu na gargalhada.

O metal Rearden era uma liga nova, produzida depois de 10 anos de pesquisas. Ele a tinha colocado no mercado muito recentemente. Ainda não tinha recebido qualquer encomenda.

E, como a voz de Dagny subitamente se tornou fria e direta, Taggart ficou confuso ao ouvi-la:

– Chega, Jim. Sei perfeitamente tudo o que você vai dizer. Que ninguém usou a liga antes. Que ninguém, ainda, aprovou o metal Rearden. Que ninguém se interessa por ele. Pois, mesmo assim, nossos trilhos vão ser de metal Rearden.

– Mas... – gaguejou Taggart – mas... mas ninguém ainda usou essa liga!

E constatou, com satisfação, que Dagny ficou muda de irritação. Para ele era um prazer observar emoções, pareciam-lhe lanternas vermelhas ao longo do percurso desconhecido da personalidade do outro que indicavam os pontos fracos. Mas ter emoções por causa de uma liga metálica era algo que ele não entendia, assim como não podia entender o que significava tudo aquilo. Não podia, portanto, aproveitar essa sua descoberta em relação à emoção da irmã.

– As maiores autoridades em metalurgia se mostram muito céticas a respeito do metal Rearden. Dizem que...

– Basta, Jim.

– Em que opinião você se baseia?

– Não peço opiniões.

– E como se decide?

– Pelo discernimento.

– Discernimento de quem?

– O meu.

– Mas quem você consultou?

– Ninguém.

– Que diabos você sabe sobre o metal Rearden?

– Que é a melhor coisa que já foi posta à venda.

– Por quê?

– Porque é mais duro do que o aço, mais barato do que o aço e dura mais do que qualquer metal existente.

– Mas quem afirma isso?

– Jim, eu estudei engenharia. Quando vejo uma coisa, eu vejo.

– E o que você viu?

– A fórmula de Rearden e os testes que ele realizou com o metal.

– Bom, se fosse tão eficiente assim, alguém já teria usado, e ninguém usou. – Ele viu a raiva estampada no rosto dela e continuou, nervoso: – Como você pode ter certeza de que é bom? Como pode decidir?

– Alguém tem que tomar essas decisões, Jim. Quem?

– Não vejo por que devamos ser os primeiros. Não vejo mesmo.

– Você quer ou não quer salvar a Rio Norte? Se a empresa pudesse, eu arrancaria todos os trilhos do sistema e colocaria trilhos de metal Rearden em seu lugar. É preciso trocar tudo. Nenhum segmento vai aguentar muito tempo mais. Mas ainda não podemos. Temos que sair do buraco, antes de mais nada. Você quer que isso aconteça ou não?

– Ainda somos a melhor ferrovia do país. O serviço das outras é muito pior.

– Você quer que continuemos no buraco?

– Eu não disse isso! Por que você sempre simplifica as coisas desse jeito? E, se está preocupada com dinheiro, não vejo por que quer gastá-lo na Rio Norte, quando a Phoenix-Durango nos roubou tudo lá naquela região. Por que gastar mais dinheiro quando não temos proteção contra um concorrente que vai destruir nosso investimento?

– Porque a Phoenix-Durango é uma excelente ferrovia, mas eu pretendo tornar a Rio Norte ainda melhor. Porque vou derrotá-la, se necessário... e só se for necessário, porque no Colorado vai haver espaço para duas ou três ferrovias fazerem fortuna. Porque eu hipotecaria todo o sistema para construir uma linha só para servir Ellis Wyatt.

– Não aguento mais ouvir falar de Ellis Wyatt.

Ele não gostou da maneira como Dagny moveu os olhos para ele e ficou parado, fitando-a por um momento.

– Não vejo necessidade de ação imediata – disse ele, parecendo ofendido – nem entendo o que você considera tão alarmante na Taggart Transcontinental.

– São consequências de sua política, Jim.

– Que política?

– Aquela experiência de 13 meses com as Siderúrgicas Associadas, por exemplo, ou, se quer outro exemplo, a sua catástrofe no México.

– A diretoria aprovou o contrato das Siderúrgicas Associadas – disse ele mais que depressa. – Ela votou a favor da construção da Linha San Sebastián. E não vejo nenhuma catástrofe naquilo.

– É catástrofe porque o governo mexicano vai nacionalizar a estrada de ferro qualquer dia desses.

– Mentira! – Ele estava quase gritando. – Isso é intriga! Tenho informações de fontes muito bem informadas que...

– Não demonstre que você está com medo, Jim – disse ela, calma.

Ele não respondeu.

– Não adianta entrar em pânico – continuou ela. – Tudo o que podemos fazer é tentar amortecer o golpe. Vai ser um golpe duro. Quarenta milhões de dólares são uma perda da qual não nos recuperaremos facilmente. Porém a Taggart Transcontinental já sofreu golpes duros no passado. Vai aguentar esse também.

– Recuso-me a considerar a possibilidade de que a San Sebastián vá ser nacionalizada!

– Tudo bem. Recuse-se.

Ela permaneceu em silêncio. E ele disse, na defensiva:

– Não entendo por que você faz tanta questão de ajudar Ellis Wyatt, ao mesmo tempo que acha errado ajudar um país menos favorecido.

– Ellis Wyatt não está pedindo a ninguém que o ajude. E eu não estou aqui para ajudar ninguém. Estou operando uma ferrovia.

– Isso me parece uma visão muito estreita. Não entendo por que a gente deve ajudar um homem em vez de ajudar uma nação.

– Não estou interessada em ajudar ninguém. Estou interessada em ganhar dinheiro.

– Uma atitude pouco prática. Essa voracidade egoísta em relação ao lucro é coisa do passado. Todo mundo concorda que os interesses da sociedade como um todo devem vir na frente de qualquer negócio que...

– Por quanto tempo você vai ficar se esquivando do assunto, Jim?

– Que assunto?

– A encomenda de metal Rearden.

Ele não respondeu. Examinava-a, em silêncio. Seu corpo esguio, que estava a ponto de desmoronar de cansaço, parecia ser sustentado pela linha reta dos ombros, e os ombros eram mantidos por um esforço voluntário e consciente. Poucas pessoas apreciavam o rosto dela: era frio, com olhos vivos demais; nada faria nascer, em seu rosto, tons suaves. As pernas bonitas, que desciam do braço da poltrona e ocupavam o centro do campo de visão de Taggart, o irritavam, por contradizer o restante de sua avaliação.

Uma vez que ela se mantinha calada, ele perguntou:

– Você decidiu fazer a encomenda sem mais nem menos, num impulso, ao pegar num telefone?

– Decidi seis meses atrás. Esperei apenas que Hank Rearden pusesse o metal na linha de produção.

– Não o chame de *Hank* Rearden. É vulgar.

– É assim que todos o chamam. Não mude de assunto.

– Por que você tinha que telefonar para ele ontem à noite?

– Não pude encontrá-lo mais cedo.

– Por que não esperou até chegar a Nova York e...

– Porque eu vi a Linha Rio Norte.

– Bem, preciso de tempo para pensar, levar o assunto à diretoria, consultar os melhores...

– Não há tempo.

– Você não me deu tempo de formar uma opinião.

– Pouco me importa a sua opinião. Não vou discutir com você, nem com a sua diretoria nem com seus peritos. Você tem uma escolha a fazer e vai fazê-la agora. Diga apenas sim ou não.

– Isso é uma maneira descabida, arbitrária, arrogante de...

– Sim ou não?

– Este é o seu problema. Você reduz tudo a sim ou não. As coisas não são absolutas assim. Nada é absoluto.

– Os trilhos são. Ou a gente compra ou não compra.

Ela esperou, e ele não deu resposta alguma.

– Então?

– Você se responsabiliza?

– Sim.

– Então vá em frente – disse ele –, mas é por sua conta. Não cancelo o pedido, mas não vou prometer nada quanto ao que direi à diretoria.

– Pode dizer o que bem entender.

Ela se levantou para sair. Ele se inclinou para a frente sobre a escrivaninha, como para retê-la, sem querer encerrar a reunião de modo tão decisivo.

– Você compreende, evidentemente, que vão ser necessárias inúmeras providências para pôr tudo isso em ordem – disse Taggart, num tom de voz que parecia dar a entender que aqueles obstáculos lhe agradavam. – A coisa não é tão simples assim.

– Claro – disse ela. – Vou lhe mandar um relatório detalhado, que Eddie vai preparar, e que você não vai ler. Eddie o ajudará a convencer os outros. Eu vou a Filadélfia hoje de noite para ver Rearden. Temos muito trabalho a fazer, ele e eu. – Acrescentou: – É só isso e nada mais que isso, Jim.

Ela já se voltava para sair quando ele falou:

– Para você, tudo está bem porque você tem sorte. Os outros não fazem assim.

– Fazem o quê?

– As outras pessoas são humanas. Sensíveis. Não podem dedicar uma vida inteira a metais e máquinas. Você tem sorte. Nunca teve sentimentos. Nunca sentiu nada.

Dagny olhou para ele, e em seus olhos escuros a perplexidade lentamente se transformou em indiferença. Depois surgiu neles uma expressão estranha, que parecia de cansaço, porém exprimia muito mais que o esforço de suportar aquele momento.

– É, Jim – disse ela calmamente. – Eu creio que realmente nunca senti nada.

Eddie Willers seguiu-a até o escritório. Toda vez que ela voltava, ele sentia que o mundo se tornava claro, simples, fácil de enfrentar – e esquecia seus momentos de apreensão e dúvida. Ele era a única pessoa a achar completamente natural que ela ocupasse, sendo mulher, a vice-presidência de uma grande companhia de transportes. Ela lhe dissera, quando ele tinha 10 anos, que um dia chegaria, como chegara, a dirigir a companhia. Ele não se espantava com isso agora, da mesma maneira que não se espantara quando ela fizera aquela afirmativa, numa clareira do bosque.

Quando chegaram ao escritório dela e Eddie a viu sentar-se à mesa e olhar os memorandos que ele deixara lá para ela, teve a sensação que usualmente experimentava em seu carro, quando o motor pegava e ele se preparava para partir.

Já ia deixá-la só, quando se lembrou de algo que ainda não lhe dissera.

– Owen Kellogg, da divisão de terminais, pediu para ser recebido por você – avisou.

Ela o olhou espantada.

– Engraçado! Eu ia exatamente mandar chamá-lo. Mande que suba. Quero vê-lo... Ah, Eddie – acrescentou subitamente –, antes de mais nada, peça uma ligação para o Ayers, da Companhia Ayers de Publicações Musicais.

– A Companhia Ayers de Publicações Musicais? – repetiu ele, incrédulo.

– É. Quero perguntar uma coisa a ele.

Quando a voz do senhor Ayers, cortês e determinada, perguntou como poderia servi-la, ela expôs o que queria saber:

– Pode me informar se Richard Halley compôs um novo concerto para piano, o quinto?

– Um *quinto* concerto, Srta. Taggart? Não.

– Tem certeza?

– Absoluta. Ele não compõe nada há oito anos.

– Ele está vivo?

– Está, sim... Aliás... Não sei dizer com certeza. Ele passou a viver inteiramente em reclusão... Mas teríamos sido notificados se ele tivesse morrido.

– Se ele tivesse composto algo, o senhor também teria tido notícia?

– Certamente. Teríamos sido os primeiros a saber. Somos nós que editamos toda a sua obra. Mas ele parou de compor.

– Está bem. Muito obrigada.

Quando Owen Kellogg entrou no escritório, ela o olhou satisfeita. Agradava-lhe ver que havia acertado ao se lembrar, embora vagamente, de sua aparência. O rosto tinha aquela mesma qualidade do guarda-freios do trem, característica dos homens com os quais ela podia trabalhar.

– Sente-se, senhor Kellogg – disse ela, mas ele permaneceu em pé diante de sua escrivaninha.

– A senhorita me pediu certa vez que lhe avisasse se decidisse mudar de emprego, Srta. Taggart – disse ele. – Por isso vim aqui. Estou me demitindo.

Ela podia esperar tudo, menos aquilo. Precisou de algum tempo até perguntar:

– Por quê?

– Por um motivo de ordem pessoal.

– Está descontente com a empresa?

– Não.

– Recebeu uma oferta melhor?

– Não.

– Para que companhia ferroviária você vai?

– Nenhuma, Srta. Taggart.

– E vai trabalhar em quê?

– Ainda não decidi.

Ela o examinava, sentindo-se vagamente mal. Não havia hostilidade no rosto dele. Kellogg a olhava diretamente, respondia de modo simples e franco.

– Por que então deseja sair?

– É uma questão pessoal.

– Está doente? Tem algum problema de saúde?

– Não.

– Vai deixar a cidade?

– Não.

– Recebeu alguma herança que lhe permita aposentar-se?

– Não.

– Vai trabalhar para viver?

– Sim.

– Mas não deseja trabalhar na Taggart Transcontinental.

– Exatamente.

– Deve ter acontecido alguma coisa que o levou a tomar essa decisão. O que foi?

– Nada, Srta. Taggart.

– Gostaria que me dissesse. Tenho uma razão pessoal para querer saber.

– Aceitaria minha palavra, Srta. Taggart?

– Sim.

– Nenhuma pessoa, coisa ou acontecimento daqui teve nada a ver com a minha decisão.

– Você não tem nenhuma queixa específica contra a Taggart Transcontinental?

– Nenhuma.

– Então talvez você reconsidere quando ouvir a oferta que tenho a lhe fazer.

– Sinto muito, Srta. Taggart. Não posso.

– Posso lhe dizer o que tenho em mente?

– Se a senhorita desejar.

– Acredita que decidi lhe oferecer este posto antes de você pedir para me ver? Quero que saiba disso.

– Sempre acreditei na senhorita.

– É o posto de superintendente da divisão de Ohio. É seu, se quiser.

O rosto dele não mostrou qualquer reação, como se as palavras não tivessem qualquer sentido ou fossem dirigidas a um selvagem que jamais tivesse ouvido falar de ferrovias.

– Não estou interessado, Srta. Taggart.

Depois de um curto intervalo, ela insistiu:

– Diga o seu preço, Kellogg. Quero que você fique. Posso cobrir a oferta de qualquer outra ferrovia.

– Não vou trabalhar para nenhuma outra.

– Pensei que você gostasse do seu trabalho.

Apareceu nele o primeiro sinal de emoção, seus olhos se abriram um pouco mais, e ouviu-se uma ênfase contida na voz quando ele respondeu:

– E gosto.

– Então me diga o que devo fazer para que você fique! – gritou ela.

A explosão foi tão obviamente franca e incontrolável que ele a olhou como se ela o houvesse atingido.

– Talvez não seja correto eu vir aqui lhe dizer que vou pedir demissão, Srta. Taggart. Eu sei que me pediu para avisar a fim de que pudesse me fazer, em tempo, uma contraproposta. Assim, se venho, dou a impressão de que há espaço para negociação. Mas não há. Vim apenas porque... não quis faltar à minha palavra com a senhorita.

Um ligeiro tremor na voz dele lhe deu uma súbita revelação de quanto o interesse e o pedido de Dagny tinham significado para ele e de que a decisão não tinha sido fácil.

– Kellogg, há alguma coisa que eu possa oferecer para você ficar?

– Nada, Srta. Taggart. Nada neste mundo.

Ele se voltou para deixar a sala. Pela primeira vez na vida ela sentiu-se perdida e derrotada.

– Por quê? – perguntou ela, sem se dirigir a ninguém.

Ele parou. Deu de ombros e sorriu. Era como se ele voltasse à vida, e aquele era o sorriso mais estranho que ela já vira: continha um contentamento interior e secreto, e desânimo, e infinita amargura. E ele disse:

– Quem é John Galt?

CAPÍTULO 2

A CORRENTE

Começava com poucas luzes. Enquanto o trem da Taggart corria na direção de Filadélfia, algumas luzes brilhantes surgiam, espalhadas, na escuridão. Pareciam, ao mesmo tempo, casuais, na planície vazia, e fortes demais para que nelas não houvesse algum propósito. Os passageiros as olhavam distraídos, sem interesse.

Aparecia em seguida a sombra negra de uma estrutura, quase invisível contra o céu. Depois, uma grande construção, próxima dos trilhos. Era um prédio escuro, e os reflexos das luzes do trem riscavam o vidro maciço de suas paredes.

Um trem de carga que cruzou por eles escondeu a visão, inundando de ruído as janelas. Num intervalo em que passavam vagões mais baixos, foi possível ver estruturas distantes, desenhadas contra a luz vermelha e evanescente do céu. Era um brilho que se movia em espasmos irregulares, dando a impressão de que aquelas estruturas respiravam.

Depois que o trem de carga passou, apareceram edifícios angulares envoltos em rolos de fumaça. Os raios das luzes mais fortes abriam fendas entre aquelas espirais vermelhas como o céu.

O que surgiu em seguida não parecia um edifício, mas uma casca de vidraças em xadrez que continha vigas, guindastes e fardos, no meio de uma chama de luz alaranjada, sólida, ofuscante.

Os passageiros não podiam avaliar a complexidade daquilo que parecia ser uma cidade que se estendia por quilômetros e quilômetros, em plena atividade, mesmo sem sombra de presença humana. Viam torres que pareciam arranha-céus contorcidos, pontes soltas no espaço, súbitas feridas pelas quais jorrava fogo das sólidas paredes. Via-se uma fileira de cilindros que se moviam no meio da noite. Eram de metal e pareciam em brasa.

Perto dos trilhos passava agora um edifício de escritórios. Do teto, um letreiro de néon emitia uma luminosidade que invadia as cabines: *Siderúrgica Rearden.*

Um passageiro, que era professor de economia, comentou com seu companheiro:

– Que importância têm os indivíduos em meio às realizações titânicas de nossa era industrial?

Um outro, que era jornalista, tomava uma anotação para um futuro artigo: "Hank Rearden é o tipo de homem que escreve seu nome em tudo aquilo que toca. Com base nisso, pode-se formar uma opinião sobre o seu caráter."

O trem cortava velozmente a escuridão quando um bafo vermelho partiu de uma estrutura alongada e subiu ao céu. Os passageiros não prestaram atenção – mais uma calda de aço derretido não era razão para que tivessem sua atenção desviada.

Era a primeira calda da primeira encomenda de metal Rearden.

Para os homens no interior da usina, que trabalhavam nos altos-fornos, o primeiro jato de metal líquido foi como um amanhecer surpreendente. A fina lâmina que aparecia no espaço livre tinha a cor pura e branca de um raio de sol. Rolos negros de fumaça subiam, com raias de um vermelho violento. Fontes de fagulhas espasmódicas jorravam como de artérias abertas. O ar parecia rasgado em farrapos, refletindo uma chama inexistente, borrões vermelhos se contorcendo e correndo pelo espaço, como se estivessem livres da obrigação de se amoldarem à má estrutura feita pelo homem, e como se tentassem consumir as colunas, as vigas, as pontes dos guindastes lá no alto. Mas, ainda assim, o metal líquido não tinha um ar violento. Era uma longa curva branca com a textura do cetim e o brilho de um sorriso radiante. Fluía obedientemente por uma calha de barro dotada de virolas para contenção e descia de uma altura de 4 metros até um reservatório com capacidade para 200 toneladas. Um fluxo de estrelas acompanhava a corrente: tendo surgido de sua macia essência, parecia delicado como uma renda e inocente como os fogos de artifício que as crianças chamam de "chuviscos". Somente de perto é que se podia notar que o cetim branco fervia. Aqui e ali aparecia um borbulhar que emitia salpicos para o chão ao lado: metal fervendo que, ao se resfriar quando atingia o chão, entrava em ignição, gerando uma chama.

Duzentas toneladas de um metal que se tornaria mais duro que o aço, escorrendo líquidas a uma temperatura de 4.000°C, tinham o poder de destruir qualquer parede da estrutura e qualquer um dos homens que trabalhavam ao longo do fluxo. Mas cada centímetro de seu percurso, cada grama de seu peso, cada uma de suas moléculas estava sob o controle de uma intenção consciente que havia se dedicado a essa tarefa por 10 anos.

Insinuando-se por entre as sombras das oficinas, o brilho rubro açoitava a face de um homem que permanecia a distância, num canto. Ele se deixava estar, colado a uma coluna, olhando tudo. O brilho pousou por um momento sobre os seus olhos, que tinham a cor e a característica do gelo azul-pálido, e seguiu até a trama de metal da coluna e até os fios louro-acinzentados de seu cabelo, para, em seguida, iluminar o cinto de seu sobretudo e os bolsos em que ele enfiara as mãos. Ele era alto e descarnado – sempre tinha sido mais alto do que os que o cercavam. Sua face era cortada por maçãs salientes e por umas poucas rugas retilíneas. Não eram sinal de idade, pois sempre as tivera – elas haviam feito com que ele parecesse velho aos 20 anos, e moço agora, aos 45. Até onde podia recordar, sempre disseram que seu rosto era feio por parecer inclemente, cruel, por não ter expressão. Estava inexpressivo agora, enquanto olhava para o metal. Esse homem era Hank Rearden.

O metal subia agora até o topo da grande concha. Sua ascensão era arrogante e abundante. Então as gotas de um branco ofuscante passavam a um marrom de fogo e, em mais um instante, se transformavam em pingentes de metal negro, que caíam em pedaços. A escória se acumulava numa crosta grossa, que parecia a crosta da Terra. À medida que ia engrossando, algumas crateras se abriam, com o líquido branco ainda fervendo em seu interior.

Um homem surgiu como se cavalgasse no ar, preso a um cabo de guindaste que pendia do alto. Acionou uma alavanca com uma das mãos, num gesto feito sem esforço; ganchos de aço desceram numa corrente, prenderam-se na beira da concha e a levantaram como se fosse um balde de leite – e, desse modo, duas toneladas de metal foram deslocadas pelo ar em direção a uma fileira de moldes a serem enchidos.

Hank Rearden se inclinou para trás, fechando os olhos. Sentia trepidar com a passagem do guindaste a coluna de metal em que se apoiava. *O trabalho está terminado*, pensou consigo mesmo.

Um operário o viu e sorriu, compreendendo tudo, como um amigo e cúmplice numa grande comemoração, que sabia por que naquela noite a figura alta e loura estava ali. Rearden sorriu em retribuição: era a única saudação que havia recebido. Então, voltou ao seu escritório, novamente a mesma figura de rosto inexpressivo.

Já era tarde da noite quando Rearden deixou sua sala para caminhar da siderúrgica para casa. Era uma caminhada de alguns quilômetros por descampados, mas, sem qualquer motivo consciente, ele se sentira compelido a fazê-la.

Caminhava com uma das mãos no bolso, os dedos fechados em torno de uma pulseira. Era feita de metal Rearden, em forma de corrente. Seus dedos se moveram apalpando sua textura mais uma vez. Levara 10 anos para fazê-la. *Dez anos*, pensou, *é muito tempo.*

O caminho era escuro, ladeado por árvores. Olhando para o alto, ele viu algumas folhas contra as estrelas; as folhas estavam retorcidas e secas, prestes a cair. Havia luzes distantes nas janelas das casas espalhadas pelo campo, mas as luzes faziam com que o caminho parecesse ainda mais deserto.

Ele nunca sentia solidão, exceto quando estava feliz. Voltou-se mais uma vez para ver a mancha avermelhada no céu, acima da siderúrgica.

Não pensava nos 10 anos. O que deles restava hoje era apenas um sentimento que não sabia nomear. Sabia apenas que era tranquilo e solene. Era o sentimento de alguma conclusão, de alguma soma, e ele não precisava contar novamente as partes de que essa operação se compunha. Mas as partes, ainda que não invocadas, ali estavam, no interior do sentimento. Eram as noites passadas ante cada abrasadora fornada nos laboratórios de pesquisa da sua indústria, as noites na oficina de sua casa, debruçado sobre folhas e folhas de papel, que ele enchia de fórmulas e depois rasgava com o desespero do fracasso. Eram os dias nos quais os jovens cientistas do pequeno grupo que ele escolhera aguardavam suas instruções, como soldados prontos para uma batalha perdida, tendo já esgotado sua criatividade, ainda a postos, mas silenciosos, com a frase não pronunciada pairando no ar: "Sr. Rearden, é impossível..." Eram as refeições interrompidas ou abandonadas por causa do súbito aparecimento de uma ideia nova, de uma ideia que deveria ser testada imediatamente, ser tentada, ser investigada durante meses, e que, mais tarde, seria descartada como novo fracasso. Eram os momentos roubados de reuniões, contratos, do dever de administrar a melhor siderúrgica do país, momentos roubados com sentimentos de culpa, como os que se roubam para amores secretos. Era o pensamento fixo que, durante um período de 10 anos, se manteve subjacente a tudo o que ele fazia, a tudo o que via. O pensamento que ele mantinha enquanto olhava para os edifícios de uma cidade, os trilhos de uma ferrovia, a luz da janela de uma casa de campo vista a distância, a faca na mão de uma bela mulher cortando uma fruta num banquete. A ideia de uma liga de metal que pudesse fazer mais do que o aço jamais fizera, um metal que viesse a ser para o aço o que o aço fora para o ferro. Eram os sentimentos torturantes que experimentava ao descartar uma esperança ou uma amostra, sem se permitir reconhecer que estava cansado, sem se dar tempo para sentimentos, circulando sempre na tortura do "não está suficientemente bom", do "ainda não vai ser desta vez", e o espírito de continuar em frente sem qualquer ajuda que não a da convicção de que aquilo podia ser feito. Até o dia em que foi realmente concluído e seu nome era metal Rearden. Era isso que havia se transformado e fundido dentro de si, e a liga que agora se formava entre essa realidade e ele mesmo gerava um sentimento tranquilo e estranho, que o fazia sorrir no escuro, no meio do campo, e se perguntar por que a felicidade podia doer às vezes.

Após algum tempo, verificou que estava pensando em seu passado, como se alguns daqueles dias se estendessem diante dele, pedindo que fossem relembrados. Ele não queria olhá-los – desprezava as recordações, considerando-as uma perda de tempo. Porém compreendeu que as de agora eram evocadas pelo objeto de metal que levava no bolso. E aí se permitiu lembrar.

Reviu o dia em que estava sentado à borda de um rochedo e sentia uma gota de suor que se deslocava de sua têmpora para o pescoço. Tinha 14 anos e aquele era o seu primeiro dia de trabalho nas minas de ferro de Minnesota. Estava tentando aprender a respirar, apesar da terrível dor que sentia no peito. Ficou amaldiçoando a si mesmo, porque havia decidido que não se cansaria. Depois de algum tempo voltou ao trabalho. Decidira que a dor não era razão bastante para parar.

Reviu o dia em que olhava as minas da janela do seu escritório: agora eram suas. Ele estava com 30 anos. O que se passara entre uma cena e outra, durante todos aqueles anos, não contava, assim como a dor também não havia importado. Tinha trabalhado em minas, fundições, usinas de aço no Norte, sempre se deslocando em busca do objetivo que fixara. Tudo de que se lembrava dos empregos era de que os homens ao seu redor pareciam nunca saber o que fazer – e ele sempre sabia. Lembrou-se de que, na época, muitas minas de ferro estavam fechando, tais quais estas, agora suas, até que ele as adquiriu. Olhou para os patamares de rochedos a distância. Operários erguiam um novo letreiro sobre um portão ao fim de uma estrada: *Minérios Rearden.*

Reviu uma tarde em que estava sentado no escritório. Era quase noitinha, e seu pessoal já havia saído. Ele podia ficar ali, sozinho e sem testemunhas. Sentia-se cansado. Era como se tivesse realizado uma corrida contra o próprio corpo e todo o cansaço de anos, que ele havia se recusado a sentir, desabasse agora sobre si e o esmagasse contra a superfície da mesa. Nada sentia, a não ser o desejo de permanecer imóvel. Não tinha forças para sentir ou para sofrer. Queimara tudo o que havia para queimar dentro de si. Tinha espalhado tantas faíscas para dar partida às inúmeras coisas que fizera, e agora pensava se alguém no mundo lhe daria uma faísca inicial para recomeçar, agora que ele se sentia sem iniciativa. Perguntava a si mesmo: quem lhe dera a primeira faísca de todas? Quem o mantivera em movimento? Levantou a cabeça. Devagar, com o maior esforço de sua vida, fez seu corpo se levantar até poder sentar-se direito, com apenas uma das mãos apoiada na escrivaninha e apenas um braço trêmulo a lhe fornecer sustentação. E nunca mais se fez de novo aquela pergunta.

Reviu o dia em que, do alto de um monte, olhava para uma terra devastada onde antes houvera uma fundição de aço. Estava fechada e abandonada. Ele a comprara na noite anterior. Soprava um vento forte e uma luz cinzenta escapava por entre as nuvens. Viu, com essa luz, a cor vermelho-marrom, como de sangue coagulado, da ferrugem que cobria o aço dos guindastes gigantescos. E viu, também, os tufos de ervas daninhas, verdes, brilhantes, vivos, crescendo como canibais bem nutridos por entre cacos de vidro ao pé de paredes e esquadrias desnudas. Num portão ao longe viam-se as silhuetas de homens. Eram desempregados, nas barracas apodrecidas remanescentes do que antes fora uma cidade próspera. Olhavam, silenciosos, o carro luzente que ele estacionara no portão da fundição e se perguntavam se o homem que viam no alto da colina era o Hank Rearden de quem as pessoas tanto falavam e se era verdade que a fundição ia reabrir as portas. "O ciclo histórico da produção do aço na Pensilvânia está em fase descendente", afirmara um jornal, "e os especialistas concordam em que a aventura de Henry Rearden nesta área é inútil. Logo se verá o sensacional fim do sensacional Henry Rearden".

Isso fora 10 anos antes. Hoje, o vento frio que batia em seu rosto era semelhante ao de então. Ele olhou para trás. A mancha avermelhada que subia da siderúrgica para o céu era uma visão tão vivificante quanto um amanhecer.

Tais haviam sido os seus passos, estações que um trem expresso alcançara e ultrapassara. Nada havia de notável nos anos que ficavam entre elas; pareciam borrados como uma paisagem vista em velocidade.

De qualquer maneira, pensou, *fossem quais tivessem sido as agonias e os esforços, haviam valido a pena, pois tornaram o dia de hoje possível – o dia em que a primeira calda da primeira encomenda de metal Rearden ficou pronta e se transformaria em trilhos para a Taggart Transcontinental.*

Tocou a pulseira em seu bolso. Fora feita dessa primeira fornada de metal. Era para sua mulher.

Nesse momento se deu conta de que seu pensamento se voltara para uma abstração à qual dava o nome de "sua mulher" – e não para a mulher com quem havia se casado. Sentiu uma espécie de remorso, desejando que o bracelete não tivesse sido feito, e, a seguir, censurou-se por ter tido remorso.

Sacudiu a cabeça. Não era tempo para velhas dúvidas. Sentiu-se capaz de perdoar qualquer coisa, porque a felicidade é o maior agente de purificação que há. Tinha certeza de que todos os seres vivos queriam que ele estivesse bem hoje. Sentia vontade de conversar com alguém, encarar o primeiro desconhecido que aparecesse, ficar diante dele, desarmado e aberto, e dizer: "Olhe para mim." *As pessoas certamente estariam tão sequiosas de alegria quanto ele sempre fora*, pensou, *sequiosas de um alívio momentâneo daquela carga cinzenta de sofrimento que parecia tão inexplicável e desnecessária.* Rearden jamais entendera por que os homens haveriam de ser infelizes.

A estrada escura o tinha levado imperceptivelmente ao topo de uma colina. Ele parou e se voltou. A mancha vermelha era agora uma pequena faixa, longe, no poente. Por cima dela, mais próximas, viu as letras de gás néon no céu escuro: *Siderúrgica Rearden*.

Manteve-se ereto, como se diante de um tribunal. Pensou em outras placas luminosas espalhadas pelo país, na escuridão dessa noite: *Minérios Rearden, Carvão Rearden, Calcário Rearden.* Pensou nos dias que vivera. Seria bom se pudesse pôr sobre eles um cartaz em néon, com os dizeres: *Vida Rearden.*

Voltou-se bruscamente e caminhou. À medida que se aproximava de casa, começou a perceber que seus passos iam ficando mais lentos e que algo do seu bom humor o abandonava. Percebeu, a contragosto, que relutava em entrar em casa. *Não*, pensou, *hoje não. Hoje eles compreenderão*. Mas ele mesmo não sabia e nunca tinha definido o que de fato queria que eles compreendessem.

Percebeu luzes nas janelas da sala de estar. A casa ficava numa colina e aparecia diante dele como uma grande massa branca. Parecia nua, com alguns pilares semicoloniais que representavam um indeciso ornamento. O aspecto era sem graça, como o de uma nudez que não valia a pena ser revelada.

Não sabia se sua mulher o havia notado quando entrou na sala. Ela estava sentada perto da lareira, conversando. O braço dela desenhava curvas no ar, dando uma ênfase graciosa às palavras. Rearden percebeu uma pequena interrupção em sua voz. Talvez ela o tivesse visto, mas não desviou o olhar e sua frase seguiu sem alterações. Ele não tinha certeza.

– ... Mas é que um homem de cultura fica entediado com as supostas maravilhas da engenhosidade puramente material – dizia ela. – Ele simplesmente se recusa a achar graça na arte dos encanamentos.

Nesse ponto ela voltou a cabeça, olhou para Rearden, parado na parte mais sombria da longa sala, e seus braços se abriram graciosamente para os lados, como dois colos de cisne.

– Então, querido – disse, divertida –, não é cedo demais para voltar para casa? Não havia nenhuma limalha para varrer nem metais para polir?

Todos se voltaram para ele: sua mãe, seu irmão Philip e Paul Larkin, um velho amigo deles.

– Sinto muito – respondeu. – Sei que estou atrasado.

– Não diga que sente muito – disse a mãe dele. – Você podia ter telefonado. – Rearden a olhava, procurando recordar algo. – Você tinha prometido vir para o jantar hoje.

– É verdade, prometi. Sinto muito mesmo. Mas é que hoje, na fundição, nós... – Ele vacilou. Não conseguia dizer aquilo que viera com a intenção específica de dizer. – É que... eu esqueci. – Foi o que conseguiu dizer, concluindo.

– É isso que mamãe queria dizer – disse Philip.

– Ora, deixemos que ele chegue, ele ainda não está aqui. Ainda está na fundição – disse sua mulher, alegremente. – Tire o casaco, Henry.

Paul Larkin olhava para ele com os olhos dedicados de um cão inibido.

– Oi, Paul – disse Rearden –, quando chegou?

– Cheguei de Nova York no voo das 17h35. – Larkin sorria para ele, em agradecimento pela atenção.

– Algum problema?

– Quem não tem problemas nos dias de hoje, meu caro? – O sorriso se tornara resignado, numa indicação de que sua frase era meramente filosófica. – Mas não é nada de especial hoje, não. Apenas resolvi dar um pulo até aqui para ver você.

A esposa de Rearden riu.

– Você o desapontou, Paul. – E se voltando para Rearden: – É um complexo de inferioridade, ou de superioridade, Henry? Você não acredita que alguém deseje vê-lo sem razões graves para isso, ou acha, pelo contrário, que ninguém pode fazer nada sem sua ajuda?

Rearden teve vontade de responder com rudeza, mas ela sorria para ele como se tivesse apenas feito uma graça qualquer na conversa, e ele não tinha capacidade para conversar fiado, de modo que não respondeu nada. Deixou-se ficar olhando para ela, pensando nas coisas que jamais compreendera.

Lillian Rearden era considerada uma bela mulher. Tinha um corpo alto, gracioso, do tipo que fica sempre bem de vestidos longos com cintura alta, estilo império, que ela usava com frequência. Seu perfil delicado era como o dos camafeus do mesmo período: linhas puras, orgulhosas, cabelos castanhos luzidios que ela usava com simplicidade clássica – tudo criava um clima de beleza austera e imperial. Mas, vista de frente, causava uma sensação de choque e desapontamento. Não tinha um rosto bonito. A falha estava nos olhos. Eles eram vagamente pálidos, nem cinzentos nem castanhos, mortiços, vazios de expressão. Rearden nunca entendera por que havia tão pouca alegria em seu rosto, já que ela parecia sempre tão animada.

– Já nos vimos antes, querido – disse ela em resposta ao silêncio dele –, embora você não esteja muito certo disso, ao que parece.

– Já jantou, Henry? – perguntou sua mãe. Havia um tom de censura e impaciência na voz dela, como se a fome dele fosse um insulto pessoal dirigido a ela.

– Sim... Não... Não estava com fome.

– Então vou mandar...

– Não, não agora, mãe. Não importa.

– Este sempre foi o seu problema – ela falou sem olhar para ele, como se estivesse se dirigindo para o espaço. – Não adianta tentar fazer as coisas para você. Você não demonstra gratidão. Jamais consegui fazer você comer direito.

– Você está trabalhando demais, Henry – disse Philip. – Isso não faz bem. Rearden riu.

– Eu gosto.

– É o que você diz a si mesmo. É uma forma de neurose, você sabe. Quando um homem se afoga no trabalho é porque está fugindo de alguma coisa. Você precisa de um passatempo.

– Ora, Phil, pelo amor de Deus! – disse ele, lamentando intimamente a irritação que deixou transparecer na voz.

Philip sempre tivera saúde precária, muito embora os médicos jamais tivessem encontrado algum problema específico em seu corpo desengonçado. Tinha 38 anos, mas sua exaustão crônica levava todos a pensar que era mais velho que o irmão.

– Você precisa aprender a se divertir – dizia Philip. – Senão vai terminar ficando uma pessoa vazia e chata. Obcecada, você sabe. É preciso sair dessa sua casca e olhar para o mundo. Você não quer passar a vida em brancas nuvens, não é?

Lutando contra a irritação, Rearden procurou se convencer de que aquela era a maneira de Philip se mostrar solícito. Disse a si mesmo que seria injusto se irritar: estavam todos procurando mostrar seu interesse por ele, e ele querendo que ninguém se preocupasse com aquelas coisas. Não aquelas.

– Tive um ótimo dia hoje, Phil – respondeu sorrindo, e não entendeu por que Phil não queria saber por que seu dia fora ótimo.

Queria que alguém se interessasse. Estava sendo difícil manter sua concentração. A visão do metal líquido correndo ainda estava em sua mente, queimando, preenchendo sua consciência, sem deixar espaço para qualquer outra coisa.

– Você poderia ter se desculpado. Mas eu sei que isso é pedir demais a você – disse sua mãe.

Ele se voltou para ela e viu que a mãe o encarava com aquele olhar magoado que anuncia a paciência a que estão condenados os indefesos.

– A Sra. Beecham veio jantar – continuou ela, em tom de censura.

– Como?

– A Sra. Beecham, minha amiga.

– Ah, sim?

– Eu lhe falei sobre ela muitas vezes, mas você nunca se lembra de nada que lhe digo. A Sra. Beecham queria muito conhecer você, mas teve de sair logo após o jantar. Não pôde esperar, ela é uma pessoa muito ocupada. Ela gostaria muito de lhe falar sobre o trabalho que nós estamos realizando na escola paroquial, sobre as turmas de trabalho em metal e as belas maçanetas de ferro que as nossas criancinhas pobres estão fazendo praticamente sem ajuda.

Ele precisou de toda a sua capacidade de consideração para responder:

– Sinto muito tê-la desapontado, mamãe.

– Não sente, não. Você poderia ter chegado a tempo se fizesse um esforço. Mas você só se esforça por interesse próprio. Não se interessa por nós nem pelo que fazemos. Acha que pagar as contas é o bastante, não é? Dinheiro! É só o que lhe interessa. E tudo o que nos dá. E tempo, quando foi que você já nos dedicou um pouco de tempo?

Ele pensou que, se essa crítica queria dizer que ela sentia falta dele, então isso significava afeição, e, se significava afeição, era injusto que ele experimentasse o sentimento sombrio que o manteve calado – talvez para que sua voz não deixasse explícito que o sentimento era de repulsa.

– Você não se importa com nada – continuou ela, entre pedindo e censurando –, e Lillian precisou de você por causa de um problema muito importante, mas eu disse logo a ela que não adiantaria esperar.

– Ora, mamãe – cortou Lillian –, não era tão importante. Pelo menos para Henry.

Ele se voltou para a mulher. Estava ainda de casaco, em pé no meio da sala, como se tivesse sido flagrado no meio de um sonho que se recusava a se tornar real para ele.

– Para ele nada importa – disse Lillian alegremente, de tal modo que ele não soube dizer se ela estava pedindo desculpas ou sendo debochada –, não se trata de negócio, é coisa puramente não comercial.

– E o que é?

– Uma festa que vou dar.

– Uma festa?

– Ora, não se assuste, não vai ser amanhã à noite. Sei que você está muito ocupado, mas vai ser daqui a três meses e quero que seja grande e especial. E quero que você prometa que estará aqui na noite marcada e não em Minnesota, nem no Colorado, nem na Califórnia. Pode ser?

Ela olhava de maneira estranha e falava num tom simultaneamente descompromissado e determinado, o sorriso salientando um ar de inocência e a insinuação de que havia um trunfo na manga.

– Daqui a três meses? Você sabe que não posso prever os chamados de urgência que costumam me tirar da cidade.

– Ah, sei disso muito bem. Mas será que eu não posso marcar desde agora uma entrevista com você, como qualquer executivo de rede ferroviária ou fabricante de automóveis ou comerciante de ferro-velho? Dizem que você nunca falta a esses compromissos. É claro que deixo você escolher a data que lhe for mais conveniente. – Olhava para ele, e havia em seu olhar um apelo feminino especial, por vir de baixo para cima, pois ele estava de cabeça baixa e ela olhava para cima, para Rearden em pé à sua frente. Ela continuou, num tom de voz exageradamente despreocupado e cauteloso ao mesmo tempo: – A data que tinha em mente era 10 de dezembro, mas talvez você prefira 9 ou 11...

– Para mim não faz diferença.

– Dez de dezembro é a data de nosso aniversário de casamento, querido – disse ela docemente.

Agora todos olhavam para ele. Se esperavam um ar de culpa, o que encontraram foi, em vez disso, um sorriso sutil de quem acha graça. *Ela não pretendia me pegar numa armadilha*, pensou ele consigo, *uma vez que era tão fácil escapulir me recusando a aceitar qualquer sentimento de culpa ante o esquecimento e fazendo-a sentir-se desprezada*. Rearden sabia que os sentimentos que tinha por ela eram a única arma de que Lillian dispunha. A razão de tudo, acreditava ele, estava, por certo, numa orgulhosa tentativa indireta de testar os sentimentos dele e ao mesmo tempo confessar os dela. Uma festa não representava para ele a forma ideal de comemoração, mas para ela, sim. Para os valores dele, nada significava. Para os dela, porém, era o maior tributo que ela podia oferecer a ele e ao casamento de ambos. *É preciso*, pensou, *respeitar as intenções dela, mesmo que os seus padrões sejam outros, mesmo que eu já não me importe com qualquer homenagem que ela me renda. É preciso deixá-la ganhar, porque ela está à mercê de mim.*

Ele sorriu – um sorriso aberto, sem ressentimentos, que dava a ela a palma da vitória.

– Está bem, Lillian – disse calmamente –, estarei aqui na noite de 10 de dezembro.

– Obrigada, querido. – Havia no sorriso dela um ar de mistério e de reserva. Henry não entendeu por que teve a impressão momentânea de que sua atitude tinha decepcionado a todos.

Se ela confiava nele, se seu sentimento por ele continuava vivo, pensava ele, ele corresponderia à sua confiança. Era preciso dizê-lo – as palavras servem como lentes para regular o foco de visão das pessoas e ele só podia usá-las assim naquela noite.

– Sinto ter chegado tarde, Lillian, mas é que hoje, na usina, tiramos a primeira calda de metal Rearden.

Fez-se um momento de absoluto silêncio, até que Philip falou:

– Que ótimo.

Os outros não disseram nada.

Ele levou uma das mãos ao bolso. Quando tocou o bracelete, a realidade que o objeto significava suplantou tudo o mais. Sentiu-se como no momento em que viu o metal líquido cortando o ar diante de si.

– Trouxe um presente para você, Lillian.

Ele não notou que estava bem rígido e que seu gesto parecia o de um cruzado que retorna trazendo troféus para sua amada – e deixou cair a pequena corrente de metal no colo dela.

Lillian Rearden a apanhou, pinçando-a entre dois dedos estendidos, e a levantou contra a luz. Os elos eram pesados, simples, e o metal brilhante tinha uma cor estranha, azul-esverdeada.

– O que é isto? – perguntou ela.

– O primeiro objeto feito com a primeira calda da primeira encomenda de metal Rearden.

– Quer dizer que tem o mesmo valor de um pedaço de trilho?

Ele olhou para ela, sem entender.

Ela sacudia o bracelete, fazendo-o cintilar contra a luz.

– Henry, é maravilhoso! Que originalidade! Vou ser a sensação de Nova York, usando joias feitas com o mesmo material que as grades das pontes, os motores dos caminhões, os fogões de cozinha, as máquinas de escrever e... o que foi mesmo que você disse no outro dia, querido?... panelas de sopa...

– Meu Deus, Henry, como você é convencido! – disse Philip.

Lillian gargalhava.

– Ele é um sentimental. Todos os homens são assim. Mas, querido, eu gostei. Não é o presente que vale; é a intenção, eu sei.

– A intenção é puro egoísmo, para mim – disse a mãe de Rearden. – Outro homem traria uma pulseira de diamantes de presente para a mulher, pois era o prazer dela que ele devia ter em mente, não o seu próprio.

Mas Henry pensa que, por ter feito uma espécie nova de lata, ela deve valer mais do que diamantes para todo mundo: não foi ele quem fez? Ele é assim desde os 5 anos. O fedelho mais presunçoso que já se viu. Eu sabia que ao crescer ia ficar a pessoa mais egoísta desta Terra de Deus.

– Não, é um belo presente – disse Lillian. – É encantador. – Depositou o presente sobre a mesa. Levantou-se, estendeu os braços em torno dos ombros de Rearden e, erguendo-se nas pontas dos pés, beijou-o na face: – Obrigada, querido.

Ele não se moveu nem inclinou a cabeça para ela. Depois de algum tempo, se voltou, tirou o casaco e sentou-se perto da lareira, longe dos outros. Não sentia nada, a não ser um grande cansaço. Já não ouvia o que diziam. Percebia vagamente que Lillian discutia, defendendo-o da mãe.

– Eu o conheço melhor do que você – disse a mãe. – Hank Rearden não se interessa pelos homens, pelos bichos ou pelas plantas, a menos que de alguma maneira estejam ligados a ele ou ao seu trabalho. É só o que lhe interessa. Fiz o que pude para ensinar a ele alguma humildade, durante toda a minha vida, mas não consegui.

Ele dera à mãe condições ótimas de vida. Ela podia fazer o que quisesse e ir aonde quisesse. Rearden não entendia por que ela insistira em viver com ele. Seu sucesso, pensara, havia de significar algo para ela e, se assim fosse, constituía um vínculo entre eles – o único tipo de vínculo que ele reconhecia, no caso. Ela quisera um lugar na casa do filho bem-sucedido; ele não lhe negara aquele prazer.

– Não adianta lamentar que Henry não seja santo, mãe – disse Philip. – Ele não estava destinado a isso.

– Não, Philip, você está errado – disse Lillian. – Completamente errado! Henry tem tudo para ser um santo. Aí é que está o problema.

O que querem de mim?, pensou Rearden. *O que procuram?* Nunca exigira nada deles. Eles, sim, é que queriam prendê-lo, lhe faziam exigências – e essas exigências pareciam ter a forma da afeição, porém uma afeição que lhe parecia mais difícil de suportar do que qualquer ódio. Ele desprezava as afeições imotivadas como desprezava os bens imerecidos. Eles diziam amá-lo por algum motivo e ignoravam todas as coisas pelas quais ele gostaria de ser amado. Que resposta poderiam obter dele, assim? Se é que queriam dele alguma resposta. E pareciam querer, pensava. Senão, como explicar as queixas constantes, essas acusações crescentes dirigidas contra sua indiferença? Por que o eterno ar de suspeita, como se estivessem sempre com medo de ser feridos? Ele jamais desejara feri-los, mas sempre sentia sua atitude defensiva, a expectativa mesclada de censura – tudo o que ele dizia parecia magoá-los, independentemente de suas palavras ou de seus atos, quase como se se sentissem agredidos pelo simples fato de ele existir. Não comece a pensar em loucuras, dizia para si mesmo com severidade, lutando para encarar o quebra-cabeça com o melhor do seu senso de justiça. Não podia condená-los sem compreender. Mas *não podia* compreender.

Gostava deles? *Não*, pensou. Desejara gostar, o que não era a mesma coisa. Desejara em nome de alguma potencialidade não definida que esperava encontrar em qualquer ser humano. Mas agora nada sentia por eles, nada a não ser o implacável zero da indiferença, não havia sequer a lamentação de uma perda. Precisava de alguém como parte de sua vida? Sentia falta do que buscara e não tivera? *Não*, pensou. *Nunca? Sim*, reconheceu, *na juventude*. E, desde então, nunca mais.

Seu cansaço parecia aumentar; verificou que estava entediado. Tinha o dever de esconder tais sentimentos e se deixou ficar sentado, imóvel, lutando contra a vontade de ir dormir que começava a se transformar numa sensação dolorosa.

Seus olhos se fechavam quando sentiu dois dedos úmidos e moles que o tocavam: Paul Larkin tinha puxado uma cadeira para perto dele e se debruçava, querendo uma conversa em particular.

– Não me importa o que a indústria pense, Hank. O metal Rearden é um grande produto, um grande produto. Vai lhe dar uma fortuna, como tudo o que você toca.

– É – disse Rearden –, vai, sim.

– Só espero... que você não tenha problemas.

– Que problemas?

– Não sei, não sei... Do jeito que as coisas andam hoje... Há pessoas que... Como dizer?... Podem acontecer coisas...

– Que problemas?

Larkin estava encurvado, olhando para cima com seus olhos mansos de pedinte. Sua figura pequena e rechonchuda sempre parecera desprotegida e incompleta, como se ele precisasse de uma concha para nela se recolher ao menor toque. Seus olhos ansiosos, seu sorriso perdido, desvalido, eram um substituto para a concha. O sorriso era capaz de desarmar as pessoas, como o de um garoto à mercê de um universo incompreensível. Larkin tinha 53 anos.

– Os seus relações-públicas não são lá grande coisa, Hank – disse ele. – Você sempre teve uma péssima imagem na imprensa.

– E daí?

– Você não é popular, Hank.

– Não tenho ouvido queixas dos meus clientes.

– Não é a isso que me refiro. Você precisa conseguir um bom relações-públicas para vender a *sua* imagem ao público.

– Para quê? O que vendo é aço.

– Mas você não quer ter o público contra você. A opinião pública, você sabe, pode valer muito.

– Não creio que o público esteja contra mim. Nem acho que seria nenhuma tragédia se estivesse.

– Os jornais estão contra você.

– Eles têm tempo a perder. Eu, não.

– Não gosto disso, Hank. Isso não é bom.

– Isso o quê?

– O que eles escrevem a seu respeito.

– E o que escrevem a meu respeito?

– Você sabe. Que você é intratável. Que é cruel. Que não ouve ninguém na administração de suas usinas. Que só se interessa por fazer aço e dinheiro.

– Mas isso é o que realmente me interessa.

– Mas você não devia dizê-lo.

– Por que não? O que deveria dizer então?

– Sei lá... Mas as suas usinas...

– São *minhas*, não são?

– São, mas você não devia dar tanta ênfase a esse fato. Você sabe como é hoje em dia... Acham você antissocial.

– Pouco me importa o que acham.

Paul Larkin suspirou.

– Qual é o problema, Paul? Aonde você quer chegar?

– Ora, não é nada... Nada em especial. A gente não sabe o que pode acontecer em tempos assim... É preciso ter cuidado...

Rearden riu sarcasticamente:

– Você não está se preocupando comigo, está?

– É que sou seu amigo, Hank. Sou seu amigo. Você sabe quanto o admiro.

Larkin sempre fora um sujeito sem sorte. Nada do que ele fazia dava certo nem dava totalmente errado. Era um homem de negócios, mas jamais conseguira ficar por muito tempo numa mesma área de negócios. No momento, tocava uma pequena manufatura de equipamentos de mineração.

Durante anos, Larkin procurava Rearden, sempre cheio de admiração. Vinha pedir conselhos, pedia empréstimos às vezes, porém não com muita frequência. Eram empréstimos pequenos que ele sempre pagava, embora nem sempre em dia. A tônica geral do relacionamento parecia a necessidade de uma pessoa anêmica que recebe uma espécie de transfusão restauradora por meio da simples visão de uma vitalidade extraordinariamente exuberante.

Observando os esforços de Larkin, Rearden sentia-se como se visse uma formiga se debatendo sob o peso de um fósforo. *Tão difícil para ele, tão fácil para mim*, pensou Rearden. Era por isso que ele dava ao outro seus conselhos, sua atenção e às vezes um interesse paciente sempre que podia.

– Sou seu amigo, Hank.

Rearden olhou para ele com expressão interrogativa. Larkin desviou a vista, como se lutasse com algo que se passava em sua mente. Finalmente decidiu perguntar:

– Que tal é o seu representante em Washington?

– Acho que é bom.

– Você precisa estar seguro quanto a isso. É importante. – Ele olhava Rearden e repetia com insistência, como quem se livra de uma dívida moral: – Hank, é importante.

– Não duvido.

– Foi por isso que vim aqui.

– Alguma coisa especial ligada a isso?

Larkin pensou um pouco e achou que já tinha cumprido seu dever.

– Não – respondeu.

O assunto desagradava a Rearden. Sabia que precisava ter alguém encarregado de lhe dar cobertura quanto aos problemas da legislação; todos os industriais tinham. Mas esse era um aspecto da vida dos negócios a que ele jamais tinha dado muita importância. Não se convencia muito bem de que a coisa fosse realmente necessária. Algo em tudo aquilo o desgostava, em parte náusea, em parte tédio, e ele sempre se interrompia quando tentava pensar no assunto.

– O problema, Paul – disse ele, pensando em voz alta –, é que os homens dessa área são uns nojentos.

Larkin desviou a vista.

– É a vida – disse.

– Não consigo entender. Por que tem que ser assim? O que há de errado com o mundo?

Larkin deu de ombros, melancolicamente.

– Por que fazer esse tipo de perguntas? São inúteis. Qual a profundeza do mar? Ou a altura do céu? Quem é John Galt?

Rearden se enrijeceu na cadeira.

– Não. Não há motivo para sentir-se assim.

Levantou-se. O cansaço tinha desaparecido enquanto falava de seus negócios. Sentiu ressurgir uma espécie de revolta, uma necessidade de resgatar e, desafiadoramente, reafirmar sua visão do mundo, aqueles sentimentos que experimentara enquanto caminhava ainda há pouco de volta para casa e que agora pareciam de algum modo ameaçados.

Deu umas passadas pela sala, enquanto sua energia aos poucos voltava. Olhou para sua família. Eram crianças infelizes, desorientadas, todos eles, incluindo sua mãe, e era tolice ficar ressentido com a fragilidade deles, que nascia de suas carências, não de qualquer malícia. Ele é que devia se obrigar a entendê-los, uma vez que tinha tanto a dar, uma vez que eles jamais poderiam experimentar sua sensação de poder, alegre e sem limites.

Olhou para eles na sala. Sua mãe e Philip estavam engalfinhados em uma discussão qualquer, mas notou que não estavam realmente empolgados como pareciam: estavam, isso sim, nervosos. Philip estava sentado em uma cadeira baixa, a barriga para a frente, recostado sobre os ombros, como se o óbvio desconforto de tal posição visasse incomodar os espectadores.

– Qual o problema, Phil? – perguntou Rearden, achegando-se a ele. – Você parece arrasado.

– Tive um dia muito duro – disse Philip, taciturno.

– Você não é o único que trabalha tanto – disse a mãe. – Outros também têm problemas, ainda que não sejam problemas de bilhões de dólares, problemas transupercontinentais como os seus.

– Ora, pois é ótimo. Sempre achei que Philip devia encontrar algum interesse especificamente dele.

– Ótimo? Você gosta de ver seu irmão suando e perdendo a saúde assim? Você se diverte com isso, não é? Sempre imaginei que sim.

– Ora, não, mãe. Quero apenas ajudar.

– Você não tem que ajudar. Não é obrigado a sentir nada por nenhum de nós.

Rearden nunca soubera o que seu irmão estava fazendo ou querendo fazer. Tinha encaminhado Philip para os estudos, mas ele nunca se decidira quanto a alguma aspiração específica. Havia algo errado, segundo os padrões de Rearden, com um homem que não procura um emprego lucrativo, mas ele não pretendia impor a Philip os seus padrões. Ele podia sustentar o irmão sem sequer sentir a despesa. Deixemos que ele leve uma boa vida – Rearden pensara durante anos –, que escolha sua carreira sem a sobrecarga da luta pela sobrevivência.

– O que você fez hoje, Phil? – perguntou pacientemente.

– Não interessaria a você.

– Interessa, sim. Por isso estou perguntando.

– Tive que visitar 20 pessoas daqui até Reddington e Wilmington.

– Por que teve que visitá-las?

– Para levantar dinheiro para os Amigos do Progresso Global.

Rearden nunca conseguira acompanhar ao certo as muitas organizações a que Philip pertencia e muito menos formar uma ideia clara de suas atividades. Ouvira Philip falar vagamente dessa nos últimos seis meses. Parecia se dedicar a conferências sobre psicologia, música folclórica e fazendas coletivas. Rearden desprezava tais grupos e não via razão para maiores perguntas sobre eles.

Ficou calado. Philip falou sem que lhe tivessem perguntado nada:

– Precisamos de 10 mil dólares para um programa importantíssimo, mas levantar dinheiro é um trabalho para mártires. Não resta mais nada de consciência social no povo. Quando penso nos ricaços inchados que vi hoje... Eles gastam mais de 10 mil dólares em qualquer capricho, mas não consegui tirar nem 100 de cada um deles... e era tudo o que eu pedia... Não têm senso de moral nem de dever, nem de nada... De que está rindo?

Rearden estava parado diante dele, às gargalhadas. Era infantilmente espalhafatoso, avaliou Rearden, de uma crueza tão nua: a insinuação e o insulto, servidos ao mesmo tempo. *Seria fácil esmagar Philip devolvendo o insulto*, pensou – o que seria mortal, porque estaria sendo dita uma verdade. Seria tão fácil que ele decidiu não responder. *Com certeza o pobre diabo sabe que está nas minhas mãos, que pode ser facilmente ferido, que não preciso feri-lo, e não responder é a minha melhor atitude, uma atitude da qual ele não tem como se livrar. Em que mundo infeliz ele vive para se deixar apanhar assim tão grosseiramente?*

Ocorreu-lhe então que ele poderia derrotar a infelicidade crônica de Philip pelo menos uma vez, lhe dar o prazeroso choque, a gratificação inesperada de um desejo sem esperanças. Pensou a seguir: *O que me importa a natureza de seu desejo? É o desejo dele, como o metal Rearden é o meu. Vale para ele o que o metal vale para mim. Mas vamos vê-lo feliz pelo menos uma vez e isso poderá lhe ensinar algo. Eu não digo que a felicidade é um agente de purificação? Hoje estou comemorando e posso deixar que ele participe também. Significará muito para ele e não me custará nada.*

– Philip – disse sorrindo –, telefone para a Srta. Ives no meu escritório amanhã. Ela lhe dará um cheque de 10 mil dólares.

Philip olhava para ele, frio. Não havia choque nem prazer: apenas um olhar vazio, vidrado.

– Ah – disse Philip e acrescentou: – Ficaremos muito gratos.

Não havia qualquer emoção – nem sequer a da avareza – em sua voz.

Rearden não conseguia entender os próprios sentimentos. Era como se alguma coisa pesada e vazia entrasse em colapso dentro de si, e ele sentia ao mesmo tempo o peso e o vácuo. Sabia que era desapontamento o que sentia. Não sabia por que a sensação era tão cinzenta e feia.

– É muita gentileza sua, Henry – disse Philip secamente. – Estou surpreso. Não esperava isso de você.

– Você não compreende, Phil? – disse Lillian com uma voz curiosamente clara e melodiosa. – Henry fundiu o seu metal hoje. – Voltou-se para Rearden. – Vamos declarar feriado nacional, querido?

– Você é um belo homem, Henry – disse a mãe e acrescentou: – Só que não com a frequência devida.

Rearden continuava olhando para Philip, como se esperasse alguma coisa. Philip olhava para longe, depois ergueu os olhos até Rearden como se estivesse fazendo uma especulação própria.

– Na realidade, você não liga muito para os pobres, não é verdade?

Rearden percebeu, sem acreditar no que ouvia, que o tom da voz era de censura.

– Não, Phil, não ligo. Só quero fazer você feliz.

– Mas esse dinheiro não é para mim. Não estou angariando fundos por nenhuma razão de ordem pessoal. Não há nenhum interesse pessoal nesse assunto. – Sua voz era fria, com um tom de virtude orgulhosa.

Rearden olhou para o lado. Estava contrariado: não porque as palavras fossem hipócritas, mas por serem verdadeiras. Philip fora sincero.

– Aliás, Henry – Philip acrescentou –, você se incomoda se eu pedir à Srta. Ives que me dê o dinheiro em espécie?

Rearden se virou para ele, surpreso.

– É que – continuou Philip – os Amigos do Progresso Global são um grupo bastante progressista e sempre afirmaram que você é o mais negro exemplo de falta de consciência social no país, de modo que seria embaraçoso para nós colocar o seu nome na lista de benfeitores, alguém poderia nos acusar de sermos funcionários assalariados de Hank Rearden.

Ele teve vontade de esbofetear Philip. Mas, em vez disso, levado por um desprezo quase insuportável, apenas fechou os olhos.

– Muito bem, pode pedir a quantia em dinheiro. – Rearden caminhou para a janela mais distante da sala e ficou olhando para o brilho das usinas lá longe.

Ouviu a voz de Larkin gritando atrás dele:

– Que diabo, Hank, você não devia ter dado o dinheiro a ele!

Seguiu-se a voz de Lillian, fria e alegre:

– Que nada, Paul, você está enganado! O que aconteceria à vaidade de Henry se ele não tivesse a nós para praticar sua caridade? O que seria de sua força se ele não tivesse pessoas mais fracas para dominar? O que seria dele mesmo se não tivesse a nós como dependentes? Está tudo realmente muito bem, não o estou criticando, é apenas uma lei da natureza humana.

Ela tomou o bracelete de metal e o levantou, fazendo-o brilhar à luz da luminária.

– Uma corrente – disse. – É bem adequado, não é? É a corrente com que ele nos mantém a todos em cativeiro.

CAPÍTULO 3

O CUME E O ABISMO

O teto era como o de uma adega, tão pesado e baixo que as pessoas tinham de se inclinar ao cruzar a sala, como se o peso da abóbada repousasse em seus ombros. Os reservados circulares, forrados de couro vermelho-escuro, eram embutidos em paredes de pedra que pareciam devoradas pelo tempo e pela umidade. Não havia janelas, apenas focos de luz azul que saíam de reentrâncias na alvenaria: a luz mortiça era adequada para se usar durante alarmes aéreos. A entrada do lugar se fazia por degraus estreitos que desciam, como se fosse a entrada de um porão.

Era o bar mais caro de Nova York e fora construído no topo de um arranha-céu.

Havia quatro homens sentados a uma mesa. Sessenta andares acima da cidade, não falavam alto como se faz nas alturas, na liberdade do espaço e do ar. Falavam baixo, como convém ao ambiente de uma adega.

– Condições e circunstâncias, Jim – disse Orren Boyle. – Condições e circunstâncias absolutamente além do controle humano. Tínhamos tudo pronto para aviar esses trilhos, mas surgiram imprevistos, imprevistos que ninguém imaginava. Dê-nos apenas uma chance, Jim.

– A desunião – balbuciou James Taggart – parece ser a causa básica de todos os problemas sociais. Minha irmã tem influência junto a um de nossos acionistas. Por isso, nem sempre conseguimos neutralizar as táticas corrosivas deles.

– É isso, Jim. Desunião. Esse é o problema. Estou absolutamente convicto de que em nossa complexa sociedade industrial nenhuma empresa pode dar certo se ela não ajudar a arcar com os problemas e encargos das outras empresas.

Taggart tomou um gole de sua bebida e recolocou o copo na mesa.

– Deviam despedir esse barman – disse ele.

– Veja, por exemplo, as Siderúrgicas Associadas. Temos os melhores equipamentos do país e a melhor organização também. Isto me parece um fato indiscutível: temos o Prêmio de Eficiência Industrial da revista *Globe* do ano passado. De modo que podemos afirmar que fizemos o melhor possível e ninguém pode nos censurar. Mas não temos culpa se a situação nacional da mineração de ferro é problemática. Não conseguimos obter minério, Jim.

Taggart não disse nada. Estava com os cotovelos apoiados na mesa, bem separados, o que tornava ainda mais desconfortável a pequena mesa para os outros três ocupantes. Mas eles não pareciam questionar aquele privilégio.

– Ninguém mais consegue minério – afirmou Boyle. – Exaustão natural das minas, você sabe, desgaste dos equipamentos, escassez de material, dificuldades de transporte e uma série de outros problemas inevitáveis.

– A indústria mineradora está se esfacelando. E isso está acabando com o negócio dos equipamentos de mineração – argumentou Larkin.

– Está provado que cada empresa depende de todas as outras – disse Boyle –, de modo que todos têm que dividir os encargos com os demais.

– Isso aí realmente me parece verdade – concordou Wesley Mouch. Mas ninguém nunca prestou atenção a ele.

– Meu objetivo – disse Boyle – é a preservação de uma economia livre. Todo mundo concorda que a livre iniciativa está sob julgamento hoje. A menos que ela prove o seu valor social e assuma suas responsabilidades sociais, o povo não lhe dará apoio. Se ela não desenvolver um espírito público, estará acabada. Que ninguém se iluda.

Boyle tinha surgido do nada cinco anos antes e, desde então, tinha aparecido na capa de todas as revistas noticiosas de circulação nacional. Começara com 100 mil dólares de seu próprio bolso e um empréstimo de 200 milhões de dólares do governo. Agora chefiava negócios enormes que haviam engolido muitas companhias pequenas. Isso provava, ele costumava dizer, que ainda havia uma chance no mundo para a capacidade individual.

– A única justificativa para a propriedade privada – disse Boyle – é o serviço à sociedade.

– Isso me parece indubitável – disse Wesley Mouch.

Boyle sorveu ruidosamente sua bebida. Era um homem grandalhão, com gestos largos e viris. Tudo o que dizia respeito à pessoa dele parecia estridentemente cheio de vida – exceto as pequenas fendas negras de seus olhos.

– Jim – disse ele –, o metal Rearden parece ser um logro colossal.

– É – concordou Taggart.

– Ouvi dizer que não houve um só relatório técnico favorável ao metal.

– Não. Nenhum.

– Nós vimos melhorando os trilhos de aço há gerações e aumentando seu peso. E agora vêm dizer que esses trilhos de metal Rearden são mais leves do que os de aço mais barato que há no mercado?

– É isso – admitiu Taggart. – Mais leves.

– Isso é ridículo, Jim. E fisicamente impossível. E são para as suas vias principais, de alta velocidade e tráfego intenso?

– Exatamente.

– Você está querendo uma catástrofe.

– Eu, não. Minha irmã.

Taggart fez o copo girar lentamente entre os dedos. Houve um momento de silêncio.

– O Conselho Nacional da Indústria Metalúrgica – disse Boyle – resolveu nomear uma comissão para estudar essa questão do metal Rearden, tendo em vista que o seu uso pode vir a ser socialmente nocivo.

– Parece sensato – disse Wesley Mouch.

– Quando todo mundo concorda – disse Taggart, com uma voz subitamente estridente –, quando as pessoas têm uma opinião unânime, como pode um homem ousar discordar assim? É o que eu queria saber. Com que direito?

Os olhos de Boyle dardejavam na direção do rosto de Taggart, mas a luz suave da sala tornava impossível divisar os rostos com clareza. O que ele viu foi uma mancha pálida e azulada.

– Quando pensamos nos recursos naturais, num tempo de escassez crítica – disse Boyle, em voz baixa –, quando a gente pensa nas matérias-primas essenciais que estão sendo desperdiçadas num experimento irresponsável do setor privado, quando a gente pensa no minério...

Ele parou. Olhou novamente para Taggart, mas este parecia saber que Boyle estava esperando e, além disso, parecia achar o intervalo silencioso uma coisa agradável.

– O público tem um interesse vital nos recursos naturais, Jim, como é o caso do minério de ferro. Não vai ficar indiferente a esse abuso egoísta e negligente de um indivíduo antissocial. Além do mais, a propriedade privada é uma espécie de proteção em benefício da sociedade como um todo.

Taggart olhou de relance para Boyle e sorriu. O sorriso tinha um significado: parecia dizer que algo em suas palavras seria uma resposta a algo que havia nas palavras de Boyle.

– A bebida que eles servem aqui é uma porcaria. Acho que é o preço que temos de pagar para não sermos atropelados pelo populacho em torno de nós. Mas gostaria que levassem em conta que estão lidando com quem conhece bebidas. Como estou pagando, gosto de ser bem servido.

Boyle não respondeu. Seu rosto parecia sombrio agora.

– Olhe, Jim... – começou ele, pesadamente.

Taggart sorriu.

– Diga. Estou ouvindo.

– Jim, você concordará, estou certo, com o fato de que não há nada mais destrutivo do que um monopólio.

– É. Por um lado, é. Mas, por outro, temos a praga da competição sem limites.

– Exatamente. O caminho certo, para mim, está no meio. Assim, acho que cabe à sociedade cortar os extremos. É ou não é?

– É – disse Taggart –, é, sim.

– Veja a situação do minério de ferro. A produção nacional parece estar caindo a taxas terríveis. Isso ameaça a existência de toda a indústria do aço. Há siderúrgicas fechando no país inteiro. Só há uma companhia de mineração com sorte bastante para não ser afetada pelo quadro geral. Sua produção parece total e sempre pronta no prazo. Mas quem se beneficia com isso? Ninguém, a não ser o dono. Você acha que isso é justo?

– Não – disse Taggart –, não é justo.

– A maioria dos industriais do aço não possui minas para produção de minério de ferro. Como podemos competir com um homem que monopoliza os recursos naturais que Deus criou? É de espantar que ele possa fornecer aço regularmente, enquanto nós temos de esperar e lutar e perder nossos compradores e abrir falência? É do interesse público que um homem destrua uma indústria inteira?

– Não – disse Taggart –, não é.

– Parece-me que a política nacional deveria ser no sentido de dar a cada um a sua parte na área do minério de ferro, para preservar a totalidade da indústria, não acha?

– Acho.

Boyle suspirou. Então disse, cauteloso:

– Mas creio que não há muita gente em Washington que seja capaz de compreender uma política social progressista.

Taggart disse lentamente:

– Existe. Não são muitos, nem é fácil conseguir uma aproximação com eles, mas eles existem. Eu poderia falar com eles.

Boyle pegou seu copo e o bebeu de uma vez, como se tivesse acabado de ouvir tudo o que queria.

– Bem, por falar em políticas progressistas, Orren – disse Taggart –, você devia pensar se, numa época de escassez de transportes, quando tantas ferrovias estão indo à bancarrota e muitas regiões extensas não dispõem de transporte ferroviário, seria de interesse público tolerar dispendiosas duplicações de serviço e a competição feroz de arrivistas em territórios onde companhias já estabelecidas têm prioridade histórica...

– Muito bem – disse Boyle com agrado –, essa parece uma questão interessante. Eu poderia discuti-la com alguns amigos na Aliança Nacional de Ferrovias.

– Amizades – disse Taggart com ar displicente – valem mais do que ouro. – Depois, voltando-se para Larkin:

– Não acha, Paul?

– Ora, acho... – disse Larkin, surpreso. – Claro que acho.

– Estou contando com as suas.

– Ahn?

– Estou contando com as suas numerosas amizades.

Todos pareciam saber por que Larkin não respondera de imediato. Seus ombros pareceram baixar, chegando mais perto da mesa.

– Se todo mundo lutasse por um ideal comum, ninguém sairia ferido! – bradou subitamente em tom de desespero. Viu que Taggart olhava para ele e acrescentou, suplicante: – Gostaria que não tivéssemos de ferir ninguém.

– Essa é uma atitude antissocial – rosnou Taggart. – Quem teme sacrificar alguém não deve se meter a falar de ideal comum.

– Mas eu sou um estudioso de história – Larkin se apressou a dizer. – Sei reconhecer as necessidades históricas.

– Bom – disse Taggart.

– Não sou obrigado a carregar o mundo nas costas, sou? – Larkin parecia implorar, mas sua súplica não se dirigia a ninguém. – Sou?

– Não, Sr. Larkin – disse Wesley Mouch –, o senhor e eu não devemos ser responsabilizados se...

Larkin balançou a cabeça para um lado. Era quase um tremor, não suportava olhar para Mouch.

– Você se divertiu no México, Orren? – perguntou Taggart, com uma voz subitamente alta e um tom descuidado. Todos pareciam saber que a finalidade de seu encontro estava cumprida e que a necessidade de um entendimento que os reunira havia cessado: estavam entendidos.

– Grande lugar, o México – respondeu Boyle jovialmente. – Muito estimulante e instigante. Mas a comida é péssima. Fiquei doente. No entanto, eles estão trabalhando duro para botar o país nos eixos.

– Como estão as coisas por lá?

– Esplêndidas, me pareceram esplêndidas. Por enquanto eles ainda... Bem, mas aquilo a que eles estão visando é o futuro. A República Popular do México tem um grande futuro. Vão nos ultrapassar em poucos anos.

– Você esteve nas minas de San Sebastián?

Os quatro se retesaram de repente em suas cadeiras: todos tinham feito pesados investimentos na produção das minas de San Sebastián.

Boyle não respondeu logo, de modo que sua voz pareceu insegura e pouco natural quando exclamou:

– Ah, claro, certamente, era o que eu mais queria ver.

– E então?

– Então o quê?

– Como estão as coisas lá?

– Ótimas. Ótimas. Eles têm, sem dúvida, as maiores jazidas de cobre da Terra lá naquela montanha.

– Pareciam muito atarefados?

– Nunca vi lugar mais movimentado em toda a minha vida.

– Em que trabalhavam?

– Bem, aquele supervisor que me acompanhou... Era difícil entender metade do que me dizia... Mas que estão ocupados, estão.

– Algum... problema por lá?

– Problema? Não em San Sebastián. É propriedade privada, a última existente no México, e isso parece fazer alguma diferença.

– Orren – Taggart perguntou com cuidado –, e esses rumores de que estão pretendendo nacionalizar as minas de San Sebastián?

– Calúnia – disse Boyle, com raiva –, pura calúnia. Tenho certeza do que estou lhe dizendo. Jantei com o ministro da Cultura e almocei com o restante da turma.

– Devia haver uma lei contra boatos – disse Taggart, irritado. – Vamos tomar outro. Fez sinal, com irritação, para o garçom. Havia um pequeno balcão num canto escuro da sala e, lá, um velho barman, seco, permanecia por longos períodos de tempo sem fazer um só movimento. Ouvindo o chamado, se moveu com lentidão. Seu trabalho era atender homens em seus momentos de descontração e prazer, mas suas maneiras eram as de um charlatão endurecido que tratasse de alguma doença incurável.

Os quatro homens esperaram em silêncio que o garçom trouxesse suas bebidas. Os copos que ele colocou na mesa eram quatro focos de cintilação azul-pálida que, na semiobscuridade, pareciam quatro fracos jatos de gás incandescente. Taggart estendeu a mão para o seu e sorriu subitamente.

– Bebamos aos sacrifícios à necessidade histórica – disse, olhando para Larkin.

Houve uma pausa momentânea. Numa sala iluminada, teria sido o desafio de dois homens sustentando o olhar um do outro. Ali, vislumbravam apenas olhos invisíveis na penumbra e nada mais. Larkin pegou o seu copo.

– A festa é minha, rapazes – disse Taggart enquanto todos bebiam.

Ninguém achou mais nada para dizer, até que Boyle falou, com um misto de curiosidade e indiferença:

– Eu estava para lhe perguntar, Jim: que diabo está havendo com o seu serviço de trens lá na Linha San Sebastián?

– Ora, o que você quer dizer? O que há com ela?

– Não sei, mas pôr apenas um trem de passageiros por dia é...

– *Um* trem?

– ... Um serviço bem fraquinho, me parece. E que trem! Você herdou aquelas cabines e assentos de algum avô seu? Ele deve tê-los usado por muitos anos. E onde você conseguiu aquela locomotiva a lenha?

– A lenha?

– É o que eu disse: a lenha. Eu só conhecia de fotografias. De que museu você desencavou aquilo? Agora não me venha dizer que não sabia. Que ideia é essa?

– Ora, é claro que eu sei de tudo – disse Taggart bruscamente. – É que... É que você escolheu exatamente uma semana em que tivemos um pequeno problema com nossa propulsão. Nossas novas máquinas estão em ordem, mas houve um pequeno atraso. Você sabe que estamos tendo grandes problemas com os fabricantes de locomotivas, mas é tudo coisa temporária.

– Claro – disse Boyle –, atrasos não têm jeito. Seja como for, foi o trem mais estranho em que já andei. Quase botei as tripas para fora.

Um instante depois, todos notaram que Taggart tinha ficado calado. Parecia preocupado com um problema pessoal. Quando se levantou de repente, sem explicações, todos se ergueram ao mesmo tempo, como se obedecessem a uma ordem.

Larkin balbuciou, sorrindo com esforço:

– Foi um prazer, Jim. Um prazer. É assim que nascem os grandes projetos: num drinque com amigos.

– As reformas sociais são lentas – disse Taggart friamente. – É aconselhável ser paciente e cuidadoso. – Voltou-se pela primeira vez para Wesley Mouch. – O que aprecio em você, Mouch, é que fala pouco.

Mouch era o homem de Rearden em Washington.

No céu, havia ainda um pouco da luz do crepúsculo quando Taggart e Boyle saíram juntos na rua lá embaixo. A mudança foi um pequeno choque para eles. O bar os preparara para uma escuridão de meia-noite. Um alto edifício se elevava contra o céu, nítido e reto como uma espada erguida. Na distância, além dele, destacava-se o calendário.

Demonstrando irritação, Taggart tateou a gola do sobretudo e a abotoou para evitar a friagem da rua. Não pretendia voltar ao escritório naquela noite, mas tinha de voltar. Tinha de ver a irmã.

– ... dura tarefa que temos pela frente, Jim – dizia Boyle. – Tarefa difícil, com muitas complicações e muitos perigos...

– Tudo depende – respondeu James Taggart lentamente – de conhecer as pessoas que tornam a coisa possível. Isto é o que temos de saber: quem torna a coisa possível.

◂◂◂

Dagny Taggart tinha 9 anos quando decidiu que algum dia havia de dirigir a Taggart Transcontinental. Ela disse isso para si mesma enquanto, sozinha, no meio dos trilhos, olhava para as duas linhas retas de aço que se perdiam na distância, encontrando-se num ponto muito longínquo. O que sentiu foi um prazer arrogante pelo modo como a ferrovia atravessava os bosques: não era uma estrutura que pertencesse ao conjunto das velhas árvores e dos ramos que pendiam na direção das hastes verdes da relva e das solitárias flores silvestres, mas estava ali. As duas linhas de aço brilhavam ao sol e os dormentes negros eram como degraus de uma escada que ela tivesse que subir.

Não era uma decisão súbita, mas apenas a palavra final que selava algo que ela sempre soubera. Numa compreensão silenciosa, como se tivesse feito um voto que nunca fora necessário explicitar, ela e Eddie Willers tinham se dedicado à rede ferroviária desde os primeiros dias conscientes de sua infância.

Ela sentia indiferença e tédio em relação ao mundo que a circundava, e também em relação às outras crianças e aos adultos. Considerava um acidente lamentável – a ser tolerado com paciência durante algum tempo – o fato de se encontrar aprisionada entre pessoas estúpidas. Dagny tinha vislumbrado um outro mundo e sabia que ele existia em alguma parte – o mundo que tinha criado trens, pontes, fios de telégrafo, luzes de sinalização que piscavam na noite. Ela tinha de esperar e crescer para alcançar esse mundo, pensava.

Nunca tentou explicar por que gostava da ferrovia. Pouco importava o que os outros sentiam – sabia que nada podia ser equivalente à sua emoção nem oferecer uma resposta a ela. Era uma emoção que sentia também na escola, nas aulas de matemática, as únicas de que gostava. Considerava estimulante resolver problemas e gostava da insolente delícia de aceitar um desafio e o enfrentar sem esforço, ansiosa por outro teste, mais difícil ainda. Mas, ao mesmo tempo, sentia crescer um grande respeito pelo adversário, uma ciência tão limpa, tão exata, tão luminosamente racional. Estudando matemática, ela pensava, ao mesmo tempo, que era notável que o homem tivesse conseguido idealizar aquilo e que era ótimo que ela fosse tão competente para dominar aquele saber. Era a alegria da admiração e do prazer ante a própria capacidade, manifestando-se ao mesmo tempo. Seu sentimento pela ferrovia era o mesmo: admiração pela habilidade técnica que a tornara possível, por meio da inteligência clara e racional de alguém, admiração com um sorriso secreto que dava a entender que ela se sabia capaz de um dia fazer melhor. Ela passeava pelos trilhos e pelos galpões de manutenção das locomotivas como uma humilde estudante, mas em sua humildade havia um toque de orgulho futuro, um orgulho a ser merecido.

"Você é insuportavelmente convencida" era uma das duas frases que ela ouvira com frequência durante a infância, embora ela nunca falasse de suas próprias capacidades. A outra frase era: "Você é egoísta." Ela perguntava o que queriam dizer com aquilo, mas jamais obteve resposta. Olhava para os adultos sem saber como podiam imaginar que ela se sentisse culpada por algo que não sabia o que era, com aquela acusação indefinida.

Estava com 12 anos quando disse a Eddie Willers que havia de dirigir a rede quando crescessem. Tinha 15 quando lhe ocorreu pela primeira vez que mulheres não dirigem redes ferroviárias, e que as pessoas podiam não aceitar. *Que se danem*, pensou, e nunca mais voltou a se preocupar com isso.

Foi trabalhar na Taggart Transcontinental aos 16. O pai deixou, achou graça e ficou um pouco curioso. Ela começou como vigia noturna de uma pequena estação no campo. Trabalhou à noite por alguns anos, enquanto fazia o curso de engenharia.

Ao mesmo tempo que ela, James Taggart começou sua carreira também na ferrovia, aos 21 anos, no departamento de relações públicas.

A ascensão de Dagny entre os homens que dirigiam a Taggart Transcontinental foi rápida e incontestada. Ela ocupou posições de responsabilidade porque não havia mais ninguém para ocupá-las. Havia alguns homens de talento, mas eram raros e, a cada ano, se tornavam cada vez mais raros. Os seus superiores, que ocupavam os cargos de autoridade, pareciam ter medo de exercê-la. Gastavam seu tempo adiando decisões, de modo que ela ia dizendo a todos o que fazer – e eles obedeciam. A cada passo de sua ascensão, ela já vinha realizando o trabalho muito antes de o cargo correspondente lhe ser efetivamente oferecido. Era como avançar por aposentos vazios. Ninguém se opunha a ela, embora nenhuma pessoa apoiasse o seu avanço.

Seu pai parecia ao mesmo tempo espantado e satisfeito com ela, mas não dizia nada, e havia alguma tristeza em seus olhos quando olhava para ela no escritório. Quando ele morreu, ela estava com 29 anos. "Sempre houve um Taggart para dirigir a ferrovia", foram suas últimas palavras para ela. Olhava-a estranhamente, parecendo ao mesmo tempo saudá-la e demonstrar compaixão por ela.

O controle das ações da Taggart Transcontinental foi deixado para James Taggart. Ele tinha 34 anos quando se tornou presidente da ferrovia. Dagny esperava que os membros do conselho administrativo o elegessem, mas jamais compreendera por que eles haviam mostrado tanta ansiedade para fazê-lo. Falaram de tradição, que o presidente sempre tinha sido o filho mais velho da família Taggart e outras coisas mais, e elegeram James da mesma maneira que evitavam passar por baixo de escadas, isto é, por uma espécie de superstição. Falaram de sua capacidade de "tornar a ferrovia uma coisa popular", sua "força com os jornais", sua "influência em Washington". Ele parecia agora dotado de uma habilidade incomum na obtenção de favores junto aos legisladores.

Dagny nada sabia sobre o campo da "influência em Washington" nem sobre o que isso implicava. Mas parecia algo necessário, de modo que afastou a ideia do pensamento, considerando que havia muitos trabalhos desagradáveis, mas necessários, como limpar esgotos – alguém tinha de fazê-los, e James parecia gostar disso.

Ela jamais aspirara à presidência. O departamento de operações era tudo o que ocupava sua cabeça. Quando andava pela ferrovia, velhos ferroviários, que odiavam Jim, diziam "Haverá sempre um Taggart para dirigir a ferrovia" e olhavam para ela com o mesmo olhar que o pai lhe dirigira. Ela estava certa de que Jim não conseguiria prejudicar demais a rede e confiava em que seria fácil para ela corrigir os danos que ele causasse.

Aos 16, sentada à sua mesa de trabalho, vendo passar as janelas iluminadas dos trens da Taggart, Dagny pensara haver entrado em seu verdadeiro mundo. E, nos anos que se seguiram, constatou que aquilo não era verdade. O adversário que se via obrigada a enfrentar não merecia o desafio nem merecia que ela fizesse qualquer esforço para vencê-lo. Não era nenhuma capacidade superior que lhe desse a sensação de orgulho na luta: era a inépcia, cinzenta e macia, dócil como o algodão, que parecia fofa e sem forma, que não oferecia resistência a nada, que não se opunha a ninguém, mas que constituía uma barreira em seu caminho. Ela se sentia hesitante e desarmada ante o enigma que tornava tais coisas possíveis. Não conseguia encontrar explicação.

Só nos primeiros anos é que de vez em quando se via gritando em silêncio, ansiando por um lampejo mínimo de capacidade humana, de competência firme, limpa, radiante. Na ansiedade, tinha verdadeiras crises de tortura por não encontrar um amigo ou um inimigo que tivesse uma inteligência maior do que a sua. Mas a sensação passava. Dagny tinha um trabalho a fazer. Não tinha tempo para queixas – pelo menos, não muito.

A primeira inovação que James Taggart trouxe para a ferrovia foi a construção da Linha San Sebastián. Muitos homens eram responsáveis pelo projeto, mas para Dagny havia um nome que se inscrevia na aventura, um nome que ofuscava todos os demais quando ela o via. Esse nome dominou, ao longo de cinco anos de luta, ao longo de quilômetros de trilhos desperdiçados, ao longo de cifras e cifras que registravam as perdas da Taggart Transcontinental, como uma hemorragia de um ferimento que nunca cicatrizava – um nome que dominou como uma marca que era visível em todas as leituras de cotações da Bolsa, nos rolos de fumaça sobre as manchas avermelhadas em altos-fornos de fundições de cobre e também nas manchetes escandalosas, em páginas apergaminhadas que registravam a nobreza de séculos e séculos, e nos cartões dos buquês de flores que chegavam às alcovas de mulheres espalhadas por três continentes.

Esse nome era Francisco d'Anconia.

Aos 23 anos, quando herdou sua fortuna, Francisco d'Anconia já era famoso como rei mundial do cobre. Agora, aos 36, era famoso por ser o homem mais rico e o mais espetacularmente inútil playboy da face da Terra. Era o último descendente de uma das mais nobres famílias da Argentina. Possuía fazendas de gado, plantações de café e a maior parte das minas de cobre do Chile. Era dono de metade das minas de todos os tipos de minérios da América do Sul e tinha inúmeras outras espalhadas pelos Estados Unidos, que para ele eram como dinheiro miúdo.

Quando D'Anconia comprou de repente uma extensão de montanhas desertas no México, surgiram notícias de que havia descoberto grandes jazidas de cobre. Ele não se esforçou para vender ações de seu empreendimento. Elas saíam como água por entre seus dedos, e tudo o que ele fazia era escolher aqueles a quem queria favorecer, tornando-os acionistas. Seu talento financeiro foi considerado fenomenal. Ninguém jamais o havia superado em qualquer transação – ele acrescentava à sua incrível fortuna tudo o que tocasse a cada passo que desse, quando se dava ao trabalho de dá-los. Os que mais o censuravam eram os primeiros a embarcar de carona em seu talento, procurando participar de suas novas posses. James Taggart, Orren Boyle e seus amigos estavam entre os maiores acionistas do projeto que D'Anconia tinha batizado de minas de San Sebastián.

Dagny jamais descobrira que influências haviam levado James Taggart a construir uma linha do Texas até os desertos de San Sebastián. Parecia provável que nem ele mesmo soubesse – como um campo sem vegetação, James parecia aberto a qualquer corrente que passasse, e o resultado final era sempre obra do acaso. Alguns dos diretores da Taggart Transcontinental se opuseram ao projeto. A companhia precisava de todos os recursos para reconstruir a Linha Rio Norte. Não era possível fazer as duas coisas. Mas James era o novo presidente. Era o primeiro ano de sua administração. Ele ganhou.

A República Popular do México estava ansiosa para cooperar, e logo se assinou um contrato que garantia à Taggart Transcontinental, por dois anos, o direito de propriedade, num país em que não havia direitos de propriedade. Francisco d'Anconia tinha obtido a mesma garantia para suas minas.

Dagny lutou muito contra a construção da Linha San Sebastián. Lutou falando a quem quer que lhe desse ouvidos, mas era apenas uma assistente do departamento de operações, era jovem demais, não tinha autoridade – e ninguém a ouviu.

Ela jamais conseguira entender as razões dos que haviam construído a linha. Mera espectadora, membro da minoria, numa das reuniões da diretoria percebeu algo de evasivo em cada fala, em cada argumento, como se a razão real da decisão se mantivesse, embora não explicitada, clara para todos, menos para ela.

Falaram da futura importância do comércio com o México, de um amplo fluxo de fretes, da larga recompensa financeira que caberia ao transportador exclusivo de um suprimento infinito de cobre. Provaram tudo citando os sucessos anteriores de D'Anconia. Não citaram nenhum dado mineralógico sobre as minas de San Sebastián. Os fatos palpáveis eram poucos. Os informes que D'Anconia expedira não eram muito específicos, mas os membros da diretoria pareciam não precisar muito de fatos.

Falaram bastante da pobreza dos mexicanos e de sua urgente necessidade de estradas de ferro. "Nunca tiveram uma chance." "É nosso dever ajudar um país pobre a se desenvolver. Um país, parece-me, é responsável por seus vizinhos."

Sentada, ela ouvia e pensava nos muitos ramais que a Taggart Transcontinental fora obrigada a abandonar. Havia anos que os lucros da companhia estavam caindo lentamente. Pensou na necessidade urgente de reparos em toda a rede, que se encontrava em estado de abandono. A política de manutenção deles não era uma política: era como se brincassem com um elástico, que se estica um pouco agora, depois um pouco mais e então mais ainda.

"Os mexicanos, parece-me, são um povo muito diligente, esmagado por sua economia primitiva. Como podem se industrializar se ninguém lhes der uma ajuda?" "Num investimento, creio que devemos acreditar no ser humano, mais do que em fatores puramente materiais."

Dagny pensou numa locomotiva que tinha caído numa vala na Linha Rio Norte porque a barra de uma junta rachara. Pensou nos cinco dias durante os quais todo o tráfego parou na linha porque um muro de contenção havia ruído, derrubando toneladas de rochas sobre a estrada.

"Na medida em que um homem deva pensar no bem de seus irmãos antes de pensar no seu próprio bem, parece-me que uma nação deva pensar em seus vizinhos antes de pensar em si mesma."

Dagny pensou num recém-chegado chamado Ellis Wyatt, a quem as pessoas estavam começando a dar atenção porque sua atividade parecia prenunciar uma torrente de mercadorias que começaria a fluir das extensões moribundas do Colorado. A Linha Rio Norte, no entanto, era deixada à míngua, caminhando para o colapso total, exatamente no momento em que sua capacidade máxima era necessária, pois estava prestes a ser utilizada.

"O acúmulo de bens materiais não é tudo." "Há bens não materiais que também contam." "Confesso que sinto certa vergonha quando penso que possuímos uma enorme rede ferroviária, enquanto o povo mexicano não tem nada, exceto uma ou duas linhas insuficientes." "A velha teoria da autossuficiência econômica se deteriorou há muito tempo. É impossível que um país prospere em meio a um mundo faminto."

Dagny pensou que, para transformar a Taggart Transcontinental no que ela fora há algum tempo, muito antes do seu próprio tempo, seria necessário arregimentar cada trilho disponível, cada cavilha, cada dólar – e agora tudo era tão escasso...

Repetiram também, na mesma sessão, os mesmos discursos sobre a eficiência do governo mexicano, que mantinha controle absoluto sobre tudo. O México tinha um grande futuro, diziam, e seria um concorrente perigoso em pouco tempo. "O México é muito disciplinado", diziam os homens da diretoria, com uma ponta de inveja.

James deu a entender – por meio de frases que não concluíra e insinuações vagas – que seus amigos em Washington, que ele nunca identificava, desejavam ver construída uma ferrovia no México, que ela seria de grande ajuda em questões de diplomacia internacional, e que a boa vontade da opinião pública mundial pagaria largamente o investimento da Taggart Transcontinental.

Votaram a favor da construção da Linha San Sebastián, a um custo de 30 milhões de dólares.

Quando Dagny saiu da sala de reuniões e caminhou pelo ar limpo e frio das ruas, ouviu duas palavras claramente repetidas em sua cabeça vazia e anuviada: *Caia fora, caia fora, caia fora...*

Ouviu espantada. A ideia de deixar a Taggart Transcontinental não era uma coisa que ela pudesse conceber. Aterrorizou-se, não com o pensamento, mas com a questão que a fazia pensar. Balançou a cabeça, com raiva, e disse a si mesma que a Taggart Transcontinental precisava dela agora mais do que nunca.

Dois dos diretores se demitiram; o vice-presidente de operações, também. Foi substituído por um amigo de James.

Os trilhos de aço foram lançados no deserto mexicano, ao mesmo tempo que eram dadas ordens para reduzir a velocidade dos trens da Rio Norte, porque a ferrovia estava imprestável. Uma estação de concreto armado, com colunas de mármore e espelhos, era agora erguida no meio da poeira em uma praça não pavimentada em uma vila mexicana – enquanto uma composição de carros-tanque carregando óleo despencava de um barranco num monte de lixo porque um trilho se fendera na Linha Rio Norte. Ellis Wyatt não esperou pela decisão da justiça para saber se o acidente fora de fato fortuito, como afirmava James Taggart. Ele transferiu o transporte de seu óleo para a Phoenix-Durango, uma obscura ferrovia, ainda pequena, que estava lutando, mas lutando bem. Isso funcionou como um foguete para a Phoenix-Durango, impulsionando-a. Daí em diante, ela cresceu na mesma medida em que cresciam a Petróleo Wyatt e as fábricas localizadas nos vales vizinhos. Enquanto isso, os trilhos da Linha San Sebastián se estendiam, ao ritmo de três quilômetros por mês, atravessando as plantações irrigadas de milho do México.

Dagny tinha 32 anos quando disse a James que ia se demitir. Ela pusera em funcionamento o departamento de operações nos últimos três anos, sem qualquer título, reconhecimento nem autoridade. Fora derrotada pelas horas, pelos dias e pelas noites empenhados em lidar com a interferência do amigo de Jim que ocupava o cargo de vice-presidente de operações. O homem não tinha um programa, e todas as decisões que tomava eram, na realidade, dela, mas ele só agia depois de ter feito tudo para dificultar as coisas até o impossível. O que ela levou ao irmão foi um ultimato. Ele dissera: "Mas, Dagny, você é uma mulher. Uma mulher como vice-presidente? Nunca se ouviu falar! A diretoria não aceitará!" E ela respondera: "Então me demito."

Não pensou no que faria com o que lhe restava da vida. Deixar a Taggart Transcontinental era como ter as duas pernas amputadas. Pensou que deixaria a coisa acontecer e depois aguentaria as consequências.

Nunca entendeu por que a diretoria votou unanimemente nela para o cargo de vice-presidente de operações.

Foi ela quem finalmente lhes deu a Linha San Sebastián. Quando assumiu, a construção se arrastava havia três anos. Um terço dos trilhos estava colocado. Os custos já haviam ultrapassado o total autorizado. Ela demitiu os amigos de Jim e arranjou um empreiteiro que completou o serviço em um ano.

A Linha San Sebastián agora estava funcionando. Não havia ocorrido nenhum aumento significativo de pedidos nem havia trens carregados de cobre. Algumas poucas cargas desciam ruidosamente das montanhas de San Sebastián, a longos intervalos. As minas, disse Francisco d'Anconia, ainda estavam em fase de instalação. E o escoamento de dinheiro na Taggart Transcontinental não parava.

Sentada em seu escritório, como fizera tantas vezes, Dagny tentava equacionar o problema de quantas e quais vias poderiam responder pela salvação da companhia e em quanto tempo isso seria possível.

A Linha Rio Norte, se reconstruída, resolveria tudo. Enquanto olhava as listagens de números e dados que anunciavam perdas e mais perdas, não pensava na longa e desarrazoada agonia da ferrovia do México. Pensava num telefonema: "Hank, você pode nos salvar? Pode nos fornecer trilhos no menor prazo e com a maior carência possível?" Uma voz lhe respondera com calma e firmeza: "Claro que sim."

Esse pensamento era um ponto de apoio. Ela se inclinou sobre as folhas de papel na mesa, achando subitamente fácil se concentrar no trabalho. Havia pelo menos uma coisa que não parecia falhar quando se precisava dela.

James cruzou a antessala do escritório de Dagny ainda mantendo o tipo de confiança que sentira entre seus companheiros no bar meia hora atrás. Quando abriu a porta, no entanto, a confiança se evaporou. Cruzou a sala na direção da escrivaninha como uma criança que é encaminhada para o castigo e acumula o ressentimento que sentirá pelo resto da vida.

Ele viu uma cabeça que se inclinava sobre folhas de papel, a luminária da escrivaninha fazia brilhar fios desgrenhados de cabelo, uma blusa azul que se alçava até os ombros, frouxa, em dobras largas, dando ideia do corpo delgado.

– De que se trata, Jim?

– O que você está planejando para a Linha San Sebastián?

Ela levantou a cabeça:

– Planejando? Como?

– Que tipo de programação você estabeleceu e que tipo de trens?

Ela riu. Era um riso alegre e um pouco cansado.

– Você precisa realmente ler os relatórios que vão para o gabinete da presidência. Pelo menos de vez em quando.

– O que você quer dizer?

– Estamos obedecendo a esse horário na San Sebastián há três meses.

– *Um* trem de passageiros por dia?

– ... pela manhã. E um trem de carga, dia sim, dia não.

– Meu Deus! Num ramal dessa importância?

– Esse importante ramal não paga sequer esses dois trens.

– Mas o povo mexicano espera de nós um serviço excelente!

– Pois é.

– Eles precisam de trens!

– Para quê?

– Para... Para desenvolver as indústrias locais. Como podem se desenvolver se não lhes damos transportes?

– Eu não acho que eles vão desenvolver indústria nenhuma.

– Essa é apenas sua opinião pessoal. Não sei com que direito você cortou nossa programação para a linha. Só o transporte de cobre vai pagar todos os custos.

– Quando?

Ele olhava para Dagny. Seu rosto mostrava a satisfação de alguém que vai dizer alguma coisa ferina.

– Você não duvida do sucesso dessas minas de cobre, duvida? Principalmente se sabe que é Francisco d'Anconia quem está no comando, não é? – Ele colocara ênfase no nome de D'Anconia enquanto olhava para ela.

– Ele pode ser seu amigo, mas...

– *Meu* amigo? Pensei que ele fosse *seu* amigo.

Ela disse com firmeza:

– Há 10 anos que não é mais.

– Que pena, não? Assim mesmo, ele é um dos mais hábeis homens de negócios do mundo. Nunca se deu mal em nenhum empreendimento e enterrou vários milhões do seu próprio dinheiro nessas minas. Logo, podemos fazer fé no seu julgamento.

– Quando você vai perceber que Francisco d'Anconia se transformou num vagabundo inútil?

Ele sorriu por entre os dentes.

– Sempre achei isso quanto ao caráter dele. Mas você não tinha a minha opinião. Você achava o contrário. E com que veemência! Com certeza você se recorda das nossas discussões a esse respeito, não? Preciso lhe lembrar alguma das coisas que você *disse* dele? Porque, quanto ao que você *fez*, posso apenas imaginar...

– Você quer discutir o assunto Francisco d'Anconia? Foi para isso que veio até aqui?

O rosto dele mostrava a raiva de ter fracassado, pois o dela não exprimia nada.

– Você sabe muito bem por que foi que vim aqui! – explodiu ele. – Ouvi coisas incríveis sobre nossos trens no México.

– Que coisas?

– Que tipo de trens você está botando para rodar lá?

– Os piores que pude encontrar.

– Você confessa isso?

– Informei a você por escrito em diversos relatórios.

– É verdade que está usando locomotivas a lenha?

– Eddie as encontrou em alguma oficina abandonada lá na Louisiana. Nem conseguiu descobrir o nome da empresa.

– E é isso que você está pondo para rodar como trens da Taggart?

– É.

– Que diabos está havendo? Quero saber que diabos está havendo!

Ela falou de modo uniforme, olhando firme para ele:

– Se você quer saber, não deixei nada senão lixo na Linha San Sebastián, e, mesmo assim, pouco. Tirei tudo o que pude de lá. Locomotivas, oficinas, até as máquinas de escrever e os espelhos. Tirei tudo do México.

– Por que cargas d'água?

– Para que os saqueadores não tenham muito o que pilhar quando nacionalizarem a linha.

James se levantou de um salto.

– Isso não vai ficar assim! Desta vez você não escapa. Ter a audácia de usar de um recurso tão... Só por causa de uns rumores sem fundamento, quando nós temos um contrato de 200 anos e...

– Jim – disse ela devagar –, não há um só vagão, máquina ou tonelada de carvão que possamos desperdiçar em qualquer parte da rede.

– Não permitirei isso, absolutamente não permitirei uma política tão insultuosa para com um povo amigo que precisa de nossa ajuda! O acúmulo de bens materiais não é tudo. Afinal de contas, há outros valores, ainda que você não consiga entendê-los!

Dagny pegou um bloco e um lápis.

– Muito bem, Jim, quantos trens você quer que eu coloque na Linha San Sebastián?

– Hein?

– Quais os cortes que você quer que eu faça nas demais linhas para conseguir as locomotivas a diesel e os vagões de aço?

– Não quero que faça cortes em linha nenhuma!

– Então onde vou conseguir o equipamento para o México?

– É a você que compete conseguir. É o seu trabalho!

– Não posso fazê-lo. Você vai ter de decidir.

– É o seu velho truque sujo de sempre. Jogar a responsabilidade para cima de mim!

– Aguardo ordens, Jim.

– Não vou deixar você me tapear desse jeito!

Ela deixou cair o lápis.

– Neste caso, a Linha San Sebastián permanecerá com o mesmo esquema.

– Espere até a reunião da diretoria no próximo mês. Exigirei uma definição precisa sobre a autoridade do departamento de operações para ultrapassar suas atribuições desse modo! Você vai ver.

– Assumo a responsabilidade.

Ela já tinha retomado seu trabalho antes mesmo de a porta se fechar depois que James Taggart saiu.

Quando terminou, empurrou os papéis para um lado e olhou para fora: o céu estava negro e a cidade tinha se transformado numa massa de vidro iluminado sem alvenaria. Levantou-se relutante. Lamentou um pouco a pequena derrota que era sentir-se cansada, mas não tinha como escondê-lo esta noite. As salas externas do escritório estavam vazias. Sua equipe já havia saído. Somente Eddie Willers estava lá, em sua escrivaninha, no seu compartimento envidraçado que parecia um cubo de luz em um canto do amplo salão. Acenou para ele ao sair.

Não tomou o elevador que levava ao vestíbulo do edifício. Preferiu o que levava à plataforma do Terminal Taggart. Gostava de passar por ali a caminho de casa.

Sempre achara que a plataforma era como um templo. Olhando para cima, para a cobertura distante, via sombrias abóbadas suportadas por gigantescas colunas de granito e os topos das amplas janelas envidraçadas em meio à escuridão. A abóbada principal tinha a paz de uma catedral, que se espalhava, protetoramente, acima da atividade febril dos homens.

Dominando a plataforma, mas ignorada pelos viajantes, por ser uma visão à qual já se haviam acostumado, estava a estátua de Nathaniel Taggart, fundador da rede. Dagny era a única pessoa que parecia lhe dar atenção. Jamais a ignorava ao passar por ela. Olhar para aquela estátua, enquanto atravessava a plataforma do terminal, era a única espécie de oração que ela conhecia.

Nathaniel Taggart tinha sido um aventureiro paupérrimo que viera de alguma parte da Nova Inglaterra e terminara construindo uma estrada de ferro que cruzava o continente, no tempo dos primeiros trilhos de aço. Sua ferrovia permanece. Sua batalha para construí-la tinha se transformado numa lenda, porque o povo preferia não entendê-la ou não acreditar que fosse possível.

Ele jamais acreditara que os outros tivessem o direito de fazê-lo parar. Estabelecia suas metas e rumava para elas em linha reta, como os seus trilhos. Nunca procurou empréstimos, bônus, subsídios, concessões de terras ou outros favores oferecidos pelo governo. Obtinha dinheiro diretamente dos homens que o ganhavam, indo de porta em porta – das portas de mogno dos banqueiros até as portas de ripas das fazendas solitárias. Nunca falava do bem público. Apenas dizia às pessoas que teriam um bom lucro com a sua ferrovia, dizia-lhes por que motivo esperava bons lucros e lhes expunha suas razões. Eram boas. Por todas as gerações que se seguiram, a Taggart Transcontinental se manteve como uma das poucas que não entraram em bancarrota e a única cujo controle acionário permanecia nas mãos dos descendentes de seu fundador.

Enquanto esteve vivo, o nome de Nat Taggart não foi famoso, mas teve alguma notoriedade. Era mencionado não com reverência, mas com uma espécie de curiosidade ressentida, e, se alguém o admirava, era da maneira como se admira um bandido bem-sucedido. No entanto, nem sequer uma moeda dos seus bens havia sido obtida por meio da força ou da fraude – ele não era culpado de nada, exceto de possuir sua própria fortuna e de não esquecer nunca que ela lhe pertencia.

Sussurravam muitas histórias a seu respeito. Dizia-se que no selvagem Meio-Oeste ele havia assassinado um político que tentara anular um título que lhe fora concedido na ocasião em que sua ferrovia estava sendo construída na região; alguns políticos haviam planejado fazer fortuna com títulos da Taggart comprando na baixa. Nat Taggart foi acusado de homicídio, mas a acusação jamais foi provada. A partir de então, ele nunca mais teve problemas com políticos.

Dizia-se que Nat Taggart tinha enterrado sua vida na ferrovia muitas vezes. Mas houve uma vez que ele enterrou mais do que a vida. Precisando urgentemente de fundos, com a construção da ferrovia suspensa, ele jogou por três lances de escada abaixo um distinto cavalheiro que lhe fora oferecer um empréstimo do governo. Depois ele empenhou a própria mulher num empréstimo que fez com um milionário que o odiava mas admirava a beleza de sua mulher. Repôs a dívida em tempo hábil e não perdeu o que dera como garantia. Tudo foi feito com o consentimento da esposa. Ela era uma mulher belíssima, descendente da mais nobre família de um estado sulista que havia sido deserdada pela família porque fugira para casar com Nat Taggart quando ele era ainda apenas um pobre e jovem aventureiro.

Às vezes Dagny lamentava ter Nat Taggart como ancestral. O que ela sentia por ele não se enquadrava nas afeições automáticas das relações familiares. Não queria que o seu sentimento fosse do tipo que normalmente as pessoas acham que se deve ter por um tio ou por um avô. Ela era incapaz de amar o que quer que fosse senão por escolha sua, e não gostava de se sentir pressionada. Mas, se tivesse sido possível escolher um ancestral, ela certamente teria escolhido Nat Taggart, numa homenagem voluntária e com toda a gratidão.

A estátua de Nat Taggart tinha sido copiada de um desenho que um artista certa vez fizera dele, único registro de sua aparência. Ele vivera até ficar bem velho, mas não se podia pensar nele senão como aparecia no desenho: jovem. Na infância, a estátua tinha sido para Dagny o primeiro conceito de exaltação. Quando a mandavam para a escola ou para a igreja e ouvia alguém usando aquela expressão, julgava de imediato saber o que diziam: pensava na estátua.

A estátua mostrava um jovem alto, magro, com um rosto anguloso e firme como se encarasse um desafio, encontrando alegria nele e na sua capacidade de enfrentá-lo. Tudo o que Dagny queria da vida se resumia em conseguir para o próprio rosto uma expressão como aquela.

Hoje olhava para a estátua enquanto caminhava. Era um descanso momentâneo, como se uma carga a que ela não conseguia dar nome de repente se tornasse leve e uma brisa lhe tocasse a fronte.

Em um canto da estação, perto da entrada principal, havia uma banca de jornal. O proprietário, um homem calmo e cortês, estava atrás de seu balcão havia 20 anos. Tivera uma fábrica de cigarros, mas ela fora à falência, e ele tinha se resignado à obscura solidão de sua pequena banca no meio do eterno turbilhão de passantes que não conhecia. Já não tinha família ou amigos vivos. Tinha um passatempo que era seu único prazer: reunia cigarros do mundo inteiro em sua coleção particular. Conhecia todas as marcas que já haviam sido fabricadas.

Dagny gostava de parar na sua banca a caminho de casa. O velhinho lhe parecia fazer parte do Terminal Taggart, como um cão de guarda muito fraco para exercer sua vigilância, mas encorajador pela lealdade de sua presença. Ele gostava de vê-la aproximar-se, pois o divertia pensar que só ele conhecia a importância daquela jovem mulher com um casaco esportivo e um chapéu inclinado ao acaso na cabeça, que, apesar de sua posição, saía anônima da multidão na direção dele.

Naquela noite ela parou, como de costume, para comprar um maço de cigarros.

– Como vai a coleção? – perguntou. – Conseguiu alguma novidade?

Ele sorriu meio triste, balançando a cabeça:

– Não, Srta. Taggart. Não estão lançando marcas novas no mundo. Até as antigas estão desaparecendo, uma a uma. No momento só há umas quatro ou cinco. No passado eram dúzias delas. As pessoas não estão fazendo mais nada de novo.

– Voltarão a fazer. Isso é temporário.

Ele olhou para ela e depois falou:

– Eu gosto de cigarros, Srta. Taggart. Gosto de pensar no fogo contido na mão de um homem. O fogo, aquela força poderosa, domada na ponta dos dedos. Penso muito nas horas que um homem passa sozinho, olhando a fumaça de um cigarro, pensando. Penso nas grandes coisas que nasceram desses momentos. Quando um homem pensa, há uma luz acesa em sua mente. É justo que a brasa do cigarro apareça como uma representação disso.

– E eles por acaso pensam? – perguntou ela, sem querer. Então parou: a pergunta era uma angústia pessoal sua e não queria discuti-la.

O homenzinho a olhava como se tivesse flagrado a parada súbita e a tivesse compreendido muito bem, mas não comentou. Disse:

– Não gosto das coisas que estão acontecendo às pessoas, Srta. Taggart.

– O quê, exatamente?

– Não sei. Mas eu as venho observando há 20 anos e estou vendo a mudança. Elas costumavam passar às pressas por aqui, e era bom vê-las, era a pressa de homens que sabiam aonde estavam indo e ansiavam por chegar lá. Mas, agora, as pessoas correm porque estão com medo. Não são dirigidas por nenhuma força, são movidas pelo medo. Não estão indo a parte alguma, estão fugindo. E não acho que saibam do que desejam fugir. Não se olham entre si. Estremecem quando são tocadas. Elas riem muito, mas é um riso feio. Não é de alegria, é como uma súplica. Não sei o que está acontecendo com o mundo. – Ele deu de ombros. – Ora, pois: quem é John Galt?

– É só uma frase sem sentido! – Dagny se surpreendeu com o tom cortante da própria voz e acrescentou, como quem se desculpa: – Não gosto dessa gíria vazia. Que quer dizer? De onde veio?

– Ninguém sabe – disse ele lentamente.

– Por que é que as pessoas continuam repetindo, já que ninguém parece saber ao menos o que significa? E, no entanto, todos a usam como se soubessem!

– Por que isso a perturba?

– Não gosto do que as pessoas parecem querer dizer quando a pronunciam.

– Eu também não gosto, Srta. Taggart.

◢◢◢

Eddie Willers jantava no refeitório dos funcionários do Terminal Taggart. Havia um restaurante no prédio, frequentado pelos executivos da companhia, mas não lhe agradava. O refeitório, por outro lado, parecia fazer parte da ferrovia, e lá ele se sentia mais em casa.

Ficava no subsolo. Era uma ampla sala com paredes de ladrilhos brancos que brilhavam refletindo as luzes elétricas e pareciam um brocado de prata. Havia um trabalhador da ferrovia a quem Eddie encontrava no refeitório de tempos em tempos. Gostava da cara dele. Tinham conversado casualmente uma vez e pegaram o hábito de jantar juntos quando se encontravam por acaso.

Eddie não se lembrava de jamais ter perguntado o nome dele, qual o seu tipo de trabalho. Devia ser um emprego simples, porque as roupas que usava eram grosseiras e encardidas. O homem não representava uma pessoa para ele, mas uma presença silenciosa com um grande interesse pela única coisa que realmente contava e que dava sentido à sua vida: a Taggart Transcontinental.

Nessa noite, chegando tarde, Eddie viu o trabalhador numa mesa de canto na sala semideserta. Sorriu, contente, acenou para ele e levou sua bandeja para lá.

Instalado no canto da sala, Eddie sentiu-se à vontade, relaxando após a grande trabalheira do dia. Podia falar como em nenhuma outra parte, admitindo coisas que não confessaria a ninguém, pensando em voz alta, observando os olhos atentos do trabalhador do outro lado da mesa.

– A Linha Rio Norte é nossa última esperança – disse Eddie Willers. – Mas ela há de nos salvar. Teremos pelo menos um ramal em bom estado, no local de maior necessidade, e a partir daí salva-se o restante... É engraçado... Não é? Falar da última esperança da Taggart Transcontinental. Você acreditaria se alguém lhe dissesse que um meteoro vai destruir a Terra?... Eu também não... "De oceano a oceano, para sempre"... Foi o que ouvimos continuamente em nossa infância, ela e eu... Não, eles não diziam "para sempre", mas o sentido era esse... Você sabe, não sou nenhum grande homem... Eu não poderia construir esta rede... Se ela afundar, eu afundo junto, não posso dar jeito e pôr as coisas nos eixos de novo... Não ligue para mim. Não sei por que digo coisas assim. Acho que estou apenas um pouco cansado hoje... É, trabalhei até tarde. Ela não me pediu para ficar, mas havia uma luz por baixo da porta dela muito depois de todo mundo ter ido embora... Sim, ela já foi para casa... Problemas?... Ora, no escritório sempre há problemas. Mas ela não está preocupada. Sabe que pode nos tirar disto... Claro, é grave. Estamos tendo muito mais acidentes do que você ouve dizer. Perdemos mais duas locomotivas a diesel na semana passada. Uma ficou imprestável, de pura velhice, e a outra, por causa de uma colisão de frente... Sim, temos locomotivas, já encomendadas, na United Locomotive Works, mas esperamos por elas há dois anos. Não sei se chegarão algum dia... Meu Deus, como precisamos delas... Força motriz – você não pode imaginar como isso é importante. É o coração do problema... De que você ri?... Bem, como eu dizia, é grave. Mas pelo menos a Linha Rio Norte está em andamento. O primeiro carregamento de trilhos chegará ao local em algumas semanas. Dentro de um ano vamos botar para rodar o primeiro trem na nova estrada. Agora nada mais vai nos fazer parar... Claro que sei quem vai montar os trilhos: é McNamara, de Cleveland. É o empreiteiro que terminou a Linha San Sebastián para nós. Está aí um homem que conhece o seu trabalho. Estamos garantidos. Podemos confiar nele. Já não há bons empreiteiros hoje... Estamos numa roda-viva, mas eu gosto. Tenho vindo para o escritório uma hora mais cedo diariamente, mas ela sempre me vence: sempre chega antes... Como?... Não sei o que ela faz à noite... Nada de mais, eu acho... Não, nunca sai com ninguém... Na maioria das vezes fica em casa e ouve música... Discos... Ora, que interessa? Que discos?... Richard Halley. Ela adora a música de Richard Halley. Fora a estrada de ferro, é a única coisa que ela realmente ama.

CAPÍTULO 4

OS MOTORES IMÓVEIS

A força motriz, pensou Dagny, olhando para o Edifício Taggart no crepúsculo, *é a primeira necessidade. Força motriz, para manter este edifício de pé; movimento, para mantê-lo imóvel.* Ele não se apoiava em estacas fincadas no granito, e sim nas locomotivas que se deslocavam através de um continente.

Ela sentiu um leve toque de ansiedade. Voltava de uma viagem às instalações da United Locomotive Works, em Nova Jersey, onde fora ver o presidente da companhia. Não tinha conseguido nada: nem saber as razões do atraso, nem qualquer indicação quanto à data da produção das locomotivas a diesel. O presidente da companhia falara com ela durante duas horas. Mas suas respostas não tinham nada a ver com as perguntas que Dagny lhe fizera. Ele tinha modos que sugeriam uma nota de censura condescendente sempre que ela tentava tornar a conversa objetiva, como se se tratasse de uma menina malcriada que quebrasse algum código subentendido que todas as demais pessoas aceitavam e praticavam.

Em sua passagem pela fábrica, tinha visto uma enorme máquina abandonada em um canto. Tinha sido, no passado, uma máquina de grande precisão, de um tipo que já não se encontrava mais. Não estava gasta pelo uso – entrara em decomposição por negligência, corroída pela ferrugem, pelas gotas negras de óleo sujo. Dagny desviou o olhar. Uma visão daquelas sempre a deixava cega por instantes, ferida por um ódio violento. Não sabia por quê. Não podia definir seus sentimentos. Sabia apenas que neles havia um grito de protesto contra a injustiça e que isso era uma resposta a algo que ultrapassava em muito uma simples máquina velha.

O restante de sua equipe já tinha saído, percebeu Dagny ao entrar na antessala de seu escritório. Mas Eddie Willers estava lá, esperando por ela.

Pelo jeito dele e pelo modo silencioso como a seguiu para o escritório, viu logo que algo acontecera.

– O que há, Eddie?

– McNamara foi embora.

Olhou para ele, pálida:

– Como assim, foi embora?

– Aposentou-se. Parou de trabalhar.

– McNamara, nosso empreiteiro?

– É.

– Mas é impossível!

– Eu sei.

– O que aconteceu? Por quê?

– Ninguém sabe.

Lenta e cuidadosamente, Dagny desabotoou o casaco, sentou-se à sua mesa, começou a tirar as luvas. Então disse:

– Comece do começo, Eddie. Sente-se.

Ele falou calmamente, embora permanecesse de pé:

– Telefonei para o engenheiro-chefe dele, que nos tinha ligado de Cleveland para dar a notícia. Era tudo o que ele sabia.

– O que ele disse?

– Que McNamara havia fechado a firma e ido embora.

– Para onde?

– Ele não sabe. Ninguém sabe.

Ela notou que com uma das mãos estava segurando dois dedos de luva vazios da outra mão, com a luva parcialmente retirada e esquecida. Tirou-a de uma vez e a deixou cair sobre a mesa.

Eddie disse:

– Ele largou uma pilha de contratos que devem valer uma fortuna. Tinha uma lista de espera de clientes de três anos.

Ela não respondeu. Eddie continuou, com a voz mais lenta:

– Não me espantaria se pudesse compreender os motivos... Mas uma coisa assim, sem qualquer razão plausível para explicar a atitude dele...

Ela permanecia em silêncio. Eddie falou ainda:

– Ele era o melhor empreiteiro do país...

Olharam um para o outro. Ela queria dizer "Ah, meu Deus, Eddie!", porém o que sua voz disse, calmamente, foi:

– Não se preocupe. Arranjaremos outro para a Linha Rio Norte.

Já era tarde quando saiu do escritório. Do lado de fora, na calçada do edifício, fez uma pausa, olhando para as ruas. Sentia-se subitamente desprovida de energia, de propósitos, de desejos, como um motor parado.

Uma leve mancha se estendia dos edifícios para o alto, reflexos de milhares de lâmpadas anônimas, a respiração elétrica da cidade. Dagny teve vontade de descansar. *Descansar*, pensou, *e encontrar diversão em alguma parte.*

Seu trabalho era tudo o que tinha e tudo o que desejava. Mas às vezes, como agora, quando sentia aquela súbita e estranha sensação de vazio, que não era vazio, mas silêncio, não desespero, mas imobilidade, como se nada dentro dela tivesse sido destruído, mas permanecesse parado, nessas vezes apenas, desejava um momento de alegria exterior, desejava sentir-se arrebatada como simples espectadora de algum trabalho ou alguma visão que lhe sugerisse grandeza. Sem atuar, mas desfrutando; sem tomar a iniciativa, mas respondendo; sem criar, mas admirando. *Preciso disso para continuar*, pensou, *porque a alegria é o combustível da gente.*

Ela sempre fora – fechou os olhos e sorriu com um pouco de dor e reserva – a força motriz de sua própria felicidade. Agora, excepcionalmente, queria sentir-se levada por uma força alheia. Assim como os homens numa planície escura gostavam de ver ao longe as janelas iluminadas de um trem que passava, uma realização dela, aquela visão de poder e determinação que dava aos observadores uma satisfação no meio da noite, no meio da planície vazia, assim também ela desejava se sentir, por um momento, com direito a saudar levemente, olhar de relance, acenar e dizer: lá vai alguém a alguma parte...

Começou a andar lentamente, com as mãos nos bolsos do casaco, a sombra do chapéu inclinado cruzando seu rosto. Os edifícios ao seu redor cresciam a alturas tais que já não se podia ver o céu. Dagny pensou que, se custara tanto a ser construída, aquela cidade deveria ter muito a oferecer.

Acima da porta de uma loja, um alto-falante enchia de som a rua. Era o som de uma peça sinfônica que estava sendo executada em alguma parte da cidade. Parecia um prolongado guincho sem forma, como o de tecidos e carne rasgados anarquicamente. Não havia melodia, harmonia, ritmo que contivesse tal guincho. Se a música era emoção e a emoção vinha do pensamento, então esse era o grito do caos, do irracional, da desesperança, da abdicação do homem de si mesmo.

Continuou andando. Parou diante da vitrine de uma livraria. Nela havia uma pirâmide de livros com capas marrom-avermelhadas, cujo título era *O abutre muda as penas*. Num cartaz se lia: "O romance do nosso século. Penetrante estudo da voracidade de um homem de negócios. A revelação destemida da depravação humana."

Passou por um cinema. Suas luzes ocupavam meia quadra, deixando uma enorme fotografia e algumas letras suspensas no ar. Era a foto de uma jovem mulher sorridente. Olhando o rosto dela, Dagny teve a sensação incômoda de que já o conhecia havia muitos anos, muito embora o estivesse vendo pela primeira vez. O letreiro dizia: "... num tremendo drama que dá resposta à grande pergunta: a mulher deve revelar?"

Passou pela porta de uma boate. Um casal se dirigia, cambaleando, para um táxi. A moça tinha olhos pintados, suor no rosto e usava estola de arminho e um manto na cabeça, que agora caía descuidado, deixando um dos ombros à mostra, como um roupão doméstico, revelando demais o seu seio, não com ousadia, mas com a indiferença do desleixo. Seu acompanhante a conduzia por um dos braços. Não tinha a expressão de um homem que antegoza uma aventura romântica, mas o olhar furtivo de um menino prestes a escrever obscenidades numa parede.

O que eu esperava encontrar?, pensou Dagny, seguindo em frente. Essas eram as coisas pelas quais os homens viviam, as formas de seus espíritos, sua cultura, sua diversão. Não vira nada diferente daquilo em parte alguma há muitos anos.

Na esquina da rua onde morava, comprou um jornal e foi para casa.

Era um apartamento de dois cômodos, no topo de um arranha-céu. As vidraças da janela de canto de sua sala de estar davam ao ambiente a aparência da proa de um navio em movimento, e as luzes da cidade pareciam fagulhas fosforescentes sobre ondas negras de aço e pedra. Quando acendeu a luz, longos triângulos de sombra se imprimiram sobre as paredes nuas, num padrão geométrico de raios de luz quebrados por alguns móveis angulosos.

Ficou parada no meio da sala, sozinha, entre céu e cidade. Só havia uma coisa que lhe podia proporcionar o que desejava sentir nessa noite. Era a única forma de diversão que encontrara. Dirigiu-se para o toca-discos e colocou um disco de Richard Halley.

Era o Quarto Concerto, a sua última obra. O estrondo dos acordes iniciais afastou da mente de Dagny a visão das ruas. O concerto era um grande grito de revolta. Era um "não" gritado em resposta a um terrível processo de tortura, uma negação do sofrimento, uma negação que continha a agonia da luta para se conseguir a liberdade. Os sons eram como uma voz que dizia: "Não há necessidade de que exista a dor; por que, então, está a dor reservada para aqueles que não acreditam em sua necessidade? Nós que sustentamos o amor e o segredo da alegria, por que devemos sofrer a dor, obedecendo a quem?..." Os sons da agonia se tornavam um desafio, a afirmativa da agonia se tornava um hino a uma visão distante, para cuja realização qualquer coisa valia a pena, fosse o que fosse. Era a canção da revolta – e de uma busca desesperada.

Sentou-se e se deixou ficar quieta, com os olhos fechados, ouvindo.

Ninguém sabia o que tinha acontecido com Richard Halley, nem por quê. A história de sua vida fora uma maldição à grandeza, uma demonstração do preço que se paga por ela. Tinha sido uma sequência de anos gastos em águas-furtadas e porões, anos durante os quais tudo se havia colorido do tom cinzento de paredes que aprisionavam um homem cuja música, no entanto, fluía em cores violentas. Era o cinza de uma luta contra longas escadarias de pensões, contra encanamentos arrebentados, contra o preço de um sanduíche comprado numa lanchonete malcheirosa, contra os rostos de homens que ouviam música com o olhar vazio. Luta sem o alívio da violência, sem o reconhecimento de um inimigo definido, contra uma parede impessoal à prova de som: a indiferença que absorvia as pancadas e os gritos, uma batalha do silêncio, envolvendo um homem que podia dar ao som uma eloquência desconhecida. O silêncio da obscuridade, da solidão, das noites em que só raramente alguma orquestra executava algum de seus trabalhos e ele olhava para a escuridão, sabendo que sua alma fremia, saindo em ondas de uma torre de estação de rádio pelo ar da cidade – e que não havia receptores ligados prestando atenção a ela.

"A música de Richard Halley tem a marca do heroico. Nosso tempo ultrapassou essa baboseira", dissera um crítico. "A música de Richard Halley está fora de sintonia com o nosso tempo. Ela está repleta de êxtase – e quem quer saber de êxtase nos dias de hoje?", comentara outro.

A vida dele tinha sido um resumo das vidas de todos os homens cujo prêmio é uma estátua numa praça pública 100 anos depois do tempo em que os prêmios ainda valem alguma coisa – só que Richard Halley não morrera tão precocemente. Vivera para ver a noite que, pelas leis normais da história, não deveria viver o suficiente para conhecer. Tinha 43 anos e era a noite de estreia de *Faetonte*, uma ópera que ele escrevera aos 24. Tinha mudado o velho mito grego à sua conveniência: Faetonte, o filho de Hélio, que rouba a carruagem do pai e tenta audaciosamente guiar o carro do Sol pelo céu, não termina morrendo, como no mito. Na ópera de Halley, Faetonte conseguia realizar o que se propusera fazer. A ópera tinha sido encenada 19 anos antes e saíra de cartaz após uma só récita, debaixo de vaias. Naquela noite, Richard Halley caminhara pelas ruas da cidade até a aurora, tentando obter a resposta a uma pergunta – que ele não sabia qual era.

Na noite em que a ópera foi apresentada de novo, 19 anos mais tarde, os últimos acordes coincidiram com o som da maior ovação que o teatro jamais tinha visto. As velhas paredes não podiam conter o alarido, o som se estendia pelos corredores, pelas escadas, pelas ruas por onde o rapaz caminhara 19 anos antes.

Dagny estava na plateia no dia da ovação. Era das poucas pessoas que haviam conhecido a música de Halley antes, muito antes. Mas ela nunca o tinha visto. Viu-o quando o atiraram para o palco, de frente para os braços que acenavam para ele e para as cabeças que se esticavam para vê-lo. Ele ficou imóvel, alto, magro, grisalho. Não fez reverências nem sorriu. Limitou–se a olhar para a multidão. Tinha a expressão de alguém que se defronta com uma questão vital.

"A música de Richard Halley", escreveu um crítico na manhã seguinte, "pertence ao patrimônio da humanidade. É o produto da expressão da grandeza de um povo."

"A vida de Richard Halley", disse um religioso, "contém uma lição muito sugestiva. Ele enfrentou uma luta terrível, mas que importa isso? É justo e nobre que ele tenha sofrido a dor e a injustiça da mão de seus irmãos – para um dia enriquecer suas vidas e lhes ensinar a apreciar a beleza da grande música."

No dia seguinte, Richard Halley se aposentou.

Não deu explicações. Apenas disse a seus editores que sua carreira estava encerrada. Vendeu-lhes os direitos de edição de seus trabalhos por uma soma modesta, mesmo sabendo que podia ter feito uma fortuna com eles. Foi-se embora, sem deixar endereço. Fazia já oito anos. Nunca mais fora visto.

Dagny ouvia o Quarto Concerto com a cabeça jogada para trás e os olhos fechados. Jazia semiestendida no canto de um sofá, o corpo relaxado e parado, mas a tensão salientava o formato de sua boca, um formato sensual, de linhas ardentes.

Depois de algum tempo, abriu os olhos. Viu o jornal que jogara sobre o sofá. Pegou-o descuidadamente, para afastar da vista as manchetes banais. O jornal tinha ficado aberto. E ela viu a fotografia de um rosto conhecido e as primeiras frases de uma reportagem. Com um safanão, fechou as páginas e afastou o jornal.

O rosto era o de Francisco d'Anconia. A manchete dizia que ele tinha chegado a Nova York. *E daí?*, pensou ela. Não tinha que vê-lo. Há anos que não o via.

Sentou-se, olhando o jornal que caíra no chão. *Não leia,* pensou. *Não olhe.* Mas o rosto não tinha mudado nada. Como podia se manter inalterado quando tudo o mais havia mudado? Desejou que não o tivessem fotografado sorrindo. Não era o tipo de sorriso adequado às páginas de um jornal. Era o sorriso de um homem capaz de ver, de saber e de criar a glória da existência. Era um sorriso de mofa e desafio de uma inteligência brilhante. *Não leia*, pensou ela, *não agora, não com esta música, ah, não com esta música.*

Pegou o jornal e o abriu.

O texto dizia que o Sr. Francisco d'Anconia tinha dado uma entrevista à imprensa em sua suíte do Hotel Wayne-Falkland. Disse que tinha vindo a Nova York por dois importantes motivos: uma recepcionista do Clube Cub e a salsicha de patê de fígado da delicatéssen do Moe, na Terceira Avenida. Nada tinha a declarar sobre o divórcio do casal Gilbert Vail. A Sra. Vail, de nobre ascendência e extraordinária amabilidade, tinha dado um tiro no seu jovem e distinto marido alguns meses antes, declarando publicamente que queria se livrar dele por causa do seu amante, Francisco d'Anconia. A mulher tinha fornecido à imprensa um relato detalhado de seu romance secreto, incluindo uma descrição da última noite de Ano-Novo, que passara na vila de D'Anconia nos Andes. Seu marido sobreviveu ao tiro e entrou com um pedido de divórcio. Ela respondeu com uma ação em que exigia a metade dos milhões do marido e com um relato sobre a vida dele que fazia a sua própria parecer absolutamente inocente. Tudo aquilo saíra nos jornais durante semanas a fio. Mas o Sr. D'Anconia nada tinha a declarar a respeito. Perguntaram se ele negava a história da Sra. Vail e ele respondera: "Eu nunca nego nada." Os repórteres estavam curiosos por causa da sua súbita visita à cidade. Imaginavam que ele não queria estar ali logo na hora em que a pior parte do escândalo estava a ponto de ocupar as primeiras páginas. Mas estavam enganados. D'Anconia mencionou uma terceira razão para sua chegada: "Quero ver essa comédia", disse ele.

Dagny deixou o jornal cair no chão. Sentou-se e se inclinou para a frente, repousando a cabeça sobre os braços. Não se moveu, mas as mechas de cabelo que lhe desciam pelos joelhos estremeciam de vez em quando.

Os acordes grandiosos da música de Halley continuavam enchendo a sala, alcançando as vidraças das janelas como que para as atravessar e se estender por toda a cidade. Ela ouvia a música. Era a *sua* busca, o *seu* grito.

▲▲▲

James Taggart olhou para a sala de estar do seu apartamento imaginando que horas seriam. Não tinha vontade de procurar o relógio. Sentou-se numa poltrona, com seu pijama amarrotado, descalço; ia dar muito trabalho procurar os chinelos. A luz do céu cinzento na janela feriu seus olhos ainda pesados de sono. Sentiu, no interior do crânio, o vazio que prenunciava uma dor de cabeça. Perguntou-se por que diabo fora parar ali na sala. Ah, sim – lembrou-se – para saber das horas.

Inclinou-se sobre o braço da poltrona e divisou um relógio num prédio ao longe: 12h20.

Pela porta aberta do quarto de dormir, ouviu Betty Pope, que escovava os dentes no banheiro, mais além. A cinta estava no chão, ao lado de uma cadeira na qual se encontrava o restante de suas roupas. Era uma cinta cor-de-rosa desbotada com barbatanas de borracha partidas.

– Será que você pode se apressar? – perguntou ele, irritado. – Tenho que me vestir.

Ela não respondeu. Pela porta aberta do banheiro, ele podia ouvi-la gargarejar.

Por que faço esse tipo de coisa?, pensou ele, lembrando a noite anterior. Mas dava muito trabalho procurar uma resposta agora.

Betty veio para a sala arrastando as dobras de um robe de cetim de cores laranja e púrpura, distribuídas em losangos arlequinais. *Ela fica horrível de robe*, pensou James. Ficava tão melhor de traje de montaria, como aparecia nas fotos das páginas de acontecimentos sociais. Era uma moça alta e magra, toda ossos e articulações que não se moviam harmoniosamente.

Tinha um rosto banal, aparência pouco agradável e mostrava um ar de impertinente condescendência, certamente ligado ao fato de pertencer a uma das melhores famílias do país.

– Ah, diabos – disse ela sem se referir a nada em particular e se espreguiçando. – Jim, onde está o seu cortador de unhas? Preciso cortar minhas unhas dos pés.

– Não sei. Estou com dor de cabeça. Corte em casa.

– Você está desagradável hoje – disse ela, indiferente. – Parece uma lesma.

– Por que não cala essa boca?

Ela caminhou sem rumo certo pela sala.

– Não quero ir embora – disse ela, num tom que não exprimia nenhuma emoção. – Detesto as manhãs. Aí está mais um dia e nada para fazer. Tenho um chá hoje à tarde na casa de Liz Blane. Bem, talvez até seja divertido, porque a Liz é uma vagabunda. – Pegou um copo e bebeu o restante do drinque. – Por que você não manda consertar o ar-condicionado? Este lugar está cheirando mal!

– Posso usar o banheiro? – perguntou ele. – Tenho de me vestir. Tenho um compromisso importante hoje.

– Pois entre. Não me importo. Divido o banheiro com você. Mas não me apresse.

Enquanto fazia a barba, ele a via se vestindo diante da porta aberta do banheiro. Levou um bocado de tempo para se encaixar na cinta, ajeitando as ligas das meias, pondo um vestido caro e desengonçado de tweed. O robe tipo arlequim, que Betty vira num anúncio na revista de modas mais chique, era como um uniforme que ela sabia ser preciso usar em certas ocasiões e que empregava disciplinarmente para determinado fim e depois deixava de lado.

A natureza do relacionamento dos dois era desse mesmo tipo. Não havia paixão, nem desejo, nem prazer real, nem mesmo um sentimento de vergonha. Para eles, o ato sexual não era alegria nem pecado. Não significava nada. Tinham ouvido falar que homens e mulheres dormiam juntos e, por isso, dormiam juntos.

– Jim, por que você não me leva àquele restaurante armênio hoje à noite?

– Não posso – respondeu ele irritado, do meio da espuma de sabão que lhe cobria o rosto. – Tenho um dia muito trabalhoso pela frente.

– Não vá trabalhar.

– O quê?

– Deixe tudo pra lá.

– Tenho coisas importantíssimas para hoje, meu bem. Uma reunião da diretoria.

– Ah, não se chateie com essa maldita ferrovia. É uma chatice. Odeio homens de negócios. São chatos.

Ele não respondeu.

Betty olhou para ele manhosamente, e sua voz mostrou um tom mais vivo quando lhe disse:

– Jack Benson diz que você leva uma vida mole nessa história de ferrovia, porque a sua irmã é quem faz tudo, no fim das contas...

– Ah, ele disse? Disse?

– Eu acho sua irmã horrorosa. Acho horrível uma mulher se comportar como um gorila e posar de executivo. Que coisa pouco feminina! Quem ela pensa que é, afinal?

James caminhou até a soleira da porta. Inclinou-se contra um dos marcos, estudando Betty. Tinha um risinho leve, sarcástico, confiante, no rosto. Enfim, eles tinham algo em comum, pensou.

– Talvez lhe interesse saber, querida – disse ele –, que estou preparando uma rasteira na minha irmã esta tarde.

– Não diga! – disse ela, interessada. – É mesmo?!

– Eis aí por que é tão importante a reunião de hoje.

– Você vai se livrar dela?

– Não. Não precisa tanto, nem é aconselhável. Vou botá-la no seu devido lugar apenas. Eu estava esperando por isso havia muito tempo.

– Encontrou algum ponto fraco nela? Algum escândalo?

– Não, não. Você não compreenderia. É que ela foi longe demais e tem que ser advertida. Tomou uma série de medidas absurdas sem ouvir ninguém. Uma série de ofensas a nossos amigos mexicanos. Quando a diretoria tomar conhecimento, vai aprovar umas modificações no departamento de operações, e isso vai amansá-la bastante.

– Você é um cara esperto, Jim.

– É melhor eu me vestir.

Ele parecia feliz. Virou-se para a pia e acrescentou:

– Talvez eu termine levando você hoje à noite ao restaurante armênio.

O telefone tocou.

Ele atendeu e ouviu a voz da telefonista que anunciava um chamado interurbano do México.

A voz histérica que ouviu a seguir era do seu representante no país.

– Não pude fazer nada, Jim! – gritava ele – Não pude... Não fomos avisados, juro por Deus, ninguém suspeitava. Eu fiz o que pude, você não pode me culpar, Jim. Foi um raio caído de um céu azul! O decreto saiu esta manhã, cinco minutos atrás, saiu assim, sem mais nem menos, sem aviso. A República Popular do México nacionalizou as minas de San Sebastián e a Linha San Sebastián.

▲▲▲

– ... e portanto posso afirmar aos membros da diretoria que não há razão para entrar em pânico. O acontecimento da manhã de hoje é lamentável, mas confio plenamente, baseado em meu conhecimento dos processos internos que regem nossa política exterior em Washington, em que o nosso governo vai negociar um ajuste razoável com o governo da República Popular do México, e que receberemos justa e plena indenização por nossas propriedades.

James Taggart estava de pé ante a longa mesa, falando à diretoria. Sua voz precisa e monótona dava uma sensação de segurança.

– Agrada-me acrescentar, porém, que antevi a possibilidade dessa reviravolta e tomei todas as medidas para proteger os interesses da Taggart Transcontinental. Alguns meses atrás, instruí o nosso departamento de operações a cortar o orçamento da Linha San Sebastián de modo a deixar apenas um trem por dia e remover de lá nossas melhores locomotivas e vagões e os equipamentos que fosse possível deslocar. O governo mexicano não conseguiu reter nada, com exceção de alguns vagões de madeira e uma locomotiva velha. Minha decisão poupou à companhia muitos milhões de dólares. Trarei os números exatos para os senhores. Sinto, entretanto, que nossos acionistas acreditarão ser justo que aqueles que têm a maior responsabilidade empresarial devam arcar com as consequências de sua negligência. Sugiro, portanto, que sejam demitidos o Sr. Clarence Eddington, nosso consultor econômico, que recomendou a construção da Linha San Sebastián, e o Sr. Jules Mott, nosso representante na Cidade do México.

Os homens ouviam, sentados em torno da longa mesa. Não pensavam no que deveriam fazer, mas no que diriam aos homens que representavam. A fala de James Taggart lhes fornecia material para isso.

▲▲▲

Orren Boyle estava à sua espera quando Taggart voltou ao escritório. Este se inclinou contra a mesa, deprimido, o rosto pálido e inexpressivo.

– E então? – perguntou.

Boyle mostrou as palmas das mãos, num gesto de desesperança.

– Verifiquei tudo, Jim – disse. – É exato: D'Anconia perdeu 15 milhões de dólares do próprio dinheiro naquelas minas. Não houve nada de suspeito nisso tudo, ele botou mesmo lá o próprio dinheiro e agora o perdeu.

– Bem, e o que ele vai fazer?

– Isso eu não sei. Ninguém sabe.

– Ele não vai deixar que o roubem, vai? É sabido demais para isso. Deve ter alguma saída.

– Espero que tenha mesmo.

– Ele já enganou alguns dos maiores trapaceiros da Terra. Não vai se deixar enganar por um bando de políticos mexicanos com um decreto. Concorda comigo? Ele deve ter alguma arma contra eles, e a última palavra vai ser dele, com certeza. Precisamos entrar nisso também!

– É com você, Jim. Você é amigo dele.

– Amigo uma ova! Não suporto esse sujeito!

Apertou um botão na mesa. O secretário entrou inseguro, parecendo infeliz. Era um homem moço; já não tanto, porém. Tinha um rosto pálido e as maneiras educadas dos que são pobres e polidos.

– Conseguiu meu encontro com Francisco d'Anconia? – perguntou Taggart.

– Não, senhor.

– Mas, com os diabos, eu lhe disse para...

– Não consegui, senhor. Eu tentei.

– Bem, tente de novo.

– O que eu quis dizer é que não consegui marcar a reunião, Sr. Taggart.

– Por que não?

– Ele recusou.

– Ele se recusou a me receber?

– Sim, senhor. Foi o que eu quis dizer.

– Ele se recusa a me ver?

– Isso mesmo.

– Falou com ele pessoalmente?

– Não. Falei com o secretário dele.

– O que foi que ele disse? O que foi que ele disse, afinal?

– Bem, o secretário disse que o Sr. Francisco d'Anconia acha o senhor um chato, Sr. Taggart.

▲▲▲

A proposta que eles aprovaram era conhecida como a "Resolução Anticompetição Desenfreada". Quando votaram, os membros da Aliança Nacional de Ferrovias estavam reunidos numa sala ampla, à luz crepuscular de uma tarde de outono – e não se encaravam uns aos outros.

A Aliança Nacional de Ferrovias era, ao que se dizia, uma organização formada para proteger o setor ferroviário. Esse objetivo se devia conseguir pelo desenvolvimento de métodos de cooperação com um fim comum, e, para tanto, era necessário que cada membro garantisse que subordinaria seus próprios interesses àqueles do setor como um todo. Quanto aos interesses do setor como um todo, esses seriam estabelecidos por uma votação majoritária, e todos os membros acatariam as decisões assim tomadas.

"Os membros da mesma profissão ou do mesmo setor devem se unir", diziam os organizadores da Aliança. "Temos os mesmos problemas, os mesmos interesses, os mesmos inimigos. Gastamos nossas energias brigando uns com os outros em vez de nos coligarmos em uma frente única contra o mundo. Podemos crescer e prosperar juntos, se conjugarmos os nossos esforços." Um cético perguntara: "Contra quem está sendo organizada essa Aliança?" A resposta tinha sido: "Ora, a Aliança não é contra ninguém. Mas, se você quer colocar as coisas nesses termos, é contra transportadores ou fabricantes ou quem quer que seja que queira tirar vantagem de nós. Pois não é contra isso que se fazem as uniões?" E o cético respondera: "Isso é o que eu queria saber."

Quando a Resolução Anticompetição Desenfreada foi encaminhada para votação no plenário da Aliança Nacional de Ferrovias, em sua reunião anual, veio a público a primeira referência que se fazia a ela. Mas os membros já haviam tomado conhecimento da resolução. Tinha sido discutida em particular por muito tempo e, com maior insistência, nos últimos meses. Os que estavam sentados no amplo salão do encontro eram presidentes de ferrovias. Não gostavam da Resolução Anticompetição Desenfreada. Haviam desejado que ela nunca viesse à baila. Mas, quando veio, votaram a favor.

Não se fez menção ao nome de nenhuma ferrovia nos discursos que precederam a votação. Eles tratavam apenas do bem-estar do público. Foi dito que, enquanto o interesse público era ameaçado por restrições aos transportes, as ferrovias estavam se destruindo umas às outras por meio de uma competição estéril, na política brutal da competição desenfreada. Ao mesmo tempo que havia áreas problemáticas onde o serviço ferroviário havia sido extinto, existiam extensas regiões onde duas ou mais ferrovias disputavam um tráfego que mal dava para uma. Foi dito que havia grandes oportunidades para as ferrovias mais "jovens" nas áreas problemáticas. Se era verdade que elas ofereciam pouca recompensa econômica no presente, era também certo que uma ferrovia que funcionasse inspirada no espírito público estaria – foi o que disseram – propiciando transporte aos moradores da região, o que era ótimo, pois o fim de uma ferrovia era servir ao público, não perseguir o lucro.

Depois foi dito que os sistemas ferroviários grandes e sólidos eram essenciais aos serviços públicos e que o colapso de um deles seria uma catástrofe nacional. Além disso, disseram que, se um deles sofresse alguma perda esmagadora numa tentativa altruísta de contribuir para o bem-estar da nação, caberia aos poderes públicos ajudá-lo a sobreviver ao golpe.

Não se mencionou o nome de nenhuma ferrovia. Mas quando o presidente do encontro ergueu a mão, num sinal solene de que começariam a votação, todos olharam para Dan Conway, presidente da Phoenix-Durango.

Somente quatro dissidentes votaram contra. Mesmo assim, quando o presidente anunciou a aprovação, não houve nenhuma manifestação da assembleia, a não ser o mais pesado silêncio. Até o último minuto, todos haviam esperado que alguém os salvasse daquilo.

A Resolução Anticompetição Desenfreada foi qualificada como uma medida de autorregulação voluntária, que visava melhorar o cumprimento das leis há muito vigentes e aprovadas pelo poder legislativo. Ela prescrevia que os membros da Aliança Nacional de Ferrovias ficavam proibidos de se engajar em atividades definidas como "competição destrutiva". Em regiões declaradas "limitadas", somente uma ferrovia poderia operar; em tais regiões, a prioridade seria da ferrovia mais antiga que lá operasse. Os novatos que se tivessem instalado "deslealmente" em tais áreas deveriam suspender suas operações num prazo de nove meses após terem recebido ordem para o fazer. O Comitê Executivo da Aliança Nacional de Ferrovias tinha poderes para decidir, segundo seus próprios critérios, quais seriam as regiões classificadas como "limitadas".

Quando a sessão foi suspensa, os participantes se apressaram em sair. Não houve conversas particulares nem bate-papos amistosos. O salão ficou deserto muito depressa. Ninguém olhou para Dan Conway nem se dirigiu a ele.

No vestíbulo do edifício, James Taggart avistou Orren Boyle. Não haviam marcado encontro, mas Taggart viu a figura corpulenta desenhada contra uma parede de mármore e logo soube quem era, antes mesmo de lhe ver o rosto. Aproximaram-se um do outro e Boyle falou, com seu sorriso menos aberto do que de costume:

– Fiz minha parte. Agora é a sua vez, Jimmie.

– Você não precisava ter vindo. Por que veio? – perguntou James, mal--humorado.

– Ora, só para me divertir com a coisa – respondeu Boyle.

Dan Conway estava sentado sozinho, no meio de uma fila de cadeiras vazias. Ainda estava lá quando a faxineira chegou para fazer a limpeza do grande salão. Quando ela acenou para ele, Conway se levantou obedientemente e se encaminhou vagarosamente para a porta. Ao passar por ela, meteu a mão no bolso e lhe deu uma nota de 5 dólares, em silêncio, humildemente, sem olhar seu rosto. Não parecia saber o que estava fazendo – agia como se pensasse estar num lugar onde a generosidade exigisse dele algum sinal antes de sair.

Dagny estava quieta em sua mesa quando a porta do escritório se abriu e James entrou correndo. Era a primeira vez que ele entrava assim. Seu rosto tinha uma aparência febril.

Ela não o vira desde a nacionalização da Linha San Sebastián. Ele não discutira o assunto com ela, e ela nada dissera a respeito. Dagny tinha recebido provas tão cabais de que a razão estava do seu lado que não havia necessidade de qualquer comentário. Um sentimento misto de cortesia e piedade a impediu de dizer a ele a conclusão que se impunha com base nos fatos. Pela razão e por justiça, era uma conclusão única. Ela tinha ouvido falar do discurso dele perante a diretoria. Dera de ombros, achando engraçado. Se era necessário a seus fins, fossem quais fossem, se apropriar do que ela havia feito, pelo menos era de esperar que ele a deixasse livre para atuar dali em diante.

– Então você pensa que só você faz alguma coisa nesta ferrovia?!

Ela olhou para ele inteiramente desnorteada. A voz do irmão era penetrante. Ele estava lá, diante da mesa dela, tenso, agitado.

– Pensa que arruinei a companhia, não é? – gritou. – E que agora só você pode nos salvar, não é? Que eu não tenho como resolver o prejuízo mexicano, não é?

– O que você quer? – perguntou ela lentamente.

– Quero lhe dar algumas informações. Lembra-se da Resolução Anticompetição Desenfreada de que falei a você uns meses atrás? Você não gostou da ideia. Não gostou nem um pouco da ideia.

– Lembro-me. O que há com ela?

– Foi aprovada.

– O quê?

– A Resolução Anticompetição Desenfreada foi aprovada. Há apenas alguns minutos. Na reunião. Dentro de nove meses já não haverá mais nenhuma ferrovia Phoenix-Durango no Colorado!

Ela se levantou num ímpeto, derrubando um cinzeiro de vidro.

– Seus cachorros!

Ele permaneceu imóvel. Estava sorrindo.

Dagny sabia que estava tremendo, exposta a ele, sem defesa, e que essa era a visão que ele apreciava – mas isso não tinha importância para ela. Aí viu o sorriso dele e a raiva se evaporou subitamente. Passou a não sentir mais nada. Examinava aquele sorriso com uma curiosidade fria, impessoal.

Ficaram se encarando. Ele parecia, pela primeira vez, não ter medo dela. Estava gozando a situação. Para ele, a coisa significava muito mais do que a simples destruição de um competidor. Não era uma vitória sobre Dan Conway, era uma vitória sobre ela. Dagny não sabia como nem de que maneira, mas sabia que ele tinha certeza disso.

Por um momento, ela pensou que ali, diante dela, em James e na força que o fazia sorrir, estava um segredo do qual ela jamais suspeitara, que tinha uma importância crucial e que começava a entender. Mas esse pensamento apareceu de repente e, de repente também, sumiu.

Ela se encaminhou para a porta de um armário e apanhou seu casaco.

– Aonde você vai? – perguntou James, com uma voz que denotava desapontamento e certa preocupação.

Ela não respondeu. Saiu apressadamente do escritório.

◢◢

– Dan, você tem que combatê-los. Eu vou ajudá-lo. Lutarei por você de todas as maneiras.

Dan Conway sacudiu a cabeça.

Estava sentado à sua mesa e tinha diante de si um grande mata-borrão com manchas desbotadas. Havia uma luz acesa num canto da sala. Dagny se encaminhara diretamente ao escritório da Phoenix-Durango. Conway lá estava e permanecia ainda sentado, como quando ela chegara. Sorrira ao vê-la entrar, dizendo: "Engraçado, senti que você viria." Sua voz era calma, sem vida. Não se conheciam bem, mas tinham se encontrado algumas vezes no Colorado. Agora, ante a proposta dela, respondia:

– Não. Não adianta.

– Você está se referindo ao fato de ter se comprometido com a Aliança a obedecer? Aquele acordo não vai se manter de pé. É pura expropriação. Nenhum tribunal aceita. E, se Jim tentar se esconder de novo por trás da alegação do "bem público", vou à corte jurar que a Taggart Transcontinental não pode controlar todo o tráfego do Colorado. Se a sentença for contra você, você apela e continua apelando pelos próximos 10 anos.

– É... Talvez – disse ele. – Não sei se ganharia, mas bem que poderia tentar manter a ferrovia por mais alguns anos... Mas... Não, não é nos aspectos legais que estou pensando, de qualquer modo. Não é isso.

– E o que é?

– Não quero lutar, Dagny.

Ela olhou para ele, incrédula. Era uma frase que – ela tinha certeza – ele jamais havia proferido antes – um homem não podia se transformar tanto assim naquela idade.

Dan Conway estava beirando os 50 anos. Tinha uma aparência sólida, quadrada, muito mais de um rijo maquinista que de um presidente de companhia. Tinha a fisionomia de um lutador, com uma pele jovem e corada, e cabelos grisalhos. Assumira uma pequena ferroviazinha do Arizona, cujos lucros não eram maiores do que os de um supermercado, e transformara essa empresa na melhor ferrovia do Sudoeste. Falava pouco, raramente lia livros, nunca cursara faculdade. As realizações humanas, com apenas uma exceção, o deixavam indiferente. Não tinha o que as pessoas chamam de cultura. Mas entendia de ferrovias.

– Por que você não quer lutar?

– Porque eles estão no direito deles.

– Dan – disse ela –, você ficou maluco?

– Nunca faltei com a palavra em minha vida – ele disse, sem ânimo. – Não me interessa o que os tribunais decidam. Prometi obedecer à maioria. Vou obedecer.

– Você esperava que a maioria agisse assim com você?

– Não. – Havia uma espécie de convulsão velada na face sólida. Ele falou de maneira suave, sem olhar para ela, o aturdimento ainda presente, em estado puro, dentro de si. – Não, não esperava que agissem assim comigo. Falaram nisso durante um ano, mas jamais acreditei que o fizessem. Mesmo durante a votação, não acreditei no que via e ouvia.

– O que você esperava?

– Pensei que... Disseram que todos nós devíamos contribuir para o bem comum. Pensei que o que eu tinha feito lá no Colorado era pelo bem comum. Bom para todo mundo.

– Ah, que ingenuidade! Não percebe que é por isso que está sendo punido? Por ter sido bom?

Ele balançou a cabeça.

– Não consigo compreender. Mas não vejo saída.

– Você prometeu a eles que destruiria a si mesmo?

– Não há escolha para nenhum de nós.

– O que quer dizer com isso?

– Dagny, o mundo inteiro está numa situação terrível. Não sei o que há de errado com ele, mas que há alguma coisa errada, há. Os homens têm que se unir e achar uma saída. Mas quem vai decidir qual o caminho a tomar, senão a maioria? Acho que esse é o único meio justo de decidir, não vejo outro. Alguém tem que ser sacrificado. Pois calhou que fosse eu, não posso me queixar. O direito está do lado eles. Os homens devem se unir.

Ela fez um esforço para permanecer calma; estava tremendo de raiva.

– Se esse é o preço da união, prefiro me estrepar a viver na mesma Terra que os seres humanos! Se eles só podem sobreviver mediante nossa destruição, por que vou desejar que sobrevivam? Nada pode justificar a autoimolação. Nada pode dar a eles o direito de transformar os homens em bodes expiatórios. Nada pode tornar moral a destruição dos melhores. Não se pode ser punido por ser bom. Ou pagar por ter sido hábil. Se tudo isso estiver certo, então é melhor começarmos a chacinar uns aos outros, porque não há direito de nenhuma espécie no mundo!

Ele não respondeu. Olhava indefeso para ela.

– Se o mundo é esse, como viver nele? – perguntou ela.

– Não sei – suspirou ele.

– Dan, você acha realmente que isso é direito? Acha mesmo, no fundo?

Ele fechou os olhos.

– Não – respondeu.

Então olhou para ela com um ar torturado.

– Por isso estava sentado aqui tentando entender. Sei que devo pensar que está certo, mas não consigo. É como se minha língua se recusasse a declará-lo. Daqui fico vendo cada encaixe dos trilhos, cada sinal luminoso, cada ponte, cada noite que gastei com... – Deixou a cabeça cair nos braços. – Meu Deus, é tão injusto!

– Dan – disse ela com os dentes cerrados –, lute!

Ele levantou a cabeça. Tinha os olhos vazios.

– Não – respondeu –, seria errado. Eu estaria apenas sendo egoísta.

– Ora, deixe de lado essas bobagens. Você sabe que não é assim!

– Não sei... – Tinha a voz muito cansada. – Estive sentado aqui tentando pensar a respeito... Não sei mais o que está certo ou errado. – E acrescentou: – Nem sei mais se me interessa.

Dagny percebeu subitamente que quaisquer outras palavras seriam inúteis e que Dan Conway jamais tornaria a ser novamente um homem de ação. Não sabia o que a deixava com tanta certeza disso. Disse, incerta:

– Você nunca se entregou em nenhuma outra luta antes.

– Não, realmente não. – Ele falava com uma espécie de aturdimento calmo. – Venci tempestades, inundações, desmoronamentos e descarrilamentos... Eu ia lutar e gostava... Mas esta batalha de agora é uma que não posso enfrentar.

– Por quê?

– Não sei. Quem pode saber por que o mundo é o que é? Ah, quem é John Galt?

Ela se retraiu.

– Então você vai fazer o quê?

– Não sei...

– Quero dizer... – Mas aí ela se interrompeu.

Conway percebeu o que ela queria dizer.

– Ora, sempre há algo a fazer – falou sem convicção. – Acho que eles só vão considerar áreas limitadas as do Colorado e do Novo México. Ainda terei a linha do Arizona para dirigir. – E acrescentou: – Como há 20 anos... Bem, estou ficando cansado, Dagny. Acho que estou.

Ela não tinha nada a dizer.

– Não vou montar nenhuma linha numa das áreas problemáticas deles – disse com a mesma voz indiferente. – É o que tentaram me dar como prêmio de consolação, mas acho que é apenas conversa fiada. Não se pode construir uma ferrovia onde não há nada num raio de centenas de quilômetros a não ser um ou dois fazendeiros que não conseguem manter suas fazendas. Você não pode construir uma ferrovia e fazer com que ela se autofinancie. E aí, quem paga? Não faz sentido para mim. Eles não sabiam o que estavam dizendo.

– Ora, aos diabos com as tais áreas problemáticas! Estou pensando em você. – Era preciso abrir o jogo. – O que vai ser de você?

– Não sei... Bom, há um bocado de coisas que não tive tempo ainda para fazer. Pescar, por exemplo. Sempre gostei de pescar. Talvez comece a ler uns livros, coisa que sempre quis fazer. Vou descansar agora. Acho que vou pescar. Há uns lugares ótimos lá no Arizona, pacíficos e calmos, onde não se vê vivalma por muitos e muitos quilômetros. – Olhou de relance para ela e acrescentou: – Ah, esqueça. Por que se preocupa comigo?

– Não é por você, Dan – disse ela subitamente. – Quero que você entenda que não é pelo seu bem que quis ajudar você a lutar.

Ele sorriu. Era um sorriso amistoso.

– Eu sei – disse.

– Não é por piedade nem caridade nem qualquer razão feia dessas. Olhe, eu queria mesmo era uma boa disputa com você lá no Colorado. Pretendia encurralar você e tirar você do caminho, se necessário.

Ele sorriu, achando graça:

– Você ia fazer muita força, ora se ia!

– Mas achei que não era necessário. Achei que havia espaço bastante para nós dois lá.

– É – disse ele –, havia.

– Se eu achasse que não havia, teria combatido você, e, se eu pudesse, tornaria minha ferrovia melhor do que a sua, levaria você à falência e não me incomodaria nem um pouco com o que lhe acontecesse. Mas isso... Dan, não creio que queira mais olhar para a Linha Rio Norte agora. Ah, meu Deus, Dan, não quero ser uma saqueadora!

Ele a encarou silenciosamente por um momento. Era um olhar peculiar, como se viesse de uma distância enorme. Disse em voz baixa:

– Você devia ter nascido uns 100 anos antes, menina. Talvez então você tivesse uma chance.

– Chance coisa nenhuma. Eu quero é criar a minha própria chance.

– Era o que eu queria, na sua idade.

– Você venceu.

– Venci?

Dagny ficou parada, incapaz de se mexer.

Conway aprumou o tronco e falou incisivamente, como se desse ordens:

– Você deve olhar para a sua Linha Rio Norte, sim, senhora, e é bom olhar logo. Mantenha-a pronta antes que eu me retire da área, porque, se você não o fizer, será o fim de Ellis Wyatt e do restante deles por lá, e eles são as melhores pessoas que restam no país. Você não pode deixar isso acontecer. Está tudo sobre seus ombros agora. Não adianta tentar explicar ao seu irmão que as coisas por lá vão ser muito mais duras sem o estímulo da minha presença para competir com você. Mas nós entendemos. De forma que comece logo. Faça o que fizer, você jamais será uma saqueadora. Gente assim não conseguiria manter uma ferrovia naquela parte do país e permanecer nela. Faça o que fizer por você, e terá merecido. Vermes do tipo do seu irmão não contam, de qualquer modo. Agora a coisa é com você.

Ela continuava sentada, olhando para ele, perguntando a si mesma o que teria derrotado um homem como aquele. Sabia que não fora James Taggart.

Viu que ele olhava para ela, como se estivesse tentando encontrar a resposta para uma pergunta. Então Conway sorriu e Dagny viu, sem acreditar, que no sorriso havia tristeza e piedade.

– Não sinta pena de mim – disse ele. – Acho que, de nós dois, é você quem vai enfrentar a dureza maior daqui em diante. E acho que vai se sair pior do que eu.

◄◄◄

Ela telefonara para a siderúrgica e marcara uma entrevista com Hank Rearden para aquela tarde. Pousara o fone e se inclinava sobre um mapa da

Rio Norte estendido sobre sua mesa quando a porta se abriu. Dagny olhou para o visitante, espantada; não imaginaria jamais que a porta de seu escritório se abrisse sem que a avisassem.

O homem que entrou era um desconhecido. Era jovem, alto, e algo nele lhe sugeria violência, ainda que ela não pudesse dizer bem de onde vinha a sensação – porque o primeiro traço que se guardava dele era de um autocontrole que se mostrava quase como arrogância. Tinha olhos escuros, cabelos desgrenhados e usava roupas caras – que envergava com descuido.

– Ellis Wyatt – disse ele, se apresentando.

Ela se levantou sem querer. Compreendeu por que ninguém pôde ou teria ido detê-lo na antessala.

– Sente-se, Sr. Wyatt – disse ela, sorrindo.

– Não é necessário. – Ele não sorria. – Não gosto de entrevistas longas.

Lentamente, prolongando o gesto deliberadamente, ela sentou-se e inclinou o corpo para trás, olhando para ele.

– E então? – perguntou.

– Vim vê-la porque acho que a senhora é a única pessoa dotada de cérebro nesta porcaria de rede.

– Em que posso servi-lo?

– Vou lhe dar um ultimato. – Falava com voz clara, destacando cada sílaba. – Eu espero que a Taggart Transcontinental daqui a nove meses ponha trens a correr no Colorado da maneira como os meus negócios precisam que corram. Se a empulhação que montaram para a Phoenix-Durango visava desobrigar vocês de esforços, estão todos enganados. Não fiz exigências a vocês quando não tinham condições de funcionar da maneira que eu precisava. Encontrei alguém que podia fazê-lo. Agora me forçam a negociar com vocês. Esperam me ditar os termos por não me oferecerem alternativas. Querem que baixe meus serviços ao nível de sua incompetência. Aviso que calcularam errado.

Ela respondeu lentamente e com esforço:

– Devo informá-lo do que pretendo fazer com o nosso serviço no Colorado?

– Não. Não estou interessado em discussões nem em intenções. Quero o transporte. O que vocês fizerem para fornecê-lo e a maneira como o fizerem são problemas de vocês, não meus. Estou apenas dando um aviso. Os que quiserem tratar comigo hão de fazê-lo nos meus termos, não em outros. Não faço acordo com a incompetência. Se esperam ganhar dinheiro transportando o petróleo que produzo, terão de ser tão bons em seu negócio quanto sou no meu. Quero que isso fique bem entendido.

Ela disse calmamente:

– Compreendo.

– Não vou perder tempo demonstrando a vocês por que convém levar a sério o meu ultimato. Se vocês têm inteligência para manter esta organização corrupta funcionando minimamente que seja, terão a inteligência para entender isso também. Nós dois sabemos que, se a Taggart Transcontinental mantiver seus trens no Colorado do mesmo jeito que está há cinco anos, estarei arruinado. Sei que isso é exatamente o que vocês pretendem fazer. Vocês pretendem me sugar enquanto puderem até encontrar outra carcaça para sugar depois de acabarem comigo. Essa é a política da maior parte da humanidade de hoje. Portanto, aqui está um ultimato: agora está em seu poder destruir-me. Mas, se eu for destruído, vou fazer questão de arrastar todos vocês junto comigo.

Em alguma parte dentro dela, sob a dormência que a mantinha imóvel para receber as chicotadas, surgiu uma ponta de dor, como de uma queimadura. Desejou falar a ele dos anos que tinha passado à procura de homens como ele para com eles trabalhar; dizer que tinham inimigos comuns, que ela lutava a mesma batalha; gritar que não era um daqueles que ele execrava. Mas sabia que não podia fazê-lo. Era responsável pela Taggart Transcontinental e por tudo o que se fazia em seu nome. Não era hora de se justificar.

Sentada ereta, com um olhar firme e franco como o dele, respondeu polidamente:

– O senhor terá o transporte de que precisa, Sr. Wyatt.

Percebeu um lampejo de espanto no rosto dele. Não era a resposta que ele esperava; talvez o que ela não disse tenha sido o que mais o espantou: não oferecera defesa, desculpas. Ele ficou um momento a examiná-la, depois disse, num tom menos cortante:

– Muito bem. Obrigado. Passe bem.

Ela inclinou a cabeça. Ele fez uma mesura e saiu.

◂◂◂

– Essa é a história, Hank. Eu tinha planejado um cronograma praticamente irrealizável para completar a Linha Rio Norte em 12 meses. Agora tenho de completá-la em nove. Você deveria nos fornecer os trilhos durante o período de um ano. Pode encurtá-lo para nove meses? Se, de algum modo, isso for humanamente possível, consiga para nós. Se não, tenho de encontrar outra maneira de terminar tudo.

Rearden estava sentado atrás de sua mesa. Seus olhos azuis e frios contrastavam com as linhas do seu rosto. Permaneceram estáticos, semicerrados, impassíveis, enquanto ele dizia, sem ênfase:

– Eu o farei.

Dagny se recostou na cadeira. A frase, tão curta, foi um choque. Não era apenas alívio o que sentia. Era a súbita tomada de consciência de que não era preciso mais pensar em nenhuma outra garantia para ter certeza da veracidade do que ouvira. Não precisava de provas, perguntas, explicações, nada. Um problema de tal modo complicado se resolvia com segurança repousando sobre três palavras pronunciadas por um homem que sabia o que dizia.

– Não demonstre que está aliviada. – O tom de voz dele era de gozação. – Não demonstre tanto assim. – Seus olhos apertados miravam na direção dela com um sorriso semioculto. – Posso até pensar que tenho a Taggart Transcontinental sob meu controle...

– Isso você sabe que tem, de qualquer modo.

– Claro. E quero que você pague.

– Tudo bem. Quanto?

– Vinte dólares a mais, por tonelada, nas encomendas feitas a partir de hoje.

– Muito caro, Hank. É o melhor preço que você pode me oferecer?

– Não. Mas é o que eu vou conseguir. Se eu pedisse o dobro, você pagaria.

– É verdade, mas você não vai pedir o dobro.

– E por que não?

– Porque você também precisa ver a Rio Norte construída. Vai ser a sua primeira vitrine para o metal Rearden.

Ele sorriu.

– É verdade. Gosto de lidar com gente que não tem ilusões a respeito de favores.

– Sabe o que me fazia sentir aliviada quando você falou?

– O quê?

– O fato de lidar, pelo menos uma vez, com alguém que não finge estar fazendo favores.

O sorriso dele tinha agora uma marca inquestionável de prazer.

– Você sempre joga aberto, não é mesmo? – perguntou.

– Nunca vi você jogar de outro modo também.

– Pensei que era o único a poder fazê-lo.

– Não estou tão falida assim, Hank.

– Ainda vou deixá-la falida assim.

– Por quê?

– Sempre tive vontade.

– Você já não tem covardes em número suficiente ao seu redor?

– É isso que me daria prazer, o fato de você ser a única exceção. Você não acha que eu devo tirar cada gota de lucro que puder me aproveitando de seu estado de emergência?

– Claro. Não sou idiota. Sei que você não está aí para servir às minhas conveniências.

– Não queria que estivesse?

– Não sou mendiga, Hank.

– Não vai ser duro pagar?

– Isso é problema meu, não seu. Quero os trilhos.

– Com os 20 dólares extras por tonelada?

– Isso mesmo, Hank.

– Ótimo. Você terá os trilhos. Posso obter meu lucro exorbitante antes que a Taggart Transcontinental vá à falência.

Ela disse, sem sorrir:

– Se eu não construir essa linha em nove meses, a Taggart Transcontinental vai falir.

– Não enquanto você a dirigir.

Quando ele ficava sério, seu rosto parecia inanimado, apenas os olhos se mostravam vivos, ativos, com uma brilhante luz de fria percepção. Mas, fosse o que fosse que ele percebia, ninguém adivinhava, e talvez nem ele mesmo soubesse.

– Eles fizeram o máximo possível para dificultar as coisas para você, não foi?

– Foi. Eu contava com o Colorado para salvar a rede. Agora eu é que tenho que salvar o Colorado. Daqui a nove meses, Dan Conway fecha a sua ferrovia. Se a minha já não estiver pronta, então nem adianta terminá-la. Os homens não podem ficar sem transporte por um dia sequer, quanto mais por uma semana ou um mês. Do modo como têm crescido, não se pode deixá-los parados por um tempo e depois esperar que continuem. É como frear de repente uma locomotiva que corre a 300 quilômetros por hora.

– Eu sei.

– Posso montar uma boa ferrovia. Mas não posso estendê-la através de um continente de meeiros incapazes de cuidar de uma plantação de nabos. Preciso de homens como Ellis Wyatt, que produzam algo que encha os meus trens. E tenho que lhes dar um trem e uma ferrovia daqui a nove meses, ainda que precise explodir todos os meus auxiliares para consegui-lo!

Ele sorriu, achando graça.

– Você está mesmo preocupada, não está?

– E *você*? Não está?

Ele não respondeu; apenas manteve o sorriso no rosto.

– Não está? – perguntou ela, quase com raiva.

– Não.

– Então não percebe o que significa?

– Percebo que vou produzir os trilhos e você vai ter a estrada em nove meses.

Ela sorriu, se descontraindo e sentindo um pouco de cansaço e de culpa.

– Eu sei que sim. Sei que não adianta me irritar com gente como Jim e seus amigos. Não há tempo para isso. Primeiro, tenho que desfazer o que eles fizeram. Depois... – Dagny parou, pensativa, balançou a cabeça e deu de ombros. – Depois, eles não têm mais importância nenhuma.

– É, eles não vão ter nenhuma importância. Quando ouvi sobre o tal negócio da Resolução Anticompetição Desenfreada, fiquei doente. Mas você não deve se preocupar com esses cachorros. – O termo soou violento porque a voz dele e sua expressão permaneciam calmas. – Você e eu sempre estaremos aí para salvar o país das ações deles. – Ele se levantou e continuou a falar, passeando pelo escritório: – O Colorado não vai parar. Você vai tocá-lo em frente. E Dan Conway vai voltar e outros também voltarão. Essa loucura é coisa temporária. Não pode durar. Como toda loucura, tende a se autodestruir. Você e eu teremos apenas que trabalhar um pouco mais duro por algum tempo, só isso.

Ela observava a figura alta que se deslocava pelo escritório. Era um escritório adequado a ele. Não continha nada além das poucas peças de mobiliário de que ele necessitava, todas reduzidas formalmente ao mínimo essencial para atender às suas finalidades, todas exorbitantemente caras na qualidade do material e no apuro do design. A sala parecia um motor; um motor no interior de uma vitrine de amplas janelas. Mas ela notou um detalhe espantoso: um vaso de jade que repousava sobre um arquivo. O vaso era sólido, de pedra verde-escura e de superfícies lisas. A natureza de suas curvas suaves provocava um irresistível desejo de tocá-lo. Era uma peça que causava estranheza naquele escritório – incongruente com a austeridade de tudo o mais, dava ao ambiente um toque de sensualidade.

– O Colorado é fantástico – disse ele. – Vai ser a salvação do país. Você não tem certeza de que me interesso por ele? Esse estado está se tornando um dos meus melhores compradores. Se você se der o trabalho de ler os seus relatórios de frete, verá isso.

– Eu sei. Eu leio os relatórios de frete.

– Penso em construir uma fábrica lá dentro de alguns anos. E fazer com que eles economizem o que gastam em transporte. – Ele olhou de relance para ela. – E você vai perder um bocado de transporte de aço se eu fizer isso.

– Pois faça. Terei prazer em transportar seus equipamentos, alimentos para seus empregados, as máquinas das fábricas que vão acompanhar você em seu empreendimento. E talvez nem tenha tempo de verificar que perdi o carregamento de seu aço... De que você está rindo?

– É maravilhoso.

– O quê?

– O seu modo de reagir, diferente do de todo mundo hoje em dia.

– Seja como for, admito que para o futuro próximo você é o cliente mais importante da Taggart Transcontinental.

– Não acha que sei disso?

– Então não entendo por que Jim... – Ela parou.

– ... procura ao máximo prejudicar meus negócios? Porque seu irmão Jim é um idiota.

– É verdade, mas há algo mais. Há algo mais do que simples estupidez aí.

– Não perca tempo procurando entendê-lo. Deixe-o ficar cuspindo. Ele não representa uma ameaça a ninguém. Gente como Jim Taggart apenas ocupa espaço no mundo.

– É, acho que você tem razão.

– A propósito, o que você faria se eu não pudesse liberar os trilhos antes do prazo inicial?

– Eu desmancharia desvios ou fecharia algum ramal, qualquer um, e usaria os trilhos para terminar a Rio Norte a tempo.

Ele deu um risinho.

– É por isso que não me preocupo com a Taggart Transcontinental. Mas você não vai precisar remover seus trilhos. Pode contar comigo.

Dagny pensou subitamente que estava enganada a respeito da falta de emoções dele: por trás daquela frieza, Rearden tinha uma grande capacidade de sentir prazer. Verificou que sempre se sentia à vontade e bem-humorada em sua presença, e que ele também se sentia assim. Era o único homem que ela conhecia a quem podia falar sem tensão nem esforço. *Ali está uma mente respeitável*, pensou, *um adversário que vale a pena enfrentar*. Apesar disso, sempre existira uma estranha sensação de distanciamento entre eles, como se houvesse uma porta fechada a separá-los. Havia algo de impessoal nas maneiras dele, algo no seu interior que não podia ser alcançado.

Ele tinha parado diante da janela. Lá ficou por um momento, olhando para fora.

– Sabe que o primeiro carregamento de trilhos está sendo remetido para você hoje? – perguntou.

– Claro que sei.

– Venha até aqui.

Ela se aproximou. Rearden apontava em silêncio. Lá a distância, para além das estruturas da fábrica, ela viu uma série de vagões esperando num ramal. Acima deles, um guindaste em movimento cortou o céu. Um ímã na sua extremidade carregava uma grande quantidade de trilhos, suspensos no ar pela força magnética. O sol não aparecia por entre as nuvens cinzentas, mas ainda assim os trilhos brilhavam, como se tirassem luz do espaço. O metal tinha uma cor azul-esverdeada. A grande haste parou sobre um dos vagões, desceu, sofreu um breve espasmo e colocou os trilhos no vagão. O guindaste se moveu de volta, com uma indiferença majestosa; parecia o desenho gigantesco de um teorema geométrico se movendo acima dos homens e da terra.

Ficaram na janela, olhando em silêncio, atentos. Dagny não disse nada até que nova carga do metal azul-esverdeado começou a se mover pelo céu. Aí então suas palavras vieram, e não se referiam a trilhos nem a ferrovias nem a encomendas entregues dentro do prazo. Disse, como quem saúda um fenômeno novo na natureza:

– O metal Rearden...

Ele percebeu, mas nada disse. Apenas olhou para ela e tornou a olhar para a janela.

– Hank, que maravilha!

– É, sim.

Rearden falou simples e abertamente. Não havia em sua voz nenhuma marca de prazer vaidoso ou modéstia. Isso, ela sabia, era um tributo pago a ela, o maior que alguém podia oferecer: o sentimento de se ver reconhecido e, ao mesmo tempo, compreendido.

Ela disse:

– Quando penso no que esse metal pode fazer, no que ele pode tornar possível... Hank, essa é a coisa mais importante que está acontecendo no mundo hoje em dia e ninguém está percebendo.

– Nós estamos.

Não se olharam. Ficaram olhando o guindaste. Na parte anterior da locomotiva, lá longe, ela podia ver as letras TT e os trilhos do ramal industrial mais ativo da Rede Taggart.

– Assim que eu encontrar uma fábrica capaz de fazê-las, vou encomendar locomotivas a diesel de metal Rearden – disse ela.

– Você vai precisar mesmo delas. Qual a velocidade que você consegue desenvolver nos seus trens da Linha Rio Norte?

– No momento? Ficamos satisfeitos quando chegamos a 30 quilômetros por hora.

Ele apontou para os vagões.

– Quando esses trilhos estiverem colocados, você vai poder fazer seus trens correrem a 400 quilômetros por hora, se quiser.

– É o que vou fazer quando tivermos vagões de metal Rearden, que pesarão a metade do que pesa o aço e oferecerão segurança redobrada.

– Você vai ter que prestar atenção também ao transporte aéreo. Estamos trabalhando num avião de metal Rearden. O peso será mínimo, e ele será capaz de transportar qualquer coisa. Você ainda vai viver para ver os fretes aéreos de grande porte e longo alcance.

– Tenho pensado no que esse metal poderá fazer com motores de qualquer tipo e nos novos tipos de motor que poderão ser projetados agora.

– Já pensou nas telas de arame? Simples cercas de tela de arame de metal Rearden, que custarão uma ninharia e durarão 200 anos? E utensílios de cozinha que não custarão praticamente nada e passarão de geração a geração?

– E pense nos navios que torpedo algum poderá pôr a pique.

– Já lhe disse que mandei realizar testes com o metal Rearden na construção de fios para comunicações? São tantas as áreas de testes que não sei como mostrar às pessoas quantas coisas podem ser feitas com o metal Rearden.

Falaram longamente do metal e de suas possibilidades inesgotáveis. Era como se estivessem no alto de uma montanha, divisando uma planície ilimitada lá embaixo, cortada por avenidas que davam para todas as direções. Mas falavam apenas de cifras matemáticas, pesos, pressões, resistências, custos.

Dagny tinha esquecido completamente o irmão e sua Aliança Nacional. Tinha esquecido todos os problemas, pessoas e fatos, deixando-os para trás. Tais coisas jamais lhe haviam despertado interesse. Sempre estivera pronta para deixá-las de lado a qualquer momento; a existência delas nunca lhe parecera verdadeiramente real. A realidade estava *aqui*, pensou ela, nessa sensação de objetividade bem definida, de determinação, de leveza, de esperança. Era assim que ela sempre quisera viver. Não queria gastar nenhuma hora, efetuar nenhum gesto que significasse menos que isso.

Ela o encarou no momento exato em que Rearden se voltava para fitá-la. Estavam muito próximos. Ela viu em seus olhos que ele se sentia da mesma maneira que ela. *Se a alegria é a finalidade e o cerne da existência*, pensou, *e se algo que nos causa alegria deve ser guardado como o mais profundo dos segredos, então nos desnudamos totalmente um para o outro neste momento.*

Ele deu um passo para trás e disse, com um estranho tom de espanto, desprovido de emoção:

– Somos dois patifes, não somos?

– Por quê?

– Não temos qualidades espirituais nem visamos a coisas espirituais. Só queremos coisas materiais. É tudo o que nos interessa.

Dagny olhou para Rearden, sem compreender. Mas ele olhava para além dela, bem para a frente, para o guindaste, lá longe. Ela lamentava que ele tivesse dito aquilo. A acusação não a perturbava, ela nunca se vira naqueles termos e era totalmente incapaz de experimentar qualquer sentimento profundo de culpa. Mas sentia uma vaga apreensão indefinível, a sugestão de que havia algo grave no que o levara a falar, algo perigoso para ele. Ele não falara ao acaso. Mas não havia sentimento em sua voz, nada de súplica ou vergonha. Ele falara indiferentemente, como quem constata um fato.

Mas então, enquanto ela o olhava, o temor desapareceu. Rearden contemplava sua fábrica ao longe. Não havia em sua expressão culpa, dúvida, nada senão a calma de uma inabalável autoconfiança.

– Dagny – disse ele –, seja o que for que sejamos, somos nós que movemos o mundo e seremos nós que vamos salvá-lo.

CAPÍTULO 5

O APOGEU DOS D'ANCONIA

A primeira coisa que ela notou foi o jornal. Eddie o apertava com força na mão quando entrou no escritório. Dagny olhou para o rosto dele: parecia tenso e perplexo.

– Dagny, você está muito ocupada?

– Por quê?

– Sei que você não gosta de falar sobre ele. Mas há algo aqui que quero que você veja. Acho que você deve ver.

Ela estendeu a mão em silêncio para receber o jornal.

A notícia da primeira página anunciava que, ao nacionalizar as minas de San Sebastián, o governo da República Popular do México descobrira que elas eram improdutivas – escandalosa, total e definitivamente improdutivas. Nada havia que justificasse os cinco anos de trabalho e os milhões que haviam sido gastos. Nada havia além de escavações vazias, trabalhosamente executadas. Os poucos vestígios de cobre encontrados não valiam o esforço que a extração havia custado. Não havia ali grandes depósitos de metal nem sinais de que seria possível encontrá-lo. Nada havia que pudesse ter induzido alguém ao erro a respeito disso. O governo mexicano estava realizando reuniões de emergência para discutir a descoberta, em meio a uma onda de indignação. Sentia que havia sido trapaceado.

Ao observá-la, Eddie percebeu que ela continuava olhando para o jornal muito depois de ter terminado de ler a notícia. Então não fora injustificada a sensação de medo que ele experimentara ao ler a notícia, ainda que não soubesse exatamente o que a causara.

Esperou. Dagny ergueu a cabeça. Não olhou para ele. Tinha os olhos fixos, concentrados como se tentasse ver alguma coisa muito distante.

Ele disse, em voz baixa:

– Francisco não é nenhum idiota. Seja o que for, por pior que seja a degradação a que ele se entregou... e já desisti de tentar entender por quê... ele não é um idiota. Não teria cometido um erro desses. Não é possível. Não posso compreender.

– Estou começando a compreender.

Ela se levantou bruscamente, impelida por um frêmito que lhe percorreu o corpo, como um arrepio. Disse:

– Telefone para ele no Wayne-Falkland e diga ao calhorda que quero vê-lo.

– Dagny – ele disse com tristeza, em tom de censura –, é Frisco d'Anconia.

– Era.

◂◂◂

Ela caminhava no crepúsculo que caía sobre as ruas da cidade rumo ao Hotel Wayne-Falkland. Eddie dissera que a resposta fora "Quando ela quiser". As primeiras luzes começavam a iluminar algumas janelas lá no alto, entre as nuvens. Os edifícios pareciam faróis abandonados, mandando sinais fracos que se extinguiam na direção de um mar vazio onde já não se moviam navios. Alguns flocos de neve apareciam para se misturar com a lama das calçadas. Uma sucessão de lâmpadas vermelhas cortava a rua e se perdia na distância.

Ela perguntava a si mesma por que tinha a impressão de que desejava correr – não, porém, naquela rua, mas sim por uma verde encosta de montanha, ao sol de verão, pela estrada que margeava o rio Hudson, perto da propriedade dos Taggart. Era assim que ela corria quando Eddie gritava "É Frisco d'Anconia!" e ambos voavam montanha abaixo para encontrar o carro que se aproximava pela estrada.

Ele era o único convidado cuja chegada era um acontecimento na infância deles, o maior de todos os acontecimentos possíveis. A corrida para o encontrar virara uma verdadeira competição entre os três. Havia um álamo na encosta do monte, a meio caminho entre a estrada e a casa. Dagny e Eddie tentavam correr até além da árvore antes que Francisco, correndo, chegasse lá para encontrá-los. Em cada uma de suas numerosas chegadas em todos aqueles inúmeros verões, jamais haviam conseguido. Francisco chegava antes e interrompia a corrida deles. Ele ganhava sempre, do mesmo modo como sempre ganhava tudo o que disputava.

Os pais eram velhos amigos da família Taggart. Filho único, ele era educado em vários lugares do mundo: seu pai, segundo diziam, queria que ele encarasse o mundo como o seu futuro território. Dagny e Eddie nunca tinham certeza de onde ele passaria o inverno, mas, uma vez por ano, em cada verão, um austero tutor sul-americano o trazia para passar um mês na propriedade dos Taggart.

Francisco considerava natural que as crianças da família Taggart houvessem sido escolhidas para sua companhia: eram as herdeiras da Taggart Transcontinental, como ele era da Cobre D'Anconia. "Representamos a única aristocracia que existe no mundo: a aristocracia do dinheiro", dissera ele a Dagny certa vez, aos 14 anos. "É a única aristocracia verdadeira, se é que as pessoas sabem o que isso significa... e não sabem."

Ele tinha um sistema de castas todo seu: para ele, as crianças da família Taggart não eram Jim e Dagny, mas Dagny e Eddie. Ele raramente se dava conta da existência de Jim. Uma vez Eddie lhe perguntou: "Francisco, você é uma pessoa de muita nobreza, não é?" E ele respondera: "Ainda não. A razão de minha família durar tanto é que a nenhum de nós jamais foi permitido se considerar um D'Anconia de nascença. Nós não nascemos, nós *nos tornamos* D'Anconia." Ele pronunciava o nome como se achasse que os seus ouvintes, sendo atingidos no rosto por ele, se sagrassem cavaleiros desse modo.

Sebastián d'Anconia, seu ancestral, tinha deixado a Espanha muitos séculos atrás, no tempo em que a Espanha era o mais poderoso país do mundo e tinha nele uma de suas figuras mais orgulhosas. Ele partira porque o inquisidor não aprovava suas ideias e sugerira, num banquete da corte, que ele abrisse mão delas. Sebastián d'Anconia esvaziou sua taça de vinho na cara do inquisidor e escapou antes de ser capturado. Deixou para trás sua fortuna e suas propriedades, seu palácio de mármore e a mulher que amava – e se fez ao mar, rumo a um novo mundo.

Sua primeira propriedade na Argentina fora uma cabana de madeira no sopé de uma montanha andina. O sol brilhava como um farol sobre o brasão prateado dos D'Anconia fixado na porta da cabana, enquanto Sebastián cavava à procura do cobre de sua primeira mina. Passou muitos anos com a picareta na mão, quebrando rochas de sol a sol, com a ajuda de alguns farrapos humanos: desertores dos exércitos de seus compatriotas, ex-prisioneiros, índios famintos.

Quinze anos depois de deixar a Espanha, Sebastián d'Anconia mandou buscar a mulher que deixara para trás. Ela havia esperado por ele. Quando ela chegou, o brasão já estava na entrada de um palácio de mármore, numa grande propriedade com amplos jardins, cercada de montanhas repletas de riscos vermelhos, as escavações das minas de cobre. Ele cruzou a soleira da porta de entrada carregando-a nos braços. Parecia mais moço do que da última vez em que ela o vira.

– Meus ancestrais e os de vocês teriam gostado uns dos outros – disse Francisco a Dagny certa vez.

Durante os anos de sua infância, Dagny viveu no futuro, no mundo que esperava encontrar, onde não havia lugar para sentir o peso do desprezo ou do tédio. Mas durante um mês a cada ano sentia-se realmente livre e podia viver no presente. Descer montanha abaixo para encontrar Francisco d'Anconia era fugir da prisão.

– Oi, Slug!

– Oi, Frisco!

No começo, ambos se ressentiram com os apelidos. Ela perguntara:

– O que você quer dizer com isso?

E ele respondera:

– No caso de você não saber, *slug* quer dizer fogo alto em fornalha de locomotiva.

– Quem lhe ensinou isso?

– Um cavalheiro que trabalha na Taggart.

Ele falava cinco línguas e seu inglês não tinha nenhum sotaque. Era preciso, refinado, deliberadamente entremeado de uma gíria aqui e ali. Ela se vingara chamando-o de Frisco. Ele sorrira, entre divertido e contrariado.

– Se vocês, seus bárbaros, são capazes de estragar o nome de uma de suas maiores cidades, podiam ao menos evitar fazê-lo comigo.

Mas ambos acabaram por se acostumar com os apelidos.

Começara no segundo verão que passavam juntos, quando ele tinha 12 anos e ela, 10. Naquele verão, Francisco começou a desaparecer todas as manhãs, com algum propósito que ninguém conseguia descobrir. Saía de bicicleta antes do nascer do sol e voltava a tempo para sentar-se à mesa do almoço coberta de cristais posta no terraço. Suas maneiras eram polidas e um pouco inocentes demais. Quando Dagny e Eddie o interrogavam, ele ria e se recusava a responder. Um dia os meninos tentaram segui-lo, ainda antes de o sol nascer, mas terminaram desistindo. Ninguém podia segui-lo quando ele não queria ser seguido. Após algum tempo, a Sra. Taggart, preocupada, resolvera investigar. Ela jamais conseguira descobrir como ele contornara as leis trabalhistas, mas Francisco foi encontrado trabalhando – por um acordo oficioso com um dos funcionários graduados – como mensageiro da Taggart Transcontinental a uns 15 quilômetros da casa. O funcionário ficou estupefato: não fazia a mínima ideia de que o seu menino de recados era um convidado da família Taggart. O menino era conhecido entre os funcionários da ferrovia como Frankie, e a Sra. Taggart preferiu não dar a ninguém mais o seu nome completo. Apenas explicou que ele estava trabalhando sem permissão dos pais e que tinha de abandonar tudo imediatamente. O funcionário lamentou perdê-lo, porque Frankie, como ele disse, era o melhor mensageiro que já tivera:

– Gostaria muito que ele ficasse. Será que não dá para fazer um acordo com os pais dele?

– Infelizmente, não – disse a Sra. Taggart, sem graça.

Quando chegaram a casa, ela disse:

– Francisco, que diria seu pai disso tudo, se viesse a saber?

– Meu pai perguntaria se eu fui bom ou não no trabalho. Isso é que ia interessar a ele.

– Ora, estou falando sério.

Francisco olhava para ela polidamente, com um ar que demonstrava séculos de boa educação e convivência em elegantes salões. Ainda assim, algo em seu olhar punha a polidez sob suspeita.

– No inverno passado – respondeu ele –, embarquei como taifeiro num cargueiro que transportava cobre da D'Anconia, e meu pai me procurou por três meses. E, quando me encontrou, só perguntou como eu tinha me saído no trabalho.

– Então é assim que você passa o inverno? – perguntou Jim Taggart, com um sorriso que continha um toque de triunfo e de desprezo.

– Isso foi no inverno passado – respondeu Francisco sem alterar seu tom de voz inocente e descuidado. – O inverno anterior eu passei em Madri, na casa do duque de Alba.

– Por que você quis trabalhar numa ferrovia? – perguntara Dagny.

Eles estavam olhando um para o outro – o dela era um olhar de admiração; o dele, de mofa. Não, porém, uma mofa maliciosa, e sim um riso de saudação.

– Para saber como é, Slug – respondera ele –, e para poder dizer que trabalhei na Taggart Transcontinental antes de você.

Dagny e Eddie passavam os invernos tentando aprender truques novos para espantar Francisco e ultrapassá-lo em algo ao menos uma vez. Mas nunca conseguiam. Quando lhe mostraram como se deve bater na bola com o bastão, coisa que ele nunca fizera antes, ele olhou para ambos por alguns minutos e disse:

– Acho que peguei a coisa. Deixem-me tentar.

Tomou o bastão e mandou a bola para além de uma linha de carvalhos ao longe, na extremidade do campo.

Quando Jim ganhou um barco a motor no aniversário, foram todos para a margem do rio assistir à lição que um instrutor dava a Jim sobre como pilotar. Nenhum deles tinha pilotado antes um barco a motor. O barco, branco e brilhante, com formato de bala de revólver, tropeçava tristemente sobre a água, num percurso inseguro, o motor tossindo, enquanto o instrutor, sentado ao lado de Jim, segurava o leme para evitar que ele piorasse ainda mais as coisas. Sem razão aparente, Jim levantou a cabeça subitamente e gritou para Francisco:

– Você pensa que pode fazer melhor?

– Eu posso.

– Pois tente.

Quando o barco voltou, e seus dois ocupantes saltaram, Francisco assumiu o leme.

– Espere um pouco – disse ao instrutor, que permaneceu na margem. – Deixe-me dar uma olhada nisto.

Então, antes que o instrutor tivesse tempo de se mover, o barco disparou para o meio do rio como se impelido por um tiro de canhão. Afastou-se rapidamente antes que as pessoas se dessem conta do que estavam vendo. Enquanto o barco desaparecia na distância, no brilho do sol, Dagny pensava apenas em três coisas: o rastro deixado pelo barco, o ruído do motor, a determinação do piloto.

Ela notou a estranha expressão no rosto de seu pai, que via o barco de corrida desaparecer ao longe. Ele não disse nada, só ficou olhando. Ela recordava que vira esse olhar uma vez antes. Foi quando seu pai visitara um complexo sistema de roldanas que Francisco, então com 12 anos, tinha montado para fazer um elevador que chegasse ao topo de uma rocha, de onde ensinava Dagny e Eddie a mergulhar no rio Hudson. Os papéis em que Francisco fizera os cálculos ainda estavam espalhados pelo chão. O pai de Dagny os pegou, examinou-os e perguntou:

– Francisco, quantos anos de álgebra você estudou?

– Dois anos.

– Quem lhe ensinou a fazer isto?

– Ah, isso é uma coisa que eu inventei.

Dagny não sabia que o pai tinha na mão, nas folhas amassadas de papel, a versão primitiva de uma equação diferencial.

Os herdeiros de Sebastián d'Anconia tinham formado uma linha ininterrupta de primogênitos varões que sabiam fazer jus ao nome que herdavam: segundo uma tradição familiar, a desgraça da família começaria com o herdeiro que deixasse, ao morrer, a fortuna dos D'Anconia igual à que recebera. Durante muitas gerações tal desgraça não ocorrera. Uma lenda argentina dizia que a mão de um D'Anconia tinha o poder miraculoso dos santos, só que não era o poder de curar, mas o de produzir.

Os herdeiros da família D'Anconia tinham sido todos eles homens de extraordinária capacidade, mas nenhum deles chegava perto da promessa que Francisco tinha mostrado ser. Era como se os séculos tivessem passado por peneira fina as qualidades da família, além de descartar o irrelevante, o inconsequente, o fraco, para deixar apenas o puro talento. Como se o acaso tivesse gerado, finalmente, um ente desprovido de elementos acidentais.

Francisco podia fazer tudo o que quisesse – e fazê-lo melhor do que qualquer um e sem esforço. Não havia empáfia em seus modos, nem ideia de comparação em sua consciência. Não tinha uma atitude de "Posso fazer melhor do que você", mas simplesmente de "Posso fazê-lo". Para ele, fazer era fazer superlativamente.

Por mais rígida que fosse a disciplina exigida dele pelo enérgico plano de educação que o pai lhe traçara, fosse qual fosse o objeto de estudo determinado, Francisco sempre o dominava sem esforço. O pai o adorava, mas ocultava seus sentimentos cuidadosamente, como fazia com o orgulho de saber que trouxera ao mundo o mais brilhante exemplar de uma brilhante linhagem. Francisco, dizia-se, ia ser o apogeu dos D'Anconia.

– Eu não sei qual é o lema dos D'Anconia – disse certa vez o Sr. Taggart –, mas sei que Francisco vai mudá-lo para *Para quê?*

Isso era a primeira coisa que ele perguntava ante qualquer atividade que lhe propunham – e nada o faria agir se não lhe dessem uma resposta válida. Ele vivia seu mês de férias intensamente, como um foguete, mas, se alguém o interrompia em pleno voo, era capaz de explicar a finalidade de cada um dos gestos que fizera a cada momento. Duas coisas eram impossíveis para ele: ficar parado e se mover sem direção ou finalidade.

"Vamos descobrir" era o incentivo que ele dava a Dagny e Eddie em tudo o que empreendiam. Ou então: "Vamos fazê-lo." Eram suas únicas formas de divertimento.

"Posso fazê-lo", dizia, quando estava construindo o seu elevador, aferrando-se à rocha, cravando nela cunhas de metal, movendo os braços no ritmo de um trabalhador experiente, enquanto algumas gotas de sangue despercebidas saíam de um curativo em seu pulso. "Não, não podemos nos revezar, Eddie, você ainda é muito pequeno para trabalhar com o martelo. Vá afastando as plantas do meu caminho que faço o restante... Que sangue? Ora, não é nada, um corte que levei ontem. Dagny, vá até a casa e me traga um curativo limpo."

Jim olhava o grupo. Tinham-no deixado só, mas frequentemente viam seu vulto a distância. Ele olhava Francisco com uma intensidade estranha.

Ele raramente falava na presença de Francisco. Porém encurralou Dagny e disse, com um sorriso debochado:

– Você e essa sua pretensão de ser uma mulher de ferro, com ideias próprias! Você é mole que nem um pano de prato, ouviu? É uma vergonha ver você deixando aquele moleque convencido lhe dar ordens. Ele faz gato-sapato de você. Onde está o seu orgulho? É só ele assoviar que você vai correndo fazer o que ele disser! Por que não engraxa os sapatos dele?

– Porque ele não me pediu – respondeu Dagny.

Francisco podia ganhar em qualquer jogo, em qualquer disputa. Nunca entrava em disputas. Se quisesse, poderia mandar no clube infantil. Nem passava perto do clube, ignorando as tentativas insistentes dos membros de atrair o herdeiro mais famoso do mundo. Dagny e Eddie eram seus únicos amigos. Eles não sabiam se Francisco era deles ou se eles é que pertenciam a Francisco. Tanto fazia: eles gostavam de ambas as possibilidades.

Toda manhã os três saíam em busca de aventuras. Uma vez, um velho professor de literatura, amigo da Sra. Taggart, viu-os no alto de uma pilha de destroços num ferro-velho, desmontando a carcaça de um automóvel. Ele parou, sacudiu a cabeça e disse a Francisco:

– Um jovem na sua posição devia passar o tempo nas bibliotecas, absorvendo a cultura do mundo.

– E o que o senhor pensa que estou fazendo? – perguntou Francisco.

Não havia fábricas no bairro, mas Francisco ensinou Dagny e Eddie a viajar escondidos em trens da Linha Taggart até cidades distantes, onde pulavam cercas e entravam em fábricas, ou ficavam à janela, olhando para as máquinas, como outras crianças assistem a um filme no cinema.

– Quando eu mandar na Taggart Transcontinental... – dizia Dagny às vezes. – Quando eu mandar na Cobre D'Anconia... – dizia Francisco.

Nunca era necessário explicar o restante – um já conhecia o objetivo e a motivação do outro.

De vez em quando o condutor do trem os pegava. Então um chefe de estação a 100 quilômetros de casa telefonava à Sra. Taggart:

– Pegamos três moleques aqui que dizem que são...

– E são mesmo – dizia a Sra. Taggart, suspirando. – Por favor, mande-os de volta.

– Francisco – Eddie perguntou-lhe uma vez, ao lado da estação –, você conhece praticamente o mundo todo. Qual é a coisa mais importante deste mundo?

– Isto – disse Francisco, apontando para o emblema TT na frente de uma locomotiva. E acrescentou: – Quem dera que eu tivesse conhecido Nat Taggart.

Percebeu que Dagny olhava para ele. Não fez mais nenhum comentário. Porém, minutos depois, quando caminhavam pelo mato, por uma picada estreita de terra úmida, samambaias e sol, ele disse:

– Dagny, hei de respeitar sempre os brasões, os símbolos de nobreza. Eu também não sou aristocrata? Só que estou me lixando para torres comidas pelas traças e unicórnios antiquíssimos. Os brasões da nossa época estão nos cartazes de anúncios, nas revistas populares.

– O que você quer dizer? – perguntou Eddie.

– As marcas registradas, Eddie – respondeu ele.

Naquele verão, Francisco tinha 15 anos.

– Quando eu mandar na Cobre D'Anconia... Estou estudando mineração e mineralogia, porque tenho que me preparar para quando eu mandar na Cobre D'Anconia... Estou estudando engenharia elétrica, porque as usinas são os melhores fregueses da Cobre D'Anconia... Vou estudar filosofia, porque vou precisar dela para proteger a Cobre D'Anconia...

– Você nunca pensa em outra coisa que não seja a Cobre D'Anconia? – perguntou Jim certa vez.

– Não.

– Pois eu acho que existem outras coisas no mundo.

– Então que os outros pensem nelas.

– Essa atitude não é muito egoísta?

– É, sim.

– O que é que você quer?

– Dinheiro.

– Você já não tem bastante?

– Todos os meus ancestrais elevaram a produção industrial da Cobre D'Anconia cerca de 10 por cento cada um. Eu pretendo multiplicar por 100.

– *Para quê?* – perguntou Jim, imitando a voz de Francisco com sarcasmo.

– Quando eu morrer, espero entrar no céu, seja lá o que for o céu, e quero poder pagar o preço do ingresso.

– O preço do ingresso é a virtude – disse Jim, altivo.

– É isso mesmo que quero dizer, James. Quero estar preparado para afirmar possuir a maior virtude de todas: dizer que fui um homem que ganhou dinheiro.

– Qualquer corrupto ganha dinheiro.

– James, algum dia você vai ter que descobrir que as palavras possuem significados exatos.

Francisco riu, um sorriso de deboche radiante. Ao vê-los, Dagny pensou de repente na diferença entre Francisco e seu irmão Jim. Ambos sorriam debochados. Mas Francisco parecia rir das coisas por ver algo muito maior. Jim ria como se não quisesse que nada fosse grande.

Dagny percebeu outra vez o que havia de especial no sorriso de Francisco, certa noite, quando ela, ele e Eddie estavam ao redor de uma fogueira que haviam acendido no meio do bosque. O brilho do fogo os fechava numa cerca de resplendores que incluíam pedaços de troncos de árvores, galhos e estrelas longínquas. Ela teve a sensação de que não havia nada além daquela cerca, nada além de um vazio escuro, com uma promessa surpreendente, terrível... como o futuro. *Mas o futuro*, pensou ela, *seria como o sorriso de Francisco*. Aquilo era a chave do futuro, o prenúncio de sua natureza – estava em seu rosto sob os galhos dos pinheiros, iluminado pelo fogo –, e de repente ela sentiu uma felicidade insuportável, por ser completa demais e por ela não conseguir exprimi-la. Dagny olhou de relance para Eddie. Ele estava olhando para Francisco. A seu modo discreto, Eddie estava sentindo o mesmo que ela.

– Por que você gosta de Francisco? – Dagny perguntou a Eddie algumas semanas depois, quando Francisco não estava mais com eles.

Eddie pareceu surpreso. Nunca lhe havia ocorrido a possibilidade de questionar o sentimento. Disse então:

– Ele me inspira segurança.

– Ele me faz esperar emoções e perigos – disse ela.

Francisco tinha 16 anos no verão seguinte, no dia em que ele e ela, sozinhos, estavam no alto de um penhasco perto do rio. Seus shorts e suas camisas tinham se rasgado na subida. Do alto do penhasco contemplavam o rio Hudson. Haviam ouvido dizer que, nos dias em que o tempo estava bom, dava para ver Nova York ao longe. Porém eles só viam uma névoa composta de três luzes diferentes que se fundiam: o rio, o céu e o sol.

Ela se ajoelhou numa pedra, tentando ver alguma coisa da cidade. O vento jogava seu cabelo sobre os olhos. Olhou para trás e viu que Francisco não estava olhando ao longe: olhava para ela. Era um olhar estranho, concentrado e sério. Dagny ficou imóvel por um instante, as mãos espalmadas sobre a pedra, os braços tensos para sustentar o peso do corpo. Inexplicavelmente, o olhar de Francisco a fez perceber sua própria posição, pensar em seu ombro exposto pelo rasgão da blusa, suas pernas longas e queimadas de sol apoiadas na pedra. Zangada, pôs-se de pé e se afastou dele. Ao levantar a cabeça, o ressentimento de seu olhar cruzou com a seriedade do olhar de Francisco, e, embora tivesse certeza de que o olhar dele era uma condenação hostil, quando deu por si, estava perguntando, num tom de desafio, sorrindo:

– De que você gosta em mim?

Ele riu. Embaraçada, Dagny não sabia o que a fizera perguntar aquilo. Francisco respondeu:

– Do que eu gosto em você é disso – e apontou para os trilhos da ferrovia Taggart ao longe, que brilhavam ao sol.

– Mas isso não é meu – disse ela, desapontada.

– Do que eu gosto é que, no futuro, vai ser.

Ela sorriu e admitiu a vitória de Francisco, manifestando seu contentamento. Ela não sabia por que ele a olhara de modo tão estranho, porém sentia que ele enxergara alguma conexão, que ela não via, entre seu corpo e algo que havia dentro dela que lhe daria forças para mandar naquela estrada de ferro algum dia.

Francisco disse, secamente: "Vamos tentar ver Nova York." E a puxou pelo braço até a beira do precipício. Ele torcia seu braço de um jeito estranho, obrigando-a a se apertar contra ele. Ela sentiu o calor do sol nas pernas de Francisco, encostadas às suas. Olharam para a distância, mas só viram aquela névoa luminosa.

Quando, naquele verão, Francisco partiu, Dagny achou que a sua partida era como uma fronteira atravessada, que assinalava o fim da infância: ele ia entrar na faculdade naquele outono. No ano seguinte, seria a vez dela. Dagny sentia uma impaciência ansiosa, com um toque de medo, como se ele houvesse saltado para o desconhecido repleto de perigos. Era como aquele momento, anos antes, em que ela o vira saltar do alto de uma pedra para dentro do Hudson, vira-o desaparecer na água escura e ficara pensando que ele logo reapareceria e que então seria a sua vez de pular.

Dagny resolveu tirar o medo da cabeça. Para Francisco, o perigo era tão somente uma oportunidade para alguma atuação brilhante: não havia batalhas que ele não ganhasse, inimigos que não derrotasse. E então ela se lembrou de um comentário que ouvira alguns anos antes. Um comentário estranho – e era estranho que as palavras permanecessem em sua memória, muito embora na época pensasse que elas não faziam sentido. O autor do comentário fora um velho professor de matemática, amigo de seu pai, que viera aquela vez, a primeira e única, visitá-los em sua casa de campo. Dagny gostara de seu rosto e ainda se lembrava da tristeza curiosa que vira nos olhos dele certa noite, quando ele, sentado na varanda ao entardecer, disse ao pai de Dagny, apontando para o vulto de Francisco no jardim:

– Aquele menino é vulnerável. Ele tem uma capacidade excessiva de sentir felicidade. O que será que ele vai fazer com ela num mundo onde há tão poucas ocasiões de se ser feliz?

Francisco se matriculou numa grande universidade americana, que seu pai escolhera para ele muitos anos antes. Era a instituição de ensino mais prestigiosa do mundo, a Universidade Patrick Henry, em Cleveland. Naquele inverno, Francisco não foi visitá-la em Nova York, muito embora ele pudesse ir vê-la com apenas uma noite de viagem. Não se corresponderam, como aliás nunca faziam. Mas Dagny sabia que ele voltaria ao campo para passar um mês no verão.

Naquele inverno, em certas ocasiões, ela sentiu uma apreensão indefinida: as palavras do professor lhe voltavam à mente com insistência, como uma advertência que não conseguia entender. Resolveu esquecê-las. Quando pensava em Francisco, sentia-se confiante de que ela viveria mais um mês como uma promessa do futuro, como prova de que o mundo que via em seu futuro era de verdade, muito embora não fosse o mundo daqueles que a cercavam.

– Oi, Slug!

– Oi, Frisco!

Ao vê-lo na colina, naquele primeiro momento, ela compreendeu de repente a natureza daquele mundo que era deles dois, juntos, em contraposição a todas as outras pessoas. Foi apenas uma pausa momentânea. Dagny sentiu a saia de algodão bater em seus joelhos, agitada pelo vento. Sentiu o sol nas pálpebras e a força de um alívio tão imenso que enterrou os pés na grama, porque teve a impressão de que seria levantada do chão, sem peso, pelo vento.

Foi uma sensação súbita de liberdade e segurança – porque ela compreendeu que não sabia nada sobre a vida de Francisco, jamais soubera e nunca precisaria saber. O mundo do acaso – de famílias, refeições, escolas, pessoas, indivíduos sem objetivo que vergavam sob o peso de alguma culpa desconhecida – não era o mundo deles, não os mudaria jamais, não tinha importância. Ele e ela jamais haviam falado das coisas que aconteciam com eles, e sim apenas das coisas em que pensavam, daquilo que pretendiam fazer. Dagny olhou para Francisco em silêncio, como se uma voz dentro de si dissesse: Não o que você é, mas o que havemos de fazer... Eu e você, ninguém nos deterá... Perdoe meu medo, me perdoe por pensar que eu poderia perdê-lo para eles... me perdoe por duvidar, eles nunca hão de alcançá-lo... nunca mais vou temer por você.

Ele também ficou parado, olhando para ela, por um momento – e Dagny achou que não era um olhar de quem encontra uma amiga após uma longa ausência, e sim de quem vem pensando nela todos os dias. Ela não pôde ter certeza, tudo se passou em apenas um instante, tão breve que, no momento exato em que ela o captou, Francisco estava se virando para apontar para o álamo atrás dele, dizendo, com o tom de voz que usavam em suas brincadeiras do tempo da infância:

– Eu queria que você corresse mais depressa. Vou ter sempre que esperar por você.

– E você vai esperar por mim? – perguntou ela, alegre.

– Sempre – respondeu ele, sem sorrir.

Enquanto subiam a ladeira em direção à casa, Francisco conversava com Eddie. Dagny caminhava silenciosa ao seu lado. Sentia que havia agora uma reserva entre eles, a qual, curiosamente, era uma nova forma de intimidade.

Ela não lhe perguntou nada sobre a universidade. Alguns dias depois, perguntou apenas se ele estava gostando.

– Hoje em dia ensinam muita bobagem – respondeu ele. – Mas gosto de alguns cursos.

– Fez amigos lá?

– Dois.

E não disse mais nada.

Jim estava chegando ao fim de seu curso numa faculdade de Nova York. Seus estudos lhe emprestaram uma agressividade estranha, trêmula, como se ele houvesse descoberto uma nova arma. Certa vez, sem ter sido provocado, disse a Francisco, detendo-o no meio do gramado, num tom de hipocrisia, agressivo:

– Agora que você já está na faculdade, devia aprender alguma coisa sobre ideais. É tempo de esquecer sua ganância egoísta e pensar um pouco nas suas responsabilidades sociais, porque, a meu ver, toda essa fortuna que você vai herdar não é para lhe proporcionar prazer, e sim para você utilizar em benefício dos pobres e dos menos favorecidos, porque acho que aquele que não entende isso é o mais depravado dos seres humanos.

Francisco respondeu, cortês:

– Não é aconselhável, James, dar sua opinião quando ninguém a pede. Você se arrisca a fazer a descoberta embaraçosa de que ela nada vale para seu interlocutor.

Dagny perguntou a Francisco:

– Há muitos homens como Jim no mundo?

Francisco riu:

– Muitíssimos.

– E você não se incomoda com isso?

– Não. Não tenho que lidar com eles. Por que você perguntou?

– Porque acho que eles são perigosos, de algum modo... Não sei como...

– Meu Deus, Dagny! Você acha que posso ter medo de um objeto como James?

Alguns dias depois, estavam os dois caminhando sozinhos pelo bosque à margem do rio quando ela perguntou:

– Francisco, qual é o mais depravado dos seres humanos?

– Aquele que não tem objetivos.

Ela contemplava as árvores eretas que os separavam do grande espaço aberto que surgia subitamente para além delas. Dentro da floresta estava fresco e quase escuro, mas os galhos exteriores recebiam os raios de sol quentes e prateados refletidos pela água. Ela se perguntava por que motivo estava apreciando aquela paisagem, ela que nunca antes prestara atenção nisso, por que ela estava tão consciente de seu prazer, de seus movimentos, de seu próprio corpo ao caminhar. Não tinha vontade de olhar para Francisco. Sentia que sua presença parecia mais intensamente real quando ela desviava a vista de seu rosto, quase como se fosse da presença dele que ressaltasse sua autoconsciência, como o sol refletido pela água.

– Você se acha capaz, não é? – perguntou ele.

– Sempre achei – respondeu ela em tom de desafio, sem se virar.

– Bem, quero vê-la provar que isso é verdade. Quero ver até onde você vai subir na Taggart Transcontinental. Por melhor que você seja, quero vê-la se esforçar ao máximo para ser ainda melhor. E, quando você tiver se esgotado para atingir um objetivo, quero vê-la começar a buscar outro.

– Por que você acha que estou interessada em provar alguma coisa a você?

– Quer que eu responda?

– Não – sussurrou ela, olhando fixamente para a outra margem do rio ao longe.

Ela o ouviu rir baixinho, e depois de algum tempo ele disse:

– Dagny, não há nada de importante na vida, exceto a sua competência no seu trabalho. Nada. Só isso. Tudo o mais que você for vem disso. É a única medida do valor humano. Todos os códigos de ética que vão tentar enfiar na sua cabeça não passam de dinheiro falso impresso por vigaristas para despojar as pessoas de suas virtudes. O código da competência é o único sistema moral baseado no padrão ouro. Quando você crescer, vai entender o que estou dizendo.

– Já entendo. Mas... Francisco, por que só eu e você parecemos saber disso?

– E por que você se preocupa com os outros?

– Porque eu gosto de compreender as coisas, e há uma coisa em relação às pessoas que não consigo entender.

– O quê?

– Olhe, eu nunca fui popular na escola e isso nunca me preocupou, mas agora eu descobri a razão. É uma coisa maluca. Não gostam de mim não porque eu faça as coisas malfeitas, e sim porque faço tudo bem. Não gostam de mim porque sempre tirei as maiores notas da turma. Nem preciso estudar. Sempre tiro 10. Você acha que eu devia tentar tirar 4 só para me tornar a garota mais popular da escola?

Francisco parou, olhou para ela e lhe deu uma bofetada.

O que ela sentiu foi contido num único instante, enquanto o chão sob seus pés tremia, numa explosão de emoção dentro dela. Dagny tinha consciência de que mataria qualquer outra pessoa que batesse nela. Sentia a fúria violenta que lhe teria dado forças para matar – e um prazer igualmente violento por ter sido Francisco quem a esbofeteara. Sentia prazer com a dor surda e quente no rosto, com o gosto de sangue no canto da boca. Sentia prazer no que ela de repente compreendeu a respeito de Francisco, de si própria, daquilo que o motivava.

Esforçou-se para conter a tonteira, levantou a cabeça com firmeza e o encarou, consciente de uma nova força dentro de si, sentindo-se à altura dele pela primeira vez na vida, encarando-o com um olhar irônico de triunfo.

– Será que o feri tanto assim? – perguntou ela.

Ele parecia atônito: a pergunta e o sorriso não eram infantis. Respondeu:

– Sim... se isso lhe dá prazer.

– Pois dá.

– Nunca mais faça isso. Não faça brincadeiras desse tipo.

– Não seja bobo. Quem disse a você que quero ser popular?

– Quando você crescer, vai entender como é abominável o que disse.

– Eu já entendo.

Ele se virou abruptamente, tirou do bolso o lenço e o molhou no rio.

– Venha cá – ordenou.

Ela riu e deu um passo para trás:

– Ah, não. Quero que fique assim como está. Tomara que inche bastante. Gostei.

Ele a contemplou por um longo instante. Lentamente, com muita seriedade, disse:

– Dagny, você é maravilhosa.

– Sempre pensei que você achasse isso – respondeu ela, com uma naturalidade insolente.

Quando chegou a casa, Dagny disse à mãe que havia cortado o lábio ao cair sobre uma pedra. Foi a única vez em sua vida que mentiu. Não o fez para proteger Francisco. Fez por sentir que, por algum motivo indefinível, o incidente era um segredo precioso demais para ser compartilhado.

No verão seguinte, quando Francisco veio, ela estava com 16 anos. Ao vê-lo, começou a descer a colina correndo, mas parou de repente. Ele viu, parou também, e ficaram imóveis por um momento, olhando um para o outro, separados por uma longa e verde encosta. Foi ele que andou em direção a ela, bem devagar, enquanto ela o esperava, imóvel.

Quando ele se aproximou, ela deu um sorriso inocente, como se não percebesse que tinha havido uma disputa, e um vencedor.

– Caso você esteja interessado – disse ela –, estou trabalhando na estrada de ferro. Vigia noturna da estação de Rockdale.

Francisco riu:

– Está bem, Taggart Transcontinental, agora vamos disputar quem honra mais seu antepassado: se você, com seu Nat Taggart, ou eu, com meu Sebastián d'Anconia.

Naquele inverno, Dagny reduziu sua vida à simplicidade luminosa de um desenho geométrico: algumas linhas retas – de sua casa à faculdade de engenharia na cidade, de dia, e de sua casa ao trabalho na estação de Rockdale, à noite, e o círculo fechado do seu quarto, repleto de diagramas de motores, projetos de estruturas de aço, horários de trens.

A Sra. Taggart observava a filha, preocupada e confusa. Tudo ela perdoava, menos uma coisa: Dagny não manifestava nenhum interesse por homens, nenhuma inclinação sentimental. A Sra. Taggart não gostava de extremismos. Estava disposta até a aceitar o extremo oposto, se necessário, mas isso era ainda pior, pensava ela. Tinha vergonha de confessar que, aos 17 anos, sua filha não tinha nenhum pretendente.

– Dagny e Francisco d'Anconia? – dizia ela, sorrindo com tristeza, quando as amigas curiosas lhe perguntavam. – Ah, não, não é namoro, não. É alguma espécie de cartel industrial e internacional. Eles só pensam nessas coisas.

Certa noite, na presença de visitas, a Sra. Taggart ouviu James afirmar, com um tom de estranha satisfação na voz:

– Dagny, apesar de você ter o mesmo nome da linda mulher que se casou com Nat Taggart, você se parece mais com ele do que com ela.

A Sra. Taggart não sabia o que era pior: James dizer uma coisa dessas ou Dagny concordar, sentindo-se elogiada.

Ela jamais conseguiria, pensava a Sra. Taggart, entender sua própria filha. Dagny era apenas um vulto que entrava e saía de casa, uma figura magra, de casaco de couro com colarinho levantado, saia curta e longas pernas de corista. Atravessava a sala com passos abruptos, diretos, masculinos, porém tinha certa graça em seus movimentos, rápida, tensa e, curiosamente, desafiadoramente feminina.

Às vezes, ao olhar de relance para o rosto de Dagny, a Sra. Taggart captava uma expressão que não conseguia definir com precisão: era muito mais do que alegria. Era um prazer de uma pureza tão virginal que lhe parecia uma anormalidade – era impossível que uma moça fosse insensível a ponto de não ter descoberto nenhuma tristeza na vida. Sua filha, concluiu ela, era incapaz de sentir emoções.

– Dagny – perguntou ela uma vez –, você nunca pensa em se divertir?

Dagny a olhou sem entender e respondeu:

– E o que a senhora acha que eu estou fazendo?

A decisão de realizar uma festa formal de debutante para sua filha custou à Sra. Taggart muitas noites de ansiedade. Ela não sabia se estava apresentando à sociedade nova-iorquina a Srta. Dagny Taggart ou a vigia noturna da estação de Rockdale. No fundo, tendia a concluir que o segundo título era o mais apropriado e estava certa de que Dagny rejeitaria a ideia da festa. Ficou surpresa quando Dagny manifestou o maior entusiasmo, comportando-se como uma menina.

A Sra. Taggart ficou surpresa novamente ao ver a filha pronta para a festa. Era o primeiro vestido feminino que ela usava – um longo de chiffon branco, com saia ampla, que flutuava feito uma nuvem. A mãe antes temia que o vestido e Dagny não se harmonizassem. Porém a garota ficou belíssima. Parecia ao mesmo tempo mais velha e mais inocente que de costume: à frente do espelho, levantou a cabeça, numa pose digna da esposa de Nat Taggart.

– Dagny – disse a Sra. Taggart delicadamente, repreendendo-a –, está vendo como você fica bonita quando quer?

– Estou – respondeu ela, sem espanto.

O salão de baile do Hotel Wayne-Falkland fora enfeitado segundo as instruções da Sra. Taggart. A mulher tinha um bom gosto de artista, e a decoração daquela noite foi sua obra-prima.

– Dagny, eu gostaria que você aprendesse a apreciar certas coisas – disse ela. – As luzes, as cores, as flores, a música não são tão desprezíveis quanto você acha.

– Nunca achei que fossem desprezíveis – respondeu Dagny, alegre. Pela primeira vez, a Sra. Taggart sentiu que havia um vínculo unindo-a à filha; Dagny olhava com confiança e gratidão de criança.

– São essas coisas que embelezam a vida – disse a mãe. – Quero que esta noite seja muito bela para você, Dagny. O primeiro baile é a coisa mais romântica da vida da gente.

Para a Sra. Taggart, a maior surpresa foi o momento em que viu Dagny contemplando o salão, parada sob as luzes. Não era mais uma criança, e sim uma mulher, com um poder tão cheio de confiança, tão perigoso que a Sra. Taggart a contemplou com um misto de admiração e espanto. Numa época de rotina, cinismo e indiferença, em que as pessoas pareciam se considerar meros animais, o porte de Dagny lhe pareceu quase indecente, porque era assim que uma mulher teria encarado um salão de baile séculos atrás, quando expor o próprio corpo seminu à admiração dos homens era um ato de ousadia, quando esse ato tinha um significado e apenas um: era reconhecido por todos como uma grande aventura. *E é esta*, pensou a Sra. Taggart, sorrindo, *a moça que sempre julguei desprovida de sensualidade.* Sentiu um alívio imenso e um pouco de vontade de rir ao pensar que uma descoberta como essa lhe proporcionara uma sensação de alívio.

O alívio só durou algumas horas. No fim da noite, viu Dagny num canto do salão, sentada sobre um corrimão como se fosse uma cerca, as pernas balançando sob o vestido de chiffon como se estivessem enfiadas em calças. Conversava com dois rapazes e seu rosto exprimia um vazio desdenhoso.

Nem Dagny nem a mãe disseram nada no caminho de volta para casa. Mas algumas horas depois, movida por um impulso repentino, a Sra. Taggart foi até o quarto da filha. A garota estava à janela, ainda com o vestido de festa. Parecia uma nuvem sustentando um corpo que agora aparentava ser magro demais, um corpo pequeno com ombros caídos. Lá fora, as nuvens estavam cinzentas, com o primeiro clarão da madrugada.

Quando Dagny se virou, a Sra. Taggart só viu em seu rosto uma impotência confusa. O rosto estava calmo, mas havia algo nele que fez a mãe se arrepender de haver desejado que a filha travasse conhecimento com a tristeza.

– Mamãe, será que eles acham que é justamente o contrário? – perguntou ela.

– O quê? – perguntou a mãe, confusa.

– As coisas que a senhora estava dizendo. As luzes e as flores. As pessoas acham que são essas coisas que as fazem sentir-se românticas, e não o contrário.

– Minha querida, o que você quer dizer?

– Ninguém na festa gostou de nada – disse ela, com uma voz desanimada – nem pensou nada nem sentiu nada. Todo mundo ficou andando de um lado para outro, dizendo as mesmas bobagens que dizem em qualquer lugar. Pelo visto, achavam que as luzes seriam capazes de conferir brilho às suas palavras.

– Minha querida, você leva tudo demasiadamente a sério. Ninguém vai a um baile para ser inteligente, e sim para ser alegre.

– Ou seja, para ser burro?

– Será que você não gostou de conversar com os rapazes?

– Que rapazes? Não vi nenhum ali que eu não pudesse reduzir a pó.

Alguns dias depois, sentada à sua mesa na estação de Rockdale, sentindo-se à vontade e alegre, Dagny pensou na festa e deu de ombros, reprovando seu próprio desapontamento. Olhou para cima: era primavera, e os galhos das árvores lá fora, no escuro, estavam cheios de folhas. O ar estava calmo e morno. Dagny perguntou a si mesma o que esperara daquela festa. Não sabia. Mas sentia-o de novo, aqui e agora, debruçada sobre uma escrivaninha surrada, olhando pela janela para a noite: uma expectativa sem objetivo, que subia por seu corpo, lentamente, como um líquido quente. Ela se curvou sobre a mesa, preguiçosa. Não sentia nem cansaço nem vontade de trabalhar.

Quando Francisco veio naquele verão, ela lhe falou do baile e de sua decepção. Ele a escutou em silêncio, olhando-a pela primeira vez com aquele olhar fixo zombeteiro que reservava para as outras pessoas, um olhar que parecia ver demais. Dagny teve a sensação de que ele ouvia em suas palavras mais do que ela achava estar lhe dizendo.

Viu aquele mesmo olhar nos olhos dele quando o deixou mais cedo do que o necessário. Estavam sozinhos os dois, à margem do rio. Ela só precisava chegar à estação dentro de uma hora. Havia longas tiras de fogo no céu e fagulhas vermelhas flutuando preguiçosamente na água. Francisco estava calado havia muito tempo quando ela se levantou de repente e disse que tinha de ir embora. Ele não tentou convencê-la a ficar mais um pouco. Recostou-se, apoiando os cotovelos na grama, e a contemplou, sem se mexer. Seu olhar parecia dizer que ele sabia o que a fazia ir agora. Subindo a ladeira, apressada e zangada, Dagny se perguntava por que tinha resolvido ir embora. Não sabia o motivo. Fora uma inquietação súbita provocada por um sentimento que só agora conseguia identificar: uma sensação de expectativa.

Todas as noites ela pegava o carro e percorria os oito quilômetros que separavam a casa de campo da estação de Rockdale. Voltava ao nascer do dia, dormia algumas horas e se levantava junto com o restante da família. Não tinha vontade de dormir. Ao se deitar, quando raiava o dia, sentia uma impaciência tensa, alegre, sem motivo, uma vontade de enfrentar aquele dia nascente.

Viu o olhar zombeteiro de Francisco outra vez, numa quadra de tênis. Ela não se lembrava de como aquele jogo começara. Com frequência jogavam tênis, e Francisco sempre ganhava. Ela não sabia em que momento tomara a decisão de ganhar dessa vez. Quando se deu conta disso, não era mais uma decisão nem um desejo, e sim uma fúria silenciosa que crescia dentro de si. Ela não sabia por que tinha de ganhar. Não sabia por que a vitória era tão crucial, tão importante e necessária. Sabia apenas que tinha de ganhar, e ia ganhar.

Parecia fácil jogar: era como se sua vontade tivesse desaparecido, substituída pela força de uma outra pessoa que jogava por ela. Contemplou a figura de Francisco – alto, ágil, o bronzeado dos braços ressaltado pelo branco da camisa. Sentiu um prazer arrogante ao ver a habilidade de seus movimentos, porque era *isso* que ela iria derrotar. Assim, a perfeição de cada movimento dele se tornava a vitória dela. A brilhante competência do corpo de Francisco era o triunfo do dela.

Sentiu o cansaço aumentar, uma dor – sem saber que era dor, apenas umas pontadas súbitas que a faziam pensar em alguma parte do corpo por um momento, e que no instante seguinte ela esquecia: a articulação do ombro, o cotovelo, os quadris, onde o short branco se colava à pele, os músculos das pernas, quando ela pulava para acertar a bola, porém não pensava mais neles ao tocar o chão de novo. As pálpebras, quando o céu ficava de um vermelho-escuro e a bola vinha em sua direção como uma chama branca, a ardência que lhe subia do calcanhar até a espinha e continuava a queimar pelo ar, empurrando a bola em direção ao vulto de Francisco... Experimentava um prazer exultante – porque cada pontada em seu corpo terminava no corpo de Francisco, porque ele estava ficando tão exausto quanto ela. Tudo o que fazia consigo própria, fazia-o também com ele – era o que ele sentia; o que ela o obrigava a sentir. O que ela sentia não era a sua dor, o seu corpo: era tudo dele.

Quando, por um momento, ela lhe via o rosto, percebia que ele estava rindo. Francisco olhava para Dagny como se compreendesse. Estava jogando não para ganhar, mas para lhe criar dificuldades – mandando bolas dificílimas para fazê-la correr, perdendo pontos para vê-la contorcer-se toda numa cortada, ficando imóvel, para que ela pensasse que ele não ia conseguir, e estendendo o braço de repente e acertando a bola com tanta força que ela sabia que ia errar. Ela tinha a sensação de que nunca mais conseguiria se mexer – e era estranho se ver de repente no lado oposto da quadra, acertando a bola na hora exata, com toda a força, como se quisesse esmagá-la, como se desejasse fazer aquilo com a cara de Francisco.

Só mais uma, pensava ela, mesmo se com isso ela partisse os ossos do braço... Só mais uma, mesmo se o ar que ela engolia, ofegante, com a garganta apertada e inchada, de repente lhe faltasse... Nesses momentos ela não sentia nada, nem dor, nem músculos – era só a ideia de que era necessário derrotá-lo, exauri-lo, vê-lo cair de cansaço. Então ela poderia até morrer satisfeita.

Dagny venceu. Talvez Francisco tivesse perdido por rir. Ele andou até a rede, enquanto ela permanecia parada, e jogou a raquete a seus pés, como se soubesse que era isso que ela queria. Francisco saiu da quadra e se jogou no gramado, exausto, repousando a cabeça sobre o braço.

Ela se aproximou dele silenciosamente. Ficou a contemplá-lo, a olhar seu corpo estendido a seus pés, sua camisa empapada de suor, as mechas de cabelo sobre o braço. Ele levantou a cabeça. Seus olhos percorreram suas pernas, subindo até o short, a blusa, os olhos. Era um olhar zombeteiro, que parecia lhe atravessar as roupas, ler sua mente. E parecia dizer: eu ganhei.

Aquela noite, sentada à sua mesa em Rockdale, sozinha no velho prédio da estação, ela ficou olhando o céu pela janela. Era a hora de que mais gostava, quando as vidraças superiores da janela ficavam mais claras e os trilhos lá fora se transformavam em fios de prata indistintos, vistos através das vidraças mais baixas. Dagny apagou a luz e contemplou a ampla e silenciosa extensão daquela terra imóvel. Nada se mexia. Nem uma folha tremia nos galhos, enquanto o céu lentamente perdia a cor e se tornava uma imensidão de água brilhante.

O telefone não tocava, como se em toda a rede ferroviária nada se movesse. Dagny ouviu passos lá fora, aproximando-se da porta. Francisco entrou. Ele jamais viera à estação antes, mas ela não ficou surpresa ao vê-lo.

– O que você está fazendo acordado a esta hora? – perguntou ela.

– Não estava com vontade de dormir.

– Como você chegou aqui? Não ouvi o barulho do seu carro.

– Vim a pé.

Passaram-se alguns momentos, e só então ela se deu conta de que não lhe havia perguntado o motivo de sua visita, e de que não queria fazer essa pergunta.

Francisco perambulou pelo escritório, olhando os maços de guias pendurados nas paredes, o calendário com a foto do Cometa Taggart aproximando-se orgulhosamente do observador. Francisco parecia estar em casa, como se achasse que aquele lugar era deles, como eles sempre se sentiam quando saíam juntos. Mas ele não parecia estar com vontade de falar. Fez algumas perguntas sobre o trabalho de Dagny e depois se calou.

À medida que clareava lá fora, o movimento foi aumentando na linha, e o telefone começou a tocar no silêncio. Ela voltou ao trabalho. Ele estava sentado num canto, uma das pernas sobre o braço da poltrona, esperando.

Dagny trabalhava depressa, sentindo uma lucidez extraordinária. Dava-lhe prazer a precisão rápida de suas mãos. Ela concentrava sua atenção no som estridente e nítido do telefone, nos números dos trens, dos vagões, das ordens. Não percebia mais nada.

Mas, quando uma folha de papel caiu no chão e ela se abaixou para pegá-la, Dagny percebeu, de repente, com intensidade, aquele momento específico, ela própria, o movimento que fizera. Percebeu sua saia de linho cinzento, a manga arregaçada da blusa cinzenta, o braço nu estendido para pegar o papel. Sentiu que o coração parava de bater, sem motivo, como se fosse um momento de expectativa. Pegou o papel e voltou ao trabalho.

Já era quase dia claro. Um trem passou pela estação, sem parar. Na pureza da manhã, a longa linha de tetos dos vagões se fundia num cordão prateado, e o trem parecia suspenso sobre o chão, sem tocar nele, riscando o ar. O assoalho da estação estremeceu, e o vidro da janela sacudiu. Dagny contemplou o trem com um sorriso entusiasmado. Olhou para Francisco: ele a olhava com o mesmo sorriso.

Quando o operador diurno chegou, Dagny e Francisco saíram. O sol ainda não se havia levantado, e o ar parecia radiante. Ela não se sentia cansada. Ao contrário, parecia que tinha acabado de se levantar da cama.

Dagny foi andando em direção ao carro, mas Francisco disse:

– Vamos voltar a pé. Depois a gente vem pegar o carro.

– Está bem.

Dagny não ficou surpresa e não encarou com desânimo a perspectiva de caminhar oito quilômetros. Parecia-lhe perfeitamente natural, perfeitamente de acordo com aquele momento de realidade e claridade intensas, momento desligado de tudo o que é imediato, isolado como uma ilha ensolarada cercada por uma muralha de neblina, igual à realidade acentuada e inquestionável que se vive quando se está bêbado.

A estrada passava pelo bosque. Afastaram-se dela e tomaram um velho atalho que serpenteava por entre as árvores. Não havia sinal de vida humana. Velhas marcas de pneus, já cobertas de mato, contribuíam para criar a ilusão de que a presença humana estava ainda mais distante, acrescentando à distância espacial o afastamento no tempo. A claridade velada do amanhecer ainda pairava sobre o chão, mas folhas de um verde brilhante que se amontoavam entre as árvores pareciam iluminar a mata. As folhas estavam imóveis. Dagny e Francisco caminhavam, os únicos seres dotados de movimento naquele mundo estático. De repente, ela percebeu que havia muito tempo não trocavam palavra.

Chegaram a uma clareira. Ficava no fundo de um despenhadeiro de rocha nua. Um riacho cortava o mato, e os galhos das árvores se curvavam até quase tocar o chão, como uma cortina de um verde líquido. O ruído da água acentuava o silêncio. Um retalho de céu aberto ao longe tornava o lugar ainda mais escondido. No alto de um morro uma árvore captava os primeiros raios de sol.

Pararam olhando um para o outro. Ela compreendeu o que iria ocorrer. Francisco a agarrou. Dagny sentiu seus lábios encostados aos dele, sentiu que seus braços o apertavam com violência e percebeu pela primeira vez quanto desejava que ele fizesse aquilo.

Foi tomada por uma rebelião momentânea e um pouco de medo. Ele a segurava, apertando todo o seu corpo contra o dela, com uma insistência tensa, determinada, lhe acariciando os seios como se estivesse aprendendo a ter com seu corpo uma intimidade de proprietário, uma intimidade chocante que não precisava pedir permissão. Dagny tentou se afastar, mas bastou olhar por alguns instantes para seu rosto e ver seu sorriso, sorriso que demonstrava a permissão que, há muito tempo, lhe fora dada. Ela pensou que devia fugir. Porém foi ela mesma que lhe puxou a cabeça para mais uma vez procurar seus lábios.

Dagny compreendeu que o medo seria inútil, que Francisco faria o que quisesse, que a decisão cabia a ele, que ele não lhe deixava nenhuma alternativa senão a que ela mais desejava: a submissão. Não tinha consciência do objetivo de Francisco, não podia pensar com clareza, não tinha forças para acreditar que desejava submeter-se. Sabia apenas que tinha medo.

Porém agia como se estivesse orando a ele: *Não me peça – ah, por favor, não me peça –, faça!*

Firmou os pés por um instante, para resistir, mas Francisco apertou sua boca contra a dela, e os dois foram se abaixando juntos, de lábios sempre colados. Dagny permaneceu imóvel no chão – como objeto passivo, ainda que palpitante, de um ato que ele realizou com simplicidade, sem hesitação, como se aquilo fosse seu direito, o direito concedido pelo prazer inimaginável que o ato lhes proporcionava.

Ele deu nome ao que aquilo significava para ambos nas primeiras palavras que pronunciou depois: "Tínhamos que aprender um com o outro." Ela contemplou sua figura alongada deitada na grama ao seu lado. Francisco estava de calça e camisa pretas. Os olhos de Dagny se fixaram no cinto apertado na cintura fina dele, e ela sentiu a pontada de uma emoção que era uma espécie de orgulho, orgulho por ser proprietária daquele corpo. Ela relaxou, olhando para o céu, não sentindo nenhum desejo de se mexer nem de pensar que havia qualquer outro tempo que não fosse aquele momento.

Ao chegar a casa, depois que se deitou, nua, porque seu corpo se transformara em um objeto estranho – algo precioso demais para ficar envolto numa camisola – e porque lhe dava prazer ficar nua e imaginar que os lençóis brancos haviam sido tocados pelo corpo de Francisco – quando ela se conscientizou de que não ia dormir, porque não queria descansar e perder aquele cansaço, o mais maravilhoso que jamais experimentara –, a última coisa em que pensou foi o tempo em que ela quisera exprimir, sem o conseguir, o conhecimento momentâneo de um sentimento maior do que a felicidade, o sentimento de abençoar toda a Terra, de estar apaixonada pelo fato de existir neste mundo. Pensou então que o ato que aprendera era a maneira de exprimir esse sentimento. Se era um pensamento da maior gravidade, ela não sabia. Nada poderia ser grave em um universo onde a ideia de dor tinha sido abolida. Ela não estava mais lá para tirar conclusões – estava dormindo, com um sorriso leve nos lábios, num quarto silencioso e iluminado pela luz da manhã.

Naquele verão, Dagny se encontrou com ele no bosque, em cantos secretos à margem do rio, no chão de uma cabana abandonada, no porão da casa. Eram as únicas ocasiões em que ela aprendia a experimentar uma sensação de beleza contemplando velhos caibros de madeira, ou o aço de um condicionador de ar que zumbia tenso, ritmicamente, sobre suas cabeças. Ela usara sempre calças ou vestidos leves de algodão, porém nunca se sentia tão feminina como quando estava ao lado dele, em seus braços, entregando-se a qualquer coisa que ele desejasse, reconhecendo abertamente seu poder de reduzi-la à impotência pelo prazer que ele tinha capacidade de proporcionar a ela. Francisco lhe ensinou todo tipo de sensualidade que pôde inventar. "Não é maravilhoso os nossos corpos poderem nos dar tanto prazer?", disse ele certa vez, com simplicidade. Eram felizes e radiosamente inocentes. Para eles, era inconcebível a ideia de que o prazer é pecado.

Mantiveram seu amor em segredo, não por sentimento de culpa vergonhosa, mas por ser algo imaculadamente só deles dois, que ninguém tinha direito de questionar ou julgar. Ela conhecia a opinião comum sobre a sexualidade, que todos aceitavam de uma forma ou de outra, a ideia de que o sexo era uma fraqueza, um sinal do que havia de inferior na natureza humana, algo a ser aceito a contragosto. Dagny sentia uma emoção de castidade que a fazia recuar não dos desejos do corpo, mas do contato com as pessoas que acreditavam nessa visão.

Naquele inverno, Francisco veio visitá-la em Nova York mais de uma vez, inesperadamente. Vinha de avião de Cleveland, sem avisá-la, duas vezes numa semana, ou desaparecia por meses. Dagny costumava ficar em seu quarto, sentada no chão, cercada de diagramas e plantas. Se batessem em sua porta, exclamava: "Estou ocupada!" Então ouvia uma voz debochada perguntar: "Está mesmo?" Levantava-se de um salto e abria a porta para Francisco. Iam para um pequeno apartamento que ele alugara num bairro tranquilo.

– Francisco – perguntou ela uma vez, subitamente surpresa –, sou sua amante, não sou?

Ele riu.

– É isso mesmo.

Ela sentiu o orgulho que se espera de uma mulher a quem é concedido o título de esposa.

Durante os muitos meses em que Francisco ficava ausente, ela nunca pensava se ele lhe era fiel ou não. Sabia que era. Embora jovem demais para compreender o motivo, sabia que o desejo indiscriminado, sem seletividade, só era possível para aqueles que encaravam o sexo e a si próprios como coisas más.

Dagny sabia pouco sobre a vida de Francisco. Ele estava cursando o último ano da faculdade, raramente falava no assunto, e ela nunca lhe perguntava nada. Suspeitava de que ele estava se esforçando demais, porque por vezes percebia, no seu olhar excessivamente intenso, os sinais do entusiasmo de quem está excedendo os limites de sua energia. Uma vez Dagny se riu dele, dizendo que era uma velha empregada da Taggart Transcontinental, enquanto ele ainda não havia começado a trabalhar para se sustentar. Ele retrucou:

– Meu pai se recusa a me deixar trabalhar na Cobre D' Anconia enquanto eu não me formar.

– E desde quando você é obediente?

– Tenho de respeitar a vontade dele. Ele é o dono da Cobre D'Anconia...

– Mas não é dono de todas as companhias de cobre do mundo.

Havia um traço de secreto divertimento no seu sorriso.

Ela só soube no outono seguinte, quando Francisco, já formado, voltou a Nova York após ter ido visitar o pai em Buenos Aires. Então ele lhe disse que havia feito dois cursos durante os últimos quatro anos: um na Universidade Patrick Henry, outro numa fundição de cobre perto de Cleveland. "Gosto de aprender as coisas na prática", disse ele. Havia começado a trabalhar na fundição aos 16 anos, na fornalha – e agora, aos 20, era o proprietário. Havia adquirido sua primeira propriedade, tendo de mentir a respeito da sua idade, no dia em que recebeu o diploma, e enviou os dois documentos ao pai.

Mostrou a Dagny uma foto da fundição. Era pequena, suja, velha, arruinada por anos de decadência. No portão de entrada, como uma bandeira nova no mastro de um navio abandonado, via-se a placa: Cobre D'Anconia.

O relações-públicas do escritório de seu pai em Nova York ficara indignado:

– Mas, Don Francisco, o senhor não pode fazer isso! O que o público vai pensar? Esse nome numa espelunca daquelas!

– É o meu nome – respondeu Francisco.

Quando entrou no escritório do pai em Buenos Aires, uma sala ampla, severa e moderna, como um laboratório, cujas paredes só eram enfeitadas por fotografias das propriedades da Cobre D'Anconia – fotografias das maiores minas, docas e fundições do mundo –, Francisco viu, no lugar de honra, em frente à mesa do pai, uma fotografia da fundição de Cleveland com a nova placa sobre o portão de entrada.

Seu pai desviou o olhar da foto para seu rosto. Francisco estava em pé à frente da mesa.

– Não é um tanto prematuro? – perguntou o pai.

– Eu não aguentaria quatro anos só assistindo a aulas.

– De onde você arranjou dinheiro para fazer o primeiro pagamento da compra da fundição?

– Apostando na Bolsa de Nova York.

– O *quê*? Quem lhe ensinou a fazer isso?

– Não é difícil saber quais as empresas que vão ter sucesso e quais as que não vão.

– De onde você tirou dinheiro para investir?

– Da mesada que o senhor me mandava e do meu salário.

– Como você arranjava tempo para seguir as flutuações da Bolsa?

– Enquanto eu preparava minha tese sobre a influência da teoria aristotélica do Motor Imóvel sobre os sistemas metafísicos posteriores.

Naquele outono, a estada de Francisco em Nova York foi curta. Seu pai o enviara a Montana como superintendente-assistente de uma mina de sua empresa.

– Sabe – disse ele a Dagny, sorrindo –, meu pai não acha aconselhável deixar que eu suba depressa demais. Também não quero que ele tenha confiança em mim gratuitamente. Se ele quer fatos, estou disposto a provar.

Na primavera, Francisco voltou – como chefe do escritório da Cobre D'Anconia em Nova York.

Dagny não o viu com frequência nos dois anos que se seguiram. Ela nunca sabia onde ele estava, em que cidade ou continente, um dia após tê-lo visto. Sempre aparecia inesperadamente – e ela gostava disso, porque assim ele era uma presença constante em sua vida, como o raio de uma luz oculta que poderia iluminá-la a qualquer momento.

Sempre que o via em seu escritório, Dagny pensava em suas mãos, tais quais ela as vira segurando o volante de uma lancha. Francisco administrava o escritório do mesmo modo como pilotava o barco: com velocidade, risco, segurança e perfeição. Mas um pequeno incidente ficou em sua mente, preocupando-a: não era do feitio dele. Ela o viu à janela do escritório, uma tarde, contemplando o anoitecer na cidade. Ficou muito tempo sem se mexer. Seu rosto estava duro e rígido. Havia nele a expressão de uma emoção de que ela não o julgava capaz: uma raiva amarga e impotente. Ele disse: "Há alguma coisa de errado no mundo. Sempre houve. Alguma coisa a que ninguém jamais deu nome, que ninguém jamais explicou." Recusou-se a lhe dizer o que era.

Na próxima vez que ela o viu, não havia nele nenhum sinal daquele incidente. Era primavera, estavam juntos na cobertura de um restaurante, e o vento agitava a seda leve do vestido de Dagny contra a figura alta de Francisco, com seu traje negro formal. Olhavam para a cidade. No salão atrás deles ouvia-se um estudo de concerto de Richard Halley. Ainda não era um compositor muito conhecido, mas eles o haviam descoberto e adoravam sua música. Francisco disse:

– Nós não precisamos procurar arranha-céus na distância, não é? Já os atingimos.

Ela sorriu e completou:

– Acho que já os estamos deixando para trás... Chego quase a sentir medo... Estamos numa espécie de elevador muito rápido.

– Claro que estamos. Mas sente medo de quê? Que corra o elevador! Limites para quê?

Francisco tinha 23 anos quando seu pai morreu e ele foi para Buenos Aires assumir as propriedades que agora eram suas. Dagny passou três anos sem vê-lo.

De início, ele lhe escrevia a intervalos irregulares. Falava da Cobre D'Anconia, do mercado internacional, das questões que afetavam os interesses da Taggart Transcontinental. Suas cartas eram curtas, escritas à mão, normalmente à noite.

Dagny não ficou triste em sua ausência. Ela também estava dando os primeiros passos em direção ao controle de um império. Ouvira os maiores nomes da indústria, amigos de seu pai, dizerem que era bom ficar de olho no jovem D'Anconia: se a Cobre D'Anconia já era uma grande companhia antes, sob sua direção se tornaria ainda maior. Ela sorriu, sem espanto. Havia momentos em que sentia uma saudade súbita e violenta de Francisco, mas era apenas impaciência, não dor. Ela não a levava a sério, confiante em que eles dois estavam trabalhando para chegar a um futuro em que tudo seria deles, incluindo o amor. Então as cartas de Francisco pararam de chegar.

Ela tinha 24 anos quando, num dia de primavera, o telefone tocou em sua mesa, num escritório do Edifício Taggart. "Dagny", disse uma voz que ela reconheceu imediatamente, "estou no Wayne-Falkland. Venha jantar comigo esta noite. Às sete." Ele falava como se a tivesse visto pela última vez na véspera. Ao observar que demorara para voltar a respirar, ela percebeu, pela primeira vez, quanto aquela voz era importante para ela. "Está bem... Francisco", respondeu. Não precisavam dizer mais nada. Ao recolocar o fone no gancho, pensou que a volta dele era uma coisa natural, que ela sempre esperara que acontecesse, só que não previra aquela necessidade súbita de pronunciar seu nome, nem a pontada de felicidade que sentiu ao fazê-lo.

Quando entrou no quarto do hotel naquela noite, Dagny parou de repente. Viu-o no meio do aposento, olhando para ela com um sorriso lento, involuntário, como se ele tivesse perdido a capacidade de sorrir e se espantasse de poder fazê-lo agora. Olhava para ela com ar de incredulidade, como se não acreditasse completamente no que ela era, no que ele sentia. Seu olhar era como um pedido de socorro de um homem incapaz de chorar. Quando Dagny entrou, ele começou a cumprimentá-la, como de costume:

– Oi... – Mas não conseguiu terminar. Após um momento, disse: – Você está linda, Dagny. – Falava como se aquilo lhe doesse.

– Francisco, eu...

Ele sacudiu a cabeça, para impedi-la de pronunciar as palavras que eles nunca haviam dito um para o outro – muito embora soubessem que ambos as haviam dito e ouvido naquele momento.

Francisco se aproximou, tomou-a nos braços, beijou-a na boca e a apertou por muito tempo. Quando Dagny olhou para seu rosto, viu que ele sorria para ela de modo confiante, zombeteiro. Era um sorriso que exprimia que ele estava no controle, que ela estava sob seu controle, que tudo estava sob seu controle, que lhe ordenava que esquecesse o que ela vira naquele primeiro instante.

– Oi, Slug – disse ele.

A única coisa de que ela tinha certeza era de que não devia fazer perguntas. Sorriu e disse:

– Oi, Frisco.

Ela poderia ter compreendido qualquer mudança, menos aquilo que via naquele momento. Não havia no rosto de Francisco nenhum sinal de vida, de prazer: tornara-se implacável. O pedido em seu primeiro sorriso não tinha sido sinal de fraqueza. Ele adquirira um ar de determinação que parecia inflexível. Agia como quem se mantém ereto sob o peso de um fardo intolerável. Ela viu em seu rosto o que não acreditava ser possível: sinais de amargura, de angústia.

– Dagny, não fique surpresa com o que eu fizer – disse ele – ou com o que vier a fazer no futuro.

Foi a única explicação que ele deu. Depois passou a agir como se nada houvesse a explicar.

Tudo o que ela sentiu foi uma leve ansiedade. Era-lhe impossível sentir temor por ele, sentir medo em sua presença. Quando Francisco riu, Dagny achou que estavam de novo no bosque, perto do rio Hudson: ele não havia mudado, jamais mudaria.

O jantar foi servido no quarto. Ela achou engraçado olhar para ele do outro lado de uma mesa posta com a formalidade gélida de um hotel de extremo luxo, que parecia um palácio europeu.

O Wayne-Falkland era o hotel mais extraordinário que havia no mundo. Seu estilo de luxo indolente, com cortinas de veludo, painéis esculpidos e candelabros, parecia contrastar deliberadamente com a sua função: ninguém poderia pagar por todo aquele luxo senão homens que vinham a Nova York fechar negócios de âmbito internacional. Ela percebeu, nos garçons que serviam o jantar, uma deferência toda especial para com Francisco e notou que ele nem reparava. Sentia-se em casa, indiferente. Já há muito se acostumara com o fato de que ele era o Sr. D'Anconia, da Cobre D'Anconia.

Mas ela achou estranho que ele não falasse de seu trabalho. Imaginara que o trabalho seria seu único interesse, a primeira coisa que mencionaria para ela. Mas ele nem sequer o citou. Em vez disso, fez com que ela falasse sobre seu trabalho, suas promoções, o que ela sentia pela Taggart Transcontinental. Dagny falou como sempre falava com ele, convicta de que ele era o único capaz de compreender sua dedicação apaixonada. Ele não fez nenhum comentário; apenas ficou a ouvi-la.

Um dos garçons ligara o rádio para servir de fundo musical ao jantar. Eles não haviam prestado atenção ao fato. Mas, de repente, o quarto foi atingido por um impacto sonoro, quase como se uma explosão subterrânea houvesse sacudido as paredes. O impacto não fora causado pelo volume, e sim pela qualidade da música. Era o novo concerto de Halley, então recentemente composto, o Quarto Concerto.

Ficaram em silêncio, ouvindo aquela afirmação de revolta – o hino triunfal das grandes vítimas que se recusavam a aceitar a dor. Francisco contemplava a cidade enquanto ouvia.

De súbito, inesperadamente, com uma voz estranhamente desprovida de ênfase, ele perguntou:

~ Dagny, o que você diria se eu lhe pedisse que largasse a Taggart

Transcontinental e a deixasse ir para o inferno, já que é isso que vai acontecer de qualquer modo quando seu irmão assumir o controle?

– O que eu lhe diria se você me perguntasse o que achava da ideia de me suicidar? – respondeu ela, zangada.

Ele permaneceu calado.

– Por que você disse isso? – perguntou ela. – Eu não imaginava que você fosse capaz de uma brincadeira dessas. Não é de seu feitio.

Não havia nenhum sinal de humor no rosto de Francisco. Ele respondeu, muito sério:

– Não, é claro que não.

Dagny se obrigou a lhe perguntar sobre seu trabalho. Ele respondeu estritamente ao que ela perguntou. Ela repetiu o comentário que ouvira da boca dos industriais a respeito do futuro brilhante que a Cobre D'Anconia teria sob a direção de Francisco.

– É verdade – disse ele, com uma voz indiferente.

Subitamente ansiosa, sem saber o que a impelia, ela perguntou:

– Francisco, o que você veio fazer em Nova York?

– Ver uma pessoa amiga que me chamou – respondeu ele devagar.

– Algum negócio?

Sem olhar para ela, como se respondesse ao próprio pensamento, com um sorriso amargo no rosto, porém com uma voz estranhamente terna e triste, ele respondeu:

– Sim.

Já passava havia muito da meia-noite quando ela acordou na cama ao lado de Francisco. A cidade estava silenciosa. O silêncio do quarto dava a impressão de que toda a vida fora suspensa por algum tempo. Imersa em felicidade, completamente exausta, ela se virou e olhou para ele. Estava deitado de costas, semiapoiado num travesseiro. Estava acordado, de olhos abertos. Tinha a mão sobre a boca fechada, como um homem que, resignado, sente uma dor insuportável sem tentar ocultá-la.

Ela estava assustada demais para se mexer. Francisco sentiu que ela o olhava e se virou para ela. Estremeceu por dentro, arrancou as cobertas, olhou para o corpo nu de Dagny e então enterrou o rosto entre seus seios. Agarrou-lhe os ombros, apertando-a convulsivamente. Ela ouviu as palavras abafadas, pronunciadas com a boca encostada em sua pele:

– Não posso abrir mão! Não posso!

– De quê? – sussurrou ela.

– De você.

– Mas por quê...

– E de tudo.

– Mas por que você tem que abrir mão?

– Dagny! Me ajude a ficar. A recusar. Embora ele tenha razão!

– Recusar o quê, Francisco? – perguntou ela, com a voz tranquila. Ele não respondeu, porém apertou o rosto contra o corpo dela com mais força ainda.

Dagny permaneceu imóvel, consciente apenas de uma necessidade extrema de cautela. Sentindo a cabeça de Francisco em seu peito e acariciando seus cabelos suavemente, sem parar, ela olhava para o teto trabalhado do quarto, para as grinaldas esculpidas quase invisíveis na escuridão, e esperava, presa de um terror que a paralisava.

– É o que eu devo fazer, mas é tão difícil! Ah, meu Deus, é tão difícil! – gemeu ele.

Depois de algum tempo, ele levantou a cabeça. Recostou-se na cama. Havia parado de tremer.

– O que foi, Francisco?

– Não posso dizer.

Sua voz era clara, franca, sem tentar disfarçar o sofrimento, porém estava agora sob controle:

– Você não está preparada para saber.

– Quero ajudá-lo.

– Você não pode me ajudar.

– Você me pediu que o ajudasse a recusar.

– Não posso recusar.

– Então, quero ao menos saber.

Ele sacudiu a cabeça.

Francisco ficou a olhar para ela, como se debatesse consigo mesmo. Então sacudiu a cabeça outra vez, em resposta a si próprio.

– Se eu mesmo não sei se sou capaz de aguentar – disse ele –, como você poderia suportar?

Dagny, lentamente e com dificuldade, tentando se controlar para não gritar, disse:

– Francisco, tenho de saber.

– Você me perdoa? Sei que você está assustada, e é uma crueldade. Mas faça isto por mim: esqueça isso, simplesmente esqueça e não me pergunte nada, está bem?

– Eu...

– É tudo o que você pode fazer por mim. Você faz?

– Está bem, Francisco.

– Não tema por mim. Foi só esta vez. Não vai acontecer de novo. Será muito mais fácil... depois.

– Se eu pudesse...

– Não. Vá dormir, querida.

Era a primeira vez que ele usava aquela palavra.

Pela manhã, ele a encarou abertamente, sem evitar seu olhar ansioso, mas não disse nada. Dagny via serenidade e sofrimento em seu rosto, uma expressão como um sorriso de dor, embora ele não sorrisse. Estranhamente, aquela expressão o tornava mais jovem. Agora não parecia um homem torturado, mas alguém que considera digno suportar a tortura.

Ela não perguntou nada. Antes de ir embora, disse apenas:

– Quando o verei outra vez?

– Não sei – respondeu. – Não espere por mim, Dagny. A próxima vez que nos encontrarmos, você não vai querer me ver. Tenho um motivo para fazer o que vou fazer. Mas não posso lhe dizer qual é, e você terá razão de me amaldiçoar. Não estou sendo desprezível a ponto de pedir que você acredite em mim cegamente. Você tem de viver com base no que você sabe, nos seus próprios juízos. Você há de me condenar. Vai ficar magoada. Tente não se magoar demais. Lembre-se de que eu lhe disse essas coisas e que isso era tudo o que eu podia lhe dizer.

Durante um ano, Dagny não teve notícias dele. Quando começou a ouvir boatos e a ler notícias sobre ele nos jornais, de início não acreditou que fosse mesmo Francisco d'Anconia. Depois de algum tempo, foi obrigada a acreditar.

Leu a respeito da festa que ele dera em seu iate, no porto de Valparaíso. Os convidados estavam em traje de banho, e uma chuva artificial de champanhe e pétalas de flores caiu sobre o tombadilho a noite toda.

Leu sobre a festa que Francisco deu no deserto da Argélia. Construiu um pavilhão com placas finas de gelo e deu a cada convidada um casaco de arminho, de presente, para usar na festa, com a condição de que elas despissem os casacos, depois os vestidos, depois o restante, à medida que as paredes fossem derretendo.

Leu a respeito dos empreendimentos em que ele se metia de vez em quando: seu sucesso era estrondoso, seus competidores ficavam arruinados, mas Francisco só fazia isso de vez em quando, por esporte, de repente, e depois desaparecia do mundo dos negócios por um ano ou dois, deixando a Cobre D'Anconia nas mãos dos empregados.

Leu a entrevista em que Francisco disse: "Por que eu vou me preocupar em ganhar dinheiro? Já tenho o bastante para permitir que três gerações de descendentes meus se divirtam tanto quanto eu."

Dagny o viu uma vez, numa recepção oferecida por um embaixador em Nova York. Ele fez uma mesura cortês para ela, sorriu e a fitou com um olhar que desconhecia o passado. Ela o puxou para um canto e perguntou apenas:

– Francisco, por quê?

– Por que... o quê? – perguntou Francisco. Dagny virou-se. – Eu avisei – disse ele. Dagny não tentou mais procurá-lo.

Ela sobreviveu. Conseguiu sobreviver porque não acreditava em sofrimento. Encarou com uma indignação surpreendente o fato desagradável de sentir dor e se recusou a levá-lo a sério. O sofrimento era um acidente sem sentido e não fazia parte da vida tal como ela a concebia. Nunca permitiria que a dor se tornasse importante. Não conhecia nenhuma palavra que designasse aquela espécie de resistência, nem para a emoção da qual a resistência provinha. Mas as palavras que equivaliam a ela em sua mente eram: isso não conta – não é para levar a sério. Sabia que eram essas as palavras, mesmo nos momentos em que não restava nada dentro de si senão a vontade de gritar, e sentia desejo de perder a consciência para não saber que o que era verdade era mesmo verdade. Não é para levar a sério – uma certeza irremovível dentro de si repetia: a dor e a feiura nunca devem ser levadas a sério.

Dagny lutou. Recuperou-se. O tempo a ajudou a chegar ao dia em que pôde encarar suas recordações com indiferença e, depois, ao dia em que ela não sentiu mais necessidade de encará-las. Estava tudo acabado e não lhe interessava mais.

Não houve outros homens em sua vida. Ela não sabia se isso a tornava infeliz. Não tinha tempo para saber. O sentido da sua vida, limpo e brilhante, ela o encontrava onde queria: em seu trabalho. Certa vez, Francisco lhe inspirara esse sentido, um sentimento que fazia parte de seu trabalho, de seu mundo. Os homens que ela viera a conhecer depois eram como aqueles que conhecera em seu primeiro baile.

Ela vencera a batalha contra suas recordações. Porém restava uma forma de tortura, que o tempo não apagara, a tortura das palavras "por quê".

Fosse qual fosse a tragédia que ocorrera a Francisco, por que ele optara pela fuga mais barata de todas, tão ignóbil quanto a embriaguez? O menino que ela conhecera não poderia ter se transformado num covarde inútil. Uma mente incomparável não poderia aplicar sua inventividade em pavilhões que se derretiam. Porém era isso que ocorrera, e não havia uma explicação que tornasse tudo aquilo concebível e que lhe permitisse esquecê-lo e ter paz. Ela não podia questionar o que Francisco havia sido, nem o que ela havia se tornado. Porém eram dois fatos incompatíveis. Às vezes, Dagny quase duvidava de sua racionalidade, questionava a própria existência da racionalidade. Mas essa era uma dúvida que ela não permitia que ninguém tivesse. Porém não havia uma explicação, uma razão, o menor indício de razão – e durante 10 anos ela não conseguiu achar nada que pudesse sugerir uma resposta.

Não, pensava ela, caminhando à luz do crepúsculo, passando por vitrines de lojas abandonadas, seguindo em direção ao Hotel Wayne-Falkland, não, não podia haver resposta alguma. Ela não procuraria uma resposta. Agora não tinha mais importância.

O vestígio de violência, a emoção que a fazia tremer por dentro, não era pelo homem que ia ver. Era um grito de protesto contra um sacrilégio – contra a destruição de algo que fora grande.

No espaço entre dois edifícios, Dagny viu as torres do Wayne-Falkland. Sentiu leves pontadas nos pulmões e nas pernas que a fizeram parar por um instante. Depois seguiu em frente com passos regulares.

Quando atravessou o hall de mármore, chegando ao elevador, e cruzou os amplos corredores do hotel, acarpetados de veludo, tudo o que ela sentia era uma raiva fria, que se tornava cada vez mais fria a cada passo.

Ela tinha certeza de sua raiva quando bateu à porta do quarto. Ouviu a voz dele dizendo: "Entre." E com um gesto brusco, Dagny empurrou a porta e entrou.

Francisco Domingo Carlos Andrés Sebastián d'Anconia estava sentado no chão, brincando com bolas de gude.

Ninguém jamais se perguntara se ele era belo ou não; parecia irrelevante. Quando ele entrava numa sala, era impossível olhar para qualquer outra pessoa. Alto e magro, tinha um ar de distinção autêntico demais para ser moderno e caminhava como se uma capa presa a seus ombros flutuasse ao vento. Diziam que ele tinha a vitalidade de um animal saudável, mas no fundo sabiam que isso não era uma explicação correta. Ele tinha a vitalidade de um ser humano saudável, coisa tão rara que ninguém podia identificá-la. Tinha o poder da certeza.

Ninguém dizia que ele tinha um ar latino, porém a palavra se aplicava a ele, não no sentido atual, e sim no original, referindo-se não à Espanha, mas à Roma antiga. Seu corpo era um exercício de estilo, um estilo composto de magreza, carnes rijas, pernas longas e movimentos rápidos. Seu rosto tinha traços precisos de escultura. O cabelo negro era penteado para trás. O bronzeado de sua pele intensificava a cor surpreendente de seus olhos: um azul puro e claro. Seu rosto era sincero, e suas rápidas mudanças de expressão refletiam tudo o que ele sentia, como se não tivesse nada a esconder. Os olhos azuis eram tranquilos e imutáveis, jamais sugerindo o que ele pensava.

Sentado no chão da sala, vestia um pijama de seda preta fina. As bolas de gude espalhadas pelo tapete ao seu redor eram de pedras semipreciosas argentinas: cornalina e cristal de rocha. Francisco não se levantou ao vê-la entrar. Ficou olhando para ela, e uma bola de cristal caiu de sua mão, como uma lágrima. Sorriu, o sorriso imutável, insolente, brilhante, de seus tempos de menino.

– Oi, Slug!

Quando Dagny deu por si, estava respondendo, irresistivelmente, cheia de alegria:

– Oi, Frisco!

Ela olhava para seu rosto. Era o rosto que ela conhecia. Não havia nele nenhum sinal da vida que Francisco levava, nem do que ela vira nele na última noite que passaram juntos. Nenhum sinal de tragédia, de amargura, de tensão – apenas aquele ar radiante de deboche, amadurecido e intensificado, o ar de ironia perigosamente imprevisível, e uma imensa serenidade de espírito, livre de sentimentos de culpa. *Mas isso*, pensou ela, *é impossível*. Isso era o mais chocante de tudo.

Os olhos dele a examinavam: o casaco surrado, desabotoado, caindo-lhe dos ombros, e o corpo esbelto vestido com um conjunto cinzento que parecia um uniforme de operário.

– Se você veio aqui vestida desse jeito para eu não ver como é bonita – disse ele –, você se enganou. Está linda. Quem dera que eu pudesse lhe dizer o alívio que sinto de ver um rosto inteligente, apesar de feminino. Mas você não quer me ouvir dizendo isso. Não foi para isso que veio.

Aquelas palavras eram tão impróprias, e no entanto ditas com tanta espontaneidade, que a trouxeram de volta à realidade, à raiva e ao objetivo da visita. Dagny permaneceu em pé, olhando para ele com o rosto sem expressão, recusando-se a reconhecer qualquer coisa de pessoal nele, até mesmo seu poder de ofendê-la. Disse apenas:

– Vim aqui lhe fazer uma pergunta.

– Faça.

– Quando você disse aos repórteres que vinha a Nova York assistir àquela comédia, a que comédia você se referia?

Ele riu alto, como quem raramente tem oportunidade de se divertir com o inesperado.

– É disso que eu gosto em você, Dagny. Há 7 milhões de pessoas em Nova York atualmente. Dessas 7 milhões, você é a única que seria capaz de imaginar que eu não estava me referindo ao escândalo do divórcio dos Vail.

– A que você se referia?

– Qual a alternativa que lhe ocorreu?

– O desastre em San Sebastián.

– É muito mais divertido que aquela história de divórcio, não é?

Dagny falou num tom solene e impiedoso de acusação:

– Você fez isso de propósito, premeditadamente, conscientemente.

– Não seria melhor você tirar o casaco e se sentar?

Ela percebeu que fora um erro trair tanta emoção. Virou-se, fria, tirou o casaco e o jogou para o lado. Ele não se levantou para ajudá-la. Ela se sentou numa poltrona. Ele permaneceu no chão, a alguma distância, mas era como se estivesse sentado a seus pés.

– O que foi que eu fiz de propósito? – perguntou Francisco.

– Toda aquela sujeira em San Sebastián.

– Qual foi minha *verdadeira* intenção?

– É isso que quero saber.

Francisco deu uma risada, como se ela lhe tivesse pedido que explicasse, numa conversa, uma ciência complexa que exigisse toda uma vida de estudo.

– Você sabia que as minas de San Sebastián não valiam nada – disse ela.

– Você já sabia disso antes de se envolver nessa sujeira.

– Então por que eu me meti?

– Não vá me dizer que você não ganhou nada. Eu sei. Eu sei que você perdeu 15 milhões de dólares do próprio dinheiro. Mas você fez isso de propósito.

– Você pode me dizer por que eu faria isso?

– Não. É inconcebível.

– É mesmo? Você acha que sou muito inteligente, muito instruído e possuo uma grande capacidade de trabalho, de modo que tudo o que faço necessariamente dá certo. E no entanto você acha que eu não tive interesse de fazer o melhor que podia pela República Popular do México. Inconcebível, não é?

– Você sabia, antes de comprar aquela propriedade, que o México estava nas mãos de um governo de espoliadores. Você não tinha nenhuma obrigação de entrar num projeto de mineração para eles.

– Não, obrigação eu não tinha.

– Você se lixava para o governo do México, porque...

– Engano seu.

– ... porque você sabia que eles iam desapropriar aquelas minas mais cedo ou mais tarde. O que você queria era prejudicar os acionistas americanos.

– Isso é verdade. – Ele a encarava, sem sorrir. Seu rosto estava sério. Acrescentou: – É uma parte da verdade.

– Então, qual é a restante?

– Não era só isso que eu queria.

– O que mais?

– Isso é você que tem de descobrir.

– Vim aqui porque queria que você ficasse sabendo que estou começando a entender qual é o seu objetivo.

Ele sorriu.

– Se você estivesse mesmo, não viria aqui.

– É verdade. Não entendo mesmo e provavelmente nunca vou entender. Só estou começando a vislumbrar parte da coisa.

– Que parte?

– Você já tinha enjoado de todo tipo de depravação e resolveu buscar uma emoção nova, enganando pessoas como Jim e seus amigos só para vê-los se desesperando. Não sei que tipo de depravação pode levar uma pessoa a achar graça nisso, mas foi para isso que você veio a Nova York no momento certo.

– Realmente, foi um espetáculo e tanto. O desespero do seu irmão James, em particular.

– Eles são uns imbecis, mas nesse caso o único crime deles foi confiar em você. Confiaram no seu nome e na sua honra.

Mais uma vez ela viu aquela expressão de sinceridade em seu rosto, e mais uma vez ficou convicta de que era verdadeira quando ele disse:

– É verdade. Confiaram, sim. Eu sei.

– E você acha graça nisso?

– Não. Nem um pouco.

Ele continuava a brincar com as bolas de gude, distraído, indiferente. De repente ela se deu conta da precisão de sua pontaria, da habilidade de suas mãos. Ele simplesmente mexia o pulso de leve, e a bola atravessava o tapete para bater em cheio numa outra. Ela pensou na infância de Francisco, na previsão de que tudo o que ele viesse a fazer o faria com perfeição.

– Não – disse ele –, não acho graça nenhuma. Seu irmão James e os amigos dele não entendiam nada de mineração de cobre. Não entendiam nada da arte de ganhar dinheiro. Não achavam necessário aprender. Achavam que o conhecimento dessas coisas era supérfluo, que saber julgá-las era irrelevante. Observavam que eu estava no mundo e que empenhava minha honra em conhecê-lo. Acharam que podiam confiar na minha honra. Trair esse tipo de confiança é coisa que não se faz, não é?

– Então foi uma traição intencional?

– Isso você é que tem de concluir. Foi você que falou na confiança deles, na minha honra. Eu não penso mais nesses termos... – Deu de ombros e acrescentou: – Estou me lixando para seu irmão James e os amigos dele. A teoria deles não era nova; ela vem funcionando há séculos. Mas não era infalível. Eles não levaram em consideração um pequeno detalhe apenas. Eles acharam que era seguro confiar no meu cérebro porque imaginavam que meu objetivo era dinheiro. Todos os seus cálculos se basearam na premissa de que eu queria ganhar dinheiro. E se eu não quisesse?

– Se não era isso, então o que você queria?

– Eles nunca me perguntaram. Nunca perguntar sobre objetivos, motivos ou desejos é parte essencial da teoria deles.

– Se você não queria ganhar dinheiro, que objetivo você poderia ter?

– Vários. Por exemplo, gastar dinheiro.

– Gastar dinheiro em algo fadado ao fracasso?

– Como eu poderia saber que aquelas minas estavam fadadas ao fracasso?

– Como você poderia *não* saber disso?

– Muito simples. Não pensando nelas.

– Então você se meteu naquele projeto sem pensar nele?

– Não, não exatamente isso. Mas e se eu tiver me enganado? Sou humano, afinal. Cometi um erro. Fracassei. Meti os pés pelas mãos. – Com um gesto preciso do pulso, Francisco lançou uma bola de cristal para o outro lado da sala, atingindo com força uma bola marrom.

– Não acredito – disse Dagny.

– Não? Mas será que não tenho o direito de ser o que hoje em dia é considerado humano? Será que tenho de pagar pelos erros de todo mundo sem que tenha o direito de errar também?

– Não é do seu feitio.

– Não? – Francisco se esticou no tapete, preguiçosamente, relaxando os músculos. – Você insiste em me fazer crer que fiz de propósito, para que você ainda possa me dar algum crédito. Será que você não consegue admitir que sou um vagabundo?

Dagny fechou os olhos. Ouviu-o rir; era o som mais alegre do mundo. Apressou-se em abrir os olhos, mas não havia nenhum sinal de crueldade no rosto de Francisco, só alegria pura.

– Meu propósito, Dagny? Você não imagina que seja o mais simples de todos? Fazer o que me dá na veneta?

Não, pensou ela, *não é verdade. Não quando ele ri desse jeito, com essa cara. A capacidade de desfrutar de uma alegria pura*, concluiu, *não pertence aos idiotas irresponsáveis.* Uma paz de espírito inviolável não é atributo dos vagabundos. Saber rir daquele jeito exige a mais profunda e séria reflexão.

Quase desapaixonadamente, olhando para Francisco deitado no tapete a seus pés, o pijama negro ressaltando as linhas alongadas de seu corpo, o colarinho desabotoado mostrando uma pele jovem e bronzeada, Dagny o viu tal como sua memória o evocava: a figura de calça e camisa pretas deitada ao lado dela na grama, ao nascer do sol. Naquela ocasião, ela havia sentido orgulho, o orgulho de saber que possuía aquele corpo. E ainda o sentia agora. De repente se lembrou com todos os detalhes dos atos excessivos de intimidade dos dois. Essa lembrança deveria revoltá-la agora, mas isso não aconteceu. Continuava a sentir orgulho, sem remorso nem esperança. Uma emoção incapaz de alcançá-la, mas que lhe era impossível destruir.

Inexplicavelmente, por uma associação de sentimentos que a surpreendeu, se lembrou de algo que recentemente despertara nela a mesma sensação de felicidade suprema.

– Francisco – disse ela, sem querer, baixinho –, nós dois adorávamos a música de Richard Halley...

– Eu ainda adoro.

– Você o conhece pessoalmente?

– Conheço. Por quê?

– Por acaso você sabe se ele compôs um quinto concerto?

Francisco permaneceu absolutamente imóvel. Ela o julgara imune a choques, porém se enganara. Mesmo assim, não entendia por que, de todas as coisas que ela dissera, essa tinha sido a primeira a atingi-lo. Foi apenas um instante. Depois ele perguntou, com a voz inalterada:

– O que a faz supor isso?

– Mas ele compôs ou não?

– Você sabe que só existem quatro concertos.

– Sei. Mas achei que talvez ele tivesse composto mais um.

– Ele parou de compor.

– Eu sei.

– Então por que você fez essa pergunta?

– É só uma ideia. O que ele está fazendo agora? Onde ele está?

– Não sei. Não o vejo há muito tempo. O que faz você pensar que existe um quinto concerto?

– Eu não disse que existe. Simplesmente imaginei.

– Por que você pensou em Richard Halley agora?

– Porque... – Dagny sentiu que estava perdendo um pouco seu autocontrole – porque não consigo ver a ligação entre a música de Richard Halley e... a Sra. Gilbert Vail.

Francisco riu, aliviado.

– Ah, aquilo? Aliás, se você vem acompanhando o caso, já reparou numa pequena e engraçada discrepância nessa história da Sra. Gilbert Vail?

– Não leio esse tipo de coisa.

– Pois devia. Ela faz uma linda descrição do último réveillon que passamos juntos na minha vila nos Andes. O luar nos picos andinos, as flores vermelhas das trepadeiras que se viam das janelas abertas. Você não vê algo de errado nessa descrição?

Ela respondeu em voz baixa:

– Eu é que devia perguntar isso a você, mas não vou.

– Ah, eu não vejo nada de errado, menos uma coisa: na última noite de Ano-Novo eu estava em El Paso, no Texas, na inauguração da Linha

San Sebastián da Taggart Transcontinental, como você deve se lembrar, embora tenha preferido não comparecer à cerimônia. Tirei uma foto abraçado ao seu irmão James e ao *Señor* Orren Boyle.

Ela soltou uma interjeição de espanto, lembrando-se de que isso era verdade. Lembrou-se também de ter lido o depoimento da Sra. Vail nos jornais.

– Francisco, o que... o que isso quer dizer?

– Tire suas próprias conclusões... – disse ele, com uma risada. Depois seu rosto assumiu uma expressão séria. – Dagny... por que você imaginou que Halley escreveu um quinto concerto? Por que não uma nova sinfonia ou ópera? Por que um concerto?

– E por que isso o perturba?

– Não me perturba. – Acrescentou, em voz baixa: – Eu ainda adoro as músicas dele, Dagny. – Depois reassumiu o tom inconsequente: – Mas isso pertence a uma outra época. Atualmente, há outras formas de diversão.

Deitou-se de costas, apoiando a cabeça nas mãos e olhando para cima, como se assistisse a uma comédia projetada no teto.

– Dagny, você não achou graça no espetáculo proporcionado pela República Popular do México em relação às minas de San Sebastián? Não leu os discursos dos políticos, os editoriais dos jornais mexicanos? Dizem que sou um ladrão inescrupuloso, que os fraudei. Achavam que iam expropriar uma mineradora lucrativa. Eu não tinha o direito de decepcioná-los desse jeito. Leu sobre o burocratazinho ridículo que achava que eles deviam me processar?

Ele riu, esticado no chão, os braços estirados sobre o tapete, formando uma cruz com o corpo. Parecia desarmado, relaxado, jovem.

– Valeu o dinheiro que gastei. Não me abalou as finanças. Se eu tivesse planejado tudo de propósito, teria passado o imperador Nero para trás. Queimar uma cidade não é nada em comparação com o que fiz: escancarar as portas do inferno e mostrá-lo para todos.

Francisco sentou-se, pegou algumas bolas de gude e ficou a sacudi-las na mão, distraído. Elas se entrechocavam, com um ruído leve e límpido. Dagny percebeu que ele brincava com as bolas não por afetação, mas por nervosismo: ele não conseguia ficar parado por muito tempo.

– O governo da República Popular do México fez um pronunciamento – disse ele – pedindo ao povo que seja paciente e aperte o cinto mais um pouco. Pelo visto, a fortuna das minas de San Sebastián era algo com que o Conselho Central de Planejamento estava contando. Achavam que com elas seria possível elevar o nível de vida do país e proporcionar a seus habitantes, homens, mulheres e crianças, um assado de porco a cada domingo. Agora os planejadores estão pedindo ao povo que não ponha a culpa no governo, e sim na depravação dos ricos, porque me revelei um playboy irresponsável, não um capitalista ganancioso como esperavam. Como eles poderiam imaginar que eu faria uma coisa dessas? É o que eles estão se perguntando agora. É, realmente. Como poderiam imaginar?

Ela atentou para a maneira como Francisco brincava com as bolas de gude. Ele não tinha consciência do que fazia, estava com o olhar perdido na distância, mas Dagny estava certa de que aquela brincadeira representava para ele um alívio. Seus dedos se mexiam lentamente, sentindo a textura das pedras com um prazer sensual. Em vez de achar aquilo grotesco, Dagny o achava estranhamente atraente – *como se*, pensou ela subitamente, *a sensualidade, afinal, não fosse algo físico, e sim uma decorrência de uma sutil discriminação do espírito.*

– E não é só isso que eles não sabiam – prosseguiu Francisco. – Ainda vão fazer mais algumas descobertas. Aquele conjunto habitacional para os mineiros. Custou 8 milhões de dólares. Casas com estrutura de aço, canalização, eletricidade e refrigeração. Mais escola, igreja, hospital e cinema. Uma cidadezinha construída para pessoas que antes moravam em barracões de madeira e latão. Meu prêmio por ter construído isso foi o privilégio de escapar vivo de lá, uma concessão especial que me foi feita por eu não ser natural da República Popular do México. Esse conjunto habitacional também estava nos planos deles. Um modelo de conjunto habitacional feito por um Estado progressista. Pois bem, aquelas casas de estrutura de aço são basicamente de papelão recoberto de verniz. Não vão ficar em pé mais de um ano. Os canos utilizados, bem como a maior parte do equipamento de mineração, foram adquiridos de vendedores abastecidos pelos depósitos de lixo de Buenos Aires e do Rio de Janeiro. Acho que vão durar mais uns cinco meses; a rede elétrica, eu diria, mais uns seis meses. As maravilhosas estradas que construímos, subindo uma distância de 1.300 metros sobre rocha, não duram mais de dois invernos: são de cimento barato, sem fundações, e as muretas nas curvas fechadas não passam de ripas pintadas. Com a primeira barreira que cair... Agora, a igreja eu acho que vai durar. Eles vão precisar dela.

– Francisco... – sussurrou ela – você fez isso de propósito?

Ele levantou a cabeça. Dagny ficou surpresa ao constatar que em seu rosto havia uma expressão de profundo cansaço.

– Se fiz de propósito, por desleixo ou por burrice... será que você não entende que não faz a menor diferença? O mesmo elemento estava faltando.

Ela tremia. Apesar de todo o seu autocontrole, de tudo o que ela havia decidido. Dagny exclamou:

– Francisco! Se você vê o que está acontecendo no mundo, se tem consciência de tudo o que disse, não é possível que ache graça nisso! *Você*, mais do que ninguém, tinha de lutar contra eles!

– Eles quem?

– Esses espoliadores... e os que permitem a espoliação. Os planejadores mexicanos e outros da mesma laia.

Havia algo de perigoso no sorriso dele.

– Não, minha querida. É contra você que tenho que lutar.

Ela o olhou sem entender.

– O que você quer dizer?

– Estou dizendo que o conjunto habitacional de San Sebastián custou 8 milhões de dólares – disse ele, pronunciando as palavras com clareza e ênfase, numa voz áspera. – O preço pago por aquelas casas de papelão daria para comprar estruturas de aço. E o mesmo aconteceu com tudo o mais. O dinheiro foi para os bolsos dos homens que enriquecem dessa maneira. Esses homens não vão permanecer ricos por muito tempo. O dinheiro vai ser desviado não para os caminhos mais produtivos, e sim para os mais corruptos. Pelos padrões da época em que vivemos, o homem que tem menos a oferecer é o que vence. Esse dinheiro vai desaparecer em projetos como o das minas de San Sebastián.

Ela perguntou, fazendo um esforço:

– É isso que você quer?

– É.

– É nisso que você acha graça?

– É.

– Estou pensando no seu nome – disse ela, ao mesmo tempo que dizia a si própria que não adiantava nada dizer aquilo. – A tradição dos D'Anconia foi sempre legar aos descendentes uma fortuna maior do que a herdada.

– Sem dúvida, meus ancestrais tinham uma capacidade extraordinária de fazer a coisa certa na hora certa... e de fazer os investimentos certos. E claro que "investimento" é um termo relativo. Depende do que você quiser realizar. Por exemplo, veja o caso de San Sebastián. Custou-me 15 milhões de dólares, mas essa soma fez com que a Taggart Transcontinental perdesse 40 milhões, que acionistas como James Taggart e Orren Boyle perdessem 35 milhões, e ainda se perderão centenas de milhões de dólares com consequências secundárias. Até que não foi um mau investimento, não é, Dagny?

Ela estava toda tesa em sua poltrona.

– Você tem consciência do que está dizendo?

– Ah, claro que tenho! Quer que eu lhe diga logo quais as acusações que você ainda vai me fazer? Primeiro, não acredito que a Taggart Transcontinental consiga se recuperar do prejuízo que teve com aquela ridícula Linha San Sebastián. Você acha que vai, mas não vai. Segundo, a história de San Sebastián ajudou seu irmão James a destruir a Phoenix–Durango, praticamente a única ferrovia que ainda prestava.

– Você tem consciência disso tudo?

– E de muito mais também.

– Você... – Ela não sabia por que tinha que dizer aquilo, só sabia que a lembrança daquele rosto com olhos escuros e violentos parecia novamente encará-la. – Você conhece Ellis Wyatt?

– Claro.

– Você sabe o que vai acontecer com ele por causa disso?

– Sei. Vai ser o próximo a se arruinar.

– Você... acha... graça nisso?

– Muito mais do que na desgraça dos planejadores mexicanos.

Dagny se levantou. Há anos que ela o chamava de corrupto. Ela temia isso, pensava sobre isso, tentava não pensar nunca mais, esquecer de vez, mas jamais suspeitara de que a corrupção fosse tão absoluta.

Ela não estava olhando para ele. Nem sabia que falava em voz alta, citando as palavras que ele pronunciara no passado:

– Quem honra mais seu antepassado... você, com seu Nat Taggart... ou eu, com meu Sebastián d'Anconia...

– Mas será que você não percebeu que batizei aquelas minas em homenagem a meu ancestral? Creio que ele teria gostado da homenagem.

Ela levou um momento para recuperar a visão. Antes não sabia o que era uma blasfêmia, ou o que a pessoa sentia ao presenciar uma blasfêmia. Agora sabia.

Ele havia se levantado. Sorria para ela, cortês. Era um sorriso frio, impessoal, que nada revelava.

Ela tremia, mas aquilo não importava. Ela pouco se importava com o que ele visse, adivinhasse, com o que provocasse seu riso.

– Vim aqui pois queria saber por que você fez o que fez com a sua vida – disse ela, com uma voz neutra, sem raiva.

– Eu lhe expliquei a razão – disse ele, sério –, mas você não quer acreditar.

– Eu continuava a ver você tal como era antes. Não conseguia esquecer. E agora você se transformou nisso que você é... *isso* não pode acontecer num mundo racional.

– Não? E esse mundo ao seu redor é racional?

– Você não era o tipo de homem que se deixa abater por qualquer espécie de mundo.

– É verdade.

– Então... por quê?

Ele deu de ombros.

– Quem é John Galt?

– Ah, não use essa linguagem de sarjeta!

Francisco a encarou. Havia em seus lábios um esboço de sorriso, mas seus olhos estavam imóveis, sérios e, por um momento, cheios de uma percepção perturbadora.

– Por quê? – insistiu Dagny.

Ele respondeu, tal como respondera aquela noite, naquele mesmo hotel, 10 anos antes:

– Você não está pronta para ouvir a resposta.

Não a acompanhou até a porta. Dagny já havia colocado a mão na maçaneta, quando se virou – e parou. Ele estava do outro lado da sala e lhe dirigia um olhar que a envolvia por inteiro. Ela entendeu o significado daquele olhar e ficou paralisada.

– Continuo querendo dormir com você – disse ele. – Mas não sou um homem feliz o bastante para fazê-lo.

– Não é feliz o bastante? – repetiu ela, espantada.

Ele riu.

– Você acha apropriado que isso seja a primeira coisa a responder? – Esperou, mas ela não disse nada. – Você também quer, não quer?

Ela ia dizer "não", quando percebeu que a verdade era ainda pior.

– Quero – respondeu friamente –, mas isso de eu querer não importa.

Ele sorriu, com admiração, reconhecendo a força que lhe permitira dar essa resposta.

Porém Francisco não sorria mais quando disse, no momento em que ela abriu a porta para sair:

– Você tem muita coragem, Dagny. Algum dia você terá o bastante.

– O bastante de quê? De coragem?

Mas ele não respondeu.

CAPÍTULO 6

OS NÃO COMERCIAIS

Rearden apertou a testa contra o espelho e tentou não pensar em nada. Só assim ele podia se aguentar, pensou. Concentrou sua atenção na sensação de alívio proporcionada pelo frescor do espelho, perguntando-se o que era necessário fazer para reduzir a mente a um vazio, principalmente depois de toda uma vida baseada no axioma de que seu principal dever era manter sua faculdade racional em funcionamento constante, implacável, com clareza absoluta. Ele não conseguia entender por que nenhum esforço até então jamais lhe parecera grande demais para sua capacidade e, no entanto, agora não tinha forças para enfiar umas abotoaduras de pérola preta na sua camisa branca engomada.

Era seu aniversário de casamento e há três meses ele sabia que haveria uma festa, conforme a vontade de Lillian. Ao concordar com a esposa, o dia da festa ainda estava muito longe e ele estava convicto de que saberia enfrentar a situação quando chegasse a hora, assim como enfrentava todas as obrigações de sua vida atribulada. Então, durante esses três meses, em que trabalhara 18 horas por dia, esquecera a festa, satisfeito – até que, meia hora atrás, bem depois da hora do jantar, a secretária entrou em seu escritório e disse com firmeza: "Sua festa, Sr. Rearden." Ele exclamou: "Meu Deus!" Levantando-se de um salto, correu para casa, subiu as escadas apressadamente, começou a arrancar as roupas e a se vestir para a comemoração, só pensando na necessidade de se apressar, não no objetivo de sua pressa. Quando a consciência desse objetivo o atingiu em cheio, como um soco inesperado, ele parou.

"Você só liga para os negócios." Ele ouvira essa frase por toda a sua vida, pronunciada como um veredicto de condenação. Sempre soubera que os negócios eram encarados como uma espécie de culto secreto, vergonhoso, algo que não se mostrava aos leigos inocentes. As pessoas os encaravam como uma necessidade feia, algo a ser realizado mas nunca mencionado, que falar nisso era uma ofensa às sensibilidades mais refinadas, que, assim como se lavava das mãos a graxa das máquinas antes de ir para casa, também era necessário tirar da mente a sujeira dos negócios antes de entrar numa sala de visitas. Ele nunca acreditara nesse credo, mas aceitara como natural que a família acreditasse nele. Aceitava com naturalidade, mudo, como quem aceita, sem questionar nem mencionar, alguma coisa aprendida na infância. Aceitava como o mártir de alguma religião obscura que tivesse se dedicado a servir uma fé que era a paixão de sua vida, mas que o transformava num pária entre os homens, colocando-o além da compreensão de seus semelhantes.

Ele aceitara a premissa de que era seu dever dar à esposa alguma forma de existência que não tivesse relação com os negócios. Mas isso ele jamais tivera capacidade de fazer, e, no entanto, não conseguia também experimentar um sentimento de culpa. Não conseguia se forçar a mudar, nem conseguia censurá-la por condená-lo.

Não dedicara a Lillian nem um pouco de atenção havia meses – não, havia anos, desde o dia em que se casaram, oito anos antes. Não se importava com os interesses dela, nem mesmo o bastante para descobrir quais eram. Ela vivia cercada por um grande número de amigos, e Rearden ouvira dizer que eles representavam a elite da cultura nacional, mas jamais tivera tempo de conhecê-los, ou mesmo de reconhecer sua fama, inteirando-se de suas realizações: só sabia que via seus nomes com frequência nas capas das revistas nas bancas de jornal. Se Lillian se ressentia da atitude dele, pensou, então a mulher tinha razão. Se ela o censurava, ele merecia. Se sua família dizia que ele não tinha coração, era verdade.

Ele jamais se poupava. Quando surgia um problema na siderúrgica, sua primeira preocupação era descobrir onde havia errado. Nunca procurava os erros dos outros, só os seus. Era de si próprio que exigia perfeição. Naquele momento, não teria nem um pingo de autocomiseração: assumiria a culpa. Na siderúrgica, imediatamente ele sentia-se impelido a agir para remediar o erro. Agora, porém, ele não conseguia agir assim... Só mais alguns minutos, pensava ele, encostado no espelho, de olhos fechados.

Não conseguia parar de pensar naquelas palavras que se impunham à sua mente – era como tentar conter com as mãos o esguicho de um hidrante quebrado. Jatos dolorosos, de palavras misturadas com imagens, atingiam seu cérebro incessantemente... *Horas a fio*, pensou ele, horas contemplando os olhares dos convidados, pesados de tédio, quando sóbrios, ou fixos e estúpidos, quando bêbados, fingindo não perceber nada, e se esforçando por dizer algo a eles, embora não tivesse nada a falar... Logo agora, que ele precisava de horas para investigar quem poderia substituir o superintendente da oficina de laminação, que pedira demissão de repente, sem dizer por quê... tinha de fazer isso imediatamente... era tão difícil encontrar homens como aquele... e se algo acontecesse e interrompesse o funcionamento dos laminadores?... eram os trilhos para a Taggart que estavam sendo feitos... Lembrou-se daquela censura muda, do olhar de acusação de paciência suprema, de deboche, que sempre via nos olhos de sua família quando detectavam nele algum sinal de sua paixão pelo trabalho; de que ele ainda tinha esperança de que não percebessem que a Siderúrgica Rearden era tão importante para ele – como um alcoólatra fingindo-se indiferente ao álcool no meio de pessoas que o observam com escárnio, achando graça, sabedoras de sua vergonhosa fraqueza.

– Ouvi você chegar em casa ontem às duas da madrugada. Onde estava? – perguntava-lhe a mãe à hora do jantar.

– Ora, na siderúrgica, é claro – respondia Lillian, no tom de voz com que outras mulheres diriam: "No bar da esquina." Ou então sua mulher lhe perguntava, com um esboço de sorriso matreiro no rosto:

– O que você estava fazendo em Nova York ontem?

– Fui a um banquete com os rapazes.

– De negócios?

– É.

– É claro.

E Lillian se afastava, nada mais, só com a vergonhosa consciência de que Rearden quase teria preferido que ela desconfiasse de que ele fora a alguma orgia obscena... Um cargueiro afundara durante uma tempestade no lago Michigan, com milhares de toneladas de minério de ferro pertencente à siderúrgica – aqueles barcos estavam caindo aos pedaços; se ele não ajudasse os donos da linha a obter as peças de que precisavam para os reparos, iriam à falência, e aquela era a única linha que ainda operava no lago. "Aquele jogo?", perguntava Lillian, apontando para um grupo de sofás e mesas de centro na sala de visitas. "Não, Henry, não é novo, não, mas acho que devo me sentir lisonjeada por constatar que bastaram três semanas para que você percebesse a existência dele. É uma adaptação que fiz de uma saleta de um famoso palácio francês, mas coisas desse tipo certamente não podem interessá-lo, querido, elas não têm nada a ver com a Bolsa de Valores, absolutamente nada." O pedido de cobre que fizera havia seis meses ainda não fora entregue, a data da entrega fora adiada três vezes – "Não podemos fazer nada, Sr. Rearden" –, ele teria de procurar outra companhia para encomendar o cobre, que estava cada vez mais difícil de encontrar no mercado... Embora Philip não estivesse sorrindo ao olhar para Rearden enquanto falava com os amigos de sua mãe sobre uma organização na qual havia entrado, havia nos músculos relaxados de seu rosto algo que indicava um sorriso de superioridade quando disse: "Não, isso não interessa a você, Henry, nada tem a ver com negócios, é uma iniciativa absolutamente não comercial." Aquele empreiteiro de Detroit, que estava reconstruindo uma fábrica grande, tinha se interessado em usar metal Rearden na estrutura – ele devia pegar um avião para Detroit e falar com o homem pessoalmente... devia ter feito isso uma semana antes... poderia ter ido naquela noite... "Você não está ouvindo o que estou dizendo", dissera-lhe a mãe à hora do café da manhã, quando ele começou a pensar nos preços do carvão enquanto ela lhe contava o sonho que tivera aquela noite. "Você nunca ouve ninguém. Só se interessa por si mesmo. Você não liga para ninguém, para nenhum ser humano neste mundo de Deus..." As páginas datilografadas sobre sua escrivaninha no escritório eram um relatório sobre os testes realizados com um motor de avião feito de metal Rearden – talvez a coisa que mais desejasse no mundo naquele momento fosse ler aquele relatório. Havia três dias que estava em sua mesa, intacto, e ele não tivera tempo. Podia lê-lo agora, e...

Sacudiu a cabeça com violência, abriu os olhos, deu um passo para trás, afastando-se do espelho.

Tentou pegar as abotoaduras de pérola. Em vez disso, viu que suas mãos se dirigiam para a correspondência sobre a penteadeira. Eram envelopes com o carimbo "Urgente" que ele devia ler naquela noite, mas não tivera tempo de fazê-lo no escritório. Sua secretária os enfiara em seus bolsos quando ele saía. Ele os colocara na penteadeira quando começara a trocar de roupa.

Um recorte de jornal caiu no chão. Era um editorial, que a secretária assinalara com um risco zangado de lápis vermelho. O título era "Igualdade de oportunidades". Ele precisava ler aquilo. Nos últimos três meses vinha-se falando muito sobre o assunto, o que era preocupante.

Rearden leu o editorial enquanto ouvia as vozes e os risos forçados vindos do primeiro andar, lembrando-lhe que os convidados já estavam chegando, que a festa já havia começado e que logo, assim que descesse, teria de enfrentar os olhares zangados e acusadores de sua família.

O editorial afirmava que, numa época em que a produção estava caindo, os mercados diminuíam e eram cada vez mais escassas as oportunidades de ganhar a vida. Que era injusto deixar que um homem controlasse diversas empresas, ao passo que outros não tinham nenhuma. Que era destrutivo deixar que uns poucos homens detivessem o controle de todos os recursos, não dando nenhuma oportunidade aos demais. Que a competição era essencial à sociedade, e era uma obrigação desta não permitir que um competidor se tornasse tão forte que ninguém mais pudesse concorrer com ele. O editorial previa a aprovação de um projeto de lei que proibisse qualquer pessoa física ou jurídica de controlar mais de uma empresa.

Wesley Mouch, seu homem em Washington, dissera a Rearden que não havia motivo para preocupação – a luta seria encarniçada, porém a lei não seria aprovada. Rearden não entendia nada a respeito desse tipo de luta. Isso ele deixava para Mouch e seus assessores resolverem. Mal encontrava tempo para folhear os relatórios que lhe enviavam de Washington e assinar os cheques que Mouch lhe solicitava para essa luta.

Rearden não acreditava que a lei seria aprovada. Era incapaz de acreditar nisso. Durante toda a sua vida tinha lidado com a fria realidade dos metais, da tecnologia, da produção, e se tornara convicto de que era necessário pensar só na sanidade, não na loucura – que aquele que procurasse o que estava certo venceria, porque a resposta certa sempre vencia; que aquele que fosse insensato, errado, monstruosamente injusto jamais poderia se sair bem, ter sucesso e estava fadado ao fracasso. Lutar contra uma coisa como aquela lei lhe parecia ridículo e mesmo um pouco vergonhoso, como se de repente quisessem que ele competisse com um homem que se utilizasse, para a preparação do aço, de fórmulas baseadas em cálculos numerológicos.

Ele dissera a si mesmo que aquela questão era perigosa. Porém nem mesmo o editorial mais histérico despertava qualquer emoção nele. Por outro lado, uma diferença de um valor decimal no resultado de um teste de laboratório realizado com o metal Rearden o fazia dar um salto de entusiasmo ou apreensão. Não lhe restava energia para nenhum outro assunto.

Amassou o editorial e o jogou na lata de lixo. Sentiu que o dominava aquele cansaço mortal que nunca sentia no trabalho, a exaustão que parecia esperar por ele e atacá-lo sempre que se voltava para outros problemas. Sentia-se incapaz de qualquer desejo que não o de dormir.

Disse a si mesmo que tinha de ir à festa – que sua família tinha o direito de exigir isso dele –, que precisava aprender a gostar daquele tipo de prazer por eles, não por si próprio.

Perguntou-se por que não conseguia se interessar por essas coisas. Durante toda a sua vida, sempre que ele se convencia de que era correto fazer algo, o desejo de fazê-lo surgia automaticamente. O que estaria acontecendo com ele? Aquele conflito insuportável entre a consciência do que era certo e a relutância em fazê-lo, não era aquilo a fórmula básica da corrupção moral? Reconhecer a própria culpa e no entanto sentir apenas a mais fria, a mais profunda indiferença não era trair aquilo que fora o motor de toda a sua vida, de seu orgulho?

Não tinha tempo para procurar uma resposta. Terminou de se vestir depressa, impiedosamente.

Empertigando o corpo alto, caminhando com a confiança tranquila e natural de quem se habituou a exercer autoridade, com um lenço fino branco no bolso do smoking preto, desceu as escadas lentamente. Para satisfação das senhoras idosas que o contemplavam, ele era exatamente a imagem que se esperava de um grande industrial.

Viu Lillian ao pé da escada. As linhas nobres de um vestido longo, estilo império, amarelo-limão, lhe salientavam as curvas graciosas do corpo, e ela parecia uma mulher orgulhosa de controlar seu meio. Rearden sorriu, gostava de vê-la feliz. De certa forma, isso justificava a festa.

Aproximou-se dela e parou. Ela sempre tivera muito bom gosto na escolha de joias, jamais se enfeitando demais. Mas naquela noite sua mulher ostentava um colar de brilhantes, brincos, anéis e broches. Seus braços, entretanto, estavam nus. Seu único ornamento, no pulso direito, era a pulseira de metal Rearden. As joias reluzentes faziam com que a pulseira parecesse uma bijuteria feia e barata.

Quando Rearden mudou o olhar do pulso dela para o rosto, constatou que Lillian o estava olhando também. Os olhos estavam semicerrados e sua expressão era indefinível; era um olhar que parecia ao mesmo tempo velado e proposital, um olhar que ocultava algo e exultava pela certeza de ocultá-lo com perfeição.

Ele teve vontade de arrancar a pulseira do braço da mulher. Em vez disso, obedecendo à voz de Lillian, que alegremente lhe apresentava uma convidada, fez uma mesura para a senhora que estava ao lado dela, mantendo o rosto sem expressão.

– O homem? O que é o homem? Apenas um amontoado de substâncias químicas com mania de grandeza – disse o Dr. Pritchett a um grupo de convidados no outro lado do salão.

O doutor pegou um canapé em um prato de cristal com dois dedos esticados e o colocou inteiro na boca.

– As pretensões metafísicas do homem – disse ele – são risíveis. Um miserável pedaço de protoplasma cheio de ideiazinhas feias e emoçõezinhas mesquinhas... e se acha importante! Na verdade, é essa a causa de todas as desgraças do mundo.

– Mas quais os conceitos que não são nem feios nem mesquinhos, professor? – perguntou, muito séria, uma matrona cujo marido era dono de uma fábrica de automóveis.

– Nenhum – respondeu o Dr. Pritchett. – Nenhum conceito que esteja dentro da capacidade humana.

Um jovem perguntou, inseguro:

– Mas, se não temos nenhum conceito bom, como podemos saber que os que temos são maus? Quero dizer, com base em que padrões?

– Não existem padrões.

Essa resposta fez a plateia se calar.

– Os filósofos do passado eram superficiais – prosseguiu o Dr. Pritchett. – Coube ao nosso século redefinir o objetivo da filosofia, que não é ajudar o homem a encontrar o sentido da vida, e sim provar a ele que a vida não tem sentido.

Uma jovem bonita, filha do dono de uma mina de carvão, perguntou, indignada:

– E quem pode provar uma coisa dessas?

– Eu estou tentando – disse o Dr. Pritchett, que, havia três anos, era o diretor do departamento de filosofia da Universidade Patrick Henry.

Lillian Rearden se aproximou; suas joias brilhavam. A expressão que ela mantinha no rosto era um leve esboço de sorriso, fixo e delicadamente sugestivo, como o ondulado de seus cabelos.

– É essa insistência em achar sentidos que torna o homem tão difícil – continuou o Dr. Pritchett. – Uma vez que ele compreenda que não tem a menor importância no cômputo geral do universo, que é absolutamente impossível atribuir qualquer significado a suas atividades, que não faz diferença se ele vive ou morre, ele se tornará bem mais... maleável.

O doutor deu de ombros e pegou mais um canapé. Um empresário, inquieto, disse então:

– O que lhe perguntei, professor, foi o que o senhor achava da Lei da Igualdade de Oportunidades.

– Ah, sim – disse o Dr. Pritchett. – Mas acho que deixei claro que sou a favor dela, porque sou a favor de uma economia livre. Uma economia livre não pode existir sem competição. Portanto, os homens devem ser obrigados a competir. Logo, temos de controlar os homens para obrigá-los a serem livres.

– Mas... não há uma espécie de contradição nisso?

– Não no sentido filosófico mais elevado. É necessário ir além das definições estáticas do pensamento antiquado. Nada é estático no universo. Tudo é fluido.

– Mas a razão diz claramente que...

– A razão, meu caro, é a mais ingênua de todas as superstições. Isso, pelo menos, é ponto pacífico em nossa época.

– Mas eu não consigo entender como é que se pode...

– É a ilusão muito difundida de que as coisas podem ser entendidas. É preciso se conscientizar de que o universo é uma contradição sólida.

– Uma contradição de quê? – perguntou a matrona.

– De si próprio.

– Mas... como?

– Minha cara senhora, o dever do pensador não é explicar, e sim demonstrar que nada pode ser explicado.

– Perfeito, é claro... mas é que...

– O objetivo da filosofia não é buscar o conhecimento, mas provar que o conhecimento é inacessível ao homem.

– Mas, quando isso for provado – perguntou a jovem –, o que vai restar?

– O instinto – disse o Dr. Pritchett, reverentemente.

No outro lado do salão, havia um grupo de pessoas ouvindo Balph Eubank. Ele estava sentado na beira de uma poltrona, muito teso, a fim de atenuar a aparência geral de seu rosto e de seu corpo, que tinha uma tendência a se espalhar quando relaxava.

– A literatura do passado – dizia Balph Eubank – era superficial e mentirosa. Ela pintava tudo de cor-de-rosa para agradar os milionários aos quais servia. A moralidade, o livre-arbítrio, a realização, os finais felizes, o homem como ser heroico, tudo isso se tornou ridículo para nós. Pela primeira vez, nossa era deu profundidade à literatura, expondo a verdadeira essência da vida.

Uma moça bem jovem de vestido branco perguntou, tímida:

– Qual é a verdadeira essência da vida, Sr. Eubank?

– O sofrimento – disse Balph Eubank. – A derrota e o sofrimento.

– Mas... mas por quê? As pessoas são felizes... às vezes... não é?

– Isso é uma ilusão daqueles cujas emoções são superficiais.

A moça enrubesceu. Uma mulher rica, que herdara uma refinaria de petróleo, perguntou, cheia de sentimento de culpa:

– O que podemos fazer para elevar o gosto literário das pessoas, Sr. Eubank?

– Isso é um grande problema social – respondeu Eubank, que era considerado o líder da literatura da época mas jamais escrevera um livro que vendesse mais de 3 mil exemplares. – Pessoalmente, acho que uma Lei da Igualdade de Oportunidades que se aplicasse à literatura seria a solução.

– Ah, o senhor é a favor daquela lei para a indústria? Não sei muito bem o que acho, não.

– Decerto que sou a favor. Nossa cultura está atolada num pântano de materialismo. Os homens perderam todos os valores espirituais em sua busca da produção material e das maravilhas tecnológicas. Estão acomodados demais. Eles hão de retomar uma vida mais nobre se lhes ensinarmos a suportar privações. Assim, é necessário impor limites à sua ganância material.

– Nunca tinha encarado a coisa desse ângulo – disse a mulher, como se pedisse desculpas.

– Mas como é que você vai fazer uma Lei da Igualdade de Oportunidades para a literatura, Ralph? – perguntou Mort Liddy. – Isso para mim é novidade.

– Meu nome é Balph – disse Eubank, contrariado. – E é novidade para você porque é ideia minha.

– Está bem, está bem, não estou brigando, estou? Só estou perguntando. – Mort Liddy sorriu. Ele passava a maior parte do tempo sorrindo nervosamente. Era compositor, fazia músicas antiquadas para trilhas sonoras de filmes e sinfonias modernas para plateias minguadas.

– É muito simples – disse Eubank. – Haveria uma lei que limitaria a venda de qualquer livro a um máximo de 10 mil exemplares. Isso abriria o mercado literário para novos talentos, ideias novas, obras não comerciais. Se as pessoas não pudessem comprar 1 milhão de exemplares de uma mesma porcaria, seriam obrigadas a ler livros melhores.

– Até certo ponto você tem razão – reconheceu Liddy. – Mas não seria um baque financeiro para os escritores?

– Tanto melhor. Só poderiam escrever aqueles cujo objetivo não é ganhar dinheiro.

– Mas, Sr. Eubank – perguntou a moça do vestido branco –, e se mais de 10 mil pessoas quiserem comprar um mesmo livro?

– Dez mil leitores bastam para qualquer livro.

– Não é isso que estou dizendo. E se elas quiserem ler?

– Isso é irrelevante.

– Mas se o livro tem uma história interessante que...

– O enredo é uma vulgaridade primitiva na literatura – disse Eubank com desprezo.

O Dr. Pritchett, que atravessava a sala em direção ao bar, parou para comentar:

– Perfeitamente. Do mesmo modo que a lógica é uma vulgaridade primitiva na filosofia.

– Do mesmo modo que a melodia é uma vulgaridade primitiva na música – acrescentou Mort Liddy.

– Que falatório é esse? – perguntou Lillian Rearden, parando junto ao grupo. Suas joias faiscavam.

– Lillian, meu anjo – disse Eubank –, eu já lhe disse que vou dedicar meu novo romance a você?

– Obrigada, querido.

– Qual o título de seu novo romance? – perguntou a mulher rica.

– *O coração é um leiteiro.*

– É sobre o quê?

– Frustração.

– Mas, Sr. Eubank – perguntou a moça do vestido branco, corando desesperadamente –, se tudo é frustração, para que se há de viver?

– Para o amor fraternal – disse Eubank, incisivo.

Bertram Scudder estava debruçado sobre o bar. Seu rosto comprido e fino parecia ter encolhido para dentro, com exceção da boca e dos olhos, protuberantes como três esferas macias. Era diretor de uma revista chamada *O Futuro* e havia escrito um artigo sobre Hank Rearden intitulado "O polvo".

Bertram Scudder pegou seu copo vazio e, sem uma palavra, o empurrou em direção ao barman para que o enchesse. Bebeu um trago, então percebeu que o copo de Philip Rearden, ao seu lado, estava vazio e, com o polegar, deu uma ordem silenciosa ao barman. Ignorou o copo vazio de Betty Pope, que estava em pé do outro lado de Philip.

– Escute, companheiro – disse Scudder, virando os olhos mais ou menos na direção de Philip –, gostando ou não, o fato é que a Lei da Igualdade de Oportunidades representa um grande passo à frente.

– E o que o faz pensar que não gosto dela, Sr. Scudder? – perguntou Philip com humildade.

– Bem, vai incomodar muita gente, não vai? Vai ter gente na sociedade que precisará economizar um pouco nos salgadinhos – disse, fazendo um gesto com o braço em direção ao bar.

– E por que o senhor acha que eu seria contra isso?

– E não é? – perguntou Scudder, sem curiosidade.

– Não! – exclamou Philip, veemente. – Sempre coloquei o bem público acima de quaisquer considerações pessoais. Contribuí com meu tempo e meu dinheiro para a organização Amigos do Progresso Global em sua cruzada em favor da Lei da Igualdade de Oportunidades. Acho absolutamente injusto que um homem fique com tudo e que os outros não tenham nada.

Bertram Scudder o olhou pensativo, mas sem nenhum interesse especial.

– Ora, estou agradavelmente surpreso com você – disse.

– Há pessoas que levam a sério as questões morais, Sr. Scudder – retrucou Philip, com um sutil toque de orgulho na voz.

– Sobre o que ele está falando, Philip? – perguntou Betty Pope. – A gente não conhece ninguém que tenha mais de uma empresa, não é?

– Ah, cale a boca! – exclamou Scudder, com um tom entediado.

– Não entendo por que criam tanto caso por causa dessa Lei da Igualdade de Oportunidades – disse Betty, agressiva, como se fosse perita em economia. – Não entendo por que os empresários são contra. A lei é vantajosa para eles. Se todas as outras pessoas ficarem pobres, eles não vão ter mercado para seus produtos. Mas, se pararem de ser egoístas e repartirem os bens que acumularam, vão poder trabalhar bastante e produzir mais.

– Pois eu não vejo por que levar em consideração os industriais – disse Scudder. – Quando as massas estão na miséria e existem os produtos de que elas precisam, é uma idiotice querer que as pessoas respeitem um pedaço de papel chamado título de propriedade. O direito à propriedade é uma superstição. O proprietário só possui o que possui por um favor daqueles que não o expropriam. O povo pode expropriar a propriedade a qualquer momento. E, se pode, por que não o faz?

– É o que o povo devia fazer – disse Claude Slagenhop. – Ele precisa. A necessidade é a única consideração importante. Se o povo está necessitado, ele deve se apropriar das coisas primeiro e conversar depois.

Claude Slagenhop havia se aproximado e conseguido se espremer entre Philip e Scudder, empurrando este para o lado imperceptivelmente. Slagenhop não era alto nem pesado, e sim atarracado e compacto, e tinha o nariz quebrado. Era presidente da Amigos do Progresso Global.

– A fome não espera – disse Claude Slagenhop. – As ideias não passam de conversa fiada. Uma barriga vazia é um fato concreto. Como digo em todos os meus discursos, não é importante falar muito. A sociedade está sendo prejudicada pela falta de oportunidades econômicas, por isso temos o direito de aproveitar as que existem. Tudo o que é bom para a sociedade é direito.

– Ele não escavou aquela mina sozinho, não é? – disse Philip de repente, com uma voz estridente. – Ele precisou de centenas de trabalhadores. Foram eles que fizeram tudo. Por que ele se acha tão superior?

Os dois homens olharam para Philip – Scudder levantou uma das sobrancelhas; Slagenhop não tinha nenhuma expressão no rosto.

– Ah, meu Deus! – disse Betty Pope, lembrando-se.

Hank Rearden estava ao lado de uma janela, num canto pouco iluminado na extremidade do salão. Esperava que ninguém o visse por alguns minutos. Tinha acabado de escapulir de uma senhora de meia-idade que lhe falara de suas experiências psíquicas. Ficou parado, olhando pela janela. Ao longe, a Siderúrgica Rearden pintava o céu com um clarão vermelho. Ficou a contemplá-lo, sentindo-se aliviado por um momento.

Virou-se e olhou para o salão. Jamais gostara daquela casa, fora Lillian que a escolhera. Mas, naquela noite, a multiplicidade de cores dos vestidos das mulheres disfarçava a aparência do salão e lhe emprestava um ar de alegria brilhante. Rearden gostava de ver pessoas se divertindo, muito embora não entendesse que graça elas achavam naquilo.

Olhou para as flores, a luz refletida nas taças de cristal, os braços e os ombros das mulheres. Lá fora soprava um vento frio pelo descampado.

Os galhos de uma árvore estavam retorcidos pelo vento, como braços implorando socorro. A árvore era uma silhueta contra o clarão vermelho da siderúrgica.

Rearden não sabia dar nome àquela emoção que se apossara dele de repente. Não conhecia palavras que definissem sua causa, sua qualidade, seu sentido. Em parte era felicidade, mas era algo solene – como o ato de tirar o chapéu, embora ele não soubesse para quem.

Quando voltou para o meio da multidão, Rearden sorria. Mas o sorriso desapareceu de repente quando ele viu uma convidada chegar: Dagny Taggart.

Lillian foi recebê-la, examinando-a com curiosidade. Já se haviam visto algumas vezes e achava estranho ver Dagny Taggart de vestido longo. Era um vestido preto, com um corpete que cobria um dos braços e um dos ombros como um manto, deixando o outro lado descoberto. O ombro nu era o único enfeite do vestido. Quem a via sempre com roupas de trabalho não pensava em seu corpo. O vestido preto parecia excessivamente revelador, porque era surpreendente constatar que a curva de seu ombro era delicada e bela e que a pulseira de brilhantes no pulso de seu braço nu lhe dava o toque mais feminino de todos: fazia-a parecer acorrentada.

– Srta. Taggart, é uma surpresa maravilhosa vê-la aqui – disse Lillian Rearden, tentando, com os músculos da face, os movimentos de um sorriso. – Eu realmente não podia imaginar que meu convite fosse fazê-la deixar de lado suas obrigações tão importantes. Estou lisonjeada, devo confessar.

James Taggart entrara com a irmã. Lillian sorriu para ele por obrigação, como se só agora reparasse em sua presença.

– Olá, James. Isto é que dá ser uma figura popular: a gente nem percebe você, de tão surpresa que fica de ver sua irmã.

– Pois não há figura mais popular que você, Lillian – respondeu James com um sorriso discreto –, e é impossível não percebê-la.

– Eu? Ora, estou mais do que resignada a assumir uma posição secundária como sombra de meu marido. Sou humilde o bastante para reconhecer que a esposa de um grande homem deve se contentar com os reflexos da glória... não é mesmo, Srta. Taggart?

– Não – disse Dagny –, não concordo.

– Isso é um elogio ou uma reprovação, Srta. Taggart? Mas queira me perdoar. Confesso que não sei o que fazer. A quem devo apresentá-la?

Infelizmente, tenho a oferecer escritores e artistas, mas estou certa de que eles não lhe interessam.

– Queria encontrar Hank para cumprimentá-lo.

– Mas claro! James, lembra-se de que você me disse que queria conhecer Balph Eubank? Ele está aqui... Vou dizer a ele que ouvi você elogiar com a maior empolgação o último romance dele no jantar da Sra. Whitcomb!

Andando pelo salão, Dagny se perguntava por que dissera que queria encontrar Hank Rearden. Por que não admitira que o havia visto ao entrar?

Rearden estava na extremidade oposta do salão, olhando para Dagny. Observou-a se aproximar, mas não foi até ela.

– Olá, Hank.

– Boa noite.

Rearden fez uma mesura cortês, impessoal. O movimento de seu corpo casava perfeitamente com a formalidade distinta de seu traje. Não sorriu.

– Obrigada por me convidar – disse ela, alegre.

– Na verdade, eu nem sabia que você vinha.

– É mesmo? Então agradeço à Sra. Rearden por se lembrar de mim. Eu quis fazer uma exceção.

– Como assim?

– Não costumo ir a festas.

– Fico feliz que esta tenha sido a exceção. – Rearden não acrescentou "Srta. Taggart", mas, pelo seu tom de voz, era como se o tivesse feito.

A formalidade de Rearden era tão inesperada que Dagny não conseguia se adaptar a ela.

– Eu queria comemorar – disse ela.

– Meu aniversário de casamento?

– Ah, é seu aniversário de casamento? Eu não sabia. Meus parabéns, Hank.

– O que você queria comemorar?

– Achei que eu merecia um descanso. Uma comemoração pessoal... em homenagem a mim, e a você.

– Qual o motivo da homenagem?

Dagny estava pensando nos novos trilhos subindo as serras do Colorado, crescendo lentamente em direção aos longínquos campos petrolíferos de Wyatt. Via o clarão azul-esverdeado dos trilhos no solo congelado, entre plantas ressequidas, pedregulhos nus, cabanas apodrecidas de vilarejos devorados pela fome.

– Em homenagem aos primeiros 100 quilômetros de ferrovia feitos de metal Rearden – respondeu ela.

– Agradeço. – O tom de voz de Rearden dava a impressão de que ele dissera: "Nunca ouvi falar nisso."

Dagny não sabia mais o que dizer. Parecia que estava falando com um estranho.

– Ora, ora, a Srta. Taggart! – exclamou uma voz alegre, quebrando o silêncio. – Bem que eu digo que Hank Rearden é capaz de qualquer milagre!

Um empresário que ambos conheciam se aproximava, sorridente e surpreso. Os três já se haviam reunido muitas vezes para tomar decisões de emergência acerca de tarifas de frete e encomendas de aço. Agora o homem olhava Dagny com uma expressão que era por si só um comentário sobre a diferença que percebera na aparência da moça – uma diferença que, pensava Dagny, Rearden não havia notado.

Ela riu em resposta ao cumprimento do empresário, sem admitir que estava decepcionada, inesperadamente, porque esperava essa reação da parte de Rearden, e não da dele. Trocou algumas palavras com o homem. Quando olhou ao seu redor, Rearden havia desaparecido.

– Então aquela é sua famosa irmã? – perguntou Eubank a James, olhando para Dagny do outro lado do salão.

– Eu não sabia que minha irmã era famosa – respondeu James, com um toque de veneno na voz.

– Mas, meu caro, ela é um fenômeno raro no mundo dos negócios, e portanto é de esperar que comentem sobre ela. Sua irmã é um sintoma dos males do nosso século, um produto decadente da era industrial. As máquinas destruíram a humanidade das pessoas, as afastaram da terra, as espoliaram de seus ofícios espontâneos, sufocaram suas almas, as transformaram em robôs insensíveis. Eis um bom exemplo: uma mulher que administra uma estrada de ferro, em vez de se ocupar com a bela arte da tecelagem e em criar filhos.

Rearden circulava pelo salão, tentando não se deixar fisgar por nenhuma roda de convidados. Olhou ao redor, mas não viu ninguém de quem quisesse se aproximar.

– Sabe, Hank Rearden, até que você, visto de perto, não é tão mau assim. Você devia dar uma entrevista coletiva de vez em quando. Assim você conquistava todo mundo.

Rearden se virou e olhou para a pessoa que falara, sem acreditar. Era um jovem jornalista meio maltrapilho, que trabalhava para um tabloide radical. Seus modos ofensivamente íntimos pareciam indicar que ele fazia questão de ser indelicado com o anfitrião, por saber que o outro jamais andaria com gente de sua laia.

Rearden não permitira que ele entrasse na sua siderúrgica, mas ali ele era um convidado de Lillian. Controlou-se e perguntou, secamente:

– O que você quer?

– Você não é nada mau. Tem talento. Talento tecnológico. Mas é claro que não concordo com você em relação ao metal Rearden.

– Eu não lhe pedi que concordasse comigo.

– Bem, Bertram Scudder disse que sua política... – foi dizendo o homem, agressivo, apontando para o bar, mas parou de repente, como se tivesse ido mais longe do que era sua intenção.

Rearden contemplou aquela figura deselegante debruçada sobre o bar. Lillian o apresentara a ele, mas Rearden não prestara atenção ao seu nome. Virou-se de repente e se afastou, numa atitude que impediu o jovem vaga-bundo de acompanhá-lo.

Lillian olhou para o marido quando ele se aproximou dela, no meio de uma roda, e, sem dizer nada, se colocou num lugar onde não ouviriam suas palavras.

– Aquele é o Scudder de *O Futuro*? – perguntou ele, apontando.

– É, sim.

Rearden olhou para a esposa silenciosamente, sem poder acreditar naquilo, sem encontrar um raciocínio que lhe permitisse entender aquilo. Os olhos da mulher o observavam.

– Como é que você teve coragem de convidar esse homem para vir aqui? – perguntou.

– Ora, Henry, não seja ridículo. Você não quer ser uma pessoa bitolada, quer? Você tem que aprender a tolerar as opiniões dos outros, a respeitar o direito de liberdade de expressão.

– Na minha casa?

– Ah, não seja tacanho!

Rearden não disse nada, porque sua consciência estava tomada não por pensamentos encadeados, e sim por duas imagens que pareciam olhar para ele fixamente. Via o artigo, "O polvo", de Scudder, que não era a ex-pressão de uma ideia, mas um balde de lama derramado em público – um artigo que não continha um único fato, nem mesmo um fato inventado, mas que se limitava a derramar uma torrente de sarcasmos e adjetivos em que não havia nada de claro, a não ser a maldade imunda de uma denúncia que considera desnecessário mencionar provas. E via as linhas do perfil de Lillian, a pureza orgulhosa que ele procurara ao se casar com ela.

Quando olhou de novo para a mulher, percebeu que a visão de seu perfil era uma imagem em sua mente, porque ela estava virada de frente para ele, olhando para seu rosto. No instante em que voltou à realidade, julgou ver em seus olhos uma expressão de contentamento. Mas, no instante seguinte, se lembrou de que ele gozava de perfeita sanidade mental, e aquilo não era possível.

– É a primeira vez que você convida esse... – disse ele, usando uma palavra obscena com precisão e sem emoção – à minha casa. Primeira e última.

– Como você ousa usar uma...

– Não discuta, Lillian. Se você insistir, eu o expulso agora mesmo, à força.

Deu a ela um momento para responder, para discordar, para gritar com ele, se quisesse. Porém sua esposa permaneceu calada. Apenas suas bochechas pareciam murchas.

Afastando-se às cegas, no meio daquele emaranhado de luzes, vozes e perfumes, Rearden sentiu um toque frio de pavor. Sabia que devia pensar em Lillian e encontrar a chave do enigma de seu caráter, porque essa revelação era algo que não podia ser ignorado. Mas não pensou nela e sentiu aquele terror, pois sabia que havia muito tempo aquele enigma já não lhe interessava mais.

O cansaço começava a dominá-lo outra vez. Sentiu como se quase pudesse ver esse cansaço, em ondas cada vez mais espessas. Não estava dentro de si, e sim fora, espalhando-se pelo salão. Por um momento, sentiu-se sozinho, perdido num deserto cinzento, precisando de socorro e sabendo que não teria socorro nenhum.

Estacou de repente. À luz da entrada, do outro lado do salão, viu a figura alta e arrogante de um homem que havia parado por um instante antes de entrar. Rearden nunca o conhecera em pessoa, mas, entre todos os rostos estampados nas fotos dos jornais, era esse o que lhe inspirava mais desprezo. Era Francisco d'Anconia.

Rearden não perdia tempo pensando em homens como Bertram Scudder. Mas em todas as horas de sua vida, com o esforço e o orgulho de cada momento em que seus músculos ou seu cérebro deram tudo de si, a cada passo que dera para sair das minas de Minnesota e transformar seus esforços em ouro, com todo o profundo respeito que lhe inspiravam o dinheiro e seu significado, Rearden desprezava o esbanjador que não fazia jus à grande dádiva de uma fortuna herdada. Era aquele, julgava Rearden, o mais desprezível representante da espécie humana.

Viu Francisco d'Anconia entrar, fazer uma mesura para Lillian e depois se misturar à multidão como se fosse ele o proprietário daquele salão onde jamais pusera os pés. As cabeças se viravam para vê-lo, como se D'Anconia as fosse puxando por fios ao passar.

Ao se aproximar mais uma vez de Lillian, Rearden lhe disse, sem raiva, transformando o desprezo que sentia em ironia:

– Esse aí eu não sabia que você conhecia.

– Já estive com ele em algumas festas.

– Ele é um dos seus amigos também?

– De jeito nenhum! – retrucou ela, num tom de ressentimento genuíno.

– Então por que o convidou?

– Bem, não se pode dar uma festa, uma festa importante, sem convidá-lo, estando ele aqui nos Estados Unidos. É desagradável se ele vem, e uma vergonha perante a sociedade se não vem.

Rearden riu. Lillian estava desarmada – normalmente ela não admitia coisas desse tipo.

– Escute – disse ele, cansado –, não quero estragar sua festa, mas mantenha esse homem longe de mim. Não me venha com apresentações. Não quero conhecê-lo. Não sei como vai conseguir isso, mas você é uma anfitriã experiente. O problema é seu.

Dagny permaneceu imóvel quando viu Francisco se aproximar. Ele fez uma mesura ao passar por ela. Não parou, mas ela sabia que, em sua mente, ele estava parado naquele instante. Ela o viu sorrir discretamente, para enfatizar o que ele compreendia e resolvera não admitir. Dagny virou para o outro lado. Esperava conseguir evitá-lo durante o restante da festa.

Balph Eubank se juntara ao círculo formado ao redor do Dr. Pritchett e dizia, sombrio:

– ... Não, não se pode querer que as pessoas compreendam os aspectos mais elevados da filosofia. É preciso tirar a cultura das mãos dessa gente que vive correndo atrás de dinheiro. Precisamos de subsídios federais para a literatura. É uma vergonha os artistas serem tratados como vendedores ambulantes e a literatura ser vendida como sabão.

– Em suma, você reclama porque a literatura não vende tanto quanto sabão? – perguntou Francisco d'Anconia.

Ninguém percebera sua chegada. A conversa parou, como se arrancada pela raiz. A maioria jamais o havia visto pessoalmente, mas todos o reconheceram de imediato.

– O que quis dizer... – ia dizendo Eubank, zangado, porém se calou. Viu o interesse ávido nos rostos dos outros, mas não era mais interesse filosófico.

– Ora, como está, professor? – perguntou Francisco, fazendo uma mesura para o Dr. Pritchett.

Não havia nenhum sinal de prazer no rosto do Dr. Pritchett enquanto ele retribuía o cumprimento e fazia algumas apresentações.

– Estávamos discutindo um assunto muito interessante – disse a matrona muito séria. – O Dr. Pritchett estava nos dizendo que nada é nada.

– Sem dúvida, o professor deve entender desse assunto melhor do que ninguém – respondeu Francisco, com a maior seriedade.

– Eu não imaginava que o senhor conhecesse o Dr. Pritchett tão bem, Sr. D'Anconia – acrescentou ela, sem entender por que o professor parecia não ter gostado do comentário de Francisco.

– Sou ex-aluno da grande instituição onde o Dr. Pritchett trabalha no momento, a Universidade Patrick Henry. Mas fui aluno de um de seus predecessores, Hugh Akston.

– Hugh Akston! – exclamou a mocinha bonita. – Mas não é possível, Sr. D'Anconia! O senhor não tem idade para isso. Sempre pensei que ele fosse um dos grandes nomes do... do século passado.

– Talvez em espírito, madame. Mas não de fato.

– Mas eu pensava que ele já tinha morrido havia muitos anos.

– Absolutamente. Ele ainda é vivo.

– Então por que não se ouve mais falar dele?

– Ele se aposentou, há nove anos.

– Não é estranho? Quando um político ou um artista de cinema se aposenta, ele continua saindo na primeira página dos jornais. Mas, quando um filósofo se aposenta, as pessoas nem reparam.

– Um dia reparam.

Um rapaz disse, surpreso:

– Eu pensava que Hugh Akston era um desses clássicos que ninguém estuda mais fora dos cursos de história da filosofia. Li recentemente um artigo que dizia que ele foi um dos últimos grandes defensores da razão.

– O que, exatamente, Hugh Akston ensinava? – perguntou a matrona.

– Ensinava que tudo é alguma coisa – respondeu Francisco.

– Sua lealdade para com seu professor é louvável, Sr. D'Anconia – comentou o Dr. Pritchett, seco. – Podemos considerá-lo um exemplo de resultado prático dos ensinamentos de Akston?

– Sim.

James Taggart se aproximara da roda e esperava que percebessem sua presença.

– Olá, Francisco.

– Boa noite, James.

– Que coincidência maravilhosa encontrar você por aqui! Ando ansioso para falar com você.

– O que é novidade. Isso não é do seu feitio.

– Já está você fazendo troça, como nos velhos tempos. – Taggart se afastou lentamente, como que por acaso, do grupo, na esperança de que Francisco viesse com ele. – Você sabe que não há uma só pessoa nesta sala que não adoraria poder conversar com você.

– É mesmo? Pois eu diria que é justamente o contrário. – Francisco o seguira, obedientemente, mas parou a uma distância em que os membros da roda ainda poderiam ouvi-lo.

– Tenho tentado de todos os jeitos entrar em contato com você – disse Taggart –, mas... as circunstâncias não me permitiram conseguir isso.

– Você está tentando esconder de mim o fato de que me recusei a falar com você?

– Bem... quer dizer... mas por que você se recusou?

– Não podia imaginar sobre que assunto você poderia querer falar comigo.

– As minas de San Sebastián, é claro! – disse Taggart, elevando um pouco o tom de voz.

– Ora! O que há com elas?

– Mas... Escute, Francisco, isso é um assunto muito sério. É uma catástrofe, uma coisa nunca vista, e ninguém consegue entender o que aconteceu. Eu nem sei o que pensar. Tenho o direito de saber.

– Direito? Você está sendo um tanto antiquado, não é, James? Mas o que é que você quer saber?

– Bem, antes de mais nada, aquela nacionalização... o que você vai fazer em relação a ela?

– Nada.

– Nada?!

– Mas você certamente não vai querer que eu faça alguma coisa. Minhas minas e a sua ferrovia foram expropriadas pela vontade do povo. Você não quer que eu me oponha à vontade do povo, não é?

– Francisco, isso não é brincadeira!

– Nunca achei que fosse.

– Eu mereço uma explicação! Você deve aos acionistas uma explicação sobre essa situação vergonhosa! Por que foi escolher uma mina que não vale nada? Por que desperdiçou aquele dinheiro todo? Que espécie de trapaça foi essa?

Francisco ficou parado olhando para James, com um ar de espanto delicadamente contido.

– Mas, James, eu achava que você ia aprovar.

– Aprovar?!

– Eu achava que você ia considerar o negócio das minas a realização prática de um ideal moralmente elevado. Lembrando-me das inúmeras vezes que discordamos no passado, pensei que dessa vez você ficaria satisfeito de me ver agindo de acordo com os seus princípios.

– De que você está falando?

Francisco sacudiu a cabeça, decepcionado.

– Não entendo por que você fala em trapaça. Achei que você ia considerar uma tentativa sincera de pôr em prática o que todo mundo vive dizendo. Não estão sempre dizendo que o egoísmo é um mal? Fui totalmente altruísta em relação ao projeto de San Sebastián. Não é errado promover nossos próprios interesses? Eu não tinha nenhum interesse no projeto. Não é um mal almejar o lucro? Não trabalhei pensando em lucro e tive prejuízo. Todo mundo não diz que o objetivo e a justificativa dos empreendimentos industriais não são a produção, e sim o sustento dos funcionários? As minas de San Sebastián foram o empreendimento industrial mais bem-sucedido da história: não produziram nem um pouco de cobre, mas garantiram o sustento de milhares de homens que não teriam conseguido ganhar em todas as suas vidas o que receberam em um dia de trabalho, em um dia em que, aliás, não puderam trabalhar. Não é geralmente aceito que um proprietário é um parasita e explorador, que são os funcionários que fazem todo o trabalho e tornam possível a produção? Eu não explorei ninguém. Não incomodei ninguém nas minas com minha presença supérflua. Deixei-os nas mãos dos homens realmente importantes. Não fiz julgamentos de valor sobre a propriedade. Entreguei-a a um especialista em mineração. Não era um especialista muito bom, mas ele precisava muito do emprego. Não é geralmente aceito que, quando se contrata um funcionário, o importante são as necessidades dele, não suas capacidades? Todo mundo não diz que, para obter os produtos, basta ter necessidade deles? Eu coloquei em prática todos os preceitos morais de nossa época. Esperava gratidão e homenagens. Não entendo por que estou sendo atacado.

Em meio ao silêncio daqueles que o haviam escutado, o único comentário foi a súbita risada estridente de Betty Pope: ela não entendera patavina, porém viu a expressão de fúria impotente no rosto de James Taggart.

Todos olhavam para Taggart, aguardando uma resposta. Estavam indiferentes à discussão, apenas se divertiam por ver alguém constrangido. Taggart assumiu um sorriso condescendente.

– Não acha que eu vou levar a sério o que você disse, acha?

– Antigamente eu pensava que ninguém era capaz de levar isso a sério. Pois eu estava enganado.

– Isso é um acinte! – Taggart levantava a voz de novo. – É simplesmente escandaloso você encarar suas responsabilidades públicas de forma tão leviana! – Virou-se e se afastou apressadamente.

Francisco deu de ombros, espalmando as mãos.

– Está vendo? Bem que eu achava que você não queria falar comigo.

Rearden estava sozinho na extremidade oposta do salão. Philip o observou, se aproximou e fez sinal para Lillian, chamando-a.

– Lillian, acho que Henry não está se divertindo – disse ele, sorrindo. Era impossível saber se o toque de sarcasmo em seu sorriso era dirigido a Lillian ou a Rearden. – Será que a gente não podia fazer alguma coisa?

– Ah, bobagem! – disse Rearden.

– Bem que eu queria saber o que fazer, Philip – disse Lillian. – Sempre quis que Henry aprendesse a se descontrair. Ele é tão sério em relação a todas as coisas. É um puritano rígido. Sempre tive vontade de vê-lo bêbado, ao menos uma vez. O que você sugere?

– Ah, não sei! Mas ele não devia ficar assim sozinho.

– Deixe isso para lá – disse Rearden. Embora consciente de que não devia magoá-los, não resistiu e acrescentou: – Você não imagina como me esforcei para que me deixassem sozinho no meu canto.

– Está vendo? – disse Lillian, sorrindo para Philip. – Gozar a vida e a companhia dos outros não é tão simples quanto fazer aço. Os prazeres intelectuais não se aprendem no mercado.

Philip deu uma risada.

– Não são os prazeres intelectuais que me preocupam. Será que o negócio dele é puritanismo mesmo, Lillian? Se eu fosse você, não o deixaria à solta neste salão cheio de mulheres bonitas.

– Henry pensar em infidelidade? Você o lisonjeia, Philip. Você superestima a coragem dele. – Dirigiu um sorriso frio a Rearden, por um rápido e tenso instante, e depois se afastou.

Rearden olhou para o irmão.

– Que ideia idiota é essa?

– Ah, deixe de bancar o puritano. Será que não se pode brincar com você?

Perambulando sem rumo pelo meio da multidão, Dagny se perguntava por que aceitara o convite para aquela festa. A resposta a surpreendeu: porque queria ver Hank Rearden. Ao vê-lo no meio dos convidados, percebeu o contraste pela primeira vez. Os rostos dos outros pareciam aglomerados aleatórios de feições – cada rosto se confundia com o anonimato geral, e todos eles pareciam estar derretendo. O rosto de Rearden, com suas linhas duras, os olhos azul-claros, o cabelo louro muito claro, tudo tinha a firmeza do gelo. A clareza rígida de seus traços o destacava no meio dos outros, como se ele estivesse atravessando a neblina e um raio de luz o iluminasse.

Involuntariamente, o olhar de Dagny era atraído por ele a toda hora. Ela nunca o surpreendia olhando em sua direção. Não podia acreditar que ele a estivesse evitando intencionalmente: não havia razão para isso. No entanto, estava certa de que era isso que ele estava fazendo. Queria se aproximar dele para certificar-se de que aquela impressão era falsa. Porém algo a impedia. Dagny não conseguia compreender o porquê daquela relutância.

Rearden aturava com paciência uma conversa com sua mãe e duas senhoras. A mãe queria que ele as distraísse contando histórias sobre sua juventude e sua luta. Rearden obedeceu, dizendo a si próprio que, lá à sua maneira, sua mãe se orgulhava dele. Mas sentia que algo nela parecia dar a entender que havia cuidado dele durante toda a sua vida e que era ela a fonte de seu sucesso. Ficou aliviado quando a mãe o deixou se afastar. E escapuliu mais uma vez para a janela.

Ficou ali por algum tempo, escorando-se em sua privacidade como se fosse um apoio físico.

– Sr. Rearden – disse uma voz estranhamente calma ao seu lado –, permita que eu me apresente. Meu nome é Francisco d'Anconia.

Rearden se virou, surpreso. Na voz e no jeito de d'Anconia havia algo que poucas vezes encontrara: um tom de respeito genuíno.

– Muito prazer – respondeu, de forma brusca e seca. Porém o fato é que respondera.

– Percebi que a Sra. Rearden está evitando ter de me apresentar ao senhor e imagino qual seja o motivo. O senhor prefere que eu saia de sua casa?

O ato de dar nome aos bois em vez de evitar o assunto era algo tão diferente do comportamento normal de todos os homens que ele conhecia, algo que lhe proporcionava uma sensação de alívio tão inesperada que Rearden permaneceu calado por um momento, examinando o rosto de d'Anconia. Francisco falara com muita simplicidade. Não era uma censura nem uma súplica: falara de modo a reconhecer, estranhamente, a dignidade de Rearden e a sua própria.

– Não – respondeu Rearden. – Independentemente do que o senhor tiver realmente adivinhado, isso eu não disse.

– Obrigado. Neste caso, o senhor há de permitir que eu lhe dirija a palavra.

– Por que o senhor deseja falar comigo?

– O motivo que me leva a isso não há de lhe interessar no momento.

– Falar comigo certamente não há de ser interessante para o senhor.

– O senhor está enganado a respeito de um de nós, Sr. Rearden, ou de ambos. Vim a esta festa exclusivamente para conhecê-lo.

Antes havia um leve tom de ironia na voz de Rearden. Agora seu tom endureceu e exprimia desprezo:

– O senhor começou abrindo o jogo. Pois continue assim.

– É o que estou fazendo.

– Por que o senhor queria me conhecer? Para me fazer perder dinheiro? Francisco fitou-o nos olhos.

– É... em última análise, é.

– O que é desta vez? Uma mina de ouro?

Francisco sacudiu a cabeça lentamente, com um movimento tão estudado que o gesto quase parecia exprimir tristeza.

– Não, não quero lhe vender nada. Aliás, não tentei vender a mina de cobre a James Taggart. Foi ele que me procurou para fazer o negócio. Isso o senhor não vai fazer.

Rearden riu baixinho.

– Se o senhor tem consciência ao menos disso, já podemos pensar em conversar. Prossiga. Se não é um investimento maluco que o senhor tem em mente, então por que quer me conhecer?

– Para ver como o senhor é.

– Isso não é uma resposta. É dizer a mesma coisa.

– Não exatamente.

– Então, o que o senhor quer é... ganhar minha confiança?

– Não. Não gosto de gente que fala ou pensa em termos de ganhar a confiança dos outros. Quem age honestamente não precisa da confiança prévia dos outros, apenas de sua percepção racional. Quem quer ter esse tipo de carta branca tem intenções desonestas, quer o admita, quer não.

Rearden lhe dirigiu um olhar de surpresa que era como o gesto involuntário de quem, em desespero, tenta buscar apoio. O olhar traía quanto ele queria encontrar o tipo de homem que julgava estar vendo agora. Então baixou os olhos lentamente, quase fechando-os, para não ver e não trair nada. Seu rosto endureceu. Havia nele uma expressão severa, uma severidade interior dirigida a si próprio. Havia naquele olhar austeridade e solidão.

– Está bem – disse, num tom neutro. – O que o senhor quer, se não é minha confiança?

– Quero compreendê-lo.

– Por quê?

– Por uma razão particular minha que no momento não vem ao caso.

– O que o senhor quer entender a meu respeito?

Francisco se calou e olhou para a escuridão lá fora. O fogo da siderúrgica estava morrendo. Só restava um leve toque de vermelho ao longe, no horizonte, o bastante apenas para desenhar o contorno dos fragmentos de nuvens rasgados pela tempestade no céu. Formas indistintas surgiam e desapareciam na escuridão. Eram galhos, mas pareciam ser a própria fúria do vento tornada visível.

– É uma noite terrível para um animal surpreendido nesse descampado

– disse Francisco d'Anconia. – É nessas horas que a gente compreende o que significa ser homem.

Rearden não respondeu de imediato. Depois disse, como se falasse para si mesmo, com um tom de espanto na voz:

– Engraçado...

– O quê?

– O senhor disse algo que pensei ainda há pouco...

– É mesmo?

– ... só que não encontrei as palavras que exprimissem a ideia.

– Quer que eu continue a exprimi-la?

– Pois continue.

– O senhor contemplou essa tempestade com o maior orgulho que é possível sentir: orgulho por poder ter flores de verão e mulheres seminuas em sua casa numa noite como esta, uma demonstração da sua vitória sobre aquela tempestade. E, não fosse o senhor, a maioria das pessoas que estão aqui estaria impotente, entregue à fúria daquele vento num descampado como esse.

– Como o senhor sabia disso?

Ao mesmo tempo que fez a pergunta, Rearden se deu conta de que o outro dera nome não a seus pensamentos, mas sim às suas emoções mais recônditas, mais pessoais, e que ele, que jamais confessava suas emoções a ninguém, havia-o feito ao reagir com essa pergunta. Viu nos olhos de D'Anconia um leve brilho, como um sorriso, ou um reconhecimento.

– E o senhor, o que o senhor entende desse tipo de orgulho? – perguntou Rearden, cáustico, como se o desprezo da segunda pergunta pudesse anular a confidência da primeira.

– Era isso que eu sentia quando jovem.

Rearden o encarou. Não havia zombaria nem autocomiseração no rosto de Francisco. As faces nobres e esculpidas e os olhos azul-claros exprimiam uma serenidade silenciosa. O rosto estava aberto, exposto a qualquer golpe, sem defesas.

– Por que o senhor quer falar sobre isso? – perguntou Rearden, movido por uma compaixão relutante e momentânea.

– Digamos que... por uma questão de gratidão, Sr. Rearden.

– Gratidão? Dirigida a mim?

– Se o senhor a aceitar.

A voz de Rearden endureceu:

– Não pedi gratidão. Não preciso.

– Eu não disse que o senhor precisava. Mas, de todos que está salvando da tempestade hoje, eu sou o único que a oferece... se a aceitar.

Após uma pausa, Rearden perguntou em voz baixa, num tom quase de ameaça:

– O que o senhor está tentando fazer?

– Estou chamando sua atenção para a natureza daqueles para quem o senhor trabalha.

– Só mesmo um homem que não dedicou nem mesmo um dia de sua vida ao trabalho honesto poderia pensar ou dizer uma coisa dessas. – O desprezo na voz de Rearden continha um toque de alívio. Ele fora desarmado por uma dúvida referente ao julgamento que fizera do caráter de seu adversário. Agora aquela dúvida desaparecera. – O senhor não compreenderia se eu lhe dissesse que o homem que trabalha o faz para si próprio, mesmo que carregue nos ombros um bando de desgraçados como vocês. Agora sou eu que vou adivinhar o que o senhor está pensando: pode dizer que isso é mau, que sou egoísta, convencido, cruel, que não tenho coração. Isso tudo é verdade. Não quero saber dessa conversa fiada de trabalhar para os outros. Eu não.

Pela primeira vez, Rearden viu uma reação pessoal se esboçar nos olhos de D'Anconia, algo de ansioso e jovem.

– A única coisa errada no que disse – respondeu Francisco – é o senhor achar que isso é mau. – Enquanto Rearden permanecia em silêncio, sem acreditar no que ouvia, Francisco apontou para a multidão de convidados. – Por que o senhor está disposto a carregá-los nas costas?

– Porque se trata de um bando de crianças infelizes que lutam para permanecer vivas, desesperadamente e sem sucesso, enquanto eu... eu nem reparo no fardo que carrego.

– Por que o senhor não diz isso a eles?

– O quê?

– Que o senhor trabalha para si mesmo, não para eles.

– Eles sabem.

– Ah, sabem, sim. Todos eles sabem. Mas pensam que o senhor não sabe. E tudo o que fazem é para que o senhor não descubra.

– E por que devo me preocupar com o que eles pensam?

– Porque se trata de uma guerra em que é preciso deixar clara a posição em que se está.

– Uma guerra? Que guerra? Eu tenho o chicote na mão. Não luto contra quem está desarmado.

– E por acaso eles estão? Eles têm uma arma contra o senhor. É a única arma deles, porém é terrível. Pergunte a si próprio que arma é essa um dia desses.

– Onde o senhor vê sinal dela?

– No fato imperdoável da infelicidade do senhor.

Rearden podia aceitar qualquer tipo de censura, xingamento, condenação. A única reação humana que não aceitava era a piedade. Uma raiva fria e rebelde o trouxe de volta à plena realidade do momento. Para não reconhecer a natureza da emoção que sentia, ele disse:

– Que atrevimento é esse? O que o senhor pretende?

– Digamos que... dar ao senhor as palavras que lhe serão necessárias quando a hora chegar.

– Por que o senhor resolveu falar sobre isso comigo?

– Na esperança de que o senhor se lembre do que falei.

O que ele sentia, pensava Rearden, era raiva perante o fato incompreensível de que ele se permitira desfrutar esta conversa. Sentia indistintamente que havia ali uma traição, algum perigo desconhecido.

– O senhor quer que eu esqueça que o senhor é o que é? – perguntou, consciente de que era isso que ele havia esquecido.

– Não quero que o senhor pense em mim, em absoluto.

Por trás da raiva, a emoção que Rearden não queria admitir continuava impensada e inexpressa. Ele só a sentia como uma leve dor. Se a tivesse encarado, teria percebido que ainda ouvia a voz de D'Anconia dizendo: "Eu sou o único que a oferece... se a aceitar." Ouvia aquelas palavras e o tom de voz estranhamente solene, e uma resposta inexplicável de sua parte, algo dentro de si que queria gritar que sim, aceitar, dizer a esse homem que aceitava, precisava de... mas não havia nome para aquilo de que ele precisava, não era gratidão, e ele sabia que não era gratidão que aquele homem tinha em mente.

Em voz alta, disse:

– Não fui eu que o procurei para falar. Mas já que o senhor me procurou, agora vai ter de me ouvir. Para mim, só existe um tipo de depravação: a do homem sem objetivo.

– É verdade.

– Sou capaz de perdoar todos esses outros. Eles não são maus, são apenas impotentes. Mas o senhor... o senhor eu não posso perdoar.

– O que eu quero é alertá-lo contra o pecado do perdão.

– O senhor teve as maiores oportunidades possíveis. O que fez com elas? Se é capaz de entender todas as coisas que acaba de me dizer, como é que o senhor pode se dirigir a mim? Como o senhor pode encarar quem quer que seja depois da destruição que causou naquela história das minas no México?

– O senhor está no seu direito, se quiser me condenar por isso.

Dagny estava perto da janela, ouvindo. Os dois não perceberam sua presença. Ela os vira juntos e se aproximara, atraída por um impulso inexplicável e irresistível. Parecia-lhe de importância crucial que ela soubesse o que aqueles dois diziam um ao outro.

Ela ouvira o fim da conversa. Jamais lhe parecera possível que D'Anconia aceitasse uma derrota. Ele era capaz de esmagar qualquer adversário em qualquer tipo de contenda. No entanto, ali, ele não oferecia nenhuma resistência. Dagny sabia que não era indiferença. Conhecia seu rosto o bastante para ver como lhe era difícil manter a calma – viu a marca sutil de um músculo tenso em seu pescoço.

– Entre todos aqueles que vivem à custa das capacidades dos outros – disse Rearden –, o senhor é o único que é realmente um parasita.

– Eu lhe dei motivos para pensar assim.

– Então com que direito o senhor vem me falar sobre o significado de ser homem? Foi o senhor quem traiu tal significado.

– Lamento tê-lo ofendido por agir de um modo que o senhor tem todo o direito de considerar presunçoso.

D'Anconia fez uma mesura e se virou para se afastar. Sem querer, sem perceber que a pergunta negava sua raiva, que era uma tentativa de deter o outro, Rearden disse:

– O que era que o senhor queria compreender a meu respeito?

D'Anconia se virou. A expressão em seu rosto não havia mudado. Era ainda um olhar sério de respeito cortês.

– Já compreendi – respondeu ele.

Rearden ficou a contemplá-lo, enquanto D'Anconia se misturava à multidão. Desapareceu entre a figura de um mordomo que levava uma travessa de cristal e a do Dr. Pritchett, que se debruçava para pegar mais um canapé. Rearden olhou pela janela. Não havia nada a ser visto naquela escuridão, nada além do vento.

Dagny deu um passo à frente quando Rearden se afastou da janela. Ela sorriu, claramente tomando a iniciativa de puxar conversa. Ele parou.

Dagny julgou que ele o fizera a contragosto e se apressou a falar, para quebrar o silêncio:

– Hank, por que tantos intelectuais do tipo espoliador aqui? Eu não convidaria essa gente à minha casa.

Não era isso que ela queria dizer. Mas Dagny não sabia o que queria dizer. Era a primeira vez que ela se sentia sem palavras na presença de Rearden.

Viu que os olhos do homem se estreitavam, como uma porta sendo fechada.

– Não vejo motivo para não convidá-los a uma festa – respondeu, frio.

– Ah, não era minha intenção criticar seu gosto em matéria de convidados. Mas... bem, é que eu estava tentando não descobrir qual deles é Bertram Scudder. Se eu descobrir, lhe dou um bofetão. – Tentou assumir um tom descontraído. – Não quero fazer cena, mas não sei se vou conseguir me controlar. Não acreditei quando me disseram que a Sra. Rearden o convidou.

– Eu o convidei.

– Mas... – Baixou o tom de voz. – Por quê?

– Não dou importância a ocasiões como esta.

– Desculpe, Hank. Não sabia que você era tão tolerante. Eu não sou.

Rearden não disse nada.

– Sei que você não gosta de festas. Eu também não. Mas às vezes fico pensando... quem sabe nós dois não somos os únicos que temos o direito de nos divertir nas festas.

– Infelizmente, creio que não tenho esse tipo de talento.

– Para isso, não. Mas você acha que essas pessoas estão se divertindo? Estão apenas se esforçando para ser mais insensatas e vazias do que de costume. Sentir-se leves e sem importância... Sabe, acho que é só quem se sente imensamente importante que pode realmente sentir-se leve.

– Não entendo dessas coisas.

– É só um pensamento que me incomoda de vez em quando... Pensei nisso no meu primeiro baile... Não consigo me livrar da ideia de que as festas são comemorações, e de que só devia haver comemorações para aqueles que têm o que comemorar.

– Nunca pensei nisso.

Dagny não conseguia adaptar suas palavras à rígida formalidade de Rearden, não conseguia acreditar no que via. Eles dois sempre se sentiam tão à vontade juntos, no escritório dele. Agora Rearden parecia estar numa camisa de força.

– Hank, olhe só. Se você não conhecesse nenhuma dessas pessoas, não seria lindo? As luzes, as roupas, toda a imaginação que criou isso tudo... – Ela estava olhando para o salão. Não percebeu que o olhar de Rearden não acompanhara o seu. Ele estava olhando para as sombras no ombro nu de Dagny, as suaves sombras azuis projetadas por seus cabelos. – Por que deixamos tudo para os tolos? Devia ser nosso.

– Como assim?

– Não sei... Sempre achei que as festas deviam ser empolgantes e brilhantes, como uma bebida rara. – Ela riu. Havia um toque de tristeza naquele riso. – Mas eu também não bebo. É apenas mais um símbolo que não quer dizer o que devia querer dizer. – Rearden permanecia mudo. Dagny acrescentou: – Talvez tenhamos perdido alguma coisa.

– Não tenho consciência disso.

Com uma sensação súbita de vazio desolador, Dagny achou bom que ele não tivesse entendido, percebendo vagamente que ela havia revelado demais, embora não soubesse o quê. Deu de ombros. O movimento estremeceu a curva do seu ombro como uma leve convulsão.

– É só uma velha ilusão minha – disse Dagny, com indiferença. – Apenas um estado de espírito que aparece de ano em ano, ou uma vez a cada dois anos até. Diga-me a mais recente cotação do aço que esqueço tudo isso.

Dagny não sabia que o olhar de Rearden a seguia enquanto ela se afastava.

Atravessou o salão lentamente, sem olhar para ninguém. Percebeu uma pequena roda que se formara perto da lareira apagada. A sala não estava fria, mas a maneira como eles estavam sentados parecia indicar que todos se deliciavam com a ideia de um fogo ausente.

– Não sei por quê, mas estou ficando com medo do escuro. Não, não agora, mas só quando estou sozinha. O que me assusta é a noite. A noite enquanto noite.

Quem falava era uma velha solteirona com ar de distinção e desespero. As três mulheres e os dois homens do grupo estavam bem-vestidos. Sua cútis era bem cuidada, mas eles tinham um ar de cautela ansiosa que fazia com que suas vozes saíssem num tom mais baixo do que o normal e apagava as diferenças de idade que havia entre eles, dando a todos a mesma aparência cinzenta de quem está esgotado. Era a aparência que se via em todas as pessoas respeitáveis, em todos os lugares. Dagny parou e escutou.

– Mas, minha querida – perguntou alguém –, por que esse medo?

– Não sei – respondeu a solteirona. – Não tenho medo de ladrões, nada disso. Mas fico a noite toda acordada. Só durmo quando vejo que o céu está clareando. É muito estranho. Toda noite, quando escurece, tenho a sensação de que é o fim, de que o dia nunca mais vai renascer.

– Tenho uma prima que mora na costa do Maine. Ela me escreveu uma carta dizendo que sente exatamente isso – disse uma das mulheres.

– Ontem à noite – disse a solteirona – não dormi por causa dos tiros. O tiroteio durou a noite inteira no mar. Não havia luzes. Nada. Só as explosões, com longos intervalos entre uma e outra, no meio da neblina, em pleno Atlântico.

– Li algo a respeito disso no jornal hoje. Era a Guarda Costeira praticando tiro.

– Não, não – disse a solteirona, com indiferença. – Todo mundo lá na costa sabe o que foi. Era a Guarda Costeira tentando pegar Ragnar Danneskjöld.

– Ragnar Danneskjöld na baía de Delaware?! – exclamou uma mulher.

– Foi, sim. Dizem que não é a primeira vez.

– Conseguiram pegá-lo?

– Não.

– Ninguém consegue – disse um dos homens.

– A República Popular da Noruega ofereceu uma recompensa de 1 milhão de dólares para quem pegá-lo.

– É muito dinheiro por um pirata.

– Mas como é que se pode ter ordem e segurança no mundo com um pirata solto navegando os sete mares?

– Sabem o que foi que ele capturou ontem à noite? – perguntou a solteirona. – Aquele navio cheio de mantimentos que estávamos mandando para auxiliar a República Popular da França.

– O que ele faz com as coisas que saqueia?

– Ah, isso ninguém sabe.

– Conheci uma vez um marinheiro que trabalhava num navio que Danneskjöld atacou e que o conheceu em pessoa. Disse que ele tem o cabelo mais louro e o rosto mais apavorante do mundo, um rosto sem o menor sinal de emoção. Se já houve no mundo uma pessoa sem coração, é esse homem, me disse o marinheiro.

– Um sobrinho meu viu Danneskjöld uma noite, perto da costa da

Escócia. Disse que não acreditou no que viu. O navio dele era melhor do que qualquer navio da Marinha da República Popular da Inglaterra.

– Dizem que ele se esconde num daqueles fiordes noruegueses onde ninguém jamais o encontrará. Era lá que os vikings se escondiam na Idade Média.

– Também a República Popular de Portugal pôs a cabeça dele a prêmio. Assim como a República Popular da Turquia.

– Dizem que é um escândalo nacional na Noruega. Ele é de uma das famílias mais distintas do país. Ela perdeu a fortuna há várias gerações, mas seu nome é um dos mais nobres. As ruínas do castelo da família ainda existem. O pai dele é bispo. Ele renegou e excomungou o filho, mas não adiantou nada.

– Sabem que Danneskjöld estudou aqui? É, sim. Na Universidade Patrick Henry.

– Não diga!

– Pois é verdade. Pode conferir.

– O que me incomoda é... Sabe, não gosto disso. Não gosto de saber que ele agora anda aparecendo por aqui, nas nossas águas territoriais. Eu achava que coisas assim só aconteciam lá nas terras abandonadas da Europa. Mas um fora da lei perigoso como ele atuando aqui em Delaware, na época em que vivemos!

– Ele já esteve em Nantucket também. E em Bar Harbor. Pediram aos jornais que não falassem nele.

– Por quê?

– Para que as pessoas não saibam que a Marinha não consegue pegá-lo.

– Não estou gostando disso. É estranho. Parece uma coisa saída da Idade das Trevas.

Dagny ergueu os olhos. Viu Francisco d'Anconia a alguns passos dela. Ele a olhava com uma espécie de curiosidade enfática. Seus olhos a encaravam com ironia.

– Vivemos num mundo estranho – disse a solteirona, em voz baixa.

– Li um artigo – disse uma das mulheres, num tom neutro – que dizia que as épocas difíceis fazem bem às pessoas. Faz bem empobrecer. Aceitar as privações é uma virtude moral.

– Parece que é – disse outra, sem convicção.

– Não há motivo para preocupações. Li um discurso que dizia que é inútil se preocupar ou pôr a culpa em alguém. Ninguém tem culpa de agir como age. É assim que as coisas são. Não há nada que se possa fazer a respeito de nada. Temos que aprender a suportar.

– De que adianta? Qual o destino do homem? Não é o de eternamente esperar e nunca conseguir? O homem sábio é o que nem tenta ter esperanças.

– Essa é a atitude correta.

– Não sei... Não sei mais o que é correto... Como é que se pode saber?

– Ah, quem é John Galt?

Dagny se virou bruscamente e se afastou do grupo. Uma das mulheres a seguiu.

– Mas eu sei – disse ela, no tom misterioso de quem revela um segredo.

– Sabe o quê?

– Eu sei quem é John Galt.

– Quem? – perguntou Dagny com a voz tensa, parando.

– Conheço um homem que conheceu John Galt pessoalmente. Esse homem é um velho amigo de uma tia-avó minha. Ele estava presente quando tudo aconteceu. Conhece a lenda da Atlântida, Srta. Taggart?

– O quê?

– Atlântida.

– Bem... vagamente.

– As Ilhas Abençoadas. Era assim que os gregos as denominavam há milhares de anos. Diziam que a Atlântida era o lugar onde moravam os espíritos dos heróis, numa felicidade desconhecida para o restante do mundo. Um lugar onde só podiam entrar os espíritos dos heróis, e eles o faziam sem morrer, porque traziam dentro de si o segredo da vida. Já naquela época a Atlântida estava perdida para os homens. Mas os gregos sabiam que tinha existido. Tentaram encontrá-la. Alguns diziam que estava enterrada no coração da Terra. Mas a maioria afirmava que era uma ilha, uma ilha radiante nos mares ocidentais. Talvez estivessem pensando na América. Jamais a encontraram. Depois, durante séculos, diziam que era apenas uma lenda. Não acreditavam, mas nunca pararam de procurar, porque sabiam que era isso que tinham de achar.

– Bem, mas e John Galt?

– Ele a encontrou.

Dagny havia perdido o interesse.

– Quem era ele?

– John Galt era um milionário, dono de uma fortuna incalculável. Estava navegando em seu iate certa noite, em pleno Atlântico, no meio da pior tempestade que o mundo já conheceu, quando descobriu a Atlântida. Viu-a no fundo do mar, onde ela havia se escondido para fugir dos homens. Viu as torres da Atlântida brilhando no fundo do oceano. Era uma visão tal que quem a vislumbrasse nunca mais ia querer ver o restante do mundo. John Galt afundou seu navio com toda a tripulação. Todos resolveram ir juntos. Meu amigo foi o único sobrevivente.

– Interessante.

– Meu amigo viu com os próprios olhos – disse a mulher, ofendida. – Aconteceu há muitos anos. Mas a família de John Galt abafou a história.

– E o que aconteceu com a fortuna dele? Nunca ouvi falar na fortuna dos Galt.

– Afundou com ele. – A mulher acrescentou, agressiva: – Se não quer acreditar, não acredite.

– A Srta. Taggart não acredita – disse Francisco d'Anconia. – Eu acredito.

Viraram-se. Ele as havia seguido e as encarava com um olhar insolente de interesse exagerado.

– O senhor alguma vez já teve fé em alguma coisa, Sr. D'Anconia? – perguntou a mulher, zangada.

– Não, madame.

D'Anconia deu uma risada quando a mulher se afastou bruscamente.

Dagny perguntou com frieza:

– Qual é a graça?

– A graça é que aquela mulher, coitada, não sabe que estava lhe dizendo a verdade.

– Você acha que vou acreditar nisso?

– Não.

– Então de que você acha tanta graça?

– Ah, de tantas coisas aqui. Você não acha?

– Não.

– Pois isso é uma das coisas que eu acho engraçadas.

– Francisco, quer me deixar em paz?

– Mas é isso que tenho feito sempre. Você não reparou que foi você quem me dirigiu a palavra hoje?

– Por que você fica me olhando o tempo todo?

– Curiosidade.

– Em relação a quê?

– À sua reação às coisas em que você não acha graça.

– E por que você está interessado nas minhas reações?

– É assim que me divirto. Aliás, você não está se divertindo nem um pouco, não é, Dagny? E, além disso, você é a única mulher aqui que vale a pena olhar.

Dagny ficou parada, desafiadora, porque a maneira como Francisco a olhava exigia que ela se afastasse zangada. Ficou ereta, tesa, a cabeça erguida com impaciência. Era um porte de executivo, nada feminino. Porém o ombro nu traía a fragilidade do corpo sob o vestido preto, e sua pose ressaltava a mulher que ela era. A força orgulhosa se tornava um desafio para a força superior de qualquer adversário, e sua fragilidade lembrava que o desafio podia ser vencido. Ela não tinha consciência disso. Jamais conhecera alguém que o tivesse percebido.

D'Anconia a olhou de alto a baixo e disse:

– Dagny, que magnífico desperdício!

Dagny teve de se virar e fugir. Sentiu que enrubescia, pela primeira vez em muitos anos, porque de repente se dera conta de que naquela frase D'Anconia exprimira o que ela havia sentido durante toda a festa.

Corria tentando não pensar em nada. A música a deteve. Começou a tocar no rádio de repente. Dagny percebeu que Mort Liddy, que havia ligado o rádio, agitava os braços e gritava para um grupo de amigos:

– É essa! É essa! Eu quero que vocês ouçam!

Aqueles acordes imponentes eram o início do Quarto Concerto de Halley. A música se elevava, num triunfo sofrido. Falava da negação da dor, celebrava uma visão longínqua. De repente, as notas se interromperam. Era como se um punhado de lama e pedrinhas tivesse sido jogado sobre a música, e o que se seguiu era como a lama pingando e escorrendo. Era uma versão popular do concerto de Halley. A melodia fora distorcida. Os silêncios haviam sido preenchidos com soluços. Aquela grande afirmação de júbilo fora transformada numa risada de bar. Porém eram ainda os vestígios da melodia de Halley que lhe davam forma. Era a melodia que a sustentava como uma espinha dorsal.

– Bonito, hein? – Mort Liddy sorria para os amigos, orgulhoso e nervoso. – Bonito, hein? Melhor trilha sonora de filme do ano. Ganhei um prêmio. Ganhei um contrato. É, foi a trilha que fiz para *O paraíso está no seu quintal*.

Dagny ficou estatelada, olhando para o salão, como se um sentido pudesse substituir outro, como se a visão pudesse aniquilar a audição. Sua cabeça girava lentamente, tentando encontrar algum ponto de apoio. Viu D'Anconia encostado a uma coluna, de braços cruzados. Ele olhava para ela e ria.

Não fique tremendo assim, pensou ela. *Saia daqui.* Estava sendo dominada por uma raiva incontrolável. *Não diga nada. Vá andando. Saia.*

Havia começado a andar cuidadosamente, bem devagar. Ouviu as palavras de Lillian e parou. A mulher já as repetira muitas vezes naquela noite, em resposta à mesma pergunta, mas era a primeira vez que Dagny as ouvia.

– Isto aqui? – dizia Lillian, estendendo o braço com a pulseira de metal para mostrá-la a duas mulheres muito elegantes. – Não foi comprada numa loja de ferragens, não. É um presente muito especial de meu marido. Ah, sim, é horrível, sem dúvida. Mas dizem que é de valor inestimável, sabem? É claro que eu a trocaria por qualquer pulseira de brilhantes que me oferecessem, mas ninguém ainda me ofereceu uma, muito embora esta seja tão valiosa. Por quê? Minha querida, é o primeiro objeto que foi feito com metal Rearden.

Dagny não via o salão. Não ouvia a música. Sentia a pressão de um silêncio morto em seus ouvidos. Não sabia nada sobre os instantes que haviam decorrido, nem sobre os que se seguiriam. Não conhecia as pessoas envolvidas, nem a si própria, nem Lillian, nem Rearden, nem o significado de seu próprio ato. Foi um instante isolado de qualquer contexto. Ela ouvira. Estava olhando para a pulseira de metal de um azul-esverdeado.

Sentiu que algo estava sendo arrancado de seu pulso e ouviu sua própria voz dizendo, no meio de um silêncio profundo, muito tranquilamente, uma voz fria como um esqueleto, despida de qualquer emoção:

– Se a senhora não for a covarde que julgo ser, aceitará a troca.

Em sua mão, estendida em direção a Lillian, estava sua pulseira de brilhantes.

– A senhorita não está falando sério, não é? – indagou uma voz de mulher.

Não era a voz de Lillian. Os olhos dela a miravam de frente. Dagny os via. Lillian sabia que ela estava falando a sério.

– Me dê essa pulseira – disse Dagny, levantando a mão um pouco. A faixa de brilhantes reluzia.

– Isto é horrível! – exclamou uma mulher. Estranhamente, o grito soou muito nítido. Então Dagny percebeu que havia um grupo de pessoas ao seu redor e que todas estavam em silêncio. Agora ela ouvia outros sons, até mesmo música; era o concerto de Halley, em sua versão estropiada, ao longe.

Dagny viu o rosto de Rearden. Parecia que algo dentro dele estava estropiado também, como a música. Ela não sabia o quê. Rearden as observava.

A boca de Lillian se curvou para cima. Parecia um sorriso. Ela abriu sua pulseira, colocou-a na mão de Dagny e pegou a outra, de brilhantes.

– Obrigada, Srta. Taggart.

Os dedos de Dagny se fecharam em torno da peça de metal. Ela sentia o contato – não sentia mais nada.

Lillian se virou porque Rearden aproximara-se dela. Ele pegou a pulseira de brilhantes de sua mão e a colocou em seu pulso. Levou-lhe a mão aos lábios e a beijou.

Não olhou para Dagny.

Lillian riu, um riso alegre, fácil, e a festa voltou ao normal.

– Quando a senhorita mudar de ideia, eu lhe devolvo a pulseira, Srta. Taggart – disse ela.

Dagny havia se virado. Sentia-se tranquila e livre. Não sentia mais aquela pressão, nem a necessidade de ir embora dali.

Apalpou a pulseira de metal em seu pulso. Gostou de sentir aquele peso contra a pele. Inexplicavelmente, sentiu um toque de vaidade feminina, de um tipo que jamais sentira antes: o desejo de ser vista usando aquele ornamento.

Dagny ouvia vozes indignadas ao longe: "O gesto mais ofensivo que já vi... Terrível... Ainda bem que Lillian aceitou... Bem feito, já que ela quer jogar fora milhares de dólares..."

Durante o restante da festa, Rearden ficou ao lado da esposa. Participou das mesmas conversas que ela, riu com os amigos dela. De repente, havia se transformado num marido dedicado, descomedido, amoroso.

Rearden estava atravessando o salão carregando uma bandeja com bebidas para amigos de Lillian – um gesto de informalidade que não condizia com sua dignidade, e que ninguém jamais o vira fazer –, quando Dagny se aproximou dele. Ela parou e olhou para Rearden, como se os dois estivessem sozinhos em seu escritório. Rearden olhou para ela. Na linha de seu olhar, das pontas dos dedos de Dagny até o rosto, seu corpo estava nu, ostentando apenas a pulseira de metal.

– Desculpe, Hank – disse ela –, mas eu tive que fazer isso.

Os olhos de Rearden permaneciam vazios de expressão. Porém, de repente, ela se deu conta de que ele tinha vontade de esbofeteá-la.

– Não era necessário – respondeu ele com frieza, e se afastou.

◄◄◄

Já era bem tarde quando Rearden entrou no quarto da esposa. Ela ainda estava acordada. O abajur da mesa de cabeceira estava aceso.

Lillian estava na cama, recostada em travesseiros de linho verde-claro. Seu robe de cetim tinha essa mesma cor. Ela o envergava com a perfeição impecável de um manequim de vitrine, suas dobras lustrosas dando a impressão de ainda conter as folhas de papel de seda em que haviam sido embaladas. A luz do abajur, cor de flor de maçã, iluminava uma mesa com um livro, um copo de suco de fruta e uma série de utensílios de toalete de prata, que reluziam como instrumentos cirúrgicos. Havia um pouco de batom rosa pálido em seus lábios. Não havia nela nenhum sinal de cansaço depois da festa – nenhum sinal de que pudesse se cansar. O aposento era exatamente o que um decorador faria para um quarto de senhora: um lugar para dormir, para não ser incomodada.

Rearden ainda estava com a roupa da festa. Sua gravata estava frouxa e alguns fios de cabelo lhe caíam sobre o rosto. Lillian o olhava sem espanto, como se soubesse o que a última hora que ele havia passado em seu próprio quarto fizera com ele.

Rearden contemplava a mulher em silêncio. Havia muito tempo que ele não entrava em seu quarto. Ficou parado, arrependido de ter ido lá.

– É de praxe conversar, não é, Henry?

– Se você quiser...

– Eu queria que você chamasse um de seus peritos da siderúrgica para dar uma olhada no forno da cozinha. Sabe que ele apagou durante a festa e Simons teve a maior dificuldade em acendê-lo de novo?... A Sra. Weston disse que a melhor coisa que temos é o cozinheiro: ela adorou os salgadinhos... Balph Eubank disse uma coisa muito engraçada sobre você: que você é um cruzado, com fumaça de chaminé em vez de pluma... Ainda bem que você não gosta de Francisco d'Anconia. Eu não o suporto.

Rearden não se deu ao trabalho de explicar sua presença ali, ou de disfarçar a derrota, ou de admiti-la, indo embora. Naquele momento, pouco lhe importava o que ela adivinhasse ou pensasse. Caminhou até a janela e olhou para fora.

Por que me casei com ela?, pensou. Era uma pergunta que ele não fizera no dia do casamento, oito anos antes. Desde então, em sua solidão sofrida, ele a repetira muitas vezes. E não conseguia encontrar uma resposta.

Não foi por status, pensou ele, *nem por dinheiro*. Lillian era de uma família tradicional que possuía ambas as coisas. Não que fosse das famílias mais distintas do país, nem das mais ricas, mas tanto o nome quanto a fortuna eram suficientes para que ela frequentasse os círculos mais refinados da sociedade nova-iorquina, onde ele a conhecera. Nove anos antes, Rearden aparecera em Nova York como uma explosão, iluminado pelo sucesso da Siderúrgica Rearden, um sucesso que os peritos da cidade haviam julgado impossível. Fora sua indiferença que o tornara espetacular. Não sabia que esperavam dele que tentasse subir no meio social por meio do dinheiro e que aguardavam com prazer o momento de rejeitá-lo. Não teve tempo de perceber a decepção geral.

Com relutância, comparecia a algumas reuniões sociais para as quais era convidado por homens que cobiçavam seu favor. Rearden não sabia – mas eles sabiam – que sua polidez urbana era uma condescendência para com aqueles que antes esperavam poder esnobá-lo, que antes diziam que já terminara a era das grandes realizações espetaculares.

O que o atraiu foi a austeridade de Lillian – o conflito entre sua austeridade e seu comportamento. Rearden jamais gostara de ninguém, nem esperara que gostassem dele. Sentia-se fascinado por aquela mulher que abertamente o perseguia, porém o fazia claramente com relutância, como se contra sua própria vontade, como se se ressentisse daquele desejo e tentasse reprimi-lo. Era ela quem combinava um encontro com ele e depois o recebia com frieza, como se não se importasse que ele percebesse. Falava pouco; tinha um ar de mistério que parecia dizer a Rearden que ele jamais conseguiria quebrar aquele distanciamento orgulhoso, e também um ar irônico, de quem ria de seu próprio desejo e do dele.

Rearden não conhecera muitas mulheres. Perseguira seu objetivo, pondo de lado tudo aquilo que não dissesse respeito a ele, tanto no mundo quanto em si próprio. Sua dedicação ao trabalho era como aquele fogo da siderúrgica, um fogo que queimava todos os elementos mais vis, todas as impurezas, deixando apenas a torrente branca de um único metal. Ele era incapaz de interesses passageiros. Mas havia momentos em que sentia um acesso súbito de desejo, tão violento que não podia se satisfazer com um encontro aleatório. Entregava-se a esse desejo, em poucas ocasiões por ano, com mulheres de quem julgava gostar. Terminava com um sentimento irritado de vazio, porque buscara um ato de triunfo, ainda que desconhecesse a natureza dele. Porém as mulheres só lhe davam a aceitação de um prazer passageiro, e ele sabia perfeitamente que o que ganhara não tinha nenhum significado. O que sentia por fim era não uma sensação de realização, e sim a consciência de sua própria degradação. Chegou a odiar seu próprio desejo. Chegou a acreditar na doutrina segundo a qual o desejo é algo inteiramente físico, não da consciência, mas da matéria, e o revoltava a ideia de que sua carne era livre para escolher e que sua escolha não estava sujeita à vontade de sua mente. Rearden, que passara a vida em minas e usinas, moldando a matéria conforme sua vontade, graças ao poder de seu cérebro, achava intolerável ser incapaz de controlar a matéria de seu próprio corpo. Lutou contra ela. Já havia vencido todas as batalhas contra a natureza inanimada, mas essa batalha ele perdeu.

Foi a dificuldade da conquista que o fez querer Lillian. Ela parecia ser uma mulher que queria e merecia um pedestal. Isso fez com que ele tivesse vontade de arrastá-la para a cama. Arrastá-la – era essa a expressão que se impunha. A palavra "arrastar" lhe dava um prazer obscuro, a sensação de que aquela era uma vitória que valia a pena.

Ele não entendia por quê – achava que se tratava de um conflito obsceno, sinal de alguma depravação secreta dentro de si –, por que sentia, ao mesmo tempo, uma profunda sensação de orgulho quando pensava em conceder a uma mulher o título de sua esposa. Era um sentimento solene e brilhante: era quase como se ele achasse que queria honrar uma mulher pelo fato de possuí-la. Lillian parecia se adequar à imagem que ele não sabia que trazia em si, não sabia que queria encontrar. Viu a graça, o orgulho, a pureza. O restante estava nele mesmo – ele não sabia que estava olhando para seu próprio reflexo.

Lembrava-se ainda do dia em que Lillian viera de Nova York ao seu escritório, por livre e espontânea vontade, e lhe pedira que lhe mostrasse a siderúrgica. Rearden ouviu em sua voz um tom macio, suave, ofegante – sinal de admiração –, que se intensificava à medida que ela lhe fazia perguntas sobre seu trabalho e olhava ao redor. Ele contemplava aquela figura graciosa com o fogo das fornalhas ao fundo, e os passos leves e rápidos de seus pés em sapatos de salto alto se movendo, muito decididos, a seu lado, por entre montes de escória. O olhar de Lillian, ao observar a calda do aço sendo despejada, era como se o próprio sentimento de Rearden pelo seu trabalho se fizesse visível a ele. Quando os olhos dela se voltaram para seu rosto, ele viu o mesmo olhar, porém intensificado a tal ponto que ela parecia impotente e silenciosa. Foi naquela noite, no jantar, que Rearden lhe pediu a mão em casamento.

Foi só algum tempo depois do casamento que Rearden admitiu que aquilo era uma tortura. Ainda se lembrava da noite em que reconhecera o fato, em que dissera a si próprio – as veias de seus pulsos estavam tensas, e ele estava em pé ao lado da cama, olhando para Lillian – que ele merecia aquela tortura e a suportaria. Lillian não estava olhando para ele; estava ajeitando o cabelo.

– Posso dormir agora? – perguntara ela.

Ela nunca fazia objeções. Nunca lhe negava nada, sempre se submetia à sua vontade. Submetia-se em obediência à regra segundo a qual era seu dever, de vez em quando, se tornar um objeto inanimado para uso de seu marido.

Ela não o censurava. Deixava claro que compreendia que os homens tivessem certos instintos degradantes que constituíam o lado sujo e secreto do matrimônio. Manifestava uma tolerância condescendente. Sorria, com repulsa bem-humorada, da intensidade do que ele experimentava.

– É o passatempo mais indigno que conheço – ela lhe disse certa vez –, mas nunca alimentei a ilusão de que os homens são superiores aos animais.

O desejo que ela lhe inspirava morreu na primeira semana do casamento. Restou apenas uma necessidade que ele não conseguia destruir. Rearden jamais entrara num bordel. Por vezes lhe ocorria a ideia de que a repulsa por si próprio que sentiria num lugar daqueles não deveria ser pior do que a que ele sentia quando era levado a entrar no quarto da esposa.

Muitas vezes a encontrava lendo um livro. Ela o colocava de lado, marcando a página com uma fita branca. Quando ele, exausto, de olhos fechados e ofegante, relaxava a seu lado, ela acendia a luz, pegava o livro e continuava a leitura.

Ele dizia a si próprio que merecia a tortura por desejar jamais voltar a tocá-la e não conseguir manter sua decisão. Por isso sentia desprezo por si mesmo. Desprezava aquela necessidade que agora não tinha mais nenhum significado, nem tinha nada de sublime, que se transformara em simples necessidade de um corpo de mulher, um corpo anônimo que pertencia a uma mulher que ele era obrigado a esquecer enquanto possuía. Chegou a se convencer de que aquela necessidade era uma depravação.

Não condenava Lillian. Sentia um respeito sombrio e indiferente por ela. O ódio que lhe inspirava o próprio desejo o fizera aceitar a doutrina segundo a qual as mulheres devem ser puras, e uma mulher pura é aquela que é incapaz de sentir prazer físico.

Durante toda a agonia silenciosa de sua vida de casado, havia uma hipótese que ele não se permitia considerar: a da infidelidade. Ele dera sua palavra. Estava decidido a cumpri-la. Não era fidelidade a Lillian. Não era a pessoa de Lillian que ele queria proteger da desonra: era a pessoa de sua esposa.

Pensava nela agora, à janela. Não quisera entrar em seu quarto. Relutara. Com todas as suas forças, lutara contra a consciência da razão específica pela qual a coisa seria particularmente insuportável naquela noite. Então, ao vê-la, de repente percebeu que não poderia tocá-la. O motivo que o impelira até o quarto de Lillian era o mesmo motivo que o impedia de tocá-la.

Ficou imóvel, livre do desejo, sentindo o triste alívio da indiferença ao próprio corpo, àquele quarto, até mesmo à sua própria presença nele. Afastou-se dela, para não ver aquela castidade laqueada. Achava que devia sentir respeito, porém o que sentia era repulsa.

– ... mas o Dr. Pritchett disse que nossa cultura está morrendo porque nossas universidades são obrigadas a depender das esmolas dos vendedores de carne, dos fabricantes de aço e de flocos de milho.

Por que me casei com ele?, pensou. Aquela voz nítida e animada não estava falando só por falar. Ela sabia por que ele viera até seu quarto. Sabia como ele se sentiria ao vê-la polindo as unhas com sua lixa de prata e falando alegremente. Falava sobre a festa. Porém não mencionou Bertram Scudder – nem Dagny Taggart.

O que ela pretendera ao se casar com ele? Ele sentia a presença de algum propósito frio dentro dela, que a impelia – mas não achava nada que pudesse condenar. Lillian jamais tentara usá-lo. Não exigia nada. Não gostava do prestígio conferido pelo poder industrial – desprezava-o –, preferia seu próprio círculo de amizades. Não estava atrás de dinheiro – gastava pouco –, era indiferente ao tipo de extravagâncias que ele poderia lhe proporcionar. *Ela não tem o direito de me condenar*, pensou Rearden, *nem de romper o vínculo matrimonial.* Na qualidade de esposa, Lillian era uma mulher honrada. Não queria nada de material dele.

Rearden se virou e olhou para ela com um ar cansado.

– A próxima vez que você der uma festa – disse ele –, chame só os seus amigos. Não convide aqueles que você supõe serem meus amigos. Não gosto de me encontrar com eles fora do trabalho.

Ela riu, surpresa, satisfeita.

– Não é para menos, meu bem.

Rearden saiu, sem dizer mais nada.

O que ela quer comigo? pensou. *Ela está atrás de quê?* No mundo que Rearden conhecia, não havia resposta para essa pergunta.

CAPÍTULO 7

EXPLORADORES E EXPLORADOS

Os trilhos subiam por entre as rochas até as torres de perfuração, e as torres se elevavam ao céu. Dagny, da ponte, olhava para o alto do morro, onde o sol atingia um pedaço de metal no topo da torre. Parecia uma tocha branca, ardendo muito acima da neve, nas escarpas da Petróleo Wyatt.

Quando chegar a primavera, pensou ela, *os trilhos se encontrarão com os outros que vêm, em sentido contrário, de Cheyenne.* Seus olhos acompanharam os trilhos de um azul-esverdeado que partiam das torres, desciam, atravessavam a ponte e passavam por ela. Virou a cabeça e os acompanhou a distância, seu olhar atravessando quilômetros de ar límpido. A ferrovia seguia em grandes curvas pela encosta das montanhas até onde os novos trilhos terminavam, e lá um guindaste-locomotiva, como um braço só de ossos e nervos, se movia, tenso, contra o céu.

Um trator passou por ela, carregado de parafusos azul-esverdeados. O ruído das furadeiras era um zumbido constante que vinha lá de baixo, onde homens se balançavam em cabos de metal cortando a pedra nua da garganta entre as montanhas para reforçar os pilares da ponte. Lá embaixo homens trabalhavam, os braços rígidos com a tensão dos músculos, agarrando cabos de soquetes elétricos.

– Músculos, Srta. Taggart – lhe dissera uma vez Ben Nealy, o empreiteiro. – Músculos: é só o que é preciso para construir qualquer coisa no mundo.

Não havia empreiteiro igual a McNamara. Dagny contratara o melhor que pudera encontrar. Não havia um engenheiro na Taggart a quem se pudesse confiar a tarefa de supervisionar o trabalho – todos eles eram céticos em relação ao novo metal.

– Francamente, Srta. Taggart – dissera o engenheiro-chefe –, como é uma experiência que ninguém realizou antes, acho uma injustiça isso ficar sob minha responsabilidade.

– A responsabilidade é minha – respondera Dagny.

Era um homem de 40 e tantos anos que não perdera o ar de informalidade que adquirira na faculdade onde se formara. Antes, o engenheiro-chefe da Taggart Transcontinental era um homem grisalho, caladão, autodidata. Nenhuma ferrovia tinha um engenheiro como aquele. Ele pedira demissão havia cinco anos.

Dagny olhou para baixo da ponte. Estava em pé numa fina viga de aço que atravessava uma garganta de 500 metros de profundidade. Lá no fundo, dava para ver vagamente um leito de rio seco, com pedregulhos e árvores contorcidas pelos séculos. Ela se perguntava se os pedregulhos, os troncos de árvores e os músculos conseguiriam fazer uma ponte que atravessasse aquela garganta. De repente, sem saber por quê, ficou pensando nos homens das cavernas que, durante milênios, haviam vivido nus no fundo daquela garganta.

Levantou o olhar e contemplou os campos petrolíferos da Wyatt. Perto dos poços, a ferrovia se dividia em desvios. Dagny viu as chaves, pequenos discos que pontilhavam a neve. Eram chaves de metal, como tantas outras que havia espalhadas pelo país – só que essas, iluminadas pelo sol, tinham um brilho azul-esverdeado. Para ela, aquelas chaves representavam muitas e muitas horas falando com calma e paciência, tentando convencer o Sr. Mowen, presidente da Companhia de Chaves e Sinais, de Connecticut.

– Mas, minha cara Srta. Taggart! Nossa companhia trabalha com a sua há gerações, seu avô foi o primeiro freguês do meu avô, portanto a senhorita não pode duvidar da nossa vontade de servi-la no que for possível, mas... a senhorita... quer chaves feitas de metal Rearden?

– Quero.

– Mas, Srta. Taggart! Imagine só o que é trabalhar com esse metal! Sabe que ele só se funde a 4 mil graus?... Ótimo? Bem, pode ser ótimo para fabricantes de motores, mas para mim isso representa um novo tipo de fornalha, um processo inteiramente novo, a necessidade de treinar os funcionários, mexer com horários de trabalho, regras trabalhistas, mexer em tudo, e Deus sabe se vai dar certo!... Como é que a senhorita pode ter certeza, se ninguém nunca fez isso antes?... Bem, eu não posso dizer se esse metal dá certo ou não dá certo... Bem, e não sei se é genial, como a senhorita diz, ou se não passa de uma fraude, como muita gente anda dizendo... Não, não, não posso dizer que tanto faz. Quem sou eu para me meter numa aventura dessas?

Dagny ofereceu o dobro do preço original. Rearden mandou dois engenheiros metalúrgicos para ensinar, mostrar, explicar aos funcionários de Mowen todas as etapas do processo. Além disso, Rearden pagou os salários desses funcionários enquanto durou o período de treinamento.

Ela olhou para os trilhos. Para ela, eles representavam a noite em que soube que a Fundição Summit, de Illinois, a única companhia que se dispôs a fazer cavilhas de metal Rearden, havia falido, sem ter feito mais da metade das peças encomendadas. Dagny foi a Chicago naquela noite, tirou da cama três advogados, um juiz e um legislador estadual, subornou dois deles e ameaçou os outros, obteve uma permissão de emergência – cuja legalidade seria dificílimo algum dia determinar –, mandou que abrissem as portas lacradas da Fundição Summit e fez com que um punhado de metalúrgicos, que nem tiveram tempo de terminar de se vestir, fossem para os altos-fornos até o dia nascer. Trabalharam sob a supervisão de um engenheiro da Taggart e de um engenheiro metalúrgico da Rearden. A reconstrução da Linha Rio Norte não foi interrompida.

Dagny ouvia o ruído das furadeiras. O trabalho só fora interrompido uma vez, quando as furações para os pilares da ponte pararam.

– Não tinha jeito, Srta. Taggart – disse Ben Nealy, ofendido. – As brocas se gastam muito depressa. Eu já tinha encomendado, mas a Ferramentas Ltda. teve um problema, não foi culpa deles: é que as Metalúrgicas Associadas não entregaram o aço que eles pediram. Quer dizer, o jeito é esperar. Não adianta ficar contrariada, Srta. Taggart. Estou fazendo o melhor que posso.

– Eu contratei o senhor para fazer determinado serviço, não para fazer o melhor que o senhor pode, seja lá o que quer dizer com isso.

– Muito esquisito isso que a senhorita disse. Muito antipático, Srta. Taggart, muito antipático.

– Dane-se a Ferramentas Ltda. Dane-se o aço. Mande fazer as brocas de metal Rearden.

– Essa não! O diabo desse metal já me deu muito trabalho nesses trilhos que a senhorita encomendou. Eu não vou bagunçar o meu equipamento.

– Uma broca de metal Rearden dura três vezes mais que uma de aço.

– Pode ser.

– Eu disse para o senhor encomendar essas brocas.

– E quem vai pagar por elas?

– Eu.

– E quem é que vai fabricar essas brocas?

Dagny ligou para Rearden. Ele encontrou uma fábrica de ferramentas abandonada havia muitos anos. Uma hora depois, já a havia comprado dos parentes do último proprietário. No dia seguinte, a fábrica foi reaberta. Uma semana depois, brocas de metal Rearden foram entregues na ponte no Colorado.

Ela contemplou a ponte. Não era a melhor solução possível, mas ela tivera que aceitá-la. A ponte, uma estrutura de aço de 400 metros, fora construída no tempo do filho de Nat Taggart. Já não era mais uma estrutura segura. Fora reforçada com barrotes de aço, depois de ferro, depois de madeira – mal valia aqueles esforços. Dagny havia pensado numa ponte nova, de metal Rearden. Pediu ao engenheiro-chefe que fizesse um projeto e um orçamento aproximado. O projeto que ele apresentou era o de uma ponte de aço, com escala reduzida para levar em conta a resistência maior do novo metal, mas os custos eram tamanhos que a coisa estava fora de cogitação.

– Desculpe, Srta. Taggart – disse o engenheiro-chefe, ofendido. – Por que a senhorita diz que eu não soube usar o metal? Esse projeto é uma adaptação dos melhores projetos de ponte existentes. O que a senhorita esperava?

– Um novo método de construção.

– Como assim?

– Quando inventaram o aço, ninguém começou a construir em aço cópias de pontes de madeira. – E acrescentou, cansada: – Faça um orçamento do que será necessário para fazer com que a ponte velha aguente mais uns cinco anos.

– Sim, Srta. Taggart – disse o engenheiro, alegre. – Se a reforçarmos com aço...

– Vamos reforçá-la com metal Rearden.

– Perfeito, Srta. Taggart – disse ele, com frieza.

Dagny olhou para as montanhas cobertas de neve. Em Nova York, por vezes seu trabalho parecia muito difícil. Havia momentos em que ela ficava paralisada de desespero no meio do escritório, porque não era possível esticar o tempo – por exemplo, num dia em que reuniões importantes haviam se sucedido, em que ela discutira motores a diesel velhos, vagões caindo aos pedaços, sistemas de sinalização com defeito, e ao mesmo tempo pensava na mais recente emergência no projeto Rio Norte. Enquanto ela falava, duas listas de metal azul-esverdeado não lhe saíam da cabeça. Quando interrompeu a discussão, ao perceber de repente por que determinada notícia a perturbara, pegou o telefone para fazer uma chamada interurbana para o empreiteiro e lhe disse:

– Onde é que o senhor compra comida para os trabalhadores?... Era o que eu pensava. Pois a Barton & Jones de Denver abriu falência ontem. Melhor encontrar outro fornecedor imediatamente, senão os homens vão morrer de fome.

Lá de seu escritório em Nova York, Dagny havia construído a ferrovia. Parecia muito difícil. Mas agora estava olhando para ela. Estava crescendo. Seria concluída a tempo.

Dagny ouviu passos apressados se aproximando e se virou para ver. Vinha um homem pela ferrovia. Era alto e jovem. Não usava chapéu, apesar do vento frio, e seus cabelos negros estavam bem visíveis. Usava uma jaqueta de couro de trabalhador, mas não parecia ser um trabalhador. Havia uma autoconfiança imperiosa em seu andar que excluía essa possibilidade. Dagny só o reconheceu quando ele chegou bem perto. Era Ellis Wyatt. Não o via desde aquela conversa em seu escritório.

Wyatt parou, olhou para ela e sorriu.

– Olá, Dagny.

Com uma emoção súbita, ela entendeu tudo o que aquelas duas palavras significavam para ela: perdão, compreensão, reconhecimento. Era uma saudação.

Dagny riu como uma criança, feliz por tudo estar dando tão certo.

– Olá – disse ela, estendendo a mão.

A mão de Wyatt segurou a dela um pouco mais do que seria necessário para um simples aperto de mão. Era uma maneira de reconhecer que tudo estava compreendido e resolvido.

– Diga a Nealy que coloque umas cercas novas para deter a neve por uns 2,5 quilômetros lá na garganta de Granada – disse ele. – As que estão lá já apodreceram. Mande um limpa-neve rotativo para ele. Aquela geringonça que ele tem no momento não serve nem para limpar um quintal. As grandes nevascas estão para começar por esses dias.

Dagny pensou por um momento.

– Há quanto tempo você vem fazendo isso?

– O quê?

– Observando a obra.

– De vez em quando. Quando tenho tempo. Por quê?

– Você estava aqui quando caiu aquela barreira?

– Estava.

– Fiquei espantada de ver como eles limparam a estrada depressa, quando me entregaram os relatórios depois. Fiquei achando que Nealy era melhor do que eu pensava.

– Pois não é.

– Foi você que organizou o sistema de transporte dos suprimentos pela ferrovia?

– Claro. Os homens dele passavam a metade do tempo catando as coisas. Diga a ele para tomar cuidado com os tanques d'água. Uma noite dessas vai congelar tudo. Arranje uma valetadeira nova para ele. A que ele tem não está com boa cara. E verifique a fiação.

Dagny o olhou por um momento e disse:

– Obrigada, Ellis.

Ele sorriu e seguiu em frente. Dagny o acompanhou com o olhar enquanto ele atravessava a ponte e seguia a longa subida em direção a suas torres de perfuração.

– Ele acha que é o dono disso aqui, não é?

Dagny se virou, surpresa. Ben Nealy havia se aproximado e apontava para Ellis Wyatt.

– Isso aqui o quê?

– A estrada de ferro, Srta. Taggart. Ou o mundo todo, sei lá. É o que ele acha.

Ben Nealy era um homem grandalhão, com um rosto macio e carrancudo. Os olhos eram teimosos e vazios. À luz azulada refletida pela neve, sua pele era da cor de manteiga.

– Por que ele vive rondando por aqui? – perguntou ele. – Como se ninguém soubesse fazer nada direito, só ele. Metido a besta. Quem ele acha que é?

– Seu cretino – disse Dagny, sem levantar a voz.

Nealy não entendeu por que ela disse isso. Mas algo nele, de algum modo, compreendeu, e Dagny ficou chocada ao perceber que ele não estava chocado. Nealy não disse nada.

– Vamos até seu alojamento – disse Dagny, cansada, apontando para um velho vagão num desvio da ferrovia, a alguma distância dali. – Chame alguém para fazer anotações.

– Agora, aqueles dormentes, Srta. Taggart – ele se apressou a dizer assim que começaram a caminhar –, o Sr. Coleman, do seu escritório, aprovou. Ele não falou em excesso de casca de árvore. Não entendo por que a senhorita acha que eles...

– Eu disse que o senhor vai substituí-los.

Quando saiu do vagão, exausta com o esforço de passar duas horas pacientemente explicando e informando, Dagny viu um automóvel parado na estrada de barro lá embaixo, um carro preto de dois lugares novinho em folha. Naqueles tempos de crise, era muito difícil ver um carro novo em qualquer lugar, quanto mais ali.

Dagny olhou ao redor e não pôde conter uma interjeição de espanto quando viu o vulto alto à entrada da ponte. Era Hank Rearden. Ela não esperava encontrá-lo no Colorado. Parecia absorto em cálculos, com lápis e caderno na mão. Suas roupas atraíam a atenção, como seu carro, e pelo mesmo motivo. Estava de capa e chapéu de aba inclinada, mas ambos eram de tão boa qualidade que pareciam uma ostentação quando comparados às roupas maltrapilhas que se viam em toda parte – mais ainda porque ele os envergava com extrema naturalidade.

De repente, Dagny se deu conta de que estava correndo em direção a ele. Todo o seu cansaço havia desaparecido. Então se lembrou de que não o via desde a festa. Parou.

Rearden a viu, fez sinal para ela com um gesto de contentamento e espanto e foi andando em direção a ela, sorrindo.

– Olá – disse ele. – Sua primeira visita à obra?

– A quinta, em três meses.

– Eu não sabia que você estava aqui. Ninguém me disse.

– Imaginei que você ia acabar não resistindo.

– Não resistindo?

– Não resistindo a vir aqui. E então? O que achou do seu metal?

Rearden olhou ao redor.

– No dia em que você resolver largar a ferrovia, me avise.

– Você me daria um emprego?

– Quando você quiser.

Dagny o encarou por um momento.

– Você só está brincando até certo ponto, Hank. O que o atrai é a ideia de me ver pedindo emprego a você. De que eu seja sua empregada em vez de cliente, me dar ordens.

– É, isso mesmo.

Dagny disse, com uma expressão dura no rosto:

– Não largue a siderúrgica. Eu não lhe prometo emprego na ferrovia.

Ele riu.

– Nem adianta tentar.

– O quê?

– Vencer uma batalha quando dou as cartas.

Dagny não respondeu. Surpreendeu-se com o que aquelas palavras a faziam sentir. Não era uma emoção, e sim uma sensação física de prazer a que ela não sabia dar nome nem conseguia entender.

– A propósito – disse ele –, esta não é a primeira vez que venho. Estive aqui ontem.

– É mesmo? Por quê?

– Ah, eu vim ao Colorado por outro motivo, e então resolvi dar uma olhada.

– O que você queria?

– Por que você acha que sempre tenho segundas intenções?

– Você não ia perder tempo voltando aqui, já tendo vindo uma vez.

Ele riu.

– É verdade. – Apontou para a ponte. – É aquilo.

– O que tem ela?

– Está boa para ir para o ferro-velho.

– E você acha que eu não sei disso?

– Vi suas especificações referentes às peças de metal Rearden para reforçar a estrutura. Você está jogando dinheiro fora. A diferença entre o custo de uma ponte nova de metal Rearden e os remendos que você vai colocar nessa geringonça é tão pequena que não entendo por que você resolveu conservar essa peça de museu.

– Eu pensei em fazer uma ponte nova de metal Rearden. Pedi um orçamento aproximado a meus engenheiros.

– E o que eles disseram?

– Dois milhões de dólares.

– Meu Deus!

– Quanto você calcula?

– Oitocentos mil.

Dagny olhou para Rearden. Sabia que ele nunca dizia nada que não fosse a sério. Perguntou, tentando manter a calma:

– Como?

– Assim.

Rearden lhe mostrou seu caderno. Dagny viu as anotações que ele rascunhara, um monte de números, alguns esboços grosseiros. Entendeu o que ele tinha em mente antes que terminasse a explicação. Nem percebeu que haviam se sentado, que ambos estavam sentados numa pilha de madeira congelada, que suas pernas estavam encostadas nas tábuas ásperas e que o frio atravessava suas meias finas. Estavam examinando uma folha de papel que tornaria possível que milhares de toneladas de carregamentos atravessassem um espaço vazio. A voz de Rearden soava clara e nítida enquanto ele explicava pressões e trações, cargas e o efeito do vento. A ponte seria um arco único de 400 metros. Rearden havia inventado um novo tipo de armação. Nunca havia sido construído e só podia ser feito com vigas fortes e leves como as de metal Rearden.

– Hank – disse ela –, você inventou isso em dois dias?

– Não, não. "Inventei" muito antes de existir o metal Rearden. Pensei nisso quando fabricava aço para pontes. Eu queria um metal que desse para fazer isso, entre outras coisas. Vim aqui só para ver, com meus próprios olhos, qual era o seu problema.

Rearden riu quando viu Dagny passar a mão lentamente sobre os olhos e apertar a boca com raiva, como se tentasse se livrar das coisas contra as quais tivera que enfrentar uma luta tão encarniçada, tão inglória.

– Isto aqui é só um rascunho – disse Rearden –, mas acho que dá para você ter uma ideia do que se pode fazer.

– Não posso nem lhe dizer tudo o que já posso ver, Hank.

– Nem precisa. Eu já sei.

– Você está salvando a Taggart Transcontinental pela segunda vez.

– Você já foi melhor como psicóloga.

– O que você quer dizer?

– Estou me lixando para a Taggart Transcontinental. Será que você não vê que o que quero é poder mostrar ao país uma ponte feita de metal Rearden?

– Vejo, sim, Hank.

– Tem gente demais dizendo que os trilhos de metal Rearden não oferecem segurança. Quero dar a essa gente um pretexto ainda melhor para reclamar: uma ponte de metal Rearden.

Dagny olhou para ele e riu de puro prazer.

– Por que essa risada? – perguntou ele.

– Hank, você é a única pessoa no mundo que daria uma resposta como essa às pessoas em circunstâncias como esta.

– E você? Está disposta a dar a mesma resposta comigo e enfrentar a gritaria?

– Você sabe que estou.

– Sei, sim.

Rearden encarou-a apertando os olhos. Não riu como Dagny, mas aquele olhar equivalia a um riso.

Dagny se lembrou de repente da última vez em que se haviam visto, na festa. Era difícil de acreditar. Estavam tão à vontade um com o outro – era uma sensação de leveza que incluía a consciência de que era essa a única maneira que eles conheciam de se sentirem leves – que parecia impossível ter havido alguma hostilidade entre eles. No entanto, Dagny sabia que a festa havia mesmo ocorrido. Rearden agia como se jamais tivesse havido festa alguma.

Andaram até a beira da garganta. Juntos, contemplaram o desfiladeiro escuro, a margem oposta, o sol brilhando nas torres da Petróleo Wyatt. Com os pés afastados sobre as pedras congeladas, Dagny resistia à pressão do vento. Sentia, sem tocar nele, o tórax de Rearden atrás de seu ombro. O vento fazia seu casaco bater nas pernas do homem.

– Hank, você acha que dá tempo para construirmos a ponte? Só temos seis meses.

– Claro. Vai levar menos tempo e precisar de menos trabalho do que qualquer outro tipo de ponte. Vou mandar meus engenheiros fazerem o projeto básico e submetê-lo à sua aprovação. Sem compromisso da sua parte. Só lhe peço que leia o projeto e diga se tem dinheiro para custeá-lo. Sei que vai ter. Depois entregue para seus engenheiros. Eles elaboram os detalhes.

– E o metal?

– Eu vou laminar o metal de que você precisa, nem que seja necessário suspender todas as outras encomendas.

– Dá tempo?

– Alguma vez já atrasei alguma encomenda sua?

– Não. Mas, do jeito que as coisas estão atualmente, talvez você não consiga.

– Com quem você pensa que está falando? Com Orren Boyle?

Dagny riu.

– Está bem. Entregue-me o projeto o mais depressa possível. Vou olhar e lhe dou uma resposta em até 48 horas. Quanto aos meus engenheiros, eles... – Dagny parou, de cenho franzido. – Hank, por que é tão difícil achar gente competente para qualquer trabalho hoje em dia?

– Não sei...

Rearden contemplava a serra distante. De um vale ao longe, um fio de fumaça subia ao céu.

– Você já viu as novas cidades do Colorado e as fábricas? – perguntou ele.

– Já.

– Uma beleza, não é? Ver o tipo de gente que eles recolheram de todas as partes do país. Todos eles jovens, começando do nada e movendo montanhas.

– Que montanha você resolveu mover?

– Por quê?

– O que você está fazendo no Colorado?

Rearden sorriu.

– Examinando uma mineradora.

– De quê?

– De cobre.

– Meu Deus, você já não tem coisas demais a fazer?

– Sei que é um negócio complicado. Mas está cada vez mais difícil se manter abastecido de cobre. Parece que não há mais nenhuma companhia decente atuando na área neste país... e não quero negociar com a D'Anconia. Não confio naquele playboy.

– Entendo – disse ela, desviando a vista.

– Assim, se não há mais ninguém competente nesse ramo, o jeito é eu comprar uma mina. Não posso ficar dependendo de gente que atrasa ou mesmo não entrega encomendas. Preciso de muito cobre para fazer metal Rearden.

– Você comprou a mina?

– Ainda não. Falta resolver uns probleminhas. Arranjar homens, equipamentos, transporte.

– Ah!... – Dagny deu uma risadinha – Vai querer que eu construa uma linha até lá?

– Talvez. Este estado tem possibilidades ilimitadas. Sabe que ele dispõe de todos os recursos naturais, tudo intacto, esperando ser explorado? E como as fábricas daqui estão crescendo! Eu me sinto 10 anos mais jovem quando venho aqui.

– Eu, não. – Dagny olhava para o leste, para além da serra. – Penso no restante do sistema Taggart, em contraste. Cada vez menos coisas para transportar, a tonelagem cada vez menor. É como se... Hank, o que há de errado com este país?

– Não sei.

– Lembro que aprendi na escola que o sol está sempre perdendo energia, ficando cada vez mais frio. Lembro que, naquela época, eu me perguntava como seriam os últimos dias do mundo. Acho que seriam... assim. Cada vez mais frio, tudo parando.

– Nunca acreditei nessa história. Sempre achei que, quando o sol estivesse se esgotando, os homens encontrariam um substituto.

– É mesmo? Engraçado. Eu também pensava isso.

Rearden apontou para a fumaça ao longe.

– Está aí o novo sol. Aquilo vai alimentar o restante.

– Se não parar.

– Você acha isso possível?

Dagny olhou para os trilhos a seus pés.

– Não – disse ela.

Rearden sorriu. Olhou de novo para os trilhos, seguindo-os com o olhar a subir a serra até o guindaste ao longe. Dagny viu duas coisas, como se, por um momento, só elas existissem em seu campo visual: o perfil de Rearden e os trilhos azul-esverdeados serpenteando pelo espaço.

– Conseguimos, não é? – observou ele.

Aquele momento era tudo o que ele queria. Ele compensava todos os esforços, todas as noites em claro, todas as investidas contra o desespero.

– É. Conseguimos.

Dagny olhou para um velho guindaste no desvio e percebeu que os cabos estavam gastos e teriam que ser substituídos. Era a grande clareza que vem após a emoção, após a recompensa de sentir tudo o que é possível sentir. O que ela e ele haviam realizado, e o momento em que os dois haviam reconhecido o fato, e se apropriado dele juntos, pensou ela, era a maior intimidade que duas pessoas podiam compartilhar. Agora ela estava livre para pensar nas coisas mais simples e triviais do momento presente, porque tudo o que estava ao seu redor tinha significado.

De onde vinha aquela sua certeza de que ele sentia o mesmo que ela? Rearden se virou de repente e foi andando em direção ao seu carro. Dagny o seguiu. Não olharam um para o outro.

– Vou para o leste daqui a uma hora – disse ele.

Dagny apontou para o carro.

– Onde você comprou isso?

– Aqui. É um Hammond, daqui do Colorado. A única fábrica que ainda faz um carro que preste. Acabei de comprar, nesta viagem.

– Uma beleza.

– É, não é mesmo?

– Vai voltar a Nova York nele?

– Não. Vou mandar entregarem lá. Vim até aqui no meu avião.

– É mesmo? Pois eu vim de carro de Cheyenne, eu tinha que ver a ferrovia, mas quero voltar o mais depressa possível. Será que posso voltar com você? No seu avião?

Rearden não respondeu imediatamente. Dagny percebeu o instante vazio de uma pausa.

– Desculpe – disse ele. Dagny não sabia se o toque de rispidez em sua voz era pura imaginação sua. – Não vou para Nova York. Vou para Minnesota.

– Bem, então vou ver se consigo arranjar um avião de carreira para hoje.

Dagny viu o carro de Rearden desaparecer nas curvas da estrada. Pegou seu carro e chegou ao aeroporto uma hora depois. Era um pequeno campo de pouso no fundo de um vale cercado de montanhas desertas. Havia manchas de neve no solo duro e esburacado. Em uma extremidade havia um poste com um holofote, do qual saíam fios; os outros tinham sido derrubados por uma tempestade.

Um funcionário se aproximou.

– Não, Srta. Taggart, infelizmente só tem voo depois de amanhã. Só tem um voo de dois em dois dias, e o de hoje ficou retido no Arizona. Problema de motor, como sempre. – E acrescentou: – Pena que a senhorita não chegou um pouco mais cedo. O Sr. Rearden acabou de seguir para Nova York no avião particular dele.

– Não, ele não foi para Nova York, não. Foi?

– Foi, sim. Ele mesmo disse.

– Você tem certeza?

– Ele disse que tinha um compromisso lá hoje à noite.

Dagny olhou para o céu, em direção ao leste, sem se mexer, sem pensar em nada. Não havia nenhuma pista, nenhum motivo, nada que pudesse servir de ponto de partida, nada que lhe permitisse combater esse sentimento, pesá-lo ou compreendê-lo.

▲▲▲

– Que diabo essas ruas! – exclamou James Taggart. – Vamos chegar atrasados.

Dagny olhou adiante, por cima do ombro do motorista. Através do semicírculo desenhado pelo limpador de para-brisa no vidro manchado pela neve úmida, viu uma fileira imóvel de carros pretos e gastos. Lá longe, à frente, uma luz vermelha assinalava uma obra.

– Toda rua tem algum problema – disse Taggart, irritado. – Por que não consertam?

Dagny se recostou e apertou a gola do casaco. Sentia-se exausta ao fim de um dia que começara em seu escritório às sete da manhã, um dia de trabalho que tivera de ser interrompido porque ela havia prometido a Jim falar no jantar do Conselho Empresarial de Nova York.

– Querem que a gente fale sobre o metal Rearden – dissera ele.

– Isso você é capaz de fazer bem melhor do que eu. É muito importante que a gente defenda bem nossa posição. É um assunto muito controverso.

Sentada ao lado de Jim no carro, Dagny se arrependia de ter aceitado. Olhava para as ruas de Nova York e pensava na corrida entre o metal e o tempo, entre os trilhos da Linha Rio Norte e os dias que passavam. Parecia que a imobilidade do carro esticava seus nervos. Sentia-se culpada por desperdiçar uma noite quando na verdade ela não podia se dar ao luxo de desperdiçar nem uma hora.

– Andam atacando tanto Rearden que não custa puxar a brasa para a sardinha dele – comentou Taggart.

Dagny olhou para o irmão, sem acreditar no que ouvia.

– Quer dizer que você quer defendê-lo?

Ele não respondeu imediatamente. Perguntou, desolado:

– Aquele relatório da comissão especial do Conselho Nacional da Indústria Metalúrgica... o que acha dele?

– Você sabe o que eu acho.

– Eles concluíram que o metal Rearden é uma ameaça à segurança pública. Que a composição química não é segura, que é quebradiço, que se decompõe no nível molecular, que racha de repente, inesperadamente... – Parou, como se implorasse por uma resposta. Dagny não disse nada. Ele perguntou, ansioso: – Você não mudou de ideia, mudou?

– A respeito de quê?

– Daquele metal.

– Não, Jim, não mudei de ideia.

– Olhe que eles são peritos... os homens daquela comissão... os maiores entendidos... engenheiros-chefes das maiores companhias, com diplomas de universidades de todo o país... – Dizia isso num tom de tristeza, como se estivesse implorando que ela o fizesse duvidar do veredicto desses homens.

Dagny o olhou, espantada. Aquilo não era de seu feitio.

O carro deu a partida. Avançou lentamente por entre as tábuas da obra, contornando um cano d'água furado. Ela viu o cano novo a ser instalado, ao lado da escavação. A marca do cano era Fundação Stockton, Colorado. Dagny desviou a vista, não queria pensar no Colorado.

– Não consigo entender... – disse Taggart, arrasado. – Os maiores peritos do Conselho Nacional da Indústria Metalúrgica...

– Quem é o presidente do Conselho, Jim? É Orren Boyle, não é?

Ele não se virou para ela, mas abriu a boca de repente:

– Se aquele gordo imbecil acha que... – foi dizendo, mas não terminou a frase.

Dagny olhou para um poste de iluminação na esquina. Era um globo de vidro cheio de luz. Protegido das tempestades, iluminava as janelas fechadas com tábuas e as calçadas rachadas – era seu único guardião. No fim da rua, do outro lado do rio, viu a silhueta de uma central elétrica contra o fundo de uma fábrica iluminada. Passou um caminhão, bloqueando a vista. Era um veículo de abastecimento da central elétrica, um caminhão-tanque, recém-pintado de um verde vivo, que resistia à neve, com os dizeres em letras brancas: Petróleo Wyatt, Colorado.

– Dagny, você soube daquela discussão no Sindicato dos Trabalhadores em Aço para Estruturas?

– Não. O que foi?

– Deu em todos os jornais. Estavam discutindo se deviam ou não permitir que os membros do sindicato trabalhassem com metal Rearden. Não chegaram a uma conclusão, mas bastou para que o empreiteiro que estava pensando usá-lo cancelasse sua encomenda na mesma hora! E se... e se todo mundo ficar contra?

– Problema deles.

Um ponto de luz subia em linha reta até o alto de uma torre invisível. Era o elevador de um grande hotel. O carro passou pelos fundos do prédio. Havia homens tirando de um caminhão um engradado contendo algum equipamento pesado. Dagny viu o nome escrito no engradado: Motores Nielsen, Colorado.

– Não gostei daquela resolução tomada na convenção de professores primários do Novo México – comentou Taggart.

– Que resolução?

– Decidiram que, em sua opinião, não se devia permitir que crianças andassem na Linha Rio Norte da Taggart Transcontinental quando ficar pronta, porque não oferece condições de segurança... Dizem o nome com todas as letras, Taggart Transcontinental. Deu em todos os jornais... É uma publicidade péssima para nós... Dagny, você acha que a gente deve mandar publicar uma resposta?

– Ponha para funcionar a Linha Rio Norte.

Taggart ficou calado por algum tempo. Parecia estranhamente desanimado. Ela não entendia: ele não estava exclamando "Bem que eu disse!", nem citando as opiniões de suas autoridades favoritas contra Dagny. Parecia estar pedindo que ela o tranquilizasse.

Um carro passou por eles. Por um instante Dagny percebeu o poder, a confiança que emanavam daquele veículo reluzente. Sabia a marca do carro: Hammond, Colorado.

– Dagny, nós vamos... vamos conseguir terminar aquela linha... a tempo?

Era estranho ouvir na voz dele um toque de emoção pura, o som simples de medo animal.

– Se não conseguirmos, azar o desta cidade! – respondeu ela.

O carro dobrou uma esquina. Acima dos telhados escuros, ela viu o calendário, iluminado por um holofote. Informava: 29 de janeiro.

– Dan Conway é um patife!

As palavras saíram de repente, como se ele não conseguisse mais se conter.

Dagny olhou para ele, espantada:

– Por quê?

– Ele se recusou a nos vender a linha do Colorado da Phoenix-Durango.

– Não acredito que você... – Dagny teve de parar. Começou de novo, contendo-se para não gritar. – Você foi falar com ele para pedir isso?

– Claro que sim!

– Você achava... que ele ia vender essa linha... para você?

– E por que não? – Taggart havia reassumido sua agressividade histérica de sempre. – Eu lhe ofereci mais do que qualquer outro. A gente não ia ter a despesa de desmontar tudo e transportar. Podíamos usar a linha como está. Seria uma ótima publicidade para nós: abandonarmos os trilhos de metal Rearden em deferência à opinião pública. O que íamos ganhar em termos de publicidade compensaria todo o dinheiro gasto! Mas o filho da puta se recusou. Chegou a dizer que não venderia um metro de trilho para a Taggart Transcontinental. Está vendendo aos poucos para quem aparece, pequenas ferrovias do Arkansas e da Dakota do Norte, a preços que lhe dão prejuízo, a preços muito menores do que o que ofereci, o cachorro! Nem quer lucrar com a transação! E só você vendo aqueles abutres voando para cima dele! Eles sabem que não iriam conseguir trilhos em nenhum outro lugar!

Dagny permanecia calada, de cabeça baixa. Não conseguia olhar para ele.

– Eu acho que isso vai contra o espírito da Resolução Anticompetição Desenfreada – continuou ele, zangado. – A meu ver, a intenção da Aliança Nacional de Ferrovias era proteger os sistemas essenciais, não os cafundós da Dakota do Norte. Mas agora não vou conseguir que a Aliança vote essa questão, porque estão todos lá, na concorrência por aquela linha!

Lentamente, Dagny disse, pensando como seria bom se fosse possível pegar nas palavras com luvas:

– Entendo por que você quer que eu defenda o metal Rearden.

– Não sei o que você...

– Cale a boca, Jim – ordenou ela, em voz baixa.

Ele permaneceu calado por um instante. Depois jogou a cabeça para trás e disse, em tom de desafio:

– É melhor você defender o metal Rearden com muito jeito, porque o Bertram Scudder é muito sarcástico.

– Bertram Scudder?

– Ele vai ser um dos oradores de hoje.

– Um dos... Você não me disse que haveria outros oradores.

– Bem... eu... Mas que diferença faz? Você não está com medo dele, está?

– Mas não é o Conselho Empresarial de Nova York? Por que você convidou Bertram Scudder?

– E por que não? Você não acha uma boa ideia? No fundo, Scudder não tem nada contra os empresários. Ele aceitou o convite. A gente quer ser aberto, ouvir todos os lados e quem sabe até convencê-lo... Mas que cara é essa? Você vai conseguir derrotá-lo, não vai?

– Derrotar?

– No programa. Vai ser transmitido pelo rádio. Você vai debater com ele a seguinte questão: "Será o metal Rearden um produto mortal da cobiça?"

Dagny se debruçou para a frente, abriu a janela de vidro que separava o banco da frente do traseiro e exclamou:

– Pare o carro!

Ela não ouviu o que Taggart estava dizendo. Percebeu vagamente que ele levantara a voz, chegando a gritar:

– Estão esperando!... Quinhentas pessoas no jantar, em cadeia nacional!... Você não pode fazer isso comigo! – Taggart agarrou o braço da irmã, perguntando: – Por quê?

– Seu imbecil! Você acha que vou discutir uma questão dessas?

O carro parou. Dagny saltou e saiu correndo.

A primeira coisa que ela percebeu, depois de algum tempo, foi que estava de sandálias. Estava andando devagar, num passo normal, e era estranho sentir o chão gelado sob a sola fina das sandálias pretas de cetim. Empurrou o cabelo para trás e sentiu a neve se derretendo em suas mãos.

Agora estava tranquila. A raiva cega havia desaparecido, e ela sentia apenas um cansaço vago. Sua cabeça doía um pouco. Percebeu que estava com fome e se lembrou de que iria jantar no Conselho Empresarial. Seguiu em frente. Não queria comer. Pensou em tomar um café em algum lugar, depois ir para casa de táxi.

Olhou ao redor. Não havia nenhum táxi à vista. Não conhecia aquele bairro e não era um lugar agradável. Viu um espaço vazio do outro lado da rua, um parque abandonado cercado por uma linha irregular que começava com arranha-céus distantes e terminava em chaminés de fábricas. Viu algumas luzes acesas em janelas de casas miseráveis, algumas lojinhas imundas fechadas, e a neblina do rio a dois quarteirões dali.

Foi caminhando em direção ao centro. À sua frente surgiu o vulto negro de uma ruína. Muito tempo antes já tinha sido um edifício comercial.

Dava para ver o céu por trás do esqueleto de aço e do que restava das paredes de alvenaria. À sombra da ruína, como uma folha de relva tentando sobreviver ao pé de uma gigantesca árvore morta, havia uma pequena lanchonete. As janelas eram uma faixa luminosa de vidro. Dagny entrou.

Lá dentro encontrou um balcão limpo, circundado por uma faixa de cromado reluzente. Havia uma cafeteira de metal e sentia-se o cheiro de café no ar. Sentados ao balcão estavam alguns vagabundos. Atrás do balcão via-se um homem robusto, já de idade, com as mangas da camisa branca e limpa arregaçadas até a altura dos cotovelos. O calor que sentiu ao entrar fez Dagny perceber, com uma sensação de gratidão, que antes estava sentindo frio. Apertou a capa de veludo preto ao redor dos ombros e sentou-se ao balcão.

– Um café, por favor – pediu.

Os homens a encararam sem curiosidade. Não pareciam ver nada de mais em uma mulher bem-vestida entrando numa espelunca como aquela. Já ninguém se espantava com nada. O dono, impassível, foi buscar o café – na sua indiferença absoluta havia uma espécie de piedade: da que não faz perguntas.

Ela não sabia se os quatro homens ao balcão eram mendigos ou operários. Nos tempos que corriam, nem as roupas nem os modos acusavam a diferença. O dono da lanchonete colocou uma caneca de café à sua frente. Dagny colocou as duas mãos ao redor dela, para esquentá-las.

Olhou a sua volta e pensou, por força do hábito, como era maravilhoso que ainda se pudesse comprar tanta coisa por 10 centavos de dólar. Seu olhar passou da cafeteira de aço inoxidável para a grelha de ferro fundido, para as prateleiras de vidro, a pia esmaltada, as lâminas cromadas de uma batedeira. O dono da lanchonete estava fazendo torradas. Gostou de apreciar o que havia de engenhoso naquela correia sem fim que se movia devagar, fazendo com que fatias de pão passassem por cima de uma resistência elétrica acesa. Então viu as palavras gravadas na torradeira: Marsh, Colorado.

Deixou a cabeça cair sobre o braço apoiado no balcão.

– Não adianta, moça – disse o velho vagabundo sentado ao seu lado.

Dagny foi obrigada a levantar a cabeça. Teve de sorrir, dele e de si própria.

– Não? – perguntou ela.

– Não. Esqueça. A senhora está só se enganando.

– A respeito de quê?

– De achar que qualquer coisa vale alguma coisa. É tudo pó, moça, tudo. Pó e sangue. É só não acreditar nesses sonhos que enfiaram na sua cabeça que a senhora não sofre.

– Que sonhos?

– As histórias que nos contam quando a gente é criança, sobre o espírito humano. Não existe tal coisa. O homem não passa de um animal vagabundo, sem inteligência, sem alma, sem virtudes nem valores morais. Um animal que só tem duas capacidades: comer e se reproduzir.

Seu rosto encovado, com olhos arregalados e feições encolhidas, ainda guardava vestígios de distinção. Parecia o que restava de um pregador ou de um professor de estética que passara anos socado em museus obscuros. Dagny se perguntou o que teria destruído aquele homem, que acidente de percurso poderia reduzir um indivíduo àquela condição.

– A pessoa passa a vida procurando beleza, grandeza, alguma realização sublime – prosseguiu ele. – E acha o quê? Um monte de máquinas engenhosas para fazer carros ou colchões de molas.

– E o que é que você tem contra os colchões de molas? – perguntou um homem que parecia motorista de caminhão. – Não liga para ele, não, moça. Esse aí adora falar. Mas mal ele não faz, não.

– O único talento que o homem possui é uma esperteza ignóbil para satisfazer as necessidades de seu corpo – disse o velho vagabundo. – Para isso, não é preciso inteligência. Não acredite nessa conversa sobre a mente humana, o espírito, os ideais, as ambições humanas ilimitadas.

– Eu não acredito – disse um rapaz na extremidade oposta do balcão. Usava um casaco rasgado num dos ombros. Em sua boca angulosa parecia haver as marcas de toda uma vida de desgostos.

– Espírito? – disse o velho vagabundo. – Não há espírito na indústria nem no sexo. E no entanto é só nessas duas coisas que o homem pensa. Matéria... é só disso que os homens entendem, só disso que querem entender. Prova disso são as nossas grandes indústrias, a única realização de nossa suposta civilização, construída por um materialismo vulgar, com os objetivos, os interesses e o senso moral de animais. Não é preciso moralidade para fabricar um caminhão de 10 toneladas numa linha de montagem.

– O que é moralidade? – perguntou Dagny.

– É o julgamento que permite distinguir o certo do errado, é a visão que enxerga a verdade, é a coragem que age com base no que vê, é a dedicação ao que é bom, é a integridade de quem permanece no lado do bem a qualquer preço. Mas onde se encontra isso?

O rapaz deu uma risada que exprimia ao mesmo tempo hilaridade e sarcasmo e disse:

– Quem é John Galt?

Dagny bebeu o café, pensando apenas no prazer que sentia, como se a bebida quente estivesse reavivando as artérias de seu corpo.

– Eu sei -- disse um vagabundo pequeno, encolhido, com um boné enfiado até os olhos. – Eu sei.

Ninguém o ouviu nem lhe deu atenção. O rapaz examinava Dagny com uma intensidade feroz e sem propósito.

– Você não tem medo – disse-lhe ele de repente, sem maiores explicações. Foi uma afirmação seca, com uma voz brusca e sem vida, mas com um toque de admiração.

Dagny olhou para ele.

– Não, não tenho – disse.

– Eu sei quem é John Galt – repetiu o vagabundo. – É segredo, mas eu sei.

– Quem é? – perguntou ela, sem interesse.

– Um explorador. O maior explorador que já existiu. O homem que encontrou a fonte da juventude.

– Mais um café. Sem creme – pediu o velho vagabundo, empurrando a xícara.

– John Galt passou anos procurando por ela. Cruzou mares e desertos, desceu em minas profundas, abandonadas. Mas a encontrou no alto de uma montanha. Levou 10 anos para subir a montanha. Quebrou todos os ossos do corpo, rasgou a pele das mãos, perdeu a casa, o nome, o amor. Mas subiu. Encontrou a fonte da juventude, que ele queria trazer para baixo, para todos os homens. Só que nunca voltou.

– Por quê? – perguntou ela.

– Porque descobriu que era impossível trazê-la para baixo.

◂◂◂

O homem sentado à frente da mesa de Rearden tinha feições pouco distintas e modos totalmente fleumáticos, de modo que não se podia formar uma imagem específica de seu rosto nem entender quais eram seus objetivos. Sua única característica marcante era um nariz de batata, um pouco grande demais para seu rosto. Era manso, porém dava a entender, paradoxalmente, que havia nele uma ameaça deliberadamente contida, mas que devia ser reconhecida. Rearden não entendia por que ele o procurara. Era o Dr. Potter, que ocupava algum cargo indefinido no Instituto Científico Nacional.

– O que o senhor quer? – perguntou Rearden pela terceira vez.

– O que quero é que o senhor considere o aspecto social, Sr. Rearden – disse o homem, em voz baixa. – Que o senhor leve em conta a época em que vivemos. Nossa economia não está preparada para isso.

– Isso o quê?

– A economia está num equilíbrio extremamente precário. Todos nós temos que colaborar para que ela não entre em colapso.

– Bem, o que o senhor quer que eu faça?

– Essas são as considerações que me pediram que eu apresentasse ao senhor. Sou do Instituto Científico Nacional, Sr. Rearden.

– O senhor já disse isso. Mas o que o senhor quer comigo?

– O Instituto Científico Nacional não tem uma opinião favorável em relação ao metal Rearden.

– Isso o senhor também já disse.

– Não é um fator que o senhor deva levar em consideração?

– Não.

Nas amplas janelas do escritório a luz estava morrendo. Os dias estavam ficando curtos. Rearden viu a sombra irregular do nariz no rosto do homem, os olhos pálidos que o observavam. O olhar era vago, porém visava a um objeto definido.

– O Instituto Científico Nacional representa a nata intelectual do país, Sr. Rearden.

– É o que dizem.

– O senhor não vai querer ir contra a nossa opinião, vai?

– Vou.

O homem olhou para Rearden como se implorasse por ajuda, como se este houvesse violado alguma lei jamais escrita, que ele já devia conhecer havia muito tempo. Mas Rearden não lhe deu ajuda alguma.

– É só isso que o senhor queria saber? – perguntou.

– É só uma questão de tempo, Sr. Rearden – disse o homem, condescendente. – Só um atraso temporário. Apenas para dar à economia uma oportunidade de se estabilizar. Se o senhor esperasse uns dois anos...

Rearden deu uma risada alegre, debochada.

– Então é isso que o senhor quer? Que eu retire o metal Rearden do mercado? Por quê?

– Só por uns anos, Sr. Rearden. Só até...

– Escute, agora sou eu quem vai fazer uma pergunta: os seus cientistas concluíram que o metal Rearden não é o que eu digo que ele é?

– Não chegamos a nenhuma conclusão quanto a essa questão.

– Eles concluíram que não presta?

– É o impacto social do produto que deve ser levado em consideração. Estamos pensando em termos do país como um todo, no bem-estar da população e na terrível crise que estamos atravessando no momento, crise essa que...

– O metal Rearden presta ou não?

– Se encararmos a situação do ponto de vista do aumento alarmante da taxa de desemprego, que no momento...

– O metal Rearden presta?

– Numa época em que há uma escassez terrível de aço, não podemos permitir a expansão de uma siderúrgica que produz demais, porque ela pode levar à falência as companhias que produzem de menos, criando, assim, uma economia desequilibrada que...

– O senhor não vai responder à minha pergunta?

O homem deu de ombros.

– As questões de valor são relativas. Se o metal Rearden não presta, é um perigo físico para o público. Mas, se presta, é um perigo social.

– Se o senhor tem alguma coisa a dizer a respeito do perigo físico representado pelo metal Rearden, diga logo de uma vez. Do restante nem adianta falar. Não entendo essa linguagem.

– Mas certamente as questões de bem-estar social...

– Não adianta.

O homem parecia confuso e perdido, como se o chão tivesse sumido debaixo de seus pés. Em seguida, perguntou, perplexo:

– Mas, então, qual é seu interesse primordial?

– O mercado.

– Como assim?

– Existe um mercado para o metal Rearden, e pretendo explorá-lo ao máximo.

– Mas esse mercado não é uma coisa um tanto hipotética? A reação do público ao seu metal não foi muito positiva. Fora a encomenda da Taggart Transcontinental, o senhor não recebeu nenhuma...

– Bem, se o senhor acha que o público não está interessado, então qual é o problema?

– Se o público não se interessar, o senhor vai ter muito prejuízo, Sr. Rearden.

– Isso é problema meu, não seu.

– Por outro lado, se o senhor assumir uma posição mais cooperativa e concordar em esperar mais uns anos...

– Esperar por quê?

– Mas creio que já deixei claro que o Instituto Científico Nacional não é favorável ao surgimento do metal Rearden no cenário da metalurgia atual.

– E eu com isso?

O homem suspirou:

– O senhor é um homem muito difícil, Sr. Rearden.

O céu estava ficando pesado, como se engrossasse contra as vidraças da janela. Os contornos da figura do homem pareciam se desmanchar, tornando-se uma massa indistinta, entre os planos retos e nítidos da mobília.

– Eu lhe concedi esta entrevista – disse Rearden – porque o senhor me disse que queria falar sobre algo da maior importância. Se isso é tudo o que o senhor tinha a dizer, com licença. Estou muito ocupado.

O homem se recostou na cadeira.

– Creio que o senhor investiu 10 anos de pesquisas no metal Rearden – disse ele. – Quanto gastou?

Rearden ergueu os olhos: não sabia aonde o homem queria chegar, mas claramente havia uma nota de decisão na sua voz, que se tornara mais firme.

– Um milhão e meio de dólares – disse Rearden.

– Quanto o senhor quer em troca?

Rearden teve de esperar um momento. Não podia acreditar no que ouvia.

– Em troca de quê? – perguntou, em voz baixa.

– De todos os direitos sobre o metal Rearden.

– Acho melhor o senhor sair daqui – retrucou Rearden.

– Essa atitude é injustificável. O senhor é um homem de negócios. Eu estou lhe fazendo uma proposta comercial. O senhor pode escolher seu preço.

– Os direitos sobre o metal Rearden não estão à venda.

– Tenho condições de lhe oferecer uma quantia considerável. É dinheiro do governo.

Rearden permaneceu imóvel, os músculos do rosto tensos, porém seu olhar era indiferente. A única coisa que o atraía era uma leve curiosidade mórbida.

– O senhor é um homem de negócios. Esta é uma oferta que o senhor não pode ignorar. Por um lado, o senhor está arriscando muito ao desafiar a opinião pública, e tem boas probabilidades de perder todo o dinheiro que investiu no metal Rearden. Por outro lado, podemos livrá-lo desses riscos e dessa responsabilidade e lhe oferecer um bom lucro, muito mais dinheiro do que o senhor poderia vir a ganhar com a venda do metal nos próximos 20 anos.

– O Instituto Científico Nacional é um estabelecimento científico e não comercial – disse Rearden. – De que vocês têm tanto medo?

– O senhor está usando palavras desagradáveis e desnecessárias, Sr. Rearden. Só estou querendo sugerir que mantenhamos a conversa num nível amistoso. A questão é séria.

– Estou começando a perceber isso.

– Estamos lhe oferecendo um cheque em branco de uma conta que, como o senhor sem dúvida sabe, não tem limites. O que mais o senhor pode querer? Diga qual é o seu preço.

– A venda dos direitos sobre o metal Rearden não está em discussão. Se o senhor tiver mais alguma coisa a dizer, queira dizê-la e ir embora.

O homem se recostou, olhou para Rearden com um olhar de incredulidade e perguntou:

– O que o senhor quer?

– Eu? Como assim?

– O seu objetivo, como empresário, é ganhar dinheiro, não é?

– É.

– O senhor quer obter o maior lucro possível, não é?

– É

– Então, por que o senhor quer lutar durante anos, ganhando uns tostões por tonelada vendida, ao invés de aceitar uma fortuna em troca do metal Rearden? Por quê?

– Porque é meu. O senhor conhece essa palavra?

O homem suspirou e se levantou.

– Espero que o senhor não venha a se arrepender de sua decisão, Sr. Rearden – disse ele. Seu tom de voz, porém, dava a entender o contrário.

– Passe bem – disse Rearden.

– Creio que devo avisá-lo de que o Instituto Científico Nacional pode publicar um documento oficial condenando o metal Rearden.

– É um direito seu.

– Esse documento dificultaria as coisas para o senhor.

– Sem dúvida.

– Quanto às outras consequências... – O homem deu de ombros. – Vivemos numa época em que é preciso cooperar. Atualmente, é importante ter amigos. O senhor não é um homem popular, Sr. Rearden.

– Aonde quer chegar?

– Certamente o senhor sabe.

– Não sei, não.

– A sociedade é uma estrutura complexa. Há muitas questões diferentes aguardando uma decisão. Nunca se sabe quando uma dessas questões vai ser resolvida, e qual vai ser o fato decisivo num equilíbrio delicado. Estou sendo claro?

– Não.

A chama vermelha do aço sendo fundido iluminou o crepúsculo. Um brilho alaranjado, quase dourado, tomou a parede atrás da mesa de Rearden. O brilho lentamente passou por sua testa. Havia uma serenidade imperturbável em seu rosto.

– O Instituto Científico Nacional é um órgão do governo, Sr. Rearden. Há certos projetos de lei em tramitação no Legislativo que podem ser aprovados ou não a qualquer momento. Os homens de negócios estão particularmente vulneráveis nos dias de hoje. Certamente o senhor me entende.

Rearden se levantou. Estava sorrindo. Parecia que toda a tensão havia desaparecido.

– Não, Dr. Potter – disse ele –, não entendo. Se entendesse, teria que matar o senhor.

O homem andou até a porta, mas parou e encarou Rearden com um olhar que, pelo menos dessa vez, só exprimia pura curiosidade humana. Rearden permanecia imóvel à luz alaranjada que se movia pela parede, de mãos nos bolsos, tranquilo.

– O senhor podia me dizer – perguntou o homem –, cá entre nós, apenas por uma questão de curiosidade... por que o senhor está fazendo isso?

Rearden respondeu, calmo:

– Vou lhe dizer. O senhor não vai entender. Sabe por quê? Porque o metal Rearden é bom.

▲▲▲

Dagny não compreendia por que o Sr. Mowen, da Companhia de Chaves e Sinais, de repente tinha avisado que não entregaria o restante da encomenda. Não acontecera nada. Dagny não entendia o que poderia ter acontecido, e a companhia não dava nenhuma explicação.

Fora a Connecticut na mesma hora, a fim de falar com o Sr. Mowen pessoalmente, mas a entrevista só servira para ela ficar ainda mais perplexa. O Sr. Mowen dissera que não continuaria fazendo chaves de metal Rearden. A única explicação que dera fora a seguinte: "Tem muita gente que não está gostando disso." Ao dizê-lo, o homem evitou o olhar de Dagny.

– Não gostam de quê? Do metal Rearden ou de o senhor estar fazendo as chaves?

– Das duas coisas, creio eu... As pessoas não gostam... Não quero arranjar confusão.

– Que espécie de confusão?

– Qualquer uma.

– O senhor sabe de alguma coisa que se diga contra o metal Rearden que seja verdade?

– Ora, quem sabe o que é verdade?... Aquela resolução do Conselho Nacional da Indústria Metalúrgica...

– Escute, o senhor trabalhou com metal a vida toda. Há quatro meses o senhor vem trabalhando com o metal Rearden. O senhor não sabe que é a melhor coisa que já foi inventada?

Ele não respondeu.

– O senhor não sabe disso?

O Sr. Mowen desviou a vista.

– O senhor não sabe que é verdade?

– Ora, Srta. Taggart, eu sou um negociante. E dos pequenos. Só quero ganhar dinheiro.

– E como é que o senhor pensa que se ganha dinheiro?

Mas ela sabia que era inútil. Olhando para o rosto do Sr. Mowen, vendo aqueles olhos ariscos, Dagny experimentou a mesma sensação que tivera certa vez num trecho longínquo de uma linha ferroviária, quando uma tempestade derrubou os postes telefônicos: as comunicações haviam sido interrompidas – as palavras haviam se transformado em sons que não transmitiam nada.

É inútil discutir, pensou ela, e se perguntou como é que havia pessoas que nem refutavam uma argumentação nem a aceitavam. No trem, irrequieta, a caminho de Nova York, Dagny decidiu que o Sr. Mowen não tinha importância. A única coisa importante era encontrar alguém que fabricasse as chaves. Estava pensando numa série de nomes, tentando resolver quem seria mais fácil de convencer, comover ou subornar.

Assim que entrou em seu escritório, percebeu que alguma coisa havia ocorrido. Percebeu o silêncio anormal, os rostos dos funcionários virados para ela como se todos esperassem pelo momento de sua chegada e ao mesmo tempo o temessem.

Eddie Willers se levantou e caminhou em direção à porta da sala de Dagny, como se soubesse que ela compreenderia e o seguiria. Ela vira seu rosto. Fosse o que fosse, pensou, era lamentável que o tivesse magoado tanto.

– O Instituto Científico Nacional – disse ele, calmo, quando os dois ficaram a sós na sala dela – publicou um documento desaconselhando o uso do metal Rearden. – E acrescentou: – Deu no rádio. E nos jornais vespertinos.

– O que disseram?

– Dagny, não disseram nada!... Quer dizer, disseram, mas não disseram nada. Isso é o mais terrível.

Willers se esforçava para manter a voz tranquila. Não conseguia controlar as palavras, que eram arrancadas de sua boca por uma indignação perplexa de criança que grita ao encontrar o mal pela primeira vez.

– O que eles disseram, Eddie?

– Eles... É melhor você ler. - Apontou para o jornal que deixara na mesa dela. – Não disseram que o metal Rearden não presta. Não disseram que oferece qualquer perigo. O que fizeram foi... – Abriu as mãos e as deixou cair, num gesto de impotência.

Bastou um relance para Dagny entender o que eles haviam feito: "Talvez seja possível que, após um período prolongado de uso intenso, uma fissura apareça subitamente, embora não se possa prever a duração desse período. Não é possível no momento descartar completamente a hipótese de uma reação molecular por enquanto desconhecida. Embora a resistência do metal à tração seja claramente comprovada, certas questões referentes ao seu comportamento sob condições excepcionais de tensão não podem ser descartadas. Ainda que não existam provas de que se faça necessário proibir a utilização do metal, seria recomendável a realização de mais estudos referentes às suas propriedades."

– Não podemos contra-atacar. Não há como responder a isso – disse Eddie, devagar. – Não podemos exigir uma retratação. Não podemos mostrar os resultados de nossos testes nem provar nada. Eles não disseram nada. Não declararam nada que possa ser refutado de modo a abalar a reputação profissional deles. É uma covardia. Coisa de vigarista ou chantagista. Mas... Dagny, é o Instituto Científico Nacional!

Dagny concordou com a cabeça, em silêncio. Ficou parada, o olhar fixo em algo do lado de fora da janela. No fim de uma rua escura, as lâmpadas de um anúncio acendiam e apagavam, como se piscassem para ela com malícia.

Eddie fez um esforço e acrescentou, como um militar que apresenta um relatório de combate:

– As ações da Taggart caíram vertiginosamente. Ben Nealy largou o serviço. O Sindicato Nacional dos Trabalhadores Rodoviários e Ferroviários proibiu seus membros de trabalhar na Linha Rio Norte. Jim saiu de Nova York.

Dagny tirou o chapéu e o casaco, atravessou a sala e lentamente, muito lentamente, sentou-se à sua escrivaninha.

Viu um envelope pardo grande à sua frente; era da Siderúrgica Rearden.

– Foi entregue por mensageiro especial logo depois que você saiu – disse Eddie.

Dagny pôs a mão no envelope, mas não o abriu. Sabia o que era: o projeto da ponte.

Depois de algum tempo, ela perguntou:

– Quem emitiu aquele documento?

Eddie olhou para ela e deu um sorriso breve e amargo, sacudindo a cabeça.

– Não. Também pensei nisso. Telefonei para o Instituto e perguntei. Não. Foi emitido pelo escritório do Dr. Floyd Ferris, o coordenador do Instituto.

Dagny não disse nada.

– Ainda há mais! O Dr. Stadler é o chefe do Instituto. Ele *é* o Instituto. Ele deve ter sabido. Ele permitiu. Se foi feito, foi feito em nome dele... Dr. Robert Stadler... Você se lembra... quando estávamos na faculdade... quando falávamos sobre os grandes homens... os homens de puro intelecto... e a gente sempre incluía o nome dele... e... – Parou. – Desculpe, Dagny. Sei que não adianta dizer nada, mas...

Dagny permanecia imóvel, apertando o envelope.

– Dagny – disse ele, em voz baixa –, o que está acontecendo com as pessoas? Por que aquele documento teve impacto? É uma difamação tão óbvia, tão porca. Seria de esperar que qualquer pessoa honesta jogasse uma coisa dessas no lixo. Como é que... – Uma raiva suave, desesperada, rebelde, fez com que sua voz falhasse. – Como é que as pessoas engoliram isso? Elas não viram? Não raciocinaram? Dagny! Como é que as pessoas fazem isso... e como é que podemos conviver com essa situação?

– Calma, Eddie – disse ela –, calma. Não se desespere.

◄◄◄

O prédio do Instituto Científico Nacional ficava à margem de um rio em New Hampshire, isolado num morro, a meio caminho entre o rio e o céu. A distância, parecia um monumento solitário numa mata virgem. As árvores haviam sido cuidadosamente distribuídas e as estradas, estendidas como se cortassem um parque. Viam-se os telhados de uma cidadezinha num vale ao longe. Mas nada chegava muito perto do edifício, para não lhe diminuir a austeridade.

O mármore branco das paredes lhe emprestava uma grandeza clássica. A composição de suas massas retangulares lhe dava a limpeza e a beleza de uma fábrica moderna. Era um prédio bem arquitetado. Visto do outro lado do rio, dava uma sensação de reverência e parecia um monumento a um homem vivo cujo caráter tinha a nobreza das linhas do prédio. Sobre o pórtico, o mármore ostentava uma dedicatória: "À mente destemida. À verdade sagrada." Num corredor silencioso e nu havia uma pequena placa de bronze, entre dezenas de outras placas em outras portas, com o nome: Dr. Robert Stadler.

Aos 27 anos, o Dr. Stadler havia escrito um tratado sobre raios cósmicos que demolira a maioria das teorias dos cientistas que o precederam. Os que o seguiram constataram que as descobertas dele constituíam a base de todas as pesquisas posteriores. Aos 30, ele já era reconhecido como o maior físico de sua época. Aos 32, se tornou chefe do departamento de física da Universidade Patrick Henry, num tempo em que a grande instituição ainda merecia sua glória. De Stadler afirmara um escritor: "Talvez, de todos os fenômenos do universo que o Dr. Robert Stadler estuda, nenhum seja tão miraculoso quanto o seu próprio cérebro." Foi Stadler quem, certa feita, corrigiu um aluno: "Pesquisa científica livre? O segundo adjetivo é redundante."

Aos 40 anos, o Dr. Stadler se dirigiu à nação endossando a criação de um Instituto Científico Nacional. "Liberemos a ciência da tirania do dólar", pediu ele. Era uma questão polêmica: um grupo de cientistas obscuros havia discretamente lançado o projeto de lei e o fizera passar por todos os trâmites da legislatura. Havia certa hesitação em relação ao projeto, uma dúvida, um mal-estar indefinível. O nome do Dr. Robert Stadler teve sobre a nação um impacto semelhante ao dos raios cósmicos que ele estudara. Todas as barreiras cederam. A nação construiu o prédio de mármore como uma dádiva pessoal a um de seus maiores filhos.

O escritório do Dr. Stadler no Instituto era uma saleta que parecia o escritório do guarda-livros de uma firma em dificuldades. Havia uma escrivaninha barata e feia de carvalho amarelo, um arquivo, duas cadeiras e um quadro-negro no qual se viam algumas fórmulas matemáticas. Sentada numa das cadeiras, encostada a uma parede nua, Dagny achou que o escritório tinha um ar de ostentação e elegância ao mesmo tempo – ostentação porque parecia indicar que seu ocupante tinha grandeza suficiente para se permitir um cenário tão modesto; elegância porque ele de fato não precisava de mais nada.

Dagny já se encontrara com o Dr. Stadler em algumas ocasiões, em banquetes promovidos por grandes empresários ou sociedades de engenheiros em homenagem a uma ou outra causa meritória. Ela comparecia a tais eventos com tanta relutância quanto o próprio Stadler, e percebeu que o cientista gostava de conversar com ela. "Srta. Taggart", disse-lhe ele certa vez, "jamais espero encontrar inteligência onde quer que seja. Encontrá-la aqui é um espanto e um alívio!" Dagny viera a seu escritório pensando nessa frase. Estava agora imóvel em sua cadeira, observando-o com olhos de cientista: sem ideias preconcebidas, desapaixonadamente, querendo apenas ver e entender.

– Srta. Taggart – disse ele, alegre –, sinto certa curiosidade em relação à senhorita. Sinto-me curioso sempre que ocorre algo que vai contra um precedente. De modo geral, as visitas são para mim uma obrigação desagradável. Estou sinceramente surpreso ao constatar que sinto prazer em vê-la aqui. A senhorita sabe o que é descobrir de repente que se pode conversar sem o esforço de tentar arrancar compreensão de um vazio?

Estava sentado na beira da escrivaninha. Seus modos eram informais e alegres. Não era alto, e sua magreza lhe conferia um ar de energia e juventude, quase entusiasmo juvenil. Seu rosto fino não tinha idade: era feio, mas a testa alta e os grandes olhos cinzentos eram tão inteligentes que era impossível reparar em qualquer outro traço. Havia rugas divertidas nos cantos dos olhos e leves marcas de tristeza nos cantos da boca. Não parecia já ter mais de 50 anos – o cabelo ligeiramente grisalho era o único indício da idade.

– Fale-me mais sobre si mesma – disse ele. – Sempre tive vontade de lhe perguntar o que está fazendo numa carreira estapafúrdia como a indústria pesada e como é que a senhorita suporta esse tipo de gente.

– Não posso tomar seu tempo, Dr. Stadler – disse ela, com uma precisão polida e impessoal. – E a questão que venho trazer ao senhor é da maior importância.

O Dr. Stadler riu.

– Eis a marca do empresário: ir direto ao ponto. Pois que seja. Porém não se preocupe com meu tempo: ele é seu. Mas sobre o que era mesmo que a senhorita queria falar? Ah, sim. O metal Rearden. Não é exatamente um assunto sobre o qual eu esteja bem informado, mas se eu puder fazer algo pela senhorita... – Esboçou um gesto que era um convite.

– O senhor está ciente do documento emitido por este Instituto a respeito do metal Rearden?

Ele franziu o cenho de leve.

– Estou, já ouvi falar.

– O senhor o leu?

– Não.

– O documento visa impedir a utilização do metal Rearden.

– Sei, sei. Disso eu sei.

– O senhor poderia me explicar por quê?

O doutor abriu as mãos. Eram belas – longas e ossudas, belas pelo que indicavam de energia nervosa e força.

– Na verdade, não sei. Isso é da competência do Dr. Ferris. Certamente ele terá suas razões. A senhorita gostaria de falar com ele?

– Não. O senhor conhece a estrutura do metal Rearden, Dr. Stadler?

– Bem, um pouco. Mas, me diga, por que a senhorita está interessada nesse assunto?

Nos olhos de Dagny uma chama de assombro luziu e morreu. Ela respondeu sem mudar o tom impessoal da voz:

– Estou construindo uma linha ferroviária de metal Rearden, e...

– Ah, sim, mas claro! Realmente, ouvi falar. Perdão, mas é que não leio os jornais regularmente, como devia. É a sua rede ferroviária que está construindo essa linha, não é?

– A existência da minha rede depende dessa linha, e... a meu ver, a longo prazo, a existência deste país também depende dela.

As rugas divertidas ao redor dos olhos se acentuaram.

– Será mesmo possível fazer uma afirmação tão categórica quanto essa, Srta. Taggart? Eu não poderia fazê-la.

– Neste caso específico?

– Em qualquer caso. Ninguém pode prever o futuro de um país. Não é uma questão de tendências previsíveis, e sim um caos sujeito ao sabor dos momentos, no qual tudo é possível.

– O senhor acha que a produção é necessária à existência de um país, doutor?

– Sim, sim, claro que sim.

– A construção de nossa linha ferroviária foi interrompida pelo documento emitido por este Instituto.

Ele não sorriu nem respondeu.

– Esse documento representa as suas conclusões a respeito da natureza do metal Rearden? – perguntou ela.

– Eu já disse que não li. – Havia um toque de aspereza em sua voz.

Dagny abriu a bolsa, pegou um recorte de jornal e o entregou ao Dr. Stadler.

– Por favor, leia isso e depois me diga se esse é o tipo de linguagem apropriado à ciência.

Ele leu rapidamente o recorte, sorriu com desprezo e o jogou de lado com uma expressão de contrariedade.

– Revoltante, não é? – disse ele. – Mas o que se há de fazer quando se lida com gente?

Dagny olhou para ele, sem entender.

– Então o senhor não aprova o documento?

Ele deu de ombros:

– Minha aprovação ou reprovação seria irrelevante.

– O senhor chegou a alguma conclusão pessoal a respeito do metal Rearden?

– Bem, a metalurgia não é exatamente, como direi?, minha especialidade.

– O senhor examinou os dados referentes ao metal Rearden?

– Srta. Taggart, não sei aonde a senhorita quer chegar com essas perguntas. – Havia uma leve impaciência em suas palavras.

– Eu gostaria de conhecer o seu veredicto pessoal sobre o metal Rearden.

– Para quê?

– Para que eu possa comunicá-lo à imprensa.

Ele se levantou.

– Absolutamente impossível.

Dagny disse, com a voz tensa, num esforço de tentar forçar seu interlocutor a entender:

– Entregarei ao senhor todas as informações necessárias para chegar a uma decisão conclusiva.

– Não posso fazer nenhuma declaração pública a esse respeito.

– Por quê?

– Trata-se de uma situação complexa demais para explicar numa conversa informal.

– Mas se o senhor constatasse que, na verdade, o metal Rearden é um produto extremamente valioso que...

– Isso é irrelevante.

– O valor do metal Rearden é irrelevante?

– Há outras questões envolvidas, além dos fatos concretos.

Sem acreditar que havia ouvido o que ouvira, ela perguntou:

– Que outras questões a ciência leva em conta que não os fatos concretos? – As rugas de preocupação ao redor de seus lábios formaram algo que se aproximava de um sorriso.

– Srta. Taggart, a senhorita não compreende os problemas dos cientistas.

Lentamente, como se, de repente, ela estivesse compreendendo, ao mesmo tempo que falava, Dagny disse:

– Creio que o senhor sabe o que o metal Rearden é na realidade.

Ele deu de ombros.

– É, sei, sim. Com base nas informações a que tive acesso, parece ser algo extraordinário. Uma grande realização... do ponto de vista estritamente tecnológico. – O cientista andava de um lado para outro, impaciente. – Aliás, eu gostaria de algum dia mandar fazer um motor especial, para uso em laboratório, que resistisse às temperaturas elevadas que o metal Rearden é capaz de suportar. Seria de grande valor para estudar certos fenômenos que me interessam. Constatei que, quando as partículas são aceleradas a uma velocidade próxima à da luz, elas...

– Dr. Stadler – disse ela, lentamente –, então o senhor sabe qual é a verdade, mas se recusa a dizê-la publicamente?

– A senhorita está usando um termo abstrato, quando estamos tratando de uma questão prática.

– Estamos tratando de uma questão científica.

– Científica? Será que a senhorita não está enganada? Somente no campo da ciência pura é que a verdade é um critério absoluto. Quando tratamos de ciência aplicada, de tecnologia, estamos lidando com gente. E, quando lidamos com gente, entram em jogo considerações outras que não a verdade.

– Que considerações?

– Não sou um tecnólogo, Srta. Taggart. Não tenho talento nem interesse para lidar com pessoas. Não posso me envolver com as chamadas questões práticas.

– Esse documento foi emitido em seu nome.

– Eu não tenho nada a ver com ele!

– O nome deste Instituto é responsabilidade sua.

– Uma suposição absolutamente injustificada.

– Todos pensam que a honra de seu nome garante qualquer ação deste Instituto.

– O que as pessoas pensam não é problema meu... se é que elas pensam!

– Elas aceitaram o seu documento. Ele é mentiroso.

– Como se pode falar a verdade quando se lida com o público?

– Não compreendo o senhor – disse ela, em voz bem baixa.

– O problema da verdade e da falsidade não entra em jogo nas questões sociais. Os princípios jamais tiveram qualquer efeito sobre a sociedade.

– Então o que orienta as ações humanas?

Ele deu de ombros.

– As conveniências do momento.

– Dr. Stadler – disse Dagny –, creio que devo lhe dizer quais são as implicações e as consequências da interrupção da construção de minha linha ferroviária. Estão me impedindo de continuar, em nome da segurança pública, porque estou usando os melhores trilhos já produzidos. Dentro de seis meses, se eu não completar essa linha, a mais importante área industrial do país vai ficar sem transportes. Ela será destruída, porque é a melhor e porque alguns homens resolveram se apossar de parte de sua riqueza.

– Bem, isso pode ser errado, injusto, calamitoso... mas assim é a vida em sociedade. Alguém sempre é sacrificado, em geral injustamente. Não há outra maneira de viver em sociedade. O que pode fazer uma pessoa apenas?

– O senhor pode dizer a verdade sobre o metal Rearden.

Ele não disse nada.

– Eu podia implorar que o senhor fizesse isso por mim. Ou para evitar uma catástrofe nacional. Mas não vou fazer isso. Essas razões podem não ser válidas. Há uma razão apenas: o senhor tem de fazer essa declaração, porque é a verdade.

– Não fui consultado a respeito daquele documento! – Foi um grito involuntário. – Eu não o teria permitido! Também não gosto dele, tanto quanto você! Mas não posso fazer uma retratação pública!

– O senhor não foi consultado? Então o senhor não devia estar interessado em saber quais os motivos por trás do documento?

– Não posso destruir o Instituto agora!

– O senhor não está interessado em saber os motivos?

– Eu sei os motivos! Eles não querem me dizer, mas eu sei. E até entendo por que o fizeram.

– Então poderia me dizer o que foi?

– Eu digo, se a senhorita quer saber. É a verdade que a senhorita quer, não é? Não é culpa do Dr. Ferris se os imbecis que aprovam o orçamento deste Instituto insistem em querer o que eles entendem por resultados concretos. São incapazes de conceber a ciência abstrata. Só podem julgar a ciência em termos da mais recente novidade que ela produziu para eles. Não sei como foi que o Dr. Ferris conseguiu manter este Instituto funcionando até hoje. Fico admirado com a capacidade prática dele. Não acho que ele seja um cientista de primeira, mas é um excelente servidor da ciência! Sei que ele está enfrentando um problema muito sério. E não me diz nada, não quer me preocupar com essas coisas, mas ouço os boatos. As pessoas andam criticando o Instituto, dizendo que não produzimos o bastante. O público está exigindo austeridade. Em épocas como esta, quando seus pequenos confortos estão sendo ameaçados, a primeira coisa que as pessoas pensam em criticar é a ciência. Este Instituto é a única instituição de pesquisas que resta. Praticamente não existem mais fundações privadas. Veja só a espécie de vigaristas gananciosos que manda nas indústrias. Não se pode querer que essa gente financie a ciência.

– Quem está financiando vocês agora? – perguntou Dagny, em voz baixa.

Ele deu de ombros.

– A sociedade.

Dagny disse com esforço:

– O senhor ia me explicar por que o Instituto publicou aquele documento.

– Pensei que seria fácil de deduzir. Se a senhorita levar em conta que há 13 anos este Instituto tem um departamento de pesquisas metalúrgicas, que já gastou mais de 20 milhões de dólares e só produziu um novo tipo de polidor de prata e uma nova fórmula de anticorrosivo, que a meu ver é inferior às antigas, não é difícil imaginar qual será a reação do público se algum indivíduo, por iniciativa própria, inventar um produto que revolucione toda a ciência da metalurgia e faça sucesso!

Dagny baixou a cabeça. Não disse nada.

– Eu compreendo nosso departamento de metalurgia! – disse o Dr. Stadler, zangado. – Sei que descobertas como essa não são previsíveis. Mas o público não compreende. Então o que vamos sacrificar? Uma excelente liga metálica ou o último centro de pesquisas científicas que resta na face da Terra e todo o futuro do conhecimento humano? São essas as alternativas.

Dagny permanecia calada, de cabeça baixa. Depois de algum tempo, disse:

– Está bem, Dr. Stadler. Não vou discutir.

O Dr. Stadler a viu tatear pela bolsa, como se tentasse se lembrar dos movimentos necessários para se levantar.

– Srta. Taggart – disse ele, em voz baixa, quase implorando. Dagny ergueu os olhos. Seu rosto estava calmo e vazio.

Ele se aproximou e apoiou uma das mãos na parede acima da cabeça de Dagny, quase como se quisesse cercá-la com o braço.

– Srta. Taggart – disse ele, num tom de insistência suave e amargurada –, sou mais velho que a senhorita. Acredite no que digo: não existe outra maneira de viver no mundo. Os homens não estão preparados para ouvir a verdade ou a voz da razão. É impossível convencê-los com argumentações racionais. A mente é impotente contra eles. Se quisermos realizar alguma coisa, é necessário enganá-los, para que eles nos deixem trabalhar. Ou então forçá-los. Eles não entendem outra linguagem. Não se pode querer que deem apoio a qualquer empreendimento intelectual, espiritual. Eles não passam de animais irracionais. São gananciosos, autocomplacentes, vivem atrás de dinheiro e...

– Eu sou uma que vive atrás de dinheiro, Dr. Stadler – disse ela, em voz baixa.

– Você é uma exceção, uma jovem brilhante que ainda não conhece a vida o bastante para compreender a verdadeira extensão da estupidez humana. Eu passei toda a minha vida lutando contra ela. Estou muito cansado... – O toque de sinceridade em sua voz era autêntico. Lentamente, o doutor se afastou de Dagny. – Houve época em que eu pensava na confusão trágica que os homens fizeram deste mundo e tinha vontade de gritar, de lhes implorar que me ouvissem. Eu saberia lhes ensinar a viver muito melhor, mas ninguém me ouvia, não podiam me ouvir... A inteligência? É uma fagulha tão rara e precária que só dura um instante e depois desaparece. Não se pode prever sua natureza, seu futuro... nem seu desaparecimento...

Dagny fez menção de se levantar.

– Não vá, Srta. Taggart. Queria que a senhorita compreendesse.

Ela levantou os olhos para ele, obediente, indiferente. Seu rosto não estava pálido, porém suas faces se destacavam com uma nitidez estranha, como se houvessem perdido as nuances características da cútis.

– A senhorita ainda é jovem – disse ele. – Na sua idade, eu também tinha essa fé no poder ilimitado da razão. A mesma concepção radiosa do homem como ser racional. Depois vi tanta coisa... Desiludi-me tantas vezes... Queria lhe contar ao menos uma história.

Ele estava parado perto da janela. Lá fora havia escurecido. A escuridão parecia emanar das trevas do rio, vários andares abaixo. Umas poucas luzes tremeluziam na água e nos morros da margem oposta. No céu ainda se via o azul intenso da tarde. Uma estrela solitária, que parecia estar bem perto da Terra, dava a impressão de ser anormalmente grande e fazia com que o céu, em contraste, parecesse mais escuro.

– No tempo em que eu trabalhava na Universidade Patrick Henry – disse ele – tive três alunos. Já tive muitos alunos brilhantes, mas esses três eram desses que todo professor sonha ter. Representavam o que havia de melhor em inteligência. Eram jovens e estavam entregues à minha orientação: uma verdadeira dádiva. Tinham a espécie de inteligência que sonhamos que existirá no futuro e mudará a história do mundo. Os três eram de origens muito diversas, porém eram amigos inseparáveis. Fizeram uma opção curiosa: se formaram em duas áreas, na minha e na de Hugh Akston. Física e filosofia: uma conjugação de interesses que não é comum encontrar hoje em dia. Akston era um homem de distinção, uma mente privilegiada, muito diferente daquela criatura que o substituiu. Akston e eu tínhamos um pouco de ciúme um do outro por causa dos três alunos. Era uma espécie de disputa entre nós, uma disputa amistosa, porque nos compreendíamos mutuamente. Uma vez ouvi Akston dizer que os considerava seus filhos. Fiquei um pouco ressentido, porque eu também os considerava meus filhos.

O cientista se virou e a encarou. Agora as rugas melancólicas estavam bem visíveis, riscando-lhe as faces. Ele prosseguiu:

– Quando me pronunciei a favor da criação deste Instituto, um desses três me xingou. Nunca mais o vi. No início, isso me incomodava. De vez em quando eu me perguntava se ele não tinha razão... Mas há muito tempo que isso não me incomoda mais.

Sorriu. Não havia mais em seu sorriso e seu rosto nada que não fosse amargura.

– Esses três homens, possuidores de toda a promessa que o dom da inteligência pode conferir a um ser humano, esses três, dos quais esperávamos um futuro tão brilhante, um deles era Francisco d'Anconia, que virou um playboy depravado. O segundo era Ragnar Danneskjöld, que virou um bandido. Eis aí a promessa da inteligência humana!

– E o terceiro? – perguntou Dagny.

Ele deu de ombros.

– O terceiro não conseguiu nem mesmo se distinguir pela depravação. Desapareceu sem deixar vestígio na grande terra incógnita da mediocridade. Deve ter se tornado assistente de guarda-livros de uma firma qualquer.

– Mentira! Não fugi coisa nenhuma! – gritou James. – Vim aqui porque estava doente. Pergunte ao Dr. Wilson. É uma espécie de gripe. Ele pode provar. E como você descobriu que eu estava aqui?

Dagny estava em pé no meio da sala. Na gola de seu casaco e na aba do chapéu, alguns flocos de neve derretiam. Olhou ao redor, sentindo uma emoção que teria sido tristeza se ela tivesse tempo de reconhecê-la.

Era uma sala da casa da velha propriedade dos Taggart às margens do Hudson. Jim a havia herdado, mas raramente ia lá. No tempo em que eram crianças, aquele cômodo era o escritório de seu pai. Agora tinha aquele ar desolado de aposento usado porém não habitado. Todas as poltronas, menos duas, estavam cobertas com capas; a lareira não estava acesa, e sim um aquecedor elétrico, com seu calor triste e um fio atravessado no meio da sala; a escrivaninha com tampo de vidro estava vazia.

Jim estava deitado no sofá, com uma toalha enrolada no pescoço à guisa de cachecol. Dagny viu um cinzeiro cheio e sujo numa cadeira ao seu lado, uma garrafa de uísque, um copo de papel amassado e jornais de dois dias atrás espalhados pelo chão. Sobre a lareira havia um retrato, o retrato de seu avô, de corpo inteiro, com uma ponte de ferrovia ao fundo.

– Não estou com tempo para discutir, Jim.

– A ideia foi sua! Espero que você admita perante a diretoria que a ideia foi sua. Está vendo no que deu essa porcaria de metal Rearden? Se tivéssemos esperado pelo Orren Boyle... – Em seu rosto barbado lutavam diversas emoções confusas: pânico, ódio, um pouco de triunfo, o alívio de gritar com uma vítima... e aquele olhar discreto, cuidadoso, de súplica, de quem vê uma promessa de socorro.

Jim havia parado, à espera, mas ela não disse nada. Continuou parada, olhando para ele, com as mãos nos bolsos do casaco.

– Não podemos fazer nada! – gemeu Jim. – Tentei ligar para Washington, para convencê-los a expropriar a Phoenix-Durango e entregá-la a nós, por ser uma emergência, mas eles não quiseram nem falar sobre o assunto! Muita gente é contra, dizem eles, porque pode ser um mau precedente, sei lá!... Falei com a Aliança Nacional de Ferrovias e consegui convencê-los a dilatar o prazo e deixar que Dan Conway opere a linha dele mais um ano, o que nos daria tempo, mas ele não aceitou! Tentei falar com Ellis Wyatt e os amigos dele no Colorado para que exigissem que Washington obrigasse Conway a continuar operando sua linha, mas todos eles, Wyatt e os outros patifes, todos se recusaram!

Eles estão em situação pior do que nós, vão se afundar na certa, mas se recusaram!

Dagny sorriu rapidamente, mas não disse nada.

– Agora não resta mais nada a fazer! Estamos de mãos atadas. Não podemos largar aquela ferrovia nem completá-la. Não podemos parar nem seguir em frente. Não temos dinheiro. Ninguém quer ter nada a ver conosco! O que nos resta sem a Linha Rio Norte? Mas não podemos terminá-la. Seríamos boicotados. Entraríamos para a lista negra. Aquele sindicato de ferroviários nos processaria na certa, há uma lei referente a isso. Não podemos concluir aquela linha! Meu Deus! O que vamos fazer?

Dagny esperava.

– Terminou, Jim? – perguntou, fria. – Se já terminou, vou lhe dizer o que vamos fazer.

Ele não disse nada. Ficou a olhar para Dagny por debaixo de suas pálpebras pesadas.

– Não é uma proposta, Jim, é um ultimato. Escute e aceite. Vou terminar a construção da Linha Rio Norte. Eu, pessoalmente, não a Taggart Transcontinental. Vou pedir licença do cargo de vice-presidente da companhia. Vou formar uma companhia em meu próprio nome. A sua diretoria vai entregar a Linha Rio Norte para mim. Eu mesma vou trabalhar como empreiteira. Vou arranjar financiamento. Vou assumir o controle e toda a responsabilidade. Vou terminar a linha a tempo. Depois que vocês virem que os trilhos de metal Rearden funcionam mesmo, eu transfiro a linha de volta para a Taggart Transcontinental e reassumo o cargo de vice-presidente. Só isso.

Jim olhava para ela em silêncio, balançando o chinelo na ponta do pé. Dagny jamais imaginara que a esperança podia se exprimir no rosto de um homem como um esgar, mas foi o que ocorreu: esperança misturada com astúcia. Dagny desviou os olhos de Jim, pensando como era possível que, numa situação dessas, ele só pensasse numa maneira de tirar vantagem.

Então, absurdamente, a primeira coisa que Jim disse, num tom de ansiedade, foi:

– Mas, enquanto isso, quem é que vai administrar a Taggart Transcontinental?

Dagny riu. O som a assustou, pois parecia uma risada amarga de velha.

– Eddie Willers – respondeu.

– Ah, não! Ele não vai conseguir!

Dagny riu, como antes, um riso brusco e sem humor.

– Pensei que você fosse mais esperto do que eu em relação a esse tipo de coisa. Eddie vai assumir o cargo de vice-presidente interino. Vai se instalar na minha sala e sentar-se à minha mesa. Mas quem você acha que vai continuar administrando a firma?

– Mas não vejo como...

– Vou ficar viajando de avião entre Nova York e o Colorado. Além disso, existem as ligações interurbanas, não é? Vou continuar a fazer o que sempre fiz. Nada vai mudar, só a farsa que você representa para os seus amigos... e só que vou ter que trabalhar um pouco mais.

– Que farsa?

– Você entendeu, Jim. Nem faço ideia do tipo de joguinhos em que você se mete, você e a sua diretoria. Não sei quem você joga contra quem nem quantas coisas contraditórias você finge ser ao mesmo tempo. Não sei nem quero saber. Vocês todos podem se esconder atrás de mim. Se têm medo porque fizeram negócios com amigos que se sentem ameaçados pelo metal Rearden, eis aqui a melhor oportunidade de garantir a eles que vocês não têm nada a ver com a história, que não são vocês que estão fazendo isso: sou eu. Podem até ajudá-los a me maldizer e me denunciar. Podem todos ficar em casa, não correr riscos e não fazer inimigos. Desde que não me atrapalhem.

– Bem... – disse Jim, lentamente – é claro que os problemas de uma grande rede ferroviária são complexos... por outro lado, uma pequena companhia independente, no nome de uma única pessoa, poderia...

– Sei, Jim, eu sei de tudo isso. Assim que você anunciar que está me entregando a Linha Rio Norte, as ações da Taggart vão subir na Bolsa. Vai parar de aparecer essa multidão de sanguessugas, já que não vai haver mais o incentivo de uma grande companhia a ser sangrada. Antes que eles resolvam o que fazer comigo, eu termino a linha. Quanto a mim, não quero ter que dar satisfações a você nem a sua diretoria. Não quero discutir com vocês nem pedir permissão para fazer nada. Não há tempo para esse tipo de coisa, para que eu possa fazer o que tem de ser feito. Por isso vou trabalhar sozinha.

– E... se você fracassar?

– Se eu fracassar, vou afundar sozinha.

– Você compreende que, nesse caso, a Taggart Transcontinental não vai poder ajudá-la em nada?

– Compreendo.

– Você não vai contar conosco?

– Não.

– Você corta todas as ligações oficiais com a nossa firma, para que as suas atividades não afetem nossa reputação?

– Corto.

– Acho que devemos deixar combinado que, em caso de fracasso ou escândalo, sua licença se tornará permanente... isto é, você não reassumirá a vice-presidência.

Ela fechou os olhos por um instante.

– Está bem, Jim. Nesse caso, eu não volto.

– Antes de transferirmos a Linha Rio Norte a você, temos que fazer um acordo por escrito, especificando que você deverá devolvê-la a nós, juntamente com sua participação majoritária, a preço de custo, se a linha der certo. Senão depois você pode querer faturar em cima de nós, já que precisaremos dela.

Houve apenas um breve lampejo de pasmo nos olhos de Dagny, mas logo ela disse, indiferente, num tom de quem dá uma esmola:

– Perfeito, Jim. Pode especificar isso por escrito.

– Bem, quanto ao seu sucessor provisório...

– Sim?

– Você faz mesmo questão de que seja Eddie Willers?

– Faço, sim.

– Mas ele não seria capaz nem de agir como um vice-presidente! Ele não tem presença, não tem jeito, não...

– Ele conhece o trabalho dele e o meu. Ele sabe o que eu quero. Tenho confiança nele. Com ele posso trabalhar.

– Não acha que seria melhor escolher um dos rapazes mais distintos da empresa, alguém que seja de boa família, com mais trato social e...

– Vai ser Eddie Willers, Jim.

Ele suspirou.

– Está bem. Só que... a gente tem que ter cuidado... Não podemos deixar que as pessoas desconfiem de que você continua administrando a Taggart Transcontinental. Ninguém pode saber.

– Todo mundo vai saber, Jim. Mas, como ninguém vai admitir o fato abertamente, todos ficarão satisfeitos.

– Mas é preciso manter as aparências.

– Ah, é claro! Se você não quiser me reconhecer na rua, não faz mal. Você diz que nunca me viu antes e eu digo que nunca ouvi falar nessa tal de Taggart Transcontinental.

Jim permaneceu mudo, tentando pensar, olhando fixamente para o chão.

Dagny se voltou para a janela. O céu apresentava aquela palidez acinzentada e uniforme que é característica do inverno. Lá embaixo, à margem do Hudson, viu a estrada que ela costumava vigiar, à espera do carro de Francisco – viu a ribanceira do outro lado do rio, na qual subiram para tentar ver os arranha-céus de Nova York –, e além da mata ficavam os trilhos que iam dar na estação de Rockdale. Agora o solo estava coberto de neve, e só se via o esqueleto da paisagem que ela conhecia – um esboço de galhos nus subindo da neve e apontando para o céu. Tudo cinza e branco, como uma fotografia, uma fotografia morta que se guarda na esperança de que ela evoque lembranças, mas que não tem o poder de evocar coisa alguma.

– Qual vai ser o nome?

Dagny se virou, surpresa:

– O quê?

– Qual vai ser o nome da sua companhia?

– Ah... Bem, Ferrovia Dagny Taggart, imagino.

– Mas... você acha que não vai haver nenhum problema? Pode haver algum mal-entendido. O nome "Taggart" pode ser entendido como...

– Bem, que nome você quer? – disse ela, finalmente irritada. – Srta. Ninguém? Madame X? John Galt? – De repente Dagny parou. Sorriu um sorriso frio, luminoso, perigoso. – É isso! O nome vai ser este: Ferrovia John Galt.

– Ah, não!

– Pois vai.

– Mas isso... é uma gíria vulgar!

– É.

– Você não pode levar na brincadeira um projeto sério como esse! Não pode ser tão vulgar, tão...

– Não posso?

– Mas, meu Deus, por quê?

– Porque vai chocar todos os outros tanto quanto o chocou.

– Nunca vi você fazer uma coisa pensando no que os outros vão pensar.

– Há uma primeira vez para tudo.

– Mas... – Jim baixou o tom de voz, quase como que por superstição: – Olhe, Dagny, é que isso... dá azar... O que isso representa é... – Calou-se.

– O que isso representa?

– Não sei... Mas as pessoas usam a expressão sempre quando estão...

– Com medo? Desesperadas? Impotentes?

– É... é isso mesmo.

– É justamente isso que eu quero jogar na cara delas!

A raiva que brilhava nos olhos de Dagny, seu primeiro olhar de entusiasmo, fez com que Jim compreendesse que era melhor ficar quieto.

– Pode preparar toda a papelada em nome da Ferrovia John Galt – disse Dagny.

Jim suspirou.

– Bem, a linha é sua.

– Minha mesmo!

Jim olhou para Dagny, perplexo. Ela havia abandonado a pose de vice-presidente. Parecia sentir-se relaxada, satisfeita, tendo descido ao nível dos trabalhadores e empreiteiros.

– Quanto aos documentos e ao aspecto legal da coisa – disse ele –, pode haver algumas dificuldades. Vamos ter que pedir permissão a...

Dagny se virou bruscamente e o encarou. Em seu rosto ainda havia algo daquele entusiasmo e da violência de ainda há pouco. Mas ela não estava alegre, não estava sorrindo. Havia agora em seu olhar algo de estranho, de primitivo. Ao vê-lo, Jim pensou que esperava jamais ter de enfrentá-lo outra vez.

– Escute, Jim – disse Dagny. Ele nunca ouvira aquele tom na voz de pessoa alguma. – Há uma coisa que vou cobrar de você, e que é melhor você cumprir à risca: não meta os seus homens de Washington nessa história. Dê um jeito de fazer com que eles me deem todas as permissões, autorizações, escrituras e outros papéis idiotas que as leis deles exigem. Não deixe que eles tentem me atrapalhar. Se eles tentarem... Jim, dizem que nosso ancestral, Nat Taggart, matou um político que tentou lhe recusar uma permissão que, na verdade, não fazia sentido ele ter de pedir. Não sei se a história é verdadeira ou não, mas vou lhe dizer uma coisa: eu sei como ele se sentiu, se é que isso aconteceu mesmo. Se não aconteceu, talvez eu tenha de fazer o que ele não fez, só para confirmar a lenda da família. Estou falando sério, Jim.

Francisco d'Anconia se achava sentado à frente da mesa de Dagny. Seu rosto estava impassível. Permanecera desse modo enquanto ela lhe explicava, no tom de voz objetivo e impessoal de uma conversa sobre negócios, a formação e o objetivo de sua companhia ferroviária. Ele a ouvira sem dizer uma palavra.

Dagny jamais vira em seu rosto aquele olhar de passividade vazia. Não havia zombaria, nem humor, nem antagonismo naquele olhar. Era como se naquele momento ele não estivesse ali, estivesse fora de seu alcance. No entanto, seus olhos observavam atentamente: pareciam ver mais do que ela imaginava. Faziam-na pensar naqueles vidros que deixam a luz entrar num dos sentidos, mas não a deixam sair no outro.

– Francisco, pedi que viesse aqui porque eu queria que você me visse no meu escritório. Você nunca esteve aqui antes. Houve época em que isso teria importância para você.

O olhar de Francisco correu lentamente pela sala. As paredes eram nuas. Nelas só havia um mapa da Taggart Transcontinental, o retrato de Nat Taggart que servira de modelo para sua estátua e um grande calendário com propaganda da ferrovia em cores berrantes e alegres. Esse calendário era distribuído todo ano, com gravuras diferentes, para todas as estações da Rede Taggart. Um deles ornamentara a parede da estação de Rockdale, seu primeiro lugar de trabalho.

Francisco se levantou e disse, em voz baixa:

– Dagny, para seu próprio bem, e... – aqui houve uma pausa quase imperceptível, uma hesitação – em nome da piedade que você talvez ainda sinta por mim, não me peça o que vai pedir agora. Não. É melhor eu ir embora agora.

Aquilo não era do feitio de Francisco. Ela nunca esperaria ouvir aquilo da parte dele. Depois de um momento, ela perguntou:

– Por quê?

– Não posso lhe dizer por quê. Não posso responder a nenhuma pergunta. Esse é um dos motivos pelos quais é melhor não falarmos sobre esse assunto.

– Você sabe o que eu vou lhe pedir?

– Sei. – Dagny o fitou com um olhar que era uma pergunta tão eloquente, tão desesperada, que ele foi forçado a acrescentar: – Sei também que vou dizer não.

– Por quê?

Francisco deu um sorriso triste, abrindo as mãos, como se quisesse lhe dizer que era isso que ele havia previsto e quisera evitar.

Dagny disse então, em voz baixa:

– Tenho que tentar, Francisco. Tenho que fazer o pedido. É o que cabe a mim fazer. O que você vai fazer depois é problema seu. Mas quero ter certeza de que tentei tudo.

Francisco permaneceu de pé, porém inclinou a cabeça um pouco, concordando, e disse:

– Vou ouvi-la, se isso vai ajudá-la.

– Preciso de 15 milhões de dólares para terminar a Linha Rio Norte. Já consegui 7 milhões por conta das ações que possuo da Taggart Transcontinental. Não tenho mais condições de levantar nem um tostão. Vou emitir debêntures em nome de minha nova companhia no valor de 8 milhões de dólares. Chamei-o aqui para lhe pedir que compre essas debêntures.

Francisco não disse nada.

– Sou apenas uma pedinte, Francisco, e estou lhe pedindo dinheiro. Sempre achei que, no mundo dos negócios, ninguém pede nada. Eu achava que o que valia era o que se tinha a oferecer, e que se oferecia valor em troca de valor. Agora a coisa não é mais assim, embora eu não compreenda como é possível agir de acordo com qualquer outro princípio e continuar a existir. Com base em todos os fatos objetivos, a Linha Rio Norte vai ser a melhor estrada de ferro deste país. Com base em todos os critérios, é o melhor investimento que se pode fazer. E este é o problema. Não posso levantar dinheiro oferecendo um bom investimento: o fato de que ele é bom faz com que as pessoas o rejeitem. Nenhum banco quer comprar debêntures da minha companhia. Assim, não estou oferecendo nada. Estou apenas pedindo.

Dagny falava com uma precisão impessoal. Parou, esperando pela resposta. Francisco permaneceu mudo.

– Sei que não tenho nada para lhe oferecer – disse Dagny. – Não posso falar em termos de investimento. Você não está interessado em ganhar dinheiro. Há muito tempo que perdeu o interesse por projetos industriais. Então, não vou fazer de conta que estou lhe oferecendo uma proposta interessante. Estou só mendigando. – Respirou fundo e acrescentou: – Me dê esse dinheiro como quem dá uma esmola, já que para você não faz a menor diferença.

– Pare – disse ele, em voz baixa. Dagny não sabia se sua voz soara estranha por raiva ou dor. Francisco havia baixado os olhos.

– Você faz isso por mim, Francisco?

– Não.

Após um momento, Dagny disse:

– Eu o chamei não por achar que ia aceitar, mas porque você era a única pessoa que compreenderia isso que eu disse. Assim, eu tinha que tentar. – Sua voz estava cada vez mais baixa, como se, dessa forma, ela tentasse ocultar a emoção que sentia. – Sabe, eu não acredito que você esteja realmente perdido... porque sei que você ainda é capaz de me ouvir. A vida que você leva é depravada. Mas a maneira como você age não é. Até mesmo a maneira como fala não é... Eu tinha que tentar... mas não posso continuar me esforçando para entender você.

– Vou lhe dar uma pista. Não existem contradições. Sempre que você achar que está vendo uma contradição, verifique suas premissas. Você vai descobrir que uma delas está errada.

– Francisco – sussurrou Dagny –, por que não me explica o que aconteceu com você?

– Porque, neste momento, a resposta faria você sofrer ainda mais do que a dúvida.

– É tão terrível assim?

– É preciso que você mesma descubra a razão.

Dagny sacudiu a cabeça.

– Não sei o que oferecer a você. Não sei mais o que tem valor para você. Será que você não entende que até mesmo um mendigo tem que dar algum valor em troca, tem que oferecer alguma razão para que seja do interesse de alguém lhe dar uma esmola?... Bem, eu pensei... antigamente era muito importante para você o sucesso. O sucesso na indústria. Lembra as conversas que tínhamos? Você era muito severo. Esperava muito de mim. Você me disse que era bom eu preencher as suas expectativas. Foi o que fiz. Você queria saber até onde eu subiria na Taggart Transcontinental. – Com um gesto, Dagny indicou a sala ao seu redor. – Pois veja até onde subi... Então pensei... se a lembrança dos seus antigos valores ainda guarda algum significado para você, ainda que apenas como diversão, ou num momento de tristeza, ou algo assim como... como colocar flores numa sepultura... talvez você quisesse me dar o dinheiro... em nome disso.

– Não.

Com esforço, Dagny disse:

– Esse dinheiro não representa nada para você. Você já gastou isso em festas absurdas, gastou muito mais que isso nas minas de San Sebastián...

Francisco levantou os olhos e a encarou. Dagny percebeu, pela primeira vez, um sinal de vida, uma reação em seus olhos: um olhar intenso, impiedoso e, por incrível que parecesse, orgulhoso, como se essa acusação lhe desse forças.

– Ah, isso é verdade – disse ela, lentamente, como se respondesse a uma pergunta que ele formulara em pensamento –, disso eu sei. Já amaldiçoei você por causa dessas minas, o denunciei, manifestei meu desprezo por você de todas as maneiras e agora volto a procurá-lo... para pedir dinheiro. Como Jim, como qualquer pidão. Sei que é um triunfo para você, sei que você pode rir de mim e me desprezar com razão. Bem... talvez seja isso o que eu posso lhe oferecer. Se o que você quer é se divertir, se você gostou de ver Jim e os planejadores mexicanos estrebuchando, você não vai querer me humilhar? Isso não vai lhe dar prazer? Você não quer me ouvir reconhecer que fui derrotada por você? Não quer me ver rastejando a seus pés? Diga que tipo de humilhação você quer ver que eu obedeço.

Francisco se moveu tão depressa que ela nem percebeu o início do movimento. A única coisa que ela julgou perceber foi que tudo começou com um estremecimento. Ele contornou a escrivaninha, pegou sua mão e a levou aos lábios. Começou como um gesto de profundo respeito, como se seu objetivo fosse lhe dar forças. Porém ele manteve os lábios, depois todo o rosto, apertados contra sua mão, e Dagny percebeu que era ele que queria que ela lhe desse forças.

Francisco soltou a mão dela, olhou-a nos olhos, percebeu o medo silencioso que havia neles. Sorriu, não tentando esconder o sofrimento, a raiva e a ternura que havia naquele sorriso.

– Dagny, você quer rastejar? Você não conhece o significado dessa palavra e nunca vai conhecer. Ninguém rasteja assumindo a situação com tanta honestidade. Você pensa que eu não sei que essa súplica que você me dirigiu foi a coisa mais corajosa que já fez? Mas... não me pergunte nada, Dagny.

– Em nome de tudo o que eu já fui para você... – sussurrou ela –, se ainda resta alguma coisa dentro de você...

No momento em que ela julgou estar vendo nele uma expressão que já vira antes – na noite em que, iluminado pelas luzes da cidade, ficou deitado ao seu lado pela última vez –, ela o ouviu gritar, um grito que nunca havia conseguido arrancar dele antes:

– Meu amor, não posso!

Então, enquanto se entreolhavam, ambos estarrecidos, mudos, Dagny percebeu a mudança em seu rosto. Foi tão abrupta, tão brutal, como se ele houvesse acionado um interruptor. Ele riu, se afastou e disse, num tom particularmente ofensivo por ser absolutamente descontraído:

– Queira desculpar a mistura de estilos. Isso é o tipo de coisa que já tive que dizer a muitas mulheres, só que em circunstâncias um tanto diferentes.

Dagny baixou a cabeça. Ficou encolhida, pouco se importando de que ele a visse naquela posição.

Quando levantou a vista, encarou-o com indiferença.

– Está bem, Francisco. Você representou bem. Eu acreditei. Se era assim que você queria se divertir, conseguiu o que queria. Não vou lhe pedir nada.

– Eu avisei.

– Eu não sabia de que lado você estava. Não achava possível... Mas é do lado de Orren Boyle e Bertram Scudder e seu ex-professor.

– Meu ex-professor? – perguntou ele, áspero.

– O Dr. Robert Stadler.

Ele riu, aliviado.

– Ah, esse? É o saqueador que acredita que os fins dele justificam que ele saqueie os meus meios. – E acrescentou: – Sabe, Dagny, gostaria que você não se esquecesse de que lado você disse que estou. Algum dia vou mencionar o assunto e perguntar se você quer repetir o que disse.

– Não vai ser preciso me lembrar.

Francisco se virou para ir embora. Fez um gesto informal de despedida e disse:

– Se fosse possível terminar a Linha Rio Norte, eu lhe desejaria boa sorte.

– Vou terminá-la. E vai se chamar Linha John Galt.

– O quê?!

Francisco chegou a gritar. Dagny deu uma risada de desprezo.

– Linha John Galt.

– Dagny, pelo amor de Deus, por quê?

– Você não gostou?

– Como é que você foi escolher esse nome?

– Achei melhor do que Sr. Nemo ou Sr. Zero, você não acha?

– Dagny, por quê?

– Porque assusta você.

– O que você acha que isso representa?

– O impossível. O inatingível. E vocês todos têm medo da minha linha, assim como têm medo desse nome.

Francisco começou a rir. Ria sem olhar para Dagny, e ela teve a estranha certeza de que ele a havia esquecido, estava longe, estava rindo – com uma alegria furiosa e amarga – de algo que era totalmente alheio a ela.

Quando ele se virou para Dagny, disse, muito sério:

– Eu não faria isso se fosse você, Dagny.

Ela deu de ombros.

– Jim também não gostou.

– Por que você gosta?

– Eu detesto! Detesto essa desgraça que vocês todos vivem esperando, esse derrotismo, essa pergunta sem sentido que sempre parece um pedido de socorro. Estou cheia de ouvir falar em John Galt. Agora vou lutar contra ele.

– Vai mesmo – disse Francisco, em voz baixa.

– Vou construir uma estrada de ferro para ele. Quero vê-lo vir se apossar dela depois.

Francisco deu um sorriso triste e balançou a cabeça, concordando:

– Ele virá.

◄◄

O aço derretido iluminava o teto e as paredes. Rearden estava sentado à mesa, à luz de uma única luminária. Fora do círculo luminoso que ela projetava, a escuridão do escritório se confundia com a da noite lá fora. Rearden tinha a impressão de que a luz das fornalhas atravessava a seu bel-prazer um espaço vazio, como se a mesa fosse uma jangada flutuando no ar, com duas pessoas isoladas do restante do mundo. Dagny estava sentada à sua frente.

Ela havia tirado o casaco e o colocara atrás da poltrona, onde ele servia de pano de fundo para seu corpo magro e tenso, vestido com um conjunto cinzento e inclinado na diagonal sobre a ampla poltrona. Apenas uma de suas mãos estava dentro do círculo de luz, na beira da mesa. Fora da luz, ele via vagamente seu rosto, o branco de uma blusa, o triângulo de um colarinho aberto.

– Está bem, Hank – disse ela. – Vamos fazer uma ponte nova, de metal Rearden. Esse é o pedido formal da proprietária da Ferrovia John Galt.

Rearden sorriu e olhou para os desenhos da ponte espalhados na parte iluminada da escrivaninha.

– Você já examinou o projeto que lhe enviamos?

– Já. Você não precisa de comentários nem elogios de minha parte. Meu pedido diz tudo.

– Está bem. Obrigado. Vou começar a laminar o metal.

– Você não vai perguntar se a Ferrovia John Galt está em condições de fazer encomendas e de funcionar?

– Não é preciso. O fato de você vir aqui diz tudo.

Dagny sorriu.

– É verdade. Está tudo pronto, Hank. Vim para lhe dizer isso e para discutir, em pessoa, os detalhes da ponte.

– Está bem, estou curioso, sim: quem são os debenturistas da Ferrovia John Galt?

– Acho que nenhum deles tinha condições de comprar debêntures. Todos estão com empresas em fase de crescimento. Todos precisavam do dinheiro para investir em suas próprias firmas. Mas eles precisavam da linha e não pediram ajuda a ninguém. – Dagny pegou um papel na bolsa. – Eis os debenturistas da John Galt. – Entregou o papel a Rearden.

Ele conhecia a maior parte dos nomes na lista: "Ellis Wyatt, Petróleo Wyatt, Colorado. Ted Nielsen, Motores Nielsen, Colorado. Lawrence Hammond, Hammond Automóveis, Colorado. Andrew Stockton, Fundição Stockton, Colorado." Havia alguns nomes de outros estados e Rearden reparou num em particular: "Kenneth Danagger, Carvão Danagger, Pensilvânia." O valor das contribuições variava. Havia quantias de cinco e de seis dígitos.

Rearden pegou a caneta-tinteiro e escreveu no fim da lista "Henry Rearden, Siderúrgica Rearden, Pensilvânia – 1 milhão de dólares", depois devolveu a lista a Dagny.

– Hank – disse ela, com jeito –, eu não queria seu nome nesta lista. Você já investiu tanto no metal Rearden, que está arriscando mais do que qualquer um de nós. Você não pode assumir mais um risco.

– Nunca aceito favores – respondeu ele, friamente.

– O que você quer dizer com isso?

– Não peço a ninguém que assuma mais riscos num empreendimento meu do que eu próprio assumo. Se é um jogo, pago o mesmo que os outros estão apostando. Você não disse que aquela linha era o melhor mostruário do meu produto?

Dagny baixou a cabeça e disse, solene:

– Está bem. Obrigada.

– A propósito: não é minha intenção perder esse dinheiro. Estou ciente das condições sob as quais essas debêntures podem ser convertidas em ações, se eu assim desejar. Portanto, espero obter um lucro enorme. E você é quem vai ganhar esse dinheiro para mim.

Dagny riu.

– Meu Deus, Hank, andei falando com um bando de gente tão covarde que quase peguei com eles a mania de encarar a Ferrovia John Galt como prejuízo na certa! Obrigada por me chamar a atenção. Claro, vou obter esse lucro enorme para você.

– Se não fosse esse bando de covardes, não haveria risco nenhum no empreendimento. Mas a gente tem que derrotar essas pessoas. E vamos conseguir. – Pegou dois telegramas entre os papéis que havia em sua mesa. – Ainda existem alguns homens no mundo. – Entregou os telegramas a Dagny. – Acho que você vai gostar de ler isso.

Um dos telegramas dizia: "Era minha intenção esperar dois anos, mas a declaração do Instituto Científico Nacional me obriga a agir imediatamente. Venho por meio desta propor a construção de um oleoduto de 12 polegadas de diâmetro, em metal Rearden, com 1.000 quilômetros de extensão, do Colorado a Kansas City. Seguem detalhes. Ellis Wyatt."

O outro dizia: "A respeito de minha encomenda. Sinal verde. Ken Danagger."

Rearden comentou:

– Ele também não estava preparado para agir imediatamente. Oito mil toneladas de metal Rearden. Metal para estruturas. Para minas de carvão.

Os dois se entreolharam e sorriram. Não era necessário fazer mais nenhum comentário.

Quando Dagny lhe devolveu os telegramas, Rearden olhou para sua mão. À luz da luminária, a pele parecia transparente pousada na beira da mesa – mão de moça, com dedos longos e finos, por um momento relaxada, indefesa.

– A Fundição Stockton, do Colorado – disse ela –, vai fazer as chaves que ficaram faltando quando a Companhia de Chaves e Sinais abandonou o navio. Vão entrar em contato com você para adquirir metal Rearden.

– Já entraram. E quem vai trabalhar na obra?

– Os engenheiros de Nealy vão ficar, os melhores, aqueles de quem preciso. E a maioria dos mestres de obras também. Não vai haver problemas. O Nealy não vai fazer muita falta.

– E a mão de obra?

– Tenho mais candidatos do que vagas. Acho que o sindicato não vai se meter. A maioria deles está dando nomes falsos. São sindicalizados. Precisam de emprego desesperadamente. Vou manter alguns seguranças na obra, mas acho que não vai haver problema nenhum.

– E a diretoria da Taggart e seu irmão?

– Estão todos dando declarações à imprensa dizendo que não têm qualquer ligação com a Ferrovia John Galt e que acham o empreendimento altamente censurável. Concordaram com todas as minhas condições.

Os ombros de Dagny pareciam tensos e, no entanto, ao mesmo tempo à vontade, como se preparados para alçar voo. Nela a tensão era uma coisa natural, não um sinal de ansiedade, mas de prazer – tensão de todo o seu corpo por baixo do conjunto cinzento, semivisível na escuridão.

– Eddie Willers está ocupando a vice-presidência interinamente – informou Dagny. – Se precisar de alguma coisa, entre em contato com ele. Vou para o Colorado hoje.

– Hoje?

– É. Não podemos perder tempo. Já perdemos uma semana.

– Vai no seu avião particular?

– Vou. Volto daqui a uns 10 dias. Pretendo passar por Nova York uma ou duas vezes por mês.

– E lá, onde é que você vai morar?

– Na obra. No meu vagão... quer dizer, de Eddie, que ele me emprestou.

– Não há nenhum perigo?

– Perigo? De quê? – Então ela riu, surpresa. – Ora, Hank, é a primeira vez que você me trata como mulher. É claro que não há nenhum perigo.

Rearden não estava olhando para ela, e sim para uma folha de papel cheia de números.

– Mandei meus engenheiros discriminarem os gastos referentes à ponte – disse ele – e elaborarem um cronograma aproximado da obra. Era isso que eu queria discutir com você. – Entregou os papéis a ela, que se recostou na poltrona para ler.

Um facho de luz lhe caía sobre o rosto. Rearden contemplou o perfil nítido dos lábios firmes e sensuais. Então Dagny chegou um pouco para trás. Agora ele só via um esboço vago dos lábios e os cílios escuros.

Não é verdade?, pensou ele. *Não é verdade que eu penso nisso desde a primeira vez que a vi? Que não penso em outra coisa há dois anos?* Rearden permanecia imóvel, olhando para Dagny. Ouvia as palavras que jamais se permitira dizer, as palavras que sentia, conhecia, porém jamais enfrentara, que julgara ser possível destruir jamais pensando nelas. Então sentiu um choque repentino, como se as estivesse dizendo a ela... Desde a primeira vez que a vi... O seu corpo, essa boca, a maneira como seus olhos me fitam, como se... Em todas as frases que já disse a você, todos os encontros que você julgava apenas profissionais, todas as questões importantes que discutimos... Você confiava em mim, não é? Sabia que eu haveria de reconhecer sua grandeza? Pensar em você do modo como você merecia – como se fosse um homem?... Será que não vê a minha traição? A única pessoa que gostei de conhecer em minha vida – a única que respeito –, o melhor empresário que conheço – minha aliada –, minha sócia numa batalha desesperada... Meus desejos mais baixos – como reação à criatura mais elevada que já conheci... Sabe o que eu sou? Já pensei nisso, que deveria ser impensável. Para satisfazer aquela necessidade degradante, que jamais deveria envolver você, nunca quis ninguém senão você... Eu não sabia o que era isso, o que era desejar isso, até que vi você pela primeira vez. Antes eu pensava: não, isso não pode acontecer comigo... Desde então... há dois anos... sem um segundo de interrupção... Você sabe o que é desejar isso? Quer saber o que pensei quando olhei para você... quando passei noites de insônia... quando ouvi sua voz ao telefone... quando me concentrei no trabalho, mas não consegui me livrar desse desejo? Arrastá-la até coisas que você nem é capaz de conceber – e saber que fui eu que fiz isso. Reduzi-la à condição de corpo, lhe ensinar os prazeres animalescos, vê-la ter necessidade deles, vê-la me pedir que a satisfaça, ver seu espírito maravilhoso depender dessa necessidade obscena. Vê-la tal como você é, como enfrenta o mundo, com sua força limpa e orgulhosa – então vê-la na minha cama, submetendo-se a todos os caprichos infames que me ocorrerem, a todos os atos que realizarei com o único propósito de desonrá-la, e aos quais você se submeterá por amor a uma sensação inconfessável... Quero você – e maldito seja eu por querê-la!

Ela lia os papéis, recostada na poltrona, no escuro. Rearden viu os reflexos do fogo dourarem seus cabelos, depois os ombros, depois os braços, a pele nua de seu pulso.

... Sabe o que estou pensando agora, neste instante?... Seu conjunto cinza, seu colarinho aberto... você parece tão jovem, tão austera, tão segura de si... Como você ficaria se eu puxasse sua cabeça para trás, se a deitasse com essa sua roupa formal, se eu levantasse sua saia?

Dagny levantou a vista e olhou para Rearden. O homem baixou o olhar, desviando-o para os papéis sobre a mesa. Um instante depois, ele disse:

– Na verdade, o custo da ponte é menor do que nossa estimativa inicial. Observe que a resistência da ponte permite o acréscimo de uma segunda pista, o que a meu ver será necessário daqui a uns poucos anos. Se você espaçar esse custo por um período de...

Enquanto ele falava, Dagny olhava para seu rosto, realçado pela luminária, contra o fundo escuro e vazio do escritório. A luminária estava fora de seu campo de visão, e assim Dagny tinha a impressão de que era o rosto dele que iluminava os papéis sobre a mesa. *Aquele rosto*, pensou ela, e a clareza fria e radiante de sua voz, de sua mente, de seu propósito firme e inabalável. Aquele rosto era como suas palavras – como se uma mesma linha, um mesmo tema percorresse o olhar firme, os músculos tensos da face, a curva levemente irônica dos lábios virada para baixo –: a linha de um ascetismo implacável.

◄◄◄

O dia começou com uma notícia ruim: um trem de carga da Sul-Atlântica batera de frente num trem de passageiros no Novo México, numa curva fechada na serra, espalhando vagões por toda a encosta. Os vagões carregavam 5 mil toneladas de cobre, que estavam sendo transportadas de uma mina no Arizona para a Siderúrgica Rearden.

Rearden ligou para o gerente da Sul-Atlântica, mas o homem disse o seguinte:

– Ah, Sr. Rearden, como é que podemos saber? Como é que se pode saber quanto tempo vai levar para liberar a linha? Um dos piores desastres que já sofremos... Não sei, Sr. Rearden. Não há nenhuma outra ferrovia naquele trecho. A pista foi destruída numa extensão de 400 metros. Houve uma queda de barreira. Nosso carro-socorro não pode passar por lá. Não sei como nem quando vamos conseguir recolocar aqueles vagões nos trilhos. No mínimo duas semanas. Três dias? Impossível, Sr. Rearden!... Mas não podemos fazer nada!... Mas o senhor certamente pode dizer a seus clientes que foi por motivo de força maior! E se atrasar? Ninguém pode pôr a culpa no senhor num caso como este!

Duas horas depois, com a ajuda de sua secretária, de dois jovens engenheiros de seu departamento de transporte, de um mapa rodoviário e de alguns telefonemas interurbanos, Rearden já havia mandado uma frota de caminhões para o local do acidente, mais alguns vagões graneleiros, para encontrá-los na estação mais próxima da Sul-Atlântica. Os graneleiros foram cedidos pela Taggart Transcontinental. Os caminhões vieram de todos os cantos do Novo México, Arizona e Colorado. Os engenheiros de Rearden haviam procurado, por telefone, caminhoneiros proprietários, e lhes ofereceram quantias que encerraram rapidamente a discussão.

Era o último dos três carregamentos de cobre que Rearden esperava. Dois não haviam sido entregues: uma companhia abrira falência e outra alegava ter que atrasar a entrega por motivo de força maior.

Rearden tomara essas medidas de emergência sem interromper sua rotina diária, sem levantar a voz, sem nenhum sinal de tensão, dúvida ou preocupação. Agira com a precisão e a rapidez de um comandante militar subitamente atacado pelo inimigo – e Gwen Ives, sua secretária, agira como o mais tranquilo dos tenentes. Era uma moça de 20 e muitos anos, cujo rosto, de uma harmonia discreta e impenetrável, era como equipamento de escritório de qualidade. Era uma de suas funcionárias mais competentes. A maneira como ela executava suas tarefas indicava uma espécie de asseio racional que consideraria o menor indício de emoção no trabalho uma imoralidade imperdoável.

Quando a emergência já havia sido contornada, o único comentário que a Srta. Ives fez foi:

– Sr. Rearden, acho que devíamos pedir a nossos fornecedores que utilizem sempre os serviços da Taggart Transcontinental.

– Também tive essa ideia – disse ele em resposta, e acrescentou: – Mande um telegrama para o Fleming, no Colorado. Diga-lhe que estou interessado em adquirir aquela mina de cobre.

Voltou à sua mesa e falava com seu superintendente em um dos telefones e com seu gerente de compras em outro, verificando todas as datas e todos os carregamentos de minério já recebidos – Rearden não podia relegar ao acaso ou a outra pessoa a possibilidade de que ocorresse um atraso de uma hora que fosse no funcionamento das fornalhas: estava terminando de fazer os últimos trilhos para a Linha John Galt –, quando o interfone tocou, e a voz da Srta. Ives anunciou que a mãe dele estava na sala de espera e queria falar com ele.

Rearden pedira a seus familiares que jamais viessem à siderúrgica sem hora marcada. Felizmente, todos detestavam seu escritório e portanto raramente iam lá. O que sentiu naquele momento foi um impulso muito forte de dar ordem de a expulsarem da siderúrgica. Mas, em vez disso, com um esforço ainda maior do que o que precisara fazer para tomar as medidas de emergência relacionadas ao desastre de trem, disse, com voz tranquila:

– Está bem. Mande-a entrar.

Sua mãe se aproximou dele com um ar agressivo de quem se coloca na defensiva. Olhava para seu escritório com uma expressão que denotava que ela estava ciente do que o local representava para ele, e que se ressentia de o filho dar ao que quer que fosse mais importância do que a ela. Levou um bom tempo para sentar-se numa poltrona, ajeitar e reajeitar a bolsa, as luvas, as dobras do vestido, resmungando em voz baixa:

– Muito bonito, uma mãe ter que ficar numa sala de espera e pedir permissão a uma estenógrafa para poder falar com o próprio filho...

– Mamãe, é alguma coisa importante? Hoje estou ocupadíssimo.

– Você não é a única pessoa no mundo que tem problemas. É claro que é importante. Você acha que eu ia me dar o trabalho de pegar o carro e vir até aqui se não fosse importante?

– O que foi?

– É Philip.

– O que há com ele?

– Ele anda triste.

– E daí?

– Acha que não é direito ele depender da sua caridade e viver de esmolas e não ter um tostão que tenha ganhado com o próprio esforço.

– Ora! – disse Rearden, surpreso, sorridente. – Há algum tempo que eu espero que ele chegue a essa conclusão.

– Não é direito um homem como ele, uma pessoa sensível, viver desse jeito.

– Certamente.

– Ainda bem que concorda comigo. Por isso você tem que arranjar um emprego para ele.

– Arranjar... o quê?

– Um emprego para ele, aqui na siderúrgica, mas um emprego bom, limpo, é claro, com uma mesa e um bom salário, em que ele não tenha que se meter com esses operários e essas fornalhas fedorentas.

Ele estava certo de que estava ouvindo aquilo, mas não conseguia acreditar.

– Mamãe, você não está falando sério.

– Estou, sim. Eu sei que é isso que ele quer, só que é orgulhoso demais para pedir. Mas se você oferecer o emprego a ele, de modo que pareça que você é que está lhe pedindo um favor, eu garanto que ele aceita. Foi por isso que vim até aqui para falar sobre isso, para que ele não descubra que foi ideia minha.

A natureza de Rearden não lhe permitia compreender coisas daquele tipo. Um único pensamento apareceu em sua mente, como um holofote. Parecia-lhe impossível que alguém fosse incapaz de entender aquilo. As palavras lhe saíram da boca como um grito de espanto:

– Mas ele não entende nada de siderurgia!

– O que tem isso? Ele precisa de um emprego.

– Mas ele não ia saber fazer nada.

– Ele precisa ganhar autoconfiança e se sentir importante.

– Mas ele não teria nenhuma utilidade aqui.

– Philip precisa sentir que as pessoas necessitam dele.

– Aqui? Para que eu poderia precisar dele?

– Você emprega um monte de desconhecidos.

– Eu emprego homens que produzem. O que ele tem a oferecer?

– Ele é seu irmão, não é?

– O que isso tem a ver com o assunto em questão?

Foi a vez de sua mãe olhar para ele sem acreditar no que ouvia, perplexa. Por um instante ficaram olhando um para o outro, como se a uma distância interplanetária.

– Ele é seu irmão – disse ela, como um disco na vitrola que repetisse uma fórmula mágica impossível de questionar. – Ele precisa de uma posição no mundo. Precisa de um salário, para achar que o dinheiro que recebe é merecido, não uma esmola.

– Merecido? Mas ele não ia valer nada para mim.

– É nisso que você pensa antes de mais nada? No lucro? Estou lhe pedindo que ajude seu irmão, e você está pensando em lucrar com ele, e só vai ajudá-lo se você lucrar com isso. É isso? – Ela viu a expressão no rosto de Rearden e desviou o olhar, mas se apressou a acrescentar: – Ah, sim, você vai ajudá-lo, como ajudaria qualquer mendigo. Ajuda material... você só pensa nisso, só entende disso. Já pensou nas necessidades espirituais do seu irmão, no amor-próprio dele na atual situação em que se encontra? Ele não quer viver feito mendigo. Ele quer ser independente de você.

– Recebendo de mim um salário sem que faça nenhum trabalho em troca?

– Não ia lhe fazer a menor falta. Tem muita gente aqui ganhando dinheiro para você.

– A senhora está me pedindo que represente uma farsa?

– Não é necessário encarar a coisa desse modo.

– É ou não é uma farsa?

– É por isso que não consigo conversar com você. Porque você não é humano. Não tem piedade, não sente nada por seu irmão, não tem nenhuma compaixão pelos sentimentos dele.

– É ou não é uma farsa?

– Você não tem pena de ninguém.

– A senhora acha que essa farsa seria uma coisa justa?

– Você é o homem mais imoral do mundo. Só pensa em justiça! É incapaz de sentir amor!

Ele se levantou com um movimento abrupto e enfático, o tipo de movimento que se faz para pôr fim a uma entrevista e fazer com que uma visita se despeça.

– Mamãe, isto aqui é uma siderúrgica, não um bordel.

– Henry! – A exclamação de indignação fora motivada apenas pela palavra, mais nada.

– Nunca mais me venha falar em emprego para Philip. Eu não o contrataria nem como varredor. Não deixaria nem que ele entrasse aqui. Quero que a senhora entenda isso de uma vez por todas. Pode tentar ajudá-lo de qualquer maneira, mas nunca mais pense na minha siderúrgica como um meio para esse fim.

As rugas do queixo macio de sua mãe assumiram a forma de um sorriso de escárnio.

– Mas o que essa siderúrgica representa para você? Uma espécie de templo sagrado?

– Ora... é isso mesmo – disse ele, em voz baixa, surpreso com a comparação.

– Você nunca pensa nas pessoas, nas suas obrigações morais?

– Não sei o que a senhora chama de moralidade. Não, não penso nas pessoas, mas, se eu desse um emprego a Philip, nunca mais poderia encarar qualquer homem competente que precisasse de trabalho e merecesse um emprego.

Ela se levantou, com a cabeça encolhida nos ombros. A voz indignada parecia empurrar as palavras até a figura alta e ereta de Rearden:

– É essa a sua crueldade, é isso que há de mesquinho e egoísta em você. Se você gostasse de seu irmão, lhe daria um emprego sem que ele o merecesse, justamente porque ele não o merece... Isso é que seria amor de verdade, bondade, fraternidade. Senão, para que serve o amor? Se um homem merece um emprego, não é nenhuma virtude lhe dar emprego. Virtude é dar a quem nada merece.

Rearden a encarava como uma criança tendo um pesadelo estranho. Era tão impossível acreditar naquilo que ele não sentia horror.

– Mamãe – disse ele, lentamente –, a senhora não sabe o que está dizendo. Acreditar que você tem consciência do que está dizendo seria desprezá-la mais do que sou capaz.

O olhar que sua mãe lhe dirigiu o surpreendeu mais do que qualquer outra coisa: era um olhar de derrota e ao mesmo tempo parecia exprimir uma argúcia estranha e maliciosa, como se, por um momento, ela possuísse algum conhecimento que a experiência da vida lhe ensinara e que lhe permitia sorrir da inocência do filho.

A lembrança daquele sorriso permaneceu na mente de Rearden, como se lhe dissesse que ali havia algo que precisava compreender. Mas ele não conseguia apreender aquilo, não conseguia forçar sua mente a aceitá-lo como algo que merecia uma reflexão. A única pista de que dispunha era o vago mal-estar e a repulsa que sentia – e não tinha tempo a perder com aquilo, não podia pensar naquilo no momento, porque estava encarando agora um homem que, sentado à frente de sua mesa, lhe pedia algo que era, para ele, uma questão de vida ou morte.

O homem não colocava a coisa nesses termos, mas Rearden sabia que, no fundo, era disso que se tratava. O que o homem fez foi pedir 500 toneladas de aço.

Era o Sr. Ward, da Segadeiras Ward, de Minnesota. Era uma empresa despretensiosa com reputação impecável, o tipo de firma que normalmente não cresce muito, mas que nunca abre falência. O Sr. Ward representava a quarta geração de uma família que sempre dera à firma o melhor de suas capacidades.

Era um homem na faixa dos 50, com um rosto quadrado e impassível. Quem o visse logo percebia que ele era o tipo de homem que acha tão indecente deixar que seu rosto traia algum sofrimento quanto tirar as roupas em público. Falava num tom de voz seco e impessoal. Explicou que sempre havia trabalhado, como seu pai o fizera, com uma das pequenas siderúrgicas que agora haviam sido adquiridas pelas Siderúrgicas Associadas, de Orren Boyle. Havia um ano que esperava sua última encomenda de aço. Passara o último mês tentando marcar uma entrevista pessoal com Rearden.

– Sei que o senhor está com tanto serviço que não pode mais aceitar novas encomendas, Sr. Rearden – disse ele –, e que seus fregueses mais antigos estão esperando na fila para serem atendidos, já que o senhor é o único fabricante de aço honesto, ou seja, confiável, que ainda resta neste país. Não tenho argumentos para convencê-lo a abrir uma exceção em meu caso. Mas eu não tinha outra alternativa senão fechar as portas de minha empresa, e eu... – nesse momento sua voz falhou por um instante – ainda não... não quero considerar essa possibilidade... por isso resolvi falar com o senhor, embora eu não tivesse muita chance... assim mesmo, eu tinha que tentar tudo o que fosse possível.

Esse tipo de linguagem Rearden compreendia.

– Quisera poder ajudá-lo – disse ele –, mas este é o pior momento para mim, porque estou cuidando de uma encomenda muito grande e muito especial, a que estou dando a mais absoluta prioridade.

– Eu sei. Mas será que o senhor poderia ao menos me ouvir, Sr. Rearden?

– Claro.

– Se é uma questão de dinheiro, eu pago o que o senhor pedir. Se for esse o caso, o senhor pode me cobrar quanto quiser, até o dobro do preço normal, desde que me arranje o aço. Não me incomodo nem de vender as segadeiras a preços abaixo do custo, tendo prejuízo, só para não fechar a firma. Pessoalmente, tenho bastante dinheiro para funcionar no vermelho durante uns dois anos, se necessário, porque imagino que as coisas não podem continuar assim por muito tempo. A situação tem que melhorar, senão nós... – Não concluiu a frase. Afirmou com firmeza: – Tem que melhorar.

– E vai melhorar – disse Rearden.

Enquanto ouvia as palavras do homem, Rearden pensava na Linha John Galt, como um acompanhamento à melodia. Ela estava seguindo em frente. Os ataques ao metal Rearden haviam cessado. Sentia-se como se ele e Dagny, separados por centenas de quilômetros, estivessem num espaço vazio, livres para terminar o serviço. *Eles vão nos deixar em paz para trabalharmos*, pensava Rearden. Aquelas palavras eram como um hino militar em sua mente: *eles vão nos deixar em paz.*

– Nossa fábrica tem capacidade para produzir mil segadeiras por ano – dizia o Sr. Ward. – Ano passado fizemos 300. Arranjei aço aqui e ali, em vendas de estoques de firmas falidas, pedindo uma ou duas toneladas a grandes companhias, catando pedaços em ferros-velhos... Bem, não vou perder seu tempo com isso. O fato é que eu nunca imaginei que algum dia seria obrigado a trabalhar desse jeito. E enquanto isso o Sr. Orren Boyle jurava que ia me entregar o aço na semana seguinte. Porém o que ele conseguia produzir era sempre vendido para clientes novos, por motivos que ninguém me explicava. Mas ouvi dizer que eram homens que tinham força política. E agora nem consigo mais falar com o Sr. Boyle. Ele está em Washington há mais de um mês e, quando ligo para o escritório dele, é sempre a mesma coisa: não podem fazer nada porque não estão recebendo minério.

– Não perca tempo com eles – disse Rearden. – Daquele mato não sai coelho.

– Sabe, Sr. Rearden – disse ele, como quem faz uma descoberta e reluta em aceitá-la –, acho que há alguma coisa de suspeito nos métodos de trabalho do Sr. Boyle. Não entendo o que ele quer. Metade das fornalhas dele está parada, mas no mês passado houve todo aquele estardalhaço a respeito das Siderúrgicas Associadas nos jornais. Por causa do que ela produziu? Não, graças ao magnífico conjunto habitacional que o Sr. Boyle construiu para os funcionários. Na semana passada eram os filmes em cores que o Sr. Boyle mandou para todas as escolas secundárias mostrando como se faz aço e como esse produto é importante para todo mundo. Agora ele tem um programa de rádio, fala sobre a importância da indústria siderúrgica para o país e diz que é importante preservá-la como um todo. Não entendo o que ele quer dizer com essa coisa de "como um todo".

– Eu entendo. Mas deixe isso para lá. O golpe dele não vai funcionar.

– Sabe, Sr. Rearden, não gosto de pessoas que vivem dizendo que tudo o que elas fazem é só para o bem dos outros. Não é verdade, e acho que isso não seria direito mesmo se fosse. Então vou logo dizendo: preciso desse aço, mas é para salvar a minha fábrica. Porque ela é minha. Porque se eu tiver que fechá-la... ah, ninguém entende mais isso hoje em dia.

– Eu entendo.

– É... achei que o senhor entenderia... Pois é essa a minha maior preocupação. Mas penso também nos meus clientes. Eles trabalham comigo há anos. Contam comigo. É praticamente impossível comprar equipamentos em qualquer lugar. O senhor imagina como está a situação lá em Minnesota, os fazendeiros precisando de equipamentos sem conseguir encontrá-los em lugar nenhum? As máquinas quebram no meio da época da colheita e faltam peças... só se acham os filmes em cores do Sr. Orren Boyle... Pois é... E os meus funcionários também. Alguns deles trabalham na nossa firma desde o tempo do meu pai. Não teriam condições de arranjar outro emprego. Não agora.

É impossível, pensou Rearden, *produzir mais aço numa siderúrgica em que todas as fornalhas estão trabalhando 24 horas por dia para atender com urgência uma encomenda, e assim permanecerão pelos próximos seis meses. Mas... a Linha John Galt*, pensou ele, *se conseguisse terminá-la, seria capaz de qualquer coisa...* Sentia vontade de resolver 10 problemas ao mesmo tempo. Sentia-se como se no mundo nada fosse impossível para ele.

– Escute – disse, pegando o telefone –, vou consultar meu superintendente para saber o que faremos nas próximas semanas. Talvez eu dê um jeito de conseguir algumas toneladas emprestadas de alguns dos clientes e...

O Sr. Ward desviou a vista rapidamente, mas Rearden pôde perceber de relance a expressão em seu rosto. *É tanto para ele*, pensou Rearden, *e tão pouco para mim!*

Pegou o fone, mas teve que recolocá-lo no gancho, porque a porta do escritório se abriu e Gwen Ives entrou apressada.

Rearden achava impossível que a Srta. Ives fizesse uma coisa dessas, entrar sem avisar, que houvesse em seu rosto habitualmente tranquilo uma expressão tão distorcida, que seus olhos parecessem nada enxergar, que seu andar parecesse tão incerto, apesar de todo o seu autocontrole. Ela foi dizendo:

– Desculpe a interrupção, Sr. Rearden. – Porém ele percebeu que ela não estava enxergando nada, nem o escritório, nem o Sr. Ward. Só via a ele, Rearden. – Achei que devia avisá-lo imediatamente que o Legislativo acaba de aprovar a Lei da Igualdade de Oportunidades.

Foi o impassível Sr. Ward que, olhando fixamente para Rearden, gritou:

– Ah, meu Deus, não! Não!

Rearden se levantou de um salto. Estava torto, com um dos ombros caído para a frente. Foi apenas por um instante. Logo ele olhou ao redor, como se estivesse recuperando a visão, e disse:

– Desculpem.

Seu olhar se dirigia tanto à Srta. Ives quanto ao Sr. Ward. Sentou-se de novo.

– Nós não havíamos sido informados de que o projeto estava sendo avaliado pelo Legislativo, não é mesmo? – perguntou, com uma voz controlada e seca.

– Não, senhor. Parece que foi uma jogada de surpresa, e só levou 45 minutos.

– Alguma notícia de Mouch?

– Não, senhor. – Ela dera ênfase ao "não". – Foi o contínuo do quinto andar que entrou correndo para me dizer que tinha acabado de ouvir no rádio. Telefonei para os jornais para confirmar. Tentei falar com o Sr. Mouch em Washington. Ninguém atende no escritório dele.

– Qual foi a última vez que tivemos notícias dele?

– Dez dias atrás, Sr. Rearden.

– Está bem. Obrigado, Gwen. Continue tentando ligar para ele.

– Sim, senhor.

A secretária saiu. O Sr. Ward estava em pé, com o chapéu na mão.

– Talvez seja melhor eu...

– Sente-se! – exclamou Rearden, feroz.

O Sr. Ward obedeceu, olhando-o espantado.

– Nós estávamos discutindo negócios, não é? – disse Rearden. O Sr. Ward não conseguiu definir a emoção que contorceu a boca de Rearden quando ele falou. – Sr. Ward, uma das coisas que os maiores calhordas do mundo criticam em nós é a expressão "Negócio é negócio". Pois é isso: negócio é negócio, Sr. Ward!

Pegou o telefone e mandou chamar o superintendente.

– Escute, Pete... O quê?... Ah, sim, já soube. Deixe isso para lá. Depois a gente conversa sobre isso. O que eu queria saber era o seguinte: será que você podia me arranjar 500 toneladas de aço a mais nas próximas semanas?... É, eu sei... Sei que está difícil... Verifique as datas e os números. – Esperou enquanto o outro fazia anotações num pedaço de papel. Depois disse: – Certo. Obrigado. – E desligou.

Examinou os números por alguns momentos, fazendo alguns cálculos na margem. Depois levantou a cabeça.

– Está bem, Sr. Ward. O senhor vai receber o seu aço dentro de 10 dias.

Depois que Ward saiu, Rearden foi até a sala de espera e disse à Srta. Ives, com sua voz normal:

– Mande um telegrama para Fleming no Colorado. Ele vai entender por que desisti daquela mina.

Ela inclinou a cabeça em sinal de obediência. Não olhou para ele.

Rearden foi atender o próximo. Com um gesto convidativo em direção à sua sala, foi dizendo:

– Muito prazer. Queira entrar.

Depois pensarei nisso, pensou Rearden, *uma coisa de cada vez. Não se pode parar sem mais nem menos*. Naquele momento, com uma clareza extraordinária, sua consciência continha um único pensamento: *Não vão me impedir*. Aquela frase se destacava, sem passado nem futuro. Ele não sabia quem é que não o iria impedir, nem por que essa frase era tão crucial, tão absoluta. Ela o dominava, e ele obedecia. Uma coisa de cada vez. Rearden cumpriu todos os seus compromissos do dia.

Já era tarde quando terminou sua última entrevista e Rearden saiu de sua sala. Todos os funcionários já haviam ido embora. Só restava a Srta. Ives, sozinha numa sala vazia. Estava sentada, o corpo rígido, as mãos entrelaçadas no colo. A cabeça não estava baixa, e sim virada para a frente, fixamente. Seu rosto parecia paralisado. Lágrimas lhe corriam pelas faces, sem nenhum ruído, nenhum movimento facial, contra as suas resistências, além do seu controle.

Ela viu Rearden e disse com uma voz seca, cheia de remorso, se desculpando:

– Sinto muito, Sr. Rearden. – Não tentou esconder o rosto, o que seria uma pretensão fútil.

Rearden se aproximou da secretária.

– Obrigado – disse delicadamente.

Ela levantou os olhos e o encarou, surpresa.

Rearden sorriu:

– Mas você não acha que está me subestimando, Gwen? Não acha cedo demais para chorar por minha causa?

– A única coisa que foi demais para mim – sussurrou ela, apontando para os jornais – é eles dizerem que foi a derrota da ganância.

Rearden soltou uma gargalhada.

– Compreendo que um uso tão distorcido da linguagem desperte sua fúria. Mas e daí?

A Srta. Ives olhou para ele, e a tensão em sua boca diminuiu um pouco. A vítima que ela não podia proteger era seu único ponto de apoio num mundo que se desintegrava ao seu redor.

Rearden passou a mão lentamente na testa da secretária: o gesto era uma rara quebra de formalidade nele e uma maneira de reconhecer as realidades das quais ele não rira.

– Vá para casa, Gwen. Hoje à noite não vou precisar de você. Eu também vou para casa daqui a pouco. Não, não precisa me esperar.

Já passava da meia-noite quando, ainda trabalhando no projeto da ponte da Linha John Galt, Rearden interrompeu o trabalho abruptamente, porque a emoção o atingiu como uma punhalada súbita, da qual não era possível mais fugir, como se o efeito de um anestésico cessasse de repente.

Baixou a cabeça, mas ainda se agarrando ao que restava de sua resistência, e ficou parado, o peito encostado na escrivaninha, impedindo-o de cair para a frente, a cabeça baixa, como se a única realização de que ele ainda era capaz fosse não deixar que a cabeça batesse na mesa. Ficou parado assim por alguns instantes. A única coisa que sentia era dor, uma dor lancinante, sem conteúdo nem limite, sem saber se era sua mente ou seu corpo que doía, reduzido ao horror dessa dor que o impedia de pensar.

Alguns instantes depois, a dor havia passado. Levantou a cabeça e aprumou o corpo, calmamente, recostando-se na cadeira. Agora percebia que, se adiara esse momento algumas horas, não fora uma fuga: não havia pensado naquilo porque não havia o que pensar.

O pensamento, Rearden disse a si próprio, *é uma arma que se usa para agir*. No seu caso, nenhuma ação era possível. O pensamento é o instrumento que se usa para fazer escolhas. Ele não tinha o que escolher. O pensamento determina os objetivos e a maneira de chegar a eles. Sua vida ia ser arrancada de si mesmo pouco a pouco, e ele não teria voz, nem objetivo, nem recurso, nem defesa.

Rearden pensava nessas coisas, perplexo. Via pela primeira vez que antes jamais experimentara medo porque, qualquer que fosse o desastre, ele sempre pudera agir, e esse era o remédio para todos os males. *Não*, pensou ele, *não a certeza da vitória, coisa que ninguém jamais tem, mas apenas a possibilidade de agir, que é a única coisa necessária.* Agora estava considerando, de modo impessoal, pela primeira vez, a mais terrível das perspectivas: a de ser destruído com as mãos atadas às costas.

Bem, então continuo, mesmo com as mãos atadas, pensou. *Continuo, acorrentado. Continuo. Não vão me impedir...* Mas outra voz lhe dizia coisas que ele não queria ouvir, enquanto relutava, gritando: *Não adianta pensar nisso... é inútil... para quê?... Desista!*

Ele não conseguia sufocar aquela voz. Ficou parado, os papéis do projeto da ponte da Linha John Galt à sua frente, e ouvia aquilo que lhe dizia uma voz que era em parte sonora, em parte visual: Eles decidiram tudo sem mim... Não me consultaram, não me perguntaram nada, não me deixaram falar... Nem sequer tinham obrigação de me informar – me informar de que haviam arrancado parte da minha vida e que eu tinha de aceitar seguir em frente como um aleijado... De todos aqueles que estavam envolvidos naquilo, fossem lá quem fossem, pelo motivo que fosse, eu era o único que não fora necessário consultar.

Ao fim de uma longa estrada havia uma placa: Minérios Rearden. Depois dela, pilhas de metal negro... e no decorrer dos anos, das noites... acima de um relógio em que cada segundo era uma gota de seu sangue que escorria... o sangue que ele dera de bom grado, com satisfação exultante, como pagamento por um dia distante e uma placa no fim de uma estrada... pago com seu esforço, sua força, sua mente, sua esperança... Destruído pelo capricho de alguns homens que haviam votado... sabe-se lá por ideia de quem! Quem sabe por vontade de quem eles estavam no poder? Que motivos os impeliam? O que eles sabiam? Qual deles, sozinho, seria capaz de retirar um punhado de minério da terra?... Destruído pelo capricho de homens que jamais vira, de homens que jamais viram aquele metal empilhado... Destruído porque assim haviam resolvido. Com que direito?

Rearden sacudiu a cabeça. Há coisas sobre as quais não se deve pensar. Há no mal uma obscenidade que contamina o observador. Há um limite para aquilo que é próprio de se ver. Não se deve pensar nisso, nem investigar isso, nem tentar entender suas causas.

Sentindo-se tranquilo e vazio, Rearden disse a si mesmo que estaria bem no dia seguinte. Ele se perdoaria pela sua fraqueza de agora, que era como as lágrimas que se choram num enterro, legitimamente, e depois aprenderia a viver com uma chaga aberta, ou com uma fábrica mutilada.

Levantou-se e andou até a janela. A siderúrgica parecia deserta e silenciosa. Viam-se algumas manchas pálidas de vermelho acima das negras chaminés, longas colunas de vapor, as diagonais cruzadas dos guindastes e das pontes.

Sentia uma solidão desolada, algo que jamais sentira antes. Pensou que inspirava esperança, alívio, coragem em Gwen Ives e no Sr. Ward. Mas quem inspiraria tais sentimentos nele? Ele também estava precisando disso, pelo menos agora. Quem dera contar a um amigo a quem ele permitisse vê-lo sofrer, sem fingimentos nem defesas, em quem ele pudesse se apoiar um momento, só para dizer: "Estou muito cansado", e nele encontrar o repouso de um instante! De todos os homens que conhecia, haveria algum que gostaria de ver ao seu lado agora? Ouviu a resposta em sua mente, imediata, espantosa: Francisco d'Anconia.

Seu riso nervoso de raiva o trouxe de volta à realidade. O absurdo daquele impulso o fez recobrar a calma. *Isso é que dá*, pensou ele, *se entregar à fraqueza*.

Ficou parado à janela, tentando não pensar em nada. Mas as palavras não lhe saíam da mente: Minérios Rearden... Carvão Rearden... Siderúrgica Rearden... Metal Rearden... O que adiantava? Por que ele fizera tudo aquilo? Para que fazer o que quer que fosse no futuro?

Seu primeiro dia nas minas. O dia em que contemplou, ao vento, as ruínas de uma siderúrgica. O dia em que, ali, nesse escritório, ao lado dessa mesma janela, pensou em construir uma ponte capaz de suportar pesos extraordinários com apenas algumas vigas metálicas, se se combinasse uma treliça com um arco, com suporte diagonal, sendo as peças de cima curvadas para...

Parou de repente. Naquele dia ele não pensara em combinar uma treliça com um arco.

Imediatamente se debruçou sobre a mesa, apoiando um dos joelhos no assento da cadeira, sem tempo para pensar em sentar-se, e começou a traçar linhas, curvas, triângulos, fazer cálculos por toda parte, nas cópias heliográficas, no mata-borrão, nas cartas espalhadas sobre a mesa.

E, uma hora depois, estava fazendo uma ligação interurbana, esperando que um telefone tocasse ao lado de uma cama dentro de um vagão num desvio de ferrovia, e estava dizendo:

– Dagny! Aquela nossa ponte: jogue no lixo todos os desenhos que já lhe mandei, porque... O quê?... Ah, aquela história? Para o inferno com isso! Que se danem os espoliadores e suas leis! Esqueça isso! Dagny, o que importa isso para nós? Escute, lembra-se daquele troço que você resolveu chamar de treliça Rearden? Que você admirou tanto? Pois não vale nada. Tive a ideia de uma treliça melhor do que qualquer coisa já construída! Sua ponte vai aguentar quatro trens ao mesmo tempo, vai durar 300 anos e vai sair mais barata que um viadutozinho qualquer. Vou lhe mandar os desenhos daqui a dois dias, mas quis lhe falar imediatamente. A gente pega um suporte diagonal e... O quê?... Não ouvi. Você está resfriada?... Por que já está me agradecendo? Espere até eu terminar a explicação.

CAPÍTULO 8

A LINHA JOHN GALT

O trabalhador sorriu, olhando para Eddie Willers do outro lado da mesa.

– Eu me sinto como um fugitivo – disse Willers. – Você sabe por que eu não apareço aqui há meses, não é? – Indicou, com um gesto, o refeitório ao seu redor. – Agora eu sou o vice-presidente. Vice-presidente de operações. Pelo amor de Deus, não leve isso a sério. Aguentei enquanto pude, mas acabei tendo de dar uma escapulida, ainda que só uma vez... A primeira vez que vim comer aqui, depois da minha suposta promoção, todo mundo ficou olhando para mim, e não tive coragem de voltar. Bem, que olhem. Você não está de olho pregado em mim. Ainda bem que isso não faz nenhuma diferença para você... Não, não a vejo há duas semanas. Mas falo com ela pelo telefone todo dia, às vezes duas vezes por dia... É, sei como ela se sente. Está adorando. O que é isso que a gente ouve pelo telefone? Vibrações sonoras, não é? Pois bem, a voz dela parece feita de vibrações luminosas, você entende? Ela está adorando enfrentar aquela guerra sozinha e ganhar... Ah, está ganhando, sim! Sabe por que há um tempão você não lê nada nos jornais sobre a Linha John Galt? Porque está indo muito bem... Só tem uma coisa... A ferrovia de metal Rearden vai ser a mais incrível já construída. Mas de que adianta, se não existem locomotivas poderosas o suficiente para aproveitá-la? Veja só essas marias-fumaças que estão rodando por aí: mal conseguem se arrastar nesses trilhos de bonde que há... Mas ainda há esperança. A Fábrica de Locomotivas União abriu falência. Foi uma sorte para nós, porque foi comprada por Dwight Sanders. É um jovem engenheiro brilhante, dono da única fábrica de aviões que presta neste país. Ele teve de vender a fábrica de aviões para o irmão para poder assumir a União. Por causa da Lei da Igualdade de Oportunidades. Claro, é uma armação entre irmãos, só isso, mas o que ele podia fazer? O importante é que a União vai começar a fazer locomotivas a diesel. Dwight Sanders vai fazer as coisas andarem para a frente... É, ela está contando com ele. Por que você perguntou isso?... Claro, ele é importantíssimo para nós agora. Acabamos de assinar um contrato com ele, encomendando as 10 primeiras locomotivas a diesel que ele vai construir. Quando liguei para ela para dizer que o contrato tinha sido assinado, ela riu e disse: "Está vendo? Não há motivo para ter medo!"... Ela disse isso porque sabe... não que eu tenha dito alguma coisa a ela, mas ela sabe... que estou com medo... Estou, sim... Não sei... Se eu soubesse de quê, e pudesse fazer alguma coisa, eu não estaria com medo. Mas me diga uma coisa, no fundo você não me despreza por eu ser vice-presidente? Mas você não vê que é uma farsa?... Honra? Que honra? Eu nem sei o que sou na verdade: um palhaço, um fantasma, um substituto, um testa de ferro. Quando estou na sala dela, sentado na cadeira dela, me sinto pior ainda: como um assassino... É, eu sei que eu sou o testa de ferro dela, o que é uma honra, mas... mas me sinto como se, de algum modo que não entendo bem, eu fosse testa de ferro de Jim Taggart. Por que ela precisa de um testa de ferro? Por que ela precisa se esconder? Por que a expulsaram do prédio? Você sabia que ela teve de se mudar para uma saleta miserável naquela travessa nos fundos, em frente à entrada de serviço do prédio? Você devia ir lá para ver como é o escritório da Ferrovia John Galt. Mas todo mundo sabe que ela continua mandando na Taggart Transcontinental. Por que ela tem de esconder o trabalho magnífico que está fazendo? Por que ela não é reconhecida? Por que tiram dela o mérito de seu trabalho e o atribuem a mim? Por que eles estão fazendo tudo o que podem para atrapalhá-la, se é ela quem os está salvando da destruição? Por que eles a torturam, se é ela quem está salvando as suas vidas?... O que há com você? Por que está me olhando assim?... É, acho que você entende... Tem alguma coisa nisso que eu não consigo definir, e é alguma coisa má. É por isso que tenho medo... Acho que não se pode fazer isso impunemente... Sabe, é estranho, mas acho que eles também pensam como eu, Jim e o restante do pessoal dele. Há uma atmosfera de culpa, escusa, em todo o prédio. E sem vida. A Taggart Transcontinental é agora como um homem que perdeu a alma... que vendeu a alma... Não, ela não liga. Da última vez que esteve em Nova York, ela chegou sem avisar... eu estava na minha sala, quer dizer, na sala dela, e de repente ela entrou porta adentro dizendo: "Sr. Willers, estou procurando emprego como vigia de estação, o senhor me dá uma oportunidade?" Deu vontade de xingar todos eles, mas tive de rir. Gostei tanto de vê-la, e de vê-la tão feliz, rindo. Ela estava vindo direto do aeroporto, de calças compridas e jaqueta de aviador, estava muito bonita, corada, queimada de sol, como se estivesse chegando das férias. Não deixou que eu me levantasse da cadeira dela, sentou-se na mesa e falou sobre a nova ponte da Linha John Galt... Não, não perguntei por que ela escolheu esse nome... Não sei o que pode significar para ela. Uma espécie de desafio, imagino... Não sei a quem ela está desafiando... Ah, não importa, não quer dizer nada, John Galt não existe, mas eu preferia que ela tivesse escolhido outro nome. Eu não gosto. Você gosta?... Gosta mesmo? Pois não parece, do jeito que fala.

▲▲▲

As janelas do escritório da John Galt davam para um beco escuro. Quando olhava por elas, Dagny não via o céu, e sim a parede de um edifício enorme. Era o arranha-céu da Taggart Transcontinental.

A sede da firma de Dagny consistia em duas salas no térreo de um edifício semiabandonado. A estrutura estava de pé, mas os andares de cima estavam condenados, por não oferecerem condições de segurança. Os poucos ocupantes do prédio eram pessoas quase falidas, que viviam, como o próprio prédio, da inércia de um passado que não mais existia.

Dagny gostava daquelas salas porque eram baratas. Nelas não havia nada de supérfluo, nem pessoas nem móveis. A mobília fora adquirida em lojas de móveis usados. As pessoas eram as melhores que ela pudera encontrar. Em suas raras visitas a Nova York, Dagny não tinha tempo de olhar para a sala em que trabalhava. Só dava para perceber que o local atual servia ao seu objetivo.

Por algum motivo que não compreendia, naquela noite ela fez uma pausa para olhar a chuva que escorria pela vidraça, pela parede do edifício em frente.

Já passava da meia-noite. Sua pequena equipe já havia ido embora. Dagny tinha que estar no aeroporto às três da manhã para pegar seu avião e voltar para o Colorado. Não tinha muito mais o que fazer, só alguns relatórios de Eddie para ler. Sem a tensão da pressa a estimulá-la, Dagny parou. Não conseguia continuar. Os relatórios pareciam exigir dela um esforço acima de sua capacidade. Era tarde demais para ir para casa dormir e cedo demais para ir para o aeroporto. Ela pensou: *Você está cansada*. E ficou a contemplar seu próprio estado de espírito com um distanciamento severo e sarcástico, sabendo que ele passaria.

Viera a Nova York inesperadamente, de repente. Correra para o avião 20 minutos depois de ouvir uma breve notícia no rádio: Dwight Sanders, sem dar nenhuma explicação, havia se aposentado. Dagny fora às pressas para Nova York na esperança de encontrá-lo e fazê-lo mudar de ideia. Mas, enquanto atravessava o continente em seu avião, ela sentia que não conseguiria encontrar nenhum sinal dele.

A chuva de primavera parecia imóvel lá fora, como uma névoa fina. Dagny ficou olhando para a entrada dos fundos do terminal da Taggart. Lá dentro havia lâmpadas nuas nos bocais, entre as vigas de ferro do teto, e algumas pilhas de bagagem no chão gasto de concreto. Aquele lugar parecia abandonado e morto.

Dagny olhou para uma rachadura na parede de seu escritório. Não ouvia nenhum som. Sabia que estava sozinha num edifício em ruínas. Tinha a impressão de que estava sozinha na cidade. Sentia uma emoção que vinha reprimindo há anos: uma solidão que ia muito além daquele momento, além do silêncio daquela sala, do vazio úmido da rua: a solidão de um deserto sem cor, onde nada valia a pena ser conquistado – a solidão de sua infância.

Levantou-se e foi até a janela. Encostando o rosto na vidraça, podia ver todo o prédio da Taggart. Seus contornos convergiam abruptamente para o pináculo distante, no céu. Olhou para a janela escura da sala que fora sua. Sentia-se exilada, proscrita para sempre, como se houvesse muito mais a separá-la daquele prédio do que uma vidraça, uma cortina de chuva e o passar de alguns meses.

Dagny estava parada numa sala cujas paredes estavam descascando, com o rosto encostado na vidraça, olhando para tudo o que amava e que lhe era tão inatingível. Não compreendia a natureza da solidão que sentia. As únicas palavras que lhe ocorriam eram: não era este o mundo que eu esperava encontrar.

Uma vez, aos 16 anos, contemplando os trilhos da Taggart que convergiam na distância – como os contornos de um arranha-céu – para um único ponto, Dagny dissera a Eddie Willers que sempre tinha a impressão de que os trilhos convergiam para a mão de um homem além do horizonte – não, não era seu pai nem nenhum dos homens que trabalhavam com ele – e algum dia ela viria a conhecê-lo.

Sacudiu a cabeça e se afastou da janela.

Voltou à sua mesa. Tentou voltar aos relatórios, mas, quando deu por si, estava debruçada sobre a mesa, a cabeça apoiada num dos braços. *Não faça isso*, pensou, mas não se mexeu. Não fazia mal, não havia ninguém ali para vê-la.

Era um desejo seu que ela jamais se permitira admitir. Agora o encarava. Pensou: *Se a emoção é a reação do indivíduo às coisas que o mundo tem a oferecer, se ela amava as ferrovias, o prédio – e mais, se amava o seu amor por essas coisas –, havia ainda uma reação, a maior de todas, que ainda lhe faltava: encontrar uma sensação que englobasse o propósito de todas as coisas do mundo que ela amava como a expressão máxima delas...* Encontrar uma consciência como a sua, que fosse o significado de seu mundo, como ela seria o do mundo dela... Não, não a de Francisco d'Anconia, nem a de Hank Rearden, nem a de nenhum homem que ela conhecera e admirara... Um homem que só existia na consciência que Dagny tinha de sua capacidade de sentir uma emoção que jamais experimentara, mas que daria a própria vida para experimentar... Contorceu-se num movimento lento e imperceptível, apertando os seios contra a mesa. Sentia aquele desejo em seus músculos, nos nervos de seu corpo.

É isso que você quer? Uma coisa tão simples, pensou ela, mas sabia que não era simples. Havia algum elo inquebrantável entre o amor pelo trabalho e aquele desejo físico. Era como se um desse ao outro direito de existir e significado. Como se um completasse o outro – e o desejo jamais fosse satisfeito se não encontrasse um ser de igual grandeza.

Com o rosto apertado contra o braço, mexeu a cabeça, sacudindo-a lentamente, em negação. Jamais o encontraria. Sua própria concepção a respeito do que a vida poderia ser era tudo o que ela teria do mundo que desejara para si. Apenas a concepção dessa vida e alguns momentos raros, como luzes refletidas dessa concepção a lhe iluminar o caminho, para que ela soubesse, tivesse esperança e seguisse até o fim...

Levantou a cabeça.

Na calçada do beco à frente do prédio viu a sombra de um homem parado à porta de seu escritório.

A porta ficava a alguns passos de distância. Ela não podia vê-lo, nem ver o poste de iluminação mais ao longe. Via apenas sua sombra na calçada. Ele estava absolutamente imóvel.

Ele estava tão perto da porta – como se estivesse prestes a entrar – que Dagny esperava ouvi-lo bater. Ao invés disso, viu a sombra se mover bruscamente, como se o homem tivesse sido puxado para trás. Então ele se virou e se afastou. Quando parou, se via apenas a sombra de seus ombros e de seu chapéu. A sombra permaneceu imóvel por um momento, hesitou, depois se alongou novamente, pois o homem voltava.

Dagny não sentiu medo. Ficou sentada, imóvel, sem entender o que acontecia. O homem parou à porta, depois se afastou dela. Estava mais ou menos no meio do beco, andando de um lado para outro, nervoso. Parou de novo. A sombra se balançava como um pêndulo, irregular sobre a calçada, assinalando uma batalha silenciosa: um homem que lutava contra si próprio, sem saber se entrava por aquela porta ou se fugia.

Ela assistia à cena com um distanciamento estranho. Não podia reagir: se limitava a observar. Pensava, vagamente: quem seria ele? Estaria ele antes a observando de algum lugar escuro? Teria ele a visto debruçada sobre a mesa por aquela janela iluminada e nua? Teria ele contemplado sua solidão desolada exatamente como ela, agora, contemplava a dele? Dagny não sentia nada. Estavam sozinhos no meio do silêncio de uma cidade morta – parecia-lhe que ele estava muito longe dali, mero reflexo de um sofrimento sem identidade, um sobrevivente, como ela, cujos problemas eram tão alheios a ela quanto os dela seriam para ele. O homem andava de um lado para outro. A sombra se tornava visível e logo desaparecia outra vez. Ela, parada, observava – sobre a calçada molhada de um beco escuro – a sombra de uma angústia desconhecida.

A sombra se mexeu outra vez. Ela esperou. A sombra não voltou. Dagny se pôs de pé de repente. Queria ver o resultado da batalha. Agora que o homem a vencera – ou perdera –, ela sentiu uma necessidade intensa de conhecer sua identidade e seus motivos. Saiu correndo pela sala de espera escura, abriu a porta do prédio e olhou para a rua.

O beco estava vazio. A calçada desaparecia na distância, como um espelho molhado, iluminada por algumas luzes espaçadas. Não havia ninguém à vista. Dagny viu uma vitrine escura e quebrada de uma loja abandonada. Adiante, as portas de algumas pensões. Do outro lado do beco, a chuva brilhava sob uma lâmpada que iluminava a porta aberta que dava para os túneis subterrâneos da Taggart Transcontinental.

Rearden assinou os papéis, empurrou-os para o outro lado da mesa e desviou a vista, pensando que nunca mais teria de pensar neles, desejando que já tivesse passado muito tempo desde o momento em que os assinara.

Paul Larkin pegou os papéis, vacilante. Parecia desconcertado.

– É só para constar, Hank – disse ele. – Você sabe que, para mim, essas minas serão sempre suas.

Rearden sacudiu a cabeça lentamente. Era apenas um movimento dos músculos do pescoço. Seu rosto parecia imóvel, como se ele estivesse falando com um desconhecido.

– Não – disse ele. – Uma coisa ou é minha ou não é.

– Mas... mas você sabe que pode confiar em mim. Não se preocupe com o seu abastecimento de minério. Fizemos um acordo. Você sabe que pode contar comigo.

– Saber, não sei, não. Espero que possa.

– Mas eu lhe dei minha palavra.

– É a primeira vez que me vejo à mercê da palavra de alguém.

– Mas... por que você diz isso? Somos amigos. Eu faço o que você quiser. Vou lhe vender todo o minério que retirar. As minas continuam sendo suas, exatamente como se fossem suas de direito. Você não tem motivo para se preocupar. Vou... Hank, o que há?

– Não fale.

– Mas... mas o que há?

– Não gosto de promessas. Não gosto dessa pretensão de que minha posição é absolutamente segura. Não é. Fizemos um acordo que não tem nenhuma força legal. Quero que você entenda bem qual é minha posição. Se pretende manter sua palavra, não fale nisso. Apenas aja.

– Por que você me olha como se fosse culpa minha? Você sabe que eu também não gosto desta situação. Só comprei as minas porque quis ajudá-lo, quer dizer, achei que você preferiria vendê-las a um amigo a fazê-lo a um desconhecido qualquer. Não é culpa minha. Não gosto daquela desgraçada Lei da Igualdade, não sei quem está por trás dela, jamais sonhei que ela pudesse ser aprovada, fiquei muito chocado quando soube...

– Deixe isso para lá.

– Mas eu só...

– Por que você insiste em falar sobre isso?

– Eu... – Havia um tom de súplica na voz de Larkin. – Eu lhe fiz o melhor preço, Hank. A lei fala em "compensação razoável". Eu ofereci mais do que qualquer outro concorrente.

Rearden olhou para os papéis espalhados sobre a mesa. Pensava no pagamento que aqueles papéis lhe davam em troca das minas. Dois terços da quantia eram dinheiro que Larkin recebera emprestado do governo – a nova lei facilitava tais empréstimos "para dar oportunidade a novos proprietários que nunca tiveram chance". Dois terços do restante eram um empréstimo que o próprio Rearden fizera a Larkin, uma hipoteca sobre suas minas... *E o dinheiro do governo*, pensou de repente, *o dinheiro que agora lhe era dado como pagamento pela sua propriedade, de onde viera? Quem havia trabalhado para gerar aquela riqueza?*

– Não há motivo para preocupação, Hank – dizia Larkin, com aquele tom de súplica incompreensível e insistente. – É apenas uma formalidade.

Rearden se perguntava o que Larkin queria dele. Parecia-lhe que era algo além da venda, alguma palavra que ele, Rearden, deveria pronunciar, algum ato de piedade que deveria realizar. Naquele momento em que Larkin realizava uma transação tão vantajosa, seus olhos tinham a aparência desprezível dos olhos de um mendigo.

– Por que você está zangado, Hank? É só mais um empecilho burocrático. Mais uma complicação. Ninguém pode fazer nada. Não é culpa de ninguém. Mas sempre se dá um jeito. Veja o que os outros estão fazendo. Eles nem ligam. Eles...

– Estão botando testas de ferro para controlar as empresas que lhes foram extorquidas. Eu...

– Mas por que você usa esses termos?

– Eu lhe digo por quê. Como você sabe, eu não sou bom nesse tipo de jogo. Não tenho tempo nem estômago para inventar algum tipo de chantagem para garantir meu controle sobre essas minas. Propriedade é uma coisa que não divido. E não pretendo, por causa da sua covardia, continuar exercendo esse direito de propriedade por meio de uma luta constante para ser mais esperto que você e manter alguma ameaça pairando sobre sua cabeça. Não faço negócios assim e não negocio com covardes. As minas são suas. Se você quiser me dar a primeira opção de compra de todo o minério que extrair delas, ótimo. Se você quiser me trair, é um direito seu.

Larkin parecia ofendido.

– Você está sendo muito injusto – disse ele, com um toque de indignação moral na voz. – Nunca lhe dei motivos para desconfiar de mim. – Pegou os papéis com um movimento apressado.

Rearden viu os papéis desaparecerem no bolso interno do casaco de Larkin. Viu o casaco aberto, o colete apertado demais sobre a barriga, a mancha de suor da axila na camisa.

De repente lhe veio à mente a imagem de um rosto que ele vira 27 anos antes. Era o rosto de um pregador que notara numa esquina por onde passava, numa cidade que não sabia mais qual era. Só se lembrava das paredes escuras do bairro pobre, da chuva de uma tarde de outono, da malícia hipócrita da boca do homem, uma boca pequena que gritava no escuro: "... o mais nobre ideal – o homem viver para seus irmãos, os fortes trabalharem para os fracos, os capazes servirem aos incapazes..."

Então se viu aos 18 anos. Viu a tensão de seu rosto, a velocidade de seu passo, o entusiasmo inebriante do corpo, bêbado da energia de noites passadas em claro, a cabeça orgulhosa erguida, os olhos limpos, firmes e cruéis, olhos de um homem que se impelia sem piedade em direção àquilo que queria. E viu como Paul Larkin deveria ser naquela época – um rapaz com rosto de bebê envelhecido, sorrindo de modo amável, sem prazer, pedindo que o poupassem, implorando ao universo que lhe desse uma oportunidade. Se alguém tivesse mostrado ao Hank Rearden de então aquele rapaz e lhe tivesse dito que ele seria o objeto final de sua trajetória, que seria ele quem recolheria a energia de seus músculos doídos, ele teria...

Não era um pensamento: era como um soco dentro de seu crânio. Então, quando conseguiu pensar de novo, Rearden percebeu o que o rapaz que ele fora teria sentido: uma vontade de pisar na coisa úmida e obscena que era Larkin e amassá-la até a morte.

Rearden jamais experimentara uma emoção daquele tipo. Levou um momento para perceber que era àquilo que se chamava ódio.

Percebeu que, ao se levantar para ir embora, murmurando algum tipo de despedida, Larkin tinha um olhar ofendido, repreensivo, seco, como se ele, Larkin, é que tivesse sido ofendido.

Quando vendeu suas minas de carvão para Ken Danagger, proprietário da maior companhia de carvão da Pensilvânia, Rearden verificou que não sentiu quase dor nenhuma, ódio nenhum. Danagger era um cinquentão com um rosto duro e fechado. Havia começado a vida como mineiro.

Quando Rearden lhe entregou o título de sua nova propriedade, Danagger afirmou, impassível:

– Creio que ainda não lhe disse que o carvão que eu lhe vender será ao preço de custo.

Rearden olhou para ele, espantado.

– Mas isso é contra a lei.

– E quem vai descobrir que lhe entreguei certa quantia dentro da sua sala de visitas?

– Então você vai me reembolsar?

– Vou.

– Isso é contra inúmeras leis. Se descobrirem, você vai sofrer mais que eu.

– Eu sei. Essa é a sua proteção, para que você não fique à mercê da minha vontade.

Rearden sorriu. Era um sorriso feliz, mas ele fechou os olhos, como se o socassem. Depois sacudiu a cabeça.

– Obrigado – disse. – Mas não sou um desses. Não quero que ninguém trabalhe para mim sem lucrar.

– Eu também não sou um desses – disse Danagger, zangado. – Escute, Rearden, você acha que eu não sei o que estou ganhando com isso? Esse dinheiro não vale a mina. Hoje em dia, não vale.

– Não foi você que se ofereceu para comprar minha propriedade. Fui eu que lhe pedi. Quem dera que houvesse uma pessoa como você no ramo dos minérios para tomar conta das minhas minas. Mas não havia. Se você quer me fazer um favor, não me ofereça reembolsos. Me dê uma oportunidade de lhe pagar preços mais altos, mais altos do que qualquer um possa oferecer. Pode me explorar quanto quiser, desde que eu seja o primeiro a receber o carvão. Eu cuido do restante. Só quero o carvão.

– Não vai faltar.

Por algum tempo, Rearden ficou intrigado por não receber nenhuma comunicação de Wesley Mouch. Telefonava para Washington, mas não recebia resposta. Por fim recebeu uma carta contendo uma única frase, dizendo que o Sr. Mouch pedia demissão de seu cargo. Duas semanas depois, leu nos jornais que Wesley Mouch havia sido nomeado coordenador-assistente do Departamento de Planejamento Econômico e Recursos Nacionais.

Não pense nisso, remoía Rearden durante muitas noites de silêncio, noites em que se debatia com a súbita compreensão daquela nova emoção que não queria sentir: *Existe um mal incomensurável no mundo, você sabe, e não adianta ficar pensando nos detalhes. Você tem de trabalhar um pouco mais. Só mais um pouco. Não deixe que o mal vença.*

As vigas de metal Rearden para a ponte, que estavam sendo laminadas todos os dias, iam sendo enviadas à Linha John Galt, onde as primeiras formas daquele metal azul-esverdeado estendidas sobre a garganta brilhavam aos primeiros raios do sol de primavera. Rearden não tinha tempo para sentir dor nem energia para sentir raiva. Em algumas semanas, tudo havia passado: os acessos furiosos de ódio cessaram e não voltaram mais.

Rearden já havia recuperado seu autocontrole na tarde em que telefonou para Eddie Willers.

– Eddie, estou em Nova York, no Wayne-Falkland. Venha tomar o café da manhã comigo amanhã. Preciso falar com você sobre uma coisa.

Eddie Willers foi ao hotel com um pesado sentimento de culpa. Não havia ainda se recuperado do choque da Lei da Igualdade de Oportunidades. Aquilo deixara uma dor mortiça dentro dele, como uma mancha roxa produzida por um soco. Não gostava de ver a cidade: agora lhe parecia que ela ocultava a ameaça de alguma coisa desconhecida e maliciosa. Temia se confrontar com uma das vítimas da lei: era quase como se ele, Eddie Willers, fosse, de algum modo indefinível, parcialmente responsável por ela.

Quando viu Rearden, a sensação desapareceu. Nele não havia o menor sinal de que era uma vítima. Pelas janelas do quarto do hotel viam-se os primeiros raios de um sol primaveril brilhando nas janelas da cidade. O céu era de um azul muito pálido, que parecia novo. Os escritórios ainda estavam fechados, a cidade não tinha o aspecto de algo que escondesse malícia, mas de algo que fosse jovial, cheio de esperança, pronto para entrar em ação – exatamente como Rearden. Ele parecia bem-disposto, como quem tivesse dormido sem problemas. Estava de robe, parecia impaciente para se vestir, para não atrasar mais o jogo excitante de seus compromissos de trabalho.

– Bom dia, Eddie. Desculpe acordá-lo tão cedo, mas era a única hora que eu tinha. Tenho que voltar para Filadélfia depois do café. Podemos conversar enquanto comemos.

O robe que ele trajava era de flanela azul-escura, e as iniciais "HR" estavam gravadas em branco no bolso. Parecia jovem, tranquilo e à vontade no quarto de hotel e no mundo.

Eddie viu um garçom empurrar o carrinho com o café da manhã para dentro do quarto com uma rapidez e uma eficiência que o estimularam. Dava-lhe prazer o guardanapo duro de goma, branquinho, o sol batendo na prataria, as duas tigelas cheias de gelo picado que continham os copos de suco de laranja. Eddie não sabia que essas coisas poderiam lhe dar uma sensação revigorante.

– Não quis telefonar para Dagny para falar sobre esse assunto – disse Rearden. – Ela tem muito o que fazer. Nós dois podemos resolvê-lo em poucos minutos.

– Se eu tiver autoridade para isso.

– Tem, sim – disse Rearden sorrindo, e se debruçou sobre a mesa. – Eddie, qual é o estado financeiro da Taggart Transcontinental no momento? Desesperador?

– Pior do que isso, Sr. Rearden.

– Está dando para manter em dia a folha de pagamento?

– Não. Conseguimos que não saísse nada nos jornais, mas acho que todo mundo sabe. Estamos cheios de dívidas, e Jim não tem mais desculpas para dar.

– Você sabe que o primeiro pagamento pelos trilhos de metal Rearden tem de ser feito na semana que vem?

– Sei, sim.

– Bem, vamos acertar uma moratória. Vou estender o prazo. Não precisam me pagar nada até seis meses depois de a Linha John Galt entrar em operação.

Eddie Willers pousou a xícara de café de repente, fazendo um ruído seco. Não conseguiu dizer uma palavra.

Rearden deu uma risada.

– Qual é o problema? Você tem autoridade para aceitar, não tem?

– Sr. Rearden... nem sei... o que lhe dizer.

– Ora, basta dizer "aceito".

– Aceito, Sr. Rearden – disse Eddie, com voz quase inaudível.

– Vou preparar a papelada e mandá-la a você. Fale com Jim e lhe diga para assinar.

– Sim, senhor.

– Não gosto de lidar com Jim. Ele gastaria duas horas tentando se convencer de que me convenceu de que está me fazendo um favor ao aceitar a moratória.

Eddie permaneceu parado, olhando para o prato.

– O que foi?

– Sr. Rearden, eu gostaria de... dizer muito obrigado... mas não há palavras para agradecer um...

– Escute, Eddie. Você até que dá um bom homem de negócios, e por isso é bom entender certas coisas. Não há o que agradecer num negócio desses. Não estou fazendo isso pela Taggart Transcontinental. É apenas algo muito simples e prático e egoísta da minha parte. Por que vou cobrar de vocês agora, sabendo que com isso sua companhia talvez vá à falência? Se a companhia não prestasse, eu cobrava bem depressa, porque não faço caridade e não gasto dinheiro com incompetentes. Mas vocês continuam sendo a melhor companhia ferroviária do país. Quando a Linha John Galt estiver pronta, a situação financeira de vocês vai ser a mais sólida. Assim, tenho bons motivos para esperar. Além disso, vocês estão em dificuldade por causa dos meus trilhos. Pretendo ver sua companhia sair ganhando.

– Mesmo assim, tenho que agradecer, Sr. Rearden... e não é por um simples ato de caridade. É por muito mais.

– Não. Você não vê? Acabo de receber um bocado de dinheiro... que não queria. Não posso investi-lo. Para mim, ele não serve para nada. Assim, de certo modo, me dá prazer usar esse dinheiro contra as mesmas pessoas, na mesma guerra. Eles me possibilitaram estender o prazo de vocês, para ajudar vocês a combatê-los.

Viu Eddie fazer uma careta, como se tivesse tocado numa ferida.

– É isso que é terrível!

– O quê?

– O que eles fizeram com o senhor... e o que o senhor está fazendo em represália. Quer dizer... – Parou. – Perdão, Sr. Rearden. Sei que não é assim que se fala quando se trata de negócios.

Rearden sorriu.

– Obrigado, Eddie. Eu sei o que você quer dizer. Mas deixe isso para lá. Que se danem eles.

– É. Mas... Sr. Rearden, posso lhe dizer uma coisa? Sei que é completamente imprópria e não estou falando como vice-presidente.

– Fale.

– Nem é preciso dizer como essa sua oferta é importante para Dagny, para mim, para todas as pessoas que prestam na Taggart Transcontinental. O senhor sabe. E sabe que pode contar conosco. Mas... mas acho horrível Jim Taggart ser beneficiado também... o senhor ajudar a ele e a gente como ele, depois do que eles...

Rearden riu.

– Ora, Eddie, eles que se danem. Estamos conduzindo um trem expresso, eles estão em cima da locomotiva, fazendo barulho, dando-se ares de líderes. E nós com isso? Nós temos poder suficiente para carregá-los conosco, não é?

◄◄◄

– Não vai aguentar.

O sol de verão criava manchas de fogo nas janelas da cidade e fagulhas brilhantes no pó das ruas. Colunas de ar quente subiam dos telhados até a página branca do calendário. O motor do calendário assinalava os últimos dias de junho.

– Não vai aguentar – diziam as pessoas. – Quando o primeiro trem passar na Linha John Galt, os trilhos vão se partir. Nunca vão chegar até a ponte. E, se chegarem, a ponte vai desabar com o peso da locomotiva.

Das encostas do Colorado, trens de carga deslizavam pelos trilhos da Phoenix-Durango, rumo ao norte, em direção ao Wyoming e à linha principal da Taggart Transcontinental, e rumo ao sul, ao Novo México, e à linha principal da Sul-Atlântica. Fileiras de carros-tanques seguiam em todas as direções, partindo dos campos petrolíferos da Wyatt, rumo a indústrias em estados longínquos. Ninguém falava neles. Para o público, os carros-tanques se moviam tão silenciosamente quanto raios eletromagnéticos, que só eram percebidos quando se transformavam na luz de lâmpadas elétricas, no calor de fornalhas, no movimento de motores. No entanto, antes disso não eram percebidos.

A Ferrovia Phoenix-Durango ia encerrar suas operações no dia 25 de julho.

– Hank Rearden é um monstro de ganância – diziam as pessoas. – Vejam só a fortuna que fez. Por acaso já deu alguma coisa em troca? Já deu algum sinal de ter consciência social? Só quer saber de dinheiro. Está pouco ligando se vai morrer gente quando a ponte cair.

– Os Taggart são abutres há várias gerações – diziam as pessoas. – Está no sangue deles. O fundador da família foi Nat Taggart, o canalha antissocial mais descarado que já existiu, que se encheu de dinheiro à custa do país. Um Taggart não hesita em arriscar a vida das pessoas para lucrar. Compraram trilhos inferiores, mais baratos que os de aço, e não estão nem um pouco preocupados com as pessoas que vão morrer. Querem é mais dinheiro.

As pessoas diziam essas coisas porque as ouviam de outras pessoas. Não sabiam por que todos diziam isso por toda parte. Não pediam nem davam explicações. O Dr. Pritchett lhes dissera: "A razão é a mais ingênua das superstições."

– Qual a origem da opinião pública? – perguntou Claude Slagenhop numa transmissão radiofônica. – Não há uma origem definida. Ela é geral e espontânea. É um reflexo do instinto primitivo da mente coletiva.

Orren Boyle deu uma entrevista à *Globe*, a revista informativa de maior circulação. Falou sobre a grande responsabilidade social dos fabricantes de metal, enfatizando que o metal desempenhava muitas tarefas de importância crucial, que punham em jogo as vidas de milhares de seres humanos. "A meu ver, não se devem usar seres humanos como cobaias para testar um novo produto." Mas não citou nomes.

– Não, eu não afirmo que aquela ponte vai cair – disse o engenheiro metalúrgico chefe das Siderúrgicas Associadas num programa de televisão. – Absolutamente. Só afirmo que, se tivesse filhos, eu não deixaria que eles estivessem no primeiro trem a passar naquela ponte. Mas é apenas uma preferência pessoal, nada mais. É que eu gosto muito de crianças.

"Não estou dizendo que essa invenção de Rearden e Taggart não vai dar certo", escreveu Bertram Scudder em *O Futuro*. "Talvez dê, talvez não dê. Não é isso que é importante. O que importa é: qual a proteção de que a sociedade dispõe contra a arrogância, o egoísmo, a ganância de dois indivíduos que agem sem qualquer controle, dois indivíduos que jamais fizeram alguma coisa que revelasse espírito público? Pelo visto, esses dois estão dispostos a arriscar a vida de seus semelhantes com base no próprio julgamento, muito embora isso vá de encontro à opinião da maioria esmagadora dos entendidos. Deverá a sociedade permitir tal coisa? Se a ponte desabar, não será tarde demais para tomar medidas de precaução? Não será como trancar a porteira depois que o cavalo fugiu? Esta coluna sempre foi da opinião de que certos cavalos devem sempre ser mantidos presos, com base em princípios sociais gerais."

Um grupo autodenominado "Comissão de Cidadãos Desinteressados" fez circular um abaixo-assinado exigindo que um grupo de peritos do governo examinasse a Linha John Galt durante um ano antes que se desse permissão para o primeiro trem atravessá-la. Na petição, os signatários afirmavam que eram movidos apenas por sua "consciência cívica". Os primeiros signatários foram Balph Eubank e Mort Liddy. O abaixo-assinado foi muito divulgado, comentado em todos os jornais e encarado com muito respeito, porque partia de pessoas desinteressadas.

Os jornais nada diziam a respeito da construção da Linha John Galt. Nenhum repórter foi enviado à obra. A política geral da imprensa fora determinada cinco anos antes por um famoso editor: "Não existem fatos objetivos. Toda reportagem não passa da opinião de alguém. Portanto, é inútil escrever sobre fatos."

Alguns empresários acharam que se deveria pensar sobre a possibilidade de que o metal Rearden tivesse valor comercial. Resolveram fazer uma enquete. Não deram amostras para serem examinadas por engenheiros metalúrgicos, nem mandaram engenheiros à obra. Limitaram-se a perguntar a uma amostra de 10 mil pessoas, que representavam todo tipo de cérebro, se elas estariam dispostas a andar na Linha John Galt. A maioria esmagadora respondeu: "Não, senhor!"

Ninguém defendeu publicamente o metal Rearden. E ninguém deu nenhuma importância ao fato de que as ações da Taggart Transcontinental estavam subindo no mercado, bem devagar, quase furtivamente. Havia aqueles que encaravam a coisa com cautela. O Sr. Mowen comprou ações da Taggart em nome de sua irmã. Ben Nealy as comprou em nome de um primo. Paul Larkin as comprou sob nome falso. "Não gosto de me meter em polêmicas", afirmou um desses homens.

– Ah, sim, é claro que a construção da linha está obedecendo ao cronograma – declarou James Taggart à diretoria, dando de ombros. – Mas sim, os senhores podem ter completa confiança nela. Minha querida irmã não é um ser humano, e sim um motor a explosão. Assim, não é de surpreender que ela esteja tendo sucesso.

Quando James Taggart ouviu um boato segundo o qual algumas vigas da ponte haviam se partido e caído, matando três trabalhadores, se pôs de pé num salto e correu até a sala de seu secretário, pedindo uma ligação para o Colorado. Ficou à espera, apoiado na mesa do secretário, como se procurasse proteção. Em seus olhos havia uma expressão de pânico. No entanto, sua boca subitamente formou algo que se assemelhava a um sorriso, e ele disse:

– Eu dava tudo para ver a cara de Henry Rearden agora. – Quando soube que o boato era falso, exclamou: – Graças a Deus! – Porém havia um toque de desapontamento em sua voz.

– Ora, ora! – disse Philip Rearden a seus amigos ao ouvir o mesmo boato. – Talvez ele também erre às vezes. Talvez meu famoso irmão não seja tão infalível quanto se julga.

– Querido – disse Lillian Rearden ao marido –, briguei por você ontem, num chá, porque umas mulheres estavam dizendo que Dagny Taggart é sua amante... Ah, pelo amor de Deus, não me olhe desse jeito! Sei que é absurdo e disse o diabo a elas. É que essas bobas não conseguem acreditar que uma mulher possa ir contra todo mundo e defender o metal Rearden sem haver uma ligação amorosa. É claro que eu sei que não é nada disso. Sei que essa Taggart não liga para sexo e não tem o menor interesse por você... e sei também, querido, que se você tivesse coragem de fazer uma coisa dessas, que eu sei que você não tem, você não ia se apaixonar por aquela máquina de calcular, e sim por alguma corista loura, bem feminina, que... Ah, Henry, estou só brincando! Não olhe para mim desse jeito!

– Dagny – disse James Taggart, arrasado –, o que vai acontecer conosco? A Taggart Transcontinental está tão impopular!

Dagny riu, gozando aquele momento, qualquer momento, como se tivesse um fluxo constante de prazer dentro de si e precisasse de pouco para que ele extravasasse. Ria com facilidade, com a boca relaxada e bem aberta. Os dentes, muito brancos, contrastavam com a pele queimada de sol. Em seus olhos havia aquele brilho – típico de quem anda em campo aberto – voltado para as grandes distâncias. Em suas últimas vindas a Nova York, James percebera que ela olhava para ele como se não o visse.

– O que vamos fazer? O público está todo contra nós!

– Jim, lembra aquela história que contam a respeito de Nat Taggart? Ele dizia que só invejava um de seus competidores, o que dissera: "O público que se dane!" Ele lamentava não ter sido o autor da frase.

Nos dias de verão, nas tardes quentes e paradas da cidade, havia momentos em que um homem ou uma mulher, a sós, num banco de praça, numa esquina, numa janela, via num jornal uma menção à Linha John Galt e encarava a cidade com uma súbita ponta de esperança. Eram os muito jovens, que achavam que aquilo era o tipo de coisa que queriam ver acontecer, ou os muito velhos, que haviam vivido num mundo em que coisas assim aconteciam. Não entendiam de ferrovias nem de negócios. Sabiam apenas que alguém estava lutando contra tudo e contra todos e estava ganhando. Não admiravam os objetivos dos combatentes e acreditavam na opinião pública – e, não obstante, quando liam que a Linha John Galt estava crescendo, por um momento sentiam que seus problemas pareciam mais fáceis de resolver, sem entenderem por quê.

Silenciosamente, sem que ninguém soubesse – exceto quem trabalhava no depósito da Taggart Transcontinental de Cheyenne e no escritório da Ferrovia John Galt no beco escuro –, acumulavam-se pedidos de carregamentos para a viagem inaugural na linha. Dagny Taggart anunciara que o primeiro trem não seria, como de costume, um expresso de passageiros cheio de celebridades e políticos, e sim um trem de carga.

As cargas vinham de fazendas, depósitos de madeira, minas de todo o país, de lugares distantes cuja única possibilidade de sobrevivência eram as novas fábricas do Colorado. Ninguém escrevia sobre esses homens, porque não eram desinteressados.

A Ferrovia Phoenix-Durango ia fechar no dia 25 de julho. O primeiro trem a passar pela Linha John Galt partiria no dia 22 de julho.

– É o seguinte, Srta. Taggart – disse o representante do Sindicato dos Maquinistas –, acho que não vamos permitir que esse trem ande.

Dagny estava sentada à sua velha escrivaninha, olhando para a parede manchada do escritório. Sem se mexer, disse:

– Saia daqui.

Era uma frase que o homem jamais ouvira nos escritórios de executivos de empresas ferroviárias. Ele parecia atônito.

– Eu vim para lhe dizer...

– Se o senhor tem alguma coisa a dizer, comece tudo de novo.

– O quê?

– Não me diga que o senhor não vai me dar permissão.

– Eu quis dizer que não vamos permitir que nossos associados conduzam seu trem.

– Isso são outros quinhentos.

– Bem, foi o que decidimos.

– Quem decidiu?

– A comissão. O que a senhorita está fazendo é uma violação dos direitos humanos. Não pode obrigar pessoas a morrer... o que vai acontecer quando a ponte cair... só para ganhar dinheiro.

Dagny pegou uma folha de papel em branco e a entregou ao homem.

– Escreva isso – disse ela – e assinemos um contrato.

– Que contrato?

– Que nenhum associado de seu sindicato jamais será contratado para conduzir um trem na Linha John Galt.

– Espere um minuto... Eu não disse...

– O senhor não quer assinar o contrato?

– Não, eu...

– Por que não, se o senhor sabe que a ponte vai cair?

– Eu só quero...

– Eu sei o que o senhor quer. O senhor quer controlar os seus associados por meio dos empregos que eu ofereço a eles, e controlar a mim, por meio dos seus associados. O senhor quer que eu dê empregos, e quer tornar impossível que os crie para dar. Agora, vou lhe dar duas alternativas. O trem vai andar. Quanto a isso, o senhor não pode fazer nada. Mas o senhor pode escolher se ele vai ser conduzido por um dos seus associados ou não. Se o senhor resolver não permitir que eles o façam, o trem vai andar assim mesmo, mesmo que eu tenha de conduzi-lo. Então, se a ponte cair, não vai haver mais nenhuma Linha John Galt. Mas, se não cair, nenhum dos seus associados jamais poderá trabalhar na linha. Se o senhor acha que preciso dos seus associados mais do que eles precisam de mim, faça o que o senhor achar conveniente. Se o senhor sabe que posso conduzir uma locomotiva, mas eles não podem construir uma ferrovia, escolha a alternativa apropriada. Agora, o senhor vai proibir os seus associados de conduzirem aquele trem?

– Eu não falei em proibir. Não falei em proibir nada. Mas... a senhorita não pode obrigar pessoas a arriscarem a vida numa coisa que nunca foi testada por ninguém.

– Não vou obrigar ninguém.

– O que vai fazer então?

– Vou pedir um voluntário.

– E se não aparecer nenhum?

– Aí o problema é meu, não seu.

– Bem, eu vou aconselhá-los a não aceitarem.

– Faça o que o senhor quiser. Diga a eles qualquer coisa. Mas lhes dê o direito de escolha. Não tente proibir nada.

Em todas as oficinas de locomotivas da Rede Taggart apareceu um cartaz assinado por "Edwin Willers, vice-presidente de operações", pedindo a maquinistas dispostos a conduzir a primeira locomotiva a passar na Linha John Galt para se apresentarem no escritório do Sr. Willers antes de 11 da manhã do dia 15 de julho.

Às 10h45, na manhã do dia 15, o telefone tocou no escritório de Dagny. Era Eddie, ligando do Edifício Taggart.

– Dagny, acho melhor você vir aqui. – Sua voz estava estranha.

Ela atravessou a rua correndo, desceu os corredores de mármore, chegou até a porta que ainda ostentava, no vidro, o nome "Dagny Taggart" e a abriu.

A antessala estava cheia. Havia homens espremidos entre as mesas e as paredes. Quando ela entrou, todos tiraram o chapéu e se calaram. Dagny viu os cabelos grisalhos, os ombros musculosos, os rostos sorridentes dos funcionários em suas mesas, e o rosto de Willers do outro lado da sala. Não havia nada a dizer.

Eddie estava ao lado da porta aberta da sala de Dagny. A multidão abriu alas para ela passar. Eddie indicou, com um gesto, os homens na antessala e apontou para a pilha de cartas e telegramas na mesa.

– Dagny, todos eles – disse Eddie. – Todos os maquinistas da Taggart Transcontinental. Os que puderam vieram aqui em pessoa. Uns vieram até de Chicago. – Apontou para as cartas e os telegramas. – Eis os outros. Para ser exato, só três não deram notícia: um está de férias na floresta; outro, no hospital; o terceiro, preso por uma infração de trânsito; estava dirigindo um carro, não uma locomotiva.

Dagny olhou para os homens. Viu os sorrisos contidos em seus rostos sérios. Baixou a cabeça, em reconhecimento. Ficou um momento de cabeça baixa, como se aceitasse um veredicto, sabendo que o veredicto se aplicava a ela, a todas as pessoas naquela sala e em todo o mundo.

– Obrigada – disse ela.

A maioria dos homens já a vira muitas vezes. Olhando para ela, quando levantou a cabeça, muitos deles pensaram – surpresos, e pela primeira vez – que o rosto da vice-presidente era um rosto de mulher, e um rosto belo.

Alguém no meio da multidão gritou de repente, entusiasmado:

– Dane-se Jim Taggart!

E então foi uma explosão. Os homens riram, aplaudiram, gritaram. A reação foi totalmente desproporcional ao grito inicial. Mas aquela frase lhes dera a desculpa de que precisavam. Pareciam estar aplaudindo o homem que gritara, desafiando insolentemente a autoridade. Mas todos sabiam quem estava sendo aplaudido.

Dagny levantou um dos braços.

– É cedo demais para comemorar – disse, rindo. – Esperem mais uma semana. Aí, sim, vamos ter o que comemorar!

Resolveram sortear. Dagny pegou um papel no meio de uma pilha com os nomes de todos eles. O vencedor não estava presente, mas era um dos melhores maquinistas da rede, Pat Logan, que trabalhava no Cometa Taggart, na divisão de Nebraska.

– Mande um telegrama para Pat e diga que ele foi rebaixado e agora vai conduzir um trem de carga – disse ela a Eddie. E acrescentou, como se fosse uma decisão de última hora, sem, contudo, convencer ninguém: – Ah, sim, diga que vou estar com ele na cabine.

Um velho maquinista que estava ao seu lado sorriu e disse:

– Isso eu já imaginava, Srta. Taggart.

◄◄◄

Rearden estava em Nova York no dia em que Dagny lhe telefonou de seu escritório para dizer:

– Hank, vou dar uma entrevista coletiva amanhã.

Ele deu uma gargalhada.

– Essa não!

– Essa sim. – Sua voz parecia séria, porém um pouco séria demais, perigosamente séria. – Os jornais de repente me descobriram e estão me perguntando coisas. Vou responder.

– Divirta-se.

– É o que vou fazer. Você vai estar em Nova York amanhã? Queria que estivesse presente também.

– Está bem. Eu não ia perder uma coisa dessas.

Os repórteres que foram à entrevista coletiva no escritório da Ferrovia John Galt eram jovens que haviam aprendido que seu trabalho consistia em esconder do mundo o que acontecia. Era seu dever cotidiano servir de plateia a figuras públicas que faziam declarações sobre o bem comum com expressões cuidadosamente escolhidas para não dizerem nada. Era seu trabalho cotidiano juntar palavras de qualquer modo, desde que não exprimissem nada de específico. Não conseguiam entender a entrevista que estavam realizando agora.

Dagny Taggart estava sentada à sua mesa, num escritório que parecia uma moradia de alguém de baixa renda. Trajava um conjunto azul-escuro e blusa branca, um traje belo, de uma elegância formal, quase militar. Estava sentada bem ereta, e seus modos eram severos, um pouco severos demais.

Rearden estava sentado num canto, esparramado numa poltrona, com uma das pernas jogada por cima de um dos braços da poltrona, o corpo recostado no outro. Seus modos eram agradavelmente informais, um pouco informais demais.

Com uma voz clara, monótona, como quem lê um relatório de batalha, sem consultar notas, olhando os homens de frente, Dagny deu todos os detalhes técnicos a respeito da Linha John Galt, citando cifras exatas sobre a natureza da ferrovia, a capacidade da ponte, o método e os custos de construção. Então, com um tom seco de banqueiro, explicou quais eram as perspectivas financeiras da linha e disse que pretendia lucrar muito com ela.

– É só – disse, encerrando.

– Só isso? – perguntou um dos repórteres. – Não vai dar uma mensagem para o público?

– Minha mensagem está dada.

– Mas... ora, a senhorita não vai se defender?

– De quê?

– Não quer dizer algo para justificar a linha?

– Eu já a justifiquei.

Um homem cujos lábios estavam permanentemente fixos num esgar irônico perguntou:

– O que eu quero saber é, como disse Bertram Scudder, qual a proteção que temos contra a possibilidade de que a sua linha não preste?

– É só não andar nela.

Outro perguntou:

– Não vai dizer que motivo a levou a construir essa linha?

– Já disse: o lucro que pretendo ter.

– Ah, Srta. Taggart, não diga isso! – exclamou um rapazinho. Era novo na profissão e ainda honesto. Sentia que gostava de Dagny Taggart, sem saber por quê. – Não é isso que se diz. É o que todos estão dizendo a seu respeito.

– É mesmo?

– Estou certo de que não foi bem isso que a senhorita quis dizer e... que seria melhor explicar mais.

– Perfeito, já que você quer. O lucro médio de uma ferrovia é de dois por cento do capital investido. Uma indústria fazer tanto e ganhar tão pouco é uma imoralidade. Como já expliquei, o custo da Linha John Galt em relação à sua capacidade de transporte me faz calcular um lucro de no mínimo 15 por cento de nosso investimento. É claro, sei que hoje em dia qualquer lucro acima de quatro por cento é considerado usura. Não obstante, farei o possível para que a Linha John Galt me dê 20 por cento de lucro. Foi por isso que a construí. Agora está bem claro?

O rapaz olhava para ela, sem entender.

– Quer dizer, o lucro não é para a senhorita, e sim para os pequenos acionistas, não é? – insistiu.

– Não. Eu sou uma das maiores acionistas da Taggart Transcontinental, e assim o meu lucro pessoal vai ser dos maiores. Já o Sr. Rearden está numa situação bem melhor, porque não tem de repartir seu lucro com acionista nenhum... ou será que o senhor prefere dar sua própria declaração pessoalmente, Sr. Rearden?

– Ah, sim, com prazer – disse Rearden. – Como a fórmula do metal Rearden é segredo meu, e como sua produção é bem mais barata do que vocês imaginam, espero faturar em cima do público um lucro de 25 por cento nos próximos anos.

– Como "faturar em cima do público", Sr. Rearden? – perguntou o rapaz. – Se é verdade, como o senhor diz nos seus anúncios, que seu metal dura três vezes mais que qualquer outro e custa a metade, o público não vai sair lucrando?

– Ah, você percebeu isso? – disse Rearden.

– Os senhores estão lembrando que o que está sendo dito vai ser publicado? – perguntou o homem do esgar.

– Mas, Sr. Hopkins – disse Dagny, surpresa –, por que nós haveríamos de falar para os senhores se não fosse para ser publicado?

– A senhorita quer que publiquemos tudo o que foi dito?

– Espero que vocês publiquem tudo. Quer uma citação direta? – Fez uma pausa, viu que os lápis estavam todos a postos, e ditou: – "A Srta. Taggart afirma, abram aspas: espero ganhar muito dinheiro com a Linha John Galt. Será dinheiro merecido. Fechem aspas. Muito obrigada."

– Alguma pergunta, senhores? – perguntou Rearden.

Ninguém perguntou nada.

– Agora falemos da inauguração da Linha John Galt – disse Dagny. – O primeiro trem parte da estação da Taggart Transcontinental de Cheyenne, Wyoming, às 16 horas de 22 de julho. Será um cargueiro com 80 vagões puxado por uma locomotiva de 8 mil cavalos-vapor, a diesel, emprestada pela Taggart Transcontinental. Será uma viagem sem escalas até Wyatt Junction, Colorado, a uma velocidade média de 160 quilômetros por hora... O que foi? – perguntou ela, interrompendo a exposição, quando ouviu um assovio prolongado.

– O que foi mesmo que a senhorita disse?

– Eu disse 160 quilômetros por hora, incluindo ladeiras, curvas e tudo o mais.

– Mas não seria melhor colocar uma velocidade abaixo do normal em vez de... A senhorita não tem nenhuma consideração pela opinião pública?

– Claro que tenho. Se não fosse a opinião pública, uma velocidade média de 100 quilômetros por hora seria perfeitamente suficiente.

– Quem vai conduzir o trem?

– Isso foi um problema. Todos os maquinistas da Taggart se ofereceram como voluntários. E também os foguistas, guarda-freios e chefes de trem. Tivemos que fazer sorteio para cada posto da tripulação. O maquinista será Pat Logan, do Cometa Taggart; o foguista será Ray McKim. Eu estarei na cabine com eles.

– Essa não!

– Por favor, não deixem de ir à inauguração. Fazemos questão de que a imprensa esteja presente. Ao contrário da minha política habitual, estou querendo publicidade. Eu queria mesmo eram holofotes, microfones, câmeras de televisão. Sugiro que os senhores instalem algumas câmeras em diversos pontos da ponte. A cena do desabamento vai ficar ótima na televisão.

– Srta. Taggart – perguntou Rearden –, por que não menciona que também estarei presente na locomotiva?

Dagny o encarou do lado oposto da sala, e por um momento os dois ficaram sozinhos, entreolhando-se.

– Mas sim, claro, Sr. Rearden – disse ela.

◄◄◄

Ela só o viu de novo quando se entreolharam dos lados opostos da plataforma da estação de Cheyenne, no dia 22 de julho.

Quando chegou à plataforma, Dagny não procurou por ninguém: sentia-se como se todos os seus sentidos se houvessem fundido, de modo que lhe era impossível distinguir o céu, o sol ou os ruídos da multidão imensa, porém percebia apenas uma sensação confusa de choque e luz.

Rearden, porém, foi a primeira pessoa que viu, e por algum tempo – ela não saberia especificar quanto – não viu mais ninguém. Ele estava ao lado da locomotiva do trem, conversando com alguém que estava fora do campo de consciência de Dagny. Usava calça e camisa cinzentas e parecia um mecânico, mas todos ao seu redor olhavam para ele, porque ele era Hank Rearden, da Siderúrgica Rearden. Acima de sua cabeça, Dagny viu as iniciais TT à frente da máquina. Os contornos da locomotiva convergiam para um ponto atrás, perdendo-se na distância.

Entre ela e ele havia distância e toda uma multidão, mas os olhos dele se fixaram nela tão logo ela chegou. Entreolharam-se, e Dagny percebeu que ele sentia o mesmo que ela. Aquilo não seria a inauguração formal da linha na qual se baseava o futuro de ambos. Seria apenas um dia de prazer para os dois. Naquele momento, não havia futuro. Eles mereciam o presente.

Dagny lhe dissera: "Só quando a gente se sente imensamente importante é que pode sentir-se realmente leve." Independentemente do que a viagem inaugural daquele trem representasse para as outras pessoas, para eles dois o significado seria eles próprios. Fosse o que fosse o que os outros quisessem da vida, para eles só interessava o direito de sentir o que sentiam agora. Era como se, um de cada lado da plataforma, eles estivessem dizendo isso um ao outro agora.

Então ela desviou seus olhos dos de Rearden.

Percebeu que também para ela convergiam centenas de olhares, que havia pessoas ao seu redor, que ela estava rindo e respondendo a perguntas.

Ela não esperava tanta gente assim. A multidão enchia a plataforma, os trilhos, a praça diante da estação. Havia gente trepada em cima dos vagões parados nos desvios, gente nas janelas de todas as casas das redondezas. Algo os atraíra para lá, algo no ar que, no último momento, fizera com que James Taggart sentisse vontade de assistir à inauguração da Linha John Galt. Ela proibira sua presença. "Se você vier, Jim", lhe dissera Dagny, "eu mando expulsarem você da sua própria estação. Você não vai." E escolheu Eddie Willers para representar a Taggart Transcontinental.

Dagny olhou para a multidão e sentiu que era espantoso que todos olhassem para ela, quando essa inauguração era uma coisa tão sua, tão pessoal que não tinha cabimento qualquer comentário. Ao mesmo tempo, lhe parecia perfeitamente natural que todos estivessem ali e quisessem assistir, porque a possibilidade de presenciar a realização de um objetivo era a maior dádiva que um ser humano podia oferecer a outro.

Ela não sentia raiva de ninguém no mundo. As coisas que fora obrigada a suportar agora haviam desaparecido na bruma, como uma dor que ainda existe porém não tem mais o poder de incomodar. Aquelas coisas não poderiam sobreviver à luz da realidade daquele momento. O significado daquele dia era tão violentamente claro quanto os reflexos do sol no cromado da locomotiva. Todos os homens teriam que percebê-lo agora – ninguém poderia duvidar daquilo, não havia ninguém para ela odiar.

Eddie Willers a observava. Estava na plataforma, cercado de executivos da Taggart, chefes de divisão, líderes comunitários e dos diversos funcionários locais que haviam sido convencidos, subornados ou ameaçados para concederem permissão para um trem passar por zonas urbanas a 160 quilômetros por hora. Pela primeira vez, naquele momento, o título de vice-presidente era uma coisa real para Willers, e ele fez jus ao posto. Mas, enquanto falava às pessoas ao seu redor, ele seguia com os olhos Dagny, que atravessava a multidão. Ela vestia calça e camisa azuis. Não se preocupava com os deveres formais de seu posto, provisoriamente transferidos para ele – para ela, só existia naquele momento o trem, como se ela fosse apenas um membro da tripulação.

Dagny o viu, se aproximou dele e trocaram um aperto de mãos. O sorriso dela era como uma súmula de todas as coisas que não lhes era necessário dizer.

– Bem, Eddie, agora você é a Taggart Transcontinental.

– É – disse ele, sério, em voz baixa.

Havia repórteres fazendo perguntas, e eles fizeram-na se afastar de Willers. Também dirigiam perguntas a ele.

– Sr. Willers, qual é a política da Taggart Transcontinental em relação a esta linha?

– Quer dizer que a Taggart Transcontinental não passa de uma observadora desinteressada? É, Sr. Willers?

Ele respondia da melhor maneira que podia. Estava olhando para os reflexos do sol numa locomotiva a diesel. Mas o que ele via era o sol numa clareira no mato, e uma menina de 12 anos lhe dizendo que algum dia ele a ajudaria a administrar a ferrovia.

Ficou a distância vendo a tripulação do trem enfileirada à frente da locomotiva para enfrentar o pelotão de fuzilamento das câmeras. Dagny e Rearden sorriam, como se posassem para uma foto de férias na praia. Pat Logan, o maquinista, homem baixo e musculoso, com cabelo grisalho e um rosto orgulhoso e inescrutável, assumiu uma pose de indiferença irônica. Ray McKim, o foguista, um jovem muito alto e forte, sorria, ao mesmo tempo sem jeito e superior. Os outros pareciam estar prestes a piscar o olho para as câmeras. Um fotógrafo disse, rindo:

– Será que vocês não conseguem fazer cara de condenados? Sei que é isso que o editor quer.

Dagny e Rearden estavam respondendo às perguntas dos repórteres. Agora em suas respostas não havia deboche nem raiva. Estavam se divertindo. Respondiam como se as perguntas fossem feitas de boa-fé. Espontaneamente, em algum momento que ninguém percebeu, as perguntas realmente passaram a ser sinceras.

– O que você acha que vai acontecer nesta viagem? – perguntou um repórter a um dos guarda-freios. – Acha que vocês chegam lá?

– Acho que chegaremos lá, sim – disse o guarda-freios –, e você também acha.

– Sr. Logan, o senhor tem filhos? O senhor fez algum seguro de vida extra? Estou pensando na ponte, sabe.

– Não atravesse a ponte antes de eu chegar nela – respondeu Pat Logan, com desprezo.

– Sr. Rearden, como é que o senhor sabe que os trilhos vão aguentar?

– O homem que inventou a impressora – disse Rearden –, como ele sabia?

– Diga-me, Srta. Taggart, o que vai sustentar um trem de 7 mil toneladas numa ponte de 3 mil toneladas?

– O meu julgamento – respondeu ela.

Os repórteres, que desprezavam sua própria profissão, não sabiam por que naquele dia estavam tendo prazer em trabalhar. Um deles, um jovem tristemente famoso em seu ofício, com o olhar cínico de um homem com o dobro de sua idade, disse de repente:

– Eu sei o que eu queria ser: um repórter que cobre notícias de verdade!

Os ponteiros do relógio da estação marcavam 15h45. A tripulação seguiu em direção ao último vagão do trem. A animação e o barulho da multidão diminuíram. Sem que ninguém se desse conta do fato, as pessoas estavam ficando mais quietas.

O agente da estação já havia se comunicado com todos os vigias de todas as estações entre Cheyenne e os campos petrolíferos da Wyatt, a 500 quilômetros dali. Saiu da estação e, olhando para Dagny, fez o sinal indicador de que os trilhos estavam desimpedidos. Parada ao lado da locomotiva, Dagny levantou um dos braços, repetindo o gesto que significava que a ordem fora recebida e entendida.

A longa fileira de vagões de carga desaparecia na distância, em pequenas seções triangulares, como uma coluna vertebral. Quando o chefe do trem fez o sinal com o braço, lá no fim do trem, ela repetiu o gesto, em resposta.

Rearden, Logan e McKim ficaram parados, como se em posição de sentido, esperando que ela fosse a primeira a entrar. Quando Dagny começou a subir a escada de entrada da locomotiva, um repórter se lembrou de fazer uma pergunta que ainda não havia feito.

– Srta. Taggart – gritou ele –, quem é John Galt?

Ela se virou, agarrando-se a uma haste de metal com uma das mãos, elevada acima do nível da multidão.

– Somos nós! – respondeu.

Logan entrou na cabine em seguida; depois McKim; Rearden foi o último. Então a porta da locomotiva se fechou, definitiva, com um ruído metálico.

O sinal, delineado contra o céu, estava verde. Havia sinais verdes entre os trilhos, perto do chão, que sumiam ao longe, onde havia uma curva, e lá havia outro sinal verde, destacando-se contra um fundo de folhas que pareciam elas mesmas sinais verdes.

Dois homens seguravam as pontas de uma fita de seda branca, um de cada lado dos trilhos, à frente da locomotiva. Eram o superintendente da divisão do Colorado e o engenheiro-chefe de Nealy, que permanecera em seu cargo. Eddie Willers foi cortar a fita que eles seguravam, para inaugurar a linha.

Os fotógrafos o fizeram posar cuidadosamente, tesoura na mão, de costas para a locomotiva. Ele teria de repetir o gesto duas ou três vezes, explicaram eles, para garantir que uma foto sairia boa; havia outras fitas de reserva para esse fim. Willers ia aceitar, mas de repente mudou de ideia.

– Não – disse. – Não quero que a coisa seja de mentira.

Com uma voz tranquila e cheia de autoridade, uma voz de vice-presidente, ele disse, apontando para as câmeras:

– Afastem-se, afastem-se bastante. Tirem uma foto quando eu cortar, depois saiam da frente, e depressa.

Eles obedeceram, afastando-se rapidamente. Só faltava um minuto. Willers se virou de costas para as câmeras, colocando-se entre os trilhos, de frente para a locomotiva. Segurou a tesoura na posição de cortar a fita branca. Tirou o chapéu e o jogou para o lado. Estava olhando para a locomotiva. Uma leve brisa agitou seus cabelos louros. A locomotiva era um grande escudo de prata com o emblema de Nat Taggart.

Willers levantou uma das mãos quando o ponteiro do relógio da estação marcou quatro horas.

– É agora, Pat! – gritou.

Assim que a locomotiva avançou, Willers cortou a fita branca e pulou para o lado.

Viu a janela da cabine passar. Dela, Dagny lhe dava adeus. Depois a locomotiva desapareceu, e Willers ficou a contemplar a plataforma cheia de gente, que aparecia e desaparecia nos intervalos entre cada dois vagões.

◂◂◂

Os trilhos azul-esverdeados se abriam para recebê-los do ponto para onde convergiam ao longe, além da curvatura da Terra. Os dormentes se fundiam, à medida que se aproximavam deles, numa única corrente que jorrava sob as rodas. Uma faixa embaçada acompanhava a locomotiva ao seu lado, bem perto do chão. Árvores e postes de telégrafo apareciam subitamente e desapareciam como se houvessem sido puxados para trás. As verdes planícies se estendiam num fluxo lento. Ao longe, delineando o céu, a serra parecia, ao contrário do restante, acompanhar o trem.

Dagny não sentia as rodas sob o trem. Era como um voo uniforme, como se a locomotiva pairasse acima dos trilhos, boiando numa correnteza. Ela não sentia a velocidade. Parecia estranho que a cada instante aparecesse e sumisse mais um sinal verde. Ela sabia que a distância de um sinal ao seguinte era de três quilômetros.

O velocímetro à frente de Pat Logan indicava 160 quilômetros por hora.

Sentada no lugar do foguista, de vez em quando Dagny olhava de relance para Logan. Ele estava um pouco debruçado para a frente, os músculos do corpo relaxados, uma das mãos pousada no acelerador com displicência aparente. Mas seus olhos estavam cravados nos trilhos à sua frente. Seus gestos tinham uma desenvoltura de perito. O que ele fazia parecia fácil, mas era a facilidade nascida de uma extrema concentração no que se está fazendo, uma concentração absoluta e implacável. Ray McKim estava sentado atrás deles. Rearden estava em pé no meio da cabine.

Mantinha as mãos nos bolsos, as pernas bem abertas, tensas, para se equilibrar, olhando para a frente. Nada do que havia ao lado dos trilhos lhe interessava: estava concentrado fitando os trilhos.

A propriedade, pensou Dagny, olhando para Rearden; não havia quem nada entendesse a respeito de sua natureza e mesmo questionasse sua realidade? Não, não era uma questão de papéis, carimbos, concessões e permissões. Era aquilo ali, nos olhos dele.

O som que enchia a cabine parecia parte do espaço que estavam atravessando. Era uma combinação do ronco surdo dos motores com os estalidos mais agudos das muitas peças de metal, cada um com seu tinir distinto, e o som mais agudo de todos, o tilintar das vidraças que estremeciam nas janelas.

Objetos passavam por eles a toda velocidade – uma caixa d'água, uma árvore, um casebre, um silo. Descreviam uma trajetória semelhante à de um limpador de para-brisa: subiam, descreviam uma curva e desapareciam descendo. Os fios de telégrafo apostavam uma corrida com o trem, subindo e descendo de poste a poste num ritmo regular, como o eletrocardiograma de um coração sadio traçado no céu.

Dagny olhava para a frente, para a cerração que fundia os trilhos e a distância, uma cerração que a qualquer momento podia revelar algum vulto que significaria desastre. Ela não entendia por que se sentia mais segura naquela locomotiva do que jamais se sentira num vagão, sabendo que, se surgisse algum obstáculo, seu peito e o vidro à sua frente seriam as primeiras coisas a serem destruídas. Ela sorriu, percebendo o motivo: era a segurança de se saber pioneira, vendo tudo e compreendendo tudo, não a sensação cega de estar sendo arrastada para o desconhecido por alguma força misteriosa à sua frente. Era a maior sensação da existência: não confiar, mas saber.

Os vidros das janelas da cabine faziam com que os campos parecessem mais vastos: a terra parecia tão aberta para o movimento quanto o era para a vista. Porém nada estava distante, nada estava fora do alcance. Dagny mal divisara o brilho de um lago à frente – e já o lago passava a seu lado e logo desaparecia.

É uma compressão estranha de visão e tato, pensou ela, *de desejo e realização, de* – as palavras provocaram um estalo em sua mente após a surpresa de um instante – *espírito e corpo*. Primeiro, a visão – e depois a forma física que a exprimira. Primeiro, o pensamento – depois o movimento orientado pela pista reta, rumo a um objetivo escolhido. Poderia um ter significado sem o outro? Não era algo de mau desejar sem agir – ou caminhar sem objetivo? Quem era o responsável pelo mal que havia no mundo, que lutava para separar um do outro, jogar um contra o outro?

Dagny sacudiu a cabeça. Não queria pensar no porquê do mundo que ela havia deixado ser como era. Aquilo lhe era indiferente. Ela estava fugindo de tudo aquilo, à velocidade de 160 quilômetros por hora. Dagny se debruçou em direção à janela aberta ao seu lado e sentiu o vento lhe revolver os cabelos. Relaxou, sentindo apenas o prazer que aquela sensação lhe proporcionava.

Sua cabeça, porém, não parava de funcionar. Pedaços soltos de pensamentos prendiam sua atenção por instantes, como os postes telegráficos que passavam. *Prazer físico?*, pensou ela. Este trem é feito de aço... e corre sobre trilhos de metal Rearden... movido pela energia da combustão de óleo e dos geradores elétricos... é uma sensação física de movimento através do espaço... mas será essa a causa, o significado do que estou sentindo agora?... Será um prazer vil, animal, esta sensação de que pouco me importaria se os trilhos se partissem sob nós – o que não vai acontecer –, que eu não me importaria, porque experimentei esta sensação? Um prazer do corpo, vil, físico, material, degradante?

Dagny sorriu, de olhos fechados, o vento soprando por entre seus cabelos. Abriu os olhos e viu que Rearden olhava para ela do mesmo modo que olhara para os trilhos. De repente, ela sentiu que sua força de vontade fora subjugada por um golpe único e seco, que a paralisara. Fitou os olhos de Rearden, recostada em seu assento, o vento comprimindo o tecido fino da blusa contra seu corpo.

Ele desviou o olhar, e Dagny fitou novamente a terra que se abria à sua frente.

Não queria pensar, mas o zumbido de seus pensamentos continuava, como o ronco dos motores por trás de todos os outros ruídos da locomotiva. Olhou ao seu redor. A fina malha de aço do teto, os rebites que mantinham unidas as chapas de aço – quem os fizera? A força bruta dos músculos humanos? Quem tornara possível que quatro painéis e três alavancas à frente de Pat Logan controlassem o poder extraordinário dos 16 motores daquela locomotiva e os colocassem à disposição da mão de um único homem?

Essas coisas e a capacidade que as tornava possíveis – era isso que os homens consideravam mau? Era isso o que eles chamavam de interesse ignóbil pelo mundo físico? Era esse o estado de escravização pela matéria? Era isso a submissão do espírito ao corpo?

Dagny sacudiu a cabeça, como se quisesse jogar aquele assunto pela janela, para que ele se quebrasse lá fora. Olhou para o sol estival iluminando os campos. Não precisava pensar, porque essas perguntas eram apenas detalhes de uma verdade que ela conhecia e sempre conhecera. Que passassem como os postes de telégrafo. O que ela sabia era algo como os fios que passavam pelo trem, formando uma linha ininterrupta. As palavras para isso, para esta viagem, para o que ela estava sentindo e para todos os homens da Terra eram apenas estas: É tão simples e tão certo!

Olhou para o campo. Já havia algum tempo percebia as figuras humanas que passavam com uma regularidade estranha. Porém o trem ia tão depressa que não conseguia entender o que elas representavam, até que, como nos fotogramas de um filme, elas se uniram, formando um todo. Então ela compreendeu. Desde que a construção da linha terminara, Dagny a mantinha sob guarda. Porém não havia contratado toda aquela corrente humana que via ao longo da linha. Ao lado de cada marco miliário havia uma pessoa. Alguns eram garotos, outros eram velhos, de silhuetas recurvadas. Todos estavam armados com o que haviam encontrado, desde rifles sofisticados a venerandos mosquetões. Todos estavam com bonés da ferrovia. Eram filhos de funcionários da Taggart e velhos ferroviários aposentados que haviam trabalhado a vida inteira na companhia. Haviam resolvido vir para proteger o trem sem que ninguém os houvesse convocado. Quando a locomotiva passava, cada homem ficava ereto, em posição de sentido, e levantava a arma, em continência.

Quando Dagny percebeu isso, começou a rir de repente, como quem cai em lágrimas. Riu, sacudindo-se como uma criança – era como um choro de felicidade. Pat Logan fez sinal para ela com a cabeça, sorrindo de leve. Ele já percebera a guarda de honra havia muito tempo. Dagny pôs o braço na janela e começou a acenar para os homens, em triunfo.

No alto de um morro distante, ela viu uma multidão de braços levantados, acenando. As casas cinzentas de um vilarejo pontilhavam o vale, como se tivessem sido semeadas ali e esquecidas. Os telhados estavam tortos, e o correr dos anos retirara toda a tinta das paredes. Talvez gerações tivessem se sucedido naquelas casas, assinalando a passagem dos dias apenas com a trajetória do sol de leste para oeste. E aqueles homens haviam subido o morro para ver um cometa prateado riscar aquelas planícies como o som de uma trompa de caça interrompendo um silêncio pesado.

As casas se tornaram mais numerosas, mais próximas à ferrovia. Dagny via gente às janelas, em varandas, em telhados distantes. Via multidões bloqueando as estradas em passagens de nível. As estradas se sucediam como pás de ventilador. Ela não conseguia distinguir as figuras humanas: via apenas os braços acenando para o trem, como galhos de árvore ao vento. Havia gente sob os sinais luminosos, gente sob as placas de "Pare".

A estação pela qual passaram, quando atravessaram uma cidade a 160 quilômetros por hora, era uma escultura móvel de gente, pessoas empilhadas da plataforma ao teto. Dagny percebeu o movimento de braços acenando, chapéus jogados para o alto, algo jogado sobre a locomotiva – um ramalhete de flores.

Passavam os quilômetros, cidades e cidades, com estações repletas de pessoas que vieram só para ver, aplaudir e sonhar. Dagny viu grinaldas de flores enfiadas sob os beirais de velhos prédios de estações e bandeirinhas vermelhas, brancas e azuis enfeitando paredes carcomidas pelo tempo. Eram como as figuras que ela vira – e invejara – nos livros de história, sobre o tempo em que as pessoas se reuniam para assistir à passagem dos primeiros trens, como na época em que Nat Taggart atravessava o país: onde ele parava, vinha gente ver e admirar suas realizações. *Aqueles tempos*, ela havia pensado, *não voltariam mais*. Sucederam-se gerações e gerações que só viram as rachaduras crescerem nas paredes erigidas por Nat. Porém, mais uma vez, as pessoas vinham assistir, como haviam feito no tempo dele, e pelo mesmo motivo.

Dagny olhou para Rearden. Ele estava encostado à parede, indiferente às multidões e ao entusiasmo das pessoas. Estava observando o desempenho dos trilhos e do trem com a concentração e o interesse do profissional. Seu olhar deixava claro que ele jogaria de lado, como irrelevante, todo e qualquer pensamento como "Eles gostaram", quando o pensamento que predominava em sua mente era "Funciona!".

Seu corpo alto, vestido com calça e camisa cinzentas, parecia nu, pronto para a ação. A calça ressaltava as linhas alongadas de suas pernas, a postura firme e natural de quem está sempre pronto para partir para o trabalho imediatamente. As mangas curtas reforçavam a musculatura enxuta e desenvolvida dos braços, a camisa desabotoada revelava a pele nua do tórax.

Dagny desviou o olhar ao perceber que o fitava demais. Mas aquele dia estava desvinculado do passado e do futuro – os pensamentos dela estavam livres de implicações –, não havia nenhum significado ulterior, só a intensidade imediata da sensação de que ela estava aprisionada com ele, fechada com ele no mesmo cubo de ar. A proximidade da presença de Rearden acentuava a consciência daquele dia, do mesmo modo que os trilhos acentuavam o movimento do trem.

Ela se virou, sem disfarçar, e olhou para trás. Rearden estava olhando para ela. Não desviou o olhar: sustentou-o, fria e conscientemente. Dagny deu um sorriso de desafio, sem permitir que ela própria entendesse completamente o significado dele, sabendo apenas que era o golpe mais forte que podia dar no rosto inflexível daquele homem. Sentiu um desejo súbito de vê-lo tremer, de arrancar um grito de sua boca. Virou a cabeça para o outro lado, lentamente, com uma sensação de ousadia divertida, sem entender por que de repente se tornara tão difícil respirar.

Relaxou no assento, olhando para a frente, sabendo que ele estava tão consciente da presença dela quanto ela da dele. Aquela sensação de intensificação de si mesma lhe dava prazer. Quando cruzava as pernas, ou apoiava o braço no parapeito da janela, ou quando tirava os cabelos da testa – cada movimento de seu corpo vinha acompanhado de uma sensação que, se ela não se recusasse a exprimi-la em palavras, seria expressa pela frase: Ele está vendo este gesto?

As cidades haviam ficado para trás. A ferrovia agora atravessava uma região que cada vez relutava mais em lhe dar passagem. Os trilhos a toda hora desapareciam atrás de curvas, e a linha da serra se aproximava cada vez mais, como se as planícies se dobrassem, formando pregas. Os planaltos de pedra do Colorado se aproximavam dos trilhos, e a distância o céu era engolido por ondas de serras azuladas.

Muito ao longe, à frente, viram fumaça saindo de chaminés de fábricas, e depois o emaranhado de fios de uma central elétrica, depois uma estrutura metálica em forma de agulha. Estavam chegando a Denver.

Dagny olhou para Pat Logan. Ele estava um pouco debruçado para a frente. Ela percebeu que seus dedos e seus olhos estavam um pouco mais tensos. Ele sabia, assim como ela, como era perigoso atravessar uma cidade grande àquela velocidade.

Foi na verdade uma sucessão de minutos, mas para eles foi como se tudo acontecesse de repente. Primeiro, viram as formas isoladas de fábricas passando pelas janelas, a seguir aquelas formas se transformaram num emaranhado confuso de ruas, e então um delta de trilhos se abriu à sua frente, como a boca de um funil, sugando-os para dentro da estação da Taggart, protegidos apenas pelas luzes verdes entre os trilhos – vagões parados em desvios passavam por eles a toda velocidade, vistos de cima –, o buraco negro do depósito se aproximou de repente e os engoliu – atravessaram uma explosão de ruídos, rodas batendo contra vidraças, os gritos entusiasmados de uma multidão que fervia na escuridão, entre as colunas de aço do depósito –, voaram em direção a um arco de luz e às luzes verdes que pendiam contra o céu aberto além do arco, que eram como as maçanetas do espaço, que abriam todas as portas à sua frente. Então foram aparecendo e desaparecendo em seguida as ruas cheias de tráfego, as janelas abertas cheias de gente, as sirenes que gritavam, e – do alto de um arranha-céu distante – uma nuvem de papel picado que brilhava no céu, jogado por alguém que assistira à passagem de um cometa prateado por uma cidade que parara a fim de vê-lo passar.

E então a cidade ficou para trás. Estavam subindo uma encosta rochosa – e de repente, surpreendentemente, as montanhas se elevaram à sua frente, como se a cidade os houvesse lançado contra uma muralha de granito, e na hora exata houvessem conseguido se agarrar à encosta. Subiam agora uma pista presa a um precipício vertical. Ao seu lado a terra sumia lá embaixo, lá longe, e eles atravessavam uma penumbra azulada, sem terra nem céu à vista.

As curvas dos trilhos se transformaram numa espiral que circundava uma muralha de pedra. Mas, por vezes, os trilhos cortavam a montanha, que se abria em duas asas, de um lado verde, composta de agulhas verticais, como se cada pinheiro fosse um tufo de um gigantesco tapete, e, do outro lado, marrom, feita de pedra nua.

Dagny se debruçou na janela e olhou para baixo. Viu o corpo prateado da locomotiva pairando sobre o espaço vazio. Lá no fundo, um riacho minúsculo despencava ribanceira abaixo, de patamar a patamar, e as samambaias que se curvavam sobre a água eram os topos das bétulas. Olhou para trás e viu uma fileira de vagões contornando o penhasco de granito – e, muitos quilômetros abaixo, viu, para trás, os trilhos azul-esverdeados serpenteando encosta acima.

Subitamente uma muralha de rocha surgiu à sua frente, enchendo o para-brisa, escurecendo a cabine, chegando tão perto que dava a impressão de que não haveria tempo de escapar. Mas Dagny ouviu o silvar das rodas na curva, e de repente a luz reapareceu – e se viu uma extensão de trilhos num patamar estreito à frente. O patamar terminava no espaço. A locomotiva seguia direto para o céu. Não havia nada a detê-la senão duas tiras de metal azul-esverdeado formando uma curva.

Suportar a violência de 16 motores, o impacto de 7 mil toneladas de aço e carga, aguentar tudo aquilo e fazê-lo virar uma curva – parecia um feito impossível para duas tiras de metal que não eram mais grossas que o seu braço. O que tornava isso possível? Que força fazia com que determinada disposição de moléculas tivesse o poder que garantia as vidas de todos eles, e de todos os homens que aguardavam a chegada dos 80 vagões? Dagny viu um rosto e as mãos de um homem iluminados pelo brilho de uma fornalha de laboratório, de um metal liquefeito.

Sentiu-se dominada por uma emoção incontrolável, como algo que explodisse para cima. Abriu a porta que dava para os motores. Ouviu um ruído ensurdecedor e penetrou no coração da locomotiva.

Por um instante, foi como se ela estivesse reduzida a um único sentido, a audição, e tudo o que ouvia era um grito prolongado, que subia, descia, subia. Dagny estava fechada numa câmara de metal, que balançava, e olhava para os gigantescos geradores. Tivera vontade de vê-los porque a sensação de triunfo que experimentava estava ligada a eles, ao amor que sentia por eles, à razão daquele trabalho a que ela dedicava sua existência. Na clareza anormal de uma emoção violenta, sentia-se prestes a compreender algo que jamais entendera e que era necessário saber. Riu alto, mas não ouviu nada. Era impossível ouvir qualquer coisa junto àquela explosão contínua.

– A Linha John Galt! – gritou, só para ter o prazer de sentir a voz ser arrancada de seus lábios.

Andava lentamente pela câmara, por uma passagem estreita entre os motores e a parede. Sentia a imodéstia de um intruso, como se tivesse penetrado numa criatura viva, por baixo de sua pele prateada, e estivesse observando sua vida latejando em cilindros cinzentos de metal, nos retorcidos canos condutores, nos tubos fechados e no torvelinho convulsivo de pás dentro de gaiolas. A enorme complexidade da forma acima de sua cabeça era drenada por canais invisíveis, e a violência que fervia dentro dela era conduzida a ponteiros delicados em estojos de vidro, a luzes verdes e vermelhas que piscavam em painéis, a caixas altas e estreitas rotuladas de "Alta Voltagem".

Por que sempre tenho essa sensação radiante de confiança quando olho para máquinas?, pensou. Naquelas formas gigantescas, dois traços característicos do não humano estavam gloriosamente ausentes: o aleatório e o gratuito. Cada uma das partes dos motores era uma resposta concreta a um "por quê?" e um "para quê?", como as etapas de vida escolhidas pelo tipo de mente que ela adorava. Os motores eram um código moral fundido em aço.

Eles estão mesmo vivos, pensou, *porque são a forma física da ação de um poder vivo – da mente que foi capaz de apreender a totalidade daquela complexidade, determinar seu propósito, lhe dar forma.* Por um instante, lhe pareceu que os motores eram transparentes e que ela estava vendo a rede de seu sistema nervoso. Era uma rede de conexões, mais complexa, mais crucial do que todos os fios e circuitos: as conexões racionais feitas pela mente humana que havia concebido pela primeira vez qualquer das partes daqueles motores.

Eles estão mesmo vivos, pensou, *mas sua alma funciona por controle remoto.* Sua alma está em cada homem que tem a capacidade de uma realização como essa. Se a alma desaparecesse da Terra, os motores parariam, porque é ela o poder que faz com que eles funcionem – não o óleo que circulava sobre o chão que ela pisava, aquele óleo que voltaria a ser a lama primitiva, não os cilindros de aço que virariam manchas de ferrugem nas paredes das cavernas de selvagens impotentes, e sim o poder de uma mente viva: o poder do pensamento, da escolha, do propósito.

Dagny estava voltando para a cabine, sentindo uma vontade de rir, se ajoelhar ou levantar os braços, uma vontade de dizer aquilo que sentia, mas que sabia ser inexprimível.

Deteve-se. Viu Rearden parado ao lado da escada que levava à porta da cabine. Ele a olhava como se soubesse por que ela fugira e como se sentia. Ficaram imóveis, seus corpos se transformando num olhar que se encontrava em uma passagem estreita. O ritmo que pulsava dentro dela era o mesmo em que pulsavam os motores – e Dagny tinha a impressão de que ambos vinham dele. Aquele ritmo pulsante aniquilou sua vontade. Voltaram para a cabine em silêncio, cônscios de que houvera um momento que ambos jamais deveriam mencionar.

Os penhascos à frente eram de um ouro líquido brilhante. Sombras compridas se alongavam no vale lá embaixo. O sol se punha atrás dos picos a oeste. Estavam seguindo rumo ao oeste e para cima, rumo ao sol.

O céu escurecera, assumindo a tonalidade azul-esverdeada dos trilhos, quando viram colunas de fumaça num vale longínquo. Era uma das novas cidades do Colorado, as cidades que brotavam dos campos petrolíferos da Wyatt como raios de um centro. Dagny viu as linhas angulosas das casas modernas, telhados planos, grandes janelas envidraçadas. Estavam a uma distância grande demais para ver pessoas. Quando ela pensou que eles não deveriam estar vendo o trem daquela distância, um morteiro foi solto de um dos prédios. Elevou-se no ar e explodiu numa chuva de estrelas douradas contra o céu já escurecido. Homens que ela não conseguia ver percebiam o risco do trem na encosta da montanha e estavam enviando uma saudação, uma solitária pluma de fogo na penumbra do crepúsculo, símbolo de júbilo ou pedido de socorro.

Depois da curva seguinte, Dagny vislumbrou, de repente, ao longe, dois pontos de luz elétrica, branca e vermelha, a uma pequena altura do chão. Não eram aviões – o que ela estava vendo eram cones de vigas metálicas que sustentavam alguma coisa. No momento em que se deu conta de que eram as torres de petróleo da Wyatt, percebeu que estavam descendo, que a terra se abria, como se as montanhas estivessem sendo rasgadas, e, no fundo, ao pé da serra, atravessando uma garganta escura, viu a ponte de metal Rearden.

Estavam descendo, voando para baixo. Ela se esqueceu do preparo cuidadoso do terreno, das grandes curvas da descida gradual, sentiu-se como se o trem estivesse caindo, viu a ponte crescendo e se aproximando – um pequeno túnel quadrado de metal, umas poucas vigas de um azul-esverdeado riscando o espaço, brilhando, atingidas por um longo raio de sol poente vindo de alguma fenda na serra. Havia gente ao lado da ponte, o ruído confuso de uma multidão, porém aquilo foi relegado às margens da consciência de Dagny. Ela ouvia o ruído das rodas, que aceleravam num crescendo, e algum tema musical, pulsando ao ritmo das rodas, que se repetia insistentemente em sua cabeça, também em crescendo, explodiu de repente dentro da cabine. Mas sabia que só ela o ouvia: *o Quinto Concerto de Richard Halley*, pensou. *Será que ele o compôs para isto? Teria ele experimentado uma sensação como esta? Estavam indo mais depressa, haviam levitado,* pensou ela, *saltado da montanha como quem salta de um trampolim, estavam agora voando pelo espaço – assim não vamos testar a ponte direito, não vamos nem encostar na ponte.* Viu o rosto de Rearden voltado para ela, sustentou seu olhar e inclinou a cabeça para trás, de modo que seu rosto ficou pairando no ar sob o rosto dele. Ouviram um ruído estridente e metálico, um rufar de tambores vindo de baixo – então, de repente, não havia mais nada fora das janelas; após o impulso da descida estavam subindo uma ladeira e as torres da Petróleo Wyatt surgiram à sua frente. Pat Logan se virou, levantou o olhar para Rearden com um esboço de sorriso nos lábios, e Rearden disse:

– Chegamos.

Num prédio havia uma placa: "Wyatt Junction". Dagny olhou, achando algo estranho nela, até que entendeu o que era: a placa estava imóvel. O maior susto da viagem foi perceber que o trem havia parado.

Ela ouvia vozes vindo de algum lugar. Olhou para baixo e viu que havia gente na plataforma. Então a porta da cabine se abriu, ela compreendeu que teria de ser a primeira a descer e se aproximou da porta. Por um rápido instante, se deu conta da fragilidade de seu corpo, tão leve na corrente de ar da porta. Agarrou-se às barras de metal e começou a descer a escada. Não havia chegado ao último degrau quando sentiu as mãos de um homem a agarrarem pela cintura e a colocarem no chão. Não conseguia acreditar que aquele rapazinho que ria para ela fosse Ellis Wyatt. Aquele rosto, antes tenso e sarcástico, agora tinha a pureza, o entusiasmo, a alegria benévola de uma criança que vive no mundo que sempre desejou.

Dagny estava encostada no ombro de Wyatt, sentindo-se insegura naquele chão imóvel, com o braço dele ao seu redor, rindo, ouvindo as coisas que ele dizia, e respondeu:

– Mas você não sabia que ia dar certo?

De repente viu os rostos ao seu redor. Eram os debenturistas da Ferrovia John Galt, os homens que encarnavam a Motores Nielsen, a Hammond Automóveis, a Fundição Stockton e todos os outros. Houve apertos de mão, mas não discursos. Dagny estava apoiada em Ellis Wyatt, um pouco mole, tirando o cabelo de cima dos olhos, deixando marcas de fuligem na testa. Apertou a mão de cada membro da tripulação, sem dizer nada – os sorrisos dos homens selavam a saudação. Flashes espocavam ao seu redor e homens encarapitados nas torres acenavam para eles das encostas das montanhas. Acima da cabeça de Dagny, das cabeças de todos, as letras TT sobre o escudo de prata foram iluminadas pelos últimos raios do sol poente.

Ellis Wyatt havia assumido o controle. Estava levando Dagny a algum lugar, abrindo alas no meio da multidão, quando um dos fotógrafos se colocou ao lado dela.

– Srta. Taggart, vai dar uma mensagem para o público?

Ellis Wyatt apontou para a longa fileira de vagões.

– O trem já deu.

Então Dagny se viu sentada no banco de trás de um conversível, subindo uma estrada de montanha repleta de curvas. O homem a seu lado era Rearden, o motorista era Wyatt.

Pararam em frente a uma casa isolada à beira de um precipício, de onde se divisavam os campos petrolíferos espalhados pelas encostas.

– Mas é claro que vocês vão dormir aqui em casa hoje, vocês dois – disse Ellis Wyatt. – Onde é que vocês estavam pensando em ficar?

Dagny riu.

– Sei lá. Nem tinha pensado nisso.

– A cidade mais próxima fica a uma hora de carro. É para lá que foi a tripulação do trem; o pessoal da sua divisão está dando uma festa em homenagem a eles. Mas eu disse a Ted Nielsen e aos outros que não ia haver banquetes nem discursos para você. A menos que você queira!

– Não, Deus me livre! – disse Dagny. – Obrigada, Ellis.

Estava escuro quando se sentaram à mesa de jantar, numa sala com janelas amplas e umas poucas e caras peças de mobiliário. O jantar foi servido por uma figura silenciosa vestida de branco, o único outro habitante da casa, um velho indiano com rosto de pedra e modos corteses. Havia alguns pontos de luz espalhados pela sala e pela noite lá fora: as velas sobre a mesa, as lâmpadas no alto das torres, as estrelas.

– Você acha que está cheia de serviço agora? – dizia Ellis Wyatt. – Espere só e daqui a um ano você vai ver o que é estar ocupada. Dois vagões-tanques por dia, Dagny? Vão ser quatro ou seis ou quantos você quiser que eu encha. – Fez um gesto amplo, indicando as luzes nas encostas. – Isto aqui não é nada em comparação com o que tenho em mente. – Apontou para oeste. – O desfiladeiro de Buena Esperanza. A oito quilômetros daqui. Ninguém sabe o que eu estou fazendo lá. Xisto betuminoso. Quanto tempo faz que desistiram de extrair petróleo do xisto porque era muito caro? Pois espere só até ver o processo que inventei. Vai ser o petróleo mais barato de todos, é petróleo a não acabar mais, uma reserva inexplorada que vai fazer com que os maiores campos petrolíferos pareçam poças de lama. Se eu encomendei um oleoduto? Hank, nós dois vamos ter que colocar oleodutos para tudo que é lado para... Ah, desculpe! Acho que não me apresentei quando falei com você na estação. Nem mesmo lhe disse meu nome.

Rearden sorriu.

– A esta altura, já adivinhei.

– Desculpe, não gosto de ser grosseiro, mas é que eu estava muito animado.

– Animado por quê? – perguntou Dagny, semicerrando os olhos, debochada.

Wyatt a fitou nos olhos por um momento. Em sua resposta havia uma intensidade solene que não parecia combinar com seu sorriso:

– Por causa do tabefe mais lindo que já levei, e merecidamente.

– Na primeira vez que nos vimos?

– Na primeira vez que nos vimos.

– Mas você tinha razão.

– Tinha. A respeito de tudo, menos de você. Dagny, encontrar uma exceção à regra depois de anos de... Ah, que se danem os outros! Quer que eu ligue o rádio para ouvir o que estão dizendo de vocês dois hoje?

– Não.

– Ótimo. Não quero ouvi-los. Eles que engulam seu próprio falatório. Agora todo mundo está do seu lado. Do nosso lado. – Olhou para Rearden. – Por que você está sorrindo?

– Sempre quis saber como você era.

– Nunca tive oportunidade de ser como eu sou. Só hoje.

– Você mora aqui, sozinho, longe de tudo?

Wyatt apontou pela janela:

– Estou pertinho de... tudo.

– E pessoas?

– Tenho quartos de hóspedes para o tipo de gente que vem me procurar para falar de negócios. Quero a maior distância possível de todos os outros tipos de pessoa. – Serviu mais vinho aos convidados. – Hank, por que você não se muda para cá, para o Colorado? Que se danem Nova York e a Costa Leste! Aqui é a capital da Renascença. A Segunda Renascença, não de pinturas e catedrais, mas de torres de petróleo, usinas elétricas e motores feitos de metal Rearden. Houve a Idade da Pedra e a Idade do Ferro, e agora será a Idade do Metal Rearden, porque não há limites para a utilização do seu metal.

320

– Vou comprar uns terrenos lá na Pensilvânia – disse Rearden. – Em volta da minha siderúrgica. Seria mais barato abrir uma filial aqui, que era o que eu queria, porém você sabe por que não posso fazer isso, mas eles que se danem, porque vou derrotá-los assim mesmo! Vou aumentar minha siderúrgica e, se Dagny conseguir um serviço de frete daqui até lá em três dias de viagem, vamos ver onde é que vai ser a capital dessa Renascença!

– Preciso de um ano – disse Dagny. – Um ano de funcionamento da Linha John Galt, tempo para consertar o sistema Taggart. E aí eu lhe dou um serviço de frete em três dias do Atlântico ao Pacífico, sobre trilhos de metal Rearden!

– Quem foi que disse que precisava de um ponto de apoio? – disse Ellis Wyatt. – Deem-me uma pista para construir uma ferrovia que eu mostro como levantar a Terra!

Dagny não sabia o que achava atraente no riso de Wyatt. Havia nas vozes deles, até mesmo na sua própria voz, um tom que ela jamais ouvira antes. Quando se levantaram da mesa, ela ficou atônita ao perceber que a única fonte de luz na sala eram as velas. A impressão que tinha era a de que estava sob forte iluminação.

Ellis Wyatt ergueu a taça, olhou para os dois e disse:

– Ao mundo, que parece estar entrando nos eixos agora!

Dagny ouviu o ruído da taça se espatifando contra a parede ao mesmo tempo que viu uma corrente circulando – da curva do corpo de Wyatt ao gesto do braço, culminando na violência terrível da mão que arremessou a taça para o lado oposto da sala. Não era um gesto convencional de comemoração, e sim a expressão de uma rebeldia irada, um gesto raivoso que correspondia a um grito de dor.

– Ellis – sussurrou ela –, o que há?

Ele se virou e a encarou. De repente, sem mais nem menos, seus olhos estavam límpidos de novo, seu rosto, tranquilo. O que a assustou foi vê-lo sorrir tranquilamente.

– Desculpe – disse ele. – Deixe isso para lá. Vamos tentar pensar que isso vai durar.

Lá fora, o luar banhava tudo. Estavam subindo uma escada externa em direção ao segundo andar, à varanda descoberta à entrada dos quartos de hóspedes. Wyatt lhes desejou boa noite, depois ouviram seus passos descendo a escada. O luar parecia apagar todos os sons, assim como apagava as cores. Os passos foram desaparecendo num passado remoto e, quando morreram, o silêncio era como uma solidão que já durasse havia muito, como se não houvesse nenhuma outra pessoa por perto.

Dagny não foi em direção à porta de seu quarto. Rearden permaneceu imóvel. À altura de seus pés, só havia uma grade fina e espaço vazio. Lá embaixo havia as sombras angulosas das torres, repetindo o desenho intricado das vigas de aço, linhas negras riscando as pedras enluaradas. Umas poucas luzes, brancas e vermelhas, tremeluziam no ar límpido, como gotas de chuva presas nas beiras das vigas de aço. Ao longe viam-se três gotículas verdes alinhadas, ao longo da linha da Taggart. Mais além, onde o espaço terminava, ao pé de uma curva branca, via-se o retângulo de treliças da ponte.

Dagny sentiu um ritmo sem som e sem movimento, uma sensação de tensão latejante, como se as rodas da Linha John Galt ainda estivessem em movimento. Lentamente, correspondendo ao desejo, e ao mesmo tempo resistindo a ele, Dagny se virou e olhou para Rearden.

A expressão que viu em seu rosto a fez perceber, pela primeira vez, que ela sempre soubera que seria assim que a viagem terminaria. Não era a expressão que se costuma ensinar aos homens. Não era uma questão de músculos relaxados, de lábios moles e de uma fome irracional. O rosto estava tenso, o que lhe dava uma estranha pureza, uma precisão de formas, tornando-o limpo e jovem. A boca estava contraída, os lábios um pouco repuxados para dentro, ressaltando os contornos. Apenas os olhos estavam embaçados, as pálpebras inferiores inchadas e levantadas, o olhar cheio de algo que se assemelhava a ódio e dor.

O choque se transformou num torpor que invadiu todo o corpo de Dagny – sentiu uma pressão na garganta e no estômago, só percebia uma convulsão silenciosa que a impedia de respirar. Mas o que ela sentia, sem palavras, era: Sim, Hank, sim – agora –, porque faz parte da mesma luta, de algum modo que não sei dizer... porque é o nosso ser, em oposição ao deles... nossa capacidade superior, motivo pelo qual eles nos torturam, a capacidade de ser feliz... Agora, assim, sem palavras, sem perguntas... porque queremos...

Foi como um ato de ódio, como o golpe brutal de um açoite que enlaçasse seu corpo: sentiu os braços de Rearden ao seu redor, sentiu suas pernas sendo puxadas contra ele e seu tórax curvado para trás pela pressão do dele, boca contra boca.

A mão de Dagny correu dos ombros do homem para a sua cintura, depois para as pernas, soltando todo o desejo inconfesso que experimentava cada vez que se encontrava com ele. Ao afastar seus lábios dos dele, ela ria silenciosamente, de triunfo, como se dissesse: Hank Rearden – o austero, o distante Hank Rearden, enclausurado em seu escritório, suas reuniões de negócios, suas negociações acirradas –, você se lembra dessas coisas agora? Estou pensando nelas pelo prazer de constatar que eu levei você a este ponto. Rearden não sorria. Seu rosto estava tenso, um rosto de inimigo: agarrou a cabeça de Dagny e a beijou na boca, como se quisesse feri-la.

Dagny sentiu que ele tremia e pensou que era esse o tipo de grito que ela sempre quisera arrancar dele – essa entrega, apesar do que restava de sua sofrida resistência. No entanto, ao mesmo tempo, ela sabia que o triunfo era dele, que seu riso era um tributo a ele, que seu desafio era submissão, que o objetivo de toda a sua força violenta era apenas o de tornar a vitória ainda maior. Apertava seu corpo contra o dele, como se enfatizando a intenção de lhe mostrar que ela era agora apenas um instrumento para satisfazer seu desejo. E a vitória dele, Dagny sabia, era o desejo que ela tinha de deixá-lo reduzi-la a isso. *O que quer que eu seja*, pensou ela, *seja qual for meu amor-próprio, o orgulho de minha coragem, de meu trabalho, de minha mente e de minha liberdade, é isso que eu lhe ofereço para o prazer do seu corpo, é isso que eu quero que você use. E o fato de você querer usá-lo é a maior recompensa que posso receber.*

Havia luzes acesas nos dois quartos atrás deles. Rearden a agarrou pelo pulso e a jogou dentro de um quarto, um gesto que a fez compreender que ele não precisava de nenhum sinal de consentimento nem de resistência. Ele trancou a porta, olhando-a no rosto. O corpo ereto, olhos fixos nos dele, Dagny estendeu o braço até o abajur na mesa de cabeceira e o desligou. Rearden se aproximou. Acendeu a luz de novo, com um único movimento súbito e desdenhoso. Ela o viu sorrir pela primeira vez, um sorriso lento, debochado, sensual, que enfatizava o objetivo de seu gesto.

Ele a apertava contra seu corpo e lhe arrancava as roupas. Ela beijava seu pescoço, seus ombros. Sabia que todos os gestos que exprimiam seu desejo por ele o atingiam com a força de um soco, que havia um estremecimento de raiva e incredulidade dentro dele – porém nenhum gesto satisfaria a fome que ele sentia por todo e qualquer sinal de seu desejo.

Em pé, ele olhava para seu corpo nu. Debruçou-se sobre ela e disse – mais uma afirmação de triunfo insolente do que uma pergunta:

– Você quer?

Ela respondeu, mais numa arfada que numa palavra, de olhos fechados e boca aberta:

– Quero.

Ela sabia que o que sentia na pele dos braços era o contato com o tecido da camisa dele, sabia que os lábios que sentia sobre sua boca eram dele, mas no restante de seu corpo não havia distinção entre o que era ele e o que era ela, como não havia distinção entre corpo e espírito. Através de todas as etapas por que haviam passado, etapas de uma trajetória assumida na coragem de uma única coerência: o amor à vida – assumida na consciência de que nada é dado, e que é necessário que cada um construa seu próprio desejo, cada forma de sua concretização –, através das etapas de fundir metal, fazer trilhos e motores, haviam sido impelidos pelo poder da ideia de que o homem refaz o mundo para sua própria satisfação, de que o espírito do homem dá significado à matéria insensível moldando-a de modo a adaptá-la ao objetivo escolhido. Aquela trajetória os conduziu ao momento em que, em resposta aos mais elevados valores individuais, numa admiração inexprimível por qualquer outra forma de homenagem, o espírito faz do corpo o tributo, transformando-o – como uma prova, uma recompensa – em uma única sensação de prazer, um prazer de tal intensidade que nenhuma outra sanção à existência se faz necessária. Ele ouviu dela um gemido arfante, ela sentiu dele o estremecer do corpo, no mesmo instante.

CAPÍTULO 9

O SAGRADO E O PROFANO

Dagny contemplou as faixas luminosas sobre a pele de seu braço, espaçadas, como pulseiras, desde o pulso até o ombro. Eram faixas de sol que atravessavam a veneziana da janela de um quarto desconhecido. Viu um machucado acima do cotovelo, com gotas escuras do que já fora sangue. O braço repousava sobre o cobertor que ocultava o restante do corpo. Sentia as pernas e os quadris, mas o restante se reduzia a uma sensação de leveza, como se seu corpo estivesse pousado sobre o ar, numa espécie de gaiola feita de raios de sol.

Virando-se para olhar para Rearden, pensou: *Antes, o distanciamento, a formalidade hermeticamente fechada, o orgulho de jamais sentir nada – e agora, ao seu lado, na cama, após horas de uma violência que não lhes seria possível traduzir em palavras, à luz do sol –, mas que permanecia em seus olhos, ao se entreolharem, e que eles queriam expressar, enfatizar, jogar um na cara do outro.*

Ele viu o rosto de uma mocinha, com lábios que esboçavam um sorriso, como se seu estado natural de relaxamento fosse um estado radiante, com uma mecha de cabelos caindo sobre o rosto até a curva de um ombro nu, os olhos fitando-o como se ela estivesse pronta para aceitar tudo o que ele quisesse dizer, como antes aceitara o que ele quisera fazer.

Rearden lhe afastou o cabelo do rosto, cuidadosamente, para melhor admirá-lo. Subitamente, seus lábios encostaram nos cabelos de Dagny com ternura, embora seus dedos os agarrassem com desespero.

Recolocou a cabeça no travesseiro e fechou os olhos. Seu rosto parecia jovem, tranquilo. Vendo-o por um momento livre da tensão, ela percebeu subitamente quanta infelicidade aquele rosto havia suportado, mas agora aquilo passara.

Rearden se levantou, sem olhar para ela. O rosto dele estava novamente vazio, fechado. Pegou as roupas no chão e começou a se vestir, em pé no meio do quarto, um pouco virado para outro lado. Agia não como se ela não estivesse ali, mas como se sua presença não tivesse importância. Ao abotoar a camisa, ao apertar o cinto, suas mãos se moviam com uma precisão rápida, como se cumprisse um dever.

A cabeça relaxada no travesseiro, ela o observava, deliciando-se com a visão de seu corpo em movimento. Gostava daquelas calça e camisa cinzentas – *parece um mecânico da Linha John Galt*, pensou ela –, do corpo riscado por faixas de luz e sombra, como roupa de presidiário. Mas não eram mais as barras de uma prisão, eram rachaduras numa muralha que fora quebrada pela Linha John Galt, o prenúncio do que os esperava lá fora, além das venezianas – ela pensava na viagem de volta, na nova ferrovia, o primeiro trem a chegar a Wyatt Junction –, a volta ao escritório no Edifício Taggart, a todas as coisas que agora ela poderia conseguir. Mas aquilo podia esperar, ela não queria pensar naquilo, estava pensando no primeiro contato entre seus lábios e os dele – ela era livre para sentir aquilo, para conservar um momento em que nada mais tinha importância –, e sorria, em desafio, das faixas de céu que via por entre as lâminas da persiana.

– Quero que você saiba disto.

Ele estava em pé ao lado da cama, vestido, olhando para ela. Pronunciara as palavras com precisão, clareza, sem nenhuma entonação. Ela olhou para ele, obediente. Ele disse:

– O que sinto por você é desprezo. Mas não é nada em comparação com o desprezo que sinto por mim mesmo. Não a amo. Nunca amei ninguém. Desejei você desde a primeira vez que a vi. Desejei você como quem deseja uma puta, pelo mesmo motivo, com o mesmo objetivo. Passei dois anos me maldizendo, porque achava que você estivesse acima desse tipo de desejo. Mas você não está. Você é um animal tão vil quanto eu. Eu devia detestar esta minha descoberta. Mas não. Ontem, teria matado quem me dissesse que você era capaz de fazer o que eu fiz você fazer. Hoje eu daria a minha vida para que você não deixasse de ser a vagabunda que é. Toda a grandeza que eu via em você para mim não vale a obscenidade do seu talento de proporcionar prazer animalesco. Nós éramos dois seres grandiosos, eu e você, orgulhosos de nossa força, não éramos? Pois a isto fomos reduzidos. E faço questão de encarar este fato.

Ele falava devagar, como se as palavras fossem chicotadas que dava em si próprio. Não havia sinal de emoção em sua voz, apenas um esforço sem vida. Não era o tom de voz de quem quer falar, e sim o som feio e torturado do dever.

– Para mim, era uma questão de honra jamais precisar de ninguém. Mas eu preciso de você. Eu me orgulhava de sempre agir com base em minhas convicções. Pois cedi a um desejo que desprezo. É um desejo que reduziu minha mente, minha vontade, meu ser, meu poder de existir a uma dependência abjeta em relação a você, nem ao menos em relação à Dagny Taggart que eu admirava, mas a seu corpo, a suas mãos, a sua boca e a alguns segundos da convulsão de seus músculos. Jamais deixei de cumprir minha palavra. Agora traí um juramento que havia feito para toda a vida. Jamais cometi um ato que tivesse que ser escondido. Agora vou ter de mentir, disfarçar, ocultar. Tudo o que eu queria, eu era livre para dizê-lo em alto e bom som, e realizá-lo à vista de todos. Agora meu único desejo é algo que me é odioso mencionar até mesmo para mim mesmo. Mas é meu único desejo. Você vai ser minha. Eu abriria mão de tudo o que tenho, da siderúrgica, do metal, da realização de toda a minha vida. Você vai ser minha, mesmo que o preço seja maior do que eu próprio, o meu amor-próprio, e quero que você saiba disso. Não quero fingimentos, evasivas, cumplicidades silenciosas, sem que se esclareça a natureza de nossos atos. Não quero palavrórios sobre amor, valor, lealdade e respeito. Não quero que nos reste nenhum sinal de honra para nos servir de escudo. Jamais pedi piedade a alguém. Escolhi essa alternativa e aceito todas as consequências, incluindo o reconhecimento integral de minha escolha. É depravação, e a aceito como tal, e não há virtude, por mais elevada que seja, que valha para mim o que ela vale. Agora, se você quiser me dar um tapa na cara, pode dar. Eu até queria que você desse.

Dagny o escutara, sentada na cama, segurando o cobertor à altura do pescoço para ocultar o corpo. De início, ele vira seus olhos escurecerem de espanto e incredulidade. Depois, parecia que ela passara a escutar com mais atenção, via mais do que seu rosto, muito embora os olhos dela estivessem fixos nos seus. Ela parecia estar considerando com atenção alguma revelação que jamais lhe haviam feito. Ele tinha a impressão de que um raio de luz brilhava cada vez mais forte em seu próprio rosto, porque via seu reflexo no dela – viu desaparecerem, aos poucos, o choque, depois o espanto; viu uma estranha serenidade tornando seu rosto ao mesmo tempo tranquilo e radiante.

Quando ele terminou, ela caiu na gargalhada.

O que mais o chocou era que não havia raiva naquele riso. Ela ria com simplicidade, solta, divertindo-se, relaxando, não como quem ri ao resolver um problema, e sim ao descobrir que jamais houve problema algum.

Ela jogou o cobertor para o lado com um gesto enfático e calculado. Ficou em pé. Olhou para suas roupas no chão e as chutou para o lado. Encarou-o, nua, e disse:

– Eu quero você, Hank. Sou muito mais animalesca do que você pensa. Desejei você na primeira vez que o vi e só me envergonho de não ter percebido o fato. Eu não sabia por que, durante dois anos, os meus momentos de maior felicidade eram os que eu passava no seu escritório, onde eu levantava a cabeça e via você. Eu não entendia a natureza nem o motivo do que sentia na sua presença. Agora sei. É tudo o que eu quero, Hank. Quero você na minha cama... e você pode ficar livre de mim o restante do tempo. Você não tem que fingir nada: não pense em mim, não sinta, não se importe. Não quero sua mente, sua vontade, seu ser nem sua alma, desde que você me procure para satisfazer seus desejos mais baixos. Sou um animal que só quer exatamente aquela sensação de prazer que você despreza, mas eu quero que você me proporcione essa sensação. Você abriria mão das virtudes mais elevadas em troca dessa sensação, enquanto eu... eu não tenho nenhuma virtude de que abrir mão. Não busco nem desejo nenhuma. Sou tão vil que trocaria a visão mais bela do mundo pela sua figura na cabine de uma locomotiva. Não tenha medo de ser dependente de mim: sou eu que dependo do menor capricho seu. Sou sua a qualquer hora que você me desejar, em qualquer lugar, em quaisquer condições. Você falou na obscenidade do meu talento? Pois ela é tal que faz com que a sua posse sobre mim seja mais segura do que sobre qualquer outra propriedade sua. Você pode fazer o que quiser comigo. Não tenho medo de admitir isso, não tenho nada a proteger de você, nada a esconder. Você acha que isso é uma ameaça às suas realizações, mas não é às minhas. Vou sentar à minha mesa, trabalhar e, quando eu achar que as coisas ao meu redor estão difíceis de suportar, vou lembrar que naquela noite estarei na sua cama. Você falou em depravação? Sou muito mais depravada do que você: o que em você inspira culpa em mim provoca... orgulho. Tenho mais orgulho disso do que de qualquer coisa que eu já tenha feito, mais orgulho que de ter construído a linha. Se me perguntarem de que realização me orgulho mais, responderei: "Dormi com Hank Rearden. Mereci isso."

Ele a jogou na cama e seus corpos se encontraram entre gemidos torturados de homem e risos de mulher.

▲▲▲

Na escuridão das ruas, a chuva era invisível, porém por baixo do poste de luz da esquina ela formava uma franja luminosa, como em um abajur. James Taggart enfiou a mão no bolso e constatou que havia perdido o lenço. Resmungou um palavrão, ressentido, como se a perda do lenço, a chuva e seu resfriado fizessem parte de uma conspiração que alguém tramava contra ele.

As calçadas estavam cobertas por uma camada fina de lama. Ele sentia o chão grudento por baixo das solas de seus sapatos e um frio que lhe entrava colarinho adentro. Não tinha vontade nem de andar nem de parar. Não tinha aonde ir.

Ao sair do escritório, após a reunião da diretoria, percebera de repente que não tinha mais nenhum compromisso, que tinha uma longa noite pela frente, mas não havia ninguém para ajudá-lo a passar o tempo. As manchetes dos jornais celebravam em letras garrafais a vitória da Linha John Galt; as estações de rádio já a haviam proclamado na véspera e durante toda a noite. O nome da Taggart Transcontinental aparecia em manchetes espalhadas por todo o país, como os trilhos da rede, e James sorria quando o cumprimentavam. Sorrira também, sentado à cabeceira da longa mesa de reuniões da diretoria, enquanto os diretores comentavam a valorização vertiginosa das ações da companhia na Bolsa e lhe pediam cuidadosamente para ver o contrato que ele havia assinado com a irmã – só para conferir, diziam eles –, e comentavam que estava tudo bem, o contrato não deixava margem a dúvidas, ela teria mesmo que entregar a linha à Taggart Transcontinental imediatamente. Comentavam o brilhante futuro da empresa e a dívida de gratidão que tinham para com James.

Durante todo o tempo, James estava ansioso para que a reunião terminasse logo e ele pudesse ir para casa. Então, ao chegar à rua, percebeu que sua casa era o único lugar para onde ele não ousaria ir naquela noite. Não podia ficar sozinho nas próximas horas, e, no entanto, não havia ninguém para chamar. Não queria ver gente. Não lhe saíam da cabeça os olhares dos membros da diretoria elogiando-o: olhares maliciosos, opacos, que continham desprezo por ele e – o que era ainda mais terrível – por si próprios.

Ele caminhava de cabeça baixa, sentindo uma agulhada de chuva na nuca de vez em quando. Desviava a vista sempre que passava por uma banca de jornal. Os jornais pareciam gritar o nome da Linha John Galt, além de outro nome que ele não queria ouvir: Ragnar Danneskjöld. Um navio que rumava para a República Popular da Noruega com uma doação de emergência de máquinas-ferramentas fora apreendido por Danneskjöld na noite anterior. Aquela notícia o incomodava pessoalmente, por algum motivo que ele não sabia determinar. Era um sentimento que parecia ter algo em comum com o que ele sentia em relação à Linha John Galt.

É porque estou resfriado, pensou. Não estaria desse jeito se não estivesse resfriado. Não se podia querer que ele estivesse em forma com aquele resfriado, ele não tinha culpa – não podiam querer que ele saísse cantando e dançando, não é? Fazia essas perguntas com raiva, dirigindo-as aos desconhecidos juízes de seu estado de espírito, de que ninguém tomava conhecimento. Enfiou uma das mãos no bolso de novo à procura de um lenço, xingou novamente e resolveu que era melhor parar em algum lugar e comprar lenços de papel.

Do outro lado da praça, naquele bairro que já fora densamente habitado, James viu a vitrine iluminada de uma lojinha, que possivelmente ainda estaria aberta àquela hora da noite. *Mais uma loja que em breve vai falir*, pensou ele enquanto atravessava a praça, e esse pensamento lhe deu prazer.

Lá dentro a iluminação ofuscava. Havia algumas balconistas cansadas atrás de balcões vazios, e uma vitrola tocando a todo volume para um único freguês, desanimado, num canto. A música estridente abafou a voz de James: ele pediu lenços de papel num tom que dava a entender que a balconista era responsável por seu resfriado. A moça se virou para a prateleira atrás dela, mas se desvirou a fim de olhar de relance o rosto dele. Pegou um pacote, mas parou, hesitante, examinando-o com curiosidade.

– O senhor é James Taggart? – perguntou.

– Sou – respondeu ele, seco. – Por quê?

– Ah!

No rosto da moça havia a expressão de uma criança que assiste à explosão de um morteiro, um olhar que ele achava que só mereciam as estrelas de cinema.

– Vi sua foto no jornal hoje, Sr. Taggart – comentou ela rapidamente. Um leve rubor corou suas faces e logo desapareceu. – Dizia que foi uma grande realização e que foi o senhor quem fez tudo, só que o senhor fazia questão de que ninguém soubesse disso.

– Ah – retrucou James, sorrindo.

– O senhor é igualzinho à sua foto – disse ela, espantadíssima, e acrescentou: – Que coisa, o senhor entrar aqui em pessoa, assim sem mais nem menos!

– E por que não? – perguntou ele, achando graça.

– Quer dizer, todo mundo falando, o país inteiro, o senhor é que fez tudo... e o senhor aqui! Nunca vi uma pessoa importante antes. Nunca estive tão perto de nada tão importante, quer dizer, dessas coisas que a gente lê no jornal.

Era a primeira vez que ele tinha a experiência de causar sucesso num lugar em que entrava: a moça parecia nem estar cansada mais, como se aquela lojinha houvesse se transformado num lugar maravilhoso e importante.

– Sr. Taggart, é verdade isso que o jornal disse do senhor?

– O quê?

– Isso do seu segredo.

– Que segredo?

– Que todo mundo estava brigando por causa da ponte do senhor, que ia cair ou não ia cair, e o senhor nem discutiu, foi em frente porque sabia que não ia cair, quando ninguém mais tinha certeza... quer dizer, a linha era um projeto da Taggart, o senhor é que estava por trás de tudo, mas fez segredo, porque não fazia questão de receber elogios.

Ele já lera a nota distribuída à imprensa pelo departamento de relações públicas.

– É verdade, sim.

A moça o olhou de tal modo que ele acreditou que era mesmo verdade.

– Foi maravilhoso da sua parte, Sr. Taggart.

– Você sempre se lembra com tantos detalhes do que lê nos jornais?

– Ah, lembro sim, quer dizer, acho que sim... todas as coisas interessantes. As coisas importantes. Gosto de ler sobre elas. Comigo nunca acontece nada de importante.

Ela disse aquilo sorrindo, sem autocomiseração. Havia uma determinação juvenil em sua voz, nos seus movimentos. Tinha os cabelos ruivos cacheados, olhos bem separados, algumas sardas num nariz arrebitado. James pensou que quem reparasse em seu rosto diria que era bonito, só que não havia nenhum motivo em particular para reparar nele. Era um rostinho comum, que de especial só tinha um olhar muito vivo, interessado, um olhar que esperava encontrar um segredo emocionante por trás de tudo no mundo.

– Sr. Taggart, como o senhor se sente como um grande homem?

– E como você se sente como uma mocinha?

Ela riu.

– Ora, acho ótimo.

– Então você está em melhor situação que eu.

– Ah, como é que o senhor pode dizer uma coisa tão...

– Talvez seja sorte sua você não ter nada a ver com os grandes acontecimentos que aparecem nos jornais. Grandes... O que você considera grande, afinal?

– Bem... importante.

– O que é importante?

– O senhor é que deve saber.

– Nada é importante.

Ela o olhou sem acreditar.

– Logo o senhor... dizer isso, e logo hoje!

– Se você quer saber, não me sinto nem um pouco maravilhoso. Nunca me senti menos maravilhoso na vida.

James ficou surpreso ao ver que a moça o fitava com um olhar de preocupação que ninguém jamais lhe dirigira.

– O senhor está exausto – disse ela, séria. – Eles que vão para o inferno.

– Eles quem?

– Quem estiver fazendo o senhor se sentir desse jeito. Isso não é direito.

– O que não é direito?

– O senhor se sentir desse jeito. O senhor aguentou muita coisa, mas acabou vencendo todo mundo e, portanto, merece se divertir agora. Merece mesmo.

– E como você sugere que eu me divirta?

– Ah, não sei. Mas pensei que o senhor ia comemorar esta noite, numa festa cheia de gente famosa e champanhe, e que iam dar coisas ao senhor, sei lá, a chave da cidade, uma tremenda festa... e não ficar andando por aí, comprando lenços de papel, onde já se viu?!

– É melhor me dar logo os lenços, antes que você se esqueça – disse ele, entregando-lhe o dinheiro. – Quanto à tal festa, já lhe ocorreu que talvez eu não queira ver ninguém esta noite?

Ela ficou a pensar, séria.

– Não. Não pensei nisso, não. Mas até entendo por quê.

– Por quê? – Era uma pergunta cuja resposta ele desconhecia.

– Porque ninguém é bom o bastante para o senhor – respondeu a moça, com simplicidade, não como uma lisonja, mas como a constatação de um fato.

– É isso que você pensa?

– Acho que não gosto muito de gente, Sr. Taggart. Pelo menos, não da maioria das pessoas.

– Eu também não. De ninguém.

– Eu pensava que um homem como o senhor... o senhor não ia saber como eles são maus e tentam pisar no senhor e se dar bem à sua custa. Eu achava que os grandes homens conseguiam escapar dessa gente e não viviam atacados pelas pulgas, mas acho que eu estava errada.

– Atacados pelas pulgas? Como assim?

– Ah, eu digo isso quando as coisas estão difíceis... que eu tenho de escapar para um lugar onde não fique mordida pelas pulgas, quer dizer, esse tipo de gente... mas vai ver que todo mundo é assim também, só que as pulgas são maiores.

– Muito maiores.

Ela não disse nada, como se estivesse pensando em alguma coisa.

– É engraçado – disse ela, com uma voz triste, como se falasse com os próprios botões.

– O quê?

– Uma vez li num livro que os grandes homens são sempre infelizes, e quanto maiores, mais infelizes. Eu não entendi. Mas vai ver que é verdade.

– Muito mais do que você pensa.

Ela desviou o rosto. Tinha uma expressão perturbada.

– Por que você se preocupa tanto com os grandes homens? – perguntou ele. – Você vive cultuando heróis, ou o quê?

Ela se virou para James, e ele viu a luz de um sorriso interior, enquanto o rosto permanecia muito sério. Era o olhar mais eloquente que alguém já dirigira a ele. Ela respondeu, com uma voz impessoal e tranquila:

– Mas o que mais há para cultuar, Sr. Taggart?

Um som estridente, entre cigarra e campainha, soou de súbito, irritantemente.

Ela levantou a cabeça de súbito, como se acordasse ao som de um despertador, e suspirou.

– Hora de fechar, Sr. Taggart – disse ela, contrariada.

– Vá pegar o seu chapéu. Eu a espero lá fora – disse ele.

A moça o olhou fixamente, como se tal possibilidade lhe parecesse inconcebível.

– O senhor fala sério? – sussurrou ela.

– Falo sério.

A moça saiu correndo como uma bala em direção ao fundo da loja, esquecendo o balcão, suas obrigações profissionais e o princípio de que uma mulher jamais deve aceitar o convite de um homem com excesso de entusiasmo.

Ele ficou a olhá-la por um momento, semicerrando os olhos. Não disse a si mesmo qual era a natureza do que estava sentindo – jamais identificar suas emoções era o único princípio que seguia em sua vida; limitava-se a senti-las –, e esse sentimento em particular era agradável, e era essa identificação a única que lhe interessava. Mas o sentimento era produto de um pensamento que ele não queria formular. Muitas vezes conhecera moças mais pobres, que fingiam admirá-lo, enchendo-o de lisonjas grosseiras cujo objetivo era óbvio. Não gostava nem desgostava delas, sua companhia ao mesmo tempo lhe agradava e o entediava, e ele as tratava como iguais, num jogo que considerava natural para os dois jogadores. Aquela moça era diferente. As palavras que estavam em sua mente, mas que ele não formulava, eram: a bobinha está mesmo falando sério.

O fato de que ele a esperava com impaciência, parado na calçada, na chuva, e de que ela era a única pessoa de quem ele precisava naquela noite não o incomodava, nem lhe parecia uma contradição. Ele não deu nome à natureza de sua necessidade. Não havia contradição entre as duas ideias, já que ele não as expressara.

Quando ela saiu, James percebeu a curiosa combinação que havia entre sua timidez e o modo como ela mantinha a cabeça erguida. Usava uma capa de chuva feia, bijuterias baratas na lapela e um pequeno chapéu com flores de pelúcia, que se misturavam, com ar desafiador, a seus cabelos cacheados. Curiosamente, a cabeça erguida fazia com que o chapéu parecesse bonito, enfatizava o fato de que ela sabia ficar bem até mesmo com as roupas que usava.

– Vamos até lá em casa tomar alguma coisa? – perguntou ele.

Ela fez que sim, muda, como se temesse não encontrar as palavras corretas para exprimir que concordava. Então, sem olhar para ele, como se falasse consigo própria, disse:

– O senhor não queria ver ninguém hoje, mas quer me ver...

James jamais ouvira um tom tão orgulhoso na voz de alguém.

Sentada ao seu lado no táxi, ela não falava nada. Olhava para os arranha-céus pelos quais passavam. Depois de algum tempo, disse:

– Eu já tinha ouvido que coisas desse tipo acontecem em Nova York, mas nunca imaginei que fossem acontecer comigo.

– Você é de onde?

– Buffalo.

– Tem família?

Ela hesitou.

– Acho que sim. Lá em Buffalo.

– Você acha? Como assim?

– Eu sumi de lá.

– Por quê?

– Achei que, para poder ser alguém na vida, eu tinha que me afastar deles para sempre.

– Por quê? O que foi que aconteceu?

– Nada. E não ia acontecer nada. Era isso que eu não aguentava.

– Como assim?

– Bem, eles... é, acho que é melhor eu dizer a verdade para o senhor. Meu velho nunca foi de nada, e mamãe nunca ligou para isso, e eu acabei enjoando de ser a única da nossa família de sete pessoas que trabalhava, enquanto os outros nunca davam sorte, por um ou outro motivo. Achei que, se eu não pulasse fora, ia acabar igual a eles. Por isso comprei uma passagem de trem um dia e sumi. Sem me despedir. Eles não souberam que eu estava indo embora. – De repente, ela se lembrou de algo e deu uma risadinha. – Era um trem da Taggart.

– Quando você veio para cá?

– Faz seis meses.

– E você está sozinha?

– Estou – respondeu ela, satisfeita.

– Era isso mesmo que você queria?

– Bem, sabe como é... queria fazer alguma coisa, subir na vida.

– Subir até onde?

– Ah, sei lá. Mas... mas as pessoas fazem coisas no mundo. Eu via fotos de Nova York e pensava – apontou, pela janela molhada de chuva do táxi, para os arranha-céus gigantescos –, eu pensava, alguém construiu esses prédios... em vez de ficar se queixando que a cozinha está imunda e o teto cheio de goteiras e os encanamentos entupidos e este mundo é uma porcaria e... Sr. Taggart – ela virou a cabeça para ele com um movimento súbito, num arrepio, e o encarou –, nós vivíamos na miséria e nem ligávamos para isso. Era isso que eu não aguentava, isso de ninguém ligar. Ninguém mexia um dedo. Nem para esvaziar a lata de lixo. E a vizinha dizia que era minha obrigação ajudá-los, que tanto fazia o que ia ser de mim ou dela ou deles, porque a vida é assim mesmo e ninguém pode fazer nada! – Por trás do olhar vivo da moça, James divisou algo machucado e endurecido. – Não quero falar sobre eles – prosseguiu ela. – Com o senhor, não. Isso... isso de eu encontrar o senhor, isso é o tipo de coisa que não tem nada a ver com eles. Não quero. É uma coisa minha, só minha.

– Quantos anos você tem? – perguntou ele.

– Dezenove.

Quando a olhou em sua sala de visitas iluminada, pensou que ela teria um belo corpo se se alimentasse melhor. Parecia magra demais para sua altura e estrutura óssea. Trajava um vestidinho preto apertado e surrado, que tentara disfarçar com as pulseiras plásticas berrantes que chacoalhavam em seu braço. A moça olhava ao redor como se aquela sala fosse um museu, como se não pudesse tocar em nada e devesse olhar para tudo com muita atenção e gravar bem na memória.

– Como você se chama?

– Cherryl Brooks.

– Bem, sente-se.

James preparou os drinques em silêncio, enquanto ela esperava, obediente, sentada na beira de uma poltrona. Quando ele lhe entregou um copo, ela tomou alguns goles, como se por obrigação, depois ficou com o copo na mão. Ele percebeu que ela não saboreava a bebida, não a percebia, não tinha tempo para pensar nela.

Ele bebeu um gole de seu copo e o colocou na mesa, com irritação – também não estava com vontade de beber. Andava de um lado para outro, emburrado, sabendo que os olhos da moça o seguiam, gozando esse fato, gozando a tremenda importância que seus movimentos, suas abotoaduras, seus cadarços, seus abajures e cinzeiros ganhavam naqueles olhos ternos que nada questionavam.

– Sr. Taggart, por que o senhor é tão infeliz?

– Por que você se interessa em saber isso?

– Porque... bem, se o senhor não tem direito de ser feliz e orgulhoso, então quem tem?

– É o que eu queria saber... quem tem? – Virou-se para ela abruptamente, explodindo, como se houvesse queimado um fusível de segurança. – Não foi ele quem inventou o ferro e o alto-forno, não é?

– Ele quem?

– Rearden. Não foi ele quem inventou o processo de fundição, a química e a compressão de ar. Rearden não ia poder inventar o metal dele se não fosse por milhares de outras pessoas. O metal dele! Por que ele acha que é dele? Por que acha que é invenção dele? Todo mundo usa o trabalho de todo mundo. Ninguém nunca inventa nada.

A moça disse, intrigada:

– Mas o ferro e todas essas coisas já existiam antes. Por que ninguém mais fez esse metal, só o Sr. Rearden?

– Ele não fez isso para nenhum fim nobre, fez só para lucrar, ele não faz nada por outro motivo.

– E o que tem isso, Sr. Taggart? – Então ela riu baixinho, como se de repente tivesse resolvido um enigma. – Isso é bobagem, Sr. Taggart. O senhor não está falando sério. O senhor sabe que o Sr. Rearden merece todo esse lucro, como o senhor também. O senhor diz isso só por modéstia, porque todo mundo sabe que trabalho maravilhoso vocês estão fazendo... o senhor, o Sr. Rearden e a sua irmã, que deve ser uma pessoa maravilhosa!

– É mesmo? Pois é o que você pensa. Ela é uma mulher dura, insensível, que passa a vida construindo estradas de ferro e pontes, não em nome de algum ideal nobre, mas só porque ela gosta. Se ela gosta, o que há de admirável no trabalho dela? Não sei se foi uma ideia tão boa assim construir aquela ferrovia para aqueles industriais prósperos do Colorado quando há tanta gente pobre, nas áreas mais atingidas pela crise, que precisa de transporte.

– Mas não foi o senhor que lutou para construir essa linha?

– Fui, porque era meu dever para com a companhia, com os acionistas e com nossos funcionários. Mas não pense que gosto disso. Não sei se foi uma ideia tão boa assim, inventar esse metal novo e complicado quando há tantos países precisando de ferro, apenas ferro. Sabe que a República Popular da China não tem nem pregos para construir telhados de casas?

– Mas... mas isso não é culpa sua.

– Alguém devia cuidar disso. Alguém que enxergue mais, além de seus próprios interesses. Hoje em dia, quando há tanto sofrimento ao nosso redor, nenhuma pessoa sensível dedicaria 10 anos de sua vida a experiências malucas com metais sofisticados. Você acha isso genial? Pois não é nenhum talento superior, e sim apenas uma casca de insensibilidade tão grossa que não seria furada nem mesmo por uma tonelada de metal Rearden! Há várias pessoas no mundo muito mais capacitadas do que ele, só que os nomes delas não saem nos jornais, e você não as encontra em qualquer passagem de nível, porque elas não conseguem inventar pontes quando estão preocupadas com o sofrimento da humanidade!

Ela o encarava em silêncio, respeitosa. Seu entusiasmo febril havia diminuído, seus olhos brilhavam menos. Ele estava se sentindo melhor.

Pegou seu copo, tomou um gole e deu uma risadinha de repente, ao se lembrar de algo.

– Foi engraçado, sabe – disse ele, num tom menos tenso, mais animado, de quem troca confidências com um amigo. – Você devia ter visto a cara do Orren Boyle ontem, quando chegou a primeira mensagem de rádio de Wyatt Junction! Ele ficou verde, verde mesmo, como um peixe que já está ficando estragado! Sabe o que ele fez ontem, quando recebeu a má notícia? Alugou uma suíte no Hotel Valhalla, e você sabe muito bem que tipo de hotel é esse, e, pelo que me disseram, ainda estava lá hoje, bebendo até cair, com alguns amigos e metade da população feminina da Amsterdam Avenue!

– Quem é esse Sr. Boyle? – perguntou a moça, estupefata.

– Ah, um gordão metido a besta. Um sujeito esperto, que às vezes fica esperto até demais. Você tinha que ver a cara dele ontem! Eu me diverti. Ele e o Dr. Floyd Ferris. Esse também não gostou nem um pouco, nem um pouco! O Dr. Ferris, tão elegante, do Instituto Científico Nacional, o servidor do povo, com seu vocabulário tão seleto... mas até que ele se saiu bem, só que nas entrelinhas dava para ver como esperneava... Me refiro à entrevista que ele deu hoje de manhã, em que disse: "A nação deu a Rearden aquele metal, e agora esperamos que ele dê a ela algo em troca." Essa foi boa, levando-se em conta quem é que vive à custa do governo, e... tantas outras coisas. Até que se saiu melhor do que Bertram Scudder. Esse só conseguiu dizer "sem comentários", quando seus colegas da imprensa lhe pediram que dissesse como se sentia. "Sem comentários"... imagine! Logo ele, que desde que nasceu não conseguiu ficar de boca fechada 10 minutos, que fala a respeito de qualquer coisa que você lhe perguntar ou mesmo não perguntar, seja sobre poesia abissínia, seja sobre o estado dos banheiros femininos na indústria têxtil! E o Dr. Pritchett, aquele velho imbecil, anda dizendo que tem certeza de que Rearden não inventou aquele metal, porque uma fonte insuspeita lhe disse que ele o roubou de um pobre inventor que assassinou!

Ele ria, alegre. A moça o ouvia como se ele desse uma aula de matemática superior, sem entender nada, nem mesmo o estilo de sua linguagem, um estilo que tinha o efeito de fazer o mistério parecer ainda maior, porque ela tinha certeza de que, vindo de quem vinha, não queria dizer o que significaria se saísse da boca de qualquer outra pessoa.

James serviu-se de mais uma dose e a bebeu de um só gole, mas sua alegria desapareceu de repente. Jogou-se numa poltrona, encarando a moça com seus olhinhos confusos abaixo da testa alta que emendava na careca.

– Ela volta amanhã – disse ele, com um riso que não traduzia humor.

– Ela quem?

– Minha irmã. Minha querida irmã. Ah, mas ela vai se achar o máximo, não vai?

– O senhor não gosta de sua irmã, Sr. Taggart?

Ele riu o mesmo riso sem humor. Seu significado era tão evidente que a moça não repetiu a pergunta.

– Por quê? – perguntou ela.

– Por ela se achar tão boa. Com que direito ela pensa assim? Com que direito qualquer um se acha bom? Ninguém presta.

– O senhor não está falando sério.

– Quero dizer que nós não passamos de seres humanos, e o que é um ser humano? Uma criatura fraca, feia, pecaminosa, que já nasce assim, fundamentalmente corrompida, de modo que a humildade é a única virtude que ela devia praticar. Devia passar a vida de joelhos, pedindo perdão por sua existência imunda. Quando um homem se acha bom, isso é sinal de que ele está podre. O orgulho é o pior de todos os pecados, seja o que for que o homem tiver feito.

– Mas e se a pessoa souber que o que fez é bom?

– Então ela deve pedir desculpas por tê-lo feito.

– A quem?

– Aos outros, que não o fizeram.

– Eu... eu não entendi.

– Claro que não. Só depois de anos e anos de estudo nas mais elevadas áreas do saber é que vai poder entender. Já ouviu falar na obra *As contradições metafísicas do universo*, do Dr. Simon Pritchett? – Ela sacudiu a cabeça, assustada. – Como é que você pode saber o que é bom? Quem sabe o que é bom? Não existem absolutos, conforme o Dr. Pritchett demonstrou de modo irrefutável. Nada é absoluto. Tudo é questão de opinião. Como é que você sabe que a ponte não caiu? Você apenas pensa que não. Como é que você sabe se realmente existe essa ponte? Você acha que um sistema filosófico como o do Dr. Pritchett é apenas uma coisa acadêmica, desligada, sem nenhum sentido prático? Mas não é. Ah, mas não é mesmo!

– Mas, Sr. Taggart, a ferrovia que o senhor construiu...

– Ah, e o que é essa ferrovia, afinal? Apenas uma realização material. Que importância tem isso? Há alguma grandeza numa coisa material? Só um animal irracional pode achar graça naquela ponte, quando há tantas coisas mais elevadas na vida. Mas as coisas mais elevadas são reconhecidas? Não! Veja só as pessoas. Tanto falatório, tantas manchetes por causa de um truque feito com partículas materiais. Porém alguém dá importância às coisas mais nobres? Fazem alguma manchete sobre um fenômeno do espírito? Percebem ou reconhecem uma pessoa de sensibilidade mais aguçada? E você ainda se espanta de ver que todo grande homem está condenado à infelicidade neste mundo depravado? – Taggart se debruçou para a frente, fitando a moça com um olhar intenso. – Vou lhe dizer uma coisa... uma coisa... a infelicidade é o sinal característico da virtude. Se um homem é infeliz realmente, verdadeiramente infeliz, isso quer dizer que ele é um homem superior.

Taggart viu o olhar confuso e ansioso no rosto da moça.

– Mas o senhor tem tudo o que quer. Tem a melhor ferrovia do país, os jornais consideram o senhor o maior executivo de nossa época, dizem que as ações da sua companhia lhe deram uma fortuna da noite para o dia, o senhor tem tudo o que podia querer... e não está satisfeito?

– Não.

No rápido instante em que ele pronunciou sua resposta, ela se sentiu assustada, percebendo um medo súbito dentro dele. Sem saber por quê, ela baixou o tom de voz e sussurrou:

– O senhor preferia que aquela ponte tivesse caído?

– Eu não disse isso! – exclamou ele, ríspido. Depois deu de ombros e fez um gesto de desprezo. – Você não entende.

– Desculpe... Ah, eu sei que tenho muito que aprender!

– Estou me referindo a uma fome por algo muito superior àquela ponte. Uma fome que nada de material pode satisfazer.

– O quê, Sr. Taggart? O que o senhor quer?

– Lá vem você! Assim que você pergunta "o que o senhor quer", você volta ao mundo material mesquinho, em que tudo tem que ser rotulado e medido. Estou falando de coisas que não têm nome na linguagem materialista... as esferas mais elevadas do espírito, que o homem jamais alcança... O que é a realização humana, afinal? A Terra não passa de um átomo rodopiando no universo... Qual a importância daquela ponte para o sistema solar?

Um súbito olhar alegre de compreensão iluminou o rosto da moça.

– É maravilhoso de sua parte achar que suas realizações não bastam para o senhor. Acho que quanto mais longe o senhor vá, mais quer seguir em frente. É um homem ambicioso. É o que eu mais admiro: a ambição. Quero dizer, fazer coisas, sem parar e desistir, mas fazer. Eu entendo, Sr. Taggart... embora eu não compreenda todos esses pensamentos elevados.

– Você vai aprender.

– Ah, vou me esforçar muito para aprender!

O olhar de admiração da moça não mudara. Ele andou até o outro lado da sala sob aquele olhar que o iluminava como um holofote. Foi colocar mais uma dose no copo. Havia um espelho atrás do bar. James viu seu próprio reflexo no espelho: o corpo alto distorcido por uma postura desleixada, como se para negar deliberadamente a beleza humana, o cabelo que rareava, a boca mole e aborrecida. De repente percebeu que o que ela via não era ele, e sim a figura heroica de um construtor, com ombros orgulhosamente esticados e cabelos soltos ao vento. Deu uma risadinha, achando que estava pregando uma boa peça na moça, sentindo uma vaga sensação semelhante a uma sensação de vitória, de superioridade, por haver conseguido enganá-la.

Bebendo um gole, James olhou de relance para a porta do quarto e pensou na maneira normal como aventuras desse tipo costumavam terminar. Achou que seria fácil: a moça estava impressionada demais para resistir. Viu o brilho avermelhado de seus cabelos e a pele lisa e reluzente de seu ombro. Desviou o olhar. *Para quê?*, pensou.

O leve desejo que sentia não passava de uma sensação física de desconforto. O que mais o impelia a agir não era a moça em si, mas a ideia de que a maioria dos homens, naquela situação, não perderia a oportunidade.

James reconheceu que ela era uma pessoa muito melhor do que Betty Pope, talvez a melhor que já tivera chance de conquistar. Mesmo assim, permaneceu indiferente. A perspectiva de sentir prazer não valia o esforço necessário para sua concretização. Ele não sentia desejo de experimentar prazer.

– Está ficando tarde – disse ele. – Onde você mora? Tome mais um drinque que eu depois a levo em casa.

Quando se despediu dela à porta de uma cabeça de porco miserável num bairro pobre, ela hesitou, esforçando-se para não fazer a pergunta que sentia uma vontade desesperada de fazer.

– Será que... – começou e parou.

– O quê?

– Não, nada, nada!

Ele sabia que a pergunta era "Será que vamos nos ver de novo?". Dava-lhe prazer não responder à pergunta, muito embora ele soubesse que ia procurá-la.

Ela o olhou novamente, como se fosse talvez pela última vez, e então disse, muito séria, em voz baixa:

– Sr. Taggart, estou muito agradecida ao senhor, porque o senhor... quer dizer, qualquer outro homem teria tentado... quer dizer, só ia querer saber de uma coisa, mas o senhor é muito superior a essas coisas, muito!

– Você aceitaria? – retrucou ele, com um leve sorriso interessado.

Ela se afastou dele, subitamente horrorizada com o que ela própria dissera.

– Ah, não, não foi isso que eu quis dizer! – exclamou. – Ah, meu Deus, eu não estava querendo insinuar que... que... – Corou violentamente, se virou e subiu correndo a longa e íngreme escadaria do cortiço.

James ficou parado na calçada, com uma sensação estranha, pesada e confusa de satisfação: como se ele tivesse feito uma ação virtuosa e como se tivesse se vingado de todas as pessoas que, ao longo do percurso de 500 quilômetros, haviam aplaudido a Linha John Galt.

◄◄◄

Quando o trem chegou a Filadélfia, Rearden a deixou sem uma palavra, como se as noites da viagem de volta não merecessem ser mencionadas à luz da realidade das estações repletas de gente e locomotivas em movimento, a realidade que ele respeitava. Dagny seguiu sozinha para Nova

York. Mas naquela noite, bem tarde, a campainha de seu apartamento tocou, e Dagny percebeu que já esperava por aquilo.

Ele entrou sem dizer nada e a olhou, tornando sua presença silenciosa mais íntima que qualquer saudação verbal. Havia um leve sorriso de desprezo em seus lábios, que ao mesmo tempo reconhecia e zombava das horas de impaciência que ambos haviam vivido. Ficou parado no meio da sala, olhando ao redor lentamente: aquele era o apartamento de Dagny, o lugar que, durante dois anos, fora o foco de seu tormento, o lugar sobre o qual ele não devia pensar, mas em que pensava assim mesmo, o lugar onde ele não podia ir – e onde agora entrava com os passos seguros e tranquilos de proprietário legítimo. Sentou-se numa poltrona, esticando as pernas – e ela se pôs à sua frente, quase como se precisasse de sua permissão para sentar e lhe desse prazer esperar.

– Posso lhe dizer que você fez um trabalho magnífico na construção daquela linha? – perguntou ele.

Dagny o olhou, espantada. Ele jamais lhe fizera um elogio explícito como aquele; o tom de admiração em sua voz era verdadeiro, mas o toque de sarcasmo permanecia em seu rosto, e ela tinha a impressão de que ele falava tendo em mente algum objetivo que ela não podia adivinhar.

– Passei o dia todo respondendo a perguntas sobre você, e sobre a linha, o metal e o futuro. Além de contar as encomendas de metal. Estão chegando a um ritmo de milhares de toneladas por hora. Onde é que essa gente toda estava nove meses atrás? Ninguém estava interessado. Hoje tive de mandar desligar o telefone, para não ser obrigado a falar com todas as pessoas que queriam se comunicar pessoalmente comigo para dizer que precisavam urgentemente de metal Rearden. O que você fez hoje?

– Não sei. Tentei prestar atenção nos relatórios de Eddie... tentei fugir das pessoas... tentei levantar o material circulante para colocar mais trens na Linha John Galt, porque, do jeito como estava planejado, o cronograma não ia dar conta dos pedidos que se acumularam em apenas três dias.

– Muita gente quis falar com você hoje, não foi?

– É, muita.

– Eles dariam tudo só para trocar umas palavras com você, não é?

– Bem... imagino que sim.

– Os repórteres me perguntavam o tempo todo como você era. Um rapazinho de um jornal local disse várias vezes que você era uma mulher extraordinária. Disse que, se tivesse oportunidade de falar com você, teria medo. E tem razão. Esse futuro de que eles tanto falam e têm medo vai ser como você o fez, porque você teve a força que nenhum deles teve. Todas as estradas que levam à riqueza, que eles agora procuram, foi você quem as abriu. À força de se manter firme apesar de todos estarem contra. À força de só levar em conta a própria vontade.

Dagny prendeu a respiração: sabia aonde ele queria chegar. Ficou muito tesa, com os braços caídos ao longo do corpo, o rosto austero, como se estivesse se obrigando a suportar um suplício – os elogios a atingiam como se fossem insultos.

– Eles ficaram fazendo perguntas, não foi? – insistiu Rearden, debruçando-se para a frente. – E olharam para você com admiração. Como se você estivesse no alto de uma montanha, e tudo o que eles pudessem fazer fosse tirar o chapéu para você de uma grande distância. Não foi?

– Foi – sussurrou ela.

– Como se soubessem que é impossível se aproximar de você, falar na sua presença, tocar no seu vestido. Sabiam disso mesmo, e era verdade. Olharam para você cheios de respeito, não foi? E admiração?

Ele a agarrou pelo braço, a obrigou a se ajoelhar, retorcendo o corpo contra as pernas dele, e se abaixou para beijá-la na boca. Ela riu silenciosamente, um riso debochado, mas com os olhos entreabertos de prazer.

Horas depois, deitados na cama, Rearden lhe fez uma pergunta de repente, enquanto lhe acariciava o corpo e o dobrava contra seu braço, debruçando-se sobre ela – e, pela expressão intensa de seu rosto, pela sua voz que, embora firme e grave, parecia conter um soluço, ela percebeu que a pergunta lhe escapava dos lábios como se estivesse gasta pelas muitas horas de tortura pelas quais passara em sua mente:

– Quais foram os outros homens que já a possuíram?

Olhou-a como se a pergunta fosse uma cena visualizada em todos os detalhes, uma visão detestável, mas que ele não abandonaria. Ela percebeu o tom de desprezo em sua voz, o ódio, o sofrimento – e uma estranha ansiedade que não visava torturá-la. Ele fizera a pergunta apertando-a com força contra seu próprio corpo.

Ela respondeu com voz firme, porém ele percebeu um brilho perigoso em seus olhos, como se ela avisasse que o entendia muito bem:

– Só houve mais um, Hank.

– Quando?

– Eu tinha 17 anos.

– Durou muito?

– Alguns anos.

– Quem era ele?

Ela se afastou, deitando-se sobre seu braço. Ele se aproximou, o rosto tenso, olhando-a nos olhos.

– Não vou dizer.

– Você o amava?

– Não vou dizer.

– Você gostou de dormir com ele?

– Gostei!

O riso que havia nos olhos dela tivera o efeito de transformar a resposta numa bofetada no rosto dele, pois o riso mostrava que ela sabia que era essa resposta que ele temia e queria ouvir.

Rearden lhe torceu os braços em suas costas, prendendo-a, com os seios apertados contra seu peito. Ela sentiu a dor em seus ombros, ouviu a raiva em suas palavras e o prazer em sua voz:

– Quem era ele?

Ela não respondeu; olhou para ele, os olhos escurecidos e curiosamente brilhantes, e ele viu que nos seus lábios distorcidos pela dor havia um sorriso sarcástico.

Sob o toque de seus lábios, Rearden viu o sarcasmo se transformar em entrega. Ele lhe segurava o corpo como se a violência e o desespero com que a possuía pudessem aniquilar seu rival desconhecido, eliminá-lo de seu passado e, mais ainda, transformar toda ela, até mesmo o rival, em instrumento de seu prazer. Ele percebeu, pela sofreguidão dos movimentos da mulher, que era assim que ela queria ser possuída.

◄◄◄

A silhueta de uma correia transportadora se movia contra as listras de fogo no céu, elevando o carvão até uma torre distante, como se uma quantidade inesgotável de pequenos baldes pretos saísse da terra numa diagonal que riscava o crepúsculo. Ouvia-se um ruído dissonante e distante por trás do ranger das correntes que um rapaz de macacão azul prendia à máquina, amarrando-as aos vagões-plataformas alinhados no ramal ferroviário da Companhia Quinn de Rolamentos de Connecticut.

O Sr. Mowen, da Companhia de Chaves e Sinais, que ficava do outro lado da rua, assistia à cena. Estava voltando para casa, vindo de sua fábrica, e parou para ver. Trajava um sobretudo leve, esticado por sobre sua barriga proeminente, e um chapéu sobre a cabeça, onde os cabelos louros já rareavam. No ar já havia um prenúncio de inverno. Todos os portões da fábrica da Quinn estavam escancarados, enquanto homens e guindastes retiravam as máquinas. *É como se retirassem os órgãos vitais e só deixassem a carcaça*, pensou o Sr. Mowen.

– Mais uma? – perguntou o Sr. Mowen apontando para a fábrica, embora já soubesse a resposta.

– Hein? – perguntou o rapaz, que não o percebera ali.

– Mais uma companhia se mudando para o Colorado?

– É.

– A terceira que se muda de Connecticut nas últimas duas semanas – disse o Sr. Mowen. – E quando se vê o que está acontecendo em Nova Jersey, Rhode Island, Massachusetts e em toda a costa atlântica... – O rapaz não olhava para ele e parecia não estar ouvindo. – É como uma torneira que vaza – disse o Sr. Mowen –, e toda a água está escoando para o Colorado. Todo o dinheiro. – O rapaz jogou a corrente sobre um volume coberto de lona e subiu nele. – Ninguém tem apego a seu estado natal, nada... estão fugindo. Não sei o que está acontecendo com as pessoas.

– É a lei – disse o rapaz.

– Que lei?

– A Lei da Igualdade de Oportunidades.

– Como assim?

– Eu soube que há um ano o Sr. Quinn estava pensando em abrir uma filial no Colorado. Com a lei isso ficou impossível. Então ele resolveu simplesmente mudar toda a fábrica dele para lá.

– Não concordo com isso. A lei era necessária. É uma vergonha. Empresas antigas, que estão aqui há gerações... Devia ser proibido...

O jovem trabalhava depressa, competente, como se gostasse daquilo. Por trás dele, a correia transportadora subia ruidosamente em direção ao céu. A distância, quatro chaminés se elevavam, como mastros de bandeiras, e delas se desprendiam lentamente espirais de fumaça, como longas bandeiras a meio pau à luz avermelhada do crepúsculo.

O Sr. Mowen convivia com cada uma daquelas chaminés desde os tempos de seu pai e de seu avô. Ele via aquela correia transportadora da janela de seu escritório havia 30 anos. Parecia-lhe inconcebível que a Companhia

Quinn de Rolamentos desaparecesse de seu lugar no outro lado da rua. Ele soubera da decisão de Quinn e não acreditara, ou melhor, acreditara como acreditava em quaisquer palavras – e ouvia ou dizia: como sons que não tinham uma relação fixa com a realidade física. Agora ele estava compreendendo que aquelas palavras eram reais. Permanecia parado ao lado dos vagões-plataformas como se ainda tivesse possibilidade de detê-los.

– Não é direito – disse, dirigindo-se a todas as chaminés e fábricas ao seu redor, mas o rapaz da correia transportadora era o único ser ali capaz de ouvi-lo. – Não era assim no tempo de meu pai. Não sou nenhum magnata. Não quero brigar com ninguém. O que está acontecendo com o mundo? – Não houve resposta. – Você, por exemplo... estão levando você para o Colorado também?

– Eu? Não. Não sou da firma. Fui contratado só para fazer este serviço.

– Para onde você vai quando eles forem embora?

– Não faço a menor ideia.

– O que você vai fazer se mais companhias se mudarem daqui?

– Vou esperar para ver.

O Sr. Mowen olhou para cima, na dúvida: não sabia se a resposta dizia respeito a ele ou ao jovem. Mas a atenção do rapaz estava voltada para seu trabalho: ele não olhava para baixo. Seguiu em frente, para os volumes envoltos em lona do próximo vagão-plataforma, e o Sr. Mowen o seguiu, olhando para ele, dirigindo uma súplica a alguma coisa lá no alto:

– Eu tenho direitos, não tenho? Nasci aqui. Eu esperava que as velhas companhias ficassem aqui onde fui criado. Esperava tomar conta da velha fábrica como meu pai. Todo homem faz parte de sua comunidade, ele tem direito a ter uma comunidade, não tem? Deviam fazer alguma coisa a respeito disso.

– De quê?

– Ah, já sei, você acha tudo isso ótimo, não é? Essas novidades da Taggart, o metal Rearden e essa corrida do ouro para o Colorado e toda essa empolgação lá, Wyatt e os outros aumentando a produção como uma chaleira transbordando! Todo mundo acha ótimo. Só se ouve falar nisso, as pessoas estão abobalhadas, fazendo planos como crianças de férias. Como se fosse uma lua de mel nacional, um feriado que não acaba mais!

O rapaz não disse nada.

– Pois eu não gosto – disse o Sr. Mowen, baixando a voz. – Os jornais também não dizem nada, você pode ver; os jornais não dizem nada.

O Sr. Mowen não teve como resposta nada além do tilintar das correntes.

– Por que estão todos correndo para o Colorado? – perguntou. – O que existe lá que não existe aqui?

O rapaz sorriu.

– Talvez seja alguma coisa que o senhor tem que eles não têm.

– O quê? – O rapaz não respondeu. – Não entendo. É um lugar atrasado, primitivo. Não tem nem mesmo um governo moderno. É o pior governo estadual. O mais preguiçoso. Não faz nada além de manter os tribunais e a polícia funcionando. Não faz nada pelo povo. Não ajuda ninguém. Não entendo por que todas as melhores companhias querem ir correndo para lá.

O rapaz olhou de relance para ele, mas não respondeu. O Sr. Mowen suspirou.

– Isso não está direito. A Lei da Igualdade de Oportunidades foi uma boa ideia. Todo mundo merece uma oportunidade. É uma vergonha que gente como Quinn se aproveite da lei. Por que não deixou que outra pessoa fabricasse rolamentos no Colorado?... Eu queria que essa gente do Colorado nos deixasse em paz. Aquela Fundição Stockton não tinha o direito de se meter a fabricar chaves e sinais. Eu trabalho nisso há anos, tenho direito por antiguidade, não é justo, é uma competição desenfreada, esses arrivistas não têm o direito de entrar assim à força. Onde eu vou vender chaves e sinais? Havia duas grandes ferrovias lá no Colorado. Agora a Phoenix-Durango fechou e só resta a Taggart Transcontinental. Não é direito eles obrigarem Dan Conway a falir. Tem de haver espaço para a competição... E eu estou esperando há seis meses uma partida de aço que encomendei de Orren Boyle, e agora ele vem me dizer que não pode me prometer nada, porque o metal Rearden bagunçou o mercado todo, todo mundo só quer saber do tal metal, Boyle vai ter de se reestruturar. Não está direito isso, deixarem Rearden arruinar o mercado dos outros... E eu também quero metal Rearden, estou precisando, mas vá tentar arranjar! Tem uma fila de espera que dá para atravessar três estados! Ninguém consegue nada, só os cupinchas dele, gente como Wyatt e Danagger e não sei mais quem. Não está direito. Isso é discriminação. Eu não sou pior do que ninguém. Também mereço um pouco de metal.

O jovem olhou para cima.

– Estive na Pensilvânia semana passada. Vi a Siderúrgica Rearden. Nunca vi tanto movimento assim! Estão construindo mais quatro altos-fornos, e depois vão fazer mais seis... novos altos-fornos – repetiu,

348

olhando em direção ao sul. Aqui na Costa Leste ninguém constrói um alto-forno há cinco anos... – Sua silhueta se destacava contra o céu, em cima de um motor embrulhado, contemplando o poente com um leve sorriso de entusiasmo e interesse, como quem contempla um amor longínquo. – Estão tão ocupados lá...

Então o sorriso desapareceu de repente. Sacudiu o queixo de um modo brusco, o primeiro movimento brusco que fazia. Parecia indicar raiva.

O Sr. Mowen contemplou as máquinas ao seu redor, as correias, as rodas, a fumaça – a fumaça que se espalhava pesada e lentamente pelo entardecer, formando uma névoa que chegava até Nova York, além do horizonte –, e sentiu-se tranquilizado ao pensar nas chamas sagradas de Nova York, sua fumaça, seus gasômetros, guindastes e cabos de alta tensão. Sentiu uma corrente de energia fluir por todas as estruturas encardidas daquela rua tão sua conhecida. Gostava da figura do rapaz lá no alto, havia algo de tranquilizador na maneira como ele trabalhava, algo que combinava com a paisagem em volta... Porém o Sr. Mowen sentia, sem entender por quê, que em algum lugar havia uma rachadura que crescia e devorava aquelas paredes sólidas e eternas.

– Deviam fazer alguma coisa – disse o Sr. Mowen. – Um amigo meu abriu falência semana passada... Trabalhava no ramo petrolífero, tinha uns dois poços lá em Oklahoma... não conseguiu competir com Ellis Wyatt. Não está direito. Deviam dar uma oportunidade aos pequenos. Deviam limitar a produção de Wyatt. Não deviam deixá-lo produzir tanto... todos os outros vão ter de fechar seus negócios. Ontem fiquei preso em Nova York, tive de largar meu carro lá e voltar de carona, não havia gasolina, dizem que está faltando combustível na cidade... Isso não está direito. Deviam fazer alguma coisa.

Contemplando a paisagem, o Sr. Mowen se perguntava qual seria essa ameaça sem nome, quem seria o responsável pela destruição.

– E o que o senhor vai fazer? – perguntou o rapaz.

– Quem? Eu? – perguntou o Sr. Mowen. – Eu é que não sei. Não sou nenhum magnata. Não sei resolver problemas de âmbito nacional. Eu só quero viver minha vida. Só sei que alguém devia fazer alguma coisa. Isso tudo não está direito... Escute, qual é seu nome?

– Owen Kellogg.

– Escute, Kellogg, o que você acha que vai acontecer com o mundo?

– O senhor não vai gostar de ouvir.

Numa torre distante soou um apito, que chamava o turno da noite, e o Sr. Mowen percebeu que estava ficando tarde. Suspirou, abotoando o casaco e se virando para ir embora.

– Bem, alguma coisa estão fazendo – disse ele. – Coisas construtivas. O Legislativo aprovou uma lei que dá mais poderes ao Departamento de Planejamento Econômico e Recursos Nacionais. Eles nomearam um homem muito capaz como coordenador-chefe. Nunca ouvi falar nele, na verdade, mas os jornais dizem que ele tem futuro. Chama-se Wesley Mouch.

◀◀◀

Dagny estava à janela de sua sala, olhando para a cidade. Era tarde, e as luzes eram como as últimas fagulhas brilhando nas cinzas de uma fogueira apagada.

Sentia-se em paz e tinha vontade de que fosse possível conter sua mente para lhe permitir ser alcançada por suas emoções, a fim de poder contemplar cada momento do último mês, que passara tão depressa. Não tivera tempo de perceber que havia voltado para sua sala na Taggart Transcontinental. Estivera tão ocupada que esqueceu estar voltando do exílio. Não percebera o que Jim disse quando ela voltou, nem mesmo se ele dissera alguma coisa. Só havia uma pessoa cuja reação ela queria conhecer. Telefonara para o Hotel Wayne-Falkland, mas fora informada de que o Sr. Francisco d'Anconia havia voltado para Buenos Aires.

Dagny lembrou o momento em que assinara seu nome num contrato: naquele momento, extinguira a Linha John Galt. Agora era a Linha Rio Norte, da Taggart Transcontinental, novamente – só que os homens que trabalhavam nela se recusavam a abolir o nome antigo. Ela também sentia dificuldade em trocar o nome: se obrigava a não falar em "Linha John Galt" e se perguntava por que era necessário fazer esforço e por que isso lhe dava uma leve tristeza.

Um fim de tarde, dominada por um impulso súbito, Dagny resolveu ir até o beco atrás do Edifício Taggart para olhar pela última vez o escritório da Ferrovia John Galt. Não sabia o que queria – *só ver*, pensou. Um tapume de madeira havia sido construído na calçada: o velho prédio estava sendo demolido, finalmente. Dagny pulou por cima do tapume e, à luz do poste de rua que, certa vez, projetara na calçada a sombra de um estranho, olhou para dentro da janela de seu antigo escritório. Não restava mais nada no andar térreo: as paredes haviam sido removidas, havia canos partidos saindo do teto e um monte de entulho no chão. Não havia nada para ver.

Dagny havia perguntado a Rearden se ele viera a seu escritório uma noite na primavera passada e hesitara à porta, resistindo ao desejo de entrar. Porém, mesmo antes de ele responder, ela já sabia que não fora ele. Não lhe explicou por que fizera aquela pergunta. Não sabia por que aquela lembrança ainda a incomodava às vezes.

Lá fora, o retângulo iluminado do calendário parecia uma pequena etiqueta presa ao céu negro. Informava: 2 de setembro. Dagny sorriu, um sorriso desafiador, se lembrando da corrida contra o calendário: *Agora não há mais prazos*, pensou, *não há obstáculos, ameaças, limites.*

Ouviu uma chave abrindo a porta de seu apartamento: era o som pelo qual havia esperado toda a noite.

Rearden entrou, como já fizera muitas vezes, usando a chave que ela lhe dera como único aviso de sua chegada. Jogou o chapéu e o casaco numa cadeira com um gesto já familiar. Ele vestia smoking.

– Oi – disse Dagny.

– Ainda estou esperando chegar aqui uma noite e não a encontrar – disse ele.

– Se isso acontecer, é só ligar para meu escritório na Taggart.

– Qualquer noite? Não vai a lugar nenhum?

– Ciúmes, Hank?

– Não. Só curiosidade. Queria saber como seria.

Ele a encarava do outro lado da sala, recusando-se a se aproximar dela, prolongando deliberadamente o prazer de saber que ele podia fazer o que quisesse quando quisesse. Dagny trajava um conjunto cinzento, roupa de ir ao trabalho: saia justa e blusa de tecido branca, transparente, que parecia uma camisa de homem. A blusa estava folgada ao redor de sua cintura, acentuando a magreza de seus quadris. O abajur por trás dela ressaltava a silhueta fina de seu corpo dentro da blusa.

– Como foi o banquete? – perguntou ela.

– Ótimo. Escapuli assim que pude. Por que não foi? Você foi convidada.

– Não queria ver você em público.

Rearden a olhou como se afirmasse que compreendia perfeitamente o que ela dissera. Depois um esboço de sorriso se formou em seu rosto.

– Você não sabe o que perdeu. O Conselho Nacional da Indústria

Metalúrgica nunca mais vai se dar o incômodo de me convidar para coisa alguma. A não ser que sejam obrigados a fazê-lo.

– O que houve?

– Nada. Só um monte de discursos.

– Foi desagradável para você?

– Não... Foi, sim, de certo modo... Eu realmente fui disposto a me divertir.

– Quer um drinque?

– Quero, sim. Você pega?

Dagny se virou para pegar a bebida. Rearden a deteve, agarrando seus ombros. Puxou-lhe a cabeça para trás e beijou sua boca. Quando ele levantou a cabeça, ela o puxou para baixo novamente com um gesto exigente de proprietária, como que reforçando seu direito de fazê-lo. Então se afastou dele.

– Não precisa pegar o drinque – disse ele. – Na verdade, eu não queria beber. Só queria ver você me servindo.

– Então me deixe servi-lo.

– Não.

Ele sorriu, esticando-se no sofá, as mãos cruzadas sob a cabeça. Sentia-se em casa. Era a primeira casa que ele já tivera.

– Sabe, o pior do banquete foi que todo mundo ali só estava querendo ir embora o mais depressa possível – disse ele. – Só não entendo por que fizeram o tal banquete, então. Não tinham obrigação nenhuma. Certamente por mim é que não foi.

Dagny pegou uma caixa de cigarros, lhe ofereceu, depois acendeu, com um isqueiro, o cigarro que ele levara aos lábios, fazendo questão de servi-lo ostensivamente. Ele deu uma risada, e ela sorriu em resposta; depois sentou-se no braço de uma poltrona do outro lado da sala.

– Por que aceitou o convite, Hank? Você sempre se recusou a entrar para o Conselho.

– Não quis recusar uma oferta de paz, agora que os derrotei, como eles sabem muito bem. Nunca vou entrar para o Conselho deles, mas, afinal, me chamaram como convidado de honra... Bem, achei que eles sabiam perder. Achei generoso da parte deles.

– Da parte deles?

– Você acha que foi generosidade minha?

– Hank! Depois de tudo o que eles fizeram para atrapalhar você...

– Eu ganhei, não ganhei? Então achei que... Você sabe. Não guardo rancor deles por não terem visto o valor do metal antes. O importante é que acabaram vendo. Cada um tem seu tempo de aprender. Claro, sei que houve muita covardia da parte deles, e inveja e hipocrisia também, mas achei que isso era só na superfície... Agora que eu provei que tenho razão, de modo tão inquestionável, achei que eles me convidaram porque realmente reconhecem o valor do metal, e...

Quando ele fez uma breve pausa, Dagny sorriu. Ela sabia o que ele ia dizer, mas resolveu se calar: "... e isso faz com que eu perdoe qualquer um por qualquer coisa."

– Mas não foi nada disso – prosseguiu ele. – E não consegui entender qual o motivo que os levou a realizar o banquete. Dagny, acho que não houve motivo nenhum. Não foi para me agradar, nem para ganhar nada de mim, nem para manter as aparências junto ao público. Não houve nenhum motivo, nenhum sentido. Eles estavam pouco ligando para o metal no tempo em que falavam mal dele... e continuam pouco ligando agora. Na verdade, não têm medo de que eu os leve todos à falência. Estão pouco ligando até para isso. Sabe como foi o tal banquete? É como se eles tivessem ouvido dizer que existem certos valores que é preciso honrar e é assim que se faz, então fizeram tudo direitinho, como fantasmas teleguiados por seres de uma outra época mais feliz. Eu... achei aquilo insuportável.

Com o rosto tenso, ela exclamou:

– E você não se acha generoso!

Ele olhou para Dagny. Havia um brilho brincalhão em seus olhos.

– Por que isso faz você ficar tão zangada?

Ela respondeu, falando bem baixo para ocultar o toque de ternura em sua voz:

– E você queria se divertir...

– Bem feito para mim. Eu não devia ter esperado nada. Não sei o que eu queria.

– Pois eu sei.

– Nunca gostei desse tipo de coisa. Não sei por que imaginei que fosse ser diferente dessa vez... Sabe, fui para lá quase achando que o metal tivesse mudado tudo, até mesmo as pessoas.

– Claro, Hank. Eu sei!

– Pois não foi nada do que eu pensava. Lembra que uma vez você disse que as comemorações deviam ser apenas para as pessoas que têm o que comemorar?

Dagny ficou imóvel em sua poltrona. Jamais falara com ele a respeito daquela festa ou de qualquer outra coisa relacionada com a casa de Rearden. Após uma pausa, respondeu baixinho:

– Lembro.

– Eu entendo o que você quis dizer... Aliás, já entendia na época.

Ele a encarava. Ela baixou os olhos.

Rearden permaneceu mudo. Quando falou de novo, sua voz estava alegre:

– A pior coisa que as pessoas fazem não são os insultos, e sim os elogios. Achei insuportáveis os elogios que me fizeram hoje, principalmente quando me diziam que todo mundo precisava de mim: eles, a cidade, o país, o mundo todo, imagino. Pelo visto, para eles o auge da glória é lidar com pessoas que precisam deles. Não suporto gente que precisa de mim. – Olhou para ela. – Você precisa de mim?

Ela respondeu em voz séria:

– Desesperadamente.

Ele riu.

– Não. Não foi isso que quis dizer. Você não disse o que disse do modo como eles falam.

– Como foi que eu falei?

– Como um comprador que paga por aquilo que quer. Eles falam como mendigos balançando uma caneca com moedas.

– Quer dizer que eu... pago, Hank?

– Não faça cara de inocente. Você sabe muito bem o que quero dizer.

– Sei – sussurrou ela, sorrindo.

– Ah, eles que se danem! – exclamou ele, alegre, esticando as pernas, mudando de posição sobre o sofá, gozando o prazer de relaxar. – Eu realmente sou péssimo como personalidade pública. Aliás, isso agora não importa. Para nós é indiferente o que eles entendem ou deixam de entender. Eles vão nos deixar em paz. O caminho está livre à nossa frente. E qual será a próxima realização, Sra. Vice-presidente?

– Uma ferrovia transcontinental de metal Rearden.

– Você quer para quando?

– Para amanhã de manhã. Mas só vou conseguir daqui a três anos.

– Acha que dá para fazer em três anos?

– Se a Linha John Galt... Rio Norte continuar a ter o sucesso que está tendo agora.

– Vai fazer ainda mais sucesso. Isso é só o começo.

– Já fiz um cronograma. À medida que o dinheiro for entrando, vou retirando a ferrovia principal, trecho por trecho, substituindo-a por uma linha de metal Rearden.

– Ótimo. A gente começa assim que você quiser.

– Vou começar a transferir os trilhos antigos para as linhas secundárias. Se eu não fizer isso, eles não vão aguentar por muito tempo mesmo. Daqui a três anos você vai poder ir até São Francisco sobre trilhos feitos com o seu metal, se alguém quiser lhe oferecer um banquete lá.

– Daqui a três anos vou fabricar metal Rearden no Colorado, em Michigan e em Idaho. Esse é o meu cronograma.

– Siderúrgicas de sua propriedade?

– É.

– E a Lei da Igualdade de Oportunidades?

– Você não acha que ela ainda vai existir daqui a três anos, acha? Nós provamos por A mais B que essa porcaria toda não vale nada. Todo o país está do nosso lado. Quem vai querer impedir que as coisas andem para a frente agora? Quem vai dar ouvidos a essas bobagens? Há um lobby mais decente atuando em Washington neste exato momento. Eles vão conseguir revogar a Lei da Igualdade bem depressa.

– Eu... espero que consigam.

– Passei o diabo essas últimas semanas, dando início às obras dos novos altos-fornos, mas deu tudo certo, eles estão sendo construídos, agora posso descansar sentado à minha mesa, recolher o dinheiro que entra, vagabundear, ver os pedidos de metal Rearden se acumularem, me dar ao luxo de escolher a dedo quem vou atender... Escute, a que horas é o seu primeiro trem para Filadélfia amanhã de manhã?

– Ah, não sei.

– Não sabe? Que diabo de vice-presidente de operações é essa? Tenho que estar na siderúrgica amanhã às sete. Tem algum trem saindo por volta das cinco?

– Tenho impressão de que o primeiro sai às cinco e meia.

– Você me acorda a tempo de pegar o trem ou prefere dar ordem para que me esperem?

– Eu o acordo.

Ela ficou imóvel, a observá-lo, enquanto Rearden permanecia mudo. Ao entrar, ele parecia cansado, mas agora não havia mais nenhum sinal de cansaço em seu rosto.

– Dagny – perguntou ele de repente. Seu tom de voz havia mudado, havia algo de sério e recôndito em sua voz –, por que você não quis me ver em público?

– Não quero fazer parte da sua... vida profissional.

Ele não disse nada de imediato. Após uma pausa, perguntou, como quem não quer nada:

– Quando foi a última vez que você tirou férias?

– Creio que faz dois... não, três anos.

– O que fez?

– Fui passar um mês nos montes Adirondacks. Mas voltei uma semana depois.

– Eu fiz a mesma coisa há cinco anos. Só que fui ao Oregon. – Estava deitado de barriga para cima, olhando para o teto. – Dagny, vamos tirar férias juntos. A gente pega meu carro e some por umas semanas, para qualquer lugar, por estradas escondidas, onde ninguém vai nos reconhecer. Não vamos deixar endereço, não vamos ler nenhum jornal, não vamos pegar em nenhum telefone... nada de vida profissional.

Dagny se levantou. Aproximou-se de Rearden, colocou-se ao lado do sofá e ficou a olhá-lo à luz do abajur atrás dela. Não queria que ele visse seu rosto e percebesse que ela se esforçava para não sorrir.

– Você pode tirar umas férias, não pode? – insistiu ele. – Está tudo acertado já. Não vamos ter outra oportunidade nos próximos três anos.

– Está bem, Hank – disse ela, esforçando-se para que a voz saísse calma.

– Então você vai?

– Quando saímos?

– Segunda de manhã.

– Está bem.

Dagny se virou para se afastar. Ele a agarrou pelo pulso, puxou-a para baixo, fazendo-a se deitar sobre ele e a apertando com força, na posição em que ela havia caído, com uma das mãos em seu cabelo, apertando-lhe a boca contra a sua, a outra mão acariciando-lhe as costas sob a blusa, a cintura, as pernas. Ela sussurrou:

– E você ainda diz que eu não preciso de você...!

Dagny resistiu e se levantou, tirando o cabelo que lhe caíra no rosto.

Ele permaneceu imóvel, olhando para ela, os olhos entreabertos, com um brilho de interesse nos olhos, um brilho levemente irônico. Ela olhou para baixo: uma das alças de sua combinação havia arrebentado, e a combinação pendia na diagonal de um de seus ombros. Rearden estava olhando para um de seus seios por baixo da blusa fina e transparente. Ela levantou a mão para endireitar a alça. Ele lhe deu um tapinha na mão. Dagny sorriu, compreendendo, com um olhar zombeteiro. Andou devagar, com passos medidos, até o outro lado da sala, e se encostou numa mesa, encarando-o, as mãos apoiadas na beira da mesa, os ombros jogados para trás. Era o contraste de que ele gostava: a severidade de suas roupas e o corpo seminu, a executiva de rede ferroviária que era a mulher que ele possuía.

Rearden se levantou. Ficou sentado no sofá, as pernas cruzadas, esticadas para a frente, as mãos nos bolsos. Olhava para ela com olhar de proprietário.

– Quer dizer que você quer uma ferrovia transcontinental de metal Rearden, não é, Sra. Vice-presidente? – perguntou. – E se eu não lhe quiser dar o metal? Agora posso vender para quem eu bem entender e pedir o preço que quiser. Se fosse há um ano, eu exigiria que você dormisse comigo em troca do metal.

– Pena que você não fez isso.

– Você aceitaria?

– Claro.

– Como uma jogada profissional? Uma venda?

– Se o vendedor fosse você. Você bem que teria gostado, não é?

– E você?

– Eu também... – murmurou Dagny.

Ele se aproximou, agarrou-a pelos ombros e apertou os lábios contra seu seio através da blusa fina.

Então, segurando-a, olhou para ela silenciosamente por algum tempo.

– O que você fez com aquela pulseira? – perguntou.

Eles nunca haviam falado nela. Dagny teve de esperar um momento para que sua voz não falhasse:

– Está comigo.

– Quero que você a use.

– Se alguém perceber, vai ser pior para você do que para mim.

– Use-a.

Ela foi buscar a pulseira de metal Rearden. Entregou-a a ele sem dizer nada, encarando-o. A pulseira azul-esverdeada reluzia em sua mão. No momento em que ele a fechou em torno de seu pulso com um estalido, ela baixou a cabeça e beijou sua mão.

◄◄◄

O chão corria por baixo do carro. Desenovelando-se das serras sinuosas de Wisconsin, a estrada era o único sinal de trabalho humano. Uma ponte precária se estendia por um mar de capim, arbustos e árvores. Esse mar passava lentamente, com toques de amarelo, alaranjado e vermelho, subindo as encostas, com poças de verde nos grotões, sob um céu de um azul puro. Entre aquelas cores de cartão-postal, o capô do automóvel parecia trabalho de joalheiro, com reflexos de sol no aço cromado e de céu no esmalte negro.

Dagny estava com um dos braços apoiado no canto da janela, as pernas esticadas. Gostava do interior espaçoso daquele carro e do calor do sol nos ombros. Ela achava o campo lindo.

– O que eu queria ver – disse Rearden – era um outdoor.

Dagny riu: ele dissera o que ela estava pensando.

– Para vender o quê a quem? Há uma hora que não vemos nenhum carro, nenhuma casa.

– É disso que não estou gostando. – Ele se inclinou um pouco para a frente, com as mãos no volante. – Olhe para esta estrada.

A longa faixa de concreto estava descorada pelo sol, reduzida a um cinzento seco, como ossos abandonados num deserto, como se o sol e a neve houvessem removido todo e qualquer vestígio de pneus, de óleo e de carvão, todos os sinais de movimento. Tufos verdes de capim cresciam nas rachaduras do concreto. Havia muitos anos que ninguém usava nem consertava aquela estrada, mas as rachaduras eram poucas.

– É uma boa estrada – reconheceu Rearden. – Foi feita para durar. O homem que a construiu deve ter tido uma boa razão para imaginar que teria que suportar um tráfego pesado.

– É...

– Não estou gostando disso.

– Nem eu. – Então ela sorriu. – Quantas vezes já ouvi pessoas reclamando que os outdoors estragam a paisagem. Pois eis uma paisagem intacta para elas admirarem. – Acrescentou: – São essas pessoas que odeio.

Ela não queria sentir o mal-estar por trás do prazer que experimentara durante aquele dia. Nas últimas três semanas, havia sentido esse mal-estar de vez em quando, ao ver o campo passando pelos lados do carro. Sorriu: o capô do automóvel era o ponto imóvel em seu campo visual, enquanto a terra passava pelos lados. O capô era o centro, o foco, a segurança num mundo embaçado, indistinto... o capô à sua frente e as mãos de Rearden no volante ao seu lado... Ela sorriu, pensando que estava satisfeita com esse mundo.

Depois da primeira semana de viagem, após rodarem a esmo, escolhendo estradas ao acaso, Rearden lhe perguntara, certa manhã, quando começavam mais uma etapa da viagem:

– Dagny, para descansar é necessário não ter objetivo?

Ela riu, respondendo:

– Não. Que fábrica você quer ver?

Ele sorriu, por não ter que sentir culpa nem dar explicações, e respondeu:

– Uma mina abandonada perto de Saginaw Bay sobre a qual ouvi falar. Dizem que está esgotada.

Atravessaram todo o Michigan em direção à mina. Caminharam por uma galeria vazia, sob o esqueleto de um guindaste que se destacava contra o céu. Uma marmita enferrujada rolou a seus pés. Dagny sentiu uma pontada de mal-estar, mais agudo do que tristeza, mas Rearden disse, alegre:

– Esgotada coisa nenhuma! Vou mostrar a eles quantas toneladas e quantos dólares ainda posso tirar daqui!

Ao voltarem para o carro, acrescentou:

– Se eu conseguisse encontrar o homem certo, eu comprava essa mina amanhã mesmo e colocava esse homem para trabalhar nela.

No dia seguinte, quando seguiam para sudoeste, rumo às planícies de Illinois, ele disse de repente, após um longo silêncio:

– Não, vou ter de esperar até que acabem com aquela lei. O homem que fosse capaz de trabalhar nessa mina não precisaria de mim para ensiná-lo. Se precisasse, ele não valeria nada.

Os dois podiam conversar sobre trabalho, como sempre haviam feito, com absoluta confiança de que seriam compreendidos. Mas nunca falavam um do outro. Ele agia como se sua intimidade apaixonada fosse um fato físico sem nome, algo que não devia ser mencionado entre eles. Toda noite era como se ela estivesse nos braços de um desconhecido que a deixava perceber todas as sensações que lhe percorriam o corpo, mas que jamais lhe permitiria saber se aqueles choques encontravam eco em seu íntimo. Dagny estava nua, deitada a seu lado, mas em seu pulso estava a pulseira de metal Rearden.

Ela sabia que ele detestava ter que assinar "Sr. e Sra. Smith" nos hotéis baratos de beira de estrada. Havia noites em que ela percebia uma leve contração de raiva na boca tensa de Rearden, quando ele assinava os nomes falsos, raiva dirigida àqueles que tornavam necessária aquela falsidade. Ela percebia, com indiferença, o ar irônico dos recepcionistas de hotel, que parecia indicar que todos ali eram cúmplices, portadores de uma culpa vergonhosa: o crime de buscar o prazer. Mas ela sabia que ele não se importava mais com isso quando estavam sozinhos, quando ele, apertando-a contra seu corpo por um momento, olhava para seus olhos vivos e inocentes.

Passaram por cidadezinhas, por obscuras estradas secundárias, o tipo de lugar por onde não passavam havia anos. Dagny sentia um mal-estar ao ver aqueles locais. Foi somente alguns dias depois que percebeu do que mais sentia falta: de ver algo recém-pintado. Aquelas casas pareciam homens malvestidos, que haviam perdido a vontade de ter uma postura ereta: as cornijas eram como ombros caídos, os degraus tortos à entrada das casas eram como bainhas esfiapadas, as janelas com vidraças quebradas eram como remendos de madeira. As pessoas nas ruas olhavam para o carro novo não como quem vê uma coisa pouco comum, e sim como quem vê uma impossibilidade, algo saído de outro planeta. Havia poucos veículos nas ruas, e um grande número deles era puxado por cavalos. Dagny tinha se esquecido de que os cavalos já haviam sido usados como animais de tração. Não gostava de vê-los reassumindo essa função.

Ela não riu quando, numa passagem de nível, Rearden deu uma risada e apontou para um trem de uma pequena ferrovia local, que saía de trás de um morro, puxado por uma locomotiva antiquíssima que tossia fumaça preta por uma chaminé comprida.

– Meu Deus, Hank, isso não tem graça nenhuma!

– Eu sei – disse ele.

Uma hora e mais de 100 quilômetros depois, Dagny comentou:

– Hank, já imaginou o Cometa Taggart sendo puxado de um lado a outro do continente por uma maria-fumaça daquelas?

– O que há com você? Fique tranquila.

– Desculpe... É que eu fico pensando que não vai adiantar nada a gente fazer uma ferrovia nova, você instalar novos altos-fornos, se não encontrarmos rapidamente alguém capaz de produzir locomotivas a diesel.

– Ted Nielsen, do Colorado, é capaz.

– É, se ele conseguir abrir sua fábrica nova. Ele investiu demais na Linha John Galt.

– Mas foi um investimento bem lucrativo, não foi?

– Foi, mas o deixou de mãos atadas. Agora ele está pronto para ir em frente, mas não consegue achar ferramentas. Não há máquinas-ferramentas à venda em lugar nenhum, a preço nenhum. Só lhe fazem promessas e nunca cumprem os prazos. Ele está vasculhando o país inteiro, procurando máquinas velhas abandonadas em fábricas fechadas para aproveitar. Se ele não começar logo...

– Ele vai. Quem poderá detê-lo agora?

– Hank – disse ela de repente –, vamos a um lugar que eu gostaria de ver?

– Claro. Qualquer lugar. Onde?

– É em Wisconsin. Lá havia uma grande fábrica de motores, no tempo do meu pai. Tínhamos uma linha secundária que ia até lá, mas nós a fechamos há uns sete anos, quando desativaram a fábrica. Acho que agora é uma das áreas mais devastadas pela crise. Talvez ainda haja algumas máquinas que Ted Nielsen possa utilizar. Podem tê-las esquecido lá. O lugar está totalmente abandonado e não há mais transporte para lá.

– Vamos encontrar a fábrica. Como ela se chamava?

– Companhia de Motores Século XX.

– Ah, mas claro! Era uma das melhores companhias de motores do tempo em que eu era rapaz, talvez a melhor de todas. Lembro que houve algo estranho em relação ao fechamento dessa fábrica... não me lembro mais direito.

Levaram três dias procurando, mas terminaram por encontrar a velha estrada abandonada – e agora estavam passando por ela, por sua pista coberta de folhas amarelas que brilhavam feito ouro, seguindo em direção à Companhia de Motores Século XX.

– Hank, e se acontecer alguma coisa com Ted Nielsen? – perguntou Dagny de repente, interrompendo um longo silêncio.

– E por que aconteceria alguma coisa a ele?

– Não sei, mas... lembre-se do caso de Dwight Sanders. Ele desapareceu.

A Locomotivas União não existe mais. E as outras fábricas não têm condição de fabricar locomotivas a diesel. Eu não dou mais ouvidos a promessas. E de que adianta uma estrada de ferro sem locomotivas?

– De que adianta qualquer coisa sem motores?

As folhas brilhavam, balançando-se ao vento. Havia folhas por todos os lados, no capim, nos arbustos, nas árvores, todas da cor do fogo, todas se movendo, como se comemorassem alguma realização, ardendo numa exuberância desenfreada.

Rearden sorriu.

– Até que o mato tem seu valor. Estou começando a gostar. Terras virgens, onde ninguém antes pôs os pés. – Ela concordou com a cabeça, alegre. – Esta terra é boa... Olhe, veja como as plantas crescem aqui. Eu limpava este mato e fazia uma...

E então pararam de sorrir. Havia, ao lado da estrada, um cadáver – um cilindro enferrujado com pedaços de vidro –, os restos mortais de uma bomba de gasolina.

Era a única coisa visível. Alguns pilares queimados, um pedaço de concreto e cacos de vidro, que brilhavam – os restos de um posto de gasolina –, haviam sido engolidos pelo mato, e só podiam ser percebidos por um observador atento. Dentro de mais um ano, desapareceriam de todo.

Desviaram o olhar. Seguiram em frente, sem querer saber o que mais haveria oculto no meio daquele matagal. A mesma questão os intrigava, permeava o silêncio: quanto o mato havia engolido? E em quanto tempo?

A estrada terminou abruptamente depois de uma ladeira. O que restava não passava de alguns pedaços de concreto misturados a piche e lama. Alguém havia quebrado o concreto e levado embora. Nem mesmo capim crescia naquela faixa de terra. Ao longe, no alto de um morro, via-se um poste de telégrafo torto contra o céu, como uma cruz sobre uma enorme sepultura.

Levaram três horas e furaram um pneu ao passarem por aquele trecho sem pista, com o carro em primeira, atravessando valas e sulcos de rodas de carros de boi até chegarem ao vilarejo no vale depois do morro onde ficava o poste de telégrafo.

Ainda havia algumas casas naquele esqueleto de cidade industrial. Tudo o que era removível havia sido tirado. Algumas pessoas, porém, haviam ficado. As estruturas vazias eram ruínas, haviam sido carcomidas não pelo tempo, mas pelos homens: tábuas arrancadas a esmo, pedaços de telhado que faltavam, buracos nas entradas de porões. Era como se mãos cegas houvessem arrancado aquilo de que necessitavam no momento, sem pensar que no dia seguinte a vida continuaria. As casas habitadas estavam misturadas aleatoriamente às ruínas e a fumaça que saía de suas chaminés era a única coisa que se mexia no vilarejo. Uma estrutura vazia de concreto, que já fora uma escola, ficava nos arredores da cidadezinha. Parecia um crânio, cujas órbitas ocas eram as janelas sem vidro, cujos raros fios de cabelo restantes eram alguns fios elétricos partidos.

Mais adiante ficava a fábrica da Companhia de Motores Século XX, num morro afastado da cidade. As paredes, o telhado, as chaminés – tudo parecia intacto, inexpugnável, como uma fortaleza. Havia apenas um sinal de abandono: a caixa d'água estava torta.

Não havia sinal de estrada que levasse à fábrica naquele emaranhado de árvores na encosta. Pararam em frente à primeira casa em que viram fumaça saindo da chaminé. A porta estava aberta. Uma velha veio mancando ao ouvir o ronco do motor. Estava encurvada e inchada, descalça, vestida com uma roupa feita de saco de farinha. Olhou para o carro sem espanto, sem curiosidade – era o olhar de um ser que havia perdido a capacidade de sentir qualquer coisa que não fosse cansaço.

– Como se chega à fábrica? – perguntou Rearden.

A mulher não respondeu na mesma hora. Parecia não falar a mesma língua. Depois perguntou:

– Que fábrica?

Rearden apontou.

– Aquela.

– Fechou.

– Eu sei. Mas como se chega lá?

– Não sei.

– Tem alguma estrada?

– Tem estrada no mato.

– Dá para passar de carro?

– Talvez.

– Bem, qual seria o melhor caminho?

– Não sei.

Pela porta aberta, eles podiam ver o interior da casa. Havia um fogão a gás imprestável, com o forno cheio de roupas esfarrapadas, servindo como armário. Num canto avistaram um fogão feito de pedras, no qual uns pedaços de lenha ardiam sob um velho caldeirão. Perceberam manchas alongadas de fuligem nas paredes. Havia um objeto branco apoiado nos pés de uma mesa: era uma pia de porcelana, arrancada da parede de algum banheiro, cheia de repolhos murchos. Enfiada numa garrafa sobre uma mesa via-se uma vela de sebo. As tábuas do chão não tinham mais tinta. Eram de uma cor acinzentada que parecia a expressão visível da dor que aquela mulher sentia nos ossos: por mais que ela tivesse se abaixado para esfregar aquele chão, acabara perdendo a guerra contra a sujeira, que agora já fazia parte da textura das tábuas do assoalho.

Uma ninhada de crianças esfarrapadas se agrupara à porta, silenciosamente, uma por uma. Olhavam para o carro não com a curiosidade viva típica das crianças, mas com a tensão de selvagens que estão preparados para desaparecer ao primeiro sinal de perigo.

– Qual a distância daqui até a fábrica? – perguntou Rearden.

– Quinze quilômetros – disse a mulher. – Talvez oito.

– A que distância fica a cidade mais próxima?

– Não tem cidade mais próxima nenhuma.

– Mas é claro que há outras cidades em algum lugar. Qual a distância até elas?

– Sei lá.

No terreno em volta da casa havia um varal com alguns trapos sem cor. A corda era um pedaço de fio de telégrafo. Três galinhas ciscavam no meio de uma horta miserável e uma quarta chocava sobre um pedaço de cano. Dois porcos chafurdavam numa mistura de lama e lixo. No lamaçal havia pedaços de concreto tirados da estrada, para facilitar a travessia.

Ouviram um guincho ao longe: era um homem tirando água de um poço público por meio de uma polia. O homem, depois, veio em direção a eles, caminhando lentamente, carregando dois baldes que pareciam pesados demais para seus braços magros. Era impossível saber qual seria sua idade. Ele se aproximou e parou, olhando para o carro. Olhou rapidamente para os forasteiros, depois desviou a vista, desconfiado, furtivo.

Rearden pegou no bolso uma nota de 10 dólares e a estendeu ao homem, perguntando:

– Por favor, podia nos dizer como se chega à fábrica?

O homem olhou para o dinheiro com uma indiferença contrariada, sem se mexer, sem levantar a mão, ainda segurando os dois baldes. *Eis aqui*, pensou Dagny, *um homem desprovido de ganância.*

– Aqui a gente não precisa de dinheiro, não – disse ele.

– Vocês não trabalham?

– Trabalhamos, sim.

– E o que vocês usam como dinheiro?

O homem largou os baldes, como se tivesse acabado de perceber que não havia necessidade de ficar segurando-os.

– A gente não usa dinheiro, não. A gente só troca as coisas.

– E como vocês negociam com gente de outras cidades?

– A gente nunca vai a outra cidade.

– Aqui a vida não parece fácil.

– E você com isso?

– Nada. Só curiosidade. Por que vocês ficam aqui?

– Meu velho tinha um armazém aqui. Só que a fábrica fechou.

– Por que não se mudou?

– Para onde?

– Qualquer lugar.

– Para quê?

Dagny olhava fixamente para os baldes: eram latas quadradas, com cordas servindo de alças – latas de óleo.

– Escute – disse Rearden –, existe alguma estrada que leve à fábrica?

– Tem muita estrada.

– Tem alguma que dê para ir de carro?

– Deve ter.

– Qual delas?

O homem pensou, muito sério, por alguns momentos.

– Bem, se você virar à esquerda perto da escola e seguir até o carvalho torto, tem uma estrada lá que é ótima quando passam umas duas semanas sem chover.

– Quando choveu pela última vez?

– Ontem.

– Tem outra estrada?

– Bem, dá para ir pela pastagem do Hanson e seguir pelo bosque, e depois tem uma estrada boa, que vai até o riacho.

– Tem ponte sobre esse riacho?

– Não.

– E quais são as outras estradas?

– Bem, se você quer estrada para ir de carro, tem uma do outro lado da roça do Miller. Essa é pavimentada, a melhor para andar de carro, é só virar a direita perto da escola e...

– Mas essa não leva à fábrica, não é?

– Ah, não.

– Obrigado – disse Rearden. – A gente dá um jeito de chegar lá.

Ele dava partida no carro quando uma pedra bateu no para-brisa. O vidro era inquebrável, mas uma teia de rachaduras se espalhou sobre ele. Viram um moleque esfarrapado desaparecer na curva às gargalhadas e ouviram os risos de outras crianças detrás de janelas e portas.

Rearden conteve um palavrão. O homem olhou vagamente para o outro lado da rua, franzindo a testa um pouco. A velha permaneceu impassível, silenciosa, olhando sem qualquer interesse, como uma substância química numa chapa fotográfica, absorvendo informações visuais porque elas estavam ali para serem absorvidas, mas incapaz de formar qualquer ideia a respeito do que estava vendo.

Dagny já estava a examiná-la havia alguns minutos. Aquele corpo disforme e inchado não parecia ser vítima de velhice ou desleixo: parecia estar grávida. Isso era aparentemente impossível, mas, ao observá-la com mais atenção, Dagny percebeu que seu cabelo cor de terra não era grisalho, e que seu rosto não estava muito enrugado. Eram apenas os olhos vazios, os ombros caídos, os passos claudicantes que pareciam indicar senilidade.

Dagny se debruçou pela janela do carro e perguntou:

– Qual a sua idade?

A mulher a encarou, não com ressentimento, mas com a expressão de quem tem de responder a uma pergunta sem sentido.

– Trinta e sete anos – respondeu.

Já haviam se afastado cinco quarteirões dali quando Dagny falou.

– Hank – exclamou, apavorada –, aquela mulher é só dois anos mais velha que eu!

– É.

– Meu Deus, como foi que eles chegaram a esse estado?

Ele deu de ombros.

– Quem é John Galt?

A última coisa que viram ao se afastarem dos limites da cidade foi um outdoor. Ainda se distinguia o desenho desbotado e rasgado num fundo sem cor. Era um anúncio de máquina de lavar roupas.

Num campo longínquo, além da cidade, viram um vulto de homem se aproximando lentamente, contorcido por um esforço físico para o qual o corpo humano não fora feito: estava empurrando um arado.

Chegaram à fábrica da Companhia de Motores Século XX três quilômetros e duas horas depois. Ao subir a ladeira, perceberam que sua busca era inútil. Um cadeado enferrujado selava a entrada principal, mas as janelas amplas estavam quebradas e qualquer um podia entrar – gente, marmotas, coelhos, folhas secas.

A fábrica fora esvaziada havia muitos anos. As grandes máquinas tinham sido removidas por algum método civilizado – no chão de concreto ainda se viam os furinhos deixados por elas. O restante fora arrancado dali por saqueadores. Não restava nada, apenas lixo, trastes que mesmo o último dos vagabundos não quisera levar, pilhas de pedaços de metal enferrujado, tábuas, placas de estuque, cacos de vidro – e as escadas de aço, feitas para durar, ainda subiam em espiral até o teto.

Pararam num salão amplo, onde um raio de sol entrava na diagonal por um buraco no telhado, e os ecos de seus passos ressoavam ao redor, morrendo ao longe, nos aposentos vazios. Um pássaro levantou voo do meio das vigas de aço do teto e num ruflar de asas saiu do prédio.

– Não custa dar uma olhada assim mesmo – disse Dagny. – Você explora as oficinas enquanto eu vou aos anexos. Vamos fazer isso o mais depressa possível.

– Não quero que você ande por aí sozinha. Não sei se esses assoalhos e escadas oferecem segurança.

– Ah, bobagem! Eu sei andar em qualquer fábrica... ou ruína. Vamos logo. Quero sair rápido daqui.

Enquanto atravessava os pátios silenciosos, onde pontes de aço ainda se estendiam, riscando o céu com suas formas geometricamente perfeitas, Dagny tinha vontade de não ver nada daquilo, mas se obrigou a olhar. Era como ter que fazer autópsia no corpo da pessoa amada. Corria o olhar ao redor como se fosse um holofote, com os dentes trincados com força. Andava depressa; não havia motivo para parar em lugar nenhum.

Só parou no que antes havia sido o laboratório. O que a fez parar foi uma bobina. Fazia parte de uma pilha de cacarecos. Dagny nunca tinha visto aquela disposição de fios em particular, mas mesmo assim lhe parecia familiar, como se despertasse uma lembrança vaga, muito remota. Tentou pegar a bobina, mas não conseguiu mexê-la: parecia fazer parte de algum objeto enterrado na pilha.

Pelo visto, ali havia sido um laboratório experimental, a julgar pelo que restava preso às paredes: muitas tomadas, armários sem prateleiras nem portas. Havia muito vidro, borracha, plástico e metal na pilha de trastes, e pedaços do que já fora um quadro-negro. Havia folhas de papel secas espalhadas pelo chão. Também havia coisas trazidas ali por outras pessoas: sacos de pipocas, uma garrafa de uísque, uma revista de mexericos.

Tentou de novo tirar a bobina da pilha, mas não conseguiu. Fazia mesmo parte de algum objeto grande. Ela se ajoelhou e começou a tirar coisas do monte.

Quando conseguiu retirar o objeto, havia cortado as mãos e estava coberta de pó. Eram os restos mortais de um protótipo de motor. A maioria das peças estava faltando, mas o que restava bastava para se fazer uma ideia do que aquilo havia sido um dia.

Dagny jamais vira um motor daquele tipo ou mesmo semelhante. Não entendia o porquê daquelas peças, nem imaginava qual seria sua função.

Examinou os tubos enferrujados e as ligações estranhas. Tentou entender o que seria aquilo, pensando em todo tipo de motor que conhecia, em todo tipo de coisa para que um motor poderia ser utilizado. Mas nada parecia ter qualquer relação com aquele motor. Aparentava ser um motor elétrico, mas Dagny não imaginava o tipo de combustível que ele usava. Certamente não seria vapor, óleo, nem mais nada que ela conhecesse.

De repente, soltou um grito de espanto e chegou a cair na pilha de trastes. De quatro, começou a andar por cima da pilha, catando todos os pedaços de papel que encontrava, jogando-os fora ao ver que não eram o que procurava e pegando outros. Suas mãos tremiam.

Acabou achando uma parte do que procurava. Eram algumas páginas datilografadas, grampeadas – o que restava de um texto maior. Faltavam as primeiras e as últimas páginas. Pelos pedacinhos de papel sob o grampo, via-se que faltava muita coisa. O papel estava seco e amarelado. O texto era uma descrição do motor.

Lá do cômodo vazio que já fora a casa de força da fábrica, Rearden ouviu o grito, que parecia um grito de pavor:

– Hank!

Correu em direção a ela. Encontrou-a sentada no meio de um aposento, as mãos sangrando, as meias rasgadas, a roupa suja de poeira, com um maço de papéis na mão.

– Hank, o que isso parece? – disse ela, apontando para um amontoado de metal de forma estranha a seus pés. Sua voz era intensa, a voz de uma pessoa que se sente aturdida, em estado de choque, desligada da realidade. – O que você acha?

– Você se machucou? O que houve?

– Não!... Ah, não ligue para isso, não olhe para mim! Estou bem. Olhe para isso. Você sabe o que é?

– O que você fez para ficar assim?

– Tive que arrancar isso daquela pilha. Estou bem.

– Você está tremendo.

– Você também vai ficar assim agora mesmo, Hank! Olhe para isso e me diga o que você acha que seja.

Rearden olhou para o objeto com atenção, depois sentou-se no chão para examiná-lo ainda mais atentamente.

– Maneira estranha de construir um motor – disse, franzindo a testa.

– Leia isto – disse ela, entregando-lhe os papéis.

Ele leu, levantou a vista e exclamou:

– Meu Deus!

Ela estava sentada no chão a seu lado, e por um momento não conseguiram dizer mais nada.

– Foi a bobina – disse ela. Sentia que seu raciocínio seguia em disparada, não conseguia apreender todas as coisas que de repente se haviam revelado para sua visão e suas palavras iam saindo aos trambolhões: – Foi na bobina que reparei primeiro, porque eu já havia visto desenhos parecidos, não muito, mas mais ou menos, anos atrás, no tempo em que eu estava na escola... era um livro velho, foi abandonado como impossível há muitos, muitos anos, mas eu gostava de ler tudo o que encontrava a respeito de motores de locomotivas. Esse livro dizia que houve uma época em que se havia pensado nisso. Trabalharam nisso, passaram anos fazendo experiências, mas não conseguiram e acabaram desistindo. Foi esquecido por gerações inteiras. Eu não achava que nenhum cientista vivo ainda pensasse nisso. Mas alguém ainda pensa. Alguém resolveu isso agora!... Hank, você entende? Aqueles homens, anos atrás, tentaram inventar um motor que retirasse energia estática da atmosfera e a convertesse e gerasse sua própria energia à medida que funcionasse. Não conseguiram. Desistiram. – Apontou para a forma quebrada. – Mas eis que o encontramos.

Rearden concordou com a cabeça. Não estava sorrindo. Ficou sentado, olhando para o motor quebrado, remoendo seus pensamentos. Não pareciam ser muito alegres.

– Hank, você não entende o que isso representa? É a maior revolução desde a invenção do motor a explosão, muito mais que isso! Torna tudo obsoleto... e agora tudo é possível. Que se danem Dwight Sanders e todos os outros! Quem vai querer saber de motores a diesel? Quem vai querer saber de óleo, carvão, gasolina? Você não vê o que eu estou vendo? Uma nova locomotiva da metade do tamanho de uma locomotiva a diesel, e com 10 vezes mais potência. Um autogerador, funcionando com umas poucas gotas de combustível, com energia ilimitada. A forma mais limpa, rápida e barata de gerar movimento já inventada. Você entende o que isso vai fazer pelos nossos sistemas de transportes e pelo país... em cerca de um ano?

Não havia nenhum sinal de entusiasmo no rosto de Rearden.

– Quem o desenhou? – perguntou ele, devagar. – Por que o largaram aqui?

– Vamos descobrir.

Rearden apalpou os papéis, pensativo.

– Dagny – perguntou ele –, se não encontrar o homem que construiu este protótipo, você será capaz de reconstruir o motor com base nisto que sobrou?

Após uma longa pausa, ela respondeu, penosamente:

– Não.

– Ninguém vai conseguir. Ele descobriu. A coisa funcionou, a julgar pelo que ele escreve aqui. É a coisa mais incrível que já vi. Era. Não vamos conseguir fazer isto funcionar de novo. Para recuperar o que falta, só um gênio igual a ele.

– Vou encontrá-lo, mesmo que eu não faça outra coisa na vida senão procurá-lo.

– Se ele ainda estiver vivo.

Ela percebeu seu tom de voz.

– Por que você diz isso?

– Não acredito que ele esteja vivo. Se estivesse, não deixaria a invenção dele apodrecendo aqui. Como poderia abandonar uma realização como esta? Se ele ainda estivesse vivo, as locomotivas com autogerador já existiriam há anos. E você não teria que procurá-lo, porque ele seria famoso em todo o mundo.

– Não acredito que este protótipo seja tão antigo assim.

Rearden examinou o papel, a ferrugem do motor.

– Uns 10 anos, a meu ver. Talvez um pouco mais.

– A gente precisa encontrar esse homem, ou alguém que o conhecia. Isso é mais importante...

– ... que qualquer coisa possuída ou fabricada por alguém hoje em dia. Acho que não vamos conseguir encontrá-lo. E, se não o encontrarmos, ninguém vai conseguir fazer o que ele fez. Ninguém vai reconstruir este motor. O que sobrou dele é muito pouco. É só uma pista, uma pista preciosa, mas só mesmo um desses cérebros que só aparecem uma vez em cada século para completá-lo. Você acha que os atuais engenheiros mecânicos seriam capazes disso?

– Não.

– Não há ninguém realmente bom vivo. Não se tem uma ideia nova na área de motores há anos. Eis uma profissão que parece moribunda... ou morta.

– Hank, você entende o que esse motor representaria se existisse?

Ele deu uma risadinha.

– Sei: 10 anos de expectativa de vida a mais para cada pessoa neste país, se levarmos em conta quantas coisas ficariam mais fáceis e baratas de produzir, quantas horas de trabalho humano seriam economizadas e liberadas para outros tipos de trabalho, e quanto a mais as pessoas ganhariam por seu trabalho. Locomotivas? E os automóveis e navios e aviões com motores desse tipo? E tratores. E usinas elétricas. Tudo ligado a uma fonte ilimitada de energia, sem gastar mais que umas gotas de combustível para abastecer o conversor. Esse motor faria todo o país andar, acenderia uma lâmpada em todas as casas, mesmo nas casas daquela gente que vimos hoje no vale.

– Faria isso? Vai fazer. Eu vou achar o inventor.

– Vamos tentar.

Rearden se levantou de repente, mas fez uma pausa para olhar o protótipo quebrado e disse, com uma risadinha que não exprimia alegria:

– Este era o motor que a gente queria para a Linha John Galt. – Então adotou um tom seco de executivo: – Primeiro, vamos ver se conseguimos encontrar o departamento de pessoal desta companhia. Vamos ver se ainda existem arquivos aqui. Queremos o nome da equipe de pesquisadores e engenheiros. Não sei quem é o proprietário disto aqui agora e imagino que vai ser difícil encontrá-lo, senão ele não teria abandonado tudo deste jeito.

Então vamos examinar todos os cômodos do laboratório. Depois a gente traz uns engenheiros para cá para examinar toda a fábrica.

Levantaram-se para sair, mas Dagny parou um momento na porta.

– Hank, aquele motor era a coisa mais valiosa dentro desta fábrica – disse ela, em voz baixa. – Só ele valia mais que todo o restante. No entanto, foi abandonado no meio do lixo. Ninguém achou que valesse a pena levá-lo.

– É isso que me preocupa – retrucou ele.

Não foi difícil encontrar o departamento pessoal. Havia uma placa na porta, mas além da placa não restava mais nada. Não havia mobília, papéis, nada, só os cacos de vidro da janela.

Voltaram para o cômodo onde haviam encontrado o motor. Examinaram todos os trastes da pilha. Não havia nada que lhes interessasse. Examinaram todos os papéis que encontraram, mas nenhum deles se referia ao motor, e o restante do texto datilografado não foi encontrado. Os sacos de pipocas e a garrafa de uísque deixavam claro o tipo de vândalos que havia invadido aquela fábrica, agindo como ondas que destroem tudo e levam os destroços para o fundo do oceano.

Separaram alguns pedaços de metal que talvez fizessem parte do motor, mas eram pequenos demais para servir para o que quer que fosse. Pelo visto, partes do motor haviam sido arrancadas, talvez por alguém que achou que podia utilizá-las de algum modo convencional. O que sobrara era estranho demais para interessar a alguém.

Com os joelhos doídos, as mãos apoiadas no chão sujo, Dagny sentiu uma raiva intensa dentro de si, uma raiva dolorosa e impotente, ao pensar naquela profanação. Talvez a fiação daquele motor estivesse agora sendo usada para secar fraldas ao sol, as rodas fossem agora polias em poços, o cilindro agora fosse um vaso com gerânios na janela da casa da namorada do homem que trouxera a garrafa de uísque para lá.

Ainda havia restos de sol no morro, mas uma névoa azulada já cobria o vale, e o vermelho e dourado das folhas se espalhava para o céu, para os lados do poente.

Já estava escuro quando terminaram. Dagny se levantou e se debruçou na janela sem vidro para sentir um pouco de ar fresco no rosto. O céu estava azul-escuro.

– Esse motor faria todo o país andar, acenderia uma luz em todas as casas. – Olhou para o motor. Depois olhou pela janela. De repente gemeu, seu corpo foi sacudido por um arrepio e ela afundou o rosto no braço, sobre o parapeito da janela.

– O que foi? – perguntou Rearden.

Dagny não respondeu.

Ele olhou para fora. Lá longe, no fundo do vale, onde já estava escuro, tremeluziam alguns pontos de luz – a luz de velas de sebo.

CAPÍTULO 10

A TOCHA DE WYATT

—Meu Deus! – exclamou o funcionário dos Arquivos Gerais. – Ninguém mais sabe de quem é aquela fábrica agora. E acho que nunca ninguém vai descobrir.

O funcionário estava sentado à sua mesa, num escritório no andar térreo. Os arquivos estavam cobertos de poeira – ele recebia poucas consultas. Viu o carro reluzente parado lá fora, perto de sua janela, naquela praça enlameada que já fora o centro de uma próspera sede de município. Olhou para os dois desconhecidos com um olhar levemente curioso.

– Por quê? – perguntou Dagny.

O homem indicou a papelada que retirara dos arquivos com um gesto que exprimia impotência.

– O tribunal vai ter que decidir de quem é essa fábrica, coisa que acho que nenhum tribunal conseguirá fazer. Se essa questão chegar algum dia a um tribunal, o que acho difícil.

– Por quê? O que aconteceu?

– Bem, a Companhia Século XX foi vendida. Foi vendida duas vezes, ao mesmo tempo, para dois grupos diferentes de donos. Foi um grande escândalo na época, há dois anos, mas agora... – e apontou para a mesa – agora é só uma papelada aguardando uma decisão judicial. Não vejo como algum juiz vai conseguir resolver isso.

– O senhor poderia me explicar exatamente o que foi que aconteceu?

– Bem, o último proprietário legal da fábrica foi a Companhia Popular de Hipotecas, de Rome, Wisconsin. É a cidade que fica uns 50 quilômetros ao norte da fábrica. Era uma firma que vivia fazendo propaganda, que concedia crédito com facilidade. O dono era Mark Yonts. Ninguém sabia de onde ele veio, e agora ninguém sabe que fim levou, mas o que se descobriu no dia em que a Popular faliu foi que Yonts havia vendido a Século XX para um bando de otários da Dakota do Sul e que também a tinha dado em garantia de um empréstimo que fizera em um banco em Illinois. E, quando foram inspecionar a fábrica, viram que Yonts tinha retirado e vendido todas as máquinas, uma por uma, sabe-se lá para quem e para onde. Assim, parece que a fábrica é de todo mundo e de ninguém. E é assim que a coisa está agora: o pessoal da Dakota do Sul, o banco e o advogado dos credores da Popular estão todos se processando, cada um dizendo que a fábrica é sua, mas ninguém tem direito de pegar em nada do que existe na fábrica, só que não existe mais nada nela.

– Esse tal de Mark Yonts pôs a fábrica em funcionamento antes de vendê-la?

– Que nada, minha senhora! Ele nunca colocou nada em funcionamento na vida. Nunca quis saber de produzir, só de ganhar dinheiro. Pois dinheiro ele ganhou, mais do que seria possível ganhar com aquela fábrica.

O funcionário não entendeu por que aquele homem louro e de rosto duro, sentado à sua frente, ao lado da mulher, olhava pela janela para o carro, de cenho franzido, como se tomasse conta do objeto grande embrulhado em lona que estava amarrado no bagageiro aberto do carro.

– O que aconteceu com os registros da fábrica?

– Que registros, minha senhora?

– Os de produção, de operações, de... de pessoal.

– Ah, não resta mais nada. A fábrica foi saqueada. Todos os pretensos proprietários tiraram tudo o que encontraram lá dentro, móveis, o diabo, apesar de o oficial de justiça ter posto um cadeado na porta. A papelada eu imagino que o pessoal de Starnesville pegou – é aquele vilarejo no vale, onde a vida não está nada fácil. Imagino que usaram os papéis para fazer fogo.

– Ainda há por aqui alguém que trabalhava naquela fábrica? – perguntou Rearden.

– Não, senhor. Aqui, não. Todos moravam em Starnesville.

– Todos eles? – sussurrou Dagny, pensando nas ruínas. – Os... engenheiros também?

– Sim, senhora. Todo mundo morava lá. Agora não tem mais ninguém.

– Por acaso o senhor sabe o nome de alguém que trabalhava lá?

– Não, senhora.

– Quem foi o último proprietário que pôs a fábrica em funcionamento? – perguntou Rearden.

– Não sei, não, senhor. Foi tanta confusão, aquilo trocou de dono tantas vezes desde que morreu o velho Jed Starnes... Foi ele que construiu a fábrica, que construiu toda esta região, por assim dizer. Morreu há 12 anos.

– O senhor sabe o nome de todos os proprietários que vieram depois dele?

– Não, senhor. Houve um incêndio no velho tribunal, há uns três anos, e destruiu todos os registros. Não sei onde o senhor poderia encontrar isso agora.

– O senhor não sabe como foi que esse Mark Yonts comprou a fábrica?

– Sei, sim. Comprou do prefeito Bascom, de Rome. Agora, como o prefeito passou a ser o dono, isso eu não sei, não.

– E onde está Bascom agora?

– Continua lá em Rome.

– Muito obrigado – disse Rearden, levantando-se. – Vamos lá visitá-lo.

Os dois já estavam saindo quando o funcionário perguntou:

– O que o senhor está procurando?

– Estamos procurando um amigo nosso – disse Rearden. – Um amigo com quem perdemos contato. Ele trabalhava na fábrica.

◄◄◄

Bascom, o prefeito de Rome, cidadezinha em Wisconsin, se recostou em sua cadeira. Seu tórax e o ventre formavam um contorno em forma de pera sob a camisa suja. O ar era uma mistura de sol e poeira, que pesava sobre a varanda de sua casa. O homem fez um gesto com a mão, e o topázio vagabundo do anel em seu dedo brilhou.

– Perda de tempo, minha senhora – disse ele. – Seria uma total perda de tempo perguntar para essa gente daqui. Não tem mais ninguém que trabalhava na fábrica, ninguém que ainda se lembre do pessoal de lá. Tantas famílias saíram daqui que o que sobrou não presta, e olhe que eu falo de cadeira, pois, afinal, o prefeito desta porcaria sou eu.

Havia oferecido cadeiras a seus dois visitantes, mas não se incomodou ao ver que a moça preferia ficar em pé, encostada à grade da varanda. Bascom se recostou na cadeira, examinando a figura longilínea da mulher. *Mercadoria de primeira*, pensou. Também, o homem que estava com ela era, sem dúvida, muito rico.

Dagny contemplava as ruas de Rome. Havia casas, calçadas, postes de iluminação, até mesmo um anúncio de refrigerante. Mas tudo aquilo parecia muito próximo de chegar ao ponto a que chegara Starnesville.

– Não, os registros da fábrica sumiram – disse o prefeito. – Se é atrás disso que a senhora está, pode desistir. É como correr atrás de uma folha na tempestade. Ninguém liga para papéis. Numa época como a nossa, as pessoas só se preocupam com as coisas sólidas, materiais. O jeito é ser prático.

Pelas vidraças empoeiradas da janela via-se a sala de estar da casa de Bascom: havia tapetes persas no chão de madeira, um bar portátil, com frisos cromados, na parede com manchas de umidade das chuvas do ano anterior, um rádio caro sobre o qual havia um velho lampião de querosene.

– É, fui eu que vendi a fábrica para Mark Yonts. Mark era um sujeito simpático, alegre, cheio de vida. É, é bem verdade que fez das suas, mas quem é que não faz? Claro, ele foi um pouco longe demais. Isso eu não esperava. Achei que um sujeito esperto como ele não faria nada que fosse contra a lei... o que ainda existe hoje em dia em matéria de lei.

O prefeito sorriu, olhando para os dois com uma franqueza tranquila. Seus olhos eram ladinos, mas não inteligentes; seu sorriso era simpático, mas não bondoso.

– Acho que vocês não têm cara de detetives – disse ele –, mas, mesmo que fossem, eu não me preocuparia. Não ganhei nada com o Mark, ele não me deu participação nenhuma nos negócios dele, não faço a menor ideia de onde ele está agora. – Suspirou. – Eu gostava daquele sujeito. Pena que ele não ficou aqui. Ah, eu sei que o que ele fez está errado. Mas ele tinha que viver, não é? Não era pior do que ninguém, só mais esperto. Uns são apanhados em flagrante, outros não... a única diferença é essa... Não, eu não sabia o que ele ia fazer com aquela fábrica quando a comprou... É, ele me pagou bem mais do que ela valia... É, ele me fez um verdadeiro favor ao comprá-la... Não, eu não o pressionei para fazer a compra, não. Não precisou. Eu havia quebrado uns galhos para ele antes. Tem muita lei que é de borracha, e o prefeito tem condição de esticá-las um pouquinho para ajudar os amigos. Sabe como é, não é? É a única maneira de se enriquecer neste mundo – e o prefeito olhou para o carro luxuoso de Rearden de relance –, como o senhor deve saber.

– O senhor estava falando sobre a fábrica – disse Rearden, tentando se controlar.

– O que eu não aguento – disse o prefeito – é essa gente que vive falando de princípios. Princípio nunca encheu a barriga de ninguém. A única coisa nesta vida que pesa são as coisas materiais. Hoje em dia não se pode perder tempo com teorias, do jeito que as coisas estão todas desabando ao nosso redor. Bem, eu é que não quero afundar. Eles que fiquem com as ideias deles. Eu prefiro a fábrica. Não quero ideias, só quero encher a barriga.

– Por que o senhor comprou aquela fábrica?

– Pelo mesmo motivo que leva uma pessoa a fazer qualquer negócio. Para arrancar o que pudesse dela. Eu não deixo passar uma boa oportunidade. A fábrica estava falida e não tinha ninguém muito interessado nela. Assim, comprei-a por uma ninharia. E não fiquei com ela muito tempo, não. O Mark a levou uns dois ou três meses depois. Claro, foi uma jogada inteligente, modéstia à parte. Digna de um grande negociante.

– A fábrica estava em funcionamento quando o senhor a adquiriu?

– Nada. Estava fechada.

– O senhor tentou reabri-la?

– Eu, não. Sou um sujeito prático.

– O senhor lembra o nome de alguém que trabalhasse nela?

– Não. Nunca conheci ninguém.

– O senhor tirou alguma coisa de lá?

– Olhe, eu dei uma boa olhada ao redor, e do que eu mais gostei foi da mesa do velho Jed, o velho Jed Starnes. Era um figurão. Beleza de mesa, de mogno. Aí peguei a mesa e trouxe para minha casa. E tinha um executivo lá, não sei o nome dele, que mandou instalar um boxe no banheiro dele que eu nunca vi coisa igual. Porta de vidro, com uma sereia esculpida nela, uma beleza, mais bonita que qualquer quadro a óleo. Aí mandei tirar aquele boxe de lá e instalar aqui no meu banheiro. Afinal, a fábrica era minha, não era? Eu tinha direito de tirar alguma coisa de valor de lá.

– Quem havia falido quando o senhor comprou a fábrica?

– Ah, foi a quebra do Banco Nacional Comunitário de Madison. Que quebra! Arrasou todo o estado de Wisconsin, pelo menos esta região aqui. Uns dizem que foi a fábrica de motores que quebrou o banco, mas outros dizem que isso foi só a gota d'água, porque o Comunitário tinha uns investimentos péssimos em três ou quatro estados. O dono do banco era Eugene Lawson. Diziam que ele era um banqueiro que tinha coração. Era muito famoso aqui por estas bandas há uns dois ou três anos.

– Esse Lawson botou a fábrica para funcionar?

– Não. Só fez emprestar um dinheirão para ela, mais dinheiro do que ele jamais seria capaz de tirar daquela porcaria. Quando a fábrica deu com os burros n'água, foi o fim de Gene Lawson. O banco quebrou três meses depois. – Bascom suspirou. – As pessoas daqui foram muito prejudicadas. Todas as economias delas estavam no Comunitário.

Bascom dirigiu um olhar tristonho para sua cidade. Apontou para uma figura do outro lado da rua: uma faxineira de cabelos brancos que lavava a escada à entrada de uma casa, de joelhos, movendo-se com dificuldade.

– Vejam aquela mulher, por exemplo. A família dela era boa, respeitável. O marido era dono do armazém. Trabalhou a vida inteira para garantir a velhice da mulher e conseguiu economizar bastante antes de morrer. Só que o dinheiro estava todo no Comunitário.

– Quem controlava a fábrica quando o banco foi à falência?

– Ah, uma tal de Serviços Gerais S.A. Uma bolha de sabão. Surgiu do nada e voltou ao nada.

– Onde estão os acionistas?

– Onde estão os restos de uma bolha de sabão depois que ela estoura? Espalhados por todos os Estados Unidos. Vá tentar encontrá-los!

– Onde está Eugene Lawson?

– Ah, esse? Esse até que se deu bem. Arranjou um emprego em Washington, no Departamento de Planejamento Econômico e Recursos Nacionais.

Rearden se levantou depressa demais, impelido por uma pontada de raiva, e disse, controlando-se:

– Obrigado pelas informações.

– De nada, meu amigo, de nada – disse o prefeito, tranquilo. – Não sei o que vocês querem, mas, seja o que for, ouçam o que eu digo: é melhor desistir. Daquela fábrica não sai mais nada.

– Já expliquei que estamos procurando um amigo nosso.

– Bem, façam como acharem melhor. Deve ser um amigão, pelo trabalho que você está tendo para procurá-lo, você e essa moça tão bonita que não é sua esposa.

Dagny viu o rosto de Rearden ficar branco. Até seus lábios pareciam de mármore, da mesma cor que o restante da pele.

– Seu grandessíssimo... – começou ele, mas Dagny se colocou entre os dois.

– Por que o senhor acha que não sou esposa dele? – perguntou ela, com calma.

Bascom estava atônito com a reação de Rearden. Fizera o comentário

379

sem malícia, como um vigarista que reconhece um colega de profissão e exibe sua astúcia.

– Moça, já vi muita coisa nesta vida – disse ele, bem-humorado. – Marido e mulher não se olham com olhar de quem está pensando em cama. Neste mundo, ou a pessoa é virtuosa ou ela se diverte. Nunca as duas coisas ao mesmo tempo.

– Eu lhe fiz uma pergunta – disse ela a Rearden, a tempo de impedir que ele falasse. – Ele me deu uma explicação instrutiva.

– Se a senhora aceita um conselho – disse o prefeito –, compre uma aliança barata na primeira lojinha de quinquilharias. Não é garantido que funcione, mas ajuda.

– Obrigada – disse Dagny. – Até logo.

A calma séria e enfática de suas palavras e seus gestos foi como uma ordem que fez Rearden segui-la até o carro em silêncio.

Já estavam longe da cidade quando Rearden, sem olhar para ela, num sussurro desesperado, disse:

– Dagny, Dagny, Dagny... Desculpe!

– Por quê?

Pouco depois, quando ela percebeu que ele recuperara o autocontrole, acrescentou:

– Nunca se irrite com um homem por ele ter dito a verdade.

– Essa verdade em particular não era da conta dele.

– E o que ele achava dela não era da sua conta nem da minha.

Rearden disse então, trincando os dentes, não em resposta ao que Dagny dissera, e sim como expressão do pensamento que o atormentava e foi se transformando em sons articulados contra sua própria vontade:

– Não fui capaz de protegê-la daquele miserável...

– Mas eu não estava precisando de proteção.

Ele ficou calado, sem olhar para ela.

– Hank, quando você conseguir controlar a raiva, amanhã ou semana que vem, pense um pouco na explicação daquele homem e veja se você não a aceita em parte.

Ele se virou subitamente para ela, mas não disse nada.

Quando Rearden falou, muito tempo depois, foi para dizer, com uma voz cansada e monótona:

– Não podemos ligar para Nova York e mandar vir uns engenheiros para revistar a fábrica. Não podemos nos encontrar com eles aqui nem deixar que saibam que encontramos o motor juntos... Eu tinha esquecido isso tudo... quando estávamos lá... no laboratório...

– Vou ligar para Eddie assim que encontrarmos um telefone. Vou dizer a ele que mande dois engenheiros da Taggart. Para eles, eu estou aqui sozinha, de férias.

Só 300 quilômetros depois encontraram um telefone que fazia ligações interurbanas. Quando Willers atendeu, se assustou ao ouvir a voz de Dagny.

– Dagny! Pelo amor de Deus, onde é que você está?

– Em Wisconsin. Por quê?

– Eu não sabia como falar com você. É melhor você voltar imediatamente. O mais depressa possível.

– O que houve?

– Nada... por enquanto. Mas estão acontecendo coisas que... É melhor você impedir que elas continuem, se conseguir. Se alguém conseguir.

– Que coisas?

– Você não tem lido os jornais?

– Não.

– Não dá para dizer pelo telefone. Não dá para dar todos os detalhes. Dagny, você vai pensar que estou maluco, mas acho que estão planejando destruir o Colorado.

– Vou voltar imediatamente – disse Dagny.

◄◄◄

Sob o Terminal Taggart existiam túneis escavados no granito de Manhattan, que eram usados como desvios na época em que havia trens entrando e saindo do terminal por todos os lados em todas as horas do dia. A necessidade de espaço diminuíra com o passar dos anos, com a redução do tráfego, e os túneis tinham sido abandonados, como leitos de rios secos. Restavam algumas luzes azuladas sobre os trilhos abandonados, cobertos de ferrugem.

Dagny colocou os restos do motor num depósito num desses túneis, onde antigamente era guardado um gerador de emergência, que havia muito não estava mais ali. Ela não confiava no pessoal de pesquisa da Taggart, um bando de inúteis. Entre eles havia apenas dois engenheiros de talento, capazes de apreciar sua descoberta. Ela contara seu segredo para os dois e os enviara a Wisconsin para revistar a fábrica. Depois escondeu o motor num lugar onde ninguém o descobriria.

Depois que os trabalhadores carregaram o motor até o depósito e foram embora, Dagny ia sair também e trancar a porta de aço, mas parou, com a chave na mão, como se o silêncio e a solidão de repente a houvessem colocado frente a frente com o problema que vinha considerando havia dias, como se esse fosse o momento da decisão.

Seu vagão-escritório a esperava numa das plataformas da Taggart, numa composição que sairia rumo a Washington em alguns minutos. Dagny marcara uma entrevista com Eugene Lawson, mas havia decidido que a cancelaria e adiaria sua busca – se imaginasse uma medida a tomar contra as coisas que constatara ao voltar a Nova York, as coisas que Eddie mencionara pelo telefone.

Dagny havia tentado pensar numa maneira de contra-atacar, mas não via como. Não havia regras nem armas. Para ela, era uma experiência nova e estranha se ver num estado de impotência. Nunca antes tivera dificuldade em encarar a realidade e tomar decisões, mas dessa vez não estava enfrentando coisas concretas, e sim uma névoa de formas indefinidas, que surgiam e se dissolviam antes que pudessem ser vistas, como uma substância viscosa que nunca chega a endurecer. Era como se ela só tivesse visão periférica, como se percebesse que vultos ameaçadores se aproximavam dela, mas lhe fosse impossível se voltar e olhar para eles: não tinha olhos para mover.

O Sindicato dos Maquinistas estava exigindo que a velocidade máxima dos trens da Linha John Galt fosse reduzida para 100 quilômetros por hora. O Sindicato dos Chefes de Trem e Guarda-Freios exigia que todos os trens de carga da Linha John Galt tivessem o comprimento máximo de 60 vagões.

Os governos de Wyoming, Novo México, Utah e Arizona exigiam que o número de trens em circulação no Colorado não fosse maior do que o de trens que circulavam em cada um desses estados vizinhos.

Um grupo chefiado por Orren Boyle exigia a aprovação de uma Lei da Preservação do Sustento, que limitaria a produção de metal Rearden à produção de qualquer outra siderúrgica de igual capacidade.

Um grupo liderado pelo Sr. Mowen exigia a aprovação de uma Lei da Distribuição Justa, que garantisse a cada cliente o direito de receber uma quantidade igual de metal Rearden.

Um grupo chefiado por Bertram Scudder estava exigindo a aprovação de uma Lei de Estabilidade Pública, que proibia as empresas da Costa Leste de se estabelecerem fora de seus estados de origem.

Wesley Mouch, coordenador-chefe do Departamento de Planejamento Econômico e Recursos Nacionais, estava fazendo um grande número de pronunciamentos, cujo conteúdo e objetivo eram difíceis de definir, mas que sempre incluíam as expressões "poderes de emergência" e "economia desequilibrada".

– Dagny, com que direito? – lhe perguntara Eddie Willers, num tom de voz contido, porém com a força de um grito. – Com que direito eles estão fazendo isso? Com que direito?

Dagny se dirigira ao escritório de James Taggart e lhe dissera:

– Jim, esta briga é sua. Você é que supostamente sabe lidar com os saqueadores. Você vai combatê-los.

Sem olhar para ela, James respondera:

– Você não pode querer mandar na economia do país de acordo com seus interesses.

– Mas eu não quero mandar na economia do país! Eu quero que esses seus planejadores da economia me deixem em paz! Tenho de cuidar da minha rede ferroviária e sei muito bem o que vai acontecer com a economia deste país se ela for à falência!

– Não vejo motivo para entrar em pânico.

– Jim, será que eu tenho que lhe explicar que a receita da Linha Rio Norte é tudo o que temos, é o que nos salva da bancarrota? Que precisamos de cada centavo que ganhamos com ela, cada passagem, cada carregamento, o mais depressa possível? – Jim não respondera. – Se temos de sugar ao máximo nossas velhas locomotivas a diesel, se não temos locomotivas suficientes para dar ao Colorado o serviço de que o estado necessita, o que vai acontecer se reduzirmos a velocidade e o tamanho das composições?

– Bem, os sindicatos também têm lá suas razões. Com tantas redes ferroviárias indo à falência e tantos ferroviários desempregados, eles acham que essas velocidades excessivas da Linha Rio Norte são uma injustiça, acham que devia haver mais trens, para que o trabalho fosse dividido entre mais ferroviários, acham que não é justo nós lucrarmos sozinhos com essa nova linha. Eles também querem uma participação.

– Participação em quê? Em pagamento de quê? – Jim não respondera.

– Quem vai arcar com as despesas de dois trens ao invés de um só? – Jim não respondera. – Onde você vai encontrar os vagões e as locomotivas adicionais? – Jim não respondera. – O que esses homens vão fazer depois que acabarem com a Taggart Transcontinental?

– É minha intenção proteger os interesses da Taggart Transcontinental.

– Como? – Ele não respondera. – Como, se vocês destruírem o Colorado?

– A meu ver, antes de pensar em dar a algumas pessoas oportunidade de se expandirem, devemos pensar naquelas que precisam de uma oportunidade para sobreviverem.

– Se vocês destruírem o Colorado, o que essa corja de saqueadores vai poder explorar para sobreviver?

– Você sempre foi contra todas as medidas sociais progressistas. Lembro que previu uma catástrofe quando aprovamos a Resolução Anticompetição Desenfreada, mas não houve catástrofe alguma.

– Porque eu salvei vocês, seus idiotas! Desta vez não vou poder salvá-los! – Jim dera de ombros, sem olhar para ela. – E, se não for eu, quem vai salvá-los? – Jim não respondera.

Aquilo não lhe parecia real, agora, naquele depósito subterrâneo. Pensando no assunto, Dagny percebeu que aquela batalha de Jim não era para ela. Não havia nenhuma medida que ela pudesse tomar contra homens de pensamento indefinido, objetivos não declarados, moralidade desconhecida. Não havia nada que ela pudesse lhes dizer, nada que fosse ouvido e respondido. Quais eram as armas, perguntou a si própria, num mundo em que a razão não era mais uma arma? Naquele mundo ela não podia entrar. Tinha que deixar tudo nas mãos de Jim e confiar em seu interesse pessoal. Dagny sentiu um calafrio ao lhe ocorrer que o interesse pessoal não era uma motivação para Jim.

Olhou para o objeto à sua frente, uma campânula de vidro dentro da qual estava o que restava do motor. *O homem que fez o motor*, pensou ela de repente. O pensamento lhe veio à mente como um grito de desespero. Sentiu uma angústia momentânea, uma vontade de encontrá-lo, de se apoiar nele e deixar que ele lhe dissesse o que fazer. Um homem como ele saberia como vencer essa batalha.

Dagny olhou ao redor. No mundo limpo e racional dos túneis subterrâneos, nada era tão urgente, tão importante quanto encontrar o homem que fizera o motor. Pensou ela: *Será que poderia adiar essa tarefa e ir discutir com Orren Boyle? Argumentar com o Sr. Mowen? Insistir com Bertram*

Scudder? Ela viu o motor, completo, instalado numa locomotiva que puxava uma composição de 200 vagões numa pista de metal Rearden a 300 quilômetros por hora. Agora que essa visão estava ao seu alcance, dentro de suas possibilidades, ela teria de abandoná-la e gastar seu tempo regateando a respeito de 100 quilômetros por hora e 60 vagões? Ela não podia descer a um nível de existência em que seu cérebro estouraria sob a pressão de se obrigar a permanecer no plano da incompetência dos outros. Ela não conseguia obedecer à regra que ordenava: diminua-se, limite-se, não faça o melhor que você pode, não é isso que se quer!

Decidida, Dagny se virou e saiu do depósito para pegar o trem e ir a Washington.

Ao trancar a porta de aço, lhe pareceu ouvir passos ecoando ao longe. Olhou para os dois lados do túnel. Não havia ninguém à vista, nada além de uma fileira de luzes azuis brilhando nas paredes de granito úmido.

▲▲▲

Rearden não podia lutar contra as quadrilhas que exigiam o cumprimento das leis. Ou bem ele lutava, ou bem mantinha a siderúrgica em funcionamento. Havia perdido o controle das minas. Agora tinha de lutar em uma das frentes. Não tinha tempo para lutar em ambas.

Ao voltar, soube que uma encomenda de minério de ferro não fora entregue. Larkin não dera nenhuma explicação, nada. Quando Rearden pediu que ele viesse a seu escritório, Larkin apareceu três dias depois do combinado. Não pediu desculpas. Disse, sem olhar para Rearden, com a boca tensa, numa expressão de dignidade ferida:

– Você não pode chamar as pessoas para virem ao seu escritório na hora que bem entender.

Rearden falou devagar, escolhendo as palavras com cuidado:

– Por que a encomenda não foi entregue?

– Recuso-me a ouvir desaforos, simplesmente me recuso, se a culpa não foi minha. Sei administrar uma mina tão bem quanto você, igualzinho, fiz tudo como você sempre fez, mas, não sei por quê, sempre acontece alguma coisa de errado. Não tenho culpa, são coisas inesperadas.

– A quem você enviou o minério no mês passado?

– Eu pretendia mandar a sua parte para você, era essa a minha intenção, mas não tenho culpa se perdemos 10 dias de trabalho mês passado por causa das chuvas que caíram em todo o norte de Minnesota. Eu pretendia mandar a sua encomenda, você não pode pôr a culpa em mim, porque minha intenção era essa.

– Se um dos meus altos-fornos ficar sem minério, ele vai continuar funcionando se eu colocar suas intenções dentro dele?

– É por isso que ninguém consegue fazer negócios com você nem falar com você: você é desumano.

– Acabo de ser informado de que, nos últimos três meses, você não tem transportado o seu minério por navio, mas por trem. Por quê?

– Eu tenho direito de cuidar dos meus negócios à minha maneira.

– Por que você está disposto a gastar mais com transporte?

– O que você tem a ver com isso? Não é você quem paga.

– O que você vai fazer quando descobrir que não tem condições de pagar o transporte ferroviário e que destruiu a companhia de transporte lacustre?

– Sei que você não compreende nenhuma consideração que não seja de ordem financeira, mas há quem esteja consciente das responsabilidades sociais e patrióticas.

– Que responsabilidades?

– Bem, acho que uma rede ferroviária como a Taggart Transcontinental é essencial ao bem-estar da nação e que é uma obrigação social minha ajudar a linha de Minnesota de Jim, que está perdendo dinheiro.

Rearden se debruçou sobre a mesa. Estava começando a entender uma sequência que antes nunca fizera sentido para ele.

– Para quem você enviou a sua produção mês passado? – perguntou, sem levantar a voz.

– Ora, afinal de contas, é problema meu para quem eu...

– Foi para Orren Boyle, não foi?

– Você não pode querer que toda a indústria siderúrgica seja sacrificada por causa dos seus interesses egoístas, e...

– Saia daqui – disse Rearden, com calma. Agora toda a sequência fazia sentido.

– Não me entenda mal, eu não quis...

– Saia.

Larkin saiu.

Então foram dias e noites vasculhando todo o continente por telefone, telégrafo e avião, examinando minas abandonadas e minas prestes a serem abandonadas, reuniões tensas e apressadas em cantos escuros de restaurantes baratos. Encarando o homem sentado à sua frente, Rearden tinha de decidir sobre quanto ele podia se arriscar a investir com base apenas no rosto, na maneira de ser e no tom de voz de uma pessoa, detestando a necessidade de esperar que o outro fosse honesto, como um favor, porém arriscando, colocando dinheiro em mãos desconhecidas em troca de promessas sem garantias, empréstimos sem registro a testas de ferro, proprietários de minas prestes a serem fechadas, dinheiro entregue em espécie e anonimamente, e recebido furtivamente, como se numa transação criminosa. Dinheiro aplicado em contratos sem qualquer valor legal, em que ambas as partes sabiam que, em caso de fraude, a vítima, não o fraudador, seria punida, e tudo isso para que continuasse a chegar minério de ferro para os altos-fornos, para que estes continuassem a produzir um fluxo ininterrupto de metal líquido.

– Sr. Rearden – disse o gerente de compras de sua empresa –, se o senhor continuar desse jeito, de onde vai sair o seu lucro?

– A gente vai compensar com a tonelagem – disse Rearden, exausto. – O mercado para o metal Rearden é ilimitado.

O gerente de compras era um homem de idade, grisalho, com rosto fino e seco, que, segundo se dizia, só se interessava em aproveitar ao máximo cada tostão. Estava parado em frente à mesa de Rearden, sem dizer mais nada, os olhos frios apertados e tristes. Era o olhar de compaixão mais profunda que Rearden jamais vira.

Não há alternativa, pensou Rearden, como já havia pensado tantas vezes nos últimos dias e noites. Suas únicas armas eram pagar pelo que ele queria, pagar preços justos, não pedir nada à natureza sem dar em troca seu esforço, não pedir nada aos homens sem dar em troca o produto de seu esforço. *De que servem essas armas*, pensou, *se o valor não é mais uma arma?*

– Mercado ilimitado, Sr. Rearden? – perguntou o gerente de compras, seco.

Rearden olhou para ele.

– Acho que não sou esperto o bastante para fazer o tipo de negócio que é preciso fazer hoje em dia – disse, em resposta aos pensamentos que o outro não colocara em palavras.

O gerente de compras sacudiu a cabeça.

– Não, Sr. Rearden. Ou uma coisa ou outra. Um mesmo cérebro não sabe fazer os dois tipos de negócio. Ou a pessoa sabe administrar uma fábrica, ou sabe recorrer a Washington.

– Talvez fosse bom eu aprender o método deles.

– O senhor não ia conseguir, e não adiantaria nada para o senhor. Não ia sair ganhando em nenhum desses negócios. O senhor não vê? É o senhor que eles querem saquear.

Quando se viu a sós, Rearden sentiu uma pontada de raiva cega, como já sentira antes, uma pontada única, dolorosa e súbita, como um choque elétrico – uma raiva nascida da consciência de que não se pode negociar com o mal puro e simples, o mal nu e consciente que não tem nem procura uma justificativa. Mas, quando ele sentia o desejo de lutar e matar pela causa justa da autodefesa, via o rosto gordo e sorridente do prefeito Bascom e sua voz arrastada dizendo: "... você e essa moça tão bonita que não é sua esposa".

Então não restava nenhuma causa justa, e a dor da raiva se transformava na dor vergonhosa da submissão. *Não tenho o direito de condenar ninguém*, pensou, *nem de denunciar nada, nem de lutar e morrer feliz, exigindo virtude*. As promessas não cumpridas, os desejos inconfessos, a traição, a mentira, a fraude – ele era culpado de tudo isso. *Que forma de corrupção posso denunciar? Questões de grau maior ou menor são irrelevantes*, pensou. *O mal não se mede em centímetros*.

Ele não sabia – naquele momento, sentado à sua mesa, pensando que não era mais um homem honesto que havia perdido o senso de justiça – que eram exatamente a rigidez de sua honestidade e seu senso de justiça que agora estavam tirando de suas mãos sua única arma. Ele lutaria contra os saqueadores, mas a ira, a intensidade, ele as havia perdido. Ele lutaria, mas apenas como um calhorda entre outros. Não formulou as palavras, porém a dor que sentia equivalia a elas, a dor vergonhosa que dizia: quem sou eu para atirar a primeira pedra?

Rearden se jogou sobre a escrivaninha... *Dagny*, pensou, *Dagny, se este é o preço que tenho de pagar, eu o pago*... Continuava a ser o comerciante que não conhecia outro código a não ser o de pagar integralmente por tudo o que queria.

Já era tarde quando chegou em casa e subiu as escadas rápida e sorrateiramente em direção a seu quarto. Detestava agir furtivamente, mas era assim que vinha agindo na maioria das noites havia meses. Tornara-se insuportável para ele ver sua própria família, e não sabia por quê. *Não os odeie por causa de uma culpa que é sua*, ele dizia a si mesmo, mas de algum modo sentia que não era essa a raiz de seu ódio.

Fechou a porta do quarto como um fugitivo que consegue se esconder por um momento. Movia-se cuidadosamente, despindo-se para se deitar. Não queria que nenhum som traísse sua presença para sua família. Não queria nenhum contato com eles, nem mesmo que pensassem nele.

Já tinha vestido o pijama e estava acendendo um cigarro quando a porta do quarto se abriu. A única pessoa que tinha o direito de entrar em seu quarto sem bater jamais o fizera, de modo que ele ficou olhando por um instante sem entender o que via, até compreender que era Lillian quem estava entrando.

Trajava uma roupa estilo império, de um verde-amarelado pálido, com uma saia pregueada que descia graciosamente da cintura alta. À primeira vista, era difícil dizer se era um vestido longo ou um roupão. Era um roupão. Ela parou à porta. O contorno de seu corpo formava uma bela silhueta contra a luz do corredor.

– Sei que uma mulher não deve se apresentar a um estranho – disse ela, baixinho –, mas é o que vou fazer. Meu nome é Sra. Rearden.

Rearden não sabia se aquilo era sarcasmo ou súplica. Lillian entrou e fechou a porta com um gesto espontâneo e cheio de autoridade, um gesto de proprietária.

– O que foi, Lillian? – perguntou ele, em voz baixa.

– Meu caro, você não deve se entregar assim, de modo tão óbvio. – Ela atravessou o quarto em passos lentos, passando pela cama, e sentou-se numa poltrona. – O que você disse é um reconhecimento de que só posso tomar seu tempo quando tenho algum motivo em particular. Será que devo marcar hora com a sua secretária?

Rearden estava parado no meio do quarto, com o cigarro nos lábios, olhando para ela, sem dizer nada.

Lillian riu.

– O que me traz aqui é algo tão extraordinário que sei que jamais ocorreria a você: solidão, meu bem. Você se importa de dar algumas migalhas da sua preciosa atenção a uma pedinte? Você se importa se eu ficar aqui, sem nenhum motivo em especial?

– Não – disse ele, tranquilo –, se você quiser.

– Não tenho nada de importante para lhe dizer, nem encomendas de 1 milhão de dólares, nem negócios internacionais, nem estradas de ferro, nem pontes. Nem mesmo a situação política. Só quero falar sobre coisas absolutamente sem importância, como qualquer mulher.

– Pois fale.

– Henry, não há uma maneira melhor de me fazer calar, não é mesmo? – Lillian tinha um ar de sinceridade impotente e suplicante. – Depois dessa, o que posso dizer? Digamos que eu quisesse lhe falar sobre o novo romance que Balph Eubank está escrevendo e dedicando a mim. Você estaria interessado nisso?

– Se você quer que eu diga a verdade, nem um pouco.

Lillian riu.

– E se eu não quiser a verdade?

– Nesse caso, eu não sei o que dizer – respondeu Rearden, sentindo que o sangue lhe afluía à cabeça de repente, tão súbito quanto um tabefe, percebendo como era infame mentir protestando inocência. Ele falara com sinceridade, mas o que dissera pressupunha uma honestidade que não tinha mais. – E por que você iria querer ouvir algo que não fosse verdade? – perguntou a ela. – Para quê?

– Pois é justamente essa a crueldade das pessoas conscienciosas. Você não entenderia, não é mesmo?, se eu lhe dissesse que, quando realmente se gosta de alguém, está-se disposto a mentir, a trapacear e a fingir, a fim de tornar a pessoa amada feliz, de criar para ela a realidade que ela deseja, se ela não está satisfeita com a que existe.

– Não – disse Rearden devagar. – Eu não entenderia.

– Mas é muito simples. Você diz a uma mulher bonita que ela é bonita. E daí? Não passa de um fato, e não lhe custou nada. Mas, se você disser a uma mulher feia que ela é bonita, você lhe oferece a grande homenagem de corromper o conceito do belo. Amar uma mulher pelas qualidades que ela tem não significa nada. Ela faz jus a esse amor, é um pagamento, não uma dádiva. Mas amá-la pelos seus defeitos é uma dádiva de verdade, algo de imerecido. Amá-la pelos seus vícios é corromper todas as virtudes por amor a ela, e isso é amor de verdade, porque sacrifica a sua consciência, sua razão, sua integridade e seu precioso amor-próprio.

Rearden a encarou com um olhar vazio. Aquilo era uma monstruosidade tamanha que parecia excluir a possibilidade de que alguém o dissesse a sério. Ele só não entendia como é que alguém se dava o trabalho de dizê-lo.

– O que é o amor, meu bem, senão sacrifício? – prosseguiu Lillian, num tom de voz ameno, como quem conversa numa festa. – E o que é o sacrifício, se o que é sacrificado não é o que se tem de mais precioso e importante? Mas eu sei que você não é capaz de entender essas coisas. Você é um puritano. Com o imenso egoísmo dos puritanos. Você prefere ver o mundo acabar a sujar esse seu eu imaculado com a menor sujeirinha que lhe cause vergonha.

Com voz lenta e estranhamente tensa e solene, ele retrucou:

– Nunca afirmei que sou imaculado.

Ela riu.

– E o que é que você está fazendo neste instante? Está me dando uma resposta honesta, não é? – Sacudiu os ombros nus. – Ah, querido, não me leve a sério! Estou só falando por falar.

Rearden esmagou o cigarro num cinzeiro e não disse nada.

– Meu bem – disse Lillian –, na verdade, eu vim aqui porque não conseguia parar de pensar que tenho um marido e gostaria de saber como ele é.

Ela o examinou. Rearden estava de pé no outro lado do quarto, alto, ereto, tenso, os contornos de seu corpo enfatizados pela cor uniforme do pijama azul-escuro.

– Você está muito bonito – disse ela. – Anda muito melhor de uns meses para cá. Mais moço. Mais feliz, talvez? Parece menos tenso. Ah, eu sei que você anda mais atarefado do que nunca, parece um general no campo de batalha, mas isso é só na superfície. Por dentro, você anda menos tenso.

Rearden a olhou, atônito. Era verdade. Ele não o havia percebido, não o tinha admitido. Surpreendeu-se com a capacidade de observação de Lillian. Ela o vira pouco nos últimos meses. Rearden não entrara em seu quarto desde que voltara do Colorado. Achava que ela estava gostando do isolamento entre eles. Agora se perguntava o que a tornava tão sensível a ponto de perceber a mudança que ele sofrera – a menos que Lillian sentisse por ele muito mais do que ele imaginava.

– Eu não havia notado – disse ele.

– Pois você está ótimo, meu bem. O que me surpreende, já que você anda enfrentando dificuldades tão terríveis.

Rearden não sabia se aquilo era uma pergunta disfarçada. Lillian fez uma pausa, como se esperasse uma resposta, mas não insistiu e prosseguiu, num tom alegre:

– Eu sei que você está tendo todo tipo de problema na fábrica, e a situação política está ficando séria, não está? Se aprovarem todas aquelas leis de que estão falando, você vai ser muito prejudicado, não vai?

– Vou, sim. Mas esse assunto não interessa a você, não é mesmo, Lillian?

– Mas claro que interessa! – Ela levantou a cabeça e o encarou. Havia em seus olhos um olhar vazio e velado que ele já vira antes, um olhar deliberadamente misterioso, confiante de que ele não seria capaz de resolver aquele mistério. – Isso me interessa, e muito... ainda que não por causa de quaisquer prejuízos financeiros possíveis – acrescentou, em voz baixa.

Pela primeira vez, ocorreu a Rearden que talvez aquele despeito que caracterizava Lillian, seu sarcasmo, seu jeito covarde de insultá-lo sob a proteção de um sorriso, fosse justamente o contrário do que ele sempre julgara: não uma forma de torturá-lo, mas um desespero distorcido. Não algo que visasse fazê-lo sofrer, mas uma confissão da dor que ela sentia, um modo de defender o orgulho ferido de uma esposa desprezada, uma súplica secreta, de modo que o que havia nela de sutil, de indireto, de esquivo, que pedia para ser compreendido, não fosse a malícia visível, mas o amor oculto. Ele contemplou essa possibilidade, horrorizado. Sua culpa parecia maior do que jamais lhe parecera antes.

– Já que estamos falando de política, Henry, tive uma ideia engraçada. O lado que você representa... como é mesmo esse lema que vocês todos repetem tanto, que resume a posição de vocês? "A santidade do contrato", não é isso?

Ela o viu desviar o olhar de repente, viu seus olhos brilharem, viu a primeira reação a suas palavras. Era sinal de que ela havia acertado um golpe. Lillian riu alto.

– Continue – disse Rearden, com uma voz baixa que parecia uma ameaça.

– Meu bem, continuar para quê, se você já me entendeu perfeitamente?

– O que você queria dizer? – A voz de Rearden estava áspera e precisa, sem trair qualquer sentimento.

– Você realmente faz questão de me levar à humilhação de fazer queixa? E uma queixa tão trivial, tão comum... se bem que eu achava que meu marido se orgulhava de ser superior aos outros homens. Você quer que eu lembre a você uma vez que jurou que o objetivo da sua vida seria a minha felicidade? E que você nem pode dizer se sou feliz ou infeliz, porque mal sabe que existo?

Rearden sentiu uma dor física ao ser atacado por tantas coisas ao mesmo tempo. *As palavras dela são uma súplica*, pensou – e sentiu uma culpa negra e quente. Sentiu pena – uma piedade feia, sem qualquer afeição. Uma raiva vaga, como uma voz que se tenta sufocar, uma voz que exclama, cheia de repugnância: "Por que tenho de aturar essas mentiras grotescas? Por que tenho de aceitar uma tortura por piedade? Por que sou eu quem tem de arcar com o ônus da tentativa inútil de lhe poupar sentimentos que ela não admite ter, que eu não posso conhecer, compreender, nem sequer imaginar? Se ela me ama, por que essa covarde não diz isso abertamente, para que nós dois possamos encarar o fato?" Rearden ouviu outra voz, mais alta, dizendo: "Não ponha a culpa nela, esse é o truque mais velho de todos os covardes. Você é que é o culpado. Faça ela o que fizer, não é nada em comparação com a sua culpa. Ela tem razão. Isso enlouquece você, não é mesmo, saber que ela é que tem razão? Pois que enlouqueça, seu adúltero. É ela que está com a razão!"

– O que é que faria você feliz, Lillian? – perguntou, com uma voz sem entonação.

Lillian sorriu, recostando-se na poltrona e relaxando. Ela estivera observando seu rosto com atenção.

– Ah, meu Deus! – disse ela, como quem acha graça. – Lá vem a velha pergunta de sempre. A escapatória. O golpe.

Lillian se levantou, deixando cair os braços com um dar de ombros e esticando o corpo num gesto débil e gracioso de impotência.

– O que me faria feliz, Henry? Isso é o que você devia me dizer. O que devia ter descoberto para mim. Eu não sei. Você é que ia criar isso para mim e me oferecer. Era essa a sua obrigação, a sua responsabilidade. Mas você não será o primeiro homem a não cumprir essa cláusula. É a dívida mais fácil de não se pagar. Ah, se o que está em questão fosse um carregamento de minério de ferro, é claro que você pagaria o que deve. Mas é só uma vida.

Ela andava a esmo pelo quarto, as dobras verde-amareladas da saia formando ondas atrás de seu corpo.

– Sei que legalmente não tenho como reclamar pagamento – disse ela. – Não tenho hipoteca, garantia, armas, correntes. Não tenho nenhum poder sobre você, Henry. Só a sua honra.

Ele a encarava como se só com muito esforço conseguisse manter o olhar fixo nela, suportar ver seu rosto.

– O que você quer? – perguntou ele.

– Meu bem, são tantas coisas que você podia adivinhar sozinho, se realmente quisesse saber o que quero. Por exemplo, como você vem me evitando tão claramente há meses, não é óbvio que eu queira saber por quê?

– Tenho andado muito ocupado.

Lillian deu de ombros:

– Uma esposa imagina que a principal preocupação de seu marido seja ela própria. Quando você jurou que jamais olharia para outra mulher, não me ocorreu que eu teria como rival um alto-forno.

Ela chegou mais perto e, com um sorriso que parecia debochar de ambos, o abraçou.

Com o gesto rápido, instintivo e feroz de um jovem noivo ao contato indesejável de uma prostituta, Rearden se livrou dos braços de Lillian e a empurrou para o lado.

Ficou parado, paralisado, chocado com a brutalidade da própria reação. Ela o olhava fixamente, o rosto nu de espanto, sem mistérios, pretensões ou defesas. O que quer que ela houvesse calculado, não esperara por aquilo.

– Desculpe, Lillian... – disse ele, em voz baixa, uma voz cheia de sinceridade e dor.

Ela não respondeu.

– Desculpe... É que estou muito cansado – acrescentou Rearden, com uma voz sem vida. Torturava-o aquela tripla mentira, uma parte da qual era uma deslealdade que ele não conseguia encarar. Não era uma deslealdade para com Lillian.

Ela deu uma risadinha.

– Bem, se é esse o efeito que o trabalho tem sobre você, posso até vir a aprová-lo. Perdão, eu estava apenas tentando cumprir com meu dever. Achava que você era um sensualista, que jamais se elevaria acima dos instintos de um animal na sarjeta. Não sou uma dessas cadelas que andam nesses lugares. – Falava acentuando as palavras, secamente, fria, sem pensar. Sua mente era um ponto de interrogação, que examinava todas as respostas possíveis.

Foi a última frase que ela disse que o fez encará-la de repente, com simplicidade, diretamente, não mais na defensiva.

– Lillian, qual o objetivo da sua vida? – perguntou.

– Que pergunta vulgar! Nenhuma pessoa esclarecida a faria.

– Bem, o que as pessoas esclarecidas querem da vida?

– Talvez nada. Isso é que faz delas pessoas esclarecidas.

– Como é que elas passam o tempo?

– Certamente não é fabricando canos.

– Me diga uma coisa: por que você continua fazendo essas piadinhas? Sei que sente desprezo por canos. Você já deixou isso bem claro há muito tempo. O seu desprezo não representa nada para mim. Por que insiste em repetir?

Rearden não entendeu por que essa pergunta a abalou. Não sabia por quê, mas percebia que o havia conseguido. Não compreendia por que tinha certeza absoluta de que dissera exatamente o que deveria dizer.

Ela perguntou, secamente:

– Por que esse interrogatório de repente?

Ele respondeu com simplicidade:

– Eu queria saber se existe alguma coisa que você realmente queira. Se existir, eu gostaria de dá-la a você, se for possível.

– Você quer é comprá-la? É só isso que você sabe: pagar pelas coisas. Para você é muito fácil, não é? Não, não vai ser tão fácil assim. O que eu quero não é material.

– O que é?

– Você.

– O que você quer dizer com isso, Lillian? Não é no sentido do animal na sarjeta.

– Não, isso não.

– Então o que é?

Ela estava à porta. Virou-se, levantou a cabeça para olhar para ele e sorriu friamente.

– Você não ia entender mesmo – disse e saiu.

O que o torturava agora era a consciência de que ela jamais iria querer abandoná-lo – e ele jamais teria o direito de largá-la –, a consciência de que ele devia a Lillian ao menos um pouco de empatia, de respeito por um sentimento que ele não podia compreender nem retribuir, a consciência de que por ela não era capaz de sentir nada, só desprezo – um desprezo estranho, total, visceral, imune à piedade, às censuras, a seu próprio senso de justiça –, e, o que era pior, a repulsa orgulhosa contra seu próprio veredicto que o obrigava a se considerar mais vil que essa mulher que lhe inspirava desprezo.

De repente, nada daquilo lhe importava mais. Tudo estava muito longe, e só restava a ideia de que ele estava disposto a suportar tudo – um estado que era ao mesmo tempo tensão e paz –, porque ele estava deitado na cama, o rosto contra o travesseiro, pensando em Dagny, em seu corpo esguio e sensível estendido a seu lado, tremendo ao toque de seus dedos. Queria que ela estivesse em Nova York. Se estivesse, ele iria para lá agora, imediatamente, no meio da noite.

▲▲▲

Eugene Lawson à sua mesa era como um piloto ante o painel de controle de um avião bombardeiro que dominasse todo um continente embaixo de si. Mas por vezes se esquecia disso e relaxava. Seus músculos amoleciam dentro do terno, como se ele estivesse emburrado com o mundo. Sua boca, ele jamais a conseguia manter tensa. Era um detalhe proeminente de seu rosto fino o que o desgostava: quando falava, seu lábio inferior se contorcia úmido, como se estrebuchasse.

– Não tenho nenhuma vergonha disso – afirmou Eugene Lawson. – Srta. Taggart, quero que saiba que não tenho vergonha nenhuma de ter sido presidente do Banco Nacional Comunitário de Madison.

– Não falei em vergonha – disse Dagny, friamente.

– Ninguém pode me fazer nenhuma acusação moral, pois perdi tudo o que tinha quando aquele banco quebrou. Creio que tenho até o direito de me orgulhar de tal sacrifício.

– Eu só queria lhe fazer algumas perguntas sobre a Companhia de Motores Século XX, que...

– Terei prazer em responder a quaisquer perguntas. Não tenho nada a esconder. Minha consciência está tranquila. Se a senhorita pensou que esse assunto me envergonhava, foi engano seu.

– Eu queria lhe fazer algumas perguntas sobre os proprietários da fábrica no tempo em que o senhor fez um empréstimo a...

– Eram homens absolutamente honestos. Foi um investimento absolutamente razoável, ainda que, é claro, eu esteja falando em termos humanos, e não em termos puramente financeiros, que, imagino, é o que a senhorita está acostumada a ver quando se trata de banqueiros. Eu lhes fiz o empréstimo para eles adquirirem a fábrica porque precisavam do dinheiro. Para mim bastava alguém precisar de dinheiro para eu fazer um empréstimo. O meu padrão era a necessidade, Srta. Taggart, não a ganância. Meu pai e meu avô construíram o Nacional Comunitário para ganhar uma fortuna. Eu coloquei essa fortuna a serviço de um ideal mais elevado. Não fiquei sentado em cima de uma pilha de dinheiro exigindo garantias de gente pobre que precisava de um empréstimo. Para mim, a garantia era o coração. Claro que sei que neste país materialista ninguém me entende. O que ganhei com isso foram coisas que as pessoas da sua classe, Srta. Taggart, não compreendem. As pessoas que se sentavam à minha frente no banco não assumiam esta sua postura. Eram humildes, inseguras, sofridas, tinham medo de falar. O que eu ganhava eram suas lágrimas de gratidão, suas vozes trêmulas, suas bênçãos, o beijo na mão dado pela mulher que havia recebido um empréstimo que ela tentara em vão obter junto a todos os outros bancos.

– O senhor poderia me dizer os nomes dos homens que eram proprietários da fábrica de motores?

– Aquela fábrica era absolutamente essencial à região, absolutamente essencial. Eu fui inteiramente justificado ao conceder aquele empréstimo. Ele garantiu a subsistência de milhares de trabalhadores que não tinham outra alternativa de emprego.

– O senhor conhecia alguém que trabalhava na fábrica?

– Claro. Conhecia todos eles. Era pelos homens que me interessava, não pelas máquinas. Eu estava interessado no lado humano da indústria, não no aspecto financeiro da coisa.

Dagny se debruçou sobre a escrivaninha, ansiosa.

– O senhor conheceu algum dos engenheiros que trabalhavam lá?

– Os engenheiros? Não, não. Eu era muito mais democrático. Estava interessado era nos trabalhadores mesmo. Os homens comuns. Todos eles me conheciam de vista. Eu entrava nas oficinas e eles acenavam e gritavam: "Oi, Gene." Era assim que me chamavam: Gene. Mas estou certo de que isso não lhe interessa. São águas passadas. Agora, se a senhorita veio até Washington para falar da sua ferrovia – Lawson se empertigou de repente, reassumindo a postura de piloto de bombardeiro –, não posso lhe prometer uma consideração especial, já que coloco os interesses nacionais acima de quaisquer interesses e privilégios particulares que...

– Não vim para falar da minha ferrovia – disse Dagny, olhando-o com espanto. – Não tenho o menor interesse em falar com o senhor sobre minha ferrovia.

– Não? – Ele parecia desapontado.

– Não. Vim obter algumas informações a respeito da fábrica de motores. O senhor ainda se lembraria dos nomes de alguns dos engenheiros que trabalhavam lá?

– Creio que nunca quis saber seus nomes. Eu não estava interessado naqueles parasitas do escritório e do laboratório. Eu me interessava pelos trabalhadores, os homens de mãos calejadas que faziam a fábrica funcionar. Esses é que eram meus amigos.

– O senhor poderia me dar os nomes de alguns deles? De qualquer pessoa que trabalhava lá?

– Minha cara Srta. Taggart, faz tanto tempo! Eles eram milhares, como posso me lembrar?

– O senhor não se lembra de ninguém, uma única pessoa que seja?

– Não consigo, absolutamente. Minha vida é tão cheia de gente que não se pode querer que eu me lembre de cada gota nesse oceano.

– O senhor estava informado sobre a produção da fábrica? Sobre o tipo de trabalho que eles realizavam... ou planejavam?

– Certamente. Eu me interessava pessoalmente por todos os meus investimentos. Ia inspecionar a fábrica com frequência. Eles estavam indo muito bem. Estavam realizando maravilhas. As acomodações dos trabalhadores eram as melhores do país. Vi cortinas de renda em todas as janelas e flores nos parapeitos. Cada casa tinha um jardim. Construíram uma escola nova para as crianças.

– O senhor sabia alguma coisa sobre o trabalho do laboratório de pesquisas?

– Sim, sim, eles tinham um laboratório de pesquisas maravilhoso, muito avançado, muito dinâmico, com muita visão, muitos planos.

– O senhor... lembra alguma coisa... a respeito dos planos para a produção de um novo tipo de motor?

– Motor? Qual motor, Srta. Taggart? Eu lá tinha tempo para esses detalhes? Meu objetivo era o progresso social, a prosperidade universal, a fraternidade entre os homens, o amor. Amor, Srta. Taggart. É a chave de tudo. Se os homens aprendessem a se amar uns aos outros, todos os seus problemas se resolveriam.

Dagny desviou o olhar, para não ver aquela boca úmida se contorcendo.

Num canto do escritório, sobre um pedestal, havia um pedaço de pedra com inscrições em hieróglifos egípcios. Num nicho, havia a estátua de uma deusa hindu com seis braços, como uma aranha. Na parede, via-se um enorme gráfico cheio de detalhes matemáticos complexos, que parecia uma curva de vendas.

– Assim, se a senhorita está pensando na sua ferrovia, o que certamente é o caso, tendo em vista a atual situação, devo lhe dizer que, ainda que o bem-estar da nação seja minha prioridade máxima, pela qual eu não hesitaria em sacrificar os lucros de quem quer que fosse, mesmo assim, jamais fechei meus ouvidos a um pedido de piedade, e...

Dagny o olhou e entendeu o que ele queria dela.

– Não vim para falar da minha ferrovia – disse ela, esforçando-se para manter a voz neutra, quando tinha vontade de gritar de repugnância. – Se o senhor tiver algo a dizer em relação a esse assunto, peço que fale com meu irmão, o Sr. James Taggart.

– Imagino que, numa época como a atual, a senhorita não iria perder uma oportunidade rara de defender sua posição perante...

– O senhor tem algum documento que pertencia à fábrica de motores? – Ela se endireitou na cadeira, apertando as mãos com força.

– Que documento? Creio já lhe ter dito que perdi tudo o que tinha quando o banco faliu. – Novamente seu corpo ficara mole, seu interesse desaparecera. – Mas não me importa. Tudo o que perdi foram bens materiais. Não sou o primeiro a sofrer por um ideal. Fui derrotado pela ganância egoísta dos que me cercavam. Não consegui estabelecer um sistema de fraternidade e amor num estado pequeno, quando no país todos corriam atrás do dinheiro. Não foi culpa minha. Mas não vou desistir. Não vão conseguir me fazer parar. Continuo lutando, numa luta maior, pelo privilégio de servir a meus semelhantes. Documentos, Srta. Taggart? O único documento que deixei em Madison ficou inscrito nos corações dos pobres, que nunca tinham tido uma oportunidade na vida antes.

Dagny não queria dizer uma única palavra desnecessária, mas não resistiu: revia incessantemente a figura daquela velha faxineira esfregando os degraus.

– O senhor voltou lá para ver como aquilo está agora? – perguntou ela.

– Não é culpa minha! – gritou ele. – É culpa dos ricos que ainda tinham dinheiro, mas que se recusaram a sacrificá-lo para salvar meu banco e o povo de Wisconsin! Não pode me culpar! Eu perdi tudo!

– Sr. Lawson – disse ela, com esforço –, talvez o senhor ainda se lembre do nome do homem que era o chefe da sociedade proprietária da fábrica. A empresa à qual o senhor fez o empréstimo. Chamava-se Serviços Gerais, não é? Quem era o presidente?

– Ah, sim, lembro. Chamava-se Lee Hunsacker. Um jovem de muito valor, que teve prejuízos terríveis.

– Onde está ele agora? O senhor tem o endereço dele?

– Olhe... acho que está no Oregon. Grangeville, Oregon. Minha secretária pode lhe dar o endereço. Mas não vejo que interesse... Srta. Taggart, se seu objetivo é tentar falar com o Sr. Wesley Mouch, devo lhe dizer que o Sr. Mouch dá grande valor à minha opinião no que diz respeito a questões relacionadas a ferrovias e outras...

– Não estou interessada em falar com o Sr. Mouch – disse ela, se levantando.

– Mas, então, não entendo... Afinal, o que a trouxe aqui?

– Estou tentando encontrar uma pessoa que trabalhava na Companhia de Motores Século XX.

– Por quê?

– Quero contratá-lo para minha ferrovia.

Lawson abriu os braços, com o rosto exprimindo incredulidade e um pouco de indignação.

– Num momento como este, quando questões cruciais estão em jogo, a senhorita resolve perder seu tempo procurando por um empregado? Ouça o que eu lhe digo: o futuro da sua ferrovia depende muito mais do Sr. Mouch do que de qualquer empregado que a senhorita possa vir a encontrar.

– Um bom dia para o senhor – disse ela.

Ela havia se virado para sair quando ele disse, com uma voz aguda e trêmula:

– A senhorita não tem o direito de me desprezar.

Ela parou e o olhou.

– Não manifestei minha opinião quanto a isso.

– Sou absolutamente inocente, porque perdi meu dinheiro, porque perdi todo o meu dinheiro por uma boa causa. Minhas intenções eram nobres. Eu não quero nada para mim. Nunca quis nada para mim. Srta. Taggart, me orgulho de poder afirmar que em toda a minha vida jamais lucrei com nada!

Dagny respondeu, tranquila, calma, séria:

– Sr. Lawson, creio que devo lhe dizer que, de todas as coisas que um homem pode dizer, essa é a que eu considero a mais desprezível de todas.

◂◂◂

– Não me deram uma oportunidade! – disse Lee Hunsacker.

Estava sentado à mesa da cozinha, cheia de papéis. Sua barba estava por fazer e sua camisa, suja. Era difícil calcular sua idade: a pele inchada do rosto parecia lisa e intacta, uma pele que jamais sofrera com a experiência; os cabelos grisalhos e os olhos turvos pareciam exaustos. Tinha 42 anos.

– Ninguém jamais me deu uma oportunidade. Espero que estejam satisfeitos com o que fizeram comigo. Mas não pense que eu não sei o que fizeram. Me roubaram o que era meu por direito. Que agora não se façam de bonzinhos. São todos uns hipócritas desgraçados.

– Eles quem? – perguntou Dagny.

– Todo mundo – respondeu Lee Hunsacker. – Todas as pessoas são canalhas, no fundo, não adianta fingir que não são. Justiça? Ah! Veja só! – Indicou com um gesto a cozinha ao seu redor. – Um homem como eu reduzido a isto!

Lá fora, pela janela, a luz do meio-dia parecia um crepúsculo cinzento, em meio àqueles telhados velhos e árvores nuas de um lugar que não era campo e não chegava a ser cidade. A escuridão e a umidade pareciam haver penetrado nas paredes da cozinha. Havia uma pilha de pratos usados no café da manhã dentro da pia. Sobre o fogão, uma panela de cozido fervia, emitindo um cheiro gordurento de carne de segunda. Uma máquina de escrever empoeirada se destacava em meio à papelada sobre a mesa.

– A Companhia de Motores Século XX – disse Lee Hunsacker – foi um dos fenômenos mais ilustres na história da indústria americana. Eu era o presidente dessa companhia. Eu era o dono. Mas não me deram uma oportunidade.

– Mas o senhor não era o presidente da Companhia de Motores. Se não me engano, era presidente de uma sociedade chamada Serviços Gerais, não era?

– Era, sim, mas é a mesma coisa. Nós assumimos o controle da fábrica. Íamos nos dar tão bem quanto eles. Melhor ainda. Éramos tão importantes quanto eles. Afinal, quem era esse tal de Jed Starnes? Um mecânico de garagem do interior, só isso. Você sabia que era isso que ele era? Um homem de origem baixa. Pois a minha família é das mais tradicionais de Nova York. Meu avô foi membro do Congresso. Não foi culpa minha meu pai não querer me dar um carro quando eu entrei na faculdade. Todos os outros garotos tinham carro. Minha família era tão importante quanto as deles. Quando entrei na faculdade... – Parou de repente. – Para qual jornal mesmo a senhorita disse que trabalhava?

Ela se identificara. Não sabia por quê, mas agora estava contente ao perceber que ele não a reconhecera e não pretendia esclarecer esse ponto.

– Não falei em jornal nenhum – respondeu ela. – Preciso de algumas informações a respeito dessa fábrica de motores por motivos particulares meus, não para publicação.

– Ah. – Ele parecia desapontado. Prosseguiu, emburrado, como se ela o houvesse ofendido: – Pensei que talvez você quisesse me entrevistar porque estou escrevendo minha autobiografia. – Apontou para os papéis sobre a mesa. – E pretendo dizer muita coisa. Pretendo... Ah, que diabo! – disse subitamente, lembrando-se de algo.

Correu até o fogão, levantou a tampa da panela e rapidamente mexeu o cozido de qualquer jeito, com ódio, não prestando atenção ao que fazia. Largou a colher úmida no fogão, deixando que a gordura escorresse para as bocas de gás, e voltou à mesa.

– E vou escrever minha autobiografia, se me derem uma oportunidade – disse ele. – Como é que eu posso me concentrar num trabalho sério se tenho de fazer esse tipo de coisa? – Com a cabeça indicou o fogão. – Amigos, pois sim! Acham que só porque me deixaram ficar com eles podem fazer gato-sapato de mim! Só porque eu não tinha outro lugar para onde ir. Eles estão é muito bem, esses meus queridos amigos. Ele nunca mexe uma palha nesta casa, fica o dia inteiro sentado na loja dele, uma papelariazinha de meia-tigela... Como é que se pode comparar uma coisa dessas com o livro que estou escrevendo? E ela vai fazer compras e me pede para tomar conta da porcaria do cozido dela. Mas ela sabe que um escritor precisa de tranquilidade e concentração, só que não se importa nem um pouco com isso. Sabe o que ela fez hoje? – Ele se debruçou sobre a mesa, num tom de quem vai fazer confidências, apontando para os pratos na pia. – Foi ao mercado, deixou todos os pratos do café da manhã ali e disse que lavava depois. Eu sei o que ela queria. Queria que eu lavasse. Pois ela vai ver. Quando voltar, os pratos vão estar exatamente como estavam.

– Eu poderia lhe fazer algumas perguntas sobre a fábrica de motores?

– Não vá pensar que essa fábrica foi a única coisa importante na minha vida. Antes eu ocupei muitos cargos importantes, em empresas que fabricavam aparelhos utilizados em cirurgia, caixas de papelão, chapéus para homens e aspiradores de pó. Claro, esse tipo de coisa não me dava muita condição de brilhar. Mas a fábrica de motores... essa é que foi minha grande oportunidade. Era isso que eu estava esperando.

– Como foi que o senhor a adquiriu?

– Caiu do céu para mim. Foi a concretização de um sonho meu. A fábrica tinha falido e fechado. Os herdeiros de Jed Starnes se deram mal bem depressa. Não sei como é que foi exatamente, mas alguma eles andaram aprontando, e a companhia faliu. A estrada de ferro fechou a linha que ia até lá. Ninguém queria a fábrica, ninguém dava nada por ela. E a fábrica lá, uma tremenda fábrica, com todo o equipamento, todas as máquinas, tudo o que tinha servido para o Jed Starnes ganhar milhões. Era justamente o que eu queria, o tipo de oportunidade que merecia. Aí juntei uns amigos e formamos a Serviços Gerais S.A. e reunimos um capitalzinho. Mas não era o bastante, a gente precisava de um empréstimo para dar a arrancada inicial. Era um ótimo investimento, nós éramos um punhado de jovens começando nossas carreiras com brilho, cheios de entusiasmo e esperança no futuro. Mas pensa que alguém nos deu algum estímulo? Nada. Esses abutres gananciosos, que só pensam em defender os próprios privilégios! Como é que a gente podia se dar bem na vida se ninguém queria nos dar uma fábrica? A gente não ia poder competir com esses filhinhos de papai que herdam indústrias inteiras, não é? A gente também não merecia uma ajuda? Ah, eu é que não acredito mais em justiça! Trabalhei como um condenado, tentando arranjar um empréstimo. Mas aquele cachorro do Midas Mulligan me arrancou os olhos da cara.

Dagny se aprumou na cadeira.

– Midas Mulligan?

– É, aquele banqueiro com cara de motorista de caminhão, que, aliás, agia como motorista de caminhão também!

– O senhor conheceu Midas Mulligan?

– Se eu o conheci? Sou o único homem que já o derrotou... e me dei mal por isso!

De vez em quando, com uma súbita sensação de mal-estar, Dagny pensava – como pensava nas histórias sobre navios abandonados encontrados à deriva no mar e nas luzes misteriosas no céu – no desaparecimento de Midas Mulligan. Não havia motivo para acreditar que seria capaz de desvendar esses enigmas, mas eram mistérios que não podiam continuar sem explicação. Tinham que ter uma causa, só que ninguém conseguia descobri-la.

Midas Mulligan já fora o homem mais rico – e, consequentemente, o mais denunciado – de todo o país. Nunca havia perdido dinheiro em nenhum investimento: tudo aquilo em que ele tocava se transformava em ouro. "É porque eu sei em que tocar", afirmava ele. Ninguém entendia a lógica de seus investimentos: rejeitava negócios que eram considerados excelentes e investia milhões em empreendimentos que não interessavam a nenhum outro banqueiro. Durante anos ele fora o estopim que detonara incríveis explosões de sucesso industrial em todo o país. Fora ele quem investira na Siderúrgica Rearden desde o início, ajudando Rearden a adquirir as siderúrgicas abandonadas da Pensilvânia. Quando um economista comentou certa vez que ele era um jogador ambicioso, Mulligan retrucou: "Você nunca vai ficar rico, porque acha que o que eu faço é um jogo."

Dizia-se que quem quisesse negociar com Midas Mulligan tinha que observar uma regra tácita: se a pessoa que queria um empréstimo mencionasse suas necessidades ou quaisquer sentimentos pessoais, a entrevista era encerrada, e ela nunca mais teria outra oportunidade de falar com o Sr. Mulligan.

"Acho, sim", disse Midas Mulligan quando lhe perguntaram se achava que existia alguém pior do que o homem cujo coração não tem qualquer sentimento de piedade. "É o homem que usa a piedade que sentem por ele como uma arma."

Em sua longa carreira, ele sempre ignorara os ataques publicamente dirigidos a ele, exceto um. Seu primeiro nome fora originariamente Michael. Quando um colunista da linha humanitarista lhe deu o apelido de Midas Mulligan e o apelido pegou, como insulto, Mulligan recorreu à justiça para trocar seu nome legalmente para Midas. E conseguiu.

Para seus contemporâneos, ele era um homem que havia cometido o único crime imperdoável: ele se orgulhava de sua riqueza.

Tais eram as coisas que Dagny ouvira dizer a respeito de Midas Mulligan, pois ela não chegara a conhecê-lo. Há sete anos Mulligan havia desaparecido. Saíra de casa certa manhã e nunca mais se soube dele. No dia seguinte, os depositantes do Banco Mulligan, em Chicago, foram notificados de que deviam retirar seus depósitos, porque o banco ia fechar. Nas investigações que se seguiram, descobriu-se que Mulligan, já havia algum tempo, planejara o fechamento do banco detalhadamente. Seus funcionários estavam apenas cumprindo suas ordens. Foi a debandada mais organizada já ocorrida num banco. Todo depositante recebeu todo o seu dinheiro, até o último centavo, com juros. Todo o ativo do banco foi dividido e vendido para diversas instituições financeiras. Quando foram examinados os livros, viram que não havia nenhuma irregularidade. As contas batiam perfeitamente, não faltando nada – o Banco Mulligan desaparecera.

Jamais se encontrou nenhuma pista que explicasse o comportamento de Mulligan, o que ele fizera de sua vida e de sua fortuna pessoal. O homem e sua fortuna desapareceram como se jamais tivessem existido. Ninguém fora avisado previamente de sua decisão e não se sabia de nenhum acontecimento que a justificasse. *Se ele queria se aposentar*, pensavam, *por que não vendera o banco lucrando um bom dinheiro, como poderia ter feito muito bem, em vez de destruí-lo?* Ninguém sabia a resposta. Ele não tinha família nem amigos. Seus criados não sabiam de nada. Ele saíra de casa naquela manhã como fazia todos os dias e não voltara nunca mais.

Há anos que Dagny pensava que havia algo de inverossímil no desaparecimento de Mulligan. Era como se um arranha-céu nova-iorquino tivesse desaparecido numa noite, só deixando um terreno baldio numa esquina. Um homem como Mulligan e uma fortuna como a dele não podiam se esconder num lugar qualquer. Um arranha-céu não podia se perder – se estivesse escondido numa planície ou floresta, seria visto; se fosse destruído, a pilha de entulho seria encontrada. Mas Mulligan sumira havia sete anos, e, desde então, apesar de todos os boatos, hipóteses, teorias, artigos nos suplementos dominicais dos jornais e testemunhas oculares que juravam tê-lo visto nos quatro cantos do mundo, jamais fora descoberta uma pista que levasse a uma explicação plausível.

De todas as histórias que se contavam, uma era tão inverossímil que Dagny a julgava verdadeira: nada a respeito de Mulligan poderia ter levado ninguém a inventá-la. Dizia-se que a última pessoa que o vira, na manhã de primavera em que ele desaparecera, fora uma velha que vendia flores numa esquina de Chicago ao lado do Banco Mulligan. Segundo ela, Mulligan parou e comprou um ramalhete de flores, as primeiras campânulas do ano. Seu rosto exprimia a felicidade mais intensa que ela já vira: era como um rapazinho que divisasse toda a vida à sua frente. As marcas da dor e da tensão, os traços deixados pela vida em seu rosto, tudo isso havia desaparecido, só restavam entusiasmo e uma paz profunda. Mulligan pegou as flores, como se impelido por um impulso repentino, piscou para a velha, como se fosse lhe contar uma anedota, e disse: "Sabe como eu gosto, como eu sempre gostei, de estar vivo?" Ela o olhou espantada, e ele se afastou, jogando as flores para o alto e as agarrando depois, como uma bola. Era uma figura grandalhona, ereta, com um sobretudo sóbrio e caro, desaparecendo entre os penhascos retilíneos dos edifícios, cujas janelas refletiam o sol de primavera.

– Midas Mulligan era um cachorro que tinha um cifrão no lugar do coração – disse Lee Hunsacker. O cozido exalava um cheiro azedo. – Todo o meu futuro dependia de um mísero meio milhão de dólares, o que para ele não representava nada. Mas, quando lhe pedi um empréstimo, ele disse não, sem mais nem menos, só porque eu não podia oferecer nenhuma garantia. E como é que eu podia, se ninguém nunca havia me dado uma boa oportunidade de fazer nada de importante? Por que ele emprestava dinheiro para outras pessoas, mas não para mim? Era discriminação pura e simples. Ele se lixava para meus sentimentos. Disse que, com os fracassos que eu já havia acumulado em minha carreira, eu não tinha como pedir dinheiro emprestado nem para comprar um carrinho de mão, quanto mais uma fábrica. Que fracassos? Eu tinha culpa se aqueles donos de armazém boçais não quiseram me ajudar no tempo em que eu fabricava caixas de papelão? Com que direito ele podia julgar minha capacidade? Por que motivo meus planos para o futuro dependiam da opinião arbitrária de um milionário egoísta? Eu não ia engolir aquilo. De jeito nenhum. Resolvi processá-lo.

– O quê?

– Isso mesmo – disse ele, orgulhoso. – Resolvi processá-lo. Sei que lá na Costa Leste isso parece estranho, mas o estado de Illinois tinha uma lei muito humana, muito progressista, que me permitia processá-lo. É bem verdade que foi o primeiro processo baseado nela, mas arranjei um advogado muito vivo, muito liberal, que deu um jeito. Era uma lei de emergência segundo a qual era proibido discriminar qualquer pessoa de modo a afetar seu sustento. Era usada para proteger trabalhadores diaristas e coisas assim, mas se aplicava também ao meu caso, não é? Então eu e meus sócios fomos à justiça, falamos sobre todos os problemas que tivemos antes, e citei o comentário de Mulligan, que eu não podia ter nem um carrinho de mão, e provamos que todos os sócios da Serviços Gerais não tinham prestígio, crédito, nenhum modo de ganhar a vida. Portanto, a aquisição da fábrica de motores era a única maneira de garantir nossos sustento. Logo, Midas Mulligan não tinha direito de nos discriminar. Por esse motivo, nós tínhamos o direito de exigir legalmente que ele nos fizesse um empréstimo. Ah, nós estávamos cobertos de razão, mas pegamos o juiz Narragansett, um desses caras obstinados que raciocinam matematicamente e nunca veem o lado humano da questão. Passou o julgamento inteiro parado que nem uma estátua de mármore, como essas estátuas da Justiça cega. No fim, aconselhou o júri a se decidir em favor de Midas Mulligan e disse o diabo a respeito de mim e de meus sócios. Mas aí recorremos a um tribunal superior, e esse tribunal reverteu o veredicto e obrigou Mulligan a nos conceder o empréstimo segundo as condições que nós especificássemos. Ele teria um prazo de três meses para obedecer, mas antes de terminar o prazo aconteceu uma coisa que ninguém entendeu: Mulligan sumiu, ele e o banco dele. Não sobrou nada do banco para nos compensar como a lei mandava. Gastamos um dinheirão com detetives, tentando localizar Mulligan. Aliás, não fomos os únicos a fazer isso, mas acabamos desistindo.

Não, pensou Dagny, *não*. Apesar da repulsa que sentia, aquilo não fora muito pior do que todas as outras coisas que Mulligan tivera que aguentar durante anos. Ele havia tido vários prejuízos por causa de leis desse tipo. Perdera grandes quantias assim; nem por isso desistira: lutara e trabalhara ainda mais. Não era provável que aquele caso específico o fizesse entregar os pontos.

– O que aconteceu com o juiz Narragansett? – perguntou ela, sem querer, sem entender que associação subconsciente a levara a formular aquela pergunta. Sabia pouco a respeito desse juiz, mas já ouvira seu nome antes e o guardara, porque era o tipo de nome que só existia na América do Norte. De repente ela se dava conta de que não ouvia falar nele havia anos.

– Ah, ele se aposentou – respondeu Lee Hunsacker.

– É mesmo? – perguntou Dagny.

– É.

– Quando?

– Uns seis meses depois.

– O que ele fez depois que se aposentou?

– Não sei. Acho que ninguém nunca mais ouviu falar dele.

Lee não entendeu por que ela pareceu se assustar. Parte do motivo do medo que Dagny sentia era o fato de ela própria não entendê-lo.

– Por favor, me fale sobre a fábrica de motores – pediu ela, com um esforço.

– Bem, o Eugene Lawson, do Banco Nacional Comunitário de Madison, finalmente nos deu o empréstimo para comprar a fábrica, mas ele era um pão-duro, não tinha dinheiro bastante para nos ajudar e, quando fomos à falência, ele não pôde fazer nada. Não foi culpa nossa. Desde o começo tudo estava contra nós. Como é que a fábrica podia funcionar sem a estrada de ferro? A gente não merecia uma linha? Tentei convencer a rede a reabrir a linha, mas aqueles desgraçados lá da Taggart Trans... – Ele parou de repente. – Escute, por acaso a senhorita é parenta deles?

– Sou vice-presidente de operações da Taggart Transcontinental.

Por um momento ele a olhou estupefato. Ela percebeu em seus olhos baços o conflito entre o medo, a subserviência e o ódio. O resultado foi que Hunsacker rosnou de repente:

– Eu não preciso de magnata nenhum! Não pense que vou ficar com medo da senhorita. Não pense que vou lhe pedir emprego. Não estou pedindo favor a ninguém. Aposto que não está acostumada a ouvir ninguém falar com a senhorita desse jeito, não é?

– Sr. Hunsacker, eu gostaria muito que me desse as informações de que eu necessito a respeito da fábrica.

– Esse seu interesse chegou um pouco tarde. O que foi? Sua consciência está incomodando? Deixaram Jed Starnes se encher de dinheiro com aquela fábrica, mas não nos ajudaram nem um pouco. A fábrica era a mesma. Fizemos tudo o que ele fez. Começamos fabricando exatamente o mesmo tipo de motor que ele fazia havia anos, que era o que mais vendia. E então um joão-ninguém qualquer que ninguém nunca vira mais gordo abriu uma fabricazinha no Colorado, a Motores Nielsen, e começou a fazer um motor igualzinho ao que Starnes fazia, pela metade do preço! Nós não podíamos fazer nada, não é? No tempo de Jed Starnes não havia nenhuma competição destrutiva como essa, mas o que é que podíamos fazer? Como é que a gente podia lutar contra esse Nielsen, se ninguém nos dava um motor para competir com o dele?

– Vocês tomaram conta do laboratório de pesquisas de Starnes?

– Sim, sim, estava lá. Tudo nos lugares.

– Os engenheiros também?

– Bem, alguns deles. Muitos haviam ido embora no tempo em que a fábrica esteve fechada.

– E os pesquisadores?

– Esses foram embora.

– Contrataram novos pesquisadores?

– Bem, alguns, mas vou lhe dizer uma coisa: eu não tinha dinheiro para gastar em coisas como laboratórios. O dinheiro era muito curto. Nem dava para pagar as contas referentes à modernização e à redecoração da fábrica, absolutamente essenciais. Aquela fábrica estava vergonhosamente ultrapassada do ponto de vista da eficiência humana. Os escritórios dos executivos tinham paredes nuas e um banheirinho espremido. Qualquer psicólogo moderno sabe que ninguém trabalha o melhor que pode num ambiente deprimente como aquele. Tive que pintar minha sala com cores mais alegres e mandei instalar um banheiro decente, moderno, com boxe e tudo. Além disso, gastei muito dinheiro com um refeitório, sala de recreação e banheiro para os funcionários. O moral deles é importante, não é? Qualquer pessoa esclarecida sabe que o que faz o homem são os fatores materiais de seu ambiente e que a mente do homem é moldada pelos seus instrumentos de produção. Mas as pessoas não deram tempo para que as leis do determinismo econômico atuassem a nosso favor. Nunca havíamos administrado uma fábrica de motores antes. Tínhamos que dar tempo para que os instrumentos de produção condicionassem nossa mente, não é? Mas não nos deram tempo.

– Fale-me sobre o trabalho da sua equipe de pesquisadores.

– Ah, eu tinha uma equipe de jovens muito promissores, todos eles com diplomas das melhores universidades. Mas não adiantou nada. Eu não sei o que eles faziam. Acho que não faziam nada além de assinar o ponto e receber o salário no fim do mês.

– Quem era o responsável pelo laboratório?

– Como é que eu posso me lembrar?

– Lembra o nome de algum membro da equipe de pesquisadores?

– Acha que eu tinha tempo de conhecer pessoalmente todos os funcionários?

– Algum deles lhe falou a respeito de experiências realizadas com um... com um modelo totalmente novo de motor?

– Que motor, que nada. Escute: um executivo na minha posição não pode perder tempo em laboratórios. Eu passava a maior parte do tempo em Nova York e Chicago, tentando levantar dinheiro para a fábrica não fechar.

– Quem era o gerente da fábrica?

– Um sujeito muito capaz chamado Roy Cunningham. Morreu ano passado num acidente de carro. Disseram que estava dirigindo bêbado.

– Sabe o nome e o endereço de algum dos seus sócios?

– Não sei que fim eles levaram. Eu não estava com cabeça para isso.

– O senhor ainda tem algum documento da fábrica?

– Ah, isso tenho.

Dagny se empertigou, entusiasmada:

– Eu poderia vê-los?

– Claro!

Hunsacker parecia entusiasmado também ao se levantar e sair da cozinha rapidamente. Quando voltou, colocou à frente dela um álbum grosso com recortes de jornais: eram as entrevistas que ele dera e os releases da fábrica.

– Eu também já fui um grande industrial – disse ele, orgulhoso. – Um figurão, de projeção nacional, como a senhorita pode ver. Minha vida vai dar um livro de profundo interesse humano. Eu já o teria escrito há muitos anos se tivesse os instrumentos de produção necessários. – Deu um soco na máquina de escrever, com raiva. – Com esta porcaria não dá para trabalhar. Ela pula. Como é que eu posso me inspirar e escrever um best-seller numa máquina de escrever que pula a toda hora?

– Obrigada, Sr. Hunsacker – disse Dagny. – Creio que isso é tudo o que o senhor pode me dizer. – Levantou-se. – Por acaso o senhor saberia que fim levaram os herdeiros de Starnes?

– Ah, depois que a fábrica abriu falência eles sumiram do mapa. Eram três, dois filhos e uma filha. A última vez que ouvi falar deles, estavam se escondendo em Durance, Louisiana.

A última vez que Dagny olhou para Lee Hunsacker, antes de sair, viu-o se levantar de um salto e correr até o fogão. Pegou a tampa da panela e a largou no chão, xingando. Tinha queimado os dedos. E o cozido também.

◀◀◀

Da fortuna de Starnes sobrara pouco, e de seus herdeiros, menos ainda.

– A senhorita não vai gostar de vê-los – disse o chefe de polícia de Durance. Era um homem de idade, severo, com um olhar duro que se devia não ao ressentimento, e sim à fidelidade a padrões rígidos. – Tem gente de todo tipo neste mundo, tem assassino e psicopata, mas, não sei não, acho os Starnes o tipo de gente que não vale a pena uma pessoa decente ver. Eles não prestam, Srta. Taggart. Gente fria, ruim... E continuam aqui na cidade, quer dizer, dois deles. O terceiro morreu, se suicidou. Há coisa de uns quatro anos. Uma história desagradável. Era o mais moço dos três, Eric. Um desses rapazes que vivem gemendo e falando como são sensíveis, quando já estão com mais de 40 anos, um caso crônico. A mania dele era que precisava de amor. Vivia sustentado por mulheres mais velhas, sempre que conseguia arranjar alguma. Então começou a perseguir uma garota de 16 anos, uma boa moça, que não queria saber dele. Ela então se casou com um rapaz que estava noivo dela. Eric Starnes conseguiu entrar na casa deles no dia do casamento e, quando eles voltaram da igreja depois da cerimônia, encontraram o homem no quarto deles, morto, sangue para todo lado... tinha cortado os pulsos... Olhe, acho que o sujeito que se mata discretamente, isso é problema dele. Quem é que pode julgar o sofrimento dos outros, se foi demais para suportar? Mas o sujeito que se mata escandalosamente para magoar alguém, o homem que se suicida por ruindade, esse não tem perdão, as pessoas não respeitam a memória dele, em vez de sentir pena como ele queria... Pois essa é a história do Eric Starnes. Se a senhorita quiser, eu lhe mostro onde encontrar os outros dois.

Dagny encontrou Gerald Starnes num hospital de indigentes. Estava enrodilhado sobre a cama. Os cabelos ainda eram negros, mas a barba malfeita era branca, como ervas mortas, cobrindo um rosto vazio. Estava bêbado. Quando falava, a toda hora era interrompido por uma risadinha idiota, que indicava uma malícia estática, sem sentido.

– Estourou que nem um balão a grande fábrica. Foi assim. Inchou e estourou. Isso incomoda a senhora? A fábrica estava podre. Todo mundo é podre. Querem que eu peça desculpas, mas eu não peço. Estou me lixando. As pessoas se matam para a coisa não parar, e está tudo podre mesmo: os carros, os prédios, as almas, tudo é perda de tempo. Só a senhora vendo como os literatos só faltavam plantar bananeira quando eu assoviava, no tempo que eu tinha grana. Os professores, os poetas, os intelectuais, os salvadores do mundo e os cheios de amor fraternal. Era só eu assoviar. Era divertido. Eu queria fazer o bem, mas agora não quero mais. Não existe bem em toda essa porcaria deste universo. Se eu não estiver com vontade, não tomo banho e pronto. Se quer saber alguma coisa sobre a fábrica, fale com minha irmã. Minha irmãzinha querida tinha um fundo fiduciário em que ninguém pôde meter a mão, e por isso ela escapou, se bem que agora esteja mais para carne de segunda do que para filé-mignon, mas a senhora pensa que ela dá um tostão para o irmão dela? O nobre plano que deu em nada foi tanto ideia dela quanto minha, mas ela me dá alguma coisa? Ah! Vá lá ver a duquesa, vá. O que eu tenho a ver com a fábrica? Era só um monte de máquinas sujas de graxa. Se a senhora quiser, eu vendo toda a minha parte em troca de um drinque. Sou o último dos Starnes. Já foi um grande nome, esse. Se quiser, eu vendo pra senhora. A senhora acha que eu não passo de um vagabundo fedorento, mas não sou pior do que ninguém, do que o restante da humanidade, incluindo as grã-finas que nem a senhora. Eu queria fazer o bem para a humanidade. Ah! Quero mais é ver todo mundo ardendo em óleo fervente. Ia ser muito divertido. Que morram. Que diferença faz? Que importância tem qualquer coisa?

Na cama ao lado, um vagabundo mirrado, de cabelos brancos, que dormia, virou para o outro lado, murmurando. Uma moeda caiu de seus andrajos no chão. Starnes a pegou e a colocou no bolso. Olhou para Dagny. Em seu rosto enrugado se delineou um sorriso maligno.

– Vai acordar esse aí e criar caso? – perguntou. – Se fizer isso, eu digo que é mentira sua.

O bangalô fedorento onde Dagny encontrou Ivy Starnes ficava nos limites da cidade, às margens do Mississippi. Os longos filetes de musgo e as folhas úmidas e grudentas davam a impressão de que a vegetação espessa babava. O excesso de cortinas naquela sala pequena cheia de ar viciado causava a mesma impressão. O cheiro vinha dos cantos sujos do recinto, do incenso que ardia em vasos de prata aos pés de divindades orientais contorcidas. Ivy Starnes estava sentada numa almofada, como um Buda balofo. Sua boca formava um pequeno crescente – boca petulante de uma criança que quer ser adulada – no rosto largo e pálido de uma mulher de mais de 50 anos. Seus olhos eram duas poças d'água sem vida. Sua voz gotejava monotonamente, como chuva:

– Não posso responder a esse tipo de pergunta, minha filha. Laboratório de pesquisas? Engenheiros? Como é que eu vou me lembrar dessas coisas? Era o meu pai que se preocupava com isso, não eu. Meu pai era um homem mau que só pensava em negócios. Não tinha tempo para amar, só para ganhar dinheiro. Meus irmãos e eu vivíamos num plano diferente. Nosso objetivo não era fabricar latas-velhas, e sim fazer o bem. Implementamos um plano sensacional na fábrica. Foi há 11 anos. Fomos derrotados pela natureza gananciosa, egoísta, vil e animalesca dos homens. Foi o eterno conflito entre espírito e matéria, entre alma e corpo. Eles não queriam renunciar a seus corpos, que era tudo o que pedíamos a eles. Não me lembro daqueles homens, nem quero lembrar... Os engenheiros? Acho que foram eles que causaram a hemofilia... É, isso mesmo, hemofilia, a perda lenta e gradual de sangue que é impossível estancar. Foram os primeiros a sumir. Eles nos abandonaram, um por um... Nosso plano? Colocamos em prática aquele nobre preceito histórico: de cada um, de acordo com sua capacidade; a cada um, conforme sua necessidade. Todo mundo na fábrica, desde as faxineiras ao presidente, recebia o mesmo salário, o mínimo necessário. Duas vezes por ano, todo mundo se reunia e cada um dizia o que julgava ser suas necessidades. Votávamos e a vontade da maioria determinava a necessidade e a capacidade de cada um. A renda da fábrica era distribuída segundo o decidido na votação. As recompensas se baseavam na necessidade; as punições, nas capacidades. Aqueles que, segundo fora determinado, tinham maiores necessidades recebiam mais. Aqueles que não haviam produzido tanto quanto ficara decidido que eles eram capazes de produzir, esses eram multados e tinham que pagar a multa fazendo horas extras sem pagamento. Era esse o nosso plano. Baseava-se no princípio do altruísmo. Exigia que as pessoas fossem motivadas não pelo lucro pessoal, e sim pelo amor fraternal.

Dagny ouviu uma voz fria e implacável dentro de si que dizia: "Lembre isso, não esqueça nunca – não é todo dia que se pode ver o mal em sua forma mais pura, olhe bem, lembre e algum dia você vai encontrar as palavras que designam sua essência." Ouvia essa voz em meio à gritaria de outras vozes que diziam, numa violência impotente: "Não é nada... já ouvi isso antes... já ouvi em todos os lugares... não passa da mesma baboseira de sempre... por que eu não consigo suportar isso... eu não aguento, eu não aguento!"

– O que há com você, minha filha? Por que se levantou de repente? Por que está tremendo desse jeito? O quê? Fale mais alto, não estou ouvindo... Em que deu o plano? Não gosto de falar nisso. As coisas foram muito mal, a cada ano pioravam. Perdi a fé na natureza humana. Em quatro anos, um plano concebido não pelos cálculos frios da mente, mas pelo amor puro do coração, foi destruído pela sordidez dos policiais, advogados e processos de falência. Mas reconheço meu erro e aprendi. Não quero mais saber do mundo de máquinas, fábricas e dinheiro, o mundo escravizado pela matéria. Estou aprendendo a emancipar o espírito, tal como nos ensinam os grandes segredos da Índia, a me libertar da escravidão da carne, a vencer a natureza física, a fazer o espírito triunfar sobre a matéria.

A raiva que cegava Dagny não a impedia de ver a silhueta de um homem se contorcendo no esforço de empurrar um arado numa faixa de concreto que já havia sido uma estrada, com mato saindo das rachaduras.

– Mas, minha filha, eu já disse que não me lembro... Mas eu não sei os nomes deles, não sei o nome de ninguém, não sei que espécie de aventuras meu pai inventava naquele laboratório! Será que você não está me ouvindo?

Não estou acostumada a ser interrogada desse jeito e... Pare de repetir isso. Será que a única palavra que você conhece é "engenheiro"? Será que você não consegue me ouvir? O que há com você? Eu... não gosto da sua cara, você... Vá embora. Não sei quem você é, nunca fiz mal nenhum a você, sou uma velha, não me olhe desse jeito, eu... Saia de perto de mim! Não chegue perto de mim, senão eu grito por socorro. Eu... Ah, esse eu sei quem era, sei! O engenheiro-chefe. Sei. Era o chefe do laboratório. William Hastings. Era esse o nome dele, William Hastings, isso eu lembro. Foi para Brandon, Wyoming. Pediu demissão no dia em que implementamos o nosso plano. Foi o segundo a pedir demissão... Não. Não. Não lembro quem foi o primeiro. Não era ninguém importante.

◂◂◂

A mulher que abriu a porta tinha cabelos grisalhos e um ar de distinção e elegância. Dagny levou alguns instantes para perceber que ela trajava apenas um simples vestido de andar em casa, de algodão.

– Posso falar com o Sr. William Hastings? – perguntou Dagny.

A mulher a olhou por um instante, um olhar curioso, inquisitivo e sério.

– Posso lhe perguntar seu nome?

– Dagny Taggart, da Taggart Transcontinental.

– Ah. Queira entrar, Srta. Taggart. Sou a Sra. William Hastings. – O tom de seriedade medida permeava cada sílaba do que ela dizia, como uma advertência. Seus modos eram corteses, mas ela não sorria.

Era uma casa modesta no subúrbio de uma cidade industrial. Galhos nus de árvores riscavam o azul frio e luminoso do céu no alto da ladeira que levava à entrada da casa. As paredes da sala de visitas eram de um cinza prateado. O sol batia num abajur branco com pé de cristal. Por uma porta aberta via-se uma copa com papel de parede branco com bolas vermelhas.

– A senhorita já trabalhou com meu marido?

– Não. Não o conheço. Mas gostaria de falar com ele a respeito de uma questão técnica da maior importância.

– Meu marido morreu há cinco anos, Srta. Taggart.

Dagny fechou os olhos. O choque surdo e penetrante que sofrera continha as conclusões que não era necessário exprimir em palavras: era aquele homem que ela procurava, e Rearden tinha razão. Fora por isso que o motor havia sido abandonado num monte de lixo.

– Sinto muito – disse ela, tanto à Sra. Hastings quanto a si própria.

O sorriso que se esboçou no rosto da Sra. Hastings exprimia tristeza, mas no rosto não havia nenhum sinal de tragédia, apenas um olhar sério de firmeza, aceitação, serenidade.

– Sra. Hastings, posso lhe fazer algumas perguntas?

– Naturalmente. Queira sentar-se.

– A senhora entendia alguma coisa do trabalho científico de seu marido?

– Muito pouco. Nada, na verdade. Ele nunca falava disso em casa.

– Ele foi, durante algum tempo, engenheiro-chefe da Companhia de Motores Século XX?

– Foi. Trabalhou lá 18 anos.

– Eu queria perguntar a ele algumas coisas a respeito do trabalho dele lá. Queria saber por que o largou. Se a senhora puder, eu gostaria que me dissesse o que aconteceu naquela fábrica.

Um sorriso de tristeza e disposição brilhou no rosto da Sra. Hastings.

– Isso era o que eu queria saber – disse ela. – Mas infelizmente acho que nunca vou descobrir. Sei por que ele largou o emprego. Foi por causa de um plano maluco posto em prática pelos herdeiros de Jed Starnes. Ele se recusava a trabalhar daquele jeito para aquela gente. Mas houve outro motivo. Sempre tive a impressão de que aconteceu algo na Século XX que ele não queria me dizer.

– Estou muitíssimo interessada em saber de alguma pista que a senhora estiver disposta a me dar.

– Não tenho pistas. Já tentei adivinhar e desisti. Não consigo entender nem explicar. Mas sei que alguma coisa aconteceu. Quando meu marido saiu da Século XX, viemos para cá e ele assumiu o cargo de chefe do departamento de engenharia da Motores Acme. Na época, a firma estava crescendo. Era o tipo de emprego de que meu marido gostava. Não era uma pessoa cheia de conflitos interiores; ele sempre tinha confiança no que fazia e estava em paz consigo mesmo. Mas, durante um período de um ano depois que nos mudamos de Wisconsin, ele parecia estar sendo torturado por alguma coisa, como se se debatesse com um problema pessoal que não conseguia resolver. No fim do ano, ele me disse um dia que havia pedido demissão da Acme e que não ia mais trabalhar em lugar nenhum. Ele adorava o trabalho, era tudo para ele. No entanto, parecia calmo, confiante e feliz pela primeira vez desde que nos mudamos. Pediu que eu não lhe perguntasse nada a respeito de sua decisão. Não fiz perguntas, nem levantei objeções. Tínhamos esta casa, nossas economias, dava para levar uma vida modesta. Nunca soube o que o fez tomar aquela decisão. Continuamos a viver aqui, tranquilos e muito felizes. Ele parecia sentir um contentamento profundo, uma serenidade estranha que eu nunca vira nele antes. Não havia nada de esquisito em seu comportamento, só que às vezes, muito raramente, ele saía sem me dizer aonde ia nem com quem ia estar. Nos seus dois últimos anos de vida, ele sumia durante um mês, no verão. Não me dizia aonde ia. Estudava muito e passava o tempo fazendo suas pesquisas em engenharia, trabalhando no porão da casa. Não sei o que ele fez com seus apontamentos e modelos experimentais. Não encontrei nada no porão depois que ele morreu. Foi há uns cinco anos, um problema cardíaco de que sofria havia algum tempo.

Sem muita esperança, Dagny perguntou:

– A senhora sabia algo a respeito da natureza das experiências de seu marido?

– Não. Entendo muito pouco de engenharia.

– A senhora conhecia algum colega de trabalho ou de profissão de seu marido que talvez soubesse alguma coisa sobre as experiências?

– Não. No tempo em que estava na Século XX, ele trabalhava tanto que tinha muito pouco tempo de lazer, por isso nunca saíamos. Não tínhamos nenhuma vida social. Ele nunca levava os colegas de trabalho lá em casa.

– No tempo da Século XX, ele alguma vez falou à senhora sobre um motor que havia projetado, um tipo inteiramente novo de motor que poderia revolucionar a indústria?

– Um motor? Falou, sim, várias vezes. Disse que era uma invenção de importância inestimável. Mas não foi ele quem o inventou, e sim um jovem assistente dele. – A Sra. Hastings viu a expressão do rosto de Dagny e acrescentou, sibilina, lentamente, sem nenhuma censura, apenas com uma mistura de tristeza e ironia: – Ah, entendi.

– Ah, perdão! – disse Dagny, percebendo que seus sentimentos estavam escritos em seu rosto, sob a forma de um sorriso tão eloquente quanto uma exclamação de alívio.

– Não há por que se desculpar. Eu compreendo. A senhorita está interessada no inventor daquele motor. Não sei se ele ainda é vivo, mas não tenho nenhum motivo para supor que morreu.

– Eu daria metade de minha vida para saber que ele está vivo e onde posso encontrá-lo. É muito importante mesmo, Sra. Hastings. Quem é ele?

– Não sei. Não sei seu nome nem nada a seu respeito. Nunca conheci nenhum dos engenheiros que trabalhavam com meu marido. Ele só me disse que havia um jovem engenheiro em sua equipe que algum dia viraria o mundo de pernas para o ar. Meu marido não se interessava por nada nas pessoas além de sua capacidade. Acho que esse engenheiro era o único homem de quem ele gostava. Ele nunca disse isso, mas dava para sentir, pela maneira como falava nele. Eu me lembro do dia em que me disse que o motor estava pronto... me lembro de seu tom de voz quando disse: "E ele tem só 26 anos!" Isso foi mais ou menos um mês antes da morte de Jed Starnes. Depois disso, ele nunca mais falou no jovem engenheiro.

– A senhora não sabe que fim ele levou?

– Não.

– Não tem nenhuma pista para encontrá-lo?

– Não.

– Nada que me ajude a descobrir seu nome?

– Nada. Diga-me, o motor era muito importante?

– Seria impossível exprimir em palavras sua importância.

– É estranho, porque uma vez eu pensei nisso, alguns anos depois que nos mudamos de Wisconsin, e perguntei a meu marido que fim levara a invenção que ele dissera ser tão importante, o que iam fazer com ela. Ele me olhou de um jeito muito estranho e respondeu: "Nada."

– Por quê?

– Ele não quis me dizer.

– A senhora não se lembra de ninguém que trabalhava na Século XX? Ninguém que conhecesse o jovem engenheiro? Nenhum amigo dele?

– Não, eu... espere aí! Acho que posso lhe dar uma pista. Sei onde encontrar um amigo dele. Não sei nem seu nome, mas sei o endereço. É uma história estranha. É melhor eu explicar como foi que aconteceu. Certa noite, cerca de dois anos depois que nos mudamos para cá, meu marido ia sair e eu precisava do carro, por isso ele me pediu para pegá-lo depois do jantar no restaurante da estação ferroviária. Ele não me disse com quem ia jantar. Quando cheguei lá, ele estava na frente do restaurante com dois homens. Um era moço e alto. O outro era velho e parecia um homem muito distinto. Eu ainda os reconheceria se os visse. Eram rostos do tipo que a gente vê e não esquece mais. Meu marido me viu e se afastou deles. Eles foram andando em direção à estação. Um trem estava chegando. Meu marido apontou para o rapaz e disse: "Viu aquele rapaz? É o tal que mencionei outro dia." Perguntei: "O tal que está fazendo um motor incrível?" E ele disse: "O tal que estava."

– E não disse mais nada?

– Mais nada. Isso foi há nove anos. Na primavera passada, fui visitar meu irmão, que mora em Cheyenne. Uma tarde ele levou a família para passear de carro. Fomos para um lugar bem afastado, no alto das montanhas Rochosas, e paramos ao lado de um restaurante de beira de estrada. Atrás do balcão havia um senhor grisalho distinto. Eu não parava de olhar para ele enquanto ele preparava nossos sanduíches e aprontava o café, porque eu sabia que já o vira antes, mas não me lembrava onde. Seguimos viagem, já estávamos longe do restaurante, quando me lembrei. A senhorita deveria ir lá. É na rodovia 86, nas montanhas, a oeste de Cheyenne, perto de uma vila industrial, da Fundição de Cobre Lennox. É estranho, mas tenho certeza de que o cozinheiro daquele restaurante é o homem que vi na estação ferroviária com meu marido e com o jovem engenheiro que ele idolatrava.

◄◄◄

O restaurante ficava no alto de uma ladeira longa e íngreme. As paredes envidraçadas refletiam uma luz suave sobre as rochas e os pinheiros da encosta que descia em direção ao pôr do sol. Lá embaixo já estava escuro, mas uma luz difusa ainda iluminava o restaurante, como uma pequena poça que permanece na areia quando a maré baixa.

Dagny estava sentada na extremidade do balcão, comendo um hambúrguer. Era a comida mais bem-feita que ela já provara, produto de ingredientes simples e de uma arte refinada. Dois trabalhadores estavam terminando de jantar e ela estava esperando que eles fossem embora.

Ficou examinando o homem atrás do balcão. Era magro e alto, tinha um ar de distinção que seria condizente com um velho castelo ou um escritório de um banco, mas curiosamente sua distinção parecia apropriada ali, atrás do balcão de um restaurante de beira de estrada. Ele envergava o uniforme branco de cozinheiro como se fosse um traje de gala. Havia uma competência extrema em sua maneira de trabalhar. Seus movimentos eram espontâneos, inteligentes, econômicos. O rosto era fino, e os cabelos grisalhos combinavam com o azul frio de seus olhos. Por trás daquele olhar sério e refinado havia um toque de humor, tão leve que desaparecia quando se tentava prestar atenção nele.

Os dois trabalhadores terminaram de comer, pagaram e foram embora. Cada um deixou uma moeda de gorjeta. Dagny ficou observando o homem, que retirou os pratos, colocou as moedas no bolso do paletó branco e limpou o balcão, trabalhando com rapidez e precisão. Então ele se virou e olhou para ela. Era um olhar impessoal, que não se destinava a puxar conversa, mas Dagny estava certa de que ele já tinha percebido havia muito tempo sua roupa de nova-iorquina, seus sapatos de salto alto, seu ar de mulher que não perde tempo. Os olhos frios e observadores do homem pareciam dizer que ele sabia que ali não era um lugar que ela costumava frequentar, e que ele estava esperando para descobrir o que ela queria.

– Como vão os negócios? – perguntou ela.

– Bem mal. Vão fechar a Fundição Lennox semana que vem, de modo que vou ter que fechar também e ir para outro lugar. – Sua voz era límpida, de uma cordialidade impessoal.

– Para onde?

– Ainda não resolvi.

– O que o senhor pretende fazer?

– Não sei. Estou pensando em abrir uma oficina, se conseguir encontrar um bom lugar numa cidade qualquer.

– Ah, não! O senhor é bom demais no seu trabalho para mudar de ramo. Devia continuar trabalhando como cozinheiro.

Um sorriso estranho e sutil se esboçou em seus lábios.

– É mesmo? – perguntou, polidamente.

– É claro! O senhor gostaria de trabalhar em Nova York?

O homem olhou para ela, atônito.

– Estou falando sério – prosseguiu ela. – Posso lhe arrumar emprego numa grande ferrovia, como encarregado do departamento de vagões--restaurantes.

– Posso lhe perguntar por que a senhora está me fazendo essa proposta?

Dagny levantou o sanduíche, envolto no guardanapo de papel.

– Este é um dos motivos.

– Obrigado. Quais são os outros?

– Imagino que o senhor nunca tenha morado numa cidade grande, senão o senhor saberia como é difícil encontrar gente competente para qualquer tipo de emprego.

– Disso eu sei.

– Bem, então, o que me diz? Gostaria de trabalhar em Nova York e ganhar 10 mil dólares por ano?

– Não.

Dagny, que estava entusiasmada por descobrir e poder recompensar uma pessoa competente, ficou olhando para o homem, chocada.

– Acho que o senhor não me entendeu.

– Entendi, sim.

– O senhor está recusando uma oferta como essa?

– Estou.

– Mas por quê?

– Por motivos particulares.

– Por que trabalhar nisto quando o senhor pode arranjar um emprego melhor?

– Não estou procurando um emprego melhor.

– Não quer uma oportunidade de subir na vida e ganhar dinheiro?

– Não. Por que a senhora insiste?

– Porque detesto ver uma pessoa competente sendo desperdiçada!

Lentamente, com ênfase, o homem disse:

– Eu também.

Algo naquela voz fez com que ela sentisse que havia entre eles o vínculo de uma emoção profunda, que teve o efeito de fazê-la esquecer a disciplina que jamais permitia que ela pedisse ajuda a alguém.

– Estou tão farta deles! – Dagny se surpreendeu com a própria voz: foi um grito involuntário. – Tenho uma necessidade tão grande de ver gente que sabe fazer aquilo que faz!

Apertou as costas da mão contra os olhos, tentando impedir que explodisse o desespero que ela se recusava a admitir que sentia. Ela não sabia até aquele momento quanto era intenso, nem até que ponto sua resistência fora desgastada por aquela busca.

– Sinto muito – disse ele, em voz baixa, não como quem pede desculpas, mas como quem manifesta compaixão.

Ela levantou o olhar para ele. O homem sorriu, e ela notou que o objetivo do sorriso era romper o vínculo cuja existência também ele percebera: havia um toque delicadamente irônico naquele sorriso. O homem disse então:

– Mas não acredito que a senhora tenha vindo lá de Nova York para procurar cozinheiros para sua ferrovia aqui nas montanhas Rochosas.

– Não. Vim procurar outra coisa. – Dagny se debruçou sobre o balcão com ambos os braços apoiados nele, sentindo-se calma e no controle da situação novamente, percebendo que seu adversário era perigoso. – O senhor conheceu, há uns 10 anos, um jovem engenheiro que trabalhava na Companhia de Motores Século XX?

Contou os segundos durante os quais o homem permaneceu em silêncio. Não conseguia definir o modo como ele olhava para ela. Só sabia que era um olhar de atenção concentrada.

– Conheci, sim.

– O senhor poderia me dar o nome e o endereço dele?

– Para quê?

– É da maior importância eu encontrá-lo.

– Esse homem? Ele é tão importante assim?

– É o homem mais importante do mundo.

– É mesmo? Por quê?

– O senhor sabia alguma coisa a respeito das pesquisas dele?

– Sabia.

– Sabia que ele teve uma ideia da maior importância?

O homem fez uma pausa e perguntou:

– Eu poderia saber com quem estou falando?

– Dagny Taggart. Sou vice-pre...

– Sei, Srta. Taggart. Sei.

O homem falava com uma deferência impessoal. Mas havia em seu rosto uma expressão que indicava que ele encontrara a resposta que procurava e que agora não estava mais espantado.

– Então o senhor sabe que tenho um motivo específico para me interessar por esse homem – disse ela. – Tenho condições de dar a ele a oportunidade de que ele precisa e estou disposta a pagar o preço que ele cobrar.

– A senhorita poderia me dizer o que foi que despertou seu interesse por ele?

– O motor que ele inventou.

– Como foi que a senhorita soube da existência desse motor?

– Encontrei o que restava dele nas ruínas da fábrica da Século XX. Não é o bastante para reconstruí-lo nem para saber como ele funcionava. Mas o bastante para compreender que ele chegou a funcionar e que é uma invenção capaz de salvar minha ferrovia, o país e a economia do mundo inteiro. Não me pergunte como foi que eu levantei pistas para descobrir o inventor daquele motor. Isso não tem importância. Nem mesmo a minha vida e o meu trabalho têm importância agora, nada tem importância. A única coisa que importa é encontrar esse homem. Não me pergunte como foi que descobri o senhor. O senhor é o fim da trilha que venho seguindo. Diga-me o nome do inventor.

O homem ouvira sem se mexer, encarando-a. Seus olhos atentos pareciam se apossar de cada palavra que ela dizia e guardá-la cuidadosamente, sem revelar nenhuma pista de suas intenções. Passou um bom tempo sem se mexer. Então disse:

– Desista, Srta. Taggart. Não vai conseguir encontrá-lo.

– Como ele se chama?

– Não posso lhe dizer nada sobre ele.

– Ele está vivo?

– Não posso dizer nada.

– Como o senhor se chama?

– Hugh Akston.

Nos instantes confusos em que Dagny tentou recuperar a lucidez, ela repetia para si própria: *Isso é histeria... que absurdo... é apenas uma coincidência* – mas ao mesmo tempo ela sabia, com uma certeza e um terror inexplicáveis, que esse homem era mesmo Hugh Akston.

– Hugh Akston? – gaguejou ela. – O filósofo?... O último defensor da razão?

– Eu mesmo – disse ele, num tom agradável. – Ou o primeiro defensor da volta da razão.

Akston não pareceu se surpreender com o choque experimentado por Dagny, mas deu sinal de que achava aquilo desnecessário. Seus modos eram simples, quase simpáticos, como se ele não sentisse necessidade de esconder sua identidade, nem ressentimento por ser reconhecido.

– Não imaginava que uma pessoa jovem hoje em dia reconhecesse meu nome ou lhe desse importância – disse ele.

– Mas... mas o que o senhor está fazendo aqui? – Dagny indicou o restaurante ao seu redor. – Isto é um absurdo!

– É mesmo?

– O que é isso? Uma brincadeira? Um experimento? Uma missão secreta? O senhor está estudando alguma coisa com algum objetivo específico?

– Não, Srta. Dagny. Estou ganhando a vida. – Em suas palavras e na sua voz havia aquela simplicidade que é a marca inconfundível da verdade.

– Dr. Akston, eu... é inconcebível, é... O senhor... o senhor é um filósofo... o maior filósofo vivo... um nome imortal... por que o senhor está fazendo isto?

– Porque sou filósofo, Srta. Taggart.

Dagny tinha certeza – muito embora sentisse que sua capacidade de ter certezas e de compreender coisas havia desaparecido – de que ele não a ajudaria, que era inútil fazer perguntas, que ele não lhe daria nenhuma explicação, nem a respeito do que acontecera com o inventor nem do que acontecera consigo próprio.

– Desista, Srta. Taggart – disse ele, em voz baixa, como se estivesse provando que era capaz de ler sua mente, como ela imaginara que ele faria. – Sua busca é inútil, principalmente porque a senhorita não faz ideia de como essa tarefa é impossível. Gostaria de lhe poupar o esforço de tentar inventar algum argumento, estratagema ou súplica que me faça lhe dar as informações de que necessita. Acredite no que digo: é impossível. A senhorita mesma disse que eu sou o fim da trilha. É um beco sem saída. Não vá gastar seu dinheiro e sua energia em outros recursos mais convencionais: não contrate detetives. Eles não vão descobrir nada. A senhorita pode resolver não me ouvir, mas acho que é uma pessoa muito inteligente, capaz de entender que sei muito bem o que estou dizendo. Desista. O segredo que a senhorita está tentando resolver envolve algo maior, muito maior do que a invenção de um motor movido por eletricidade estática da atmosfera. Só posso lhe dar uma pista, uma única ajuda: pela própria essência e natureza da existência, as contradições não podem existir. Se a senhorita acha inconcebível que uma invenção genial seja abandonada numa fábrica em ruínas, e que um filósofo resolva trabalhar como cozinheiro num restaurante, verifique suas premissas. Há de constatar que uma delas está errada.

Dagny se surpreendeu: lembrou que já ouvira aquilo antes e que fora D'Anconia quem o dissera. E então lembrou que este homem fora um dos professores de Francisco.

– Como quiser, Dr. Akston – disse ela. – Não vou tentar submetê-lo a nenhum interrogatório. Mas o senhor me permite que eu lhe faça uma pergunta sobre um assunto totalmente diferente?

– Certamente.

– O Dr. Robert Stadler me disse uma vez que, no tempo em que o senhor ensinava na Universidade Patrick Henry, o senhor tinha três alunos que eram seus favoritos e favoritos dele também, três alunos brilhantes de quem se esperava muito. Um deles era Francisco d'Anconia.

– Era. Outro era Ragnar Danneskjöld.

– Aliás, não é essa a pergunta que eu quero fazer. Quem era o terceiro?

– Seu nome não significaria nada para a senhorita. Ele não é famoso.

– O Dr. Stadler me disse que o senhor e ele eram rivais por causa desses três alunos, porque o senhor os considerava filhos seus.

– Rivais? Foi ele que os perdeu.

– Diga-me: o senhor se orgulha do que esses três alunos vieram a ser?

Ele desviou a vista, olhando para a distância, para os últimos clarões do crepúsculo nos rochedos mais distantes. Havia em seu rosto o olhar do pai que vê seus filhos sangrando num campo de batalha. Respondeu:

– Mais orgulho do que jamais pude imaginar.

Já era quase noite. Akston se virou de repente, tirou do bolso um maço de cigarros, pegou um, mas parou, lembrando-se da presença de Dagny, como se tivesse se esquecido dela por um instante, e lhe ofereceu o maço. Dagny pegou um cigarro e ele o acendeu com um fósforo. Depois apagou o fósforo e só restaram dois pequenos pontos luminosos na escuridão de uma sala envidraçada cercada de montanhas desabitadas.

Dagny se levantou, pagou a conta e disse:

– Obrigada, Dr. Akston. Não vou incomodá-lo com estratagemas nem súplicas. Nem vou contratar detetives. Mas creio que devo lhe dizer que não vou desistir. Preciso encontrar o homem que inventou aquele motor. E vou encontrá-lo.

– Só no dia em que ele resolver encontrá-la... o que vai acontecer.

Enquanto Dagny caminhava em direção ao carro, ele acendeu as luzes do restaurante, e ela olhou para a caixa de correio à margem da estrada. Ficou atônita ao ver que o nome "Hugh Akston" estava escrito nela, com todas as letras.

Ela já havia descido um bom trecho de estrada, e as luzes do restaurante já tinham desaparecido na distância havia muito tempo, quando percebeu que estava apreciando muito o sabor do cigarro que Akston lhe dera: era diferente de todos os outros que já fumara. Levou a guimba até a luz do painel para ver o nome da marca. Não havia nenhum nome, só um símbolo: gravado a ouro, no papel fino e branco do cigarro, havia um cifrão.

Dagny o examinou com curiosidade: nunca vira aquela marca antes. Então se lembrou do velho da charutaria do terminal da Taggart e sorriu, pensando que aquele era um bom exemplar para sua coleção. Apagou a guimba e a guardou na bolsa.

O trem número 57 estava parado na estação, prestes a partir para Wyatt Junction, quando ela chegou a Cheyenne. Largou o carro na garagem onde o havia alugado e caminhou em direção à plataforma da Taggart. Faltava meia hora para o trem que ia para Nova York partir. Ela andou até a extremidade da plataforma e se encostou a um poste de luz, cansada. Não queria ser vista e reconhecida pelos funcionários da estação, não queria conversar com ninguém. Precisava descansar. Havia umas poucas pessoas agrupadas na plataforma semideserta que pareciam conversar animadamente, e os jornais estavam sendo exibidos com mais destaque que de costume.

Dagny olhou para as janelas iluminadas do trem 57 – para gozar do alívio momentâneo de contemplar um empreendimento vitorioso. O trem estava prestes a seguir viagem pela Linha John Galt, atravessando as cidadezinhas, as curvas na serra, os sinais verdes nos quais pessoas tinham se reunido para aplaudir, os vales onde morteiros haviam subido no céu de verão. Agora já restavam poucas folhas nos galhos das árvores que margeavam a ferrovia, e os passageiros que entravam no trem estavam de casaco de pele e cachecol. Caminhavam despreocupados, como quem realiza um ato cotidiano, como quem há muito já se acostumou... *Fomos nós que fizemos isso*, pensou ela. *Pelo menos isso conseguimos.*

De repente sua atenção foi atraída pela conversa entreouvida de dois homens atrás dela:

– Mas não deviam aprovar uma lei assim tão depressa.

– Não são leis, são decretos.

– Então isso é ilegal.

– Não é, não, porque o Legislativo aprovou uma lei mês passado que dá a ele o poder de fazer decretos.

– Acho que não deviam tirar decretos do bolso do colete desse jeito, como quem dá um soco na cara de alguém.

– Não há tempo para perder em conversas fiadas quando se trata de uma emergência nacional.

– Mas acho que não é direito, e não faz sentido. Como é que Rearden vai poder trabalhar se diz aqui que...

– Por que você está preocupado com ele? Ele é rico, não é? Ele sempre dá um jeito.

Então Dagny se levantou de um salto e comprou um jornal vespertino.

Estava na primeira página. Wesley Mouch, coordenador-chefe do Departamento de Planejamento Econômico e Recursos Nacionais, "inesperadamente", afirmava o jornal, "invocando a emergência nacional", havia promulgado uma série de decretos, enumerados abaixo:

Todas as estradas de ferro do país eram obrigadas a reduzir a velocidade máxima de seus trens para 100 quilômetros por hora, a diminuir o comprimento máximo das composições para 60 vagões – e a operar o mesmo número de trens em cada estado de uma zona composta de cinco estados vizinhos, sendo o país dividido em zonas para esse fim.

As siderúrgicas do país eram obrigadas a limitar a produção máxima de qualquer liga metálica a uma quantidade igual à produção de outras ligas em outras siderúrgicas com o mesmo nível de capacidade de produção – e a fornecer uma quantidade igual de qualquer liga metálica a todos os consumidores interessados em adquiri-la.

Todos os estabelecimentos industriais do país, de qualquer tamanho e natureza, eram proibidos de se mudar de sua atual localização a menos que sob permissão especial concedida pelo Departamento de Planejamento Econômico e Recursos Nacionais.

Para compensar as ferrovias do país pelos custos adicionais e "facilitar o processo de reajuste", era declarada uma moratória de cinco anos do pagamento de juros e do principal de todas as obrigações ferroviárias, garantidas ou não, conversíveis ou não.

Para obter fundos para pagar os funcionários responsáveis pela observância dessas normas, foi criado um imposto especial sobre o estado do Colorado, "por ser o estado mais capacitado a ajudar os estados mais necessitados a suportar as dificuldades da emergência econômica". Esse imposto consistia em cinco por cento do valor bruto das vendas das empresas do estado do Colorado.

O grito que Dagny soltou foi do tipo que jamais se permitira antes, porque, por uma questão de orgulho, sempre dirigia sua indignação a si própria. Porém ela viu um homem a poucos metros de distância, sem perceber que era um vagabundo esfarrapado, e gritou, porque seu brado era a expressão da razão, e porque o vagabundo era um ser humano:

– O que vamos fazer?

O vagabundo deu um sorriso triste e deu de ombros.

– Quem é John Galt?

O que mais a apavorava não era a situação da Taggart Transcontinental, nem o dilema de Hank Rearden. Era Ellis Wyatt. Anulando todas as outras imagens, ocupando toda a sua consciência, sem deixar lugar para palavras, nem tempo para se surpreender, como uma resposta eloquente às perguntas que ela ainda nem começara a formular, havia duas imagens: o vulto implacável de Wyatt à frente de sua escrivaninha dizendo "Agora está em seu poder me destruir. Mas, se eu for destruído, vou fazer questão de arrastar todos vocês junto comigo" e a violência com que ele arremessara a taça contra a parede.

A única sensação que as imagens lhe davam era de que um desastre inimaginável se aproximava e de que era necessário que escapasse dele. Dagny tinha de correr até Wyatt e impedi-lo de fazer o que ele ia fazer, embora não soubesse o quê. Só sabia que tinha de impedi-lo.

Ora, mesmo que ela estivesse esmagada sob as ruínas de um prédio, ou dilacerada por uma explosão em um bombardeio aéreo, se ainda estivesse viva, saberia que a obrigação fundamental de um ser humano é agir, independentemente de seus sentimentos. Por isso, Dagny foi capaz de correr até a outra extremidade da plataforma, procurar o agente da estação e lhe dar a ordem:

– Faça o trem 57 esperar por mim!

Depois correu para uma cabine telefônica escura, afastada das luzes da plataforma, e deu à telefonista de ligações interurbanas o número do telefone de Ellis Wyatt.

Apoiada às paredes da cabine, de olhos fechados, Dagny ouvia o som metálico de uma campainha tocando em algum lugar. Ninguém atendia. A campainha voltava, espasmodicamente, como uma broca perfurando seu ouvido, seu corpo todo. Ela se agarrava ao telefone, como se ele, mesmo sem ter sido atendido, fosse uma forma de contato. Esqueceu que o som que ouvia não era o mesmo que soava na casa de Wyatt. Não sabia que ela própria estava gritando:

– Ellis! Não! Não faça isso!

Só se deu conta quando ouviu a voz fria da telefonista, que parecia censurá-la ao dizer:

– Ninguém atende.

Sentada à janela de um vagão do trem 57, Dagny ouvia as rodas estalando sobre os trilhos de metal Rearden. Deixava que seu corpo fosse jogado para a frente e para trás pelo movimento do trem. A escuridão da janela ocultava a paisagem que não queria ver. Era a segunda vez que viajava na Linha John Galt e tentava não pensar na primeira.

Os debenturistas da Ferrovia John Galt, pensava ela. Fora por ela, Dagny, que eles haviam confiado à linha seu dinheiro, suas economias de muitos anos. Fora pela capacidade dela que eles haviam investido aquele dinheiro. Fora no trabalho dela e no deles que tinham confiado, e agora era como se ela os houvesse traído, preparado uma armadilha para eles. Não haveria mais trens, nem carregamentos que sustentassem a ferrovia – a Linha John Galt fora apenas um meio encontrado por Jim Taggart de fazer uma negociata e se apossar do dinheiro deles, permitindo que os outros se apossassem do dinheiro de sua empresa ferroviária. As debêntures da Ferrovia John Galt, que, até aquela manhã, eram as guardiãs orgulhosas da segurança e do futuro de seus proprietários, haviam se tornado, horas depois, pedaços de papel que ninguém iria querer comprar, sem valor, sem futuro, sem poder, salvo o poder de fechar as portas e deter as rodas da última esperança do país. A Taggart Transcontinental não era uma planta viva, alimentada pelo sangue que ela própria trabalhara para produzir, mas um canibal que devorava os filhos ainda não nascidos de um grande empreendimento.

O imposto sobre o Colorado, pensou ela, *o imposto arrancado de Ellis Wyatt para sustentar aqueles cujo trabalho era tornar a vida de Wyatt impossível, aqueles que o vigiariam para garantir que ele não receberia trens, carros-tanques, o oleoduto de metal Rearden – Wyatt, despojado do direito de autodefesa, impedido de se manifestar, desarmado e, o pior de tudo, usado como instrumento de sua própria destruição, obrigado a sustentar seus algozes, lhes dar alimentos e outras armas –, Ellis Wyatt sufocado pela energia que ele próprio produzia – Wyatt, que queria explorar uma fonte ainda intacta, ilimitada, de xisto betuminoso, que falava de uma Segunda Renascença...*

Dagny afundou o rosto nos braços, encolhida em sua poltrona ao lado da janela, enquanto as grandes curvas dos trilhos azul-esverdeados, as montanhas, os vales, as novas cidades do Colorado passavam por ela invisíveis na escuridão.

A freada súbita a fez levantar a cabeça de repente. Era uma parada imprevista, e a plataforma da pequena estação estava repleta de gente. Todos olhavam na mesma direção. Os passageiros ao seu redor estavam todos grudados às janelas. Dagny se levantou de um salto, correu para fora do vagão, para a plataforma, onde um vento frio soprava.

Antes mesmo que ela visse, antes que seu grito interrompesse as vozes da multidão, já sabia o que ia ver. Por uma fenda entre as montanhas, iluminando o céu, projetando uma forte luz sobre o telhado e as paredes da estação, o morro da Petróleo Wyatt era uma cortina de fogo.

Mais tarde, quando lhe disseram que Ellis Wyatt havia desaparecido, deixando apenas uma placa pregada ao pé do morro, e quando viu o que ele escrevera na placa, Dagny teve a sensação de que quase previra aquelas palavras:

"Deixo tudo tal como encontrei. Tomem. É de vocês."

SOBRE A AUTORA

Ayn Rand nasceu em 1905, em São Petersburgo, na antiga Rússia czarista. Precoce e determinada, aos 9 anos decidiu que seria autora de livros de ficção e acabou se tornando uma das escritoras mais influentes dos Estados Unidos.

A fim de escapar da Revolução Russa, em 1917, mudou-se com os pais para a Crimeia. No entanto, após a vitória dos comunistas, o estabelecimento comercial de seu pai foi confiscado, e sua família passou fome.

Na escola, ficou muito impressionada com as aulas de história americana e considerou os Estados Unidos o modelo de nação em que os homens poderiam ser livres, princípio presente em toda a sua obra.

Ao retornar da Crimeia, foi estudar Filosofia e História na Universidade de Petrogrado, onde se formou em 1924.

Em 1925, obteve permissão para visitar parentes nos Estados Unidos. Embora tenha informado às autoridades soviéticas que sua estada em território americano seria breve, nunca mais voltou à Rússia.

We the Living é sua obra mais autobiográfica, baseada nos anos em que viveu sob o regime comunista em sua terra natal. *A nascente* apresenta o herói típico de Ayn Rand: o homem idealista, que tem a felicidade como objetivo moral de sua vida, a realização produtiva como atividade mais nobre e a razão como seu único princípio absoluto.

Porta-voz do individualismo, Ayn acreditava que o homem nasce livre e pode fazer o que desejar. Ateia e opositora ferrenha do socialismo e de outras formas de coletivismo, sempre defendeu o indivíduo contra o Estado e qualquer tipo de divindade ou religião que o obrigue a abrir mão de seus direitos em favor do bem público.

Em 1957, publicou sua última obra de ficção, *A revolta de Atlas* – cujo título original é *Atlas Shrugged*. Neste livro, a grande realização de sua carreira, Ayn Rand foi brilhante ao transformar sua filosofia em uma história de mistério, combinando elementos da ética, da metafísica, da política, da economia e até da ficção científica.

Para saber mais sobre os títulos e autores da Editora Arqueiro,
visite o nosso site e siga as nossas redes sociais.
Além de informações sobre os próximos lançamentos,
você terá acesso a conteúdos exclusivos
e poderá participar de promoções e sorteios.

editoraarqueiro.com.br